âmes brûlantes

Heather Carsons

Contents

Violence, peur, crime, argent, sang...

Ces mots, nous les entendons au quotidien, ils font partie de notre vocabulaire et il faudrait un drame pour qu'ils disparaissent. Pour nous, ils sont devenus étrangement communs, en les entendant depuis le ventre de nos mères, on finit par s'y habituer. Tout est une question d'habitude après tout.

Nous avons été comme des petits soldats, aux yeux de nos prédécesseurs, la perfection était la base de notre mode de vie. Le moindre faux pas pouvait nous être fatal, battus à coup de poings ou autre pour vous faire comprendre ce qu'est la douleur et à quel point elle peut être bénéfique, mais aussi privés de nourritures et de sommeils, des semaines à faire des nuits blanches vous feront voir des choses terrifiantes et inhumaines, ou encore les entrainements qui vous briseront les os, compresseront vos poumons et vomir du sang.

Je trouve que l'autre monde aime beaucoup idéaliser le notre, mais si vous saviez ce qui se cache derrière, ce qu'on appelle la folie serait bénigne à côté de notre état mental. Ça vous laisse des séquelles, tant physiques que mentales mais pourtant je vous raconte mon histoire en toute lucidité, plutôt paradoxale me direz-vous ?

On a beau avoir les mêmes habitudes, nous sommes très différents tous les deux : se morfondre et broyer du noir, froid et distant, c'est plus son délire. Tandis que le mien ressemble plus à : toujours sourire et voir le positif, généreuse et aimable. J'aime bien dire que les ténèbres m'ont trop pris pour que je désespère. Nous n'avions rien en commun à part notre "métier", mafieux, c'est ce qui nous unis tous.

Pour ma part, les armes à feu sont devenues des membres de mon corps, à cinq ans, mon père m'a donné mon premier revolver et m'a fait tirer sur des boites de conserves, depuis ce jour, je n'ai plus jamais touché à un autre type. Tout chez elles m'intéressait, des petites choses comme la prise en main, le positionnement du canon par rapport à l'environnement, la sensation après avoir appuyé sur la détente, ce doute de ne pas avoir réussi à atteindre la cible ou même le bruit. Je suis passionnée par elles, mes après-midis se résumaient à m'entrainer à tirer et comprendre leurs effets sur le corps humain. Une vraie amatrice. Lara Croft était mon deuxième prénom en quelques sortes.

La manba negra.

Ce surnom lui avait été donné par les gros titres, après qu'ils ont découvert un sénateur ainsi que plusieurs prostituées, tués par empoissonnement. Il laissait ses victimes moisir avec son poison dans les veines, ou les étouffer en enroulant ses bras autour de leur gorge. Comme un mamba.

Rares sont ceux qui ont le "privilège" de le connaitre personnellement tant il est solitaire et discret, moi-même j'ai dû attendre ma majorité pour qu'on me dévoile enfin son identité : Hermes Luega.

Cet homme est quelqu'un de méprisable, un petit mafieux faisant partie du bas de cette échelle, un tueur à gages se cachant derrière le statut d'antiquaire et ça m'a fait beaucoup rire quand je l'ai su je dois le dire. Je n'ai jamais d'ailleurs, compris pourquoi il dissimulait ses réels talents pour l'assassinat contre les œuvres d'arts mais ainsi soit-il.

Nous n'étions pas inconnus l'un pour l'autre, bien au contraire. Nos familles se détestaient depuis des siècles et se menaient une guerre depuis. Jamais nous nous sommes vus, on se connaissait de nom et d'histoire, les points de vu demeuraient divers mais ce que nous savions pertinemment : si par malheur, nos routes se croisent un jour, pas de pitié. Si il faut qu'on se batte jusqu'à morte s'en suive, alors on le fera.

Mais je n'ai jamais aimé cet état d'esprit, des gens mourraient pour des raisons qui ont sûrement étaient oubliées, et ça y'a des années de cela. Hélas, qui écouterait une enfant de 6 ans débiter qu'elle arrêterait cette tuerie, avec ou sans l'ennemi.

Personne, personne ne m'en croyais. Sauf que je vais prouver au monde entier que mes idéaux ne sont pas que des illusions et que ça se terminera avec nous, que j'emporterai cette histoire avec moi dans la tombe.

(: Daddy Issue - THE NEIGHBOURDHOOD)

_____

- « Papa regarde il neize ! Z'est trop beau la neize ! » cria l'enfant en courant dans les bras de son père.

- « C'est de la neige mon cœur et oui c'est très beau. » dit l'homme en se baissant à sa hauteur.

- « Mais z'est ze que z'ai dis ? »

L'homme rigola face au zozotement de son enfant et la prit dans ses bras en embrassant son front glacé.

- « Tu as froid princesse ? »

La fillette hocha positivement de la tête à moitié somnolente, la tête posée sur l'épaule de son père.

- « On va rentrer et voir maman hein ? »

Elle ne répondit pas, déjà endormie. Il gloussa devant sa petite bouille et marcha vers le chalet.

Le trajet ne prit pas plus de cinq minutes. La porte d'entrée était déjà entrouverte, laissant apparaître l'immense salon.

C'était un endroit avec des couleurs basiques mais tellement beau, il y avait de géantes baies vitrées qui laissaient voir la neige tomber sur toute la végétation, baignant ainsi toute la pièce dans cette lumière blanchâtre. Des canapés épousaient parfaitement l'angle de la maison et formaient une sorte de U autour de la petite table basse. Une cheminée suspendue au plafond s'abaissait vers la droite de la salle, à coté d'un écran plat encastré dans le mur couleur gris taupe. Un tapis gris ajoutait également un petit plus.

L'homme se crispa à la vue de l'ouverture, sa femme ne laissait jamais les portes ouvertes. Il replaça sa fille correctement et sortit son arme coincée dans la poche arrière de son pantalon. Il entra sur ses gardes et analysait tout ce qui lui passait sous les yeux. Le plaid posé sur le canapé n'avait pas bougé, signifiant qu'elle n'y a pas touchée.

Il continua son exploration lorsque qu'une furie débarqua dans le salon en poussant un cri incontrôlable quand elle vit son mari la viser. L'homme baissa immédiatement son revolver et le rangea, soufflant de soulagement.

- « Je suis désolée, j'ai cru que vous étiez partis faire un tour plus longtemps. » dit-elle en posant sa main sur sa poitrine tout en essayant de calmer sa respiration irrégulière.

- « Ne t'en fais pas mais pourquoi la porte était ouverte ? »

Grondant presque son épouse, celle-ci reprit aussitôt :

- « Le conduit d'aération est bouché, j'ai dû laisser la maison s'oxygéner. »

Il s'approcha d'elle et lui embrassa le front, non sans oublier de lui caresser la joue.

- « Oh mon petit ange, elle prit la fillette dans ses bras en la couvrant de petits bisous, tu es gelée ma fille, maman va te réchauffer ma chérie. »

Quelque part en Alaska, 18h

Je reviens à moi, sonnée. Le souvenir de mes parents ensembles me hante chaque jour depuis que je suis ici.

J'esquive son coup de justesse, manquant de tomber, ce n'est pas le moment de rêvasser là.

Il revient à la charge, visant cette fois mon ventre, je bloque son poing et le tord, je me tourne et balance son corps par-dessus le mien en me courbant en avant. Celui-ci vient s'écraser quelques mètres plus loin dans le froid de la poudreuse.

Cependant, même avec sa main toujours emprisonnée dans la mienne, il me donne un coup de pied dans le genou me faisant m'écrouler au même niveau que lui, mais cette fois sur le ventre. Il ne perd pas une seconde, il vient m'écraser de tout son gros corps musclé. La pression qu'il exerce sur ma cage thoracique est hyper désagréable.

Dans cette position, son bassin appuie bien sur mes poumons, me laissant me vider de mon air tout doucement. Il me laisse donc m'asphyxier, même agoniser lentement. Cette sensation est une vraie torture.

- « Dégage de moi Júan, tu m'empêches de respirer, il date de quand ton dernier régime ? »

Ça me fait marrer de lui dire ça parce que c'est toujours la même réaction : Il fait semblant d'être vexé en prenant une mine choquée et enlève son tee-shirt, incapable d'arrêter de s'observer sous toutes les coutures pendant des lustres, vérifiant que ses bras tatoués ne sont pas trop dégonflés -qu'il enroule parfois autour de mon cou avant de m'étrangler sans gênes-, ou que ses abdominaux sont toujours bien visibles...Un vrai narcissique, moi qui m'en qualifiais, ah mais lui, il atteint des niveaux...

Ne voulant visiblement pas quitter mon enveloppe charnelle, il se contente juste de reculer avant de s'installer bien confortablement sur mon coccyx.

- « Eh bien, je t'ai connue plus réactive gamine. » dit-il en se marrant.

Ah en plus tu te marres ? Oncle de mes deux vas. Je fais te faire bouffer ton petit égo par les yeux, tu vas voir si tu pourras toujours t'admirer. Ah bah nan, tu ne pourras pas du coup.

J'essaye de me relever pour lui faire mordre la poussière mais je dois bien le reconnaître, je suis faible. Rien que le dire mentalement, ça me donne envie de vomir mes tripes. Comment je peux devenir celle que je suis censée être si je ne peux même pas gagner contre lui ?

Pour notre défense, c'est un maitre des arts martiaux qui pèse quatre-vingt peut-être même cent kilos de muscles, il nous entraîne depuis ce matin jusqu'à l'épuisement sans pauses.Et ça, ça fait des mois et des mois que cela dure donc au bout d'un moment on peut plus faire grande chose.

Conscience 1, Júan 0.

- « À quoi ou plutôt à qui tu pensais Alma ? Tu m'avais promis que tu allais faire des séances plus longues, tu ne les fais pas n'est-ce pas ?

Écoutes gamine, ce n'est pas en t'abattant sur ton sort que tu vas aller mieux, il faut que tout ça sorte parce que tu laisses cette rancœur te déconcentrer et te ronger de l'intérieur.

Je fais la sourde oreille. Je n'ai vraiment pas envie d'en parler, surtout pas après la victoire é.cra.san.te qu'il vient de me mettre. C'est comme-ci ton harceleur te faisait un bisou après t'avoir giflé, ça fait le même effet.Il est gentil hein, là n'est pas le problème mais je ne veux pas parler de mes problèmes ni avec lui ni à personne, et surtout pas de ceux qui envahissent mes rêves comme mes cauchemars...

« Si tu te concentrais et oubliais le passé pour te focaliser sur le présent, ça ne serait pas arrivé aussi. Je veux bien que tu ne sois pas Hulk, mais fais un effort. T'es guimauve, molle bouge putain. »

Conscience 1, Alma 0.

- « Alma ? »

Sa voix me sortit de mes pensées. Je le sens, je l'entends : La pitié. Je la déteste tellement, elle me suit depuis toute petite. On me parle et regarde avec toujours une once de pitié, ça me brise chaque fois. Pourquoi je suis si fragile, si faible ? Pourquoi c'est toujours moi et pas eux ? Qu'est-ce qu'ils ont et pas moi ? Moi aussi je veux qu'on me regarde comme eux...

Mais je n'en veux pas de leur pitié, merde ! Je ne suis plus une gamine et on peut arrêter de me parler comme si j'étais du cristal qui allait se briser aux moindres dires.

Ça y est, j'ai les nerfs.

- « Je ne pensais à rien et à personne. »

Je crache ça avec tellement de venin que j'ai l'impression que ma bouche pourrait moisir sous son acidité.

Je bascule sur le côté, l'obligeant ainsi de se lever de moi. Je me redresse sur mes deux jambes et commence à marcher vers le chalet qui me sert de « maison » depuis deux ans maintenant.

deux ans...

Deux ans que je suis ici. J'aurais dû assister à son enterrement et soutenir ma famille au lieu de m'entrainer sans relâche. Deux ans que je suis paumée dans un coin en Alaska, coupée de tous contacts avec ma famille sauf mon oncle, éloignée de Galia, de mes chatons, de mes voitures. Bref je suis loin de chez moi. Le soleil du Mexique me manque, sa chaleur sur ma peau aussi. Mes sorties en bikini sur la plage sans personnes autour de moi me manque.

Ma vie d'avant me manque.

Je suis fatiguée tant mentalement que physiquement.

Mentalement, je n'en peux plus de cette routine et de cet endroit trop blanc, trop pur.

Physiquement car l'autre teubé s'acharne sur moi, comme si je n'avais pas été formée depuis mon arrivée dans ce bas monde, ce qui m'énerve c'est quand il me sorte des petits trucs du genre : c'est de « simples entrainements supplémentaires ».

Je suis désolée mais sur le papier il n'y avait marqué nulle part qu'il fallait savoir faire deux cent burpees en dix minutes pour faire partie d'un cartel ? Ou peut-être que c'était marqué en petit, tout en bas de la page, vous voyez ce que je veux dire ? Le genre de phrases qu'on oublie -parce que ces chiens font bien exprès de la mettre en tout petit

et le plus illisible possible- et qui sont, en fait, le petit mot qui te dit :
Tu t'es fait couillonner pauvre pigeonne .

J'ai la tête verrouillée vers le sol, me berçant en même temps par le
bruit de la neige qui se comprime sous mes pas. Le vent est légèrement
présent ce soir. Je n'aime pas le vent, c'est chiant comme la pluie,
vraiment à quoi ça sert le vent à part décoiffer, te faire chialer et te
donner mal au crâne ? Rien. C'est bien ce que je dis, c'est nul.

Pendant que je me fais un débat avec mon moi intérieur, un détail
attire mon attention : Júan.

Il aurait essayé de m'arrêter pour discuter parce que c'est un putain
de moulin à parole ou même me changer les idées mais non. Il
est sûrement pas d'humeur après s'être fait envoyé balader pour la
énième fois.

C'est avec une légère angoisse tout de même que je me retourne
pour l'inviter à rentrer avec moi mais il est de dos et vu où je suis, il
ne m'entend pas quand je crie dans ce néant blanc, et j'ai vraiment la
flemme de faire demi-tour donc j'attends dans le froid qu'il se décide
enfin.

Une seconde...

Deux secondes...

Trois secondes...

Quatre secondes...

Cinq secondes...

Ces cinq petites secondes s'écoulent finalement au ralenti, à croire
qu'elles sont en fait transformées en des minutes. De plus, la patience
n'est pas mon fort donc je m'apprête à reprendre ma route mais

finalement je réalise..., pourquoi ne bouge t'il pas d'un millimètre ? Peut-être qu'il regarde quelque chose ? Ou qu'il réfléchit à un truc con ? Ou peut-être même qu'il s'est tordu une couille ? Ça lui est arrivé une fois et il n'a pas bougé pour « atténuer » la douleur, c'était un peu un échec d'ailleurs mais là.

Non là c'est différent, le temps semblait figé... Comme si on nous avait mis sur pause.

Et si... Non... C'est impossible...

Voulant confirmer mon hypothèse, je plisse mes paupières en m'avançant doucement et silencieusement vers lui mais c'est qu'à partir de ce maintenant que je la vois.

Une lame.

Une lame imbibée de sang.

Imbibée de son sang.

Je ne comprends pas, je ne réalise pas. Qu'est-ce qui s'est passé ? Je l'ai pas laissé dix secondes tout seul, comment ? Et surtout on l'aurait vu arriver ? On est paumé au beau milieu de rien, et en Alaska en plus ! Il n'y a que dalle ici, c'est quoi cette merde ?

Et Júan, oncle Júan, comment la personne la plus musclée et casse gueule de tout le Mexique a pu se retrouver avec une lame lui traversant l'estomac ?

Mon cerveau est comme anesthésié, je n'arrive pas réagir, je ne peux pas bouger, je suis paralysée, et mes yeux commencent à se noyer à cause des larmes qui me montent, m'empêchant ainsi de voir que la silhouette d'un deux homme qui se décale de la sienne pour venir lui chuchoter quelque chose à l'oreille.

Mon corps, prit d'un semblant d'instinct de survie, se décide à partir d'ici et en vitesse.

Je me retourne vers le chalet en courant comme-ci ma vie en dépendait. Je ne m'arrête pas, je ne veux pas m'arrêter, je ne peux pas m'arrêter. Mes jambes me font mal, ma poitrine aussi. J'ai froid, j'ai peur, j'en peux plus de ça, de cette vie, mais putain que quelqu'un me sorte de cet enfer !

Je tourne ma tête pour voir son agresseur mais la seule chose que je vois est son corps, immobile mais toujours debout. Mais pourquoi ? Pourquoi il n'est pas au sol et l'autre en train de me pourchasser ? Pourquoi maintenant ? Et comment Monsieur lame savait qu'il était là ? Si c'était moi qu'il cherchait ? Non impossible je n'ai rien fait de mal et personne ne connait mon existence alors pourquoi ? POURQUOI !

Je manque de très peu de m'étaler dans la neige mais je ne m'en préoccupe pas, il faut que je cours, il faut que je vive ! Je ne peux pas mourir maintenant.

Je n'ai pas fait l'enterrement de vie de jeune fille de Galia, je n'ai pas récupéré les perles d'abuela, je n'ai toujours pas mis une raclée à James aux échecs , je n'ai pas de nouveau aidé mama à la cuisine, je n'ai pas revu Bagerra, Symba ou Bulma, je veux vivre tout ça une dernière fois avant de partir...

Trop de choses occupent mon esprit, tant que je ne m'étais pas rendue compte que j'étais arrivée devant l'une des baies vitres de la maison.

Je l'ouvre et pénètre dans le salon en trombe et essoufflée. Je continue sur ma lancée puis entre en vitesse dans ma chambre, prends mon téléphone, le cale dans dans ma poche arrière et rentre dans mon dressing, je prends à la hâte les quelques vêtements et affaires dans un sac que j'avais emmené au préalable.Je quitte la pièce, me dirige vers l'entrée pour récupérer les clefs du pick-up mais une main attrape mon bras.

Je crie terrorisée, et me retourne pour faire face à mon agresseur. Putain ça ne serait jamais arrivé si l'autre cadavre m'avait laissé faire mes entraînements avec au moins un flingue.

L'assassin porte un masque de loup, cheveux bruns, avec des lettres tatouées dans le cou, grand et musclé, tee-shirt noir moulant qui fait ressortir ses muscles d'athlète, pantalon de même couleur. Et ses yeux. D'un vert forêt foncée, il est captivant, magnétique. C'est le genre de regard qui aspire ton âme sans ton consentement.

Putain il est grave flippant lui, je ne veux pas mourir de ses mains moi !

Je reprends vite le contrôle du truc mou et lent qui me sert de cerveau et lui met un coup de coude dans la tempe.

Rectification, tu as essayé de lui foutre un coup mais il ne semble pas de cet avis.

En effet car l'homme bloqua mon coude puis me porta pour finalement m'envoyer sur le mur le plus proche.

Ah ouais, on a dû niquer sa mère ou un bail dans le genre, parce que là c'était clairement pas mérité.

Je n'arrive pas à me relever, la facilité avec laquelle il m'a fait valser est phénoménale. J'ai mal aux côtes et à la tête, étant donné que c'est elle qui s'est prise le mur en premier. Je ne bouge plus, la douleur me clouant au sol. Mes oreilles bourdonnent, mon souffle est court et je tressaille.

Alors c'est comme ça qu'on va mourir ? Putain elle est pitoyable notre mort.

Merci conscience, toujours là quand on a besoin de toi.

Que veux-tu, on ne peut pas tous mourir avec du style ou en héros.

J'ai la hargne là. La hargne de mourir comme ça, il a buté mon oncle sans un oncle de remords ou de regrets, et puis je veux revoir ma famille avant de pourrir en enfer.

J'ai une rage brulante, sauvage, presque animale qui bouillonne en moi et qui me hurle de me relever, de pas me laisser abattre et de continuer même si la mort semble être la seule récompense que je vais obtenir, elle me dit, me crie de pas lâcher. Elle m'envoie même des électrochocs dans tout le corps comme pour le réveiller ou le motiver, je ne sais pas mais elle veut que je réagisse.

Perdu pour perdu, je me relève avec grande difficulté en m'accoudant à un meuble et lui « fonce » dessus -même si j'ai actuellement la vitesse d'un escargot avec de l'arthrose, je le fais- et tant bien que mal, lui assiège mon genou dans ses bijoux de famille. Il hurle de douleur en se tenant l'entrejambe.

C'est un classique ce coup là. Je l'ai baptisé : le coup de la meuf en détresse

Bon on reverra le nom plus tard.

Tandis que je m'écroule à moitié sur son épaule, vidée de toute l'énergie que j'avais accumulé un peu plus tôt.

Vous ne vous rendez pas compte de l'effort physique et mental que ça nous a demandé.

Trop occupé par la douleur, il n'a pas le temps de comprendre le fait que je comate sur lui ou de me retrapper quand j'ai décidé que mon sommeil ne se ferait pas ici, ou même encore que je me suis enfuie en titubant pour prendre les clefs au passage.

Je sors de cet enfer et ouvre la portière côté conducteur du véhicule pour ensuite balancer mon sac de voyage sur le siège à ma droite. Je tremble tellement que j'ai du mal à mettre la clef dans le contact.

Respirant hyper vite et mal, j'inspire profondément et me calme légèrement, j'enfonce celles qui sont accrochées à mon porte-clefs avec un nounours accroché dessus dans la fente de démarrage, je m'attache et démarre, sans oublier de retirer le frein à main.

La vache, heureusement que papa m'a appris à conduire avant qu'il parte sinon j'aurais été dans une merde mais noire de chez noire. Nan mais sérieusement, vous m'auriez vu courir des kilomètres en boitant sur le bas-côté de la route dans l'espoir de survivre ? Parce que moi non.

Je suis essoufflée, j'ai peur, je suis fatiguée, j'ai envie de vomir, j'ai la tête qui tourne et si je ne me casse pas d'ici MAINTENANT, je pourrais rajouter morte à ma liste de maux ! J'accélère d'un coup ce qui me propulse sur la route et m'enfoncer dans mon siège, je me réaxe et roule tout droit.

Où je vais ? Je n'en sais clairement rien mais en tous cas, je me casse de cette maison, de cette ville et même de cet état de fou furieux.

Sous la panique, je n'ai pas réussi à analyser plus en détails la situation et je ne vais pas y arriver donc autant résumer ce qui vient de se passer en un bilan mental : J'étais en train de m'entrainer, j'ai laissé mon oncle seul moins de dix secondes, il est mort, traversé par une putain de lance dans l'estomac, je suis partie, on s'est battu et je me suis enfuie.

Je crispe mes doigts autour du volant, cette situation est complétement absurde, même à abuela ça ne lui est pas arrivée ce genre de truc.

Je regarde une dernière fois dans le rétroviseur l'endroit où j'ai failli y passer, et je sens presque mon cœur s'arrêter.

Il est là, au milieu de la route. Il a relevé son masque jusqu'à son nez, me laissant apercevoir sa bouche. Il est tout sourire en regardant la voiture s'éloigner, et avant que le brouillard ne l'engloutisse, il me salue. Ça me glace le sang.

C'est comme-ci son salut me disait : « À bientôt... »

Il faut que je rentre prévenir mes proches de ce qu'il vient de se passer et vite...

Coucou tout le monde ! Oh la la je suis tellement stressée !

J'espère vraiment que ce chapitre et mon histoire vont vous plaire .

À votre avis, Alma va réussir à rentrer ou pas ?

N'oubliez pas de voter <3

Prenez soin de vous

Gros bisous, M.J

(: Softcore - THE NEIGHBOURDHOOD)

_____

Alaska, Etats-Unis, 21h30

Les paysages défilent tellement lentement que ça me donne envie de m'arracher les yeux pour plus les voir. Ça doit bien faire deux bonnes heures que je roule. Il m'en reste encore trois ou quatre avant que j'atteigne l'aéroport de Juneau. J'ai essayé d'envoyer un message à ma mère mais j'ai plus de réseau ni de Go. J'ignore comment Júan s'en est pris, mais il a bidouillé mon portable pour que je ne puisse plus ni recevoir de messages ou de notifications, et d'appels. En espérant que cela cesse à partir d'une certaine distance hors de la zone qui l'a programmé.

Je suis maudite, je ne vois pas autre chose. D'abord mon père, après Juan, la prochaine sur la liste c'est abuela ou mama ?

Un frisson me traverse l'échine rien que d'y penser. Perdre les deux premières femmes de ma vie ? Je ne me relève pas, jamais. Je sais que ça va arriver, elles ne sont pas immortelles malheureusement cependant je suis trop attachée à ma mère, tandis que abuela, elle est ma deuxième maman. Et les imaginer être tuées ? Un haut le cœur me prend alors que j'ai une image mentale, putain il faut que je me change les idées sinon je vais vomir.

Je prends mon téléphone posé sur le tableau de bord et le connecte au Bluetooth du pick up, ouvre mon application de musique et lance ma playlist au hasard. Je commence à fredonner les paroles et à me détendre. Mes doigts tapotent contre le volant sans que je m'en rende compte.

Je sens que ça va mal finir cette histoire, nan vraiment je ne le sens pas mais pas du tout...

□□

J'ai pu rouler encore une heure avant que ma voiture m'indique qu'elle n'avait plus d'essence. N'ayant plus le choix, je me suis garée à une pompe à essence d'une vielle station-service. Elle est vraiment en mauvais état, les planches de bois peintes en blanc qui servent de murs sont recouvertes de mousse et de trace de moisissure, une bâche bleue recouvre une partie du toit en ardoise, sûrement pour protéger le bâtiment de la pluie ou pour cacher un potentiel trou. Seul le néon tient « encore debout » : lorsqu'il clignote, on peut voir que certaines des lettres ne s'allument plus.

L'ambiance est morbide, les seuls bruits que j'entends sont les loupiotes. Le début d'un bon film d'horreur si vous voulez mon avis. Je vois déjà les titres des journaux locaux : « Une jeune femme mexicaine, a été retrouvée ce matin, démembrée dans les bois. Les unités policières n'ont pour l'instant pas de preuve sur l'identité du meurtrier. Nous vous tiendrons au courant, bonne soirée. » ou un truc dans le genre.

- « Sur toutes les stations du pays, t'étais obligée de m'arrêter sur la plus flippante hein ? dis-je à la voiture en tapotant sa carrosserie comme-ci il s'agissait d'un équidé qui avait durement travaillé. T'as pas le droit de me lâcher ici par contre. »

Je regarde derrière moi, inquiète à l'idée d'être suivie. Je ne veux vraiment pas revoir ce type, ses yeux verts sans émotions sont gravés dans mon esprit. Je secoue légèrement la tête pour les oublier, au moins pour ce soir. Je replace la pompe dans son étui et part payer mon plein.

Je rentre dans la station et suis agréablement surprise. C'est fou comment l'intérieur et l'extérieur de ce lieu contrastent. Comparé à dehors, ici il fait chaud, les lumières sont douces, tout est rangé à la perfection et c'est tellement propre que s'en ait à moitié suspect.

Je prends un panier et me dirige sans réfléchir vers les boissons énergisantes. Si je veux tenir jusqu'à l'embarquement, je ne vais pas avoir le choix que de me bourrer de sucre et de caféine. J'ouvre la porte du réfrigérateur puis balance une vingtaine de boissons différentes dedans.

Vous aussi vous trouvez que c'est beaucoup trop ?

J'avoue que sur ce coup-là, j'abuse peut-être un peu mais je ne veux vraiment pas m'endormir au volant, ce serait extrêmement bête de mourir dans un accident de voiture alors que je viens d'échapper à une mort quasiment certaine. J'en ai marre, sérieux c'est pas une vie, qui s'arrête dans une station pour acheter vingt putain de boissons énergisantes pour éviter de mourir ? Personne. Je suis dans une fiction ou pire une caméra cachée ? Qui fait encore des caméras cachées, sérieux on est plus en deux milles dix-huit.

Je paye, posant deux billets de cent dollars sur le comptoir et pars de cet endroit.

Une fois dans la voiture, je dépose mes achats sur le siège d'à côté puis ouvre une des boissons. Ma gorge est tellement sèche que j'ai l'impression de revivre quand je bois la première gorgée. Je referme le bouchon et redémarre, plus le temps de m'arrêter sinon l'avion partira sans moi et j'aurais l'air malin à faire trois putain de jours de voiture.

Je remets mon GPS et ma musique mais un numéro masqué en a décidé autrement. Je reprends mon téléphone et décroche :

- « Sí ? » (oui)

Pas de réponses. Ça recommence, vous savez j'ai aussi le droit à un peu de tranquillité hein ?

- « Hola ? » insistais-je. (allô)

Toujours pas de réponses. Je commence à péter un câble là. Mais que le monde aille se faire voir vraiment ! Lâchez moi la grappe avec vos conneries !

Je m'apprête à raccrocher quand une voix féminine et douce parvient à mon oreille :

- « Alma ? Mi hija ? » (Alma ? Ma fille ?)

Ça y est. Je respire. Enfin un peu de réconfort dans ce monde merdique.

Ma mère, Lucia.

Qu'elle soit bénite par le Seigneur, elle ne pouvait pas mieux tomber.

- « Mamá ! Cómo has estado desde hace tiempo ? Lo siento, Jú-je me tais, incapable de le prononcer, j'arrive pas à dire son prénom. (Maman ! Comment tu vas depuis le temps ? Je suis désolée, Jú-)Júan me prohibió tener cualquier contacto con el mundo exterior, habría interrumpido mi entrenamiento según él. Lo conoces, siempre es demasiado serio. » Dis-je dans un rire discret, essayant de paraître naturelle. Je dois serrer les dents pour éviter d'attirer l'attention de la femme.(Júan m'a interdit d'avoir n'importe quel contact avec l'extérieur, ça aurait perturbé mon entraînement d'après lui. Tu le connais, il est toujours trop sérieux.)

Elle rigole face à ma blague. Un rire franc, même cristallin, ce genre de rire qui vous donne envie de sourire sans retenues. Mais dans le contexte où je me trouve, il m'arrache le cœur.

Je continue de regarder la route, consciente que la moindre erreur, c'est la mort qui m'attend.

Je serre mes doigts autour du plastique, me concentrant pour ne pas flancher mais les souvenirs de noux deux reviennent en boucle, le pire c'est que se sont des choses toutes connes, comme la fois où un fait un bière-pong et qu'il s'est pris la balle dans la tête.

Je me souviens d'avoir éclaté de rire en le voyant se tenir le front, surtout que c'était pas totalement de ma faute : la balle avait ricoché sur la surface en bois et s'est élancé vers son visage.

Je souris juste en voyant le souvenir se matérialiser devant mes yeux. Et malgré que ça me procure de la joie, cela me rappelle aussi que je n'ai rien pu faire, je me suis barrée, comme une lâche. J'aurais dû l'aider, tuer ce bâtard ou atténuer l'hémorragie. Mais j'ai rien fait de tout ça.

- « Alma ? Estás llorando ? Qué le pasa a mi princesa ? Estás bien ? »(Alma ? Tu pleures ? Qu'est-ce qui se passe ma princesse ? Tout vas bien ?)

Bien joué Alma, t'es vraiment trop conne hein, tu peux pas te retenir juste cinq petites minutes ?

Et merde. J'ai merdé.

J'essaye d'essuyer rapidement les larmes qui dévalent sur mes joues et de reprendre ma voix normale mais ça sert à rien, l'effet empire quand on essaye de le diminuer.

Vous aussi quand vous pleurez vous avez la voix plus aiguë et qui se brise un peu ? Et bah là c'est pareil.

- « Lo siento, mamá ! Lo siento mucho ! Te lo contaré cuando llegue a casa, pero díselo a la abuela y dile que es importante, dile que se trata de la familia. »

(Je suis désolée maman ! Tellement désolée ! Je t'en parlerai quand je rentrerai mais préviens mamie et dis lui que c'est important, dis lui que ça concerne la famille.)

J'arrive pas à respirer calmement, je sens que je vais faire une crise d'angoisse.

Pas maintenant. Pas maintenant. Pas maintenant.

- « Qué ha pasado ? Vas a seguir ? Cuéntame qué pasó allí ! »(Qu'est-ce qui s'est passé ? Dis moi ce qui s'est passé là-bas !)

À présent, c'est elle qui panique. J'ai le chic pour pourrir la vie des gens moi dis-donc !

- « No puedo decirte así, no por teléfono, realmente prefiero decirte lo contrario. » fis-je le plus calmement possible, trop secouée pour faire une vraie respiration ou pour vider mon cerveau de tout ce qui se passe. (Je peux pas te le dire comme ça, pas par téléphone, vraiment je préfère te le dire en face.)

- « Alma, pásame Júan, de inmediato. » (Alma, passe moi Júan, tout de suite.)

Et là j'ai senti mon cœur s'éteindre dans ma poitrine. J'ai perdu le roi de ce corps mort. Mes larmes doublent, là si je ne m'arrête pas, moi aussi je vais rejoindre le diable.

- « No puedo… je perds ma voix un peu plus à chaque fois que je lui parle, cette sensation me broie les poumons. No puedo. NO PUEDO ! (Je peux pas… Je peux pas. JE PEUX PAS !)

Je me déteste putain, je suis pathétique. Quelle enfant ose hausser le ton sur celle qui lui a donné la vie, surtout quand celle-ci s'inquiète seulement pour elle car ça fait deux ans qu'elles n'ont pas eu le moindre contact.

- « Dónde está tu tío ? » me demande t-elle sérieuse. (Où est ton oncle ?)

Je ne réponds pas, je ne veux plus répondre. Je veux disparaître, je ne vais pas assumer cette discussion, cette situation même. Commençant à s'impatienter, elle me dit finalement :

- « Muy bien, te envío el jet ahora y volverás a casa de inmediato, sin desvío o me oirás. »(Très bien, je t'envoie le jet maintenant et tu rentres tout de suite, aucun détour ou tu vas m'entendre.)

Elle avait déjà raccroché, je crois que je ne me suis jamais autant sentie minable, misérable de toute ma vie.

La musique reprend, ne me laissant pas le temps de digérer ce qui vient de se passer. Je ne pouvais pas lui dire, pas par téléphone. Je pleurs, encore, encore et encore. J'arrive pas à m'arrêter, toute la pression de ces dernières années retombe à cause d'un appel, un truc qui a duré à peine trente secondes.

J'avais oublié ce que ça faisait de pleurer, cette pression que tu as dans la cage thoracique, le mal de tête qui s'arrête pas à trop penser, la douleur dans ta mâchoire qui ne peut pas s'empêcher de trembler. J'ai mal, j'ai tellement mal. Je veux que tout ça s'arrête, laisse moi tranquille chienne de vie.

Je regarde cette route infernale dans l'espoir de trouver un petit espace ou me poser le temps de faire un break. J'arrête pas de frotter mes yeux humides et sûrement rouges, ce qui me provoque des démangeaisons.

Je continue à avancer doucement jusqu'à ce que j'aperçoive qu'une des lignes se sépare de l'autre pour déboucher sur une aire pour les WC. Je m'engage dans cette voie et me stoppe sur l'une des nombreuses places vides éclairées par les lumières jaunes des lampadaires.

Arrêtée après seulement quelques secondes, je claque mon front sur le volant, ce qui provoque l'activation du klaxon mais je n'en ai rien à faire, je suis seule et désespérée. Je le fais plusieurs fois jusqu'à ressentir la douleur, je m'en veux d'être aussi inutile.

Sans m'en rendre compte, je mis à renifler comme une gamine. Je touche une de mes narines et mon hypothèse est confirmée : mon doigt est mouillé.

Tu dégoutes.

Ça va c'est juste de la morve, la mienne qui plus est.

Je me penche et ouvre la boîte à gants, récupère les mouchoirs que j'avais laissé et commence à me moucher.

J'ai mal au crâne, j'ai envie de dormir et même si le fait que le jet arrive bientôt et que le pilote est payé pour m'attendre ou me transporter, je ne peux pas me permettre de m'endormir ici, c'est trop dangereux. Même dans l'avion, à plus de dix milles kilomètres au-dessus du sol, je n'arrive pas à fermer l'œil.

En regardant droit devant moi, dans la nuit, j'espère sincèrement qu'elle puisse m'apporter du réconfort ou la solution comme elle l'a toujours fait jusqu'ici.

Tient c'est vrai ça, elle a toujours été là pour nous. La seule qui ne nous ait jamais trahis au final.

Je souris devant cette pensée, c'est marrant, j'ai toujours eu l'impression que ma conscience et moi étions deux identités différentes. Elle dit et pense des choses comme une vraie personne, je trouve ça tellement passionnant. J'ai toujours été fasciné par le comportement du cerveau humain, il y a tellement de choses à dire, à étudier, à faire. Bref j'adore ça.

□□

Le reste du trajet n'a pas posé de problèmes, en vérité je ne l'ai même pas vu passer, la musique m'a principalement aidé à l'oublier.

Ça doit faire dix minutes que je suis arrivée à Juneau, mais mon GPS est vraiment merdique, franchement un aéroport c'est facile à trouver non ?

Je commence à m'énerver sur l'écran mobile alors que le feu est passé au vert depuis quelques secondes déjà. Les véhicules derrière moi me klaxonne pour que j'avance mais je n'entends rien, trop concentrée à chercher le bon itinéraire.

Sauf que quelqu'un toque à ma vitre, m'obligeant à dévisser mon regard et à le regarder lui. C'est un homme, dans la quarantaine je dirais, qui commence à s'impatienter vu comment il frappe de plus en plus fort. Je sursaute la première fois mais après une dizaine de coups, je commence à m'habituer.

Agacée de son comportement, je baisse le verre et tout de suite fait, il m'attrape par le col et me rapproche de son visage, trop près à mon gout.

- « Eh ! Ça va on gêne pas trop ton petit cul de princesse ? Tu fais chier tout le monde, donc soit tu bouges ton cul de salope soit-

- « Soit je suis une princesse soit une salope mais les deux en même temps ça colle pas. Et tu me ferras le plaisir de te décoller de moi, ton haleine de porc soul me donne envie de vomir. » Le coupais-je, très peu intéressée par ce qu'il me raconte.

Qu'est ce qui nous retient d'enclencher sa mère à celui-là ?

C'est vrai ça ? Qu'est-ce qui me retient ?

- « Alors toi petite fille à papa, je vais t'enfoncer ma bite tellement profond dans ta gorge qu-

Voilà, j'ai ce qu'il me faut. Quand on pousse le bouchon trop loin... Bam !

Il n'a pas eu le temps de finir sa phrase qu'il se retrouve allongé sur le sol, avec une balle, dans la tête, beignant dans son sang.

Les gens s'affolent, certains crient, d'autres s'enfuient. Mais qu'est-ce que j'en ai à faire des autres hein ? Je suis Alma, tachez de le retenir, je ne crains personne, je ne dois rien à personne, et si je veux, j'obtiens. C'est aussi simple que ça.

Cette fois, c'est de mon propre grés que je sors ma tête, m'accoudant contre le rebord de ma fenêtre encore ouverte.

- « Qui crois-tu être pour me parler comme ça ? Il y a peu de choses qui m'énerve dans la vie sache le, mais le manque de respect en fait partie. Maintenant, va, vole vers notre créateur et dis-lui ceci : Qu'il se prépare car quand mon tour viendra, le diable sera un ange à côté de moi »

Je suis vraiment en train de parler à un mort là ?

Je range mon arme dans la boite à gants, je n'ai pas été maligne sur ce coup, je laisse mon bras pendre contre ma portière avec une arme dans la main, à la vue de tous. À croire que c'est un trophée de guerre. On dirait une malade. Je suis là, dans ma voiture, armée, en plein centre, heure de pointe -bien évidemment-, en train de fixer un cadavre. C'est officiel, je suis tarée.

La voix de mon téléphone me reconnecte à mon objectif de base : « Arrivée à l'aéroport de Juneau dans quinze minutes. »

Il t'en a fallu du temps à toi.

Je redémarre et suis le chemin indiqué, allez Alma plus que quelques heures et tu retrouveras le sol mexicain. Cette simple idée me réjouit. Ah le Mexique, y'a pas de meilleur endroit au monde, je peux vous l'assurer !

□□

L'arrivée à l'aéroport fut comme le paradis, j'ai cru que ça ne se terminerait jamais tout ça ! Je détache ma ceinture, ouvre la portière et juste au moment mon pied s'est appuyé sur le sol, un électrochoc a travers l'entièreté de mon corps. Ça c'est le signe qu'il fallait vraiment que je me dégourdisse.

Je me retourne et me penche vers le siège passager. Je récupère mes ordures -parce ouais j'ai fini toutes les bouteilles, je vous l'avais dit- vais les jeter dans la grande poubelle. Déjà que je dois abandonner cette voiture, autant la laisser propre.

Je prends ma valise, récupère les clefs et les balance dans une des grandes poubelles. Avec un peu de chances, si un pauvre fouille ici, il gagnera une voiture avec une valeur de plus de soixante-dix milles balles, franchement c'est pas rien. Enfin pour ça il faut qu'il la retrouve. Comme on dit : le malheur des uns fait le bonheur des autres.

Je rentre dans le hall et prends une minute ou deux pour profiter de la chaleur qu'offrent les radiateurs. Je suis à ça de dormir sur la moquette.

Je continue de marcher à contre cœur et passe à l'enregistrement des bagages, porte mon sac et cours presque pour rentrer le plus vite possible chez moi.

Je m'arrête devant les gens qui attendent pour les billets. La file est longue et flemme d'attendre donc je sors mon portable. J'ai du temps à perdre, et pour le passer au plus vite ou pour distraire mon cerveau, je commence à écrire un pavé à Galia.

Cette petite tête blonde, ça fait depuis la petite section que je me la coltine. On a toujours été dans la même classe, et ça jusqu'au BAC. Elle est rapidement devenue ma meilleure amie et depuis ça on s'est plus lâchées. Nos parents « travaillaient » ensemble, ce qui nous donnait l'opportunité de nous voir très souvent.

On est les deux opposés elle et moi, elle c'est le petit ange blond aux yeux noisette, douce, calme bref la parfaite petite fille. Moi j'étais la petite diablesse aux cheveux aussi noirs que le charbon, yeux marrons très foncés, agitée, bruyante... Je la considère plus comme la sœur que je n'ai jamais eu que ma meilleure amie, le lien qui nous unis est tellement puissant qu'il n'y a pas de mots pour nous définir pourtant j'ai tout de même un coup de cœur pour ce que m'a dit ma mère : coup de foudre amical. J'aime trop cette façon de nous décrire, je ne sais pas pourquoi.

Une voix me sort de mes rêveries, elle m'appelle. C'est une jeune femme, elle est belle, très belle. Ses cheveux attachés en un chignon lui donnent un air autoritaire mais ses yeux de biches adoucissent totalement ses traits, et son sourire, il peut guérir tous les maux. Dans d'autres circonstances, je lui aurais probablement rendu son sourire mais là je n'ai vraiment pas le temps pour les formules de politesses.

Je m'avance vers elle, elle me sourit toujours puis me sort la phrase de politesse qu'elle a dû apprendre par cœur :

- « Bonsoir Madame, quelle est votre destination et la compagnie de vol souhaitée s'il vous plait ? » demande-t-elle en me souriant chaleureusement.

- « Bonsoir, San Diego, Mexique avec Galun'air s'il vous plait. »

Quand j'ai prononcé la fin de ma phrase, j'ai vu son visage se décomposer et blanchir puis en un claquement de doigts, son sourire disparaitre et ses yeux se gorgeaient de petites perles.

Oui mon nom fait peur, vous ne m'apprenez rien.

- « Bonsoir mademoiselle, mille excuses je ne vous avez pas reconnue dit-elle en baissant la tête immédiatement pour ne pas affronter mon regard neutre, sans vie. Je préviens tout de suite le service de votre venue. » m'informa-t-elle en se ruant sur le téléphone comme ci sa vie en dépendait -ce qui n'est pas complétement faux-

- « Pas la peine, prévenez juste le pilote et l'équipage du jet de ma présence, au diable les formalités, je ne suis pas mon père. » dis-je d'un ton plat et lassé.

Elle hocha la tête et passa l'appel. Je me suis fait violence pour le dire, ça m'arrache le cœur à chaque fois.

- « Mademoiselle, vous pouvez y aller, très bon retour parmi nous et bon voyage. » souffle-t-elle dans un sourire de politesse.

Je fais un petit mouvement de tête et m'engouffre dans la foule pour rejoindre mon vol.

Mexico, j'espère que tes autorités ont été renforcées depuis mon départ parce maintenant, c'est moi qui ai les rênes et cette fois, je ne m'arrêterai qu'une fois morte...

———————————

Bonsoir tout le monde ! Comment vous allez ? Comment s'est passé votre journée ?

J'ai cru que j'allais jamais réussir à finir d'écrire ce chapitre. Je sais pas, j'arrêtais pas d'avoir des blocages, bref horrible. Je me sens comme ça actuellement :

Bref, j'espère que ce chapitre vous aura plu (juste j'ai posté en avance le chapitre 2 et je vais voir si je peux faire le 3 demain mais je ne vous garanti rien)

N'oubliez pas voter <3

Prenez soin de vous

Gros bisous, M.J

(: Anyway - Noah Kahan)

_____

Au dessus de Mexico, Mexique, 3h56

Le ronronnement de l'appareil me berce un peu pourtant je n'arrive pas à m'endormir, et je n'en ai pas envie. J'ai toujours l'impression que quelque chose de terrible va m'arriver si je ferme les yeux rien qu'une minute.

Je sais pourquoi je suis comme ça, je sais ce qui m'empêche de dormir depuis sept ans maintenant.

Mais même si je me force à fermer les yeux, je n'y arrive pas. Peu importe le nombre de tentatives, je me réveille à chaque fois en sueur et en criant. J'envie tellement les personnes qui dorment toute la nuit, sans se réveiller toutes les cinq minutes, sans cauchemars, sans peur...

Le hublot me fait de l'œil depuis tout à l'heure donc je tourne la tête vers celui-ci et admire ce qu'il y a en bas, j'avais oublié à quel point Mexico était belle la nuit, les millions de petites lumières éclairent la ville, ma ville, mon empire. Cet endroit m'avait atrocement manqué.

Je reconnais même de là-haut Kataplum, c'est un immense parc d'attraction, c'est -je pense- l'endroit qui m'a autant vu grandir que mi casa. J'y passais tous mes mercredis après-midi avec Galia, à nous engouffrer de bonbons et à essayer tous les manèges et attractions possibles.

Je souris en me souvenant de cette fameuse promesse que j'ai faite avec elle. Cette promesse qui est encrée dans ma peau à jamais.

Je baisse les yeux vers mon flan droit et relève le vêtement qui cache mon tatouage : « La vida es solo un paso, nuestra amistad es una certeza. » C'est peut-être un peu cul-cul mais cette phrase est gravée dans mon âme depuis qu'elle me la dite, et aujourd'hui, elle l'est dans ma chair pour ne jamais l'oublier. Je commence à pleurer comme une gosse mais la nostalgie est trop présente pour que je reste de marbre. Je ressors mon parquet de mouchoir et souffle, j'essuie ensuite mes yeux et vérifie que je n'ai pas l'air d'une droguée avec mes yeux rouges. Surtout pas le jour de mon retour.

J'atterris dans deux heures à peine et je sens déjà l'euphorie s'emparer de mon corps. Tout mon être tremble et rien que le fait de revoir ma famille, les larmes que j'avais essuyées remontent. Deux ans sans eux, ça peut paraitre minuscule sur l'échelle d'une vie mais pour moi, j'ai l'impression que ça fait dix ans que je suis partie.

Un serveur arrive et me demande si tout va bien. Perturbée par sa question, je le regarde et il m'indique mes joues, je ne comprends pas tout de suite mais c'est en sentant de l'humidité sur la base de ma gorge que je tilte. J'essuie maladroitement mes larmes et sourit au serveur en lui demandant un martini. Il hoche la tête et part aussi vite qu'il est venu.

Pourquoi tu bois toi ?

Je ne sais pas. J'ai besoin de me vider probablement, j'ai trop de pression à l'intérieur et je veux dormir un peu. Ça fait si longtemps que je n'ai pas eu une nuit complète, si me souler est le seul moyen, alors ainsi soit-il.

Le serveur revient avec ma boisson et me demande si j'ai besoin d'autres choses, je secoue la tête et il s'en va. Je regarde ma boisson et la fait tourner doucement, je suis perdue quelque part mais je ne sais pas où, ma vision est floue pourtant je me sens bien, je suis comme qui dirait dans les vapes.

Je ferme les yeux et bois quelques gorgées de mon martini. J'avais oublié quel goût ça avait et pourquoi j'aimais tant cette boisson.

Je sors mon portable de ma poche et regarde si Galia a répondu ou vu mon message, et c'est le cas. Elle m'a répondu, c'est peut-être la même longueur de message mais ça ne m'étonne pas, après tout ce temps, on en avait des choses à se dire :

23:49

A mi amante :

Salut ma belle, j'espère que tout va bien pour toi. Ça fait tellement bizarre de te parler après si longtemps mais j'avais besoin de te parler. Ce que je vais te dire ça va être un peu brouillon et tu vas sûrement penser que je suis bourrée mais s'il te plait, lis ça jusqu'au bout.

Pendant ces 2 dernières années j'ai pas arrêté de penser à toi, à nous. A tout ce qu'on a traversé ensemble, de la primaire jusqu'au lycée et même après. Je sais que j'ai l'air d'une putain de défoncée et que, ce que j'écris c'est du grand n'importe quoi mais je voulais te dire merci, merci de toujours avoir était là, même quand toi aussi t'étais au plus bas. Merci de ne pas être partie malgré tous les coups que je t'ai fais subir et pour toutes les fois où j'ai été la pire des salopes. Je te remercie de ne pas m'avoir écouté ce soir-là... Ce que j'ai dis c'était de la pure et simple colère, j'ai eu peur de te perdre et pour me protéger, j'ai mis le masque de la meuf froide et qui s'en fou de tout, celle qui est atteinte par rien ni personne, tu sais comme les pouffiaces des séries américaines qu'on regardait au lycée, et pourtant t'es restée là, dans le froid avec moi, à attendre que je finisse de te cracher tout ce que j'avais à la gueule.

Et je voulais te dire je t'aime aussi, je t'aime pour ce que tu es, qui tu es et ce que tu me fais devenir : quelqu'un de meilleur. Je t'aime trop, je t'aime tellement. Je rentre demain matin, gros bisous, je t'aime.

Vu, à 00:16

1:48

De mi amante :

Hola mi amor ! Je suis désolée de pas t'avoir répondu plus tôt, j'étais avec James. Ahhh ça fait trop bizarre de te reparler après tout ce temps mais pourtant rien n'a changé, c'est trop bizarre. Moi aussi j'ai beaucoup pensé à toi surtout le jour de ton départ, j'ai cru que je n'allais jamais m'arrêter de pleurer. Et le plus surréaliste, c'est que pendant que t'étais je ne sais où, moi je me suis faite diagnostiquée dépressive et ça juste parce que tu es partie. Attention je ne dis pas que tu en es la cause, absolument pas.

Ce que je veux dire c'est que je suis tellement attachée à toi et à nos souvenirs que ton absence a laissé un vide, un trou très profond dans mon cœur mais t'inquiètes pas, aujourd'hui, tout va bien. Je voulais te dire aussi que tout ça c'est du passé, que j'ai vite oublié ce que tu m'as dit parce que j'ai bien compris que c'était pas la Alma que je connaissais qui était devant moi, alors ne t'excuses pas pour ça et arrête de te tracasser pour ce genre de petites choses, c'est pardonné. Et tu jouais très mal la meuf américaine insensible, tu crois vraiment que je t'ai pas vu pleurer en silence ? Blair serait tellement déçue de toi ma chérie, la prochaine fois, essaye de faire comme ci tu t'en foutais vraiment ;)Et moi aussi je t'aime Alma, plus que quiconque et c'est pas près de changer.

ET ATTENDS J'AI BIEN LU LA ?! TU RENTRES DEMAIN ? MAIS C'ETAIT PREVU OU T'AS JUSTE DIT MERDE A TON ONCLE ET T'ES RENTREE DIRECT ?!!

Vu, à 2:54

Mon cœur se serre quand je lis sa dernière phrase. Galia me connait tellement bien qu'elle sait que j'en aurais été capable et que ça aurait sûrement ce que j'allais faire mais le destin en a décidé autrement... J'aurais tellement aimé lui crier dessus, lui hurler ma rage et ma rancœur envers lui pour tout ce qu'il m'a fait subir, que je me défoule et que je parte sans lui laisser le choix, comme la moi bad-bitch le ferait, hélas je vais devoir attendre que el diablo se décide à me laisser lui coller une de ses gifles.

Je ne réponds pas à son message, je préfère lui dire tout ce qui s'est passé de vive voix, comme pour ma mère. Je trouve que ce genre de nouvelles doivent être dites en face, on ne peut pas annoncer à quelqu'un qu'un de ses proches est décédé, ça ne se fait pas, en tous cas moi je le dis directement à la personne, je ne me « cache pas » derrière un écran.

J'éteins mon téléphone et cale ma tête contre le hublot en fermant les yeux. Quitte à dormir une ou deux heures, autant que ce soit maintenant. Je vide mon esprit et respire profondément, pour éviter une nouvelle crise. Je fais tout ce que je peux mais inutile ça revient encore et encore dans mon esprit.

« Caleb je t'en prie arrête ! »

Qu'est-ce que tu crois ?

« Arrête, s'il te plait ! »

Putain mais il ne va pas s'arrêter et tu le sais !

« T'aimes ça hein ? »

Nan mais faut bien que je fasse semblant.

« Aller Alma, si tu m'aimais vraiment, tu le ferais. »

Tu ne m'as pas laissé le choix.

« Arrête de crier ou c'est moi qui te la boucle. »

Ça non plus tu ne m'as pas laissé le choix

« Putain Alma, t'es tellement serrée. »

Je n'ai pas besoin de le savoir.

« Mets la dans ta bouche. »

TU me la mise dans la bouche.

« T'es tellement bonne. »

C'est pour ça que tes mains se baladent partout sans mon accord ?

« Tu sens hyper bon Alma »

Et toi tu pues l'animal en chaleur.

« Arrête de pleurer mon cœur. »

Mon cœur ? Laisse-moi rire, tu n'as pas de cœur pour me faire subir ça.

Et voilà, le même scénario, je me réveille en pleure, je vois flou et je sens que je vais vomir mes tripes. Je détache rapidement ma ceinture et cours jusqu'au toilettes, pousse la porte et vomis ce que j'ai dans l'estomac, c'est-à-dire rien, ce que je suis en train de rejeter dans la cuvette des toilettes, c'est de la putain de bile. Je m'empresse de réunir mes cheveux au-dessus de mon crâne et le plus haut possible en faisant bien attention de n'en laisser aucuns s'échapper. J'aimerais tellement que tout ce sketch s'arrête une bonne fois pour toute.

Je me redresse légèrement, tire la chasse d'eau et m'adosse aux chiottes avec un goût horriblement amer et acide dans la bouche, qui est devenue pâteuse. Je n'arrive pas à oublier, il s'est passé trop de choses cette nuit-là, cet évènement sera à jamais gravé en moi, dans mon esprit.

Je me lève, me dirige vers le petit évier qu'offre la cabine et me rince la bouche. Je sors la petite brosse à dent qui reposait sur le marbre et la sors de son plastique. J'étale une noisette de dentifrice et commence à me brosser. Mes mouvements sont lents, plats, tout comme l'est mon cerveau maintenant.

Je regarde mon reflet dans le miroir haut dessus, je ne ressemble à rien. Mes cheveux marrons sont emmêlés, sans volumes et ternes. Toute la longueur semble abimée par mes nombreux efforts et par le froid, il faut que je fasse un soin en rentrant. J'ai des poches grises en dessous des yeux, mon teint est presque blanc. Et mes yeux, oh mon Dieu mes yeux, eux qui rayonnaient auparavant d'un éclat chocolat magnifique, se retrouvent presque noirs, sans lumières, sans vie.

Je finis mon brossage par la langue et crache dans l'évier puis me rince la bouche. Je jette la brosse à dent dans une petite poubelle et sors de la mini pièce. Je ne veux pas retourner à ma place tout de suite, je vais continuer de boire un peu, j'en ai besoin.

Je tire un des tabourets du bar et commande un whisky. La barmaid devant moi me dévisage et se barre, sûrement pour me préparer mon verre.

Euh tu veux quoi toi ? Mais qu'est-ce qu'ils ont tous aujourd'hui ?

Elle revient avec ma commande en me disant avec nonchalance :

- « T'étais où ? »

Excuse-moi ? T'es ma mère ?

- « Pardon ? » demandais-je stupéfaite par son manque de tact et sa curiosité trop poussée.

- « T'étais partie où ? » répète-elle sans me regarder, continuant à essuyer son verre.

Je n'en reviens pas, c'est qui elle ? Pour qui elle se prend ? Je vais te faire avaler ton verre ma « jolie ».

- « Bah réponds moi nan ? Grouille, j'ai pas tout ton temps. »

Je la regarde, bouche-bée. Mais qu'est-ce qui vient de se passer ? J'essaye de prononcer quelque chose mais les mots sont coincés dans ma gorge. C'est humainement possible d'avoir autant de culot ?

Elle daigne enfin à relever ses deux iris noires vers moi et dit tout naturellement :

- « Tu sais quoi, je m'en fous finalement. » dit-elle en se retournant.

Et elle est partie, faisant mine que cette scène ne venait jamais de se produire.

Je serre tellement mon verre dans ma main que je sens que je pourrais le briser si je forçais un peu plus.

Non sans lui laissant un regard noir qui lui aurait probablement liquidé les omoplates, je bus mon alcool d'une traite et le claqua contre le bar. Oui c'est ridicule la façon dont j'agis, je suis largement capable de lui péter son nez sur ce qui lui sert de comptoir mais je me tais, préférant éviter toutes altercations jusqu'à la maison et je n'ai pas la force de m'embrouiller avec une pimbêche qui a la gueule de Golum.

Je retourne m'asseoir mon canapé en ayant le ventre qui bouillonne de rage. Je te le promets pétasse, que tu vas regretter tes paroles.

□□

Mon avion va atterrir dans quelques minutes et je sens que je ne vais pas réussir à me contenir. J'ai trop d'émotions et les refouler semble presque impensable.

Je détache ma ceinture, prends ma valise et sors de l'avion. À peine sortie, la chaleur mexicaine me colle à la peau, me rappelant comment j'avais froid là-bas. Je descends les escaliers en fer et m'avance vers mon chauffeur adossé à ma Ferrari rouge. Il me sourit, et prend ma valise.

- « Le Mexique était glacial sans vous, patrón. » me dit-il avec un sourire en coin.

- « C'est pour ça que je suis revenue. Et ne m'appelle pas comme ça. »

Je souris et lui cours dans les bras. Celui-ci m'encadre de ses bras musclés et me serre plus fort comme si j'allais repartir. Mais je ne partirai pas, je ne partirai plus jamais. Vous m'avez trop manqué pour que je reparte.

Il pose sa tête sur mon crâne et inspire l'odeur de mes cheveux, mon odeur.

- « Tu m'as tellement manqué hermana. » (ma sœur)

- « Tu m'as manqué aussi idiota oscuro » (sombre idiot) chuchotais-je en plongeant ma tête dans son cou pour cacher mes pleurs. Ses câlins, aussi rares soient-ils, me procurent un bien fou, mon frère est une sorte de thérapie à lui seul.

- « Mama pleurait tous les soirs, elle disait qu'on lui avait enlevée une partie d'elle. Plus jamais, Alma, plus jamais tu nous fais vivre ça, torcido ? » (compris ?)

Ah parce que maintenant c'est de notre faute ? Nan mais je rêve là, on n'a jamais demandé à partir nous, au contraire, on voulait rester là !

Je sers plus fort son tee-shirt pour ne pas lui lancer un pic, ce n'est ni le lieu ni le moment. Je me dessers de lui et monte dans la voiture.

Ah, c'est si bon de rentrer chez soi !

C'est vrai, ça fait du bien de rentrer à la maison, je suis trop pressée de voir mes autres frères, Diego a 16 ans maintenant, anh mon petit bout devient un homme, j'en pleurais presque.

James monte du côté conducteur, met le contact et démarre le moteur. Le bruit que fait mon bijou me donne des frissons. À ce que je vois, il y en a certains qui ont profité de mon absence pour s'amuser un peu.

- « Si je découvre qu'elle a la moindre petite égratignure, je t'arrache les deux mains. »

Il rigole face à ma phrase et accélère la cadence, ce qui me fait m'enfoncer encore plus dans mon siège en cuir.

- « Je ne rigole pas avec toi moi, elle a intérêt à être comme je l'ai laissé. »

Cette fois il me regarde dans les yeux, pour voir si je plaisantais mais non, et il sait que j'en suis capable. Même si c'est mon frère de sang, personne ne touche à mes voitures ou à ma moto. C'est mon fric, mes affaires.

Le blond ne dit rien pendant quelques secondes, concentré sur la route, puis reprit avec sérieux :

- « T'inquiète pas, personne n'est assez inconscient pour toucher ou même regarder la Ferrari de la grande Alma, même abuela nous a interdit de s'en approcher, c'est pour te dire. C'est elle-même qui l'a fait tourner pour pas qu'elle prenne la poussière. »

Attends quoi ? Abuela a fait ça pour moi ? Elle n'aurait pas dû, son dos ne lui permet pas de faire ce genre de choses.

- « T'as toujours été sa préférée, elle ferait tout pour toi, déplacer ta voiture une fois tous les trois jours, c'était du gâteau pour elle. »

Merde, j'ai parlé à voix haute ?

« Quand t'es partie, elle arrêtait pas de nous dire que t'étais incroyable, belle, intelligente, drôle, avec un corps de déesse, une personnalité pas comparable. Elle nous racontait tous tes exploits. Que t'avais tout pour toi et elle n'a pas tort. Il ne me regarde pas, j'ai même l'impression qu'il est jaloux de moi. J'aime pas du tout la tension qui est en train de se créer entre nous. Il descelle sa main du levier de vitesse et vient entourer la mienne en continuant. Tu sais Alma, ce qui s'est passé ce soir-là, ça nous a tous atteint. Toi plus que tout le reste, c'est évident mais pendant les 2 semaines où tu étais enfermée dans ta chambre, maman ne s'est jamais pardonnée, elle répétait en boucle qu'elle avait bafouer ton honneur, qu'elle était la pire des mères. Diego et Vico n'ont plus ouvert la bouche jusqu'à ce que tu sortes. Moi j'ai cru qu'on m'avait arraché l'âme. Je voyais noir, je voulais te venger mais avant que je partes chercher ton...

Il a laissé la fin de sa phrase mourir dans un souffle, sûrement par peur de me blesser. Mais cet évènement est caduc comparé à celui d'hier donc il peut le dire, je suis plus à ça près et j'ai plus 16 ans. Je ne suis plus une gamine.

- « Violeur, James. C'était un putain de viol et on peut pas changer le passé donc arrête de me parler avec ton espèce de tendresse, ça m'insupporte bordel ! » criais-je, à fleur de peau.

Pourquoi on me parle comme un bébé ? Allez y sérieusement je peux encaisser.

Et pourquoi on est parti sur ce sujet ? Il sait que cette une ligne est très facile à briser.

- « Pardon, pour chercher ton violeur..."

Il l'a chuchotait. C'était tellement bas que j'ai cru halluciné.

Putain Alma il vient de te dire que ça l'a impacté et toi tu lui cris dessus ? Nan mais c'est quoi ton problème ?

- « Excuse-moi, je suis tendue, continues s'il te plait. » dis-je en serrant un peu plus fort sa main pour l'encourager.

- « J'ai vu grand-mère pleurait toutes les larmes de son pauvre corps, elle s'en veut encore. Elle m'a dit une fois que c'était sa faute, qu'elle n'avait pas su te protéger comme tu le méritais. C'est là que j'ai compris. La vengeance peut-être un acte honorable mais quand la familia a besoin de toi, tu te dois de rester pour éviter qu'elle s'effondre. »

Je ne réponds pas, juste parce qu'il n'y a rien à répondre à ça.

Ça doit faire cinq minutes qu'on est arrivés à la maison, garé devant la propriété où j'ai vécu vingt-et-un ans de ma petite vie, mais aucun de nous deux ne sort. Moi je ne veux pas à assumer le courroux de ma mère et de ma grand-mère... Je ne sais pas, il en a dû s'en passer des choses en mon absence, c'est très possible que ce soit d'ailleurs la raison du silence du mon frère ou qu'il soit encore avec moi dans le véhicule. Peut-être qu'il attend simplement que ce soit moi qui sorte en première ?

Ne supportant plus ce silence pesant, je détache ma ceinture et claque ma portière.

Je regarde le parking de la maison, beaucoup de voitures y sont placées et parties toutes je reconnais celle de Júan, ce qui signifie qu'en plus d'annoncer la nouvelle à ma petite famille, je dois le dire à toute la famille, à sa femme et sa fille...

Pourquoi c'est toujours moi le messager de la mort ? Pourquoi c'est toujours moi l'ange noir ?

———————————

(: Yebba's Heartbreak - Drake)

_____

Mexico, Mexique, 7h34

Le vent chaud chatouille mes cheveux. Je regarde le soleil qui commence à se lever, les couleurs qu'il nous offre sont divines. Un dégradé de rouge jusqu'à un bleu pastel sublime. Je prends le temps de respirer l'air pur du matin. J'aime ce genre de moment : seule sur mon balcon, avec mon café, en regardant la mer, entourée par le silence paisible.

Ah la la, Mexico c'est quelque chose.

J'en souris rien que d'y penser. Je ne le répèterais pas assez mais cet endroit est le meilleur du monde, Paris, New-York ou le Japon n'égaliseront jamais le Mexique.

Ça fait trois heures qu'on est rentrés avec James. Je n'ai pas dit ce qui s'est passé à mama ni à Camelia, d'ailleurs abuela a très bien compris que d'un, la pilule allait être dure à avaler, pour eux comme pour moi, que ce n'était pas un petit coucou pour dire bonjour et de deux, je ne pourrais pas cracher ça puis reprendre ma petite vie, faire semblant...

Néanmoins, le conseil familial a toujours bel et bien lieu et c'est dans ces moments là que je préfère me ressourcer dans la solitude. Comme on dit, le calme avant la tempête.

Je finis les dernières gorgées de mon café, rentre à nouveau dans ma chambre et vais choisir mes vêtements. Les habits que je me suis trimballée pendant deux jours n'ont été pas brûlés par mes soins mais par ceux de Vico. Ce petit -ce n'est pas vrai il est hyper grand, il fait deux têtes de plus que moi- bonhomme est le frère dont je suis le plus proche.

Ce n'est peut-être pas très juste mais Vico est le seul qui a osé venir me parler après mon viol, enfin pour être plus claire : Pendant deux semaines d'exil, Vico m'amenait tous les jours mon plateau repas, me parlait à travers la porte, me racontait ses journées au collège et qui a tout fait pour me faire sortir comparé aux autres membres de ma famille qui me disaient de prendre mon temps.

Après c'est mamie qui a pris le relai. C'était la seule qui a pu entrer dans ma chambre. Je ne l'ai jamais remercié pour tout ce qu'elle m'a apporté de positif dans ma vie mais elle le voit dans mes yeux, elle voit qu'elle m'a sorti d'un océan très grand : la dépression.

Après cette période, j'ai réussi à sortir de ma pièce, j'ai tout fait pour pas de nouveau m'enfermer. Et elle, elle m'a épaulé pendant toute la durée de ma maladie : elle m'a accompagné à tous mes rendez-vous chez le psychologue et le psychiatre, elle m'a lavé et m'a obligé à m'habiller, elle me faisait faire des tours de voiture pour me sortir. C'est d'ailleurs de là que je tiens ma passion actuelle pour les voitures de course.

J'étais devenue un animal : il fallait me nourrir, m'habiller, me laver, me sortir. Et elle l'a fait. J'admire cette femme, j'admire qui elle est et son courage pour avoir pris soin de moi pendant très très longtemps. Elle a réussi à me bouger mais en douceur, je ne savais même pas que c'était possible de faire ça. J'espère que je serais aussi incroyable quand je serai grand-mère, enfin si j'ai des gosses un jour.

Je secoue la tête pour oublier ce moment de ma vie. Je cherche dans la penderie une chemise, franchement je prends la première qui me vient : c'est une verte forêt. Elle est incroyable, je me rappelle très bien son histoire.

On était à Milan avec Galia, le voyage avait été réservé et payé pour mes dix-sept ans. Je me souviens de lui avoir pris la tête parce que je ne voulais pas de cadeau, pas aussi chers en tout cas. Le lendemain, on a acheté des chemises dans une petite boutique pour se réconcilier. C'est comme ça qu'on fonctionne, rien de mieux qu'une virée shopping avec sa meilleure amie pour remettre les compteurs à zéro.

Je ferme la porte coulissante et me prends une jupe plissée noire, des collants opaques, et une paire de talons aiguilles. Je sors de la pièce et cours vers la salle de bain. Je regarde au passage ma montre, celle-ci indique huit heures dix-sept. Il me reste environ deux heures et quinze minutes pour me préparer, que ce soit physiquement avec une bonne douche chaude, et mentalement à annoncer à une trentaine voir quarante de personne que l'un des piliers de la grande et puissante famille Galuna est mort.

J'inspire et souffle un bon coup.

Allez Alma, tu peux le faire, tu peux le dire !

Je pénètre dans la pièce, les lumières s'allument en captant ma présence. Tout est automatisé dans cette maison.

Sérieux c'est le pied ici !

Je pose ma tenue sur la double vasque -ne me demandez pas pourquoi il y a deux lavabos alors que je suis toute seule dans cette pièce, je n'en sais rien- et regarde la pierre autour de mon cou. C'est un saphir en forme de cœur. C'est un cadeau de ma mère pour ma communion, elle m'a dit ce jour-là que ce pendentif avait traversé les siècles avec les femmes Galuna. Que c'est mon arrière arrière grand-père qui l'a offert à sa femme et qu'elle-même l'avait donné à sa fille, et de fil en aiguille, il est arrivé dans mes mains. Elle m'a dit aussi que je devrais le donner à ma fille et celle-ci à sa fille.

Cette histoire m'avait tellement marqué me que je crois que je ne l'ai plus jamais enlevé depuis. Ce qui me fait rire c'est que maintenant que c'est moi qui le porte, ce n'est pas le sang qui coule dans mes veines qui fait de moi une Galuna, mais bien un caillou de dix-sept carats. Malgré ça, pour rien au monde je le vendrais, donnerais ou tout ce que vous voulez. C'est mon héritage familial, pas celui du monde entier.

Ayant fini de rêvasser, je me dirige vers le mitigeur pour régler la température de l'eau. J'attends ensuite quelques secondes avant de glisser dans la douche italienne.

Je souffle de bonheur. Ne jamais sous-estimer les biens-faits d'une douche le matin. L'eau colle sur les muscles endoloris de mon corps parsemé de bleus plus ou moins récents. Ouais, il ne m'avait pas loupé sur ce coup-là. La nuit a été affreuse, je me suis retournée des dizaines de fois, mais attendez, j'ai pu dormir trois heures sans cauchemars ? C'est incroyable !

Tu veux une croquette ?

J'éteins l'eau et me lave le visage avec mon nettoyant, je n'imagine pas l'état de ma peau après ce long voyage glacé. Je me rince, prends mon shampooing, en verse uniquement sur mon cuir chevelu et commence des mouvements sur celui-ci.

Vous saviez qu'il ne fallait pas shampooingner les longueurs mais seulement le haut du crâne parce que la saleté s'accumule qu'ici ? Moi j'en savais rien, c'est la blondasse qui me l'a appris.

D'ailleurs en parlant de l'autre, faut que je passe lui raconter tout. Ça m'épuise déjà.

On pouvait pas juste caler ça genre demain ou après ?

Je finis par faire un soin et laver le reste, faisant bien attention à ne pas frotter trop fort les deux serpents qui ornent mes côtes et le « venenoso » au milieu de leurs deux têtes avant de couper l'eau. La buée s'étant collée aux vitres, grande gamine que je suis, j'écris nos initiales avec Galia pour les entourées par la suite d'un cœur. Oui c'est un bébé de cinq ans et demi qui fait ça mais voyez-vous, je m'en fous.

J'enroule une serviette autour de moi, ouvre la fenêtre pour aérer la salle de bain. Je prends ma crème et m'en badigeonne, j'attrape ma brosse à dent et commence à les brosser. Je connecte mon téléphone à l'enceinte et pianote le titre d'une chanson et la lance. Les vibrations me donnent envie de me déhancher, ah pardon je suis déjà en train de le faire sans m'en rendre compte. Le bit latino réveille la mexicaine en moi et j'adore ça !

L'eau sur le miroir s'est évaporée et je commence à discerner mon reflet. J'ai repris des couleurs, plus de cernes, plus de noueux et j'ai vu mes yeux brillaient. Ça faisait longtemps qu'ils ne l'avaient pas fait.

Je crache ce que j'ai dans la bouche et me rince. Je remets la brosse dans son pot et prends ma brosse à cheveux. En fait je crois que je n'ai même pas besoin de me les démêler. J'abandonne cette idée et me les tresses à la place, j'espère que ça va reformer mes ondulations naturelles sinon je me jette par la fenêtre. Je replace ma serviette sur l'étendoir et m'habille, je prie sincèrement le Seigneur pour que mon collant ne se craque pas.

Une fois prête, je sors de la salle de bain, mets mes chaussures et regarde l'heure sur mon portable : neuf heures cinquante.

Bon bah plus qu'à attendre quarante minutes.

◻◻

Je tourne en rond comme un lion en cage dans ma chambre, je n'arrête pas de me triturer la peau de mes doigts et si je continue, c'est l'os que je vais ronger. Voilà pourquoi je déteste être stressée, ça bousille mon apparence.

Je décide de descendre, rester ici ne sert à rien a part accentuer ma peur. Je défais ma tresse pendant que j'essaye de ne pas me ramasser avec mes talons dans les marches. Chose positive, mes ondulations sont encore meilleures mais ça ne règle pas mon problème de march-es. Pourquoi il a fallu que cette famille est la folie des grandeurs ? Je ne sais pas moi, c'est sûr qu'avec tout le capital qu'on possède, construire un putain d'ascenseur c'est trop compliqué !

Heureusement que personne nous voit, t'imagine ? Oh la honte, nan vraiment Alma, marche comme la meuf incroyablement badass que tu es !

Oui je vais faire ça, ma dégaine de crabe me fait plus honte que pitié. J'essaye donc de descendre ces foutus escaliers normalement et arrive dans le salon. Personne n'est là, cool au moins je ne me suis pas ridiculisée.

Je marche jusqu'à la salle de réunion et ouvre sans toquer.

Je vous avais dit qu'elle était badass, faut juste la brusquer un peu.

Tous les regards se tournent vers moi au moment où les portes s'ouvrent dans un fracas mais la seul que je regarde c'est la doyenne des générations présentes dans cette pièce. Son regard noir est totalement compréhensible, j'ai eu le culot d'interrompre probablement une information mais je pense que les brouhahas sont infimes vu ce que je me prépare à dire.

- « Alma Azya Galuna. »

Oh ça c'est pas bon. Bon pour le mode badass, on repassera. Salut Alma, j'étais contente de te connaitre et de partager vingt-trois ans de vie commune avec toi.

J'ai dû mal à déglutir. Quand abuela m'appelle par mes deux prénoms, c'est que j'ai merdé.

Voyant que je ne réponds pas, elle reprit mais son regard s'est adouci :

- « Tu es en retard cariño mio, c'est la première et dernière fois d'accord ? » (ma chérie)

Ce n'était pas une question. J'hoche la tête positivement et vais m'asseoir sur la chaise qu'elle m'a montré avec un mouvement de tête. Elle a même pensé à me préparer un cappuccino pour que je tienne le coup. Oui les regroupements ici sont extrêmement longs, musclés et ennuyeux à mourir. Seigneur, quand cette femme partira, laisse-la à tes côtés.

- « Je disais donc, les Gomez ont invité les Luegua, enfin plutôt ce qu'il en reste. Les gloussements fusent dans la salle mais le silence revient très vite quand la vielle femme tape doucement sur la table. Personnellement, je n'aime pas ce genre de mauvaises blagues, ça ne me fait clairement pas rire moi, cette gueguerre dure depuis des siècles, ils seraient peut-être temps que ça se termine. Je baisse la tête et attends qu'on m'interpelle pour la relever. Ils organisent une soirée casino demain soir. Par chance pour nous, et malheur pour eux, c'est une soirée déguisée.

- « Ici ? Au Mexique ? Sont-ils débiles ou juste inconscients ? Dans tous les cas ce n'est pas banal. » Rigola Eduardo, un de mes nombreux oncles.

C'est vrai ça, cette assemblée est majoritairement masculine.

Que veux tu, la vie est ainsi faite très chère.

- « Oui au Mexique mais elle se déroulera à Veracruz. C'est une chance unique pour les exterminer de l'intérieur, un par un. C'était s ûr... Voilà ce que je n'aime pas dans cette famille, tant que grand-mère est à la tête, la vengeance sera toujours la première option. La diplo-matie n'existe pas dans cet endroit, pas dans cette famille, pas dans notre monde. Je veux voir ces pourritures périr sous nos coups. Et pour ça j'ai besoin d'une personne en particulier.

À peine rentrée, de nouveau partie. Vous sentez la douille arriver ?

- « Alma ? »

Sa voix m'a fait l'effet d'un coup de jus.

Bingo !

J'ai dû mettre une vingtaine de secondes avant que mon cerveau se reconnecte à la réalité et que je relève la tête. Voir que tous les regards sont sur moi encore et toujours, c'est la pire chose, je sens que ma gorge s'assèche petit à petit. Si je panique maintenant, tout est fichu. Et si je veux que toute cette folie s'arrête, je dois prendre le pouvoir et dégager toutes les potentielles menaces à mon idéal, et s'il faut que toutes les personnes présentes ici soient déshéritées pour qu'elles comprennent, alors je le ferai.

- « Hm ? »

- « Est-ce que tu m'écoutes ? » demanda-t-elle en me fixant.

- « Oui pardon, je suis un peu dans les vapes, j'ai très mal dormi. Les courbatures n'arrangent rien au sommeil. Tu disais que tu avais besoin de quelqu'un ? » dis-je sans baisser le regard. S'il y a bien quelque chose sur laquelle je suis imbattable, c'est les jeux de regards. Je décris tout et tout le temps avec mes yeux.

Ses iris vertes ne me lâchent pas, je sais qu'elle m'analyse, elle essaye même de discerner si je mens. Il ne faut pas être un génie dans le langage corporel pour le comprendre. Mais je ne mens pas, je n'en vois pas l'intérêt et surtout pas à elle. Par contre j'espère que je vais sortir vivante d'ici parce que son regard ne montre plus de l'intrigue mais de l'impatience et Dieu seul sait à quel point Azya Clara Galuna n'est pas patiente. Je pris ma boisson et commença à la boire en baissant les yeux pour enfin rompre ce contact plus qu'étrange. Ça me fait mal au cœur de m'avouer vaincue comme ça mais si on continue, demain on y est encore et c'est une bataille qu'elle a gagnée, pas la guerre. Je l'adore hein mais des fois elle fait grave peur.

- « Oui. J'ai besoin de toi sur le terrain. Je te fournirai une fausse identité ce soir pour masquer la tienne. Il serait totalement stupide de donner la vraie. Si tu parviens à réussir cette mission, tu pourras prendre ma place et diriger cette famille. »

J'ai cru que ma boisson allait me ressortir par les yeux. Je suis littéralement en train de m'étouffer et je sens que je vais recracher ce que j'ai dans la bouche quand Diego me tend une serviette.

Diego, mon sauveur. Je te revaudrais ça, je le jure sur ma tête

J'essuie mes lèvres et avale cette fois, correctement le liquide.

M'infiltrer ? Prendre les rênes ? Diriger la famille ?

Trop de nouvelles informations en même temps, c'est si soudain. Et voilà, je n'ai pas le droit à UN seul moment de répit. J'aimerais qu'on me laisse tranquille un peu.

- « Un problème ? »

Oui, oui il y a un problème ! Pourquoi moi ? Pourquoi maintenant ? James peut très bien s'en occuper, l'espionnage, l'infiltration et les fausses identités se sont ses trucs, pas les miens. Je n'y connais rien moi !

J'envoie discrètement un regard à James et il me le renvoie, signifiant qu'il n'est pas pour cette idée non plus mais ce sont les ordres.

Abuela dicte, nous on exécute sans broncher soit on est exécuté, c'est comme ça que ça marche ici.

- « Non bien sûr que non, il faudra juste que tu me donnes les papiers plus tôt pour que j'ai le temps de me mettre dans la peau de mon personnage. Et tu me connais, je réussis toujours ce que j'entreprends. »

Ça me brûlait de lui dire le fond de ma pensée mais mon plus grand défaut c'est d'avoir la langue trop pendue et elle me l'a dit très, peut-être trop, souvent donc je me la ferme.

- « Bien c'est ce que je voulais entendre, dit-elle en frappant ses paumes entre elles, et ne t'inquiètes pas pour les papiers, ça peut s'arranger, bien je pense que la réunion est terminée mais avant ça... »

Et moi qui croyais qu'on allait s'en sortir tranquillement...

- « Alma, ta mère m'a dit que tu voulais déjà nous assembler avant que j'en prenne la décision, elle m'a également dit que tu ne pouvais pas le dire au téléphone. Dans ce cas, je te laisse la parole mi ángel (mon ange), nous t'écoutons. »

Quand faut y aller...

Je me lève et joins mes mains sur mon bas ventre comme une fillette qui va réciter sa poésie à sa maitresse devant toute la classe. Ma lèvre inférieure tremble, ma vision se broie par ces putains de larmes. Je viens de perdre tout le sang froid dont j'ai fait preuve jusqu'ici.

- « Déjà, mer-merci à vous tous de vous être déplacés- un sanglot coupa ma phrase. J'inspire et expire lentement, calmement, pro-fondément. Je peux y arriver. Quand je suis partie, Juan a tout de suite voulu superviser mon entrainement, et je ne le remercierais jamais assez. Que ce soit pour ça ou pour le fait que c'était le premier, et surtout le seul, de cette assemblée qui ait bien voulu de moi. »

J'ai dit ça en regardant un à un les personnes, les membres de cette famille qui m'ont littéralement claqué la porte au nez quand je leur ai demandé de l'aide. Certains d'entre eux baissent les yeux vers leurs pompes, d'autres toussent pour briser le silence, le reste ne réagit pas.

C'est ça, rendez vous compte à quel point vous êtes égoïstes, vénales, radins et écœurants. Les liens du sang ? Vous n'en avez rien à foutre, tout ce qui vous intéresse, c'est la thune, la thune et rien que la thune. Vous me donnez envie de vomir, y'en a pas un pour rattraper l'autre. En fait nan, c'est pas du dégout que je ressens là maintenant. C'est de la tristesse. J'ai envie de pleurer face à votre nombrilisme. Comment on peut faire ça à un membre de sa famille qui vient de perdre son père, qui est paumée bordel de merde ?!

Je lance un regard noir à l'ensemble des individus. Les seules que j'ai épargnées, ce sont Camelia et Lira. J'ai fixé longuement la petite fille. Ses grands yeux verts me regardent et attendent une réponse, des longs cils noirs et épais agrandissent encore plus son regard.

Tu as hérité ça de ton père ma belle, tu vas être une frappe quand tu seras grande, encore plus que tu ne l'es déjà.

Oh ma chérie je sais très bien ce que tu vas vivre. La haine, la colère, la rancœur, la tristesse, le dégout du monde. Je sais que tu vas passer par tout ça parce que tu vas subir pendant très longtemps, c'est ce que j'ai ressenti -et ce que je ressens encore- quand j'ai appris son décès. Mais Mal est là pour toi mon ange, parce qu'elle sait ce que ça fait que de perdre son héros, son géniteur, son papa... Tu vas passer tes prochains jours à pleurer toutes les larmes de ton petit corps, crier dans ton oreiller tous les soirs, en vouloir à la Terre entière, tu vas vouloir t'isoler de tout, de maman, de tata, de tes cousins et cousines, et de moi aussi, et ça personne ne pourra te le reprocher. Parce que ce qu'on appelle le deuil, est une étape de la vie tellement difficile et tu vas te manger ça alors que l'adolescence fait déjà des ravages sur ton cerveau. Mais il faut que tu te battes, parce que tu es une battante ma grande. Tu es une Galuna, c'est ce qui fait de toi une battante. Tu as la rage de vaincre et de surmonter tous les problèmes de la vie. Alors utilise la pour te relever, prends sa main et laisse la te pousser vers l'avant.

Je respire un bon coup et reprends :

- « Aujourd'hui, c'est avec le cœur lourd et peiné, que je vous annonce que Juan Tom Galuna, est décédé au cours d'une mission pour me sauver. Une personne masquée est venue nous interrompre pendant un basique entrainement. Etant épuisée, je suis partie vers le chalet pour rentrer mais un détail avait attiré mon attention. D'habitude, quand je rentrais, il m'accompagnait mais cette fois ce n'était pas le cas. Alors je me suis retournée et je l'ai vu. Il s'était fait transpercer par une lame. J'ai réussi à m'enfuir mais je n'ai pas pu récupérer le corps. Je me tourne vers son épouse. Je suis tellement désolée Camelia, j'aurais voulu le récupérer et payé son enterrement et tout ce qui va avec mais j'ai pas- j'ai pas pu, je su- »

Et j'ai arrêté de parler. Pas parce que j'avais plus d'excuses, je lui aurais offert le monde en guise d'excuses, mais tout simplement parce qu'elle m'a prise dans ses bras. Je n'ai pas bougé pendant cinq secondes je dirais, avant de l'enlacer aussi fort que je pouvais.

- « Pardon, pardon, pardon... » Je répète ce mot en boucle, ne pouvant pas dire autre chose.

- « Arrête de t'excuser ma grande. Alma s'il te plait arrête de pleurer, tu as fait de ton mieux, tu ne pouvais rien faire, tu as été prise de court, la situation était trop compliquée. Je ne t'en veux pas, saches le, tu sais pourquoi ? » demanda-t-elle en caressant doucement mes cheveux pour me calmer. Le reste du monde avait disparu, il n'y avait qu'elle et moi. Je secoue négativement la tête. Parce que je sais que tu n'avais pas d'armes sur toi. Te connaissant, avec ton caractère de feu et ton sens du devoir envers ta famille, tu ne l'aurais jamais laissé. Tu aurais foncé tête baissée vers le danger. Et tu sais quoi ? Je remercie le Seigneur que tu ne l'ai pas fait, je n'aurais pas supporté le fait de vous perdre tous les deux. »

Je la serre encore plus contre moi, comment elle fait ? Comment peut-elle me faire un câlin, me réconforter comme ça alors que j'ai laissé son mari mourir ? Je suis une personne ignoble, je suis monstrueuse.

Je ne suis pas meilleure que tous ces gens finalement. Je n'aurais jamais dû lui demander de l'aide, il ne serait jamais parti et il ne serait pas mort en vain.

Oncle Juan, je te vengerais, je ferais payer l'enflure, raclure, pourriture, l'enculé qui nous a enlevé un fils, un frère, un père, un mari, un oncle... Je le jure devant Dieu que tu ne seras pas mort pour rien.

(: Everything I wanted - Billie Eilish)

Mexico, Mexique, 12h47

Caleb.

Un coup.

Júan.

Deuxième coup.

Dépression.

Troisième coup.

Aujourd'hui.

Quatrième coup.

Je frappe encore, et encore, et encore. Je ne m'arrête pas. Je veux tout détruire.

« Alma reste au lit encore un peu. Qui t'attends maintenant ? Personne. Alors reste avec moi »« Alma, tu dois faire plus de séances. »« Mon cœur. »« Pourquoi elle ne l'a pas défendu ? Quelle monstrueuse personne. Ce n'est qu'une petite sale. »

Je cris. Je crierai jusqu'à ce que je m'arrache les cordes vocales si ça pouvait calmer ma rage. Je veux couvrir ces putains de voix qui tournent en boucle dans ma tête. Heureusement que la salle de sport de la propriété est au sous-sol et insonorisée parce qu'on m'aurait prise pour une détraquée à hurler comme ça mais il fallait que ça sorte. Il faut que le boule dans ma poitrine dégage ou je vais faire n'importe quoi.

Je souffle de fatigue mais enchaine toujours les coups dans le sac de frappe. Mes bras me brûlent mais ce n'est pas grave. J'ai les poings en sang, je le sens, mais ce n'est pas grave. Je sens que ma tête va exploser mais ce n'est pas grave.

Rien n'est plus grave que ce qui se passe depuis ces trois derniers jours. Rien n'est plus chaotique que moi et ma rage. Rien n'est plus grand que ma colère envers moi et le monde. Rien n'est plus en désordre que ma tête à ce moment précis.

Le sac se décroche un peu plus du crochet qui le maintient en l'air à chaque fois que je déverse ma colère dessus. Je m'arrête essoufflée et prends le sac entre mes mains pour le stabiliser. J'enlève mes gants et comme je l'avais prédit, je saigne -et pas qu'un peu-. Je les balance sur la moquette et attrape des compresse, du désinfectent et du sparadrap dans la trousse de premiers secours.

Je m'étale dans un des sièges en cuir rouge et commence à me soigner. Le désinfectent est sensé piquer mais étrangement, je ne sens rien du tout. J'ai sûrement dû frapper trop fort et ça m'a un peu engourdi.

Tu laisses encore tes émotions prendre le dessus sur ta raison, et tôt ou tard, cette manie causera ta perte.

L'envie de m'enfermer dans ma chambre et de plus en sortir pour la journée est très présente. Je résiste à la tentation, parce que c'est comme ça que tout a commencé. Et je ne veux pas replonger.

J'ai envie de pleurer mais à la place, je me penche vers le sol et me positionne sur les coudes. Je soulève mon bassin et tiens à la force de mes bras et mes jambes.

À chaque fois que je disais que j'avais envie de pleurer, mon parrain me forçait à faire tris minutes de gainage. Là je veux repousser mes limites alors je règle mon minuteur à cinq et j'attends.

Tout mon corps me fait mal mais je l'oublie et me concentre sur ma force mentale. Si mon corps abandonne, mon esprit, lui se battra jusqu'à la fin et plus encore. C'est ce que j'apprécie le plus chez moi, mon caractère et ma détermination. Ils ont tous les deux étaient mis rudement à l'épreuve mais ce n'est pas si mal. Ça m'a forgé et renforcé. Maintenant, j'ai « un mental en acier ». Et pas que le mental, mon corps est devenu musclé. Pas autant qu'une bodybuildeuse mais j'ai tout de même pris de la masse musculaire.

L'alarme du minuteur retentit et je pose mes genoux par terre. En fait, ça passe très vite si tu as quelque chose pour distraire ton cerveau. Je me tourne sur le dos, attrape un poids de quinze kilos et commence une série d'exercices abdominaux. Le physique faisait aussi parti des nombreuses compétences que je devais acquérir.

Dans un monde d'hommes, accros au sexe et au contrôle permanent, si une femme veut réussir dans les affaires, elle doit faire preuve d'intelligence, de manipulation, de force et de beauté. C'est triste mais c'est ainsi que la vie est faite, et surtout dans ce sombre univers.

Je range la masse à l'endroit où je l'ai prise et monte sur le ring de boxe qui trône au centre de l'immense salle. Je ne remets pas mes protections, ça ne sert à rien, personne n'est avec moi et je n'ai pas envie d'aggraver l'état de mes mains. Je me poste au centre du tapis et commence à envoyer mes poings dans le vide.

Je m'imagine leurs corps, leurs visages, leurs yeux. Tous les petits détails qui me permettent de les matérialiser, je m'en sers comme une force. Je les imagine se manger mes poings dans leurs faces de pourriture, je les vois saigner et me supplier de les épargner mais je continue. Je glisse sur le côté pour esquiver un coup imaginaire et me replace. Je suis tellement focalisée que je n'entends pas la porte du gymnase claquée, non moi je continue mes scénarios macabres.

- « Alors c'était là que tu te cachais depuis tout à l'heure ? » entendis-je dans mon dos.

Je n'ai pas besoin de me retourner pour savoir à qui appartient ce timbre de voix. Voix angélique, cristalline même, qu'elle seule possède.

- « Ouais j'avais besoin d'évacuer. De pas exploser au milieu du salon à cause de leur regard de serpent. Et toi qu'est-que tu fais là, petite tête ? »

J'essaye de ne pas être froide en utilisant un surnom mais je ne suis vraiment pas d'humeur à papoter.

- « Je me disais que t'avais besoin de compagnie. Tu sais faut pas rester seule dans les moments tristes. »

Si jeune mais si mature.

Je me retourne et regarde la petite fille devant moi. Ses yeux en forme d'amande n'osent pas me regarder en face, je sais qu'elle m'en veut. C'est infime, mais je le vois, je vois ce pique de tristesse, de colère et de dégout.

Nan pas petite du tout, Alma faut que tu te réveilles. Lira va avoir quinze ans dans deux mois, ce n'est plus un bébé. Et pourquoi tu ramènes toujours tout à toi hein ?

Je sais mais elle est si jeune, quand je l'ai vu pour la première fois, elle venait tout juste de fêter ses deux ans. Et je ne ramène pas tout à moi j'essaye de la comprendre. Puis mets la en sourdine toi là-haut.

- « T'es mignonne. Tu veux t'entrainer avec moi ? J'imagine qu'écouter les vieux parler d'argent, de pouvoir ou d'autres conneries du genre c'est pas ton truc je me trompe ? » rigolais-je en m'accoudant sur les cordelettes du ring.

Elle glisse son rire dans un souffle.

- « Oui je veux bien, et tu as raison. Les entendre parler de territoires, les voir bousiller leurs poumons avec leur cigare, c'est chiant à mourir et Diego n'est plus là donc. »

- « Diego est parti ? Où ça ? »

Diego est parti, sans ME dire quoi que ce soit. J'ai un petit pincement au cœur, mon petit frère ne se confit plus à moi comme autrefois. Mais ça va changer, il faut juste un peu de temps.

Elle hausse les épaules et se dirige vers les gants posés sur des étagères puis se retourne vers moi et je vois qu'elle galère. Je rigole et lui dit :

- « Attrapes la première paire sur l'étagère trois et grimpes, tu vas t'échauffer. »

Elle les prend, enlève ses chaussures, s'installe sur le tapis et enfile la paire. Je me penche vers elle et l'aide à monter.

Elle se met dos à moi puis commence à sautiller pour chauffer légèrement ses jambes, elle finit par se mettre en position puis frappe ses deux mains ensemble.

Je me mets devant elle et lui dis de s'échauffer les articulations. Elle commence avec la tête, coudes, épaules, bassin, genoux puis finit par les chevilles.

Je place mes paumes devant moi et elle comprend. Son poing dans ma main gauche puis dans celle de droite, et fait ça pendant quelques minutes. Je veux pas que ça se passe dans le silence donc je lui demande :

- « Et sinon les cours ? Tu passes bientôt tes exams ? »

Blondie relève pas le regard, trop occupée par ce qui est devant elle mais hoche tout de même la tête. Tout est redevenu calme, la seule chose qui fait un peu de bruit, sont ses coups.

Brisant celui-ci, elle me balance :

- « Dis Mal. »

- « Hm ? »

- « Qu'est-ce qui s'est passé là-bas ? Tu peux tout me raconter s'il te plait, dans les moindres détails. »

Elle ne veut pas me regarder, à la place elle met plus de force dans ses coups, ce qui commence à vraiment faire mal parce que pour rappel : je suis blessée et je n'ai plus rien pour me protéger.

- « Eh bien j'ai déjà dit les grandes lignes. Papa m'a empêché de mourir, je me suis enfuie parce que je n'avais pas d'autres choix. Après c'est de petits détails mais le gars m'a rattrapé et balancé contre un mur. Moi je me suis relevée par je ne sais quel miracle, pris la voiture et je suis rentrée à la maison. »

- « Ok. Merci. »

- « Ecoutes Lira, je suis désolée. J'aurais voulu faire beaucoup plus et s'il n'a pas bougé, j'enverrais quelqu'un le cherc-

Elle m'a coupé la parole :

- « Pourquoi c'est pas toi qui y vas ? T'assumes pas d'avoir fait crever ton parrain ? Je te trouve bien prétentieuse Alma, tu regardes la familia de haut comme si tu étais supérieure à nous parce que t'es la prochaine qui va monter sur le trône, parce que tu fais partie de la branche principale de notre dynastie mais sans ce titre, tu n'es rien Alma Galuna. T'as laissé celui qui m'a donné la vie crever pour toi. Mais après c'est pas tellement grave hein, une branche mineure qui sauve la descendante de la principale, c'est notre rôle dans cette famille de toutes façons mais dis-moi, si tu vas pas le chercher c'est parce que tu sens que tu ne pourras pas supporter la vue de son corps glacé par la neige, enfin si son assassin n'a pas décidé de ramener la dépouille de mon père en guise de trophée chez sa salope de mère bien sûr. Ou est-ce le fait d'avoir tué le père de ta filleule ? Ou c'est peut-être parce que t'es-

Clac !

Le silence est revenu après que le bruit de sa gifle s'est arrêté de raisonner dans la pièce. Je n'ai pas pu résister, la colère a encore pris

le dessus. L'impact lui a fait tourner la tête sur la gauche et je vois ses yeux de profil commencés à se remplir de larmes mais tout de suite je n'en ai rien à faire, Lira peut être un ange mais aussi le pire des démons, et surtout, elle a oublié que deux ans de liberté ne lui donnent toujours pas le droit de me manquer de respect.

- « Laisse moi t'éclairer sur toute cette histoire Lira. Si je ne peux aller chercher le cadavre de ton géniteur, c'est juste parce que abuela m'a demandé quelque chose et qu'il est hors de question que je lui désobéisse et aussi parce que je n'ai pas envie de le rejoindre ! Ce n'est pas de ma faute si la famille est divisée. Ce n'est pas non plus ma faute si je suis née de Alenjandro Galuna et toi de Juan. Assumer ? C'est ce que je fais depuis ma naissance, permets de te dire une bonne chose. Tu veux faire partie de la ligne principale ? Parfait tu en assumeras les conséquences. Faut être les vitrines de cette famille, c'est-à-dire être forte dans tous les domaines pour prouver que tu peux porter un tel nom. De montrer au monde, qu'il soit pur ou non, que tu es suffisante, intelligente, forte et belle pour ne pas déshonorer ce nom qui a mis un temps fou à immerger des profondeurs. Je pense que tu ne sais même qui on est, pourquoi on en est là et ce qu'on a fait pour en arriver jusqu'ici. Ne jamais flancher parce que sinon tu n'arriveras plus jamais à rien aux yeux des gens. Tu vois, toutes tes actions, tes choix, tes paroles, tout ! Tous tes moindres faits et gestes seront médiatisés. Moi j'essaye de rester dans l'ombre, de ne pas faire de vagues, de me faire toute petite pour pas être vue par le monde entier quand je merde, parce que oui, moi aussi j'ai le droit de ne pas tout savoir, de ne pas réussir à tout gérer, de ne pas être tout le temps parfaite, parce que je suis humaine ! Ton père, j'irais le chercher après la mission y'a pas de problèmes. Je payerais tout ce qu'il faut pour que son âme parte entourée par ses proches. Et tu veux savoir encore un truc ? J'aurais préféré mourir à sa place pour t'éviter de vivre ce que MOI AUSSI j'ai vécu ! »

Et je suis sortie sans me retourner, même quand j'ai bousculé quelqu'un je ne me suis pas retournée. J'ai juste foncé dans ma chambre. Moi qui étais venue ici pour décompresser et relâcher la pression, bah ça a fait tout l'inverse. J'agis vraiment comme une gamine mais j'ai mal, et la douleur me broie le cœur un peu plus tous les jours.

Je reste adossée à ma porte en pleurs. Pourquoi le monde s'acharne comme ça sur moi ? JE VEUX QU'ON ME LAISSE VIVRE ! Je laisse ma tête retomber sur la porte et respire de plus en plus fort tout en regardant me fenêtre.

Et si tu recommençais ? Allez Alma, rien qu'une toute petite coupure. Et ce sera qu'une seule fois. Vas chercher ton rasoir et recommences.

Je me lève et au moment où j'allais faire le premier pas vers la salle de bain, ça toque à ma porte. Putain mais qu'est-ce que tu fous ? C'est hors de question, nan j'ai mis trop de temps à en sortir, ce n'est pas pour rechuter.

- « Chérie ? J'ai quelque chose à te dire et c'est assez délicat. Est-ce que je peux rentrer ? »

- « Oui maman, tu peux rentrer. »

J'essuie très vite mes yeux et renifle maladroitement.

- « Qu'est-ce qui se passe ? » demandais-je en regardant toujours la fenêtre de ma chambre.

- « Diego était parti faire un tour, pour sortir s'aérer sûrement l'esprit et il... »

Je n'aime pas quand ma mère ne finit pas ses phrases. Elle est très honnête et franche donc dire les choses tel qu'elles le sont n'est pas un problème mais quand elle n'ose pas le dire, c'est que c'est grave ou important.

- « Qu'est-ce qui y'a maman ? Où est Diego ? Oh mon Dieu, ne me dit pas qu'il est-

- « Nan ton frère va bien, tout le monde va bien. C'est juste qu'en rentrant il a croisé quelqu'un... »

Je fronce les sourcils, perplexe. Allez crache le morceau maman.

- « Il a vu Caleb. Il a tout de suite appelé tes frères et ils l'ont enlevé. Il est dans un des box. »

Je me fige. Ce n'est pas possible, pas après tout ce temps ?

Ah ah ah ah, trop forte maman, nan sérieux super blague. T'aurais dû la sortir y'a deux semaines celle-là !

Je ne la regarde plus. Je ne regarde plus rien à part le sol. Mon cerveau se liquéfie, je n'arrive plus à réfléchir rationnellement.

- « Lequel ? »

- « Alma, je sais que c'est dur et que tu brûles de rage mais ne fais pas ça. » Elle pose sa main sur mon épaule mais je la dégage.

- « C'est quel box, maman ? »

- « Box quatre. S'il te plait mi amor (mon amour), ne fais pas quelque chose que tu pourrais regretter. »

T'inquiète je gère. Personne ne le regrettera, crois moi.

J'attrape mon téléphone et pianote le numéro de Vico. Lui je sais qu'il me laissera me venger, que ce sera le premier à m'encourager. Il vendrait ses couilles pour assister à ça. Heureusement pour lui, il n'aura pas besoin de le faire parce que je suis une grande sœur incroyable. J'attends quelques secondes et au bout de la deuxième sonnerie, il décroche.

- « Personne ne le touche avant moi, si vous avez osez toucher à sa petite gueule de raclure sans mon autorisation, je jure devant le Seigneur que je vous égorge. C'est mon drame, ma vengeance. Prépare tout ce dont j'ai besoin, j'arrive dans dix minutes max. »

Je ne lui ai pas laissé le temps d'en placer une. J'attrape les clefs de ma Bentley qui étaient posées sur ma commode, sors de la pièce et descends les escaliers en furie. J'ai bien fait de me changer, je porte toujours mon jogging et ma brassière mais pour pas me trimballer à poil devant tout le monde, j'ai remis mon pull.

Pull, jogging, baskets. Si je dis que je vais courir, ça passe crème en vrai. Je me dirige vers le garage, m'engouffre dedans et cherche parmi les nombreuses voiture ma petite Bentley. Je l'aperçois tout au fond et cours presque pour la rejoindre. Elle n'a pas changé ma bébé.

J'entre et démarre le contact et ouvre la grande porte coulissante avec le bip sur mon trousseau. Je fais un créneau inversé en faisant bien gaffe à ne pas toucher les autres véhicules et file vers la scène du crime.

□□

La durée du trajet semblait plus longue la dernière dois que je suis venue ici. Je me gare sur une place, enlève le contact et descends de la voiture. Je claque ma portière avant de me rendre vers les couloirs.

Une fois arrivée dedans, j'entends une voix. Sa voix. Sept ans d'absences, de tristesse, de rage, de combat intérieur, de dépression, de douleurs, d'abandon...

Mais c'est du passé, un sombre passé... Je cours presque mais pas là où il est retenu, juste à côté. Je n'arrive pas à savoir s'ils ronronnent ou grognent, en tous cas mes gros chats sont en forme ! J'attrape le cadenas et fais céder le verrou. Je tire la poignée et entre.

- « Bonjour mes bébés ! Comment ça va ? Maman est super contente de vous voir mes amoureux ! »

Bagheera est la première à venir me voir, ça ne m'étonne pas, elle a toujours été le plus tactile des trois. Elle n'a pas changé, toujours les mêmes yeux verts, son pelage noir est nickel -faut dire que votre nourriture ne me coûte pas un bras pour rien-. Je referme la porte derrière moi et commence à caresser ma panthère.

Pour la petite histoire, c'est une panthère noire femelle que j'ai acheté aux enchères. De bases, je ne voulais rien d'exotique ou de trop gros mais quand je l'ai vu dans un état pas possible, j'y ai directement mis le prix. Je ne suis pas une sans cœur non plus, la maltraitance animale, je ne cautionne pas.

Mais ça en valait la peine, maintenant c'est un gros chaton bien nourri, qui va rentrer à la maison avec maman comme les deux gros lards derrière lui. Pour ce qui est du nom, j'avais juste regardé le livre de la jingle la veille de son arrivée chez nous. Ouais c'est au « feeling ».

C'est la même histoire pour les autres : Symba, un grand lion, venu tout droit d'Afrique, il porte le nom du personnage principal à cause du Disney. Et y'a Bulma, un puma incroyable. Elle s'appelle comme ça juste parce que ça rimait bien dans ma tête.

Et oui désolée, ce n'est pas une référence, je sais que vous auriez aimé.

Je laisse la noiraude tranquille pour aller voir mon roi. Sa crinière est bien emmêlée, vous allez prendre un bon bain quand on sera arrivés.

- « Je ne veux pas être méchante, mais vous puez la mort, c'est infect. Après ne vous inquiétez pas, je vous aime toujours autant. »

Réagissant seulement maintenant au son de ma voix et non aux divers bruits que je fais depuis un petit moment, les deux félins me regardent et en une fraction de seconde, je suis par terre, avec Symba et son gros corps sur moi. Bulma, quant à elle, préfère nous regard avec ses yeux blasés. Madame semble vexée que je ne me sois pas occupée d'elle en premier.

Bah t'avais qu'à bouger ton cul aussi.

Elle n'est vraiment pas commode celle-là, je disparais pendant plus d'un an et tout ce qu'elle trouve à faire, c'est de me juger du regard. J'aurais fait la même, c'est bien la fille de sa mère.

Je décidé de dégager l'animal qui est au-dessus, me relève et pars vers la femelle.

- « Tu m'as manqué sale gosse. » dis-je en lui caressant le dessous de son menton. C'est son endroit préféré.

Je n'ai pas pu m'en empêcher. Ces bestioles, je les considère comme mes enfants, la chair de ma chair, je ne supporte pas l'idée qu'il leur arrive quelque chose, encore moins en mon absence. Je suis comme liée à elles, et ce que nous partageons au quotidien et ce qu'elles m'ont apportées, ça n'a pas de prix.

Son ronron est super agréable à écouter, elle a un don ce n'est pas possible. Je vais lui faire faire de l'ASMR, ça va cartonner j'en suis sûre.

- « Bon, ça me fait plaisir de vous revoir et si je pouvais, je vous ferrais des papouilles toute la journée, mais il faut qu'on règle quelque chose avant ça. Ce n'est pas du bœuf mais j'espère qu'on arrivera pas au point de vous le faire manger. Ah nan, hors de question, je ne vous laisserai pas bouffer ce tas de merde, vous méritez beaucoup mieux. »

Je laisse la bête tranquille pour me diriger vers la sortie tout en les sifflant. Les trois se lèvent aussi tôt et sortent après moi. Au moins, ils n'ont pas oublié ça, ils restent bien derrière, je suis la cheffe de la meute, c'est moi qui mène la cadence. Je n'ai pas besoin de faire dix pas que je suis déjà devant la cellule. J'ai peur mais je ne le montre pas, pas avec les machines à tuer qui attendent bien sagement. Elles attendent l'écart, peut importe son importance.

J'ouvre la porte et tombe directement sur le dos nu et musclé de James.

Une petite minute, pourquoi il a enlevé son tee-shirt lui ? Il comptait nous faire un petit strip-tease ou comment ça se passe ?

Je me retiens d'exploser de rire en voyant la scène se dérouler dans ma tête : voir James gigoter comme ça, c'est l'une des meilleures images mentales que je n'ai jamais eu de ma vie.

- « Alma ? C'est bien toi ? »

En chair et en os connard.

C'est comme si je venais de me prendre un boomerang dans la tronche. Tout remonte. Les souvenirs, la nostalgie... Tout ce dont j'ai mis si longtemps à m'en débarrasser resurgit en moi. Je ne sais comment gérer cette situation mais il faut que je prenne une décision et rapidement, puis faire en sorte de ne pas la regretter plus tard.

Bulma, comprenant certainement mon trouble, vient se frotter contre ma jambe. Je lève les yeux pour croiser ceux du sans couilles devant moi, et il faut dire que je suis plutôt satisfaite de ce que je suis en train de voir : Il est devenu blanc comme un linge et tout tremblant, son regard figé sur les matous. Il faut dire que à sa place, j'aurais eu peur mais vous voyez, j'ai plus peur des chiens que des chats. Et ils peuvent paraître gros, mais ils n'ont que trois ans.

Là on se marre moins hein ? La vache, respire ou tu vas claquer avant que je ne te fasse quoi que ce soit. Reste en vie ma sœur.

Je souris et me rapproche de lui. Son visage ne veut pas affronter le mien. Il préfère regarder la mort « droit dans les yeux ». Enfin, je lui conseille d'arrêter s'il ne veut pas partir avant l'heure.

- « Continues de les fixer comme ça, et ce ne sera pas de ma main que tu mourras. »

Froide. Sans vie. Voilà comment résonne ma voix dans cette pièce sombre et glaciale. Tout comme moi.

- « Écoutes Alma, je suis vraiment qu'un gros con, j'ai pas réfléchi. J'étais jeune et con, et je me rends compte que maintenant de tout le mal que j'ai pu te faire pendant tout ce temps. Crois-moi s'il te plait. »

- « Donc tu t'excuses d'avoir ruiné ma vie ? »

- « Ouais je suis vraiment désolé. »

- « Ok, je ne te pardonne pas. »

- « Alma, s'il te plait je te jure que je suis désolé, pardonne-moi. »

- « Ouais et je ne te pardonne pas. Tu crois que c'est ton minuscule pardon qui va réparer ce putain de truc ? J'ai pointé mon cœur. Ouais ce cœur. Celui qui n'est plus rien, arraché, brisé, piétiné. Je ne te pardonnerai jamais Caleb, tu entends ça ? Tu iras brûler en enfer avec le remord, parce que c'est tout ce qu'une petite enflure comme toi mérite. Ce que tu vas subir ici, ce sera un calvaire ignoble, je peux te l'assurer. »

Sa tête s'est abaissée vers le sol. J'attrape son menton entre mon index et mon pouce pour qu'il regarde bien mes yeux. Qu'il comprenne bien que c'est très probablement la dernière chose qu'il verra.

- « Si tu es un bon garçon, ça va très vite se finir, promis. »

Je m'éloigne et m'avance vers une petite table en fer et le tabouret qui est avec. Il y a beaucoup d'objets très intéressants dessus : des pinces, des ciseaux, couteaux et j'en passe. Je soulève la table d'une main et l'installe devant lui, bien exposée à la lumière. Voilà réalises un peu ce que ça fait de s'en prendre à moi.

- « Tu es bien installé mon cœur ? Tu es tellement important pour moi que je ne supporterai pas le fait de te faire mal. »

J'entendis James s'étouffer. Soit il ne sait pas avaler, soit j'ai dit quelque chose de drôle mais je ne réagis pas plus que ça.

Je saisis une pince et la place devant son ongle. Comprenant ce que je m'apprête à faire, il se débat et hurle. Diego et Vico le maintient en place en appuyant bien fort sur ses épaules. Ils vont lui péter les cervicales à force. J'attrape l'ongle et tire d'un coup sec, celui-ci partit dans un bruit ignoble, un mix entre un craquement et le déboitement d'un os. Je fais ça jusqu'à ce qu'il n'en reste plus un seul.

Il n'arrête pas de crier et ça me nique les tympans. Je fais un mouvement en direction de sa bouche et ils comprennent, l'un d'entre eux prend un chiffon et le bâillonne.

Ça fait du bien quand il se la ferme.

Je repose l'objet, choppe un couteau et le plante dans sa cuisse. Je le remue puis le ressors. Je lèche le sang qui a éclaboussé mon visage.

- « L'après-midi va être longue. » dis-je en souriant.

Tu n'aurais JAMAIS dû me faire de mal, parce que je me venge TOUJOURS. Le karma est une vraie salope, mais ce n'est rien à coté de moi.

———————————

Hello everybody ! Comment ça va aujourd'hui ?

Je suis ENFIN débarrassée de ce chapitre. Franchement, les cours c'est insupportable . J'ai plus le temps de faire ce que j'aime. J'aurais dû publié celui-là samedi, mais avec la tonne de cours que je me

mange, c'est IM-PO-SSI-BLE pour moi d'avoir une minute de répit
□.

Bon on va parler un peu de ce qu'il y a là dedans. J'ai mis un
« avertissement » même si pour moi, cette scène de torture, c'est
vraiment le truc le moins chaud de toute l'histoire. Mais je tenais
quand même à le mettre, on sait jamais .

J'espère que ça vous aura plu. Je sais que l'intrigue est un peu longue
mais, à partir de maintenant, on va vraiment entrer dans le vif du
sujet. Je ne vous en dit pas plus ;)

N'oubliez pas de voter <3

Prenez soin de vous.

Gros bisous, M.J

(: After Dark - Mr.Kitty)

_____

Manhattan, Etats-Unis, 10h38

Je sors de cet endroit qui pue la mort. Le soleil m'éblouit et sa chaleur me réchauffe la peau. Je suis taché de partout, le sang du sale bâtard a bousillé mon costume, et pour mon visage, il est recouvert de rouge et probablement avec un peu de peau. La prochaine fois, je ne viendrai pas sur mon trente-et-un et je ne viserais plus la jugulaire. Je regarde ma montre : dix heures trente-neuf. On est à Manhattan, j'ai du sang sur moi en sortant d'un building et pourtant personne ne m'arrête ou s'attarde sur mon cas. La vie peut être folle comme très banale on dirait.

Je fais un signe à un de mes hommes. J'aimerai bien qu'on m'apporte un truc pour m'essuyer.

Celui-ci avance jusqu'à moi et incline la tête en me tendant un mouchoir, je l'attrape et enlève le liquide. Ça me dégoute vraiment, mais il fallait que ce chien comprenne qu'on ne nous trahit pas sans en payer les conséquences. On ne trahit pas les Luega. Je jette le tissu et marche vers ma voiture : La voiture noire. Bugatti ne cessera donc jamais de me satisfaire.

Cette voiture c'est un petit bijou, je ne l'échangerai jamais. Surtout pas après tous les efforts que j'ai fait pour l'obtenir. Je revois encore Nicky pleurer comme une pucelle quand je suis revenue avec. Tellement ça l'avait ému, j'ai dû lui faire « une tisane calmante à la camomille » pour que Monsieur se détende. Il me fait flipper des fois, vraiment. Ou encore l'autre connard de Léo qui a eu le malheur de prendre ma sublime voiture pour acquise : ce fou, il a pris ma Bunny et est parti faire son meilleur tour à Brooklyn puis il est revenu tranquille en pensant que je n'allais rien faire ? C'est un fou lui.

Sa punition ? Récurer les chiottes pendant 4 mois.On ne touche pas à MES affaires. Ce qui est à moi reste à moi.

J'entre dans le véhicule et démarre, Nicky était déjà dedans, ne supportant pas la torture, enfin mes méthodes. Pourtant il fait bien pire que moi mais il ne peut pas, c'est peut-être parce je suis son pote ? Je lui poserai la question plus tard, là je dois rentrer avant que ma mère s'énerve de mon absence. Aussi tôt pensé, aussi tôt fait, mon téléphone s'allume et vibre en affichant « Maman » sur l'écran. J'appuie sur le bouton vert et attends qu'elle commence son vieux monologue pour me faire la morale comme quoi je l'ai encore laissé toute seule et ce genre de choses.

Pourquoi c'est toujours à nous de parler en premier ? Enfin je sais pas, mais elle a pas besoin de faire la mystérieuse avec nous ?

C'est une manie chez elle, elle préfère que son interlocuteur parle en premier.

Plus les secondes passent, plus le calme dans cette bagnole est désagréable. Je décide de parler le premier sinon demain à la même heure on y est encore :

- « Bonjour maman, tout va bien ? »

- « Mi hiro ! Où t'étais passé ? Je me suis fait un sang d'encre. »

- « Maman, je t'ai dit que je partais deux semaines en Pologne pour les affaires, si je ne t'ai pas donné de nouvelles c'est que je n'avais pas le temps, je suis désolé. »

- « Donc t'avais pas une seconde pour m'envoyer un : « Coucou maman, je vais bien, bisous » ? »

J'expire discrètement pour pas me faire réprimander, ma mère déteste qu'on l'abandonne ou qu'on l'oublie, elle ne comprend pas que ce n'est pas parce que papa est parti, que tout le monde va en faire de même.

- « Mon fils je suis désolée mais je ne veux juste pas que tu me laisses toute seule, la mort de ton père m'a beaucoup affaiblie et j'ai tellement peur que tu partes toi aussi. »

- « Maman, tout va bien d'accord ? Je suis sur la route pour rentrer, tout va bien, je suis en vie. Je t'aime maman, bisous. »

Et j'ai raccroché. Une nouvelle pression se forme et se pose sur mes épaules. Elle a peur et elle ne fait confiance à personne d'autre qu'à moi, et je ne veux pas être méchant, mais c'est comme ci je me trainé avec un boulet à la cheville.

- « Putain elle est vraiment casse-couilles, j'ai pas le temps. T'as bien vu que j'avais pas une seconde de répit hein ? T'as bien vu comment j'enchainais les réunions nan ? »

J'essaye de capter ses yeux pour avoir un minimum de réconfort mais rien, il m'ignore royalement et fait le muet. Et ça commence à me les briser.

- « Nan mais putain Nicky ! T'es d'accor-

- « Nan putain je suis pas d'accord nan ! Tu sais Hermes, t'es mon pote, mon frère même, on se connait depuis un bail tu vois ? Mais là, t'as déconné. T'as déconné fort, t'as craqué. Comment tu peux parler comme ça à ta mère, ta maman ? Eh faut que t'arrêtes, t'as de la chance d'avoir encore une famille, enfin je sais pas. T'es en colère, ok. T'as une famille pourrie, ok ? Ta sœur part en liv-

J'ai freiné violemment au milieu de la route, heureusement pour nous, elle était vide. J'ai sorti mon flingue de la poche de mon pantalon et l'ai pointé au milieu de son visage, entre ses deux yeux bleus.

- « Tu as beau être important pour moi, fais gaffe aux merdes que ta bouche peut sortir. Personne ne parle de ma sœur, PERSONNE ! Tu crois que c'est une famille ça ? Pas de père, une mère dépressive, une sœur toxico, deux grands frères partis je ne sais où, et la cerise sur la gâteau. Mon plus jeune frère est mort ! Et si ma famille est aussi pourrie, on va aller à l'hôpital psy où est internée ta mère pour lui demander si elle est heureuse avec sa famille. Donc maintenant, on va rentrer à la maison et moi je vais m'occuper de mon cul et tu vas en faire de même, c'est bon ? »

- « Eh commences même pas à parler de ma daronne ou je te jure que je t'éclate ta sale gueule sur le sol. »

- « Ah tu veux m'éclater ? Mais vas-y je t'en prie, viens on sort, viens. »

Moi qui avais prévu de m'excuser, alors là rien à foutre. S'il veut qu'on se mette sur la gueule, y'a pas de problèmes.

On détache tous les deux nos ceintures et ouvre nos portières. On contourne notre côté de la voiture pour se faire face, aucun de nous parle, on se défie juste du regard comme des clébards. Je l'adore lui, mais qu'est-ce qui peux me péter les couilles.

- « Tu voulais me péter la gueule nan ? Bah t'attends quoi ? Hein t'attends quoi ? »

J'ai ressorti mon arme que j'avais au préalable rangée et la laisse pendre contre ma cuisse.

Comme je l'imaginais, il n'a rien dit et ça tombe bien pour lui parce que vu le niveau de ma colère, j'aurais vraiment tiré. Il n'a pas bougé d'un poil, il est resté là, à me regarder ou me juger. Mais il faut qu'il comprenne que son avis je m'en bats les couilles à quatre-vingt-dix pour-cent. Les seules fois où je l'écoute, c'est en boîte pour pas que je démonte des mecs bourrés ou pour éviter d'être moi-même bourré et encore ça si je suis décidé.

Je souffle, m'approche de lui et lui fais un câlin. La sensation n'était pas si désagréable que je le pensais, ça fait même du bien d'en faire. J'avais arrêté le jour de son décès, enfin ma mère était la seule exception. Mais ce que je ne vous ai pas dit, c'est que des perles menacent de couler et je dois vous avouer quelque chose, c'est que je déteste voir mes proches pleurer encore plus quand c'est par ma faute, alors même si j'ai un égo surdimensionné, quand il faut se faire pardonner, la fierté elle dégage.

- « Je suis désolé mon frère, tu m'entends ? Je suis désolé, je suis fatigué et je voudrais juste rentrer chez moi pour me doucher et dormir pendant des heures et des heures. Mais on peut pas, faut qu'on aille au Mexique, c'est merdique le Mexique, il fait trop chaud là bas. Mais bref, tu me connais, quand je suis coincé, je m'en prends au monde entier et faut pas que tu le prennes personnellement. Je suis désolé, j'aurais pas dû te parler de ta mère, on ira la voir dès qu'on aura un moment de pause, je te le promets. Tu sais que je la considère comme ma mère aussi, je suis tellement désolé, je suis vraiment désolé. »

Je me détache de lui et on rentre dans mon bolide.

J'ai remis le contact et accéléré. J'attrape mon téléphone et tape le numéro de ma sœur. Ce qu'il m'a dit, ça a débloqué ou plutôt déclenché un truc dans mon cerveau. Je sais qu'elle ne répondra pas mais qui ne tente rien n'a rien. Je ne sais même pas où elle est et ça me rend fou de pas la savoir en sécurité à la maison avec moi.

Elle pourrait être à l'autre bout du monde à l'heure qui l'est et je ne peux rien faire. Je me sens comme une merde, j'ai beau le nier, Nicky a raison. Ma famille est merdique, j'ai plus de père, plus de petit frère, les seuls hommes que je respecte ici sont partis très loin de moi. Très probablement mariés, avec des enfants et une bête de baraque. Tandis que ma sœur n'est qu'une camée partie loin de toute cette folie.

Si je pouvais, je prendrais le premier vol pour la rejoindre, peut m'importe l'endroit dans lequel elle se trouve, je veux juste revoir ma petite sœur. Et pas qu'elle d'ailleurs, je veux ma vie d'avant. Je veux ma maman, mon papa... Mes frères, ma sœur. Je veux qu'on retrouve un minimum d'équilibre et de sérénité dans cette famille.

Oui, on n'est pas parfaits, on est comme tout le monde, pas plus riche financièrement qu'un autre. Pas plus menaçant que les autres ou toutes les autres foutaises que mon père a décidé d'inventer. Il faut qu'on arrête de se voiler la face, si par malheur, les Galuna ou n'importe quelles autres familles mafieuses nous déclarent une guerre, ce ne sera pas avec des mensonges qu'on vaincra, mais une certaine Alega Luega est très bornée et ne veux rien entendre. La messagerie vocale de Salha me sort de mon absence et entendre sa voix me déchire un peu plus le cœur chaque jour. Je raccroche au son du bip, m'indiquant que je peux laisser mon message qu'elle n'ouvrira jamais. Je serre mes doigts autour du volant et accélère encore plus.

- « Hm ? »

La voix à coté de moi me fait tourner la tête vers son possesseur.

- « Ok, ouais il est à coté de moi. Euh attends deux secondes. » Il place sa paume sur le micro du téléphone et me regarde en hésitant. Je souffle et il reprend, ne voulant pas me faire monter en pression encore plus :

- « Est-ce que tu es prêt à entendre la dinguerie que je viens d'apprendre ou tu préfères prendre une douche froide, boire un café et fumer une clope avant ? Parce qu'en vrai ça peu-

Je lui arrache son téléphone des mains et réponds :

- « Qu'est-ce qui se passe ? »

- « Boss, on s'est fait doubler. Des SUV nous attendaient au point de transfert, des hommes ont pillés la cargaison et se sont barrer avec.

On ne sait pas où ils vont, ni pour quand elle referra surface mais il y avait pour plus de 500 k dans la livraison et-

J'ai balancé le téléphone par la fenêtre. Putain de merde ! Pourquoi maintenant ? Mais bordel de merde ! Putain mais Léo, qu'est-ce que tu fous avec mon pognon ?

- « On va vite rentrer et régler ce merdier. » dis-je à Nicky dans un souffle.

□□

J'entre sans frapper dans la maison, après tout c'est chez moi. Le silence habituel qui m'accueille ne me dérange plus, ça fait bien longtemps qu'il règne ici. Je dépasse le seuil de l'entrée et vais poser les clefs de ma Bunny sur la commode.

J'avance à travers la pièce et retrouve très rapidement en face du bureau de ma mère, anciennement celui de mon père, et toque à la porte en bois massif noire qui garde la pièce.

J'attends que la dragonne à l'intérieur me donne la permission d'entrer et c'est ce qu'elle fait à mon plus grand plaisir.La lumière qu'offrent les grandes baies vitrées inonde les lieux, le rendant trop clair pour ma rétine. Je ferme immédiatement mes yeux pour les protéger de ce rayon de soleil un peu trop blanc à mon gout, puis masse mes yeux pour soulager la douleur.

Sérieux pourquoi faire, autant de lumière ?

Ma mère admire la vue que donne l'immense piscine à débordement un peu plus bas. Cette femme est charismatique et tellement puissante, elle a et traverse beaucoup de choses et pourtant elle est toujours là, à assumer le poids que représente son nom. Ça m'a toujours fait rigoler de voir comment elle avait du pouvoir sur mon père : Elle lui avait répondu que le meilleur cadeau de mariage qui pouvait lui offrir ce serait qu'elle garde son nom de jeune fille, et aussi amoureux qu'il l'était, mon père a tout de suite accepté, sans même réfléchir. Et depuis, celle qui aurait dû s'appeler Alega Howens, se retrouve avec un nom noircit et perverti qui ne l'était pas à la base, mais elle s'en fichait. C'était une fierté pour elle de porter se nom. Et ça l'est toujours.

J'avance vers elle et l'enlace par derrière, rien de bizarre, elle a l'habitude que je le fasse et ce depuis tout petit. Je passe mes bras par dessus ses épaules et ma tête repose sur mon avant bras droit.

Dans une extrême tendresse, elle passe sa main dans mes cheveux corbeau et fais des mouvements circulaires sur mon crâne.

- « Cette semaine a dû être épuisante pour toi, tu te portes bien tout de même ? »

- « Ne t'inquiètes de rien maman, tu peux relâcher la pression, tu n'es pas obligée de tout porter toute seule tu sais ? »

Je parle doucement exprès pour ne pas la brusquer, elle a beau se donner des airs, je vois la fleur fragile et blessée à l'intérieur d'elle, cette part qu'elle refoule toujours pour se protéger.

- « Si je ne m'inquiète pas pour vous, qui le fera ? Vous êtes les choses les plus précieuses que ton père m'ai laissé avant de s'en aller. »

- « Je sais maman mais regardes, je suis là avec toi. »

Elle attrape mon poignet et le porte à ses lèvres puis le couvre de petits baisers.

- « Il faut qu'on parle tous les deux maman. »

Elle hoche la tête et me laisse continuer :

- « J'ai découvert que plusieurs de mes hommes sont morts lors des livraisons, que ce soit les tiennes ou les miennes, tous ceux présents ont été éliminés. Sur la route, j'ai reçu l'appel de mon livreur comme quoi il y a des petits malins qui veulent jouer avec nous. Et c'est pas la première fois que ça arrive, on m'a appelé aussi en Pologne . J'ai pas eu de nouvelles de Léo depuis deux jours, ni bonnes ni mauvaises, rien. Pas un message, pas un appel, rien du tout.Maman, je sais que tu veux protéger ce qui reste de cette famille en nous donnant de fausses allures et en mentant à propos de notre pouvoir sur le marché, mais soyons honnêtes. Entre nous, on sait très bien que les affaires et la famille ne sont pas au meilleur de leur forme, et que si un nouvel envahisseur décidait par je ne sais quelles raisons de nous attaquer, on ne se relèvera pas. Il faut qu'on regagne du terrain et de la puissance, sinon les rapaces dehors n'hésiteront pas une seule seconde à venir nous picorer. »

- « J'entends ce que tu dis et je préfère te laisser gérer, trouve qui s'amuse en se croyant malin, élimine-le et renforce la protection des tes cargaisons. Prends plus d'hommes ou paye les autorités, tu as carte blanche mais fais en sorte qu'on redevienne qui on était avant ce drame. Et détruis les Galuna, c'est eux qui nous posent le plus de problèmes. »

- « Ne t'en fais pas pour ça, je m'en suis chargé. Ils sont actuelle-ment en deuil. Ce ne sont plus que des âmes en peine priant qu'on les achève, et ça je vais m'en charger personnellement. »

La femme devant moi me regarde avec de gros yeux. Tu comprendras bien assez tôt mère.

Par contre pourquoi faut toujours qu'on replonge dans le passé ?

Je sens un frisson me traverser l'échine en revoyant cette image passer en boucle dans mon esprit.

Elle me hante tous les jours : le corps de mon père gisant dans son sang, troué d'une dizaine de balles dans tout le ventre, mon frère se faire égorger en voulant l'aider, ma maison, mon foyer bruler à cause de l'essence que des hommes en costumes noirs et cagoulés jettent sur l'ensemble des meubles, ils se réjouissent de leurs actes. Et je revois encore mieux Hermes, onze ans, caché derrière l'escalier et tétanisé de peur regarder les membres de sa famille se vider lentement de leur sang, ainsi que les poutres s'enflammer d'avantage quand elles tombent au sol.

Je ne sais plus très bien comment je suis sorti, mais je remercie Dieu chaque matin de m'avoir épargné ce soir là. Je secoue mon crâne, sors très vite de cet endroit et cours à moitié vers les escaliers. Je traverse le couloir et rentre dans ma chambre en trombe. Je marche à travers en enlevant mes chaussures et mes vêtements puis vers ma salle de bain. J'entre dans la salle et allume les lumières murales. J'avance jusqu'au lavabo et active la lampe derrière le grand miroir pour mieux voir mon visage. J'ai un léger bleu sur ma pommette et des égratignures un peu partout, une grosse et profonde coupure orne mon pectoral. Je ne me rappelle même plus comment elle est arrivée mais j'espère qu'il me reste du fil et une aiguille parce qu'il va falloir faire des points.

J'éteins la lampe, me glisse sous la douchette et tourne le mitigeur ce qui fait dévaler l'eau sur mon corps. Je grimace en la sentant se glisser à l'intérieur de mes plaies, j'ai plus de désinfectant ici, j'espère que Salha n'est pas partie avec. Après je ne vois pas pourquoi elle l'aurait fait parce que du désinfectant ça sert un peu à rien. Je laisse la chaleur m'emporter et l'eau laver mes péchés ainsi que mes souvenirs.

Quelle blague, ils sont sous ta peau pour toujours, ils te rongent de l'intérieur. Et ce n'est pas en te lavant et en frottant ton épiderme comme un fou qu'ils font partir. Mais tu sais comment on fait, pas vrai ? On demande le pardon et on espère de tout cœur qu'il cache ton malheur. Que les supplier de pardonner ton incompétence et ta lâcheté va apaiser ta conscience ou ton cœur, voir ton âme. Et ce n'est certainement pas en fumant pour oublier ou en jouant le bon samaritain pour masquer tes démons que ta situation va s'arranger.

C'est vrai mais je n'ai pas d'autres solutions. Je fume, je bois, je baise juste pour oublier, espérer de noyer ma conscience, et rêver d'un avenir meilleur.

J'y reste encore quinze minutes et sors en choppant la serviette posée sur la vasque. Je la passe rapidement sur l'ensemble de mon corps et la balance dans le panier à linge sale. Je me remets en face de mon miroir, tire un des tiroirs du meuble et en sors mon rasoir avec ma mousse à raser. Je l'applique dans mes mains puis l'étale sur ma légère barbe de trois jours. J'attrape ensuite mon rasoir et commence à le laisser vagabonder sur mon visage jusqu'à mon menton et un peu en dessous en faisant bien attention à ne pas me couper avec les lames. Je reproduis le mouvement et me rince pour ensuite me mettre de la crème hydratante tout en regardant les petites égratignures. Je ne sais vraiment pas le faire, aussi on ne m'a jamais montré ou appris à le faire donc je fais à l'instinct. Comme toujours d'ailleurs, je fonctionne par instinct et on me dit trop souvent que c'est une mauvaise habitude. Après mon père m'a jamais appris à faire de cunni pourtant je me débrouille pas trop mal.

Je range tout mon matériel, puis sors ma crème cette fois pour le corps et m'en badigeonne partout. Je remets tout à sa place et correctement pour satisfaire mon esprit de maniaque et sors enfin de cette salle d'eau.

Je marche vers mon dressing, avec une nouvelle serviette autour de la taille et entre dans la pièce. Je prends un caleçon et un bas de jogging noir, pas besoin de plus. Je reviens dans la pièce principale et me laisse tomber à plat ventre sur mon matelas.

La fatigue crispe mes muscles, m'indiquant qu'il est temps pour moi de dormir un peu après cette longue fin de soirée slache début de matinée. Je rampe telle une chenille au milieu de mon lit, rabats la couverture sur moi et laisse Morphée me prendre dans ses bras. Il me faut juste une ou deux heures.

□□

Dix-huit heures. Voilà ce qu'indique mon réveil. J'ai dormi cinq heures sans problèmes alors que j'ai rendez-vous avec je sais plus qui à Mexico. Ça aurait été mieux si j'avais mis un réveil mais j'étais trop crevé pour le faire. Je traine un peu sur mon téléphone, ne voulant clairement pas sortir de cocon.

Allez bouges-toi, t'as pas le temps de glander.

Je souffle, encore une fois, et m'extirpe de mon lit. Je me redirige vers mon dressing pour choisir quel ensemble je vais porter ce soir. Je n'ai pas de préférence particulière pour mes vêtements donc je choisir un costume trois pièces classique, bas et veste noire et chemise blanche avec un nœud papillon de couleur noir. Ouais c'est vraiment un classique.

Je me penche sur le côte et attrape une paire de mocassins de la même couleur que mon nœud. Je me redresse et choisi un de mes sacs de voyage puis prends des affaires pour 5 jours maximum. On va pas s'éterniser. J'éteins la lumière et reviens dans ma chambre, j'enlève mon bas et l'échange contre celui un peu plus classe. J'enfile ma chemise puis ma veste et vais dans la salle de bain.

Il a un problème avec les salles de bain lui, ou c'est moi ?

Je regarde une énième fois mon reflet en recoiffant mes cheveux. Je ne veux pas ressembler à un clochard devant notre potentiel acheteur, si je veux signer quelque chose ce soir, j'ai intérêt à être présentable.

Je choppe mon téléphone ma table de nuit et envoie un message à Nicky :

18 : 40

Nouveau message

À tronche de bite :

Salut tête de bite, prépare-toi. Je te veux en bas dans 10 minutes, et habille-toi bien. Tu vas faire tache à côté de moi, donc costume ou tu mets au moins une chemise. Grouille toi.

De tronche de bite :

Et toi évites de te bourrer la gueule comme la dernière fois ;).

A tronche de bite :

Vas-y fermes ta gueule, c'est mieux pour toi. Et essayes de localiser
Léo, je le sens pas.Vu à 18 : 46

Je range mon portable dans ma poche arrière attrape mon parfum
qui était posé au même endroit que mon téléphone et m'en asperge
sur le cou et un peu sur mon torse. Je le repose et sors de ma chambre.

Les marches de ces escaliers me paraissaient beaucoup plus longues
à descendre avant, ou c'est sans doute parce que je les ai dégringolées
à toute allure. J'avance dans le salon et attends que l'autre bouffon se
magne le cul pour venir, il prend toujours des plombes. Je n'ai jamais
été quelqu'un de très patient, et c'est encore pire quand il s'agit de
l'autre crétin là-haut ou Léo.

Je n'aime pas me l'avouer mais j'ai peur pour lui, j'ai peur qu'il lui
soit arriver quelque chose. Qu'il soit mort ou je ne sais pas, enlevé lors
de la mission. Un braillement vient me sortir de mes réflexions :

- « Wouah mais c'est qu'il est incroyablement sexy notre Herm's en
costume, fais gaffe ton client pourrait croire que tu veux l'emballer.
»

- « Dis Nicky ? »

- « Quoi ? »

- « C'est quand la dernière fois que t'as fermé ta gueule pour éviter
de dire de la grosse merde ? Je pense que tu m'as déjà assez surpris avec
des putes dans ma chambre comme ça pour douter de ma sexualité.
»

Le bouffon rigola en entendant réponse et avança prendre les clefs
puis il se retourna vers moi en souriant :

- « Allez beau gosse, on y va. Il ne faut pas faire attendre ton futur plan cul. »

———————————————

Coucou les filles, comment vous allez ?

Pour la première fois sur vos écrans, mesdames... Hermes Luega !

Je suis trop contente de vous présentez mon bad boy, froid et distant, et bien cliché avec un sombre passé, vous connaissez on ne les présente plus à force. Juste on est d'accord, c'est un batard ? Vraiment des fois j'ai envie de le frapper !

Mais bon moi je l'aime mon fils !

J'espère que ce chapitre vous aura plu !

N'oubliez pas de voter <3

Prenez soin de vous.

Gros bisous, M.J

＇ ．

：

＇

(Chapitre □, public averti)

! Si vous n'êtes pas à l'aise avec ce genre de scène ne le lisez pas ce chapitre, vous ne manquerez rien d'important !

Pour les autres je vous souhaite une bonne lecture, et passez un bon moment.

(: Demons - Hayley Kiyoko)

Mexico, Mexique, 22h43

On vient à peine d'atterrir sur le sol du Mexique que Nicky commence déjà à me raconter à quel point les mexicaines sont bonnes, belles, intelligentes, drôles et j'en passe. Franchement il n'a pas tort, mais je préfère les cubaines ou les américaines, elles ont de plus gros culs. Enfin bref.

Je descends les marches du jet puis demande à un des membres de l'équipage de mettre ma valise dans le coffre de la limousine. Je regarde l'heure sur mon téléphone : vingt deux heures cinquante cinq, j'espère que Monsieur ne sera pas dérangé si on a cinq petites minutes de retard, je sais ce n'est pas pro mais j'avais réellement besoin de dormir après cette très longue semaine de travail.

Les sièges en cuir où reposent maintenant mon postérieur et mon dos se mettent à chauffer, si ça continue, j'ordonne à mon chauffeur de me déposer directement à mon hôtel et pas à cette vieille boite. Je ferme les yeux et apprécie ce moment.

Cette entrevue va avoir sûrement pour sujet son transfert de drogue à Vegas ou la corruption des juges, je n'en sais rien. Avec un peu de chance, on pourra parler du fait qu'un petit con m'ait volé ma came et qu'il me trouvera une solution. Et toujours pas de nouvelles de Léo, qu'est-ce qui branle ce con ?

Je sors une nouvelle fois mon portable et appuie sur le contact de Léo, les sonneries retentissent une à une mais rien, je n'entends pas sa voix. Je m'apprête à raccrocher quand au dernier moment, cet enfoiré se décide à décrocher :

- « Hermes, comment tu vas mon-

- « Putain de merde Léo, t'étais passé où ? Il s'est passé quoi à Chicago espèce de trou du cul ?! Mais bordel, c'est quoi ton putain de problème, pourquoi tu répondais pas ? »

- « C'est bon ? Je peux t'expliquer ? Ce qui s'est passé là-bas mon pote, c'est le chaos, on t'a dit ce qui était arrivé ? »

- « Vaguement, des mecs ont débarqué, m'ont volé cinq cents milles de putains de dollars et que toi t'étais pas là ! »

- « Ecoutes vieux, si je suis parti c'est juste que cette merde, j'aurais pas pu la gérer tout seul. Si t'es tellement parfait, alors toi explique moi pourquoi on s'est fait douiller hein ? C'était pas censé arriver et vu que la situation t'échappes, tu nous rejettes la faute. Mais ouvres grand tes oreilles Hermes, JE ne suis pas responsable de tes erreurs, si j'étais resté à Chicago, là tout de suite c'est pas moi qui te gueulerais dessus, mais ma putain de mère pour te reprocher ma mort. Alors si tu veux pas que ça se reproduise, planifies et organises mieux tes livraisons. Si je répondais pas, c'est parce que j'avais pété mon téléphone en le balançant sur un mur. Envoies-moi l'adresse de ton truc, je te rejoins dès que je peux. Et aussi il est possible que se soit ma faute en fait, j'ai dû me tromper de lieu mais j'ai pas fait exprès je te jures, mais bon je te laisse, bye mon gars. »

Je respire très fort pour éviter de remonter en pression, ce connard a des dons pour me mettre en rogne et ça juste avant la signature d'un bail dont je ne sais rien, génial !

Quand on rentre, on lui pete la gueule.

Je partage le lieu de la boite et éteins définitivement mon téléphone, pour la soirée en tous cas. Je laisse mon regard se perdre par la fenêtre en essayant d'oublier Nicky, Léo et tant d'autres. Je veux oublier tout le monde, toutes les personnes qui me font chier, il faut que je me calme sinon je vais faire de la merde.

Je jette un œil vers l'autre, il ne bouge pas et admire juste le paysage sombre et nocturne du Mexique. Je l'ai blessé et la pilule ne passe vraiment pas, je n'aurais jamais dû parler de sa mère, et puis je n'aurais jamais dû m'énerver contre Léo, ce n'est pas sa faute et intérieurement, je suis putain de soulagé qu'il s'en soit tiré. Je ne supporterai pas de le perdre, pas une deuxième fois.

Je reviens à ma fenêtre et le laisse tranquille, ce n'est pas le moment de crever l'abcès, ça va tout faire foirer et j'ai vraiment besoin de cette signature. La voiture tourne une dernière fois à gauche puis se gare devant l'entrée de la boite de nuit, les lumières fluos éclairent encore plus le logo rouge déjà allumé : Lujuria.

Luxure ? Sérieusement ? Encore un qui n'a pas trouvé de nom original et qui s'est rabattu sur un truc claqué.

Les vibrations de la musique m'agacent et me donnent déjà une migraine épouvantable. Vivement qu'on finisse vite cette soirée qui s'annonce plus qu'épuisante. La portière s'ouvre sous l'action de mon chauffeur et à peine sorti, les bruits d'appareils photos envahissent mes tympans et les flashs sont braqués sur ma gueule. C'est ce qu'on appelle arriver en toute discrétion. Un des videurs arrive jusqu'à moi et Nicky, qui était déjà en train de signer ses meilleurs autographes à des filles en chaleur, je récupère mon ami pour nous escorter moi-même.

La chaleur que procure l'intérieur m'étouffe, voir tous ses gens se coller, danser, boire. Leur sueur vient me chatouiller le nez. Je crois que je vais vomir, pitié épargnez-moi cet enfer. Je déteste ce genre d'endroit, bruyant et blindé de monde. Je préfère les lieux plus paisibles, comme mon lit par exemple.

Nous avançons à travers la foule et montons vers l'espace VIP où m'attend sûrement Julio.

Bah oui on est au Mexique chéri, et qui dit Mexique, dit prénom bien espagnol.

Les lumières m'éclatent les yeux mais je continue de marcher, et Dieu merci, le coin privé n'est plus très loin de ma position. Je regarde par-dessus mon épaule tout en continuant de monter pour vérifier que mon pote ne soit pas parti quelque part, mais nan il est là, en train de fixer les filles se déhancher en bas. Je lève les yeux et attrape son poignet puis accélère la cadence pour accéder plus vite à l'endroit convenu.

Voir les dernières marches est pour moi une bénédiction, je les gravis deux par deux et cours presque dans la pièce. La musique est beaucoup moins forte ici mais est tout de même présente, à mon plus grand désespoir. Je le relâche et le laisse vagabonder comme il veut tel le chien qu'il est.

Je balaye du regard les environs mais aucuns signes de mon prochain partenaire, ça ne va pas commencer, je n'aime pas quand on me la met à l'envers, si on a encore décidé de me faire chier, je tue toutes les personnes présentes ici ce soir, je n'en ai rien à foutre.

Je continue mes recherches jusqu'à ce qu'une femme, bien alcoolisée à ce que je vois, me rentre dedans et déverse tout le contenu de son verre sur moi.

Oh putain, mais quelle salope, quand c'est fini, je la démonte mais pas dans le sens plaisant.

Je toise le bout de femme en face de moi : plus petite que moi, de vingt centimètres je dirais donc un bon mètre quatre-vingt, noiraude, des cheveux longs jusqu'à la taille et bien emmêlés, sourcils fins, yeux bleus bien foncés, cils longs, légèrement bronzée et avec un putain de pétard.

Ça tu l'as dit, nan elle est grave bonne, peut-être bien que je vais VRAIMENT la démonter finalement.

- « Mais tu peux pas faire attention où tu vas connard ? Putain j'ai mis 20, nan 50 balles dans ce verre ! »

Tiens une anglaise ? Qu'est-ce que tu fais ici toi ?

- « Tu devrais vraiment fermer ta grande gueule, je suis pas d'humeur à entendre des pouffes dans ton genre piailler dans mes oreilles. »

- « Nan mais je rêve là, t'es qui toi d'abord hein ? Tu as un s-sacré culot ! »

Je prends en coupe sa mâchoire et la force à me regarder droit dans les yeux, son visage ne change pas, toujours énervé et en même temps, étrangement calme. La seule chose qui la trahit sont ses pupilles, elles se sont un peu rétrécies. Ça y est, tu me reconnais bouffonne ?

- « Bien à ce que je vois tu sais qui je suis, parfait. Maintenant tu vas prendre ton joli petit cul et vite dégager de ma vue avant que je ne m'énerve vraiment, tu comprends ? »

- « Qui crois-tu être ? »

Mes sourcils se soulèvent tandis que mes yeux, eux, se plissent. Elle a osé me répondre ? Vraiment ?

- « Je ne sais absolument pas qui t'es. Je ne sais pas ce qui te faire dire que tu as le droit de me parler comme ça. Je suis désolée, c'est ma faute c'est vrai, je l'avoue c'est ma faute. Mais ne t'avises P.L.U.S J.A.M.A.I.S de me parler ainsi. »

Et elle a bien insisté sur le « plus jamais », mais dommage pour elle, je parle comme je veux à qui je veux. Elle n'a pas baissé les yeux une seconde, elle a de la fierté et de la détermination, je dirais qu'il y a une certaine flamme qui illumine ses yeux, je la vois même dans le noir. Elle est bandante, très bandante je dirais. J'ouvris la bouche mais rien ne sorti, elle parla avant que je le fasse :

- « Je- je ne suis pas une pouffe ou autre chose que tu p-peux penser de moi, juste une fille qui profite de la vie et qui veut s'amuser. Donc si tu-tu veux bien lâcher ma mâchoire, ça m'éviterait de te cra-cracher un molard dans la gueule et devant tout le monde qui plus est. »

Oh alors toi, si tu savais à quel point j'ai envie de te déchirer là tout de suite.

Je rapproche son visage du mien, au point que ses lèvres pulpeuses et roses frôlent les miennes. Elles sont douces et m'ont l'air sucrées, avec un léger goût de fraise.

- « Répètes ça pour voir ? »

- « S-si tu dégages p-pas ta main dans les p-prochaines secondes, j-je te jures que je te crache à la gueule. »

Elle n'a toujours pas baissé la tête et ça commence à me faire durcir.

Il le fait pas exprès aussi !

- « Ma belle. Tu as beau avoir un fort caractère de rebelle fougueuse et le corps d'une déesse, tu ne peux pas te permettre de telles choses. Et tu m'as l'air bien bourée. »

Elle ne répondit rien puis brisa son propre silence avec un pouffe-ment, nerveux sans doute.

- « Pour ta gouverne, je fais ce que je veux et je suis pas bou-rée. »

Un hoquet l'a coupé dans sa phrase, elle n'a plus parlé ensuite, elle s'est juste contentée de me regarder, avec ses yeux bleus magnifiques et magnétiques, elle est belle, sublime serait plus juste. Son regard contient quelque chose, un éclat que je ne saurais décrire, ses yeux sont innocents et pervertis en même temps.

Je me perdis une dernière fois dans ses iris, le monde n'existait plus, mais ça c'était avant qu'une tête blonde ne vienne récupérer son amie je suppose, elle la prend par le bras en me regardant méchamment mais je m'en fiche, je préfère continuer à l'admirer avant de la perdre de vue pour toujours, la laissant descendre dans la masse de gens en dessous de nous.

Y'a pas de nous mon vieux, restes concentré.

Je repris à contre cœur mon exploration et trouva cette fois enfin Julio, attablé un peu plus loin avec d'autres hommes dont je reconnais tout de suite Léo. Je vois que cette enflure ne s'est pas dérangée pour rencontrer mon affaire avant moi. Lui alors, je suis épuisé de lui, personne ne veut l'adopter ? En vrai je peux payer des gens pour l'adopter, rien à foutre qu'il soit majeur, si j'y mets le prix ils accepteront tout ce que je leur demande.

Je secoue ma tête et sors tout ça de mon esprit, ce n'est pas le moment. Je réduis les quelques mètres qui me séparent des banquettes et vais m'assoir à côté de Léo. Il ne m'adresse même pas un regard, si le culot était une personne, ce serait clairement Léo. Avec son prénom de clochard là.

- « La mamba negra ! Como estas amigo mío ? Me alegro de verte, pensé que nunca vendrías, dónde has estado ? » (Le mamba noir ! Comment vas-tu mon ami ? Je suis content de te voir, j'ai cru que tu ne viendrais jamais, où t'étais ?)

Je ne suis pas ton ami mais on ne va rien dire.

- « Hola, siento llegar tarde, mi mamá me necesitaba. De qué estaba hablando ? » (Salut, désolé j'ai du retard, ma mère avait besoin de moi. De quoi étiez-vous en train de parler ?)

- « No te preocupes lo entiendo, la familia primero. Estábamos hablando de los jueces en Las Vegas » (Ne t'inquiètes pas je comprends, la famille avant tout. On parlait des juges à Vegas.)

Bingo ! J'en étais sûr. Certaines personnes que je connais ont déjà conclus avec lui et m'ont rapporté qu'il ne parlait que de ça. Mais ce n'est pas de ça dont je veux discuter, moi je veux qu'on parle sérieusement.

J'interpelle une serveuse, très peu habillée et lui commande des shots de vodka, tranquille je gère bien l'alcool. Enfin je crois, vu que je ne me rappelle jamais de rien. Bon on verra bien.

- « Por lo que veo, Alsa te llamó la atención. Así que mira esta belleza. » (A ce que je vois, Alsa t'as tapé dans l'œil. Aussi regardes moi cette beauté.)

- « Quién ? » (Qui ?)

- « Alsa, la pantera negra. Dicen que es la mujer más hermosa de México. » (Alsa, la panthère noire. On dit que c'est la plus belle femme du Mexique.) dit-il en se levant pour justifier ses propos.

La panthère noire ? C'est quoi ça encore ?

Je me lève pour rejoindre Julio et m'accoude à la rambarde qui maintient les carrés de verre puis observe la personne qu'on me montre du doigt.

Nan mais dites-moi que je rêve ? Tu m'étonnes qu'elle se comporte comme une princesse, j'en ferai de même avec un surnom et une réputation pareille. Ah ouais c'est vrai, c'est ce que je fais déjà.

Nicky vient me frapper doucement l'épaule en se mettant dans la même position que moi, pendant que moi je continue de sourire comme un teubé en la regardant se bouger, collée à la blondinette.

- « Apparemment se sera elle ton nouveau plan cul. Toi tu prends la noiraude et moi la blondine. » me crie-t-il dans l'oreille pour que j'entendes suffisamment ce qu'il dit.

Je me retourne et lui frappe l'épaule.

- « T'es trop con j'ai juré. Mais t'as pas totalement faux, j'aimerai bien me la taper parce que bordel t'as vu son cul ? Il est incroyable ! »

- « Dis donc vous deux de quoi vous parlez ? » demande le batard en nous rejoignant.

- « Oh miséricorde, sire Hermes voyez-vous cela ? Le seigneur Léo daigne à nous accorder quelques mots, va-t-il pleuvoir monsieur ? » rigola Nicky.

- « Vas-y je vais retourner m'assoir c'est mieux. »

Et j'ai éclaté de rire en regardant le visage du boloss puer le seum. Je me calme puis reprends mon sérieux et regarde de nouveau Julio.

- « Julio de qué me querías hablar ? » (Julio de quoi voulais-tu me parler ?)

- « El negocio es malo para mí y para ti, así que te ofrezco una alianza. Tienes varios sectores a los que me dirijo y me imagino que también codicias algo de mi tierra. Así nos imagino, ganaremos poder y territorio.Si es posible, me gustaría que lo habláramos con más calma y en privado si no te importa, por supuesto. » (Les affaires vont mal, pour moi comme pour toi, alors je te propose une alliance. Tu as plusieurs secteurs que je vise et j'imagine que tu convoites aussi certains de mes terrains. Voilà comment je nous imagine, nous gagnerons en puissance et en territoire. Si c'est possible, j'aimerai bien qu'on en parle plus calmement et en privé si ça ne te dérange pas bien sûr.)

J'hoche la tête puis lui serre la main.

- « Me pondré en contacto contigo más tarde para arreglar los detalles. » (Je te recontacterai plus tard pour régler les détails.)

Je le regarde une dernière fois, puis le lâche et pars chercher ma tigresse. Je bouscule une dizaine de personnes mais rien à faire, moi je veux tirer mon coup. La blonde n'est pas là, Dieu est grand ce soir à ce que je vois, elle danse en balançant ses cheveux dans tous les sens au rythme de la musique. J'attrape ses hanches et viens la coller aux miennes.

Elle se retourne mais ne semble pas très surprise de me voir, au contraire elle enroule ses bras autour de mon cou tandis que mes mains reviennent là où elles étaient plus tôt. Elle est divine cette femme, son visage, son corps, son caractère, son répondant. Elle est parfaite.

Je la retourne et enfouit mon visage dans son cou. Son parfum est envoutant, c'est peut-être une sorcière finalement. Je passe au stade supérieur et commence à parsemer de petits baisers sa mâchoire. Voyant qu'elle ne m'arrête, je descends plus bas, d'abord le haut de son cou pour finir à la base de sa gorge. Je la fais virevolter une dernière fois pour lui faire face et reste encore planté dans cet océan. On s'y perd vraiment. Je ne résiste plus et plaque mes lèvres contre les siennes. J'avais raison, elles sont sucrées mais le goût de fraise n'est pas là, c'est plus du martini.

Nos mouvements sont rapides et bruts, démontrant notre impatience. Elle caresse du bout de sa langue cette chair rose et me demande l'accès à ma bouche en la mordant. Je ne m'y oppose pas, j'entrouvre la bouche et laisse son muscle humide se glisser entre mes lèvres et rejoindre sa jumelle. Elles se chevauchent toutes les deux pour prendre l'ascendant sur l'autre mais elle se laisse tout de même faire après plusieurs secondes. On se sépare enfin, manquant d'air et moi je vérifie qu'elle va bien. Ses joues sont un peu rosies, sa respiration saccadée s'aligne avec la mienne, et sa poitrine se soulève un peu plus à chaque inspiration. Je ne peux pas m'en empêcher, il faut que je les observe encore une fois. Je prends son menton entre mon index et mon pouce puis le relève doucement vers le mien et je les aperçois enfin, ses diamants d'un bleu sombre.

- « On t'as déjà dit que tes yeux étaient splendides ? »

Et merde, j'ai parlé sans contrôle, c'est sorti tout seul.

- « Je ne savais pas qu'on pouvait être bourré par un baiser. » Elle glissa dans sa phrase un souffle, un rire presque inaudible mais il était là quand même. Moi je l'ai entendu.

Je fronce les sourcils, ne comprenant pas le sens de ses mots. Rigolant de mon incompréhension, elle pouffa et repris :

- « Quelqu'un m'a dit tout à l'heure que j'avais l'air bourée, je crois bien que je lui ai refilé mon état. Fais attention de ne pas regretter tes paroles. »

- « Ce n'est pas mon genre. »

On continue de danser ensemble jusqu'à ce qu'on passe sur une autre musique, un slow. Non loin de moi l'envie de faire ça avec elle.

- « Viens on se barre, les slows c'est pas mon truc. »

- « Tu m'hautes les mots de la bouche. »

Elle sourit à ma réponse, ce qui m'a permis d'entrevoir quelques secondes sa dentition parfaite et c'était largement suffisant pour que j'ajoute son sourire à la liste de ses atouts. Alignées et étincelantes, parfaites tout simplement.

Elle attrapa ma main pour me guider à travers les gens, mais avant qu'on est pu rien qu'envisager de sortir du club, Blondie était déjà en train de nous barrer la route.

T'es jalouse peut-être ? Désolé mais je suis pas fan des plans à trois.

Elle n'accorda pas un seul regard à la femme qui me tenait, non comme la première fois qu'on s'est croisé, elle me toise dans un silence glaçant. Elle baissa enfin les yeux et questionna son amie :

- « Tu vas où ? »

- « Je suis fatiguée, je vais rentrer. »

- « Fatiguée mon œil, apprends à mieux mentir. Entonces Alsa, no lo siento, viste su tronco ? No me dices que vas a golpear a un viejo así ? Cortaste mucho mejor mi hermoso. Hay docenas de bombas atómicas aquí y tomas las más feas, eres estúpido o qué ? Además me avisarás quando ?» (Puis Alsa, je le sens pas lui, t'as vu sa tronche ? Ne me dis pas que tu vas te taper un vieux mec comme ça ? T'as choppé bien mieux ma belle. Y'a des dizaines de bombes atomiques ici et tu prends le plus moche, t'es bête ou quoi ? En plus t'allais me prévenir quand ?)

Oh la pute ! Elle est sérieuse elle ? Mais elle s'est vue ? En plus grosse conne, la prochaine fois utilise une langue que je ne comprends pas, bouffonne vas. Et t'es pas sa mère à ce que je sache ?

- « Déjame reírte, tus gustos como chicos son lamentables, no tienes derecho a abrirlo. Me parece súper canónico y sexy, es solo que apestas. Yo te apuesto a que en la cama, es una historia diferente. Estás disgustado porque tengo a alguien esta noche. Y te iba a mandar un mensaje en el coche. » (Laisse-moi rire, tes goûts en mecs sont pitoyables, t'as pas le droit de l'ouvrir. Moi je le trouve hyper canon et sexy, c'est juste toi t'es nulle. Je te parie qu'au lit, c'est une autre histoire. T'es juste dégoutée parce que moi j'ai quelqu'un ce soir. Et j'allais t'envoyer un message dans la voiture.)

Alors là, ci je m'attendais à ça.

Si tu savais ce que la nuit te réserve ma grande...

La tigresse envoya des bisous avec sa main à sa copine en la laissant en plan et en m'embarquant à sa suite, je toise à mon tour la fille avant de partir et non sans oublier de lui lâcher un doigt. On est sorti de l'endroit et je l'emmène à ma voiture, où m'attendait déjà mon chauffeur depuis deux-trois heures maintenant.

Elle attendit que je lui ouvre la porte, puis elle rentra à l'intérieur et referma sa porte. Je contourne la voiture et entra à mon tour. Je rallume mon téléphone et envoie un message à mes deux acolytes.

De moi :

Bon les nullos, je rentre à l'hôtel. Prenez vos chambres respectivesou dormez ensemble je m'en cogne, tant que personne ne rentredans la mienne c'est clair ?

Et Léo cette conversation n'est pas terminée, ça tu peux me croire.

Vu à 2h05

De tronche de bite :

Tu nous diras si c'est un bon coup, d'ailleurs t'as un bête de déhanché :)

De trou sans fin :

De fou, et j'aimerai bien voir ses talents au lit. Vu à 2h07

J'éteins mon téléphone et regarde l'écran de mon chauffeur qui indique qu'il nous reste cinq minutes avant d'arriver. On ne se parle pas, chacun est dans son coin à laisser nos yeux airer dans les lumières.

Enfin arrivés, nous sortons tous les deux dans la précipitation, si ce n'est pas pour dire en courant, et marchons vers l'entrée de ma propriété. Deux de mes gardes les plus fidèles sont postés devant les portes transparentes, armés de fusils d'assaut, des M2216 pour être plus précis. Avec les armes pointées sous le nez, la femme se retourne brusquement vers moi avec les yeux horrifiés.

- « J'ai des ennemis en ce moment. J'ai besoin de protection. » répondis-je calmement.

Je fis un petit geste de tête et l'un des gorilles devant nous ouvre la porte. Je laisse madame passer en première puis la suivie de près. La main désormais placée sur sa taille, je la guide vers les ascenseurs. Nous entrons tous les deux en même temps dedans et à peine les portes fermées, elle se rue sur moi et m'embrasse à pleine bouche. La vision des hommes devant ne l'a pas refroidi.

Je me laisse faire, enfin je la laisse faire plutôt. Elle prend les devants en commençant à déboutonner les boutons de ma chemise un à un, puis elle la balance à travers l'espace. On s'arrête en entendant le dring de l'ascenseur puis elle ramassa le tissu par terre pendant que moi je courais pour atteindre ma chambre. J'ai passé la télécommande sur le verrou électronique, avec difficulté je dois l'avouer, et nous pousse à l'intérieur. La porte claque sous l'action de mon pied, j'attrape à nouveau ses hanches et viens la plaquer contre la porte. Je descends à l'arrière des ses cuisses pour l'inciter à les enrouler autour de moi. Je décolle son corps et viens l'allonger sur le lit. Elle arrête notre baiser et je la regarde droit dans les yeux. Je peux être beaucoup de choses mais certainement pas un violeur.

- « Si tu veux pas, on peut-

- « Ferme-la idiot, t'aspires juste mon âme avec tes bisous. J'ai jamais dit que je voulais pas. »

Elle rigolait en me disant ça, un rire franc et plein de vie. Ça faisait longtemps que je n'en avais pas entendu de tel. Je souris en l'entendant puis reprends mes bisous mais cette fois, en les descendant dans son cou.

- « Par contre tu as dit quelque chose de très amusant tout à l'heure. Même plusieurs choses. » Dis-je entre deux baisers. Sa jugulaire palpite un peu plus vite.

- « Ah bon ? Lesquelles ? »

Je ne répondis pas tout de suite, à la place, je me m'aligne avec la base de sa gorge et remonte en la léchant jusqu'au lobe :

- « Que j'étais plutôt canon et sexy, et que j'ai l'air d'une bête au lit. » chuchotais-je au creux de son oreille.

Elle explosa de rire en m'écoutant déballer toutes ses paroles.

- « Oh nan la honte, pourquoi t'es pas intervenu ? »

- « C'est plus amusant d'écouter les gens se faire leur propre avis sur toi sans qu'ils sachent que tu comprends tout ce qu'ils disent. »

- « C'est vrai. T'as dû être surpris en entendant ça. Oh et je m'excuse pour Lia, elle est une sorte de chien de garde on va dire, elle me protège quand on sort, c'était pas particulièrement contre toi. »

- « J'ai vu ça, je suis si moche que ça ? » demandais-je en revenant sur son visage.

Elle ria à gorge déployée encore une fois et dit :

- « Nan pas du tout, au contraire t'es super beau mais Lia ne le voit juste pas, on n'a pas du tout les mêmes goûts pour les mecs. Et si elle savait que t'étais un gangster ou un truc dans le genre, crois-moi qu'elle se jetterait dans tes bras. »

- « Donc tu n'as pas peur de moi ? »

- « Pourquoi je devrais ? »

Le coin de sa bouche s'est recourbé, me laissant admirer une nouvelle facette de sa personnalité. Madame est joueuse hein ? Ne t'inquiète pas tu ne le seras plus dans quelques secondes, princesse.

- « Peut-être bien. »

Je redescendis vers sa nuque mais je préfère juste la frôler, cette fois c'est sur sa poitrine que je vais jeter mon dévolu. J'embrasse tout doucement le haut de ses seins et baisse légèrement le col de sa robe tout en continuant de la regarder pour avoir son consentement. Elle hoche la tête et moi je ne perds pas une seconde, j'attrape sa nuque avec ma main puis viens la plaquer contre mon torse et glisse mon autre main dans son dos pour défaire la fermeture éclair de son vêtement.

Elle balança son tissu de la même manière qu'elle l'avait fait avec ma chemise, et viens s'assoir sur mes cuisses. Mes yeux se baissent sur ses deux monts, ni trop petits ni trop gros, ils sont dans un juste milieu, parfaits pour moi.

Elle embrassa mon cou et mon torse puis mon ventre, elle s'arrêta au niveau de ma ceinture et la défis en un rien de temps. Elle déboutonna mon pantalon et me l'enleva sans problèmes, ses cuisses reprient leurs places et comme ci je n'étais pas assez dur, elle commença à faire des vas et viens très lents, frottant nos sexes ensemble à travers le tissu de nos sous-vêtements. Ma tête bascula automatiquement en arrière, les sensations qu'elle m'offrait étaient délicieuses. Elle revient sur mon torse, mais c'est mes tétons qu'elle attaqua, elle roula sa langue autour et dessus, c'est incroyable. Elle est douée et elle le sait, le pire c'est qu'elle en joue. Elle accélère de plus en plus la vitesse de ses hanches, et si ça continue je sens que je vais venir. Elle continue encore et encore, et quand je sens que je vais jouir, elle se stoppe d'un coup puis se décale de moi.

Oh tu vas me le payer princesse.

Je la fais s'écraser de nouveau sur le matelas et me positionne au-dessus d'elle, ce qui me donne une vision globale de son corps splendide : ses clavicules qui ressortent un peu, les tatouages en dessous de ses seins, son flan recouvert d'une petite cicatrise que je n'avais pas vu avant, elle est probablement dû à de l'automutilation. Je m'abaisse vers elle et l'inspecte sous toutes les coutures : elle est fine mais profonde ce qui explique sa couleur pourpre/violette.

Je ne pose pas de question et remonte pour tracer une lignée jusqu'à son bas ventre. Je ne m'arrête pas et continue sur l'intérieur de ses cuisses. Elle commence à frissonner sous mes caresses et à lâcher quelques couinements plaintifs, je contourne bien son sexe pour la faire languir autant qu'elle s'est amusée à le faire avec moi. J'examine son visage une dernière fois et en voyant qu'elle accepte, je décale sa lingerie sur le côté et pose mes lèvres sur les siennes. Je trouve rapidement sa boule de nerfs et fais des cercles lents autour, et dirige mes doigts vers son vagin. J'y insère d'abord un doigt, et constatant qu'elle s'habitue à la sensation et qu'elle en veut plus, j'ajoute le deuxième. Son dos se cambre au moment où mes doigts touchent ce point bien propre aux femmes. Je le stimule encore un peu avant de sortir. Je me décroche de sa vulve et me penche pour attraper une capote, déchire l'emballage et la déroule sur ma longueur.

- « Tu peux y aller t'inquiètes, c'est pas la première fois. »

Je m'aligne avec elle puis m'enfonce d'un coup, ce qui lui fait courber le dos encore plus que tout à l'heure. Je commence à bouger, tandis qu'elle gémit de plus en plus quand moi j'accélère.

J'enchaine les coups jusqu'à ce qu'elle contracte son vagin autour de mon pénis, me faisant jouir en même temps. Je m'écroule sur la place vide du lit et commence à m'endormir. C'était une soirée mouvementée.

Salut tout le monde comment ça va ?

Pour ma part je suis soulagée, j'ai envie réussi à pondre ce chapitre de 5000 mots, j'en voyais plus la fin , après c'est un spicy donc on met un peu plus de détails .

Juste vous voyez Hermes là, vous l'aimez bien pour l'instant, c'est tranquille et tout hein ? C'est la dernière fois que vous le voyez comme ça avant un BON moment . Oh nan vous allez me DE-TES-TER pour la suite, mais c'est le risque hein.

Sinon vos théories pour la suite ?

J'espère que ce chapitre vous aura plu .

N'oubliez pas de voter <3

Prenez soin de vous.

Gros bisous, M.J

♪
♪

(♪ : Dangerous Woman - Ariana Grande)

_____

Mexico, Mexique, 16h34

Les rayons du soleil s'écrasent sans ménagement sur l'immense fenêtre de ma chambre, me réveillant par la même occasion. Petit à petit, je décolle mes paupières les unes des autres et regarde le plafond blanc.

Mon crâne bourdonne, je me redresse avec difficulté dans mon lit, une vive douleur dans tout mon être me lance des piques et me tiraille mais ce n'est pas vraiment sur ça que je me concentre. Les yeux toujours à moitié fermés, j'analyse la pièce dans laquelle je me trouve en essayant de me remémorer les événements la veille.

Mauvaise idée, tout se bouscule dans ma tête, je vois juste des flashs et franchement ce ne sont pas les meilleurs : moi en train de me déhancher sur quelqu'un dont le visage m'est plus qu'inconnu, ou celui où je m'enfilais un ? Non deux rails de shots, que j'ai vomi juste après sur le sol. Classe.

Pathétique aurait été plus judicieux.

Les seules choses dont je me rappelle sont : d'avoir tout raconter à Galia après que j'ai laissé l'autre clébard s'enfuir. Et que pour me changer les idées, elle a décidé de nous amener au Bruja.

Eh t'es trop gentille, t'aurais dû le tuer.

Non, il a beau être la pire des putes, je ne lui ferai pas ça. Tu ne fais pas ça à ton premier amour même si t'en brûles d'envie.

Avec tout le mal du monde, j'ouvre complétement les yeux. Heureusement que la luminosité est assez basse ce... Matin ? Midi ? J'en sais foutre rien. J'ai trop mal à la tête pour me concentrer. Si je ne bouge pour aller chercher de l'aspirine, ma tête va exploser.

Ma chambre d'hôtel est dans un état sans nom, qu'est-ce qui s'est passé hier ? Je choppe mon téléphone encore branché sur ma table de chevet, l'allume et j'ai cru que j'allais vomir en voyant l'écran :

Vingt appels manqués, trente nouveaux messages et six nouvelles notifications.

Tranquille on est pas dans la merde quoi.

Je regarde mon téléphone à nouveau et vois l'heure : seize heures quarante quatre. Je souffle et m'insulte intérieurement d'avoir dormi toute la matinée. Je baisse les yeux vers la date inscrite et fronce les sourcils devant : seize avril.

Et merde.

La couette qui recouvrait très récemment mon corps s'est faite valsée du côté opposé.J'attrape et déverrouille mon cellulaire pour envoyer un message à Galia, cette bouffonne aurait dû me retenir de boire autant mais est-ce que je l'aurais écouté ? Absolument pas, au contraire je lui aurais mis mon plus beau doigt devant son petit nez retroussé et j'aurais bu cul sec.

Je suis comme ça quand je suis soûle, sans limites. Je n'aurais pas dû autant boire, je me réveille quelque part, dans un lieu qui m'est totalement inconnu, enfin presque.Oh moins je suis toute seule c'est déjà bien et puis tant que j'ai mon téléphone et ma dague c'est bon. Je tapote ma cuisse droite encore sous la couette puis réalise qu'elle n'est pas ici. Putain mais c'est quoi ça ? Où elle est ? Je ne l'enlève jamais !

Je respire calmement et mes yeux se posent de nouveau sur mon cellulaire. Je n'attends pas spécialement de réponses immédiates de sa part, sachant que ça l'a épuisé également et qu'il est même possible qu'elle bosse à cette heure. La pauvre, si elle a bu autant que moi je n'imagine pas sa tête actuellement.

Je rigole intérieurement en imaginant Galia s'endormir la tête la première dans ses papiers et se faire défoncer par son père.Faut vraiment qu'elle fasse un break, elle bosse comme un âne depuis deux ans maintenant.

Je secoue la tête pour que toutes ces pensées disparaissent dans un recoin de ma mémoire. Je me place sur le côté de mon lit -non sans oublier la douleur dans mon bas ventre et mos dos- et laisse mes pieds se balancer dans le vide, ça m'aide à réfléchir. D'abord, js suis encore en vie, ce qui est plus que sympathique, ensuite j'ai perdu mon couteau, ça ça l'est moins et pour finir, j'ai qu'une simple hypothèse sur cet endroit. Comment bien commencer une journée finalement.

Je lève mes fesses et atterrit sur la moquette blanche puis me dirige dans ma salle de bain, j'allume la lumière et là aussi, la pièce est retournée.

Je dégage d'un revers de la main toutes les choses qui trainent dans la vasque et regarde mon reflet dans la glace : Mes cheveux marrons foncés et ondulés sont ternes et emmêlés, des cernes limite noirs jonchent le dessous de mes yeux, le teint grisonnant. Comme il y a trois jours... Mon collier est toujours là, Dieu soit loué lui au moins est encore présent autour de mon cou.

Mes yeux se posèrent sur quelque chose de petit et brillant au niveau mon hélix. Un piercing ? Putain mais à quel moment je me suis faite percée !

Je fouille tous les placards en espérant y trouver quelque chose pour désinfecter mais tout ce qu'il y a c'est du gel douche et du shampooing.

J'abaisse mon regard sur mon corps, je porte un tee-shirt gris large et un string noir à dentelles. À quel moment j'aurais pu me changer ? C'est en train de me ronger de l'intérieur, j'ai aucuns souvenirs de la veille.

Je passe une main dans mes cheveux pour essayer de me détendre, sans succès. Je retire mes vêtements et me glisse dans la douche italienne. J'actionne le jet d'eau et le mets presque brulant, j'en ai besoin. J'ai besoin de chaleur et de réconfort.

Je ferme mes yeux et soupire de bien-être quand je sens l'eau couler sur mes épaules, mon dos et mes cuisses pendant qu'elle emporte avec elle « tous » mes soucis. J'oublie un instant ce que j'ai fait, j'oublie mon père et son putain de boulot, ce qui m'oblige à reprendre les responsabilités qui y sont liées, j'oublie mon passé.

Mon gel douche bon marché sent la rose, je ne sais pas pourquoi mais ça me fait penser à abuela. J'en étale un peu dans ma main puis me savonne le plus vite et efficacement possible, comme si ça allait tout effacer. Je lave en coup de vent mes cheveux, pas le temps pour les soins. J'éteins l'eau et m'enroule dans une serviette. Je passe un léger coup de brosse dans mes cheveux et les enroulent ensuite dans une autre serviette.

Je sors de ma salle de bain, cours presque jusqu'à mes habits qui trainent sur le sol, prends mes sous-vêtements et les enfilent puis je fais la même chose avec le reste. Heureuse de voir que j'ai pris une robe longue et des talons de cinq centimètres maximum.

Mon téléphone vibre, attirant mon attention et l'attrape. Un énième message, rien de très intéressant, je le range dans ma poche puis marche vers la porte et baisse la poignée, qui n'était même pas fermée à clefs, n'importe qui aurait pu rentrer.

Ah ouais, t'es très conne toi.

Le couloir dans lequel je suis actuellement était beaucoup plus décoré dans mes souvenirs, enfin « souvenirs » est un grand mot. Je me dirige vers les escaliers et non les ascenseurs pour me motiver pour ce qui va suivre ce soir, je n'ai pas le droit à l'erreur. Je ne suis pas pour cette méthode mais si je veux que ça s'arrête, je dois absolument réussir ce soir. On va dire que sera juste un petit dommage collatéral.

Je pousse l'énorme porte des escaliers de secours qui me parait aussi lourde qu'un hippopotame et commence ma descente vers le rez-de-chaussée.

Tu retiens pas la leçon toi en fait ? On a dit pas de talons quand on est dans les marches putain !

Je m'arrête trente secondes sur une des grosses plaques de bétons qui « différencient » les étages et me pose quelques secondes pour enlever mes chaussures puis reprends, cette fois, un peu plus vite ma marche. J'ai probablement fait les cinq étages qui me sépare de mon objectif en une minute max, comme quoi, quand on veut on peut. Après je me suis ramassée trois fois mais ce n'est qu'un détail. Je me rechausse et entre dans la pièce. Ok alors un petit repérage des lieux ne serait pas de refus : L'accueil est à ma droite au fond avec les escaliers de services derrière.

Pourquoi c'est pas eux qu'on a utilisé ?

Je sais pas ! Je peux pas être toujours une génie.

Je continue mon exploration : l'entrée est à l'opposé de ceux-ci. À ce que je peux apercevoir, droit devant moi c'est la cuisine et les fameux ascenseurs sont à côté. Des canapés pour le coin détente reposent, qui sont un peu trop reculés à mon goût, derrière les portes métalliques. Donc j'avais raison, je suis au Glamlow.

Je m'avance et me présente à l'accueil où une jeune femme pianote sur le clavier de son téléphone en mastiquant son chewing-gum très bruyamment. Oh je déteste ce genre de poufiasse, elle a de la chance que je sois trop fatiguée pour la démarrer. Ou c'est peut-être une malheureuse, elle va subir ma colère vu comment j'ai les nerfs près des cheveux ce matin. Après cela dépendra d'elle et de son attitude/comportement.

Je me racle la gorge aussi bruyamment, perdant déjà le peu de patience dont je fais preuve maintenant. Elle ne relève pas du tout les yeux vers moi et continue son petit spectacle.

D'accord tu veux jouer pétasse ? Y'a pas de problèmes.

Je tapote plusieurs fois sur la sonnette disposée sur le comptoir blanc jusqu'à ce qu'elle veuille bien me regarder. Au bout de cinq sonneries, elle souffle ennuyée et me fixe avec ses vieilles pupilles moches.

- « Bonjour madame, en quoi puis-je vous aidez-

Je continue de sonner de plus en plus tout en la regardant droit dans les yeux avant de vraiment m'énerver et de la balancer dans le mur en face de moi. D'ailleurs heureusement pour la pouffiace, elle s'est baissée juste à temps, sinon elle se le serait prise en pleine poire. Elle se remet à ma hauteur et me regarde choquée puis finit par causer sa perte en ouvrant su puta boca :

- « Mais vous êtes complètement folle ma parole ! »

Tu n'as pas idées...

J'élance mon bras au niveau de sa gorge, attrape le tissu qu'elle à nouer en un nœud, puis la rapproche très près de moi à tel point que sa poitrine s'écrase sur la surface blanche et que son menton la touche presque. Je vais peut-être lui éclater dessus tiens d'ailleurs.

- « Écoutes moi bien petite garce, je ne supporte tes vieux bruits de bouches dès le matin et tes manières de fille à papa bien richouse. Le pire c'est que tu l'es même pas en plus !Donc tu vas bien fermer ta grande gueule, jeter ton putain de chewing-gum sinon c'est moi qui vais venir le chercher au fond de ta gorge, tu vas prendre ton putain de téléphone, et composer le numéro que je vais te dire, ça marche ? »

Elle hoche vivement la tête. Je la lâche puis elle attrape le téléphone et me regarde pour taper le numéro, je lui dicte les chiffres pour ensuite le lui arracher des mains et attends que mon contact réponde. Au bout des quelques instant d'attentes, un bruit venant de l'autre coté de l'appareil me confirma qu'il avait décroché :

- « Miss Galuna ? Is everything okay, is there any problem you want to tell me about ? »(Madame Galuna ? Est-ce que tout va bien, il y'a-t-il un quelconque problème dont vous voulez me faire part ?)

- « Clam, how are you ? No, everything's fine, I'm just calling you for a minor incident at Glamlow. »(Clam, comment allez-vous ? Non tout est parfait, je vous appelle juste pour un léger incident au Glamlow.)

Clam est le principal actionnaire de l'hôtel, et est également un toutou qui me lèche les bottes. Si j'ai le moindre problème ici, je m'adresse à lui et dans les minutes suivantes c'est réglé. Soyez riches vraiment, c'est le pied.

- « Tell me, I'm listening. » (Dites-moi, je vous écoute. »

Je cale ma main sur le micro une petite seconde et m'adresse à la femme :

- « Votre nom. »

- « Julianna. Mon prénom est Julianna et mon nom est Miran. »

J'enlève ma paume et lui réponds :

- « Julianna Miran gives me a few little worries. I would like it to be managed. » (Julianna Miran me pose quelques petits soucis. J'aimerai bien que ce soit géré.)

- « Right away ma'am, I'll take care of that right away. » (Tout de suite madame, je m'occupe de ça immédiatement.)

Je remets le téléphone à sa place puis me tourne vers la sortie sans regarder en arrière. Soudainement, des bruits surgissent derrière moi : des cris. Mais je reste de marbre et sors du bâtiment puis marche vers ma Bentley qui était garée dans la rue un peu plus loin. J'ouvre la portière, me glisse à l'intérieur, allume le contact et mets l'adresse du Starbucks le plus proche de ma position. J'ai besoin de café et vite.

Je suis le trajet que me conseille l'appareil et me gare le plus près possible de la boutique, mes pauvres petits orteils sont en train de souffrir le martyr. Je fouille comme une malade dans la boite à gants pour trouver à tout prix un billet de 100 pesos, chance il y en a deux tout au fond et un peu froissés mais ça ferait largement l'affaire pour du lait, des glaçons, une bonne dose de caramel et du café. Je referme le petit espace et sors de ma voiture. Le vent est glacial, on est censé être au mois d'avril, pourquoi il fait si froid ?

On est pas à New-York les gars.

Avant d'entrer à l'intérieur, je regarde dans mon coffre en priant que j'ai eu l'intelligence de laisser un manteau dedans. Mais c'est que Dieu est avec moi aujourd'hui dis donc, une grosse doudoune Playboy est étalée, un peu en boule et encore une fois tout au fond, dans le coffre. Je claque la porte et m'empresse d'enfiler le vêtement, puis m'avance en m'assurant d'avoir bien fermé les portières jusqu'à ce que je rentre dans quelqu'un. Son gobelet tombe sous la surprise de l'impact et viens s'éclater sur le sol.

Bien vu Alma, je te décerne la palme d'or de la plus grosse bouffonne !

Mes yeux croisent ceux de l'individu : c'est un homme qui fait deux têtes de plus que moi, yeux verts qui m'envoient actuellement des éclairs, cheveux mi-longs noirs. Il a des tatouages sur son cou et ses mains couvertes de bagues, je pense qu'il en a en fait sur tout le corps mais son ensemble pull/jogging noir m'empêche de les voir. D'ailleurs, je peux distinguer ses muscles même à travers des vêtements amples, c'est quel genre d'évolution pokémon ça ? C'est soit Mackogneur soit Tortank, obligé !

Je souffle du nez face à ma pensée mais suis très vite ramenée à la réalité. L'homme me dévisage, et je dirais qu'au rouge qui s'installe sur son faciès, il n'est pas content du tout.

Alors il est toujours cool ton Tortank ?

Je m'empresse de parler pour casser le blanc gênant :

- « Milles excuses, vraiment je ne vous ai pas vu, c'est ma faute je ne regardais pas où j'aillais, je suis vraiment désolée. Laissez moi vous le repayer s'il vous plait. »

- « Ne vous inquiétez pas, ce n'est pas grave. »

- « S'il vous plait, c'est question de principe et de respect, c'est de ma faute, permettez-moi de la réparer ! »

J'ai répondu en lui coupant presque la parole dû au surplus de sentiments qui traverse mon cerveau en ce moment. Je ne peux pas le laisser partir tant que je ne l'ai pas remboursé. Il ricane face à mon insistance et accepte ma proposition. Je m'avance alors vers la porte mais c'est lui qui l'ouvre avant que je n'aie pu le faire :

- « Les femmes d'abord. »

Je ne sais pas pourquoi mais je sens mes joues qui chauffent un peu, c'est la première fois qu'un homme, autre que Caleb et mes frères, me donne un peu d'attention. Et il faut dire que ça fait du bien.

La chaleur et l'odeur appétissante du café plus celles des viennoiseries me frappent de plein fouet. Je sens estomac crier famine mais je l'ignore et accoure presque vers la caissière. Le noiraud me suivait, amusé par mon enthousiasme.

- « Bonjour madame, alors je vais vous prendre un latté glacé avec une bonne dose de caramel et un-

- « Caffè latte s'il vous plait. »

Je lui souris et alors que j'allais payer, mon ventre braya qu'il réclamait de la nourriture immédiatement, faisant retourner l'intégralité des personnes présentes dans la pièce dans notre direction.

Discret ça dit donc.

Je rougissais déjà un peu mais là je suis pivoine. Oh la honte mon Dieu ! L'homme qui m'accompagnait éclata de rire et viens à mon niveau.

- « Et on va vous prendre une tarte aux fraises s'il vous plait. »

- « Quoi ? Nan ! J'ai dit que c'était moi qui vous invite. »

- « Je n'ai jamais dit que j'allais la payer. »

Je suis restée bouche bée. Non mais il est sérieux ? Je vais devoir payer quelque chose que je n'ai pas désiré ? Sale chien.

- « Je plaisante, c'est moi qui vais vous la payer, pour vous remercier de votre geste. »

Oui bon je me suis un peu emportée c'est vrai, mais aussi qui fait ce genre de blague nulle ?

Les traits de mon visage s'adoucir et il prit ma main pour nous installer à une des tables un peu plus loin.

Nous nous sommes installés sur les canapés et n'avons pas parlé, on s'est juste regardé droit dans les yeux en attendant notre commande, qui arriva un peu trop vite à mon goût.

Aussi ça prend pas trois siècles pour faire deux café.

Une serveuse déposa notre commande entre nous sur la table puis partit aussi vite qu'elle était arrivée. Je commence déjà à saliver devant les fraises aux couleurs bien vives, je n'attendis pas une seconde de plus et commença à la déguster dans un plaisir immense, autant pour mes papilles que pour mon estomac.

- « Ça ne vous dérange pas de manger avec moi ? C'est vrai que je ne vous ai pas vraiment demandé votre avis. » demanda-t-il en se grattant le cou, gêné.

- « Nan du tout, je n'ai rien à faire. »

C'est complétement faux, je dois me préparer pour la mission de ce soir, récupérer mes faux papiers au près d'abuelita, qui ne va pas me louper quand je vais rentrer, et me mettre dans la peau de mon personnage, et puis faut que je récupère ma dague au Bruja. Et toutes ces petites choses, j'ai que quatre petites heures pour le faire.

- « À ce que je vois la tarte vous a plu. »

J'avale la dernière bouchée de ma pâtisserie et réponds :

- « Pas vraiment, je suis pas trop fan des fraises, mais bon vous avez pensé bien faire alors je ne vous en veut pas trop. »

Il ricana en entendant ma blague et repris :

- « Alors qu'est-ce que vous faites ici ? Touriste ou résidente mademoiselle... »

- « Suzia, et je suis résidente. J'avais juste besoin d'un café de base puis j'allais repartir très vite mais le hasard en a décidé autrement. »

Je ne donne pas mon vrai prénom à n'importe qui. Pas très envie de mourir.

Par contre laisser la porte de ta chambre d'hôtel ouverte au monde entier ça oui ? Et qu'est-ce que tu me dis toi, y'a personne qui est au courant de ton existence sur cette planète, c'est pas donner ton prénom qui va te tuer hein ?

Ferme-la, on ne connait jamais vraiment les gens. Et genre imagine c'est un ennemi, qu'il travaille pour la mafia russe ou pire américaine ? Qu'il a fait des recherches sur ma famille et qu'il veut secrètement me tuer ! Oh putain imagine la tarte aurait été empoisonnée et que la caissière était dans le coup ?! Ah l'horreur !

- « Je dirais qu'il a bien fait. »

La surprise pris place sur mon visage en percutant ses paroles, j'ai même failli recracher ma boisson. Je ne m'attendais pas à ce qu'il réponde, et surtout, qu'il réponde ça.

Oui faut que l'information comprenne qu'il n'y a pas de cerveau où elle peut monter là-dedans.

C'est déstabilisant de voir que je rougis très facilement quand je suis en sa présence, va falloir que ça change mais en même temps c'est agréable de se « lâcher » un peu. Faut trancher.

Je ne répondis rien et continua à boire gentiment mon café mais la vie réelle ne veut pas me laisser rêver. Mon téléphone vibra dans ma poche, je le sors et lis le message qu'on vient de m'envoyer.

C'est Vico, il me demande de rentrer et rapidement si je veux garder ma tête sur mes épaules. Je déglutis difficilement et dis :

- « Je suis désolée mais je dois partir, j'ai passé un agréablement moment avec vous. Et merci encore pour la tarte. »

Il me sourit une dernière fois avant que je ne sorte de l'établissement. Je cours jusqu'à mon bolide, entre, démarre et pris Dieu pour qu'on ne me fasse pas la morale sur comment je gère.

⬜⬜

Je me glisse à l'intérieur de la maison sans un bruit, le salon et la cuisine sont vides pourtant je voyais bien la sorcière m'attendre, jambes et bras croisés, sur le canapé à fixer la porte en attendant que je rentre mais c'est avec surprise que je découvre que ce n'est pas le cas. Après ce n'est pas plus mal. Je marche le plus rapidement et discrètement possible vers l'escalier en marbre et cours vers ma chambre.

Arrivée dedans, je ferme la porte tout doucement et souffle de soulagement, je me retourne et sursaute en criant quand je vois ma grand-mère assise comme je l'imaginais sur mon lit. Ça fait combien de temps qu'elle m'attend ou qu'elle est dans cette position ? Je baisse les yeux, sachant déjà ce qui m'attend.

- « Je peux savoir ce qui t'es passé par la tête ? »

- « Je suis désolée, j'avais besoin d'évacuer la pression et-

- « La vielle de la mission la plus importante de toute ta vie !
Mais qu'est-ce qui cloche dans ta tête hein ? Depuis que t'es rentrée,
tu fais n'importe quoi, tu crois que tu mérites le titre de doyenne
de cette famille après m'avoir donné toutes les preuves que tu n'en
es clairement pas digne ni capable ? Arrêtes de te croire supérieure
aux règles et au monde entier Alma ! Tu n'es qu'une gamine sans
expériences et tu crois que tu es capable de prendre la relève ? Fini les
bétises, tu fais ce que tu as faire ce soir et après ça, on revoit les règles
de cette maison. »

Je n'ai pas bougé, aucunes réactions à par celles de mes yeux : ils se
sont remplis de en entendant tant d'injustice et de cruauté, elle n'a
pas le droit de me dire ça.

- « Des bêtises ? DES BÊTISES !Mais ouvres les yeux deux secondes mamie !Qui a été abandonné par sa famille ? Moi ! Qui n'as pas pu
assister à l'enterrement de son père ? Moi ! Qui a été envoyé pendant
deux ans en Alaska pour s'endurcir et ça, sans résultats concrets ?
Moi ! C'est moi qui ai tout perdu à cause de vous. J'en ai assez,
j'abandonne ! Tu m'entends ? J'ai tout perdu à cause de vous !J'ai
passé ma vie à essayer de vous correspondre, de te correspondre mais
peut-importe les efforts et les sacrifices que j'ai fait pour vos gueules,
j'ai dû attendre vingt-trois putain d'années pour que tu me proposes
ce qui me revenais de droit il y a cinq de ça, après son décès, mais le
pire c'est que tu croyais que je n'aillais pas le découvrir ? C'est même
pas moi la première à qui tu en as parlé, c'est à James ! Tu lui as monté

le cerveau, tu lui à faire croire qu'il pouvait devenir moi ! « Tu sais James, je ne crois pas qu'Alma soit de taille pour gérer cette dynastie, mais toi, je crois plutôt que tu seras meilleur qu'elle. », j'avais que 16 ans, tu n'imagines même pas à quel point ça m'a déchiré le cœur de t'entendre dire ça. Je comprenais pas pourquoi il était froid et méchant avec moi, mais maintenant je sais ! Toi, ma grand-mère, mon modèle a osé retourner mon frère contre moi ! C'est toi qui gâches toujours tout, j'en peux plus de toi, tu me ressors par les yeux, cette vie me ressort par les yeux ! Je n'ai jamais demandé à vivre cette vie-là, je n'ai jamais demandé à naitre dans cette famille au sang maudit et à la putain de cervelle corrompue ! Alors oui je vais faire cette mission mais ce sera la dernière. C'est la dernière que je me bousille pour cette bande d'hypocrites ! Maintenant vas-t-en et laisses moi tranquille. Et n'oublies pas mes papiers. »

La vieille dame n'a pas renchéri, au contraire elle est juste sortie de la pièce en claquant la porte violemment telle une adolescente en colère. Mais qu'est-ce que c'est que cette famille ?

◻◻

Ma robe vert sapin me colle au corps et ce n'est pas la meilleure sensation au monde je dois l'avouer, mais je prends sur moi et marche vers l'entrée de l'hôtel où se déroule la soirée.

Ils m'aiment trop eux en ce moment, cet après midi puis maintenant, ils m'adorent !

Mon oreillette visée, j'entends à travers elle James qui me donne les dernières instructions. La mission est simple : aller voir l'ennemi innocemment puis verser un truc dans son verre et lui donner. Je sens que je vais bien m'amuser dis donc...

———————————————

Salut mes amours ! Comment vous allez ?

Enfin ! On passe enfin aux choses sérieuses, je sais déjà que vous allez beaucoup me détester la suite, j'en suis mais convaincue ! Mais c'est le jeu après tout !

Par contre vous avez vu la rage d'Alma ? Mais c'est une bombe ma fille !

C'est trop une folle j'ai juré ! Elle est pas bien dans sa tête .

Bref, j'espère que ce chapitre vous aura plu .

N'oubliez pas de voter <3

Prenez soin de vous.

Gros bisous, M.J

(: Sweater Weather - THE NEIGHBOURDHOOD)

_____

Veracruz, Mexique, 22h50

La pièce se remplie de plus en plus, je ne reconnais que quelques-unes des nouvelles têtes qui arrivent, comme les Ralez ou encore les Feri, que des gros bonnets de la drogue. Faudrait peut-être penser à originaliser maintenant, j'ai l'impression que tout le monde est dans la vente de came aujourd'hui.

Après antiquaire c'est pas mieux.

Je souffle bruyamment, démontrant mon impatience et regarde Léo et Nicky engloutir l'entièreté des petits fours. Alors que je marchais pour leur rappeler pourquoi on était là, mon téléphone vibra dans la poche de ma veste de costume. C'était un message d'un de mes hommes :

De Swann :

On a un problème, il y avait une gamine avec la cible.

À Swann :

Et donc ? Je ne vois pas vraiment le problème, t'as juste fait ton boulot. Et pourquoi tu réponds que maintenant ?

De Swann :

Justement non, elle s'est enfuie. Et j'avais plus de batterie.

À Swann :

.Mais tu te fous de moi ? C'était une gamine ! Comment tu peux manquer une gamine ? T'as de la merde dans les yeux ou c'est quoi le délire ? Et puis c'est qui la gosse ?Lira, Clara ou Tanya ?

De Swann :

Aucunes des trois, elle était entrainée, c'est certain.Cheveux et iris marrons presque noirs, grande avec des tâches de rousseurs. Je dirais qu'elle avait facile la vingtaine.

À Swann :

Swann t'es con ? Tu m'as dit que c'était une gamine ! T'es plus une gamine à 20 ans ! Putain tu fais chier. Donc y'a une nouvelle tête chez les Galuna ?

De Swann :

Visiblement.

Merci connard d'acquiescer, commences par faire ce pourquoi je te paye et on en reparle. Mon téléphone rejoint ma poche violemment, j'attrape les deux débiles et les remets à côté de moi. Pourquoi je ne peux pas passer une soirée normale dans mon lit avec des carbonara ? C'est vraiment trop demandé ?

La petite sauterie m'ennuie au plus haut point mais poker face, je conserve mon faciès glacial et serre des poignets de main, je suis sûr qu'elles ne sont même pas propres en plus.

Mon regard se perd sur la foule, essayant de trouver un quelconque divertissement pour que je tienne les trois heures qu'il nous reste. En temps normal, je serais assis à une des tables de poker en train de les faire cracher leurs jetons un par un, mais je ne suis pas d'humeur ce soir. Le fait que l'autre con est osé me péter les couilles en se trompant de lieu, je l'ai toujours en travers de la gorge.

Il y a étonnement beaucoup de femmes ce soir, toutes se pavanent et gloussent, jubilant de « leur » richesse et de leur statut dans la société ou encore admirent les hommes miser des millions dans les jeux.

Je vous avais dit que seules les grosses têtes du crime étaient là, il n'y a qu'elles qui peuvent assister à ce genre de soirée de richous, d'ailleurs je ne sais pas ce que je fais là. De base, c'était à mon père d'assister à ce type d'évènements mais après sa mort, j'ai hérité de son domaine, sa richesse et de son rôle, m'obligeant ainsi à faire bonne figure devant les autres puis tout ce qui s'en suit : chef de famille, m'occuper de la revente d'œuvres et j'en passe. Ce n'est pas du tout mon truc, mais je n'ai pas le choix.

Mes yeux continuent de dériver quand ils s'arrêtent sur une sublime créature. Vêtue d'une robe vert foncé qui épouse à la perfection son corps de déesse et éloignée de tous, elle semble irréelle. Sa petite sacoche reposant sur sa hanche droite attire directement le regard dessus. Elle est magnifique, un visage avec des traits fins, des iris chocolat à tomber par terre, ses cheveux de la même carnation sont attachés en un chignon un peu défait, ce qui lui donne un charme

fou, de petites taches de rousseur ajoute un petit plus et ses lèvres...
Mon Dieu ce qu'elles sont appétissantes. Tout chez elle est à croquer.

Je cligne plusieurs fois mes paupières pour m'assurer qu'on ne me
joue pas un mauvais tour, et quand j'ouvre une nouvelle fois les yeux,
elle avait disparue. Je ne suis pas fou, elle était là, devant moi, elle
m'enchantait même inconsciemment. Sorcière.

Pile au moment où j'aillais la chercher, l'une des filles Gomez m'interpelle :

- « Salut Hermes ! Dis je te dérange ? »

Oui.

- « Nan. Qu'est-ce que tu veux ? »

- « Juste qu'on parle un peu. T'es au courant que papa et maman
ont invité les Galuna ? »

Pardon ? Ils sont où ? Je ne les ai pas vu rentrer tellement j'étais
concentré sur la fille. Merde je suis trop con !

- « Attends ils sont là ? »

« Nope. Ces chacals sont même pas venus faire un petit coucou,
nan mais tu rends compte ?! C'est quel genre d'audace ça hein ? La
prochaine fois, on va même pas les inviter, ça leur ferra les pieds tiens
! »

RAS mon vieux, tu peux te détendre, tout va bien.

Je décrispe mon corps et pars m'assoir à une des tables de Blackjack
en espérant semer la rouquine, mais telle une femme s'accrochant à
son haut pendant les soldes, elle me suis et vient se mettre à côté de
moi pour jouer avec moi.

Je l'écoute encore mais que d'une seule oreille, oh je sens que je vais en avoir encore pour longtemps... Pas trop j'espère, car je dois retrouver mon émeraude.

Je cours m'enfermer dans une pièce au hasard et claque mon dos contre le bois de la porte quand je m'assure que celle-ci soit bien fermée. C'est une sorte de cajibis, parfait ! Personne ne viendra me chercher ici. Ma respiration saccadée fait soulever ma poitrine assez irrégulièrement, ma tête tourne et mes jambes tremblantes sont à deux doigts de me lâcher. Son regard glacial qui parcourrait mes jambes et mon buste dénudés m'ont donné d'étranges frissons, certes agréables mais tout de même déroutants.

James continue de crier et demander dans l'oreillette si je vais bien ou ce qu'il s'est passé, je la retire et la laisse au sol. Ça me met encore plus la pression de l'entendre, il me communique son stress alors que je dois déjà régler le mien.

Je n'ai pas l'habitude qu'on me détaille de la sorte, la moindre parcelle de ma peau, il la regardait. Le moindre de mes faits et gestes, il les épiait. Attirer le regard des autres sur moi me gêne, qu'un inconnu te fixe attendant je ne sais quoi, pour moi c'est angoissant.

Mon corps glisse lentement pour finalement me retrouver par terre, les genoux contre mon buste et un début de crise d'angoisse, je cogne ma tête contre la porte et commence à réellement paniquer. J'aimerai tellement être normale, pourquoi c'est toujours sur moi que ça tombe ?

Ma vision se brouille, si je ne fais rien, je vais m'évanouir. Je me relève avec difficulté en m'appuyant contre la poignée et sors du débarras. Je n'oublie quand même pas de remettre le dispositif dans mon oreille avant.

Je marche en tremblant vers le bar au fond de la salle et commande un martini, puis fouille dans mon mini sac à main pour trouver un de mes cachets. Quel merdier je n'en ai pas un seul ! Je panique et ne règle plus ma respiration, j'attrape ma boisson puis l'avale cul sec en espérant qu'elle me calmera un peu et que l'alcool fasse effet rapidement. Malheureusement ce n'est pas le cas, ma gorge me brûle d'avantage et ma tête tourne très vite. J'attrape mon cou entre mes doigts et tente un massage de la carotide pour reprendre rythme cardiaque convenable mais ça ne sert à rien.

Mes jambes me lâchent pour autant je ne touche pas le carrelage, une main accrochée à ma hanche et un avant-bras plaqué contre mon bas ventre m'en empêchent. Je ne cherche pas à distinguer à qui ils appartiennent tant mon cerveau est en surchauffe.

- « Est-ce que la petite souris serait en train de faire une crise de panique ? » questionna une voix dans mon dos.

Petite souris ? C'est quoi le rapport ? Puis c'est quoi cette disquette de merde ? Et il ne voit pas que je suis à ça de tomber dans les pommes ?

Il me relève avec une telle facilité et m'oblige à poser mes fesses sur un des sièges du comptoir. Il prend ma boisson et prend un glaçon puis le calle sur mes lèvres.

- « Vous allez laisser votre langue jouer avec le glaçon pendant que votre respiration se calle avec la mienne d'accord, ça permettra à votre cerveau de se focaliser sur quelque chose d'autre. Et dites plusieurs fois dans votre tête : je fais une crise. Vous n'arrivez juste par à dissocier la réalité et l'angoisse. Vous me faites confiance ? »

J'hoche du mieux que je peux la tête puis il pousse doucement le morceau de glace entre mes lèvres. Le froid me fait l'effet d'un électrochoc le long de l'échine mais j'oublie ce détail pour me concentrer le mieux possible sur ses instructions. Mon muscle s'enroule et s'amuse pendant je me répète la fameuse phrase et que je respire en même temps que lui. Au bout d'une dizaine de minutes, mon angoisse disparait peu à peu.

Je sors le glaçon de ma bouche et le remets dans le verre. Je ne connaissais pas cette astuce mais croyez-moi, je ne vais pas me gêner pour l'utiliser à l'avenir, autant ne pas se priver. Mes yeux se lèvent vers mon sauveur et je peux enfin voir son visage, il a des yeux en amandes marrons et des cheveux noirs, son visage est en ovale, son cou parsemé de tatouages, costume trois pièces. Bref il est incroyablement beau.

C'est en continuant de le regarder que je capte, ce n'est pas lui qui me fixait depuis mathusalem ? Non mais oh ! Y'a rien qui choque là, le mec il me fait faire la plus grosse panique de mon existence et il revient tout sourire avec ses techniques ? Mais c'est quel genre de culot ?

- « Eh bah dis donc, on a failli frôler la catastrophe. Ça vous est déjà arrivé auparavant ? » demande-t-il avec un étrange sourire dans la voix.

J'hésite à lui répondre, dévoiler tous mes secrets et mes craintes à un parfait inconnu qui me regarder comme un bout de viande il y a cinq minutes, je ne suis pas fan. Mais le dilemme, c'est qu'il m'a aidé et rattrapé quand ma tête était très proche du sol. Il ne m'aurait pas évité la mort si c'était son objectif, cela aurait été ridicule.

Alors que je m'apprêtais à lui répondre, la voix stridente et très désagréable de mon frère parvient à mon oreille comme un bulldozer :

- « Putain Alma ! C'est lui ! C'est Hermes Luega ! »

Ma bouche est restée suspendue, incapable de prononcer le moindre mot. Bien évidemment, sur toutes les personnes présentes ce soir, celle qui est mon sauveur est la même qui veut ma mort. Vous avez déjà vécu ce genre de choses ? Que votre pire ennemi vous rattrape en plein vol puis vous aide à calmer une crise ? Non, bien sûr que non, on n'est pas dans un film là. Ce n'était pas censé arriver !

En analysant la situation très loufoque dans laquelle je suis, j'ai trouvé trois possibilités envisageables pour rester en vie : la première est de prendre mes jambes à mon cou mais ça ferra trop suspect puis je n'ai aucune certitude qu'il ne me courserait pas, la deuxième est de le tuer maintenant en versant le poison dans sa boisson comme convenu sauf que je ne sais pas s'il est seul ou avec des coéquipiers, je n'ai pas du tout l'avantage du contexte ni du terrain, je ne pourrai pas m'enfuir comme une petite fleur. Et faut qu'il commande quelque chose et est avoir la débilité de laisser son verre sans surveillance.La troisième est de continuer à faire semblant d'avoir un appel et de demander discrètement à la personne au bout de mon gadget de m'appeler pour feindre qu'il lui est arrivé un potentiel danger.

De plus, la deuxième est pas réalisable, c'est un expert dans ce domaine, il ne me laissera pas approcher. À moins qu'il n'attende que ça ? Imaginons que dans une infime probabilité qui frôle les zéros virgule quatre-vingt-dix-neuf pour cents de chance, il sait qui je suis et que depuis le début il avait tout prévu ?

Me connaissant moi et mes angoisses, il aurait fait exprès de me faire faire une crise puis venir à mon secours comme un gentleman, et il savait que j'allais l'empoisonner donc il n'a pas commandé ! Oh mon Dieu, et si il avait mis quelque chose sur le glaçon pour me tuer. Putain de merde qu'est-ce que je fais ?

- « Mais bordel, t'attends quoi ? » gueule James dans mon oreille.

Sa voix me ramène brutalement à la réalité et me fais me rendre compte que la personne en face de moi attend toujours sa réponse. Je passe une main sur mon visage puis souffle un bon coup et reviens sur l'ennemi :

- « Non c'était exceptionnel, on m'avait dit que ça pouvait être violent mais je n'imaginais pas à ce point-là. Dites-moi, comment vous avez su agir ? »

- « J'étudie le corps humain, alors je m'y connais un peu. »

- « Je comprends mieux. Excusez-moi mais je dois repoudrer le nez. Et merci pour l'astuce. »

Je l'abandonne et zigzague entre les tables et les gens puis entre dans les toilettes des femmes. Elles sont plutôt jolies d'ailleurs, noires à paillettes, je dirais que c'est du granit. Il n'y a personne dedans à mon grand soulagement, je ne me voyais pas appeler mon frère entourée de vipères. J'attrape mon cellulaire et ouvre mes contacts puis appuie sur celui de Vico, la première sonnerie était à peine passée qu'il décrocha :

- « Tu vas bien ? »

- « Oui ne t'en fais pas, une simple petite crise de nerfs. Vico, j'ai besoin de toi, il va falloir que tu m'appelles dans EXACTEMENT trente secondes, tu comprends ? » J'ai bien insisté sur « exactement » car s'il ne fait pas ce que je dis, mon plan foirera en beauté et je n'aurais plus de sortie de secours.

- « Tout ce que tu voudras. »

L'appel terminé, je regarde mon reflet avec un brin d'inquiétude puis finis par dire :

- « Dernière ligne droite, après ça tu t'enfermes chez toi avec tes bestioles. Tiens le coup encore un peu, c'est presque terminé. »

Je ne mis pas tout de suite mon téléphone dans mon sac. J'ai d'abord regardé l'heure : minuit quarante. Deux heures que je suis à cette fichue réception, j'ai l'impression que je vis au ralentit. Tous mes repères m'échappent et je ne sais plus où donner de la tête.

De nouveau prête à affronter la mort, je sors des WC puis me dirige vers là où j'étais plutôt. Tout en marchand, je compte les secondes qui s'écoulent à une lenteur insoutenable. Quand je reviens à ma place, mon chronomètre mental m'indique qu'à dix secondes près, la lumière au bout du tunnel aurait disparu à jamais.

- « Excusez moi encore une fois, je devais-

La sonnerie de mon portable sonna telle une mélodie divine. Je décroche en m'excusant de nouveau et utilise mon plus beau jeu d'acteur :

- « Kaly ? Est-ce que tout va bien ? Attends moins vite, quoi ? Oui bien sûr je viens te chercher tout de suite, reste où tu es ! »

Je me trouve très convaincante. Ne prenant même pas le temps d'expliquer la situation à l'homme, je saute de mon siège et cours vers la sortie.

À moi la liberté !

Mais ça s'était avant qu'on m'attrape le bras et me retourne. Je me décompose lorsque je reconnais la personne. Pourquoi lui, pourquoi ?

- « Suzia, mais qu'est-ce que tu fais là ? »

- « Oh c'est vous, je ne vous avais pas reconnu, vous allez bien ? »

- « Parfait, mais vous êtes une mafieuse ? »

- « Incroyable hein, je commence à douter du hasard. »

Aller lâche mon bras ou je te jure que je te coupe la main devant tout le monde.

- « Je suis navrée mais j'allais partir donc-

- « Léo, tu m'expliques ? » grogna une voix rauque.

Haha, je vais mourir. À ce niveau c'est plus de la poisse, mais c'est être maudite à vie là.

- « Hermes je te présente Suzia. C'est la femme dont je t'ai parlé cet aprem en rentrant. » dit-il joyeusement alors que moi je me faisais presque pipi dessus.

Il n'y a pas une âme charitable qui aurait l'extrême gentillesse de me sortir de là ? Bon bah je vais me faire foutre.

- « Mais quelle coïncidence. Quelles étaient les chances qu'il tombe sur une criminelle ? »

Une sur un milliard pourtant je suis là, c'est bon je peux partir moi ? Je commence en avoir marre, cette conversation est insensée et le fait qu'on me tienne, qui plus est contre mon gré, m'irrite au plus haut point. Je finis donc par dire :

- « Messieurs je vous adore vraiment, mais mon amie vient de se faire agresser. Alors ayez l'amabilité de lâcher mon bras et de me laisser partir maintenant ! S'il vous plait ! »

Ça a eu le mérite d'être clair cette fois. Je déteste qu'on me retienne et encore pire, qu'on me touche. Je ne suis ni ta chose ni ton jouet.

Le dénommé Léo déroula immédiatement ses doigts de mon membre et Hermes me regarda d'un air choqué, à croire que j'ai tué ses parents. Je reprends ma route en laissant les deux hommes derrière moi, leur regard chauffe mon dos dénudé mais je les ignore et continue de marcher vers la sortie. Mais avant que je ne puisse plus discerner leur voix, j'entends :

- « Elle est à moi, ce n'est pas avec un vieux gobelet en carton et une tarte aux fraises que tu vas séduire une telle déesse. »

Hermes Luega, si tu savais à qui tu venais de dire ça.

Une fois à l'intérieur de ma limousine, j'indique l'adresse de mon penthouse, il remet le contact puis démarre.

Le poids qui me pesait et me tordait le ventre s'en va tout doucement. Cette mission à beau être un parfait échec, j'ai l'impression d'avoir gravi l'Everest.C'est comme si, la simple compagnie du mafieux, avait détruit mon garde-fou et libérait mes démons et mes craintes. Et puis, que je recroise Léo ? Dans la même journée et qu'il s'avère être lui aussi un mafieux ? Pour moi, ce n'était pas à une « coïncidence » comme diraient certains. Ce n'est pas scientifiquement possible.

Pendant que je réfléchissais à toutes les autres éventualités où on aurait pu se croiser, le véhicule s'arrêta devant mon immeuble et le chauffeur déverrouilla les portières. Je sortis en faisant attention à ne pas briser le talon de mes chaussures. Un de mes hommes m'attendait déjà avec un parapluie au-dessus de ma tête puis m'accompagna vers l'entrée du bâtiment.

J'ai demandé au personnel de me monter une immense assiette de spaghettis bolognaises avec du parmesan et un verre de vin avant de prendre l'ascenseur et d'appuyer sur le bouton menant au dernier étage. Mon ventre gargouille et réclame mon attention, j'espère qu'ils vont faire vite, je meurs vraiment de faim.

Quand j'ai placé mon doigt sur la reconnaissance digitale, les portes s'ouvrent et me laissent voir mon salon que je n'avais pas foulé depuis très longtemps mais j'ai un mauvais présentiment, quelque chose ne va pas mais je ne saurais dire quoi, comme si quelqu'un m'attendait dans ma propre demeure.Ou qu'on m'espionne depuis le commencement, ou encore qu'on me regarde.

Et puis, ça fait bizarre d'y revenir après tout ce temps. J'avais vingt-et-un quand je l'ai acheté, juste avant de partir du Mexique. Les souvenirs que j'ai ici, même s'ils ne sont pas nombreux, sont sûrement les meilleurs de ma vie, ceux de mon indépendance.C'est à partir de l'achat de cette propriété que j'ai cessé de vivre chez papa maman et il faut dire que ça a eu d'énormes avantages.

J'avance à travers la pièce et monte dans ma chambre pour enlever cette horrible robe puis prendre une douche. Les draps de mon lit ont été changés juste avant que j'arrive, je n'aurais de toutes façons pas dormi dans un lit sale.

J'entre dans la salle de bain et me lave en coup de vent, j'ai pris ma douche ce matin, pas besoin d'y rester pendant des lustres. Je brosse mes cheveux et mes dents, mets de la crème sur mon visage puis sors de l'endroit pour me diriger vers mon dressing.Je ne me complique pas la vie, j'attrape un tee-shirt marron et un string noir à dentelle.

Je redescends dans la grande salle et m'installe sur le canapé puis lance ma série en attendant toujours mes pâtes. Alors que le temps me paraissait plus que long pour de simples spaghettis bolognaises, la sonnerie de mon détecteur de sécurité interpelle mon attention.

Mes sourcils se froncent puis je me lève pour aller éteindre l'alarme. Après que j'ai tapé le code, cette horrible impression d'être épiée revient en courant, je ne sais pas qui essaye de se jouer de moi mais il va bien vite le regretter. Et puis pourquoi elle s'est activée ? Je ne le sens mais clairement pas.

Alors que j'aillais me remettre tranquillement devant ma série, le dring de l'ascenseur me retient une nouvelle fois. Ce n'est pas trop tôt, il va falloir que je le signale au cuisto, c'est trop long. J'appuie sur le bouton vert qui permet d'ouvrir les portes et retourne sur le canapé.

- « La prochaine fois, dites au cuisinier que ça a pris beaucoup trop de temps. Ce n'était pas aussi long la dernière fois. »

Pas de réponses. Ce n'est pas grave, le message est tout de même passé. J'attends encore dix secondes avant de me relever, encore une fois, et me pointe à l'entrée.

- « C'est pour aujourd'hui ou pour demain ? »

A peine ma phrase finie, je sens mon cœur au bord de mes lèvres, mes forces me quittent et mes jambes m'abandonnent encore. Je ne peux croire à ce qui est en train de se passer. Comment il m'a retrouvé ? Y'a plus de cinq milles bornes qui nous séparent et il a réussi à me « rejoindre » ? Nan mais quelle blague.

- « Putain tu m'avais pas manqué toi. » dis-je en me remet sur mes deux pieds.

- « Toi par contre. »

Pardon ? Et puis quoi encore ? On veut ma mort aux quatre coins du monde et toi tu me fais des avances ?

- « Ecoutes moi petite tête, tu as le choix entre moi ou une cinquantaine d'hommes, armés jusqu'aux dents, qui attendent juste mon signal pour briser les magnifiques vitres de cet immense penthouse. Et ce serait vraiment dommage, il faut avouer que tu as plutôt bon gout. »

- « Et toi tu as la cervelle d'un moineau. Puis-je te rafraichir la mémoire ? Je pense que tu n'as pas retenue la leçon la dernière fois, qui s'est pris une raclée par la personne en face de soi ? Ce n'est pas cinquante gorilles ni un blanc bec dans ton genre qui va me faire peur. Alors vas-y, envoies-moi tes hommes et toi en même temps, ça m'est égal. Et puis, ton « petite tête » tu te le carres où je le pense. »

- « Très bien. Si tu insistes. »

Il appuya sur un bouton de son talkie, et cinq secondes se sont passées avant que j'entende le verre derrière moi se briser et que des pas menaçants accourent vers moi puis que des hommes tout en noir ne m'encerclent. Je balance ma tête de gauche à droite pour craquer les os de ma nuque avant d'envoyer le premier coup dans le visage de l'homme en face de moi, ne leurs laissant pas le temps de réagir, j'attrape son arme et vide son chargeur sur les soldats. Il n'a fallu qu'une seconde pour qu'ils s'activent et courent vers moi, sachant que le combat est plus qu'inégal, je cours vers les portes métalliques et m'enferme dedans. J'appuie sur le bouton du rez-de-chaussée et attends que le mécanisme descende tout en bas. J'ai encore 5 minutes avant que les portes ne se réouvrent.

Une fois arrivée, ce qui est devant moi me retourne l'estomac, toutes les personnes dans le hall sont mortes, tuées par balles. Et pourtant je n'ai rien entendu, pour ce qui est de l'infiltration par le toit, ils ont dû prendre les escaliers de secours.

Je cours dehors, puis saute dans ma voiture et démarre. J'ai encore frôlé la mort, si ça continue, je vais avoir plus de rides qu'une grand-mère stressée depuis une dizaine d'années.

Je double toutes les voitures et grille tous les feux. Par pitié, j'espère qu'il y a un hôtel encore ouvert à cette heure.

───────────────

Bonsoir mes petits crustacés comment ça va ?

De un je m'excuse envers les 49 personnes qui ont lu le chapitre alors que j'ai oublié un petit truc, je m'excuse, j'avais totalement oublié .

En tous cas, je vous dis à la semaine prochaine pour un nouvel « épisode ».

J'espère que ce chapitre vous aura plu .

N'oubliez pas de voter <3

Prenez soin de vous.

Gros bisous, M.J

(: Cooler Than Me - Lucky Luke)

_____

Tehuacán, Mexique, 18h04

Le soleil commence déjà à se coucher sur mon pays alors que je suis encore dans ma voiture, à rouler en direction d'Acapulco. C'est une ville magnifique mais pour moi elle est pire que Tijuana, c'est une des raisons pour lesquelles je n'y ai jamais mis les pieds d'ailleurs. Je ne comprends pas pourquoi Liam a décidé de finir ses études et de bosser là-bas, certes c'est très beau mais il n'y a presque pas d'écoles de commerces, alors pourquoi quitter Mexico pour Acapulco ? Je ne vois pas l'intérêt de partir du Paradis pour l'Enfer. Enfin bref, tant qu'il peut m'héberger le temps d'une ou deux semaines, je ne me mêlerai pas de ses affaires, ce n'est pas mon problème. C'est la seule personne que je connais ici, j'ai besoin de lui seulement pour quelques jours. J'ai passé treize heures dans ma voiture à faire tout et rien en même temps, j'aurais pu rentrer prendre des affaires mais après la « discussion » que j'ai eu avec ma grand-mère, on va éviter de jeter de l'huile sur le feu.

Les rayons me réchauffent le corps ainsi que mon cœur et mon âme. J'adore ce que je vis, ce qu'on m'offre et les possibilités que j'ai grâce à mon nom, mon statut social ou encore ma richesse. Il est vrai que je me plains beaucoup de ma vie mais en réalité je l'aime, enfin si on lui retire les courses poursuites, les infiltrations chez moi contre mon gré ou encore l'histoire qui traine depuis des années. Cependant, ça fait partie du métier alors on prend le bon côté de la vie et on avance, c'est comme ça que j'ai décidé de vivre.

J'attrape mon téléphone encore en train de charger et envoie un message à mon chauffeur, pour le prévenir de ma position pour qu'il évite de m'attendre en bas pour rien puis cherche pendant très longtemps le contact de mon futur colocataire qui doit être dans le milieu de mon répertoire et prie pour qu'il décroche après tant d'années. Alors que les sonneries passent, mon écran se rallume im-médiatement pour afficher cette fois le numéro de Blondie, je l'avais presque oublié avec tout ce qui se passe. Un soufflement bruyant quitte mes lèvres avant que je décroche. Pas que je l'aime pas hein, cependant je n'ai pas la tête à ça pour l'instant :

- « Alma ? Mon Dieu, dis-moi que tu vas bien ? Ton frère vient tout juste de me prévenir des évènements d'hier soir, j'ai eu si peur et en plus te ne répondais pas à ton téléphone donc ta famille et moi on a commencé à paniquer ! T'es où là ? Je viens te chercher. »

Elle n'a pas fait une seule pause pour reprendre sa respiration, c'est un toc quand elle est nerveuse. Pour la rassurer, je lui réponds tranquillement :

- « Alors on se calme, laisse-moi t'expliquer. Ne viens pas me chercher, là je suis en string/tee-shirt dans la voiture, en route vers Acapulco, je vais squatter quelques temps chez Liam. Je ne préfère pas rentrer à la maison, si on m'a retrouvé à Veracruz, c'est que mon agresseur est vraiment motivé à soulever. Donc oui tout va bien, je vais bien mais on ne peut pas en dire autant pour les vitres du penthouse. Si je ne décrochais pas, c'est que mon portable n'avait plus de jus, t'as vu le timing parfait ? »

- « Alors qu'est que tu fous en string ? Et il s'est passé quoi au penthouse ? »

Mon gloussement face à ses questions atteint les oreilles de ma meilleure amie, qui demanda :

« Pourquoi tu rigoles espèce de bouffonne ? Ça me fait pas rire moi ! »

- « Bah tu vois le mec de l'Alaska ? Tu vas rire mais il s'est téléporté jusqu'à ma putain de maison et en plus, il a décidé de ramener ses potes nuls pour me démonter. Par contre, dites lui que c'est pas en tombant dans les pommes quand on lui fout une pêche qu'il va nous kill. Nan mais sérieux, un kick et il meurt, c'est quoi ce tueur à gages là ? Le pire c'est qu'il avait la banane ! Une salade de fruits bio le machin. Je suis sûre, il s'appelle Tchoupi. Oh et les autres mecs, ils attendaient un Uber Eats ? Ils bougeaient pas ! C'était des bâtons ! Réagissez les gars, enfin je sais pas, tu vois ton pote inconscient par terre à cause d'une inconnue et tu le regardes agoniser ? Limite, si j'étais pas là, ils l'auraient pris en snap ! C'est quoi ces mecs en carton ? » confiais-je en éclatant de rire.

Mon rire semble contagieux car j'entends à travers l'appareil celui de la blonde. Il fait battre mon cœur un peu plus vite, il m'avait énormément manqué.

- « Bon Galia je t'adore hein, tu le sais mais faut que je raccroche, je dois faire croire à l'autre qu'il m'a manqué. Je t'appelle quand je suis arrivée. »

- « T'es une pétasse chérie, et j'adore ça. Fais gaffe à toi, c'est toi qui dois assister à mon enterrement pas l'inverse. Bisous je t'aime. »

- « Moi aussi je t'aime Galia Cruz. »

Notre appel terminé, j'enchaine celui de l'homme. Je continue mon exploration jusqu'à trouver ce que je voulais, j'appuie dessus puis active le Bluetooth pour que mon appareil se connecte aux enceintes. Tandis que j'espérais sincèrement qu'il ne répondrait pas, sa voix me parvient :

- « Alma. Ça fait un bail dis-moi, qu'est-ce qui pousse la prouesse des Galuna à m'appeler ? »

J'ai juste besoin d'un endroit où crécher.

- « Salut Liam, t'as raison ça fait doit faire, quoi cinq ans ? »

- « Ouais, c'est fou hein ? Pas une nouvelle, pas une lettre, un message ni un appel et tu reviens comme une fleur ? Pour qui tu te prends ? »

- « Eh c'est pas moi qui ai décidé de partir de Mexico pour continuer mes petites études de commerce ! Et puis c'est l'hôpital qui se fout de la charité, tu m'as dit que t'aurais plus le temps ! J'étais juste venue prendre de tes nouvelles mais tu sais quoi ? Vas te faire foutre ! »

Prendre de ses nouvelles ? Plus menteuse tu meurs. La prochaine fois, sois plus convaincante.

Je raccrochai violemment et accélérai sans m'en rendre compte, je n'ai plus qu'à trouver un bon hôtel. Pendant que je doutais de la qualité de l'un d'eux sur l'application, l'autre abruti me prend de court en me rappelant. J'hésite quelques secondes avant de répondre :

- « Quoi ? »

- « Je suis désolé Alma, j'ai réagi sous la colère. »

- « Donc tu m'engueules et après tu me fais le topos ? Tu sais c'est moi qui me suis fait cracher à la gueule, pas toi. »

- « Arrêtes et fais un effort s'il te plait. Viens à la maison, je sais que t'as nulle part où dormir et que tu veux pas prendre un hôtel. Quand tu connais pas la ville, t'aimes pas dormir dans un endroit inconnu. »

Je réfléchis à sa proposition douteuse, il y a cinq minutes, il me crachait ses glaires et là, je peux venir habiter chez lui ? Ce que les gens peuvent être étranges.

- « Hm. J'arrive dans trois heures, précommande des sushis je payerai avec ma carte. »

Le monde devrait le savoir maintenant, j'obtiens toujours ce que je veux.

Pour la deuxième fois, je finis l'échange en raccrochant puis accélère encore, dépassant les cent quatre-vingt kilomètres/heures. Si ne vous l'aviez pas compris, j'adore la vitesse et quand je suis lancée, personne ne m'arrête.

⬚⬚

Je m'étire en baillant, après mon petit arrêt sur le parking d'une station, je suis tombée comme une masse à cause de la nuit blanche que j'ai passé en voiture. La nuit est tombée depuis longtemps d'après mon portable. Je regarde autour de moi, aucune des pompe à essence n'est utilisée, j'en profite alors pour refaire mon plein. Une fois fini, l'objet se retrouve de nouveau dans son « boitier » et je pose un billet de cinq cents pesos sur la surface métallique, pas très envie que des inconnus me voient en petite culotte.

Maintenant dans le véhicule, je continue mon trajet, il doit me rester encore trente minutes avant d'arriver chez Liam, quelle aubaine d'être tombée sur une station à ce moment-là. Par contre il va me tuer, j'ai cinq heures de retard à cause de ma « sieste ».

Je continue d'avancer jusqu'à ce que j'atteigne le panneau qui indique qu'on est sur le point de rentrer dans la métropole.

Mon regard se perd sur les différentes sources de lumières qui éclairent la ville, les boutiques, restaurants, tout est allumé. Tellement émerveillée par ce spectacle incroyable, je ne me suis pas rendue compte que j'avais déjà quitté le centre afin de m'enfoncer dans la pénombre pour bientôt arriver chez l'homme.

Quand ma voiture dépasse le portail en fer électrique gardé par les gardes, mes yeux s'écarquillent. Sa demeure est énorme, bien plus grande que la mienne, des jardins garnis de toutes sortes de fleurs et de plantes dont je ne connais le nom à perte de vue, une allée de galets immense qui mène vers le porche de l'habitation, et la bâtisse... Je crois que sur vingt-trois ans d'existence sur cette planète, jamais je n'ai pu admirer un tel chef d'œuvre d'architecture. Tout est absolument sublime.

Etant aussi efficace qu'une teube molle en créneau, j'abandonne vite l'idée de me ridiculiser en tentant un créneau puis sors dehors. Mon cerveau ne parvient pas à assimiler ce que ma rétine voit, c'est si irréel, il est très probable que ce soit qu'un mirage ou que je me sois trompée d'adresse mais je plane.

Moi aussi je veux avoir une maison comme ça et vivre dans une vibe château fort à la francaise.

Encore dans mes pensées, je n'entends pas la voix qui m'appelle, ce n'est que lorsque qu'une main se pose sur mon épaule que ma bouche se ferme et que je cligne douloureusement des yeux, plusieurs fois. Ma tête se tourne vers le possesseur du membre : un homme aux cheveux bruns, yeux verts, grand avec un tatouage dans le cou, Liam Garcia.

Un sourire niais recourbe mes lèvres puis je le prends dans mes bras, son odeur réconfortante envahit mes narines et détend mes muscles. Je ne pensais pas qu'un câlin, surtout celui d'une personne qu'on n'a pas vu depuis des années, pouvait être si réconfortant.

Sa tête se place sur la mienne, son menton repose facilement sur mon crâne, le fait est qu'il mesure vingt centimètres de plus que moi. Quand nous étions enfants, je me moquais souvent de sa petite taille mais aujourd'hui, c'est lui qui va s'en donner à cœur joie.

- « Eh bah dis donc, la crevette est devenue baleine à ce que je vois.
»

- « En taille ou en masse ? »

- « Laisses moi regarder. »

À peine l'idée de le charrier sur un potentiel ventre à bière me traversa l'esprit que son tee-shirt gris moulant me prouva le contraire. Des abdominaux très bien dessinés ont pris place sur son abdomen.

Pourquoi lui il a ça et nous on a que dalle ? Dieu a ses préférés.

Mes iris ne veulent quitter son ventre parfait, c'est trop beau pour être vrai.

T'as un peu de bave sur le coin de la bouche.

- « Depuis quand t'as plus de tablettes de chocolats que moi toi ? »

- « Peut-être parce quoi moi je les travaille au lieu de les manger ? »
Ah le batard.

En plus il a de la répartie le chien.

- « Mais toi tu veux mon poing dans ta gueule en fait ? Lâche-moi, je retourne chez moi, ça pue la merde ici. »

- « Grosse mytho, tu baves sur ma piole depuis que t'es arrivée. Et puis, tu m'expliques pourquoi t'es en tee-shirt avec une ficelle dans le cul ? Ça faisait longtemps que je ne l'avais pas vu lui. »

- « Sois pas pervers, et t'as l'habitude aussi. T'as vécu trois ans avec moi dans un quarante mètres carrés. »

Il rigola en se souvenant sûrement le nombre de fois qu'il m'a vu danser sur la table avec du Cardi B à fond, toujours en string évidemment. Tout était parfait avec lui finalement, la belle époque, je me sens débile de profiter de lui maintenant.

- « Allez Mowgli, viens te mettre quelque chose sur ton fessier, tu vas attraper froid. D'ailleurs pourquoi lui il n'est pas mort de froid ? » demanda-t-il en partant déjà sur un autre sujet.

- « Sûrement parce qu'ils sont dans la jungle Amazonienne et que là-bas il fait plus de cinquante degrés. »

- « Dans ce cas, où sont les moustiques ? Moi je me suis fait vacciner de pleines maladies différentes alors que je déteste les aiguilles, pourquoi lui il est toujours vivant sans vaccins hein ? »

- « Peut-être parce que quand tu vis dans milieu hostile comme celui-là, tu finis par t'endurcir et être immunisé contre certains trucs. »

C'est toujours comme ça avec lui, on dérive à chaque fois sur autre chose.

Il ne répondit pas, à la place, il haussa simplement les épaules puis chuchota un « sale intello » avant de se diriger vers le coffre de ma Bugatti verte pour y sortir une valise inexistante. Il releva la tête avec des traits qui trahissent son incompréhension sur sa face.

- « T'as pas de valise ? »

Oui c'est ce que je viens de dire.

- « Vous n'êtes pas très observateur et un peu con mon cher Watson, si j'avais une valise, je ne serais pas en dentelle devant toi. »

- « Hm. »

Vous aussi vous le sentez que plus le silence dure, plus le malaise de cette situation devient insoutenable ? Il y a à peine une minute, on était comme frère et sœur et d'un coup, un énorme fossé s'est creusé entre nous, comme-ci nous étions deux inconnus l'un envers l'autre.

En plus, il affiche une mine plus sombre que tout à l'heure, à croire qu'on lui a appris un décès ou une autre tragédie de ce genre. Ou c'est moi qui l'aurais blessé ? Non impossible, il me connait assez bien pour savoir que c'est de l'humour, mon humour, et qu'il n'est jamais humiliant.

Ne voulant pas être intrusive, je ne dis rien, autant le laisser venir à moi s'il en a besoin. Mes pieds avancèrent vers lui et mes bras entourèrent ses côtes, ma mère me disait toujours qu'un câlin était la meilleure des thérapies, qu'il nous faisait nous sentir, aimé, entouré et épaulé. Ce n'est pas totalement faux en fin de compte.

Ses avant-bras encadrent mon dos en retour et ses lèvres descendent jusqu'à mon front afin d'y laisser un petit baiser, il agit comme un grand frère, en fait Liam est mon grand frère de cœur tout comme Galia est ma sœur, c'est la même chose.

- « Bon on rentre ou tu préfères que mes collègues te voient à poil ? »

Mon œil a légèrement tressauté, comment ça des collègues ? À quel moment tu reçois des collègues à quatre heures du matin ? Tu ne pouvais pas faire ça plus tôt ?

Désormais autour de ma taille, son bras me pousse vers l'entrée et il nous fait nous introduire à l'intérieur.

Putain.de.merde.

S'il ne me tenait pas, je me serai écroulée au sol dès lors face à tant de beauté. Du carrelage au plafond, tout est époustouflant ! Ma tête est carrément obligée de se courber vers l'arrière pour pouvoir détailler les moulures au-dessus de moi.

Le sol est fait en marbre foncé tout comme la cheminée et les marches de l'escalier, les meubles sont majoritairement blancs avec une pointe de noir, mélangeant ainsi le côté chic 18e avec le moderne, fallait y penser ! À ma droite, une télé est encastrée dans un bout du mur assez avancé par rapport au reste, entourée par des canapés ainsi qu'une petite table basse en forme d'ovale.

Pendant que je continuais de tout regarder comme une enfant, une douleur vive à l'arrière de mon crâne suivie d'un son que je reconnaitrai entre mille retentit dans la pièce avant que mon corps ne s'écroule par terre, ma vision se trouble de plus en plus et avant que je ne tombe dans les pommes, la silhouette de l'homme s'accroupit devant mon semi-cadavre et dit ces quelques mots :

« Rien de personnel Alma, mais il m'aurait tué. »

Qui ? Qui Liam ? Qui t'aurait fait du mal ? Dis-le-moi !

Trop de questions sans réponses hélas, ma tête toucha le froid et c'est là que j'ai compris que c'était vraiment la fin... Dommage, je n'ai pas pu dire en revoir à mes proches, pardonnez-moi, je n'ai pas géré ces derniers jours. Je vous promets que quand on se reverra là-haut, je serai une meilleure personne pour moi et pour vous.

Veracruz, Mexique, 1h41

Je gare ma voiture devant l'adresse du bâtiment donnée plus tôt par Swann, cet enfoiré avait cinquante personnes avec lui et il a quand même réussi à la laisser s'échapper, je me demande à quoi je pensais quand j'ai pris la décision de payer des gens incompétents alors qu'on peut faire mieux tout seul, comme on dit, on n'est jamais mieux servi que par soi-même. C'est trop difficile de tomber sur des gens compétents ? On embauche n'importe qui de nos jours, on n'est pas au McDonald's du coin là, on ne vient pas comme on est ici, surtout si vos compétences s'approchent des zéros.

Nicky descend en premier, moi je reste quelques minutes encore dans le véhicule à réfléchir à sa prochaine sentence, je ne sais pas encore ce que je réserve à ce crétin mais je jure devant Dieu qu'il le payera cher, oh ça oui. J'espère pour sa gueule qu'il nous a pas réveillé pour rien.

Ma portière claque sous ma force, je me dirige vers l'entrée de l'immeuble gardée désormais par mes gardes du corps personnels et pénètre dedans. Des dizaines de personnes sont au sol, étalées dans leur sang séché, sûrement du personnel ou des hommes et femmes d'affaires. J'enjambe un cadavre devant l'ascenseur et dégage sa tête qui bloquait les portes métalliques avec mon pied, il retombe mollement, un peu comme de la pâte à modeler, c'est plutôt drôle d'ailleurs.

J'appuie sur le bouton menant au dernier étage, où m'attendent déjà mon ami et l'autre incapable ainsi que d'autres hommes.

Les vitres transparentes de l'élévateur me permettent d'admirer la vue de Veracruz, j'ai beau dire maintes et maintes choses sur ce pays, ses villes sont tout de même d'une beauté à couper le souffle, il faut se l'avouer. Le Mexique est un pays génial si on élimine la vermine qui s'y accroche et s'y cache, mais New-York restera la première dans mon cœur.

Le tintement strident et désagréable m'indique que les portes vont bientôt s'ouvrir, grâce à l'aide de l'indispensable Matthew, on a pu pirater le digicode et avoir accès à l'ensemble de la maison. Lui est super doué, pas comme certains dont on ne prononcera pas le nom mais on n'en pense pas moins cela dit.

La première chose que je vois est Swann, le nez en sang et inconscient. J'inspire et souffle un bon coup puis demande à deux hommes de l'allonger autre part.

Maintenant au milieu du salon, je regarde un peu mieux la scène devant moi. Des morceaux de verre sont éparpillés un peu partout dans la pièce, le vent chaud entre par les vitres brisées. L'appartement et le mobilier sont retournés, les canapés sont déchirés de même la télévision cassée ou encore les commodes demeurent dans le mauvais sens, des balles ainsi que les tiroirs de la cuisine reposent sur le carrelage marbré noir, Madame a du gout, on ne peut le nier. Dommage pour elle, ce lieu m'appartient maintenant. Et puis, tout est détruit, je doute qu'elle veuille revenir ici.

Je monte les marches pour finalement me retrouver cette fois dans un couloir recouvert par du papier-peint gris foncé encore intact, pas une seule éraflure traine dessus, démontrant que personne n'est monté ici. Quelle bande d'idiots.

J'entre dans la première pièce à ma portée sans toucher la poignée, j'enfile d'abord des gants en latex pour éviter d'y laisser mes empreintes et de détruire les anciennes, hors de questions que je perde des indices si précieux. Je la tourne doucement dans un long bruissement inconfortable pour mes oreilles et pénètre.

Un bureau se dresse à droite de l'entrée, face à une bibliothèque en bois de chêne noir, en fait l'intégralité des meubles sont noirs. Encore une gothique.

Dit-il.

La première chose que je vérifie est les tiroirs, j'aimerai bien trouver quelque chose, n'importe quoi, des photos, des documents, tout ce qui me permettrait d'avoir un début de piste pour traquer ma prochaine proie. Tout m'a l'air vide, elle n'a pas dû se servir de cet endroit depuis des années.

Je sors tout en fermant la porte puis me dirige vers une autre. C'est une chambre, grande, spacieuse et qui doit être très lumineuse de jour. Un lit est au centre, à l'opposé de grandes vitres qui donnent vue sur l'ensemble de la ville, elle est bien meilleure que celle que j'ai pu admirer un peu plus tôt. Par terre, une moquette noire, à gauche le dressing me semble-t-il et à droite une salle de bain.

J'explore les environs, les draps sont propres mais la couette est froissée, pourtant il n'y a pas de trace de mouvement sur la housse, elle s'apprêtait donc à se coucher sauf que quelque chose ou plutôt quelqu'un l'en a empêché. Pendant que je « contemplais » encore les lieux, mon œil loucha sur un petit détail : la lumière. La salle de bain est allumée. Mes pas me menèrent sans que je m'en rende compte vers elle. Tout est rangé, comme-ci nul n'était venu, mais ça c'était avant de la voir. J'ai cru que mon crâne allait exploser.

Une robe...

Une robe vert foncé...

Comme une forêt...

Elle ressemble à celle qu'elle portait hier soir...

Je pris le vêtement qui trainait par terre dans mes mains et l'inspecta minutieusement, oui c'est elle. C'est la même.

Alors comme ça, notre chère petite souris est ma prochaine capture ? Quelle ironie du sort, pas vrai ? Le hasard va me rendre fou, je l'ai regardé, je lui ai parlé...

PUTAIN DE MERDE, JE L'AVAIS MÊME ENTRE LES MAINS !

Un rire nerveux sortit de ma bouche sans que je le contrôle. Si elle veut jouer, il n'y a pas de problèmes, on va jouer. Mais avec mes règles.

Cache toi bien petite souris, car à la fin du décompte, tu seras mienne pour le reste de ta minable vie.

Le vêtement encore dans ma main, j'allais redescendre tandis qu'un nouvel élément apparut : son sac. Je m'avance vers lui puis commence à fouiller et il faut dire que ce qu'il y a dedans est très très intéressant. Une oreillette, une carte d'identité et une fiole de poison. Oh non je n'y crois pas, tu as vraiment envisagé de m'empoissonner ? Moi ? Mais quelle blague.

Je mets la fiole dans ma poche pour l'analyser un peu plus tard, autant savoir si elle a pris un poison quelconque ou si elle s'est un minimum renseignée. L'oreillette, je l'écrase avec le talon de ma chaussure, pas besoin de parasites maintenant.Et la carte d'identité, elle est au nom de Maria Hawkings avec une fausse photo et de fausses informations. Tu n'es donc pas Suzia, je me disais bien que ton prénom sonnait faux. Petite chipie, c'est très vilain de mentir.

Je sors de la chambre puis me retrouve dans le salon, Swann vient de se réveiller sur le canapé qui a été remis rien que pour sa majesté, on n'allait pas le laisser faire son coma sur le sol même si ça me démangeait.

- « Dis moi Swann, t'as perdu tes couilles entre l'Alaska et ici ? Dis-moi qui t'as castré que je te les ramène parce que là, putain de merde, tu me les brises fort ! »

- « Hermes arrêtes de crier, j'ai le cerveau qui baigne. »

- « Mais de quel cerveau tu me parles toi ? Toi t'as un cerveau ? »

Aveuglé par la colère, j'avance vers lui et lui frappe doucement le crâne mais suffisamment fort pour que ça lui fasse mal.

- « J'en n'ai pas l'impression moi, ça sonne creux. »

- « Haha dis moi t'as fait l'école du rire toi ? Ça se voit, avec ta gueule de clown là. »

- « C'est moi le clown ? C'EST MOI LE CLOWN ?! Finalement tu les as toujours tes couilles, c'est toi qui me dis ça ? »

Mon poing part dans sa mâchoire, le faisant valser par terre puis je me mets sur lui et frappe son visage encore et encore.

- « C'EST QUOI TON PROBLEME ? T'ES MÊME PAS CAPA-BLE DE DESCENDRE, NAN DE CAPTURER QUELQU'UN ET C'EST MOI LE CLOWN ! »

Plus je parlais, plus je mettais de la force dans mes coups, il fallait que je décompresse et « malheureusement » c'est tombé sur lui, voilà. Et puis personne ne me dit que je suis un clown, surtout pas quand on n'est pas foutu de faire ce pour quoi on te paye.

- « Hermes il a un appel. »

La voix de Nick me sortit de ma transe, je l'avais presque oublié lui. Je regarde à nouveau l'homme sous moi, son visage est bleu et rouge, en sang et boursouflé. Lui qui voulait se refaire le portrait, il aura droit à deux liftings, la chance.

- « Et donc ? Je m'en branle de sa vie. »

- « Ouais mais imagine c'est important ? »

- « Tu fais chier. »

J'attrape le portable qui était dans sa poche et décroche :

- « Prénom et raison de l'appel. »

- « Liam Garcia et c'est pour la cible ? Tu dois être Hermes ? Enchanté. »

Plaisir non partagé. Et pardon ? Attends, y'a un mec que je ne connais pas qui à la personne que je cherchais pendant des lustres ? Mais sur quoi je me suis embarqué moi encore ? D'où il connait mon prénom celui-là ?

- « Tu es ? »

- « Un ami de Swann ? »

- « Comment tu l'as trouvé ? »

- « C'est une ancienne amie. Swann savait que j'avais été en contact elle dans le passé donc il m'a demandé de l'héberger. »

Hein ? Mais qu'est-ce qui me raconte celui-là ?

- « Ouais enfin bref, t'habites où ? Je viens la chercher. »

- « T'as l'adresse dans le téléphone, prends un jet t'iras plus vite, j'ai pas envie qu'elle se réveille et piaille chez moi. »

Et il a raccroché, les gens sont vraiment des fous. Même pas un salut, le type se prend vraiment pour le Bachelor !

En plus il parait que Messires a fait des études de commerce, putain mais je suis super drôle !

- « Mettez le comateux à l'arrière, j'ai besoin de lui et de son téléphone. »

Les mêmes personnes qui l'ont mis sur le mobilier le reporte et sortent de l'appartement, j'en fais de même et pareil pour Nicky. Une fois en bas, j'entre dans l'habitacle en même temps que mon ami et roule en direction de l'aéroport le plus proche.

Autant se presser pour récupérer cette petite vipère.

◻◻

Je suis épuisé, pour une heure trente de voyage, je ne pensais pas que ça pouvait être si long et avec l'autre sans couilles qui n'arrêtait pas de parler, mon crâne allait exploser.

J'espère que tu es consciente que tu n'es pas n'importe qui ma belle.

Bah du coup nan, là elle l'est plus trop.

Je descends ce qui me sépare du goudron et entre dans la voiture, pour une fois conduite par un chauffeur. Le blond se met à côté de moi, et l'autre s'étale sur les derniers sièges. Ma tête se pose toute seule sur la vitre de ma portière, puis d'un coup le sommeil me gagne.

◻◻

Une secousse me réveille dans un sursaut, Nicky attrapait ma veste et se déchainait dessus comme un dégénéré. Dans un mouvement sec, je retire mon bras de son emprise. Je déteste par-dessus tout qu'on me dérange quand je dors. Je me détache et sors du bolide, sa maison est plutôt pas mal, grand jardin et grande maison, c'est bien il a les thunes pour l'entretien sauf que je ne suis pas venu ici pour parler mauvaises herbes, on rentre et on ressort avec la fille, c'est simple.

Je m'engouffre dans l'habitation avec empressement pour tomber nez à nez avec le pote de l'autre con. Il est grand, brun et tatoué. Il a tout du mec chiant lui, vivement qu'on se barre d'ici.

- « Elle est où ? » questionnais-je froidement.

Il tourna les talons et marcha vers le fond de la pièce. Derrière les escaliers, se trouvait un grande porte métallique blindée assez bien cachée. De sa poche, il sortit un trousseau et mis une des clefs dans la fente, tourna la serrure puis poussa l'énorme bloc de métal.

Au milieu de la pièce maintenant accessible à mes yeux, une femme vêtue simplement d'un tee-shirt oversise marron et en culotte je dirais y repose, chevilles et poings liés aux barreaux d'une chaise en fer, tête baissée vers le sol. Elle n'a pas réagi au bruit insupportable de la porte, lorsqu'elle a frotté contre le béton, signifiant qu'elle est très probablement dans les choux.

Je dépasse les deux huitres devant moi qui la fixait et m'approche d'elle. Ses cheveux longs et ondulés recouvrent son visage. Son menton contre mon index, je relève son visage vers le mien. Du sang s'écoulent sur sa tempe, partant de l'arrière de sa tête, mon regard bascule vers le bas : une flaque rouge et conséquente s'y est étalée, ça doit faire un bon moment qu'elle est là, inconsciente et toute seule à se vider de son sang.

- « Je te préviens Liam, si elle est morte par ta faute, tu prendras sa place. »

Le silence continua de régner, je plaçai deux doigts en dessous de sa mâchoire, au niveau de sa jugulaire. J'attendis encore quelques secondes avant qu'on ne m'arrête avec un stop. Vingt-huit battements par minute, c'est faible mais elle est en vie et avec quatre-vingt pour cents de chance de survie malgré sa perte de sang.

- « Alors ? » Demanda mon ami.

- « C'est faible mais elle va s'en sortir. Tu sais de quel groupe sanguin elle est ? »

Ma question était adressée au brun, s'il la fréquentait pendant un moment, il le sait forcement. Il fit mine de réfléchit tandis que je perdais vraiment patience. Sa réponse ne tarda pas plus :

- « AB négatif. »

Chiante jusqu'au bout celle-là, ça y est, elle me les brise déjà.

- « Ok, Nicky on la détache et on rentre, j'ai ce qu'il faut dans le jet. »

Après son hochement, il s'attaqua aux liens et quand ceux-ci furent défaits, le corps de la jeune femme tomba en avant. Mon bras-droit la retient de justesse, pour la deuxième fois, avant qu'elle n'ait pu heurter les dalles de bétons.

On peut dire qu'elle tombe toujours sous ton charme.

Nan fermes ta gueule toi là-haut.

Je pris la décision de la porter telle une princesse, pas la peine qu'elle meurt d'une infection au cerveau si je la mets sur mon épaule. On sort tous les trois de cet enfer et alors que je me voyais dans mon lit, un petit problème survient. J'avais oublié l'autre connard ! C'est que tout s'enchaine ce matin dis donc ! Bien pourrie la journée, moi je vous le dis.

Je fais un signe de tête et il prit le corps du tueur à gages pour le balancer un peu plus loin. Il est comme à la maison ici ! Et puis ce n'est pas comme-ci on l'abandonnait en pleine brousse. J'allonge enfin la princesse sur la banquette arrière et remonte. Mais quelle soirée de merde.

- « On fait quoi maintenant ? »

- « On rentre à New-York. J'en ai assez du Mexique. »

———————————————

Salut mes beautés ! Comment vous allez aujourd'hui ?

Ça y est on avance un peu beaucoup dans l'histoire, ça va être peu plus intéressant maintenant .

Alma elle a trop fait la folle , mskn elle est tombée comme une mouche enfin bref, on va lui laisser le peu de dignité qui lui reste .

Et Hermes ? Vous en pensez quoi pour l'instant ? Pour ma part, je l'aime bien. Il est plutôt gentil .

J'espère que ce chapitre vous aura plu.

N'oubliez pas de voter <3

Prenez soin de vous et à la semaine prochaine !

Gros bisous, M.J

·
·

Coucou tout le monde ! Je suis tellement désolée, j'ai plus le temps de rien en ce moment, je vous promets que je fais au mieux. Mais il est tout de même possible que la fréquence de publication soit encore plus longue dans les prochains jours (le brevet tu connais.)

(PS : J'ai créé un compte insta : M_Jylir. Le lien est dans ma bio, n'hésitez pas !)

Bon je vous laisse avec la suite en vous souhaitant une bonne lecture <3

(: Me, Myself & I - G-Eazy)

_____

Je posais mon sac rempli de mes cours sur le canapé avant de me diriger vers le bureau de mon père en courant, les larmes aux yeux. Ne prenant pas le temps de toquer, je rentre bruyamment dedans en disant :

- « Papa, c'est quoi une fille à papa ? Pourquoi les gens de l'école me disent que j'en suis une et qu'ils veulent plus trainer avec moi ? Ils disent que c'est de ta faute. »

Sa tête étant précédemment dans ses papiers, il la releva directe-ment avec un air mortifié dessus.

Oh non, j'ai encore dit quelque chose d'idiot.

Idiote

Stupide

Imbécile

Ce n'est pas vrai, je ne suis pas tout ça !

Ah oui ?

Alors pourquoi papa t'as regardé comme ça ?

Pourquoi les profs sont si méchants avec toi ?

Pourquoi on te crache dessus dans les couloirs ?

Et pourquoi elles ne veulent plus être ton amie ?

Je ne sais pas, mais ce n'est pas la faute de papa !

Non, bien sûr que non.

Lui est parfait, le meilleur père qu'on puisse rêver d'avoir !

Toi par contre, personne ne t'aime.

Sinon ce que tu vis au quotidien ne t'arriverais pas.

Tu es le Chaos incarné ! La pire des impuretés !

Tu es sale, souillée, écœurante, répugnante.

Qui voudra de toi petit porcelet ?

Personne.

C'est exact, personne ne veut de toi ici.Alors tues-toi.

Meurt !

Meurt !

Meurt !

ALLEZ, PERSONNE NE TE REGRETTERA ALORS
MEURT !

- « Chérie, qui t'as dit ça ? »

Tout le monde, les profs, les parents, les élèves, tout le monde
papa...

- « Oh mais arrête de faire semblant nom d'un chien ! Tu ne
m'aimes pas, maman non plus, James, Vico, Diego. AUCUNS d'entre vous ne m'aimez vraiment alors pourquoi vous faites semblant ?!
»

Mes ongles s'enfonçaient plus fort dans le chair de ma paume à
mesure que les noms de ma famille sortaient de ma bouche, si fort
que je ne sentais pas le sang s'y écouler.

Il continua à me fixer en attente d'une réponse, malheureusement
pour lui, c'était à lui de m'en fournir une.

Mais je ne l'aurais jamais.

Je suis sortie de la pièce en trombe avant de claquer la porte de
ma chambre dans un fracas énorme pour ensuite me jeter dans mon
lit afin de déverser toutes les lames de mon pauvre corps sur mon
oreiller. Mes sanglots m'empêchaient de reprendre normalement ma
respiration, j'avais beau inspirer de l'air mes poumons rester toujours
aussi vides, je me vidais peu à peu de mon oxygène. J'étais vide d'air,
de joie, de bonheur, vide de tout.Ma tête me faisait très mal, tandis
que je sombrais dans un sommeil très mauvais, inconsciemment je
me suis tuée toute seule.

C'est ce que tu voulais ? Pas vrai, conscience ?

Oui, comme ça tu pourras te libérais de ce calvaire à jamais.

Sûrement, mais toi qu'est-ce que tu vas devenir ?

Ne t'inquiète de rien petite chose, j'ai tout prévu.

New-York, États-Unis, 12h05

Un bruit régulier et agaçant d'une machine servant à mesurer la fréquence de mon rythme cardiaque vient m'arracher de mon rêve post souvenir, ma tête bourdonne puis mon estomac se retourne dans tous les sens.

Il ne m'a fallu que quelques secondes avant de vomir mes tripes sur le carrelage blanc, mes bras serrent mon ventre qui me fait souffrir atrocement, l'acidité de ma gorge me brûlait et me démangeait. Mes yeux s'inondent d'humidité, et mon souffle est coupé.

J'étais presque en train de m'étouffer.

- « Eh bien, le choc est rude ma belle ? »

Sa voix douce et joyeuse mais tout de même froide me tétanise, si l'horreur était un son, ce serait bien le sien.

Ma crise finit par passer et je tente de me redresser sauf que mes nouveaux bracelets m'empêchent de me mouvoir. Ma position m'étant à présent vraiment inconfortable, je tire sur les chaines pourtant aucuns changements ne se produit.

Mon regard dévia sur elles, mes poignets étaient lacérés par des menottes en fer attachées aux barreaux d'un lit d'hôpital. Il m'a carrément attaché. Après j'aurais fait la même chose si j'avais ramené mon ennemi chez moi.

- « Tu n'iras nulle part petite souris, tu vas rester ici bien sagement, avec moi. »

Mon corps trembla sans que je ne puisse exercer le moindre contrôle dessus, je n'ose même pas le regarder en face, cette situation me paralyse de peur. Je ne suis pas bien, je suis dans un lit que je ne connais pas, dans un endroit que je ne connais avec quelqu'un que je connais mais pas trop en même temps et dans un pays que je n'aime pas.

Mon Dieu, je vais tourner de l'œil.

- « Regarde-moi. » dit-il avec un ton assez autoritaire.

Instantanément, mes paupières se fermèrent. Je ne pouvais pas le regarder, j'avais peur, j'ai peur, de plus sa vue m'insupportait.

Et puis personne ne me donne d'ordres.

- « Relâche-moi. »

Ce sont les seuls mots que j'ai pu sortir depuis que je suis retenue captive ici. Avec beaucoup de courage, je relève lentement mes iris vers lui : il est là, assis sur un fauteuil en face de mon lit, avec... les jambes écartées.

Do you want fuck me ?

Ça fait combien de temps qu'il me regarde dormir comme ça ? Le monde entier est flippant en ce moment ou c'est juste moi ?

Une aura sombre et menaçante émane de lui, c'est le genre de pression qui vous oblige à baisser la tête sans que vous ne le vouliez. Je ne peux pas rester ici, pas avec lui.

Il ne possède pas d'armes sur lui, je trouve qu'il a peut-être un peu trop confiance en ses gadgets celui-là. C'est juste des menottes, ça ne devrait pas être si difficile à casser.

- « Tu peux au moins me laisser tranquille ? Genre seule. »

- « Ça il en est hors de question, je ne laisserais pas ma petite Suzia partir. Ou tu préfères sûrement Maria Hawkings ? Oh non je sais, autant t'appeler par ton vrai prénom, pas vrai Alma ? Et puis je suis encore chez moi à ce que je sache, si je veux rester, je reste. »

Mon nom dans sa bouche me provoque un électrochoc tout le long de mon échine, ce genre de réaction n'est pas normal, c'est déroutant.

- « Et puis ferme-la, tu m'agaces déjà. »

- « Toi fermes tes cuisses, on dirait une chienne en chaleur. Et puis ça sent la morue crevée, t'as pris une douche récemment ? »

- « C'était une tentative de clash ? » demanda-t-il dans un souffle.

- « Nan juste une simple réalité. »

- « Dis-moi t'es une comique Golum ? »

- « Et toi la pire des salopes, Lézard. »

- « Lézard ? »

Sérieusement ? L'allusion était claire pourtant ?

- « T'as pas la gueule d'un dangereux serpent. Nan tu ressembles plus à un lézard qu'on écrase sans difficultés. Et lézard/Luega, c'est étrangement similaire tu trouves pas ? »

- « Nan pas le moins du monde. »

Mauvais joueur.

Nous nous fixâmes en chiens de faïences, prêts à se jeter à la gorge de l'autre. S'il réouvre la bouche, je la lui arrache, de même pour sa langue. C'est bon, il me fatigue maintenant.

- « Alors la suite du programme ? Je vais rester ici toute ma vie ou tu vas me jeter dans l'océan jusqu'à ce que je me noie, ou même me brûler vive ? » le questionnais-je en laissant mes pupilles errer sur les murs de la pièce.

Tout est blanc ici, du sol au plafond jusqu'aux meubles, l'intégralité de cette pièce est blanche.

- « Je pensais plus à une séquestration puis la mort, mais tes idées me plaisent bien. »

- « T'oublieras pas de m'identifier hein ? Sinon je te poursuis en justice pour plagiat. »

- « Tu me poursuivras morte ? »

- « Même morte, je continuerai à me battre. »

Il continua de me fixer, mais ce n'est pas de l'intimidation cette fois, c'est de la contemplation ? Ou on dirait qu'il m'analyse. Je ne serais savoir la raison de son comportement mais cela me gêne et me frustre plus qu'autre chose.

- « J'espère que tu as bien profité de ta prison dorée car à partir de maintenant, ce sera l'Enfers que tu vas vivre. »

- « Ne me sous-estime pas trop chéri, je ne suis pas la princesse que tu imagines. Tu n'es pas le seul à être endurcis. »

- « Eh bien c'est ce que l'on verra, princesse. »

Sa phrase finie, il se dirigea vers moi et retira les perfusions qui m'alimentaient avant de minutieusement détacher mes menottes. Je n'ai qu'une micro seconde pour tenter de m'échapper. Concentre-toi sur ses mains et laisse le t'ouvrir la faille. Alors qu'il rapprocha mon poignet de l'autre, il a hésité un petit instant, suffisamment longtemps pour entrouvrir une fenêtre d'échappement. J'envoie mon coude dans sa tempe, ce qui le fit tomber au sol en me laissant la possibilité de m'enfuir.

J'ai normalement deux bonnes minutes pour me libérer et partir d'ici.

Paniquée, je regardais partout où je pouvais trouver quelque chose qui remplacerait la clef qu'il a gardé dans sa main. Si par miracle, une barrette plate apparaissait maintenant, ça serait bien pratique.

Je tourne ma tête dans tous les sens jusqu'à ce que la perfusion ressemble à ma seule aide évidente dans cette pièce. J'essaye de l'attraper avec ma main libre mais malgré mon initiative, celle encore bloquée ne me laisse pas l'atteindre.

- « Allez putain ! » criais-je de frustration.

Le bout de mes doigts frôle l'aiguille sans pour autant vraiment la toucher. Dans un dernier effort à tirer sur mon bras attaché, j'accède enfin à l'objet puis arrache l'aiguille du tube avant de triturer la fente avec mais aucuns des sens ne fonctionnent. De haut en bas ou de gauche à droit, pas un seul d'eux ne me permet de me libérer.

Plus je m'agitais, moins j'y arrivais, et constatant qu'il ne me restait plus qu'une quarantaine de secondes avant qu'il ne se remette sur pieds, je recommence plus doucement jusqu'à entendre un petit clic de la part du bracelet.

Oui enfin !

Je l'enlève rapidement et cours vers la sortie de la chambre de soin pour finir dans un couloir décoré avec pleins de portrais fait en pierres. Tout est glauque ici. Mes jambes chancelantes m'empêchent d'atteindre ma vitesse de pointe normale, je ne cours pas comme d'habitude et plus j'essaye de le faire, plus je trébuche. Et puis en me relevant, je me cogne dans une des statues qui tombent par terre.

Oh la conne.

Ça va je l'ai pas fait exprès !

Arrivée dans le salon de la « maison », je tente de mettre la main sur la porte d'entrée sans grandes réussites. Mes pupilles cherchent désespérément la sortie. Je perds finalement espoir quand, j'aperçois enfin au fond de la pièce, une immense porte. Bizarrement, la distance qui me sépare de la liberté me parait encore plus grande que tout à l'heure, comme ci l'espace entre la porte et ma position s'était rallongé d'un bon kilomètre, et puis avec le coton qui me serre de jambes, je ne risque pas de faire long feu.

- « Al-ma... Où es-tu princesse ? Si tu te montres tout de suite, je te promets que je ne te ferrai pas de mal. »

Il avait bien appuyé sa prononciation sur mon prénom, ce mec est fou !

Des perles commençaient à couler le long de mes pommettes au fur et à mesure que le bruit de ses pas s'amplifiait lorsqu'il descendait les escaliers. Je pris la décision de me cacher quelque part dans la propriété pour après sortir en douce sans que personne ne me remarque.

Oh je ne le sens pas ce plan.

Super, quelqu'un à une meilleure proposition à faire ? Non, parfait alors laissez moi gérer.

- « Hermes ? Qu'est-ce qui se passe ? »

Qu'est-ce que c'est que ce bordel ? Ce n'était pas la même voix, celle-ci est plus aiguë. Purée de pommes de terre, ils sont combien ici

? Faut que je sorte et maintenant ou la suite va être moins drôle, je peux vous l'assurer.

- « Sa majesté est en fuite, tu ne l'aurais pas vu partir dans une direction particulière ? »

- « Nan désolé je viens de me réveiller. »

- « Dans ce cas aide-moi à la chercher. »

Ok là, on peut réellement commencer à paniquer. Je boite jusqu'à la cuisine puis me cache du coté de l'îlot central opposé à l'entrée de la pièce. Je relève légèrement la tête et arrive à prendre un couteau qui trainait par là. Mes mains moites le serrent si fort, c'est ma seule chance.

- « On coupe le générateur ? »

Non ça va aller.

- « Bonne idée, puis ferme les stores électriques, qu'elle se retrouve vraiment dans le noir. »

Et merde.

D'un coup, la lumière qui éclairait jusqu'ici la demeure disparait, me laissant dans le noir total avec comme seules compagnies ma conscience tordue et mon anxiété quotidienne.

On peut vraiment dire que c'est la fin.

J'étais heureuse de te connaitre.

M'habituant un peu à l'obscurité, je distingue les issues que je peux utiliser. Si je passe par derrière une alarme va se déclencher c'est certain, la porte principale doit être gardée par les deux hommes. Putain qu'est-ce que je peux faire !

Leurs chaussures claquent sur le sol froid, s'approchant de très vite de ma position. Mon dos plaqué contre la surface, l'arme en main et mes lèvres sellées par mon poing droit, je tente de rester le plus calme et discrète possible le temps que l'individu qui est à quelques centimètres de moi s'en aille. Des gouttes de sueur dégoulinent de mon front et des mes tempes, puis des larmes de stress viennent se placer au niveau de ma cornée pour s'écraser sur le dos de ma main, toutes les conditions pour refaire un malaise sont réunies dans un même contexte.

Grâce à la lumière de la petite lampe de poche, je vois du coin de l'œil la silhouette bouger de l'autre côté du plan de travail, alors aussi sereinement que je puisse l'être, je me déplace vers la sortie/entrée qu'il a emprunté plus tôt.

- « Allez petite souris, sors de ton trou, je n'aimerai pas t'écraser malencontreusement, avec toute cette noirceur, un drame est très vite arrivé. »

Les battements effrontés de mon cœur pulsent de plus en plus vite dans mes tympans à chaque fois qu'ils ouvrent la bouche.

Je continue de ramper vers la porte d'entrée en faisant bien attention à ne pas laisser la lame toucher le sol ou faire du bruit, même si c'est l'option la plus risquée, je n'ai pas d'autres choix. Le noir m'envahit, aussi bien physiquement que moralement, j'ai l'impression que le monde va s'effondrer, qu'il ne tient plus qu'à un fil : la porte. C'est ça qui va me permettre de tout recommencer, de tout reconstruire, de tout réparer. Cette toute petite issue qui pourtant, peut faire de grandes choses, elle n'en a juste pas conscience en réalité.

Je crois que l'anesthésie fait encore effet, je suis en train de « méditer » sur la conscience d'une porte en bois.

La lumière au bout du tunnel était enfin à ma portée, je n'avais plus qu'à tendre la main, à enrouler mes doigts autour de la poignée et sortir d'ici. Tu y es presque, allez vas-y, tu peux le faire, juste un tout petit effort !

- « Je te tiens ma belle. »

Alors que je la frôlais le métal glacé, deux mains viennent entourer ma taille et me projeter dans les airs. Je retombai sur le côté dans une douleur et un fracas abasourdissant, il me prit immédiatement le couteau puis le jeta trop long pour que j'aille le récupérer avant que mon corps ne s'écrase sur épaule. Je commence à me débattre, à balancer mes jambes et à abattre mes coups sur son omoplate droite.

Lâche-moi putain, sale chien !

- « Hermes, je l'ai retrouvé notre petite duchesse. Tu peux rallumer. »

Non ! Non ! Non ! Non ! NON !

Pas ça je vous en supplie, laissez-moi !

Les volets se relèvent doucement, laissant de nouveau la pièce se gorger de luminosité. Si je n'étais pas retenue prisonnière, le début du coucher de soleil je serais en train de l'admirer sur un transat en bikini avec un martini.

- « La voilà. Tu sais que tu es très forte pour te cacher ? »

- « Pas vraiment, faut juste savoir ouvrir les yeux, et éventuellement, retirer la merde qui y s'agglutine. »

Je répondais au tac au tac, impossible d'arrêter notre petit jeu de provocation.

- « On en fait quoi maintenant ? C'est pas tout ça mais elle pèse son poids. »

Aïe.

Moi qui pensais que le blond allait être plus aimable, je me suis mis le doigt dans l'œil. Et même si je ne le connais pas personnellement, ses paroles m'ont vraiment blessé, puis surtout venant d'un inconnu, je ne sais pas comment l'expliquer, ça fait super mal.

Me sentant humiliée, je ne pu me retenir et finis par lui dire :

- « Toi t'as la gueule de Trump alors évite de l'ouvrir. »

Et boom ! Dans tes dents sale batard.

Mon égo a parlé tout seul, c'est sorti d'un coup sans que je ne tourne sept fois ma langue dans ma bouche.

- « Elle a du caractère la minimoys. »

- « D'où minimoys ? Je fais un mètre soixante-quinze espèce de chouette borne. »

Putain mais ta gueule nan ? C'est fou ça, pourquoi tu dois toujours ouvrir ta grande bouche ?

- « Mais vos gueules nan ? Toi tu tapes tes meilleurs punchlines à deux balles alors qu'on s'en fout de ta vie. »

Pui Pui. Ok j'arrête.

- « Et toi là, mais t'es con ? »

- « Bah pourquoi ? J'ai fait quoi encore ? »

- « Pourquoi tu lui parles ? »

Ça va durer encore longtemps ? Pas que votre petite discutions n'est pas distrayante, au contraire, mais j'ai tout simplement peur de vomir s'il continue à enfoncer son muscle dans mon estomac.

- « Bon mes demoiselles, vous êtes bien mignonnes mais je peux y aller moi ? » demandais-je ironiquement mais un peu sérieuse quand même.

- « TOI TU LA FERMES ! »

Hermes avait crié ça si fort que mes organes en ont tremblés. Pas la peine de crier comme ça coco, je ne vais pas te manger hein ?

- « Tu l'enfermes en bas et toi. »

Il se met face à moi en contournant son ami, puis me prend le menton afin de m'obliger à le regarder. Mes yeux tombent dans les siens, cette couleur chocolat, c'est la même que la mienne...Pourtant elle lui va tellement qu'à moi. Mon regard glisse sur son visage, ses sourcils épais mais bien dessinés, ses cils longs, son nez tout droit, ses pommettes, ses lèvres... Il me ressemble... C'est étrange, j'ai l'impression de voir mon double mais masculin.

- « Si tu ouvres encore une fois ta bouche, je te colle une balle, c'est compris ? Tu n'as pas tous les droits ici, c'est moi qui dicte les règles. Rappelle-toi juste que ta vie dépend de mon humeur. »

Il l'avait chuchoté, comme-ci il voulait que je sois la seule à l'entendre, cependant il n'y a rien de très confidentiel dans ce qu'il vient de prononcer, alors pourquoi le dire tout bas ?

- « Te mataré tan lentamente que me rogarás que acabe contigo. » dis-je calmement, certaine qu'il ne connaisse pas le sens de ses mots. (Je te tuerai tellement lentement que tu me supplieras de t'achever.)

- « Me encantaría ver eso, princesa. » (J'aimerai bien voir ça, princesse.)

- « Mo me llames princesa, no lo soy. » dis-je à voix basse, à moitié endormie. (Ne m'appelle pas princesse, je n'en suis pas une.)

J'étais tellement fatiguée que je n'avais même pas tilté qu'il savait parler espagnol.

Ma tête retrouva l'omoplate de son bras-droit, je n'avais même plus la force de m'agiter, la pression de ces dernières heures étant retombaient d'un seul coup. Je fermai les yeux et attendis qu'on me déplace vers une potentielle cave, à tel point que je ne l'ai presque pas senti prendre mon poignet. Il traça une ligne de mon auriculaire jusqu'à s'arrêter dans le creux sensible de mon bras pour ensuite, y appuyer son pouce entre les deux petits os.

Je ne comprends pas ce qu'il fait mais sans que je ne m'en rende compte, je sombrai dans le sommeil. Avant que la fatigue envahisse mon cerveau, un détail me frappa :

Comment il m'avait retrouvé alors qu'on ne se connaissait pas le moins du monde ?

La gamine endormie, je fis un signe à mon ami qui l'emmena au sous-sol. Je n'arrivais pas à enlever mes yeux de son petit corps, elle est impressionnante. Je ne m'attendais pas à ce qu'elle réponde à nos piques, et puis pour en relancer encore plus derrière, madame est soit inconsciente soit très audacieuse, dans tous les cas ce n'est certainement pas du courage.

Ce qui m'a le plus troublé, c'est sa façon de me regarder, on aurait dit qu'elle voulait analyser mon âme, percer mes moindres secrets.

D'ailleurs, je trouve qu'elle me ressemble traits pour traits à l'exception de son nez, lui est en trompette.

Et mon Dieu, ses yeux. Ils m'aspiraient toute énergie, je ne sais comment mais une sorte de connexion s'est établie entre nous, un lien étrange.

Mes iris se détachent difficilement de sa vue avant qu'elle ne disparaisse enfin, pourquoi elle m'intrigue tant ? C'est vraiment une sorcière.

Je reprends mes esprits et monte dans ma chambre, maintenant que le trésor est à l'abris, je peux souffler un peu et me détendre, et ceux en commençant par faire un tour à moto. Avec le coucher de soleil presque terminé, ça va être incroyable.

- « Nicky ? »

- « Hm ? »

J'entends sa voix même depuis la cave.

- « Je vais faire un tour, tu viens avec moi ? »

- « Moto ou porsche 911 ? »

- « Vu le temps, j'allais prendre la moto. »

- « Bah je viens pas. Et puis quelqu'un doit bien surveille l'autre enfant là. »

Elle va rester dans les bras de Morphée pendant un petit moment donc pas besoin de la surveiller, lui aussi il est bizarre en ce moment. Qu'est-ce qu'il a ? Et puis, à quel moment tu n'aimes pas la moto toi ?

- « Allez viens, on va voir ta mère. T'as même le droit de conduire ma porsche. »

- « Trop beau pour être vrai. »

- « Bah viens pour voir ? »

Le silence apparut quelques secondes jusqu'à ce que je parvienne à distinguer le bruit de ses chaussures sur les marches en béton.

- « Je te fais pas confiance. »

Sa réponse m'arracha un petit rictus, depuis quand tu ne me fais pas confiance enfoiré ?

- « T'es sûr ? »

Il commence à me fixer et finit par dire :

- « Passe tes clefs espèce de clochard. »

- « Va les chercher sale con, tu m'as pris pour ta petite pupute ? »

- « Comment dire... »

Mais il veut la mort lui ?

Je lui lançai mon meilleur doigt d'honneur, il est trop con putain.

Une fois dans mon garage, Nicky se dirige vers ma voiture avec des étoiles dans les yeux, il l'a toujours adoré et même avec son salaire, il ne s'est jamais fait plaisir, préférant économiser pour les soins de sa mère.

Je pense qu'il est temps que tu vives un peu pour toi mon pote.

- « Je te la donne. »

Dans un mouvement brusque, il releva la tête avec le visage plus que choqué.

- « Nan t'es pas sérieux ? Tu déconnes là ! »

- « Si si je t'assure. »

Il a tapé son meilleur sprint et vient me broyer les côtes en me serrant hyper fort. Je roule des yeux avec un petit sourire puis j'enroule mes bras autour de son dos.

- « Joyeux anniversaire mon frère, je t'aime. Ses larmes commençaient à mouiller ma chemise. Ah non tu commences pas à chialer, je te fais pas un bête de cadeau pour que tu pleures. »

- « Putain mais t'es- J'ai même pas les mots en fait. Tu t'es souvenu de mon anniversaire et en plus, tu m'offres la voiture de mes rêves, mais toi putain. » répondit-il.

- « Évidemment que je me suis rappelé de ton anniversaire, espèce de fou. Tu m'as pris pour qui ? On se connait depuis nos 16 ans, tu croyais vraiment que j'aurais pu l'oublier ? Attends c'est pour ça que t'étais ronchon comme ça, parce que tu pensais que j'avais oublié pour aujourd'hui ? »

- « T'as plus le temps de rien, je voulais pas te faire chier avec ça, en plus avec l'autre qui vient d'arriver. »

- « Tu déconnes là ? Me dis pas que tu pensais réellement que j'aillais te laisser tomber pour le déchet qui dort ? »

Bien sûr que si c'est ce qu'il pensait, mais quel fou ce mec.

- « Personne ne passera avant vous bandes de fous, vous êtes trop cons tous les deux. Allez vas te moucher, on dirait un gosse. »

- « D'ailleurs t'as de ses nouvelles ? »

C'est vrai que ça fait un moment qu'il n'est pas réapparu depuis la soirée casino celui-là, après tout je lui ai demandé d'être discret mais je pense qu'il l'a pris un peu trop au pied de la lettre ce couillon.

- « Tu sais ce qu'on dit, pas de nouvelles bonnes nouvelles. »

Ses épaules se haussèrent, il se dirigea vers les clefs du véhicule et entra à l'intérieur. Pour ma part, j'enfile mon casque ainsi que mes gants et mon blouson puis monte sur le deux-roues et démarre. Le bruit que fait le moteur comble mon cœur de joie, ça faisait longtemps. J'enlève la béquille avant d'accélérer, Nicky toujours sur mes talons dans son nouveau joujou.

Les petites loupiottes illuminent ma ville et mon âme, ma dernière sortie en moto doit dater d'il y a huit ans je dirais, Salha était encore à la maison. Elle avait insisté tellement fort pour que je vienne voir le coucher de soleil sur la baie avec elle, et manipulatrice comme elle est, je finissais toujours par craquer. Un jour, on avait finalement pris deux glaces et on était partis les manger sur la plage car le soleil était déjà parti dormir alors qu'on venaient tout juste d'arriver pour le voir.

Toujours en mangeant sa glace, ma sœur me raconter ses journées maladives et épuisantes au lycée, du fait qu'elle pétait totalement les plombs et que plus rien ne la faisant se sentir vivante à part nos petites balades.

Ces rares moments de complicité me redonnaient tout le temps le sourire, elle joue un rôle trop essentiel dans ma vie pour qu'elle soit oubliée en un claquement de doigts, celui de ma deuxième maman, d'ailleurs j'aimais bien dire à mes amis étant gamin que je vivais avec deux mamans.

Ça les faisait rire, mais s'ils savaient l'horreur qui se cacher derrière.

À trop revenir sur le passé, je ne reconnu pas tout de suite l'institut devant lequel nous venions de nous garer. Chaque année, à son anniversaire, il revenait voir sa mère. Ce n'est q' à cette date précise qu'il accepte d'y retourner, il en est incapable sinon, cet endroit le fait replonger la tête la première dans son adolescence peu glorieuse. Je suis très fier qu'il le combatte pour sa famille, son courage n'a pas de limite. Et je le suis encore plus du chemin qu'il a fait et de ses victoires gagnées, ainsi que ses objectifs qu'il s'est fixé.

- « Je pense que je vais rester un petit moment ici, tu peux faire une dérivation à notre petit tour ou tu peux rentrer, c'est toi qui choisis. »

Pas une seule fois il ne m'avait regardé, ses yeux sont restés scotchés sur le nom du centre. Sa détresse est réelle, on la voit, on la sent et ressent malheureusement il n'en va qu'à lui d'affronter ses démons les plus sombres.

- « Je vais rentrer, appelle-moi quand t'es sorti. »

- « Ouais pas de problèmes. » ajouta-t-il avec un air déconnecté.

Je me remets sur mon bolide avant d'appuyer comme un fou sur l'accélérateur, ça aussi elle adorait, la vitesse. C'est décidé, dernière fois que je prends ma moto.

⬜⬜

Maintenant rentré à la maison et ma moto revenue à sa place, je vais inspecter l'état de la Belle aux bois dormant en bas, en espérant un peu tout de même qu'elle ne soit pas morte dans son sommeil.

Morte étouffée par sa bave.

Un minuscule sourire vient s'encrer sur mes lèvres à cette idée, ce serait vraiment nulle comme mort.

Mes pas se dirigent vers la cuisine, mais avant d'y entrer, je m'accoude à l'embrasure et m'amuse à imaginer la petite souris, apeurée et cachée avec un couteau dans les mains. Mon Dieu ce que tu es fragile, s'en est presque trop facile.

J'ouvre le réfrigérateur et en sors deux bols, contenant plusieurs dés de viandes, recouverts par du cellophane.

Il est temps de nourrir les monstres.

Je descendis les marches pour me retrouver dans le long, très long couloir souterrain bétonné de fonds en combles, j'ai l'habitude que kidnapper, séquestrer, torturer, tuer même des gens des ses petites pièces. Je ne dirais pas que c'est un péché mignon, pourtant quand j'ai besoin tout évacuer, la violence physique m'aide beaucoup. Je garde aussi mes deux toutous ici, ne voulant pas que ma divine propriété ressemble à un champs de mines, rien que de mieux que de les laisser dans un sous-sol.

- « Cerbère, Fenrir, venez là mes chiens. » les appelais-je en frappant tout doucement ma cuisse droite et en les sifflant.

J'évite de trop les exciter, connaissant très bien leurs comportements d'animaux sauvages, j'aimerai qu'elle reste encore en vie le temps de lui sous-titrer quelques informations. Je ne veux pas la tuer tout de suite, non au contraire, je vais lui faire ce que sa pourriture de famille a fait subir à la mienne : une descente aux Enfers. Ce serait trop facile de partir sans avoir expié ses fautes.

Fenrir est le premier des deux à courir vers moi et Cerbère ne tarde pas à la rejoindre, malgré que ce soit deux immenses loups, ils adorent le contact humain, le mien en particulier. Leurs deux pattes avant appuyées sur la porte du grillage, ils ne cessent d'aboyer ou de sautiller, ces chiens sont fous.

Je défait le verrou puis entre dans l'enclos, Cerbère remue sa queue tout en reculant à mesure que je l'éloigne de la petite porte tandis que l'autre aboie encore plus fort lorsqu'il voit le bol.

- « Assis. »

Ils s'exécutèrent sans grognements, leurs tous petits yeux noirs me fixent, attendant leur dut. Je dépose doucement leur gamelle au sol et remonte de la même manière. Le moindre geste brusque peut mettre fatal, ce sont des anges toute la journée, par contre lors de leur repas c'est une autre histoire.

Les yeux rivés sur moi, les bêtes attendent le signal, elles n'ont même pas pris la peine de simplement regarder leur nourriture, ils ont continué à patienter.Je vois de la bave dégouliner de leurs babines, la pointe de leurs crocs dépasse de quelques centimètres, démontrant leur impatience. Des grognements et de la l'agitation commença à apparaître chez Fenrir, je le siffla pour le rappeler à l'ordre avant de les laisser manger tranquillement.

- « Allez c'est bon. »

Ne tenant plus, les deux canidés se jetèrent sur leur nourriture pour l'engloutir en quelques secondes seulement. Ce sont des tueurs, des prédateurs. Ce sont leurs instincts qui les dictent et rien d'autre, s'ils ne veulent pas m'écouter, ils ne le feront pas. C'est pour ça que le dressage est capital dans la cohabitation avec un animal, si il n'y a pas de règles, vous vous retrouvez en conflits avec lui.

Je claque mon pouce et mon majeur ensemble, et sors de leur espace avec eux, sans laisses.

Il nous a suffi de dix pas maximum pour accéder à sa cellule, j'ouvre la porte et entre en premier dedans puis ordonne à mes compagnons de s'asseoir dans le fond, derrière la chaise où elle comate, il ne faut pas qu'elle les voit tout de suite.

Elle est moins chiante quand elle dort celle là, faut le dire.

J'attrape une chaise qui trainait là et commence à l'observer.

Qui es-tu ? Qui es-tu réellement et comment tu as pu te retrouver ici, quel est ton plan ?

Tu n'es certainement pas là par hasard, tu avais ou tu as un objectif à atteindre mais je ne sais pas lequel.

Si tu me voyais en train de tracer la forme de ton visage avec simplement mon regard, tu me fuirais jusqu'au bout du monde.

Hélas, peut importe où que tu ailles, je finirais toujours par te retrouver.

Mais si tu te perdais trop longtemps dans la nature, il me faudrait un moyen de te reconnaître.

Prenant un des nombreux couteau sur la table, je me munit de mon briquet. Je l'alluma et commença à chauffer le côté tranchant de la lame assez fort pour qu'elle puisse traverser la peau.

Je lui relève son tee-shirt avant de faire glisser le petit pointu sur ses côtés, lui arrachant un frisson sublime.

Je continue de m'amuser avec d'arriver au niveau de son cou, je place la partie encore froide du métal sous son menton et lève sa tête.

Elle est toujours en train de sombrer, si elle pouvait être comme ça tout le temps, ce serait divin.

Mes doigts s'enrouleraient dans cette masse brune et puis d'un seul coup, je passe la lame sur sa joue. Suffisamment pour qu'elle soit bien marquée mais sans qu'elle n'en court un quelconque danger. Je continue mon action, finissant avec un double v ainsi que mes initiales sur sa pommette droite, juste en dessus de son œil.

W.H.L

Pourquoi un W ?

Tout simplement pour : Welcome to the HelL

Et voilà, te voici marquée, maintenant tu n'appartiens qu'à moi et à personne d'autre...

Bienvenue dans la famille, princesse.

Oh la vache ! J'ai cru que j'allais jamais pouvoir le sortir lui, il m'a pris deux semaines, deux semaines pour pondre un tel coco mais en vérité ça en valait la peine.

Bon comme je vous le disais un peu plus haut, je vais poster un peu moins souvent pendant un petit moment, normalement 1 chapitre toutes les 2 semaines, je sais que ça fait long mais j'ai plus du tout le temps, je vous assure que je fais de mon mieux pour vous donner le chapitre le plus vite possible mais hélas je ne suis pas une machine hein □.

Donc ne vous inquiétez pas si vous me voyez pas très active en ce moment, par exemple sur TikTok ou même ici, c'est que je n'ai plus une seconde pour moi, but everything okay, c'est juste le temps de la fin du moi de Mai et du depuis de celui de Juin, bref j'ai trop le bazar maintenant .

En tous cas, j'espère que ce chapitre vous aura plu et que l'histoire vous plaît également, on avance doucement mais sûrement, don't panic.

Je n'ai plus qu'à vous souhaiter une bonne nuit et bonne chance pour vos exams si vous dans le même cas que moi, moi je vais dormir pour une bonne décennie je pense.

N'oubliez pas de voter

Prenez soin de vous et on se dit au plus vite ! <3

Gros bisous, M.J

:

Coucou mv, j'espère que vous allez toutes bien ! Je suis contente d'avoir pu vous poster ce chapitre « en avance » le week-end de 4 jours m'a bien aidé il faut le dire □.

Je vous laisse sur ces belles paroles, bonne lecture <3

(: Aimed to kill - Jade LeMac)

_____

New-York, Etats-Unis, 8h04

Mes yeux s'ouvrent doucement après avoir vécu l'oppressante journée d'hier, beaucoup d'évènements étranges et stressants s'y sont produits, comme cet échange visuel... Qu'est-ce qui nous a pris ? Pourquoi on ne s'est pas lâché ? Je pense que plus je côtoie des fous, plus j'en deviens une.

Je ne sens plus mes articulations qui doivent être en sang, mes bras me brûlent ainsi que mes poignets. Ma joue droite pique légèrement, comme-ci je m'étais coupée. Je penche avec difficulté ma tête vers le côté et me frotte doucement sur mon épaule puis en la remontant, j'aperçois du sang séché.

Donc je me suis bel et bien blessée, pourtant je ne vois pas à quel moment j'aurais pu le faire.

Mon cerveau ne reconnait pas l'endroit où je me trouve, sombre sans fenêtres, humide et froid. Tout à son image donc. Mon seigneur est si mégalo qu'il a créé les moindres recoins de cette maison avec pour modèle sa personnalité. Je ne sais même pas si le soleil est couché ou pas, ma seule source de lumière est une ampoule suspendue à plusieurs fils électriques.

- « Putain de psychopathe. » dis-je dans le vide.

Mes mots sont sortis automatiquement sans que je ne le veuille, cette mauvaise manie va finir par me nuire un de ces jours. Même ma bouche me porte l'œil.

Je crois que rester enfermée dans cette pièce est synonyme de torture, mon ennuie gigantesque prend peu à peu le contrôle de mon cerveau, tout autour de moi devient encore plus morose que d'habitude.

- « Je m'ennuie. Je m'ennuie. Je m'ennuie. »

Répéter ça ne te redonnera pas ta liberté donc ferme ta gueule.

Bruyamment, un souffle s'échappe de ma bouche. Combien de temps je vais rester ici à me faire chier ? Je ne m'imagine pas vraiment vivre le restant de mes jours dans une cave, ce n'est pas hyper cool comme projet d'avenir.

Alors que mes pensées dérivaient vers des sujets très politiques comme la seconde guerre mondiale, l'immense porte devant moi s'ouvrit dans un grincement ignoble, laissant apparaitre la silhouette du criminel éclairait par les spots lumineux accrochés au plafond.

Bonjour à toi aussi sunshine.

Aujourd'hui c'est un ensemble noir et des baskets de la même couleur. Full black Dior, comme tous les jours en fait.

Ce mec est gothique, met des couleurs dans ta vie je te promets que ça ne va pas te tuer.

Mon attention se reporte sur sa main tatouée, entre ses doigts se trouve un petit sachet en papier froissé. J'espère que ce n'est pas du poison, ce serait le comble.

Son corps grand et musclé s'approche doucement vers moi, puis dans élan tendresse, son pouce vient délicatement parcourir ma joue. Si mon cou ne m'était pas si douloureux, j'aurais tourné ma tête dans le sens opposé telle une tornade.

Pourquoi les gens adorent tant toucher les autres, gardez vos mains où elles devraient être, merci.

- « T'as bien dormi ? »

- « Bah super bien connard et toi ? »

- « C'était génial, mon oreiller était encore plus moelleux que d'habitude. »

Mais quelle enflure.

- « Espèce de chien. Tu te crois drôle petit con ? »

- « Oui assez. »

Mes yeux lui lancent des éclairs, s'il pouvait au minimum dégager de ma vue, ça m'arrangerait beaucoup.

Aller casse-toi !

Malgré qu'ils soient attachés, mes poings se serrent à chaque fois qu'il ouvre sa grande bouche pour en laisser sortir que des conneries.

Je sens une nouvelle fois des milliers de fourmis dans ma chair, son touché a dû enlever la croute qui protégeait dès lors ma blessure. T'es qu'un sale gros con Luega !

- « Serait-ce de la colère qui anime tes pupilles ? Tu es en colère Alma ? »

J'aimerai insulter sa mère de tous les noms mais je sais à présent qu'il comprend l'espagnol et l'anglais, et malheureusement je ne connais pas des milliards d'autres langues. On peut tenter le turc, ma mère en étant elle-même de cette origine, elle m'a appris à parler sa langue natale :

- « Kızgın bir yetersizliktir. Luega toplarınızı özellikle önemse-memenizi içtenlikle umuyorum, çünkü dışarı çıktığınızda sizden koparacağım ilk şey bu olacak.). » (En colère est un euphémisme. J'espère sincèrement que tu ne tiens pas particulièrement à tes couilles Luega, car ce sera le premier truc que je t'arracherais une fois s ortie.)

Son visage choqué me prouve que mon ennemi n'a absolument rien compris à ce que je viens de dire. Parfait, si j'ai besoin de communiquer sans qu'il puisse me comprendre, j'utiliserai le turc. Maman, tu ne le sais pas encore mais tu m'as probablement sauvé la vie.

- « Traducción por favor mi alma ? »

Mi alma ?

Il l'a dit comme un surnom, genre « mon âme » ou comme « mon Alma » ? Putain pourquoi tout est si compliqué ? Puis dans les deux sens, c'est super étrange d'appeler quelqu'un, surtout son ennemie de cette manière ? Ce mec est fêlé.

Voyant qu'il attend toujours ma réponse, j'hésite réellement à lui traduire ma phrase, après tout il ne comprendra pas la prochaine fois que j'utilise ma langue maternelle :

- « Je disais que t'avais pas intérêt de tenir à tes couilles parce que j'allais te les arracher. »

J'ai dû faire un effort surhumain pour pas exploser de rire face à son air dépité. Il est exaspéré ce con, si tu comptes me garder ici t'es pas au bout de tes peines mon grand.

Il souffle par le nez en même temps que ses yeux se ferment et que sa main passe sur son visage. Après avoir lâché son facies, sa paume attrape une chaise qui reposait dans un coin et vient la placer dos à moi, son torse s'écrase sur le dossier et ses cuisses encadrent les barreaux. Son menton se pose sur le haut puis il commence à me fixer de ses sublimes billes couleur chocolat noisettes.

Oh non ça recommence, arrête de me regarder comme ça. Tu me fais perdre mes moyens espèce de serpent.

Mon épiderme se recouvre de chair de poule, mon souffle chaud me fait défaut et l'entièreté de mes muscles se contractent en constatant son insistance visuelle. C'est quoi ce bordel, depuis quand je réagis comme ça ?

Ses yeux m'analysèrent de la tête aux pieds, mes joues se teintèrent de rose en me rappelant que je ne suis habillée que d'un tee-shirt long et d'une ficelle, et qui plus est, sans soutif.

- « Je t'excite à ce point-là ? » dit-il alors que le coin de sa bouche s'est recourbé en un sourire taquin.

Et merde, vite une excuse.

Mon cerveau tournait à cent à l'heure pour trouver quelque chose à lui répondre, je pinçais même mes lèvres, signe que cette situation me donnait vraiment du fil à retordre.

Alors que je commençais à avoir mal au crâne de trop réfléchir, mes iris se baissent quelques secondes puis je les remonte très vite, cette fois c'est sûr je suis rouge.

À ce que je vois, même PauPaul est de la partie.

- « En plus tu rougis face à une érection, t'es adorable et si innocente petite souris. »

- « Ne te m'éprends pas, il fait super froid ici puis, tu n'es pas dans la meilleure des positions pour jouer au malin, je pense que tu devrais juste fermer ta grande gueule et arrêter de mes les briser. Et ta petite souris te cracherait bien à la gueule. »

- « Pourquoi es-tu toujours si agressive avec moi ? Et tu vois, moi j'assume que voir ton corps en petite tenue ne me laisse pas indifférent. »

Ma tête partie toute seule, j'ai essayé de lui mettre un coup de boule mais hélas, il s'est reculé juste avant que mon front ne puisse toucher le sien. Son petit sourire satisfait faisait bouillir mon sang encore plus, j'étais à deux doigts de péter un câble :

- « Je vais te faire bouffer le béton. Tu me prends vraiment pour une quiche toi ? »

- « Maintenant que tu le dis. »

Je vis sa main fouiller dans le petit sachet pour en sortir finalement une.putain.de.quiche. C'est quoi cette douille là ?

- « Tu me fais quoi là ? Tu crois vraiment que c'est ta vieille quiche à deux euros cinquante qui va tout arranger ? »

- « Ecoute, je ne veux pas que cela continue à se dégrader entre nous. J'aimerai qu'on fasse la paix, cette guerre ne nous concerne plus. »

Un rire nerveux sortit de ma bouche face à tant de conneries.

- « Ravale tes belles paroles sale démon, je ne crois pas à un seul mot qui sort de ta putain de gueule de serpent. Ne me fait pas croire que tu n'as pas été élevé dans le principe de me tuer, on n'en serait pas là sinon. »

- « Nan je suis sérieux. Je veux que toi et moi devenions associés. »

J'avala ma salive de travers, ce mec est complétement taré. Faire une alliance, et puis quoi encore, après nos deux familles vont manger autour d'un bon petit plat ? Mais quelle putain de blague. Argh, je vais réellement lui cracher mes glaires s'il continue ne serait-ce que de me regarder. Pourquoi on ne peut pas revenir en arrière ? Même l'Alaska était meilleure.

Flashback

(Hostage – Billie Eilish)

Les gouttes d'eau glacées s'écrasent sans répit sur mon seawt à capuche noir, l'état du ciel reflètent celui de mes yeux, mon cœur saigne et mon âme est livide. J'en peux plus, je n'ai plus aucunes motivations, plus aucuns objectifs, je n'ai absolument plus rien. Tout est vide et nul maintenant.

Mes larmes coulent sur mes joues, pleurer... C'est tout ce que j'arrive à faire depuis des mois, pleurer toute ma rage, ma haine, ma peine, ma tristesse... J'ai un poids dans ma poitrine, il appuie sur mes poumons, m'empêchant de respirer calmement.

- « Comment on a pu en arriver là...? Eclaire-moi papa, je t'en supplie dis-moi comment faire, dis-moi ce que je dois faire pour aller mieux. Je peux pas, je peux pas continuer sans toi, j'ai besoin de toi. Ne me lâche pas comme ça, tu n'as pas le droit de me laisser dans cet état. Donne-moi la force de réussir, de vaincre cette peine et de surmonter cette épreuve. Putain papa, TU N'AVAIS PAS LE DROIT DE ME LAISSER COMME CA, TU M'ENTENDS ! TU N'AVAIS PAS LE DROIT DE M'ABANDONNER ! »

Mes poings s'abattent sur la glace avec force, écorchés par les morceaux froids et brisés. Je frappe encore et encore, jusqu'à ce que toutes mes émotions finissent par sortir complétement, me libérant ainsi d'un immense fardeau.

- « Voilà une des nombreuses raisons pour lesquelles je veux que tu continues tes séances. »

- « Je te préfère en entraineur plutôt qu'en psychologue, sache-le. Si je suis ici et non dans mon jardin, devant sa tombe, c'est uniquement parce qu'on ne m'a pas laissé le choix alors ne commence pas à me prendre la tête avec ça, je n'ai vraiment pas la patience pour t'expliquer tranquillement que je n'en ai rien à battre de ces « séances » comme tu dis. Mais j'ai besoin de vider mon sac alors, explique-moi...

Je renifle bruyamment tout en passant mes manches sur mes yeux, j'ai l'air d'une enfant à qui on a refusé un caprice.

Pourquoi la perte d'un être cher fait si mal Júan ? Pourquoi j'ai l'impression qu'on vient de me déchirer de l'intérieur, qu'on a pris mon cœur et qu'on l'a abimé, détruit, brisé... Tout ce qui est autour de moi vient de s'effondrer, toute ma vie vient de partir en fumée avec un simple claquement de doigts et je n'ai- je ne sais pas, je sens que j'aurais pu faire bien mieux. Mais il rendu son dernier souffle sans que je n'aie pu y faire quoi que ce soit pour l'en empêcher. J'ai toujours le sentiment de l'avoir abandonné, d'être partie sans me retourner... On ne s'était même pas réconcilier, putain il est parti de ce monde merdique avec de la rancœur à mon égard. Et-Et je n'ai pas eu le temps de lui demander pardon ou même de lui dire en revoir. Je pense qu'il n'y pas pire supplice que ça, perdre un proche après une grosse dispute. Il me manque tellement, je donnerai ma vie pour que la sienne revienne parmi nous, je donnerai tout ce que j'ai pour le revoir une dernière fois, pour lui dire que je l'aime et que malgré les apparences, je tenais à lui plus qu'à qui conque. Mon père, mon papa me manque tellement Júan, je veux revoir mon père. POURQUOI LUI ET PAS MOI ?! À partir d'aujourd'hui, je suis morte intérieurement, mon enveloppe charnelle est toujours là mais mon âme, elle a quitté cet univers en même temps que lui. »

Un silence glacial plane au-dessus de nos têtes et personne n'ose le briser, il est si paisible, si agréable ultérieurement à tout ce chahut.

Tout mon être tremblait, je ne serais dire de froid ou de tristesse, mais il tremblait comme une feuille.

Assise au milieu d'un lac gelé, mon sang se mélangeant avec l'eau, mes avant-bras où repose ma tête entourent mes genoux et les mains sur les épaules, j'attendis paisiblement que la vie reprenne son court, parce que c'est ce qu'il faut faire, attendre. Laisser le temps panser les plaies et espérer qu'elles guérissent rapidement.

Une sensation humide le long de ma joue gauche me replongea dans le présent, ce n'était qu'un souvenir. Tout va bien, ce n'était rien qu'un fichu souvenir.

Je baisse immédiatement la tête vers le sol, il ne doit pas voir mes larmes, personne ne les mérite ou peut les voir. C'est une facette de ma personnalité qui ne concerne que moi.

- « Tu pleures parce que je t'ai dit que je voulais qu'on s'unisse ? C'est nul de pleurer pour-

- « Arrête de dire des conneries, je suis pas si émotive, il m'en faut bien plus. Puis je ne vois pas en quoi ça te regarde. »

- « Alors pourquoi tu chiales comme une gosse ? »

Mes yeux s'écarquillèrent, qu'est-ce qu'il vient de dire là ? Une gosse ? Moi je suis une gosse ?

- « Cette gosse a dit et fait des choses que tes yeux et oreilles de tueur à gages innocents ne sont même pas en mesure d'imaginer. Alors la prochaine fois que tu veux traiter quelqu'un, assure-toi que tes mots ont réellement du sens. On n'ouvre pas sa bouche pour rien dire. »

- « Mais ils ont du sens. Tu pleures seulement que t'es gamin, pas à ton âge, t'es une grande fille maintenant, pas vrai Alma ? »

- « Va te faire foutre. Et dégage mon prénom de ta sale bouche, tu le souille un peu plus à chaque fois. »

- « Tu l'es déjà assez comme ça. »

- « Non pas encore, je n'ai pas ton sang sur mes mains, une fois cette limite franchie, là je serai la pire des ordures que ce monde n'est jamais connu. »

- « Laisse-moi rire, tu es un agneau craintif, naïf et sans aucunes défenses. »

- « Détache moi et on verra bien si ta description correspond à la réalité. »

Aller approche, approche. Vient me libérer, sale esprit faible, aller vient ! Putain mais que quelqu'un me sorte de là ! Par pitié, laissez-moi partir de ce trou.

Je remets mes yeux dans les siens, ils sont fatigués et un éclat sombre traverse ses iris marrons, madame est à deux doigts de craquer et c'est compréhensible, elle est restée en réalité trois jours dans un sommeil très profond au point qu'elle en avait même plus le besoin de manger. Voilà pourquoi, aujourd'hui je me retrouve une quiche à la main, en espérant que cette gamine veuille bien en croquer la moitié. Je n'ai pas envie d'avoir sa mort sur la conscience, pas tant que je n'aurais pas toutes les infos que je veux.

Pendant qu'un silence de plombs s'éternisait, sa tête bascula en arrière ce qui me permit d'admirer son magnifique cou très... appétissant.

Mon Dieu mi alma, si tu savais l'effet que tu me fais et quels genres de scénarios malsains se produisent actuellement dans ma boîte crânienne, tu serais encore plus pudique que tu ne l'es déjà. Mon souffla s'accéléra tandis que mon membre durcit de plus en plus :

- « Alma, arrête. »

Elle souffle par la bouche puis remet en place son crâne avant de me demander :

- « Je peux te poser une question ? Qu'est-ce que tu me veux encore ? J'ai même plus le droit de pencher ma tête en arrière maintenant ? C'est quoi cette obsession de toujours vouloir me pourrir la vie ? »

- « Ça en fait quatre là. »

- « Ok alors je vais t'en poser une cinquième. Qu'est-ce qu'il faut que je fasse pour sortir d'ici ? »

- « De cette pièce ou de cette maison ? »

- « Les deux. »

Elle n'a pas hésité une seule seconde, sa réponse a été immédiate.

Un petit rire de gorge m'échappa, de cette maison, absolument rien. Tu es coincée avec moi pour le restant de tes jours Alma.

- « Pour cette maison, tu ne sortiras jamais. Par contre pour cette pièce, tu dois juste devenir mon associée. »

Dans les deux cas, je suis gagnant. Si elle refuse, je n'aurais pas besoin de la surveiller puis elle deviendra folle toute seule, jusqu'à ce qu'elle me supplie de la laisser partir. Et si elle accepte, j'aurais une personne en plus dans les black fangs, de plus elle aura plus de liberté donc on sera pas obligé de se croiser. Et puis j'ai un petit quelque chose qui va lui graisser la patte.

- « Alors qu'est-ce que tu en dis ? »

- « Dans tes rêves. »

- « Très bien. Ne viens pas te plaindre alors petite princesse. »

Je me lève de ma petite chaise puis la remet à sa place. Je lui tourne enfin le dos et marche jusqu'à la porte et avant que je ne sois totalement sorti, j'entendis :

- « J'en avais pas l'intention, abruti. »

Putain mais c'est vraiment une enfant, toujours à répondre aux grandes personnes, toujours insolente et provocante.

De nouveau dans mon salon, j'attrape mon téléphone coincé dans ma poche arrière et compose le numéro de mon ami. J'attends que les sonneries passent, au bout de quelques secondes, sa voix me parvient :

- « Hm ? Il y a un problème ? »

- « Nan j'ai juste besoin de retourner à Mexico, je dois récupérer un petit truc. »

- « Bah vas-y ? T'as pas vraiment besoin de moi sur ce coup-là. »

- « Si au contraire, réunit tout le monde, il va y avoir une barrière à franchir. T'as trente minutes. »

Je raccroche puis part dans ma chambre me prendre une bonne douche chaude. Mes pas se dirigent machinalement vers ma salle de bain et je me débarrasse de mes habits puis rentre à l'intérieur de la douche. L'eau chaude coule sur mes muscles tendus qui se relâchent doucement, je souffle de bonheur, j'ai l'impression que ça fait des jours que je ne me suis pas lavé, que mon corps est recouvert de grasse alors que j'ai pris ma douche ce matin. C'est un sentiment très très chiant.

Mon téléphone sonne mais je ne parviens pas à l'atteindre la première fois, je sors donc avec une serviette autour de la taille, les cheveux en bataille et dégoulinants sur mon carrelage noir. Maintenant dans ma main, je déverrouille mon portable et regarde mon appel manqué : Adam.

Manqué plus que ça.

Je rappuie sur la notification et patiente encore une fois. Il n'a même pas fallu dix secondes avant qu'il ne décroche :

- « Hermesie ! Jak się masz mój stary przyjaciel ? Dawno cię nie widziałem. » (Hermes ! Comment vas-tu mon vieil ami ? Ça fait longtemps que je ne t'ai pas vu.)

- « Cóż, w moim najlepszym wydaniu. Miałeś rację, wiedźma jest nie do zniesienia, nawet nie sądziłem, że można być tak nudnym. » (Bien, au meilleur de ma forme. Tu avais raison, la sorcière est insupportable, je ne pensais même pas que c'était possible d'être si chiante.)

J'entendis son rire gras à travers le téléphone.

- « To kobieta, moja przyjaciółka, oczywiście, że jest nudna. Czy otrzymałeś informacje, których szukałeś ? » (C'est une femme mon ami, bien sûr qu'elle est chiante. Tu as eu les informations que tu cherchais ?)

- « Nie, czekam, aż mi je poda na srebrnym talerzu. „Negocjuję" z nią, żebyśmy połączyli siły, ale ona jest prawdziwą głową muła. Więc jadę do Meksyku w poszukiwaniu czegoś, co może sprawić, że zmieni zdanie. » (Nan, j'attends qu'elle me les donne sur un plateau d'argent. Je "négocie" avec elle pour qu'on s'associe mais c'est une vraie tête de mule. Alors je pars à Mexico chercher quelque chose qui pourra lui faire changer d'avis.)

- « Czy naprawdę zamierzasz zagrozić jego rodzinie ? Dbaj o siebie, widziałam to tylko raz w życiu, ale wystarczyło, uwierz mi. Ta kobieta jest gorsza od Szatana, jeśli się dowie... Nie daję dużo twojej skóry ani głowy. Wzoruje się na swoim ojcu, jej ognisty charakter może cię spalić. »(Tu vas carrément menacer sa famille ? Fait bien attention à toi, je l'ai vu qu'une seule fois dans ma vie, mais ça a été suffisant tu peux me croire. Cette femme est pire que Satan, si elle l'apprend... Je ne donne pas cher ni de ta peau ni de ta tête. Elle tient de son père, son caractère de feu pourrait bien te brûler.)

Ce n'est pas cette brebis égarée qui va me mettre des bâtons dans les roues, c'est une certitude. Je refuse de croire qu'elle soit une quelconque menace.

- « Jakby jego babcia suka spaliła członków mojej rodziny ? Zgnije w piekle tylko wtedy, gdy zdecyduję. Wtedy wyraźnie to nie ona powstrzyma mnie przed robieniem tego, czego chcę. » (Comme sa salope de grand-mère a brulé les membres de ma famille ? Elle pourrira en enfers seulement quand je le déciderai. Puis ce n'est clairement pas elle qui va m'empêcher de faire ce que je veux.)

- « Chcesz, żebym się nią zaopiekował ? » (Tu veux que je m'occupe d'elle ?)

- « Nie, nic mi nie będzie, dziękuję, ale jeśli możesz, poszukaj jej. » (Nan ça va aller merci mais si tu peux, fait quelques recherches sur elle s'il te plait.)

- « Zobaczę, co uda mi się znaleźć, ale czego dokładnie szukasz ? »(Je vais voir ce que je peux trouver mais qu'est-que tu cherches précisément ?)

- « Wszystko, co mogłoby mi się przydać, jak jego przeszłość, jego sojusze, podpisy na dokumentach. » (Tout ce qui pourrait m'être utile, comme son passé, ses alliances, signatures de documents.)

- « Dam ci znać, jeśli coś znajdę. » (Je te rappelle si je trouve un truc.)

Il raccrocha et voyant mon sol trempé, je pris l'initiative de me sécher pour ensuite m'habiller un peu plus correctement : jean et chemise noir, paire de mocassins sombres également.

Je descendis les marches quatre par quatre, l'entièreté de mes hommes sont installés dans le salon, Nicky et Léo sont là en train de discuter, même Sam est avec nous.

Mes yeux parcourent la salle jusqu'à ce que je sente mon cœur s'arrêter. Pourquoi elle est dans mon salon elle ?

Je tape mon meilleur sprint avant de l'immobiliser avec une clé de bras, puis je la pousse dans un coin où personne ne peut nous voir.

- « Putain c'est quoi ton problème sale fou ? »

- « Comment t'es sortie ? T'étais attachée de la tête aux pieds ! »

- « Ah ça c'est mon secret. »

J'empoigne ses cheveux et tire la touffe sombre vers l'arrière.

- « Aïe, putain mais t'es malade ? Pourquoi tu me tires les cheveux ? »

- « Je te conseille de ne pas jouer avec moi Alma, je déteste me répéter alors répond moi et vite, comment.t'es.sortie ? »

Ma voix était basse pour éviter d'attirer l'attention des personnes, je chuchote mes mots alors que mon souffle lui chatouille le lobe. Quelqu'un est chatouilleux à ce que je vois.

- « Demande à Trump, c'est lui qui m'a libéré. »

Putain Nicky, qu'est-ce que tu branles ?

Je tire la femme derrière moi par le poignet telle une putain de gosse, elle n'essaye pas de se débattre et heureusement pour elle, car je n'ai vraiment pas la patience pour l'embrouiller.

- « Nicky tu peux m'expliquer ? » dis-je en tirant Alma pour qu'elle soit dans son champs de vision.

- « Euh je peux avoir des explications moi aussi ? Pourquoi Suzia est dans ta baraque ? »

Ah oui c'est vrai, Léo tu n'es au courant de rien. Si il ramenait sa vielle face de rat un peu plus souvent ça arrangerait beaucoup de choses.

- « Je t'expliquerais plus tard, alors j'attends. »

- « Elle n'arrêtait pas de gueuler ton prénom, alors je lui ai demandé ce qu'elle voulait et elle m'a répondu qu'elle acceptait le marché, j'ai pas tout compris. En tous cas, elle n'aurait pas pu sortir sans se faire descendre. »

- « Hm. »

- « Vous êtes gentils à discuter mais je suis à moitié à poil dans une pièce remplie d'hommes aussi barbares les uns que les autres, alors j'aimerai bien que cette discussion s'éternise autre-part. »

Je repris son bras et l'emmena à l'étage, elle court presque vu l'allure très rapide que prennent mes pas. Je nous arrête dans le couloir et lui dis :

- « Tu vas continuer à être chiante pendant combien de temps ? Tu pouvais pas me dire ça ce matin ? »

- « Tu m'excuseras mais on ne peut pas tous abandonner sa vie en un claquement de doigts, alors oui j'ai pris du temps à réfléchir à un avenir que je n'envisageai peut-être pas avec quelqu'un qui me ressort par les yeux ! »

- « Putain tu casses vraiment les couilles toi. Je vais partir une petite semaine au Mexique, tu seras surveillée par un de mes hommes, si j'apprends qu'il y a eu le moindre écart... »

- « Quoi tu vas me tuer ? »

- « C'est envisageable. Maintenant tu la boucles et tu ne sors pas de cette pièce tant que je ne viens pas te chercher, c'est compris ? »

- « Oui mon général ! »

Elle a mimé un salut avant de me claquer la porte au nez, je souffle pour l'énième fois de la journée et l'enferme dans la chambre. J'en peux plus, vraiment.

Une fois en bas, j'ordonnais à tout le monde de se taire et de m'écouter. Le silence revient dans la seconde qui suit et je commence à énumérer les étapes de mon plan :

- « Bien si je vous ai tous réunis ici, c'est pour une mission de grande envergure. Ce soir, nous nous envolons pour le Mexique, plus précisément à Mexico, là où la folie des Galuna règne. Je dois m'infiltrer dans leur maison et y récupérer un objet, l'objectif n'est pas de les tuer, juste que vous les reteniez assez longtemps. Pour ça, on va entourer l'habitation et entrer sans problèmes. On les assemble dans le salon et on repart, c'est aussi simple que ça. D'ailleurs l'une d'eux est actuellement à l'étage, et j'aurais besoin de l'un d'entre vous pour la garder. Pas de sang ni de meurtres, elle a accès à toute la maison sauf mon bureau, et l'extérieur si ce n'est sous haute surveillance. Alors qui se porte garant ? Bien évidemment la paye sera augmentée. »

Personne ne se décide, pourtant si ça continue je vais finir par choisir quelqu'un au pif.

L'un de mes hommes leva la main, j'hocha la tête et il enchaina directement pour éviter tous quiproquos :

- « Boss ? Pourquoi garder l'ennemie chez vous, autant la tuer tout de suite. »

- « Ce que je fais de la femme qui est là-haut ne regarde que moi, si je veux la tue je le fais. Si je veux la baiser contre tous les meubles de cette maison, je le fais. Son sort est entre mes mains, tout ce que vous avez à faire, c'est de la suivre et d'obéir à toutes ses demandes. »

Le silence est revenu, tous les yeux sont rivés sur moi en attendant que je désigne quelqu'un.

- « Enzo, vu que c'est toi qui as ouvert ta gueule, c'est toi qui restes ici. »

Des gloussements apparaissent entre les différentes personnes présentes ici.

- « Commencez pas à vous marrer, on peut être plusieurs à rester ici. Maintenant allez vous préparer pour ce soir, on décolle dans trente minutes. »

Tout le monde se dispersa un peu partout tandis que moi, je remonte à l'étage et réouvre la porte. J'entre à l'intérieur et découvre qu'elle n'y est plus. Putain mais où est-ce qu'elle est encore cette petite conne. Je fouille toute la chambre qui est immense, le dressing, elle est nulle part !

J'entre comme une furie dans la salle de bain et mon souffle se rompt dans ma gorge. Elle est sous l'eau, ses mains remontent de ses cuisses vers ses fesses galbées et bombées, ses cheveux chutent dans son dos où y repose une petite fossette sur la droite, j'aperçois deux petites pointes sur chaque côté de ses côtes.

Putain elle est tatouée en plus.

Elle se tourne face à moi, ses yeux sont fermés, elle passe ses mains sur sa petite poitrine, elle est incroyable. Ce que j'entrevis tout à l'heure sont en fait deux serpents sur ses côtes, leurs corps prennent la forme de ses seins pour que finalement, leur tête encadre un « venenoso » écrit dans une écriture gothique.

Oh ça oui tu es venimeuse.

Alors que mon regard se perdait un peu plus bas, un cri me transperça les tympans :

- « Putain de pervers ! Ça va tu te rinces bien l'œil ? Je ne te dérange pas gros porc ?! »

Sa petite main attrapa une serviette et l'enroula autour d'elle à la vitesse de l'éclair. Son dos est désormais collé à la vasque, je m'approche d'elle tel un fauve et viens plaquer ma poitrine à la sienne à peine vêtue, sentir leur arrondissement sur moi me donne presque envie de la prendre, devant ce miroir. Mon corps surplombe le sien, je la regarde avec envie pendant ses iris démontraient de la peur et de la colère, sa tête relevée vers la mienne, elle ne me lâcha pas une seule seconde des yeux, se préparant aux moindres de mes mouvements.

Je tendis ma main qui frôla ses côtes, lui arrachant un gémissement presque étouffé. Ne fait pas ce genre de bruits, je ne me retiendrai pas sinon. J'attrape finalement ma trousse de toilettes et la mets dans ma paume gauche. De mes index et majeurs droits, je décale quelques mèches mouillées de son cou et mon rapproche de son oreille avant de lui susurrer :

- « À dans une semaine, ne fait pas trop de bêtises en mon absence mi alma, tu pourrais bien le regretter. »

Et voilà, un nouveau chapitre !

J'espère vraiment qu'il vous a plu, je suis assez contente je dois l'avouer, ça évolue enfin et que ce soit pour vous comme pour moi, c'est super agréable de se prendre à l'univers d'une histoire.

Ça c'est moi qui vois vos retours.

En tous cas je vois vos réactions et je suis super contente que ça vous plaise vraiment, c'est super gratifiant de voir que votre projet et vos ambitions plaisent aux autres.

N'oubliez pas de voter.

Prenez soin de vous.

Gros bisous, M.J

．
．

Coucou les filles, comment vous allez en ce jour ?

Moi ça va super bien, je suis contente de constater que le brevet ne me prends pas tant de temps que ça finalement et que je peux continuer à écrire mes chapitres chaque semaine.

J'arrête de parler et vous laisse apprécier ce chapitre

(: La fama - Rosalía)

New-York, Etats-Unis, 7h29

La musique bombarde dans mes oreilles pendant que je me prépare mon petit déjeuner : des œufs aux plats avec du bacon sur des toasts grillés, ça c'est le genre de plat qui vous faut si vous voulez passer une belle journée sans votre psychopathe de mafieux parti en voyage d'affaire. Je sens que je vais adorer cette semaine de calme et de tranquillité absolue, je peux aller partout si mon nouveau toutou accepte, je peux mettre de la musique si j'en ai envie bref, sa maison est devenue la mienne. S'il pouvait partir plus souvent, ce serait tellement bien ! Ça fait trois jours qu'Hermes est absent mais j'ai le sentiment que cette semaine va passer trop vite.

Mon corps se déhanche en même temps que le rythme, et la latina que je suis aime bouger ses fesses en twerkant sur un bon tempo dynamique. Mes cheveux partent dans tous les sens et mes muscles souffrent mais je continue jusqu'à la fin. Je suis essoufflée et en sueur pourtant je suis bien, même très bien.

Je prends une assiette et y place mes aliments avant de mettre tout dans le lave-vaisselle puis nettoie la plaque électronique. Je sors de la cuisine et me dirige vers le canapé avant d'allumer la télé et de lancer Dynastie, c'est ma vie cette série. Que ce soit le scénario ou les personnages, je ne m'en lasserai jamais.

Alors que je commençais à m'ennuyer avec mon repas dans la bouche, le dénommé Enzo arriva en trombe dans le salon avec son téléphone collé à son oreille :

- « Oui tout va bien, elle est devant moi, elle regarde la télé là. Je dois faire quoi ? Mais je suis pas une styliste ni une modiste ? Mais comment vous voulez que je lui trouve une robe ? Sam peut pas venir avec moi, c'est lui la fashionista dans tout ce groupe. On doit y aller maintenant ? Oui d'accord. »

Il raccrocha puis me fixa longuement avant de me dire :

- « T'as dix minutes pour te préparer, je récupère un ami à moi et on va t'acheter une robe pour ce soir. »

Pardon ? Il y a quoi ce soir ?

- « Et qu'est-ce qui se passe ce soir ? »

- « Le boss veut que tu l'accompagnes. »

- « Mais il est toujours au Mexique ? »

- « Et donc ? Y'a un truc super qui s'appelle un jet, renseigne toi pauvre tâche. »

Mais ? C'est quoi leurs putain de problèmes ?

Son corps disparu dehors alors que le mien couru à l'étage, c'est bon je n'ai rien fait et je me fais engueuler comme une gamine, pas envie de voir sa sale gueule. Argh, j'ai envie de frapper dans tout ce qui me passe sous la main au point où j'attrape une des statues posées sur un petit meuble et la balance dans le mur un peu plus loin pour en laisser sortir de la fumée avec une poudre cendrée.

Oh merde, j'ai brisé l'urne de sa grand-mère.

Mes lèvres se pincent être elles en réalisant mon immense connerie, je suis trop bête. Paix à votre âme madame, je ne vous connaissais pas du tout mais je suis sûre que vous étiez une merveilleuse personne. À moins que ce soit vous qui ayez brûlé mon grand-père encore vivant, ci c'est le cas, allez brûler en Enfers sale conne.

Je rentre telle une furie dans la chambre que le mafieux m'avait désigné à la va vite, j'enlève mes vêtements dans la foulée et cours jusqu'à la douche qui met trois heures à chauffer l'eau. Je me glisse sous le jet brulant et commence à frotter énergiquement ma peau, des rougeurs apparaissent petit à petit ainsi que des démangeaisons.

Je saisis la fleur de douche, verse une tonne de gel douche dessus et la passe sur l'intégralité de mon anatomie sans oublier le moindre recoin, s'il y a bien quelque chose que je déteste avec l'irrespect et le mensonge, c'est le manque d'hygiène.

Les objets qui étaient dans mes mains un peu plus tôt retrouvent leurs places habituelles tandis que ma paume vide un dixième de la bouteille de shampooing, c'est super désagréable de sentir comme quelqu'un, de ne pas avoir notre propre odeur malheureusement je n'ai pas le choix de grande chose ici, j'ai juste le droit de fermer ma gueule et d'acquiescer.

Sympa.

La serviette pendue jusqu'à lors se retrouve à sécher ma peau, je me place devant le miroir et des flashs de lui et moi me reviennent, moi collée aux carreaux de couleur crème pendant qu'il me surplombe de son bon mètre quatre-vingt-dix, son souffle mentholé qui s'écrase sur mon visage a refroidi le mien alors que mes joues écarlates me piquaient. Et le fait qu'il me frôle sans réellement me toucher, ou qu'il m'a carrément maté... toute nue, c'est détestable.

Fils du Diable.

Des gouttes tombent de mes cheveux encore à l'air libre, j'ai déjà éclaté un membre de sa famille, je ne vais pas non plus faire gondoler son carrelage. Une autre serviette enroule mes mèches au-dessus de ma tête, j'essuie avec mon pied et le tapis de bain l'énorme flaque qui jonche le sol puis pars m'habiller.

Etant donné que je ne suis pas chez moi, me vêtir des ses habits est une plus une obligation qu'un plaisir, un tee-shirt qui fait le double de ma taille, un jogging que je dois raccourcir avec des ourlets immondes et une paire de baskets blanches à ma taille que j'ai trouvé dans le placard l'entrée. Ajoutez avec ceci une paire de lunettes de soleil teintées que j'ai pris sur sa commode et vous obtenez : Alma et sa dégaine de schlag, la petite touche finale aurait été un sac à main en peau de crocodile synthétique.

C'est si laid sur moi mon Dieu, moi qui aime tant les trucs moulants, mon apparence est une insulte à ma personnalité.

Je descends les escaliers dans une lenteur calculée, si tu me fais chier je te rends la pareille. D'ailleurs, ma douche n'était absolument pas nécessaire, elle servait juste d'opportunité pour lui faire perdre son temps et sa patiente limités. Enzo est scotché sur l'écran de son téléphone, je ne vois pas le message qu'il pianote dessus mais j'ai ma petite idée du destinataire.

« Ne fait pas trop de bêtises en mon absence mi alma, tu pourrais bien le regretter. »

J'espère qu'embêter ses hommes ne fait pas partie des sottises dont il parlait, ça ne va pas aller sinon. Et pour sa grand-mère ? Y'a aucunes excuses possibles pour justifier mon action.

Coucou Hermes tout s'est bien passé ? Bah moi super écoute, j'ai projeté ton ascendante et toi qu'est-ce que tu as fait de beau ?

- « T'as vingt-cinq minutes de retard. Et c'était quoi le bruit de tout à l'heure ? On aurait dit du verre brisé. »

Ne prenant pas la peine de lui répondre, je me dirige vers un des placards suspendus et en sors un grand verre que je remplis d'eau fraiche avec quelques glaçons. Je m'adosse à l'évier et le fixe tout en buvant mon verre. Qu'est-ce que tu veux que ça me foute que j'ai du retard, t'es payé à m'attendre.

- « Tu peux me répondre quand je te parle ? »

Mes yeux continuent de l'observer en silence alors qu'un petit sourire corne le coin de ma bouche, ses iris s'y baissent et j'ai cru apercevoir sa veine frontale pulser.

- « Ça te fait marrer petite conne ? T'as beau être la salope préférée du patron-

Il n'a pas eu le temps de finir que mon verre se brisa sur le placo derrière lui, à quelques centimètres de son visage qui demeurait à présent très blanchâtre.

Ma bouche s'ouvrit toute seule :

- « Répète moi ça pour voir ? C'est qui la salope entre toi et moi ? C'est pas moi qui lui suce la queue dans l'espoir qu'il me reconnaisse enfin comme son égal et tu sais pourquoi ? Car contrairement à toi, il me considère déjà comme tel et peut-être même sa supérieure. »

- « T'ouvre un peu trop ta grande gueule pour quelqu'un qui s'est fait kidnapper je trouve. »

- « Je ne suis pas son otage mais son associée, renseigne-toi pauvre tâche. J'ai atteint le niveau que tu n'as jamais eu en trois-quatre jours, ça prouve bien quelque chose. »

Il n'a pas réouvert sa bouche et tant mieux pour lui, le couteau reposant sur le plan de travail dans mon dos serait parti également mais dans sa tronche de cake cette fois.

Je me décolle lacement, marche jusqu'au salon puis m'affale sur le canapé en attendant que l'autre connard se décide de bouger son gros cul, mes paupières se ferment tout doucement et mon esprit divague vers le passé.

Flashback

Un homme me tient dans ses bras alors qu'il court le plus vite possible vers l'ambulance, j'ai mal à la poitrine et je vois des tâches noires brouiller ma vision.

- « Maman... J'ai mal et j'ai envie de dormir. »

Ma mère court à la même allure pour garder un œil sur moi, j'entends ses pas.

- « Non surtout pas ! Ne t'endors pas mon ange, reste avec moi, tu ne dois pas dormir. On est presque arrivé à l'hôpital. »

Mes larmes coulent, comment avait-il pu me faire ça ? Je croyais qu'il m'aimait, et comprenait.

- « Pourquoi il m'a fait ça maman ? Je pensais que tout allait bien entre nous, j'étais même presque prête à ce qu'on le fasse. Je suis désolée, j'aurais dû t'écouter, ce n'était définitivement pas le bon. »

- « Economise tes forces ma chérie, tout va bien se passer. Ne parle pas, je suis là et tu n'as rien à te reprocher. »

- « Je l'aime tellement maman, je l'aimais tellement... Pardon maman. »

Ce sont les derniers mots que j'ai pu sortir avant de m'évanouir, Caleb Aghari je te déteste du plus profond de mon être.

Un bruit constant et sourd blessait mes tympans sensibles, je ne parviens pas à ouvrir les yeux mais je distingue des éclats de voix :

- « Je veux... C'est un... Où est ma fille ?! »

Je comprenais qu'un mot sur deux, ma tête est sur le point d'exploser, faites taire cette voix insupportable.

- « Madame, je... mais elle doit récupérer... la lame a perforé le poumon droit... »

Quoi ? Quelle lame ? Qu'est-ce qui se passe ? Qui parle ?

- « L'air qui est passé à travers a fait pression dessus et l'a affaissé. C'est ce qu'on appelle un pneumothorax. Elle est pour l'instant sous oxygène mais nous devons la garder sous surveillance le temps que son état se stagne, les visites ne sont pas autorisées mais nous préviendrons s'il y a le moindre problème. »

Mes oreilles ont arrêté de siffler, ce qui m'a permit d'entendre l'entièreté de son explication. Il m'a poignardé pour ensuite m'abandonner à mon triste sort ? Comment on a pu en arriver là ?

- « Je veux juste la voir quelques minutes, j'ai besoin de savoir si elle va bien. »

Ma petite maman, heureusement que tu es là, je ne sais pas ce que j'aurais fait si tu n'avais pas été là.

Des talons claquent contre le sol de ma chambre et une douce chaleur se propage sur mon front.

- « Je suis tellement contente que tu t'en sois sortie, tu es forte ma fille, le sang qui coule dans tes veines le prouve et cet accident aussi. On va s'occuper de tout ne t'inquiète pas, papa ne sera pas au courant de tout ça je te le promets. »

Elle chuchote doucement ses mots, le nœud qui était jusqu'à présent dans ma tête se défit lentement et devient un long fil sans aucuns défauts. Ma mère réussit à apaiser mes craintes et mes angoisses, elle les balaye d'un revers de la main et les éloigne le plus possible pour que l'on n'y pense jamais.

Je sens sa présence me quitter, j'ai envie de lui crier de rester, que j'ai besoin d'elle pourtant aucun son ne sort, ma bouche est scellée.

Mes yeux s'ouvrirent doucement, cachés par les verres noirs de la paire de lunette.

Mon pneumothorax.

C'est un épisode de mon histoire qui m'a plus marqué physiquement, avec la petite cicatrice que j'ai depuis mes seize ans sur le sein droit, que mentalement car je n'ai que des briques de souvenirs. Cette marque me rappelle quotidiennement que je l'ai littéralement dans la peau, et que peut-importe si je me frotte jusqu'au sang, elle ne partira pas. C'est un fardeau que je porterais à vie.

Je m'aide de mes mains pour me relever et patience encore deux minutes puis lorsque je sens que son comportement de petit prince commence à m'énerver, mes pieds courent à la cuisine.

- « C'est quoi ton problème ? Pourquoi on est encore ici ? »

Il n'a pas l'air d'avoir bougé d'un millimètre, le regard toujours vissé à son portable.

- « Tu m'as fait poiroter pendant vingt-cinq minutes, c'est ton tour maintenant. »

- « T'es sérieux là ? Et ton pote à aller chercher ? Et puis rappelle-toi que tu es censé m'obéir, donc si Hermes apprend que tu ne l'as pas fait... » dis-je en laissant ma phrase en suspend pour lui faire deviner la suite.

- « Et que penses-tu qu'il va se passer s'il apprend que tu as cassé l'urne d'un membre de sa famille, que tu m'as balancé un verre à la gueule et fait attendre pour rien hein ? Tes menaces ne valent rien ici, trouve autre chose. »

- « Comment tu sais que c'était l'urne. »

- « C'est le seul truc fragile à l'étage. »

Mince, il connait bien la maison.

- « Donc... ? Tu ne vas rien lui dire ? »

- « Il le découvrira par lui-même. »

À quoi je m'attendais aussi ? On ne devient pas Mère Thérèsa en trente secondes. Cette femme est d'ailleurs trop bonne pour ce monde.

Je souffle bruyamment alors que mon estomac gargouille, et voilà que j'ai faim. Mes bras passent sur mon ventre pendant que je m'imaginais engloutir un hamburger, mon cerveau n'est qu'un sale traitre.

Le criminel éteint enfin son cellulaire puis le fourre dans sa poche arrière, il sort normalement de la pièce et vient attraper des clefs qui trainaient là depuis belle lurette. Dites-moi que c'est une grosse blague, j'aurais pu m'enfuir il y a genre trois jours ? Je vais me frapper.

Il place son pouce sur un digicode que je n'avais même pas remarqué et après environs cinq secondes, une détonation se fit entendre puis la porte émit instantanément un bruit.

Bon même si je l'avais voulu, je ne serais pas partie de si tôt.

Il est le premier à sortir, mon regard se perd une dernière fois sur l'intérieur de la demeure, un étrange sentiment me prend aux tripes comme un mauvais présage, quelque chose va arriver si je monte dans cette voiture, je le sens c'est certain. Mon cerveau surchauffe et ma crainte prend le dessus :

- « Merde j'ai oublié quelque chose dans ma chambre, j'y vais-

- « On n'a pas le temps pour tes gamineries, grimpe de ton propre chef sinon c'est moi qui viens te chercher. »

Une boule se forme dans ma gorge, mon mal de ventre s'intensifie un peu plus à chaque pas qui me mène au véhicule, on va mourir.

Sa musculature contractée démontre son énervement, je me dépêche donc de réduire l'espace et monte en vitesse.

L'homme prend place peu de temps après et ses doigts tournent la clef qui était au préalable dans le contact, en temps normal le bruit du moteur exciterait mes sens mais là, je vais juste tomber dans les pommes.

Nous dépassons le portail tandis que mes yeux se plantent sur ma fenêtre, les gouttelettes s'y déversent et disparaissent aussi tôt, c'est apaisant de regarder la pluie surtout en voiture. C'est être enfermé dans une bulle presque insonorisée, dans un autre monde. Mes frères et moi adorions rester des heures entières devant les immenses baies vitrées du salon, nos oreilles berçaient par les grondements du ciel. James se cachait toujours dans mon dos alors que Vico rigolait et applaudissait lorsque l'orage faisait des siennes, c'était plutôt amusant quand j'y repense.

Je me sens gênée de ce silence qui règne, pas un regard ni une parole, nous roulons juste. C'est sûrement mieux comme ça, je ne suis pas certaine qu'engager une conversation avec lui après tous ses évènements soit une très bonne idée. Faites qu'on arrive rapidement à l'endroit convenu.

□□

Ça fait sept fois que j'essaye une nouvelle robe, aucunes des précédentes n'ont plu ni à moi ni à notre nouvel expert, je crois qu'il s'appelle Max, il est plus cool et drôle que l'autre ronchon qui attend sur le mini canapé.

Mon reflet ne me plait pas du tout, celle-ci me met un peu trop voyante, le décolleté est trop osé et la fente sur le côté droit qui remonte jusqu'à ma hanche fait too much, on va à une soirée mondaine pas à une mission où le but est de séduire l'organisateur.

On doit être dans ce magasin depuis trois heures, le trajet s'est déroulé à une lenteur insoutenable, j'ai bien failli ouvrir ma portière sur l'autoroute.

- « Alors ? »

Sa voix me parvient par-dessus le rideau de la cabine d'essayage, je l'attrape et le tire dans un mouvement brusque, dévoilant ma robe devant ses pupilles dubitatives.

- « On va à une simple petite soirée entre particuliers, pas au Met Gala change moi ça tout de suite. »

- « J'en avais bien l'intention, la fente gâche l'ensemble de la robe. »

- « Je suis d'accord. Solution ultime, met celle-là. »

Il me tend le dernier vêtement, le tissu est d'une couleur saphir intense et doux au touché. Elle m'a l'air convenable. Je la plaque contre moi, pas de coupes extravagantes, elle m'arrive à mi-cuisses sans que ça ne fasse trop vulgaire.

- « Allez mauvaise troupe, on n'a pas toute l'après-midi. »

Sa façon de me parler ressemble à celle d'un père envers sa fille, un pincement serre mon cœur en me remémorant mes sorties shopping avec lui, il m'aidait toujours à choisir la tenue qui me mettait le plus en valeur, j'étais sa petite princesse comme il disait. Max doit probablement avoir des enfants lui aussi, qu'ils gardent leur papa le plus longtemps possible.

Je me presse de me cacher dans la cabine avant que mes larmes ne prennent le dessus et enfile la tenue, la matière me colle à la peau mettant mes « formes » en avant. Putain je n'ai pas de seins, on ne les voit même pas, je ressemble à une porte. On dirait bien que aucunes robes ne me vont, mes pleurs silencieux doublent en voyant mon anatomie sans courbes. Je suis immonde.

Ça a été conçu de façon à ce qu'une manche soit totalement absente contrairement à l'autre, bien bouffante et voyante. Je n'avais même pas remarqué mais il y a encore une fente, cette fois les deux cotés sont reliés par des petites chaines faites en diamants.

Elle est sublime finalement.

Mes pas timides se dirigent hors du petit espace et je vois les yeux de l'homme qui me coach depuis des lustres s'illuminer :

- « Enzo pince moi je rêve là... »

- « Quoi elle non plus lui va pas ? Putain Sam, vous me cassez le-

Finit ta phrase, ça me perturbe. C'est comme je disais : « je dois te dire. » voilà et après je parle plus, c'est chiant hein ?

Sa bouche entrouverte me met mal à l'aise, parlez au lieu de me fixer comme ça.

- « On la prend. »

- « Il me faudrait des boucles d'oreilles soit en saphir soit des perles mais hors de questions que je reste sans rien au niveau des oreilles. »

La Diva Alma Galuna est dans la place.

Un rire s'échappa de Sam du coup, la honte je me suis trompée de prénom tout le long, heureusement que je ne l'ai pas appelé.

- « Et... ? Comment ça va se passer ? »

- « On va prendre le jet, arriver au Mexique comme des stars et on va se préparer. Voilà le programme. » dis Sam en imitant une célébrité.

- « Et Hermes ? »

Je ne pas m'empêcher de vouloir savoir, je n'aime pas quand je n'ai pas les moindres détails d'un plan, ça me stresse.

- « Ne t'inquiète pas, ton maitre va bien et t'accompagnera pendant l'intégralité de cette soirée. »

- « Ferme ta grande bouche toi. »

Sam éclata de rire ce qui provoqua un rictus de la part de toutes les personnes présentes ici.

□□

Je vérifie une dernière fois mon maquillage, si mon liner marron n'a pas trop bougé ou que mon fond de teint n'est pas en train de couler sans que je ne m'en rende compte. J'applique une couche de mascara puis tapote mon highlighter blanc dans le coin interne de mon œil avec mon auriculaire. Mon crayon à lèvres de la même couleur que mon liner glisse avec facilité sur le bord de ma bouche, puis j'attrape mon gloss foncé et remplis l'espace encore vide. Je pince mes lèvres entre elles pour bien étaler la matière et enlève ce qui dépasse avec un mouchoir.

Je souffle devant mon reflet, ce n'est pas moi, je n'ai pas l'habitude me faire des full face comme ça.

Le bruit électronique d'une porte se fait entendre, je ne panique pas car je sais déjà qui s'est. N'ayant pas le choix, on m'a expliqué dans l'avion que je devais partager ma chambre avec celle d'Hermes pour s'assurer que je ne m'échappe pas.

Mais ils trop bêtes, quand tout le monde va dormir, qui va m'empêcher de faire quoi que ce soit ? Personne on est d'accord.

- « Comme on se retrouve. »

Je ne réponds pas et continue de m'inspecter, ma main prend le lisseur mais je ne suis pas très douée avec lui. Ma frustration se faisant ressentir et un petit bruit dans mon dos l'accentua, il se marre ce con. Je serre les dents puis me démène pour réussir.

- « Donne je vais t'aider. »

- « Me touche même pas. » crachais-je d'un ton empoisonné.

Mais quel fou, l'autre il me force à bosser pour lui et après il veut m'aider à me coiffer, sans déconner !

- « T'arrêteras jamais de faire l'enfant en fait ? Passe-moi le lisseur, tu me désespères avec tes mèches qui partent dans tous les sens. »

- « Qu'est-ce que tu comprends pas dans « me touche même pas » ? Je peux me démerder toute seule, comme la grande fille que je suis. »

- « Putain ce que tu m'emmerdes sale morveuse. »

Je n'ai pas le temps de réaliser ce qu'il est en train de se passer qu'on m'arrache mon ustensile des mains. Il se recule tout en l'agitant sous mes yeux remplis de colère.

- « Hermes j'ai pas le temps de jouer à chat avec toi, donc s'il te plait rend le moi. »

Mon ton est plat, pour le coup je n'ai vraiment pas le temps pour jouer avec lui, on doit être en bas dans dix minutes et avec la masse capillaire que j'ai, je ne peux vraiment pas me permettre d'arriver décoiffer. Je souffle d'exaspération et dis :

- « Si je te laisse me coiffer, vu que je n'ai pas non plus le choix là-dessus, tu me laisseras tranquille ? »

- « Je ne demande rien de plus. »

- « Dans ce cas n'y va pas comme un bourrin, prend mèches par mèches sans exercer une pression trop forte, et avant de faire quoi que ce soit, applique le produit à ta droite, ça évitera de brûler et de créer des fourches. »

- « Alma, j'ai une grande sœur. Je sais comment faire. »

- « Tu ? Tu as une sœur ? »

- « Hm hm. »

Ses doigts passent doucement sur mon crâne, des petits frissons parcourent tout mon épiderme. Mes joues rougissent en nous voyant dans le miroir, cette scène est tellement absurde que s'en est presque drôle. Et ça me « touche » qu'il me parle de sa famille.

- « Pourquoi tu souris ? »

Je relève mes yeux pour finalement tomber dans les siens, putain ces yeux, ses yeux.

- « Si on t'avait dit que ce jour arriverait, t'y aurais cru ? »

- « Comment ça ? »

- « On est là, toi en train de me lisser les cheveux et moi essayant de comprendre comment on a pu en arriver là. »

- « Ne t'inquiète pas, je jure sur ma tête que je continuerais à te haïr quand j'aurais fini. »

- « Ça marche. Je jure sur ma tête que j'en ferais de même. »

Il lâche ma chevelure désormais toute lisse et je décide de redevenir la sale garce que je suis.

- « Oh c'est trop bizarre ! Quand tu passes ta main ça fait des vibrations, vas-y essaye c'est assez marrant en fait. »

- « Qu'est-ce que tu me raconte toi encore ? »

Alors que je tenais encore l'appareil, il passa deux doigts à travers et c'est à ce moment précis que je l'ai refermé brusquement tout en rigolant face à sa souffrance.

- « T'es trop bête, putain t'es trop con, tu les sens maintenant les vibrations ? AH ! »

J'ai couru hors de la salle de bain alors que le psychopathe était à ma poursuite, je ne risque pas d'aller très loin mais autant gagner du temps de vie en plus.

Mon corps se retrouve propulser sur le matelas avant que son ombre apparaisse sur moi, la vue est plutôt agréable. Ses cheveux bruns tombent devant ses yeux, sa mâchoire carrée et serrée de colère le rendait encore plus attirant. Mon regard se baissa sur son torse, sa chemise noire entrouverte de quelques boutons me laisse apercevoir le haut de ses pectoraux. Il est beau et il le sait.

Mes poings au-dessus de la tête, maintenus par ses paumes et ses genoux encadrant mes hanches, je n'avais aucune possibilité pour m'échapper de son emprise, son regard passe de mes iris à ma bouche pour finir sur mon décolleté plus visible dans ma position. Des décharges électriques me parcourent, ma respiration s'accélère au fur et à mesure qu'il me fixe.

Nous restâmes comme ça un bon moment jusqu'à que quelqu'un frappe à la porte, le serpent se redressa mais ne me lâcha pas pour autant :

- « Qu'est-ce que tu veux ? »

- « Bouge ton gros cul toi, on n'a pas tout ton temps. » dit la voix étouffée derrière la porte.

- « On arrive. Tu vas me le payer, tient le toi pour dit. »

Sa chaleur me quitta et il sortit de la pièce en claquant la porte dans son dos. Je ne suis pas sûre mais je crois que je l'ai énervé, après ce n'est pas comme-ci j'avais tué sa mère. Pire j'ai balancé sa grand-mère mais bref ça c'est une autre histoire.

Je le suis et prends l'ascenseur pour descendre dans le hall, les portes s'ouvrent sur l'ensemble de ses hommes, tous bien habillés et propres sur eux mais je n'en vois pas l'intérêt, on n'a pas besoin d'être soixante là-bas, il a peur de se faire égorger ou c'est comment ?

- « Alma mouve, t'as rien à faire à par nous suivre c'est pas trop compliqué pour ton petit cerveau ? »

- « Con quién crees que estás hablando así ? No soy tu puta. » (À qui tu crois parler comme ça ? Je ne suis pas ta pute moi.)

- « Entonces, porque te comportas como tal ? » (Alors, pourquoi tu te comportes comme telle ?)

Je ne répondis pas et attendis la suite de la soirée, de ce que j'ai à peu près compris lors du trajet, on va devoir faire distraction, Hermes et moi à la fête pour que l'organisateur ne se préoccupe pas de son bureau le temps que les hommes ne récupèrent son ordinateur. Apparemment, il contiendrait des fichiers sur un type qu'il doit sortir de prison ou un truc dans le genre je m'en souviens plus trop. Dans quoi je me suis embarquée encore ?

Tout le monde est un petit peu agité, ce qui est compréhensible vu l'ampleur de la mission, moi aussi je suis un peu stressée, l'acharnement sur la peau autour de mes ongles en est la preuve. Ça fait très longtemps que je ne suis pas allée sur le terrain, cela date de six ans je dirais.

On devait entrer par effraction chez un bijoutier et dévaliser leur coffre-fort mais on ne savait pas à qui nous avions à faire. Des hommes ont débarqué sans que nous les entendions et nous cribler de balles, mon ami a péri à ma place dans cet assaut en me poussant pour qu'il se prenne le tir. Pour ma part, je suis passée par l'arrière de la boutique et une camionnette qui gérait l'opération de loin m'a évacué, depuis ce jour je n'ai plus jamais voulu faire de mission, j'aurais pu y laisser ma peau.

L'appréhension est donc totalement justifiée et palpable.

- « Alors vous deux ça se passe bien avec l'autre taré ? Vous ne vous êtes pas encore entretués ? »

Enzo m'avait demandé ça à voix basse pour pas que son supérieur ne nous entende.

- « Je ne pense pas que ce soit une bonne manière de parler de son chef comme ça à l'ennemi. »

- « Je croyais que tu étais devenu son associée ? Il t'a relayé au rang de toutou ? »

- « Haha je suis morte de rire, écrit un scketch je suis sûre que ça marcherait pas. »

Un soufflement de nez lui échappa, plus personne n'engage la conversation, on se contente juste de regarder les personnes charger les camions avec toutes sortes d'armes.

Mes sourcils se froncent devant cette découverte, ma tête tourne vers la personne à mes côtés et je ne pus m'empêcher de lui demander des explications. Il me répondit tout simplement que c'était en guise de prévention s'il nous arrivait quelque chose en chemin.

Eh bah, va être cool tout ça.

Je ne te le fais pas dire.

On monte tous un par un dans les véhicules et quitte l'endroit, je crois qu'on a moins de trente minutes de route avant d'arriver au lieu convenu.

Encore une fois, mon regard se perd sur le paysage qui défile doucement et le vrombissement me berce, comme une douce mélodie. Je trouve le sommeil en trente secondes grand max, de toute façon je ne vais pas dormir très longtemps avec les cauchemars qui vont revenir en vitesse.

- « Putain Hermes, regarde ton putain de rétro ! »

Un cri me sortit de ma transe alors que la voiture accéléra d'un coup, mon cœur bat à une allure folle, je ne comprends pas du tout ce qui se passe. Le mafieux passe et augmente la vitesse, me plaquant ainsi à mon siège.

- « Qu'est-ce que tu fous, espèce de malade ?! »

- « Au lieu d'ouvrir ta gueule, regarde ce qui se passe derrière. » dit-il dans le plus grand des calmes.

J'écoute « son conseil » et tourne ma tête pour finalement voir une Jeep noire matte nous suivre à toute vitesse, je ne distingue pas le visage du conducteur mais ils sont deux dedans. Des tirs se font entendre autour de nous, les balles ricochent sur la carrosserie.

Les hommes qui m'entourent sortent tout de suite leurs pistolets et tirent sur ceux qui nous suivent. Ne voulant pas rester là comme une gourde j'ouvris la bouche :

- « Quelqu'un a un revolver ou quelque chose d'autre ? » demandais-je à l'ensemble des personnes présentes à bord.

- « Si tu crois vraiment que l'un de nous va te donner une arme à feu tu peux toujours rêver. »

- « Si tu veux pas perdre la vie et ta voiture, tu fermes ta grande bouche et donne-moi ton flingue, si tu me fais pas confiance on va pas aller loin ensemble. Grouille-toi ! »

Il ne bougeait pas d'un pouce tandis qu'il doublait les autres véhicules de ses collègues. Je voyais rouge, comment pouvait-il m'ignorer alors que nous étions tous en danger ?

- « Hermes Luega, passe-moi ton putain de flingue tout de suite ! »

- « Si je meurs par ta faute, je reviendrais te hanter pour la fin de tes jours et même après. »

- « Si je meurs par ta faute, je te brûle ton âme en Enfers. »

J'attrape rapidement l'arme qu'il me tendait et baisse ma vitre, je me penche pour laisser sortir la moitié de mon corps avant de viser d'abord les roues avant puis ensuite leur tête. Maintenant sans contrôle, la voiture se plante dans le ravin.

Je souris, fière de constater que je ne suis pas rouillée mais mon ascenseur émotionnel fut de courte durée lorsque que j'aperçus un autre 4x4 qui fonce droit sur nous en slalomant entre les différents bolides jusqu'à arriver au même niveau que le nôtre.

Ne perdant pas une seconde, j'envois la première balle dans le crâne de l'homme du côté conducteur et la suivante dans la roue. Même scénario, celle-ci s'écrase un peu plus loin. Je rentre ma tête à l'intérieur et dis :

- « Voilà comment elle se débrouille, ta princesse. »

- « Dans ce cas, dis-moi ce que ça fait d'être putain d'aveugle ? »

- « De quoi tu parles ? »

- « T'es loin de nous avoir sauvé la mise grosse conne. »

J'effectue une rotation et réalise qu'on va avoir un gros problème. Plus on en envoyait dans le décor, plus elles apparaissent.

La voiture avait atteint sa vitesse maximale, la fuite n'est donc pas une solution envisageable. Deux nouveaux véhicules encadrent le nôtre, nous empêchant ainsi de tourner.

Je détache ma ceinture et m'appuie sur un des sièges avant pour mieux voir le gps, il y a une sortie dans un peu moins de cinquante kilomètres, si on m'écoute attentivement, on a une chance pour survivre :

- « Tu vas dépasser la prochaine sortie et me laisser le volant quand je te le dirais, après il faudra que tu me fasses confiance les yeux fermés, c'est notre seule chance. »

- « Tu veux nous tuer ? T'es avec eux ? Tu pense vraiment que je fais te faire confiance ? »

- « Quoi ? Mais bien sûr que non je ne leur aurais pas tiré dessus sinon. Regarde autour de toi, deux énormes voitures t'encadrent et t'empêchent de sortir de l'autoroute, de plus on est sur une ligne droite donc beaucoup plus facile à atteindre. Arrête d'agir comme ci j'étais ton ennemie et laisse moi nous sortir de là. Et puis je connais le Mexique comme ma poche. »

Ses traits affichaient une mine hésitante puis il finit par dire :

- « Je te hais du plus profond de mon âme. »

- « C'est réciproque ne t'en fais pas. Concentre-toi sur la route et fais genre que je ne suis pas là. » lui dis-je en me déplaçant sur ses genoux.

- « Facile à dire, c'est pas comme-ci j'avais ton gros cul en face de moi quoi. »

- « C'est qu'un détail ça. »

Je m'installe confortablement sur ses cuisses alors que mes yeux étaient rivés devant moi, voyant que nous venions de dépasser notre porte de sortie, j'appuie comme une malade sur la pédale de frein pendant que les autres continuent de rouler puis j'attrape le levier de vitesse et le déplace sur reculer. Je reviens sur nos pas et enfonce le bouton de la radio, une de mes chansons préférées passe au même moment et me met directemment dans l'action.

- « J'espère que vous avez le cœur bien accroché car ça va être d'un tout autre niveau maintenant. »

Je pris la sortie et évita toutes les voitures sans jamais perdre le fil. Ma tête bougea au rythme de la musique pendant que je venais de nous sortir d'un sacré merdier, nous venions d'entrer dans le centre-ville de Mexico où la circulation se fait très présente, nous obligeant ainsi à ralentir.

Le feu de circulation passe au rouge à notre arrivée et une idée me vient, c'est peut-être ma dernière occasion pour m'enfuir.

Mes phalanges se serrent autour du plastique, il faut que je le fasse, ma famille a besoin de moi.

Pendant que mes muscles se contractent à cause du stress et que tout mon être tremble, deux mains attrapent mes hanches et une respiration chaude dans mon cou me font frissonner. Il retire une de ses paumes pour décaler mes cheveux sur le côté puis vient me chuchoter au creux de mon oreille :

- « Tu as été parfaite princesse, détends-toi c'est fini. »

Alors ce chapitre ? Comment vous l'avez trouvé ?

Je trouve que ça se met vraiment sur les rails, qu'on entre réellement dans l'histoire, dites moi ce que vous en pensez.

N'oubliez pas de voter.

Prenez soin de vous. <3

Gros bisous, M.J

(: Brooklyn baby - Lana Del Rey)

_____

Mexico, Mexique, 23h58

Je commence à m'impatienter du fait que l'autre gamine prenne des plombes aux toilettes, pourquoi ça prend toujours autant de temps quand elles y vont ?

Après ce qui s'est passé, on a pris la décision de renter à l'hôtel, et que ce n'était pas la peine de mettre les autres invités en danger même si Hermes s'en contre fou des autres. Ce fou n'aurait pas eu de problèmes à se ramener alors qu'on était poursuivi, mais grâce à moi et à mon génie absolu, (et à la petite crise de panique de l'autre princesse) on va tous pouvoir rentrer se coucher. Ne me lancez pas de fleurs merci, je sais que je suis incroyable.

L'air froid caresse la peau de mon visage, je lève la tête pour admirer les milliards de petits soleils au-dessus de nous. J'ai toujours aimé les regarder, plus particulièrement le samedi soir avec Kylie, ma petite étoile. C'est notre petit rituel de la semaine, elle et moi, allongés dans l'herbe en espérant voir une étoile filante. Il faudrait que je l'appelle d'ailleurs, je vais encore me faire déchirer.

- « Putain qu'est-ce qu'elle fout ? J'ai froid moi ! »

- « Eh Sam commence même pas à nous casser les couilles avec tes caprices à deux balles, t'as pas été foutu de leur tirer dessus alors qu'elle nous à tous sauver. Donc le jour où tu feras la même chose, tu pourras ouvrir ta gueule sur le fait qu'elle ait besoin d'un moment pour récupérer. » Répondis le boss d'un air absent.

Pardon ? D'où tu la défends toi ? T'es en train de perdre tes couilles mon gars.

Parle pas trop toi, sale canard.

Je fouille dans la poche de mon bas et sors mon téléphone puis cherche le contact de ma copine, j'appuie dessus et attends qu'elle décroche :

- « Putain Enzo t'es où là ? Tu te fous de moi ? C'est la troisième fois que tu me le fais en un mois ! Merde quoi ! »

Je vous avais prévenu.

- « Je suis désolé Kylie, je-

- « Ah t'es désolé ? Ah bah si t'es désolé alors, ça va tout arranger, c'est bien connu. Ecoute moi bien, c'est la dernière fois que tu me poses un lapin comme ça, tu m'entends ?! Plus jamais ! J'en ai marre, t'es jamais là quand j'ai besoin de toi ! »

Putain j'ai merdé grave là.

Mes yeux fixent une silhouette s'approchant de nous. Je ne reconnais pas la personne alors instinctivement, ma paume attrape la poignée de mon revolver et mon corps se tend comme un dingue.

- « C'est bon je vais mieux. T'aurais une cigarette ? » demanda la gamine en s'avançant vers moi.

Je souffle de soulagement et lâche mon arme mais mon cerveau veut sortir par mes narines. Tout s'enchaine à une vitesse de dingue. La voix de Kylie me perce les tympans :

- « T'es sérieux là ? Mais putain, mais va te faire foutre en fait ? Je te dis que je suis pas bien et toi tu tapes des meufs pendant que je poirote dans le froid pour toi ? Bah tu sais quoi ? Reste avec tes putes, j'ai pas le temps pour ces conneries. »

Et merde, mais pourquoi c'est maintenant qu'elle se ramène celle-là ! Ça fait trois heures que t'es là-bas, retourne vomir dans les chiottes non ?

- « Alma- euh Kylie c'est pas ce que tu crois ! » criais-je dans le haut-parleur.

Oh mais quel con !

La tonalité de l'appareil me donnait envie de m'arracher les cheveux, comment j'ai pu être aussi con ?!

- « Est-ce que ça va ? J'ai l'impression que t'es tendu ? »
Non tu crois ?

- « Jure connasse ?! J'avais pas remarqué ! Putain mais pourquoi t'es pas capable de fermer ta grande gueule ! Rends-toi utile pour une fois, ferme ta bouche et monte dans la voiture. »

Le visage de la femme en face de moi se décomposa à mesure que mes mots touchaient son égo et son cœur, mais je n'en avais rien à faire. Je venais tout juste de blesser la seule personne qui m'a réellement aimé.

Je la contourne et m'enfonce dans ma voiture avant de violemment claquer la portière, je démarre et file à l'hôtel sous le regard de tout le monde. Rien à foutre qu'on me regarde comme un fou.

Mon index appuie sur le numéro de ma meuf et prie pour qu'elle décroche après l'énorme bordel qui vient de se produire.

Son corps avance lentement vers nous, c'est comme-ci toute envie l'avait quitté. J'ai assisté à la scène sans y comprendre réellement le sens, un simple malentendu je présume, mais il ne faudrait pas qu'il dure, j'ai besoin des deux.

Du coin de l'œil, j'entrevois sa paume entrouverte et de sa voix un peu irritée, elle me demande :

- « Et toi t'aurais une cigarette ? Ou je peux encore aller me faire foutre ? »

Un petit sourire déforme la ligne droite de mes lèvres et je me penche à l'intérieur de ma sublime Voiture Noire pour en sortir un paquet déjà bien entamé. Il faudrait que j'en rachète sinon je ne vais pas tenir très longtemps. En sortant la nicotine et mes doigts frôlant les siens, je dépose délicatement pour ne pas briser le bâton de tabac. J'en cale également un entre mes lèvres, l'allume, inspire puis dis en regardant la circulation :

- « Arrête de fumer morveuse, t'es trop jeune pour ça et c'est mauvais pour la santé. »

- « La blague. »　　　　　　　　　　　　　　　　　　La fumée ressort par mes narines en même temps que mon soufflement de nez.

- « Et sinon, aurais-tu l'amabilité de me passer ton briquet ? »

J'attrape l'objet qui reposait toujours entre ses phalanges et le place dans sa bouche, mes doigts encadrent sa mâchoire puis viennent la tourner vers moi pour que j'allume sa clope avec le bout de la mienne.

Ses yeux en amandes s'écarquillent alors que je sens son muscle se contracter dans mes doigts, tu es trop impressionnable ma belle.

Nous montons dans la voiture et la gamine ne m'adresse pas un regard, elle préfère le laisser sur la fenêtre tout en continuant de se niquer les poumons.

Je n'ai pas envie de discuter mais j'ai l'impression que si je ne le fais pas pour briser ce blanc, ça va me porter préjudice plus tard. Je finis donc par engager un début de conversation :

- « Pas les thunes pour partager mon briquet. »

- « Ironique comme situation. Pour un assassin de bas étage, tu te mets plutôt bien. »

- « De... ? Bas étage ? »

- « Oui de bas étage. Tu as beaucoup fait parler de toi il y a quelques temps, à tel point que même abuelita ne parlait plus que de toi sans réellement savoir qui tu étais... Elle arrêtait pas de dire que ça s'était du vrai assassinat, comme son époque lui avait donné la chance d'en voir. Et ça me rend juste malade de savoir que c'est toi qui es sa fierté. Que ce soit toi... Et pas moi. »

Ses deux dernières phrases résonnaient un peu trop en moi, je lui aurais donc volé l'attention de sa grand-mère sans même le vouloir ? Improbable.

Ne me dit que c'est pour ça que tu as une telle rancœur envers moi ? Impossible, tu as beau être une gamine, tu ne peux pas l'être à ce point ?

Alors que je resserrais mes doigts autour du volant en écoutant tant d'idioties, ma main meurtrie me rappela à l'ordre. D'ailleurs elle n'a toujours pas payé son affront, il faut que je trouve une punition adaptée à la hauteur de son acte. La laisser dormir dehors, enchainée à un arbre ? Ou bien je la balance par-dessus un pont ? On verra ça plus tard, là je veux juste rentrer et dormir dans mes draps.

□□

Elle éteint la lumière de la salle de bain après qu'elle se soit brossée les dents et avance jusqu'au petit canapé positionné devant les immenses fenêtres.

Vêtue de son grand tee-shirt blanc avec une petit Shiba Inu baignant dans un bol de nouilles dessiné dans le dos, tout ça dans un style très japonais, s'arrêtant à mi-cuisses.

Putain Alma...

Et malgré le fait qu'il était assez large, il ne pouvait pas tout cacher, me permettant ainsi d'admirer son fessier rebondi plus qu'envoutant lorsqu'elle se courba pour attrapa un bouquin sur la petite table avant qu'elle ne finisse par s'installer.

Ses cheveux regroupés dans un chignon haut mal fait renforçaient cet effet négligé, pourtant même comme ça, elle reste bandante. Mon regard se perdit un peu plus bas, comme la dernière fois que j'ai pu les voir, ses tétons pointent à travers le tissu, rendant mes idées encore plus sombres.

Je rêve de son corps nu sous le mien, de sa bouche criant et gémissant mon nom en boucle, de toutes les positions dans lesquelles je pourrais la faire jouir.

- « Au lieu de mater mes seins, va te branler dans la douche en regardant des culs sur Instagram. »

- « Je préfère largement la réalité. Pourquoi tu viens pas te coucher ? »

- « Il est hors de questions que je partage un lit avec toi, je te fais pas confiance, déjà que tu m'observes la poitrine comme un adolescent qui n'aurait pas encore trempé son biscuit, dormir avec toi c'est non, pas envie de me faire violer. »

- « Je suis beaucoup de choses mais certainement pas un violeur. » dis-je en fronçant les sourcils, blessé par cette comparaison.

- « Ouais, ça c'est ce qu'ils disent tous. »

C'est ce qu'ils disent tous ? De quoi est-ce que tu parles ?

- « Comment ça ? »

- « Rien laisse tomber, j'ai pas envie de parler avec toi. Eteins ta lumière et baisse la luminosité et le son de ton téléphone avant de te coucher. » Finit-elle par ajouter avant de ramener la couverture sur elle, bien décidée à pas me répondre.

- « Eh morveuse, de quoi tu parles ? »

- « Je dors. »

Alors ça, c'est mort, je ne te laisserai pas tranquille tant que je n'aurais pas compris le sens caché dans ta phrase.

Agacé par ses enfantillages, je me lève et marche vers elle grâce à mon flash mais je finis par me cogner l'orteil dans le pied du canapé.

- « Aïe putain mais à quoi tu sers toi ? T'es censé m'éclairer, pas me piéger connard. »

- « Putain pourquoi t'es là toi ? »

- « Pour comprendre tes phrases dignes d'un escape game. »

- « Dans ce cas, retourne de là où tu viens. Revenir sur ses pas peut être une bonne solution pour trouver les réponses que l'on cherche. Maintenant dégage de ma vue Hermes, tu m'enlises. »

Jusqu'à lors de mon côté, la femme se tourne dos à moi et le silence revient dans la chambre, la laissant redevenir calme et agréable, tandis que moi je m'adosse à la table puis continue de l'observer. Les lumières des buildings mexicains l'éclairent. Sa silhouette se révèle à moi toute noire, tel un ange endormi sur une colline.

C'est marrant quand on la regarde de plus près, on s'aperçoit que tout contraste chez elle : Son apparence de princesse fragile alors que c'est une guerrière accomplie, son don de provocation pendant qu'elle agit comme une enfant. Cette femme restera un éternel mystère pour moi.

- « Pourquoi faut-il que tout soit compliqué chez toi, hein ? » chuchotais-je afin de ne pas la réveiller.

- « Parce que à chaque fois que j'essaye de changer ou de me démarquer, les gens me rejettent. Alors je change de personnalité encore et encore et encore, jusqu'à ce que j'oublie totalement qui je suis. Ou alors dans certes circonstances, je me ferme comme une huitre, oubliant tout ce qui m'entoure. Un peu comme-ci c'était ma carapace, ma bulle, ma protection contre le monde. »

Merde j'ai parlé trop fort.

Et attends une seconde, elle vient de se... confier à moi ? Personne ne l'avait encore fait au paravent.

- « Pourquoi tu ne dors pas avec moi ? Je te promets sur ma vie de ne pas te toucher. »

- « Tu ne peux pas comprendre. Et puis je veux pas que tu m'approches, je fais un grand effort de te tolérer si près de moi. »

Plus elle s'enfuit, moins sa voix brisée et ses sanglots se font discrets. Il faut que ça sort ou elle va finir par être dingue.

- « Si au contraire, si tu m'expliques ce qui s'est passé. Je ne te jugerai pas Alma, je t'en fais la promesse. »

- « Non, je ne veux pas en parler. Pas à toi, ni à personne d'autre. Personne ne peut comprendre, personne ne connait cette douleur insupportable qui fige mon cœur à chaque fois que je suis en présence des hommes. Tu m'entends, ni toi ni moi sommes assez forts pour comprendre tout ça. »

Qu'est-ce qui a bien pu se passer pour que tu te caches comme ça petite souris ? Qu'est-ce qui t'a brûlé ? Parle moi je saurais t'écouter.

Ses pleurs me poignardent anormalement, je ne sais pourquoi mais je veux tout savoir d'elle, son passé et ses blessures, ses craintes et ses passions, ses habitudes et ses envies. J'attrape doucement ses épaules tremblantes et la tourne face à moi puis essaye de la porter mais ses petits poings s'écrasent contre mon torse pour me faire partir. Malheureusement pour elle, je ne compte pas le faire.

- « Alma arrête de te débattre, tu te fais du mal toute seule. Parle-moi mi alma. » dis-je doucement en la plaçant correctement sur mon bassin.

- « Laisse-moi Hermes, vraiment laisse-moi. C'est bon t'as gagné, t'es content ? C'est ce que tu voulais entendre ? J'arrête de me battre, je suis fatiguée de toi et de tes-tes... Argh tu me ressors par les yeux mon Dieu ! J'en peux plus, j'abandonne. Fais ce que tu veux, j'ai plus envie de continuer, balance-moi au fond d'un ravin si ça te chante j'en ai rien à foutre. Prend ce que tu veux, prend mes terres, mon penthouse, mes animaux, ma maison et même ma famille, je.n'en. ai.rien.à.foutre. C'est fini, t'as gagné la guerre, félicitations. »

Ses yeux rouges et gonflés ne m'avaient pas quitté un seul instant, elle m'a dit ça droit dans les yeux. Mon cerveau n'arrive pas à assimiler cette information, ça parait irréelle comme situation : mon ennemie jurée, assise sur moi, disant que j'avais gagné ce pourquoi ma famille s'était battue depuis des générations. Pincez-moi, je suis forcément en train de rêver.

Je papillonne des yeux réalisant que c'était bien vrai, ses iris ne me lâchaient toujours pas, attendant sûrement ma réponse face à une révélation de cette ampleur. Pourtant aucuns mots ne sortis, ma bouche paralysée et mon cerveau en ébullition n'agissent plus rationnellement. Tout se mélangeait là-haut, le surplus de nouvelles arrivait trop vite pour moi.

- « Je m'attendais à plus d'enthousiasme de ta part, c'est assez décevant. »

Mon regard remonta dans le sien, une expression neutre et blasée le voilait, me procurant inconsciemment de légers frissons. Alors c'est vrai, tu abandonnes si facilement ? Pour le coup c'est moi qui suis déçu.

Je me lève de lui et marche jusqu'à la porte de la chambre où y reposent les chaussons qu'on m'a acheté il y a quelques heures.

- « Qu'est-ce que tu fais ? »

- « Je fais faire un tour. Ne t'inquiète pas, je risque pas de m'enfuir vu le nombre d'hommes qui sont postés à l'entrée. »

- « Tu comptes y aller comme ça ? »

- « Et alors ? Il y a pas un chat ici, c'est pas comme-ci t'avais acheté cet hôtel et viré toutes les personnes qui étaient présentes. »

- « Tiens, mets au moins ça. »

Je me retourne et me prends un bas de jogging noir dans la tronche, putain mais il a vraiment aucun respect cet abruti. Mes sourcils se froncent d'incompréhension, je peux savoir ce qui lui prend ?

Je relève la tête vers lui avant de lui demander :

- « Je peux savoir pourquoi ? »

- « Flemme que tu te fasses violée, donc même si ça m'arrache la bouche de te le dire, mets-toi un truc sur le cul. »

Un rire nerveux m'échappe, mais pour qui il se prend cet enfoiré ? J'ai même plus le droit de sortir à poil si ça me chante ? Bientôt on va m'interdire d'aller aux toilettes ? Bande de cinglés.

J'attrape en vitesse la poignée et sors, le jogging sur l'épaule en ignorant son cri :

- « Alma ! Le jogging ! »

- « Je t'emmerde papa ! »

Je cours dans le long couloir afin d'éviter de très prochainement me faire étriper. J'entends la porte claquer puis des bruits de pas réguliers derrière moi, je n'arrive pas à décrire ce que je ressens maintenant, on dirait un mélange entre la joie et la panique totale. Je ne veux pas mourir mais j'adore ce qui se passe.

- « Pour l'amour de Dieu Alma, revient avant que je ne te pète les chevilles ! »

- « Tu peux toujours courir mon grand, jamais je ne m'arrêterais. »

- « T'es sûre ? C'est ta dernière chance. »

- « Tes menaces ne marchent pas avec moi Luega. »

Mes iris analysent mes potentielles sorties de secours, le corridor ne possède pas de « virages » ni de chambres où je pourrais m'enfermer. Ma seule issue est l'ascenseur, par contre je ne me rappelle plus de où il est.

Je commence à fatiguer, mon allure diminue et mes jambes me font mal, mes poumons brûlent et des larmes commencent à naitre dans le coin de mes yeux, contrairement à lui qui a l'air d'avoir poursuivi des gens toute sa vie.

Il finit par me rattraper avant de me frapper dans le pliure interne de mon genou pour je finisse ma course étalée par terre. Sa main empoigne ma cheville et la tort dans un bruit ignoble, je ne peux me retenir de hurler de douleur, mes doigts emprisonnent le tapis et tirent dessus jusqu'à ce que des fils soient arrachés.

- « Arrête de gueuler, je t'avais prévenu. »

- « T'es un... un grand malade putain. »

- « Je te le répète, je t'avais prévenu. Tu ne peux t'en prendre qu'à toi-même. »

Des perles coulent sur mes joues, j'ai l'impression qu'on me déchire de l'intérieur, encore une fois.

Il me retourne sur le dos et me porte telle une princesse, malgré ma forte douleur, j'arrive à le frapper pour qu'il me lâche, je ne veux plus qu'il ne me touche ni qu'il m'approche.

- « Continue de bouger comme ça et je te laisse agoniser ici jusqu'à demain matin. Donc reste tranquille, écoute quand je te parle et dis-moi quel hôpital tu préfères. »

Je me fige immédiatement après avoir entendu la fin de sa phrase : l'hôpital ? Non je ne veux pas, pas d'hôpital, je n'aime pas les hôpitaux ! Je ne veux pas y aller !

- « Nan pas d'hôpital, tout ce que tu veux mais pas ça. Je veux pas y aller ! »

- « Et tu vas faire comment avec ta cheville petite génie ? »

- « Je sais pas mais je veux pas y aller, je t'en supplie Hermes, fait pas ça. »

Un râle sort de sa gorge alors qu'il s'active vers... le putain d'ascenseur. C'est un complot, je ne vois pas ce que ça pourrait être d'autre. Comment ça se fait que lui il le trouve et pas moi ?!

- « Lâche moi par contre, j'ai pas envie que tu me touches après ce que tu viens de faire. »

Sans crier gare, il replace ses bras le long de son corps, me faisant faire une galipette dans les airs avant de tomber à plat ventre comme une crêpe retournée.

Aïe.

- « Oh pardon, tu voulais dire doucement ? »

- « Ah ah ah, t'es trop drôle Luega. Écris un sketch, je suis certaine que ça ne marchera pas. »

- « T'es trop conne Alma. »

- « Alors là, but contre son camp. »

Nous nous regardions dans le blanc des yeux, renchérir avec des mots n'est pas utile, nos pupilles nous suffisent largement.Les siennes disent qu'elles étaient désespérées de moi et mes gamineries comme il aime tant les appeler, tandis que les miennes expriment leur agacement envers lui. Plus besoin d'insultes.

Le tintement de l'ascenseur nous ramène sur terre, Chocolat se détacha enfin de moi et ses grandes mains attrapèrent mon bras puis me souleva de sa force herculéenne. Nous traversâmes encore une fois le couloir, lui à une vitesse constante alors que moi, je peinais à marcher, boitant jusqu'à la porte où le mafieux m'attendait depuis de longues minutes.

- « Va plus vite la prochaine fois. »

- « À qui la faute ? »

- « À toi, seulement toi. Si tu m'écoutais plus souvent, on en serrait pas là. »

Ne me laissant pas répondre, il frappa plusieurs fois à la porte, en continue, jusqu'à ce qu'un homme vienne ouvrir. Ses cheveux noirs en bataille et ses petits yeux lui donnaient encore plus de charme qu'il n'a l'air d'en avoir.

En fait ils sont tous beaux ici ou c'est comment ? Sauf Hermes. Lui il peut aller se faire enculer.

- « Tu sais quelle heure il est au moins ? »

- « Demande lui à elle, à quelle heure on s'éclate la gueule dans les escaliers en courant ? » demande-t-il avec un regard perçant, m'indiquant que j'ai intérêt à me la fermer si je veux encore voir le jour demain matin.

- « J'avais super faim, alors j'ai couru et je me suis fait un auto-croche pattes. Et je crois que je me suis cassée la cheville...»

- « On va regarder ça, entre. »

J'avance comme je peux dans la chambre et m'assois sur le rebord du lit en attendant que le médecin de l'équipe arrive.

Je ne peux m'empêcher de regarder partout autour de moi, pourtant c'est EXACTEMENT la même chambre mais je ne sais pas, celle-ci est différente.

- « Alors montre moi ça de plus près. Oh oui, elle a triplé de volume et est devenue bleue, ça m'a l'air d'être une belle facture tout ça. Je vais tenter de la bouger un tout petit peu, tu me dis stop quand ça te fait mal d'accord ? »

Son ton se voulait rassurant mais moi j'étais juste en panique à l'idée de ne plus jamais marcher correctement. Et si je devais marcher avec une béquille à vie ? Pire en fauteuil roulant ?!

Il commença à peine à la tourner que je lui cris tout de suite de s'arrêter, ne supportant vraiment pas la sensation abominable qui s'empare de mon pied.

- « Il va falloir que tu serres très fort les dents, ça va aller très vite mais ça va être aussi très douloureux. Hermes, je vais avoir besoin de toi sur ce coup-là. »

Le dénommé releva la tête de son portable avant de poser son regard sur nous. Il souffla bruyamment et vient se mettre à côté de l'autre homme.

- « Qu'est-ce qui y'a encore ? »

Nan mais il est sérieux lui ? Retourne à la niche si on te dérange sale chien, si on est ici c'est par ta faute !

- « Böyle devam edersen anneni cehenneme yükselteceğim. » (Je vais aller soulever ta mère en enfers si tu continues.)

J'avais besoin de mettre des mots sur ce que je ressentais actuellement.

- « Récite tes incantations si ça peut te faire plaisir, ça me fait plus rire qu'autre chose en fait. »

Niah niah niah, il me les brise celui-là.

- « Sinon je dois faire quoi ? » reprit-il en regardant la monture argentée qui orne son poignet.

Ouais donc on te dérange vraiment en fait ?

- « Place toi derrière elle et empêche la de bouger, elle ne doit faire aucun mouvement. »

Pardon ? Non, je refuse.

- « C'est non, s'il me touche je lui arrache ses couilles. »

- « Tu vas rien faire espèce de folle. »

Ignorant totalement le fait que je peste contre lui depuis tout à l'heure, il se place dans mon dos et vient « m'enlacer » de ses bras. Je souffle discrètement et à contre cœur, me laisse faire.

- « Très bien, je vais compter jusqu'à trois. Un... Deux... Trois ! »

Il replace ma cheville dans craquement qui m'a glacé le sang, mais aussi fait perdre mes cordes vocales pour un bon moment tandis que mes ongles plantés dans la chair de son bras, avaient tiré dessus comme une malade, lui laissant ainsi une immense griffure semblable à celle d'un ours, certains de ses tatouages étaient détruits par ma faute pourtant je n'arrivais pas à m'en soucier.

J'ai envie d'éparpiller mes tripes sur le sol, j'ai la tête qui tourne et je sens que je vais tomber dans les pommes.

Bon bah ça n'a pas loupé...

Mon corps tomba en avant sans que je ne puisse faire quelque chose pour l'en empêcher.

Je vais juste m'écraser sur le médecin et tout va bien se finir pour moi.

Une main attrape ma taille et vient me propulser en arrière, me faisant basculer sur son torse. Putain mais qu'est-ce qu'il peut être chiant.

———————————————————

Bonsoir (ou bonjour) tout le monde ! Comment vous allez aujourd'hui ?

Bon je dois m'excuser, il y a eu un petit retard tout simplement parce que accidentellement, je n'ai pas sauvegardé ma session donc en me réveillant samedi dernier, toute ma sauvegarde a été effacée.

J'ai grave pleuré en plus, j'avais même plus la motivation de le refaire.

Enfin bref, il est enfin sorti et j'espère qu'il vous a plu.

Prenez soin de vous. <3

N'oubliez pas de voter.

Gros bisous, M.J

．
．

(: Amour de jeunesse - 313)

_____

Manhattan, Etats-Unis, 7h40

Étalé sur mon canapé, j'attends que le temps passe sans réelles oc-
cupations. Les photos de nombreuses meufs défilent sur mon écran,
la plupart sont nues, bâillonnées et même torturées. Leurs vues me
répugnaient, dans leur regard d'innocente se voyait de l'horreur et de
la peur, celle de mourir.

Putain quelle merde ce club.

Je dois choisir plusieurs d'entre elles pour ma boite mais les voir
dans cet état ne me donne guère envie de le faire, de plus je dois
également penser aux besoins et demandes de mes multiples clients.

Je souffle d'agacement puis éteins mon portable pendant que
Nicky descend les escaliers avant de me lancer un regard interrogateur
et dis en partant vers la cuisine :

- « Tu feras gaffe, t'as une sorte de larve qui te bave dans le cou. »

En effet la gamine dort profondément sur moi, la main sur mon
torse, les jambes croisées avec les miennes et la tête dans mon cou, en

train de littéralement respirer mon odeur. Après ce qui s'est passé à l'hôtel, j'ai préféré rentrer plus tôt et surtout la laisser dormir, je pense que sa jambe a été un épisode assez violent pour elle donc autant qu'elle se repose le plus possible puis par la même occasion, qu'elle se la ferme pendant trois quarts d'heures minimum.

Son souffle lourd et constant me chatouille l'épiderme et puis son cœur contre le mien battent à l'unisson, elle n'est pas prête de se réveiller et bizarrement j'en ai pas si envie que ça, ce sont les seuls moments où cette femme ne me déteste pas, quoique ses rêves sont peut-être la représentation astrale de ma mort qui sait.

Je place mes deux paumes sur ses oreilles pour minimiser un maximum ma voix :

- « Nick ? »

- « Hm ? »

- « Tu peux me faire du pain perdu s'il te plait ? Pour moi et... Pour elle. »

- « Je te méprise. »

C'est réciproque mon frère.

- « T'inquiète, tu vas réussir à trouver une femme qui veut de toi un jour. »

- « Commence pas à faire le grand frère, je suis pas sûr que ce soit son cas. » dit-il en laissant sa tête dépasser de l'encadrement et en la désignant avec son menton.

Mes yeux s'abaissent sur ce « petit » être, ses omoplates bougeant doucement à chacune de ses respirations m'hypnotisent un peu plus.

- « Alors explique moi pourquoi elle dort sur moi ? »

- « Parce qu'elle n'a pas vraiment eu le choix et que tu la trouvais trop lourde pour la monter jusqu'à sa chambre. Si elle se réveille et qu'elle se voit dans tes bras, je ne lui donne même pas trente secondes avant de te détruire le visage. »

Oui bon ça va, aussi porter un cadavre de soixante kilos pendant vingt minutes ce n'est pas à la portée de tout le monde.

Mon ami réapparu dans le salon avec son assiette mais pas les nôtres, puis c'est sans aucun remord qu'il remonta dans son espace en nous laissant crever de faim tels des clébards.

J'inspire pour redescendre en pression puis attrape la Miss par le dessous de ses cuisses avant de la placer sur mes hanches et ses avant-bras autour de ma nuque puis me redresse.

- « Qu'est-ce qui se passe ? »

Sa voix était basse et endormie, elle doit être en train de rêver.

- « Caleb, qu'est-ce qui se passe ? »

Caleb ? C'est qui lui ?

- « Tout va bien princesse, tu es à la maison. »

Elle attrapa mon tee-shirt comme-ci sa vie en dépendait.

- « Caleb, j'ai mal ! »

- « Où ça ? »

- « À ma jambe. »

Je regarde par-dessus son épaule et m'aperçois qu'elle est dans une position inconfortable. Je me lève du canapé puis marche vers la cuisine, toujours avec la gamine entre les bras.

- « C'est mieux comme ça ? »

Elle hoche doucement la tête pour ensuite ouvrir les yeux, son corps se crispe contre le mien et ses bras poussent sur mes clavicules pour voir mon visage.

- « Oh putain pas toi, lâche-moi tout de suite ! »

- « Comme dans l'ascenseur ? » demandais-je avec un sourire en coin, me rappelant très bien de sa ridicule figure de toupie Bleyblade.

- « Espèce d'enfoiré. »

- « Répète pour voir ? »

- « Espèce d'enfoi-

Je la laisse tomber brutalement en arrière pour qu'elle finisse par s'écraser par terre sur le dos comme une énorme merde. Elle gémit de douleur en se tenant le bas du dos.

- « Pour la troisième fois, je t'avais prévenu. »

- « Et moi je t'emmerde enculé. »

- « Démerde toi pour aller manger, si tu crèves la dalle c'est pas mon problème. »

- « Pas de soucis, tu veux jouer à ça ? Nicky ! »

Mais qu'est-ce qu'elle fout cette folle ? Si elle croit qu'il va lui répondre, elle peut se foutre le doigt dans l'œil.

- « Quoi ?! »

- « Feur. J'ai besoin que tu me portes, Hermes vient de me faire tomber et en plus il jubile de la situation. »

- « J'arrive. »

Nan il déconne là ?

Il descend à nouveau ses putain de marches puis se baisse vers elle et... la porte jusqu'à la cuisine. Se penchant légèrement sur le côté, celle-ci sourit tout en me montant son majeur et vient chuchoter un : « les princesses gagnent toujours, tu devrais le savoir depuis le temps » puis disparait dans la pièce tandis que moi je reste planté au milieu du salon, ne réalisant toujours pas ce qui vient de se produire à l'instant.

C'est tout simplement une hallucination collective !

Ce monde part en couille là on en parle ou pas ? Je finis par lever les yeux au ciel, quelle pomme pourrie cette fille.

Arrivé dans la pièce, je vois Alma se régaler avec son assiette, je m'assois sur une des chaises hautes du bar toujours en la guettant d'un œil mauvais mais dès que je tourne la tête, je ne trouve pas mon dut alors que mon ami m'en avait pourtant bien préparé une... Je demande donc :

- « Elle est où la mienne ? »

- « Je l'ai mangé. » dit-elle fièrement en levant la soucoupe vide dans les airs.

Mes dents prônèrent l'intérieur de ma joue pour m'éviter une insulte envers sa personne et mes mains passèrent sur mon faciès pour pas exploser.

- « Alma, pour qui tu te prends ? »

- « Pour la princesse, belle, associée que je suis. T'en veux d'autres ? »

Alors que je me levais pour aller lui refaire le portrait, la sonnerie dans l'entrée retentie.

- « Cette histoire est loin d'être terminée, tu peux me croire. »

Je sors d'ici et vais ouvrir à la personne qui attend sous la pluie glaciale. Ils sont deux, Swann et une femme : rousse, yeux verts, assez petite, habillée tout en noir. Putain c'est quoi ça encore, manquerait plus que ce soit les huissiers qui me poursuivent en justice.

- « Je peux vous aider ? »

- « Hermes Luega ? »

- « En chair et en os. »

- « Je suis Laura Garcia, la femme de Liam. Pas besoin de vous présenter Swann. »

Je te confirme, il a un peu travaillé pour moi pendant trois ans mais tranquille.

- « Qu'est-ce que vous voulez ? »

- « Liam a était tué lors d'une fusillade alors que des hommes cherchaient une certaine Alma. Swann et moi avons pu partir en leur disant qu'elle était avec toi mais maintenant nous n'avons plus rien, donc en dédommagement tu dois nous héberger. C'est ta faute tout ce qui s'est passé, tu me dois bien ça. D'ailleurs est-ce qu'elle est là ? »

Je suis à deux doigts de lui claquer la porte au nez, nan mais pour qui elle se prend celle-là ? Et puis qu'est-ce qui me dit que t'es pas un agent envoyé par le « défunt » pour récupérer l'autre emmerdeuse ?

- « Le vouvoiement il a duré aussi longtemps que le respect que j'ai eu pour Alma. » dis-je à moi-même.

C'est bien qu'elle ne soit pas à côté de moi en ce moment, je me serais pris une tarte.

- « Et bien sûr, vous avez une preuve que tout cela est vrai n'est-ce pas ? » reprenais-je en m'accoudant à l'encadrement de ma porte.

- « Tu crois réellement que nous avons envie de revoir ta sale gueule ? Laura vient de perdre son mari, elle a autre chose à faire que de s'occuper de ta petite personne. »

Il ne m'avait pas manqué lui.

- « Bonjour à toi aussi Swann. Tu t'es toujours pas remis du fait que je t'ai abandonné comme le chien que tu es sur l'allée d'une maison ? »

- « Justement, t'es qu'un sale enfoiré. »

- « Tu m'en diras tant, en attendant c'est le même enfoiré qui t'accueille chez lui après le bordel immense que tu m'as causé alors la ramène pas trop si tu veux bien, sinon tu dors avec les cabots en bas. »

Pendant que nous continuions à nous lancer de méchants regards, une voix éclata depuis la cuisine :

- « Hermes ! J'attends toujours que tu viennes me soulever ! »

Mes sourcils se baissent et ma tête pivote sur le côté en assimilant ce qu'elle vient de dire. Mais qui les envoie sérieusement ?

- « Eh bah, à ce que je vois tes objectifs ont bien changé depuis un mois. » me cracha-t-il avec un brin d'amertume et sûrement de dégout.

Un mois. Ça fait déjà un mois qu'elle est ici, le temps passe à une vitesse ces derniers temps. J'ai l'impression de l'avoir enlevée hier, quand on y pense elle s'est plutôt bien acclimatée finalement.

- « Tu nous invites à entrer ou on reste sur le perron ? »

Je sens que cette femme aussi va me rendre dingue, si c'est une deuxième Alma, je jure sur ma tête que je fais mes valises et que je leurs laisse la maison. Pas besoin de deux monstres, un seul était déjà assez difficile à gérer.

Mon corps se décolla lascivement de la pierre et laissa passer mes deux nouveaux colocataires pour une durée indéterminée, en espérant bien sûr que ceux-ci ne s'éternisent pas. Ils inspectent minutieusement les lieux avant de poser leurs affaires trempées au centre du salon.

En voyant ça, la veine sur mon front avait dû doubler de volume, ça ne va pas le faire, je suis très à cheval sur la propreté alors commencez à pas tout me dégueulasser sinon je vous fais sortir à coup de fourche.

Pitié qu'ils partent rapidement, elle au moins respecte le ménage que j'effectue presque tous les jours.

- « Et combien de temps vous allez rester ? »

- « Le temps qu'il faut à mes avocats pour transférer l'argent de mon mari sur mes comptes et d'acheter un nouveau toit. Tu as bien de la chance que je ne t'en demande pas plus. »

- « Heureusement ? C'est pas moi qui l'ai buté à ce que je sache ? Je suis déjà très gentil de vous laisser vivre dans MA baraque. »

Elle tord sa bouche en une grimace de jugement et ses yeux m'analysent de haut en bas, si elle veut m'intimider qu'elle commence déjà par apprendre à bien mal regarder. On dirait un bouledogue, avec un peu de chance on pourra apercevoir la bave dans quelques minutes.

Je les laisse tranquille pour m'occuper de l'autre tarée encore dans la cuisine, qui est en train de laver nos assiettes et les ranger dans le mauvais placard... Je ne sais pas si cette vision est gentille ou totalement stupide.

- « Alma t'es très mignonne mais là c'est pour les fusils. »

- « Oh putain tu m'as fait super peur ! » crie-t-elle en plaçant sa paume sur sa poitrine effrénée.

- « Excuse-moi mais comme je te le disais, ici c'est pour les fusils. »

- « Hein ? T'es sûr ? Parce que quand j'ai mis l'assiette, c'était vide. Et je- Attends quoi ? T'as des placards à double fond pour des fusils dans ta cuisine ? »

- « Simples précautions. »

L'incompréhension qui anime son regard me donne envie de rire, elle vit vraiment dans le monde des Bisounours.

Comment ils font eux, j'espère sincèrement qu'ils ne font pas comme tout le monde à ranger tout dans une même pièce.

- « Ne me dit pas que vous stockez vos armes dans un souterrain ? » gloussais-je en l'imaginant courir comme un poulet jusqu'en bas.

Pas douée comme elle est, elle se serait faite shooter plus d'une fois.

- « Bah si ? Fin comme tout le monde d'un minimum sensé quoi ? » dit-elle en sautant sur le plan de l'évier.

- « Donc je ne suis pas quelqu'un de sensé, c'est ça que t'es en train de me dire mi alma ? »

- « Mais ça mon cher, la Terre entière est au courant. Même Nicky le pense. »

- « C'est ton meilleur ami ou le mien ? Parce que là je me demande vraiment, il t'a carrément porté jusqu'ici j'y crois toujours pas... »

Elle s'appuie sur ses mains dès lors accrochées au plan de travail puis descend et vient me chuchoter au creux de mon oreille : « It's just the natural charm that all girls have » dans un anglais absolument parfait, je ne l'avais jamais entendu parler comme ça, quand elle nous parle c'est dans un anglais bâclé.

Elle se recule et vient me tapoter la joue puis boite vers la sortie, mais avant de continuer à avancer, son corps se stoppe net.

- « C'est qui eux ? » demande la femme devant moi.

- « Ceux qui vont nous casser les couilles pendant un bon moment. » dis-je en la portant sans pour autant les quitter des yeux.

- « Et tu fais quoi là ? Je t'ai déjà dit que je voulais plus que tu me touches. »

Je souffle d'agacement mais la laisse tout de même descendre.

- « On vous attend je vous signale. »

- « Un conseil Laura, ne commence pas à chercher les emmerdes. »

Nicky surgit de nulle part avec un glock dans les mains, enlève la sécurité mais le laisse contre sa cuisse.

- « Si tu continues, tu te tournerais tout le monde à dos. »

- « Et donc ? Pff, je n'ai pas besoin de vos commentaires, si je suis ici c'est que je n'en ai pas le choix. Et puis il sait pas se défendre tout seul comme un grand garçon ? »

Cachant sa douleur par un visage neutre et désintéressée de tout, elle marche d'un pas déterminé malgré sa blessure vers Laura. La totalité des personnes présentes dans cette pièce retiennent leur respiration sauf les deux concernées, qui se jugent mutuellement, lorsque Alma prend la parole :

- « On s'est pas encore présentées je crois ? Salut je suis Alma, la meuf qui a couché pendant deux ans avec ton mari. Tu m'as l'air d'aller plutôt bien pour une veuve en deuil dis-moi, t'es sûre que t'étais bien sa femme et pas sa pute, nan parce que je vois pas d'alliance autour de ton annulaire gauche ? »

- « Il allait me l'offrir... Et tu es arrivée dans sa vie, puis après ça il a commencé à rentrer de plus en plus tard avec des hématomes et des bleus sur tout le corps. Je ne sais pas qui tu as engager pour nous nuire mais je peux te garantir une chose, c'est qu'un jour je ferais de ta vie ici un véritable cauchemar. »

- « T'étais encore dans les couilles de ton père quand j'ai tenu ma première arme alors ne commence pas à me menacer, tu pourrais bien vite le regretter. »

Je pousse le torse de la gamine avec le plat de ma main car si ça continue, y'en a une qui va se faire démonter par l'autre. Elle grince des dents mais ne détourne le regard pour autant. Elle et sa fierté, c'est vraiment quelque chose.

Un grognement sort de sa bouche maquillée avant qu'elle ne demande où sont les chambres, et malgré mon envie brulante de lui répondre avec sarcasme, je me tus puis décidais-je qu'il était temps pour moi de revenir des mes quartiers.

Je me déplace donc à travers la pièce très lentement en faisant bien attention à ma cheville, je n'aimerai pas que son état empire par un simple étourdit.

Une fois arrivée, la salle de bain est la première pièce dans laquelle je me dirige, j'ai le sentiment de puer le fennec, c'est horrible. Mes habits maintenant étalés par terre, j'entre dans la douche puis récupère un petit tabouret pour y placer ma jambe, apparemment il ne faut pas que le bandage soit mouillé tant que je ne peux pas marcher sans, c'est comme un plâtre sauf que là ça ne va pas se déformer, juste beaucoup ralentir la guérison.

Je n'ai pas tout compris car le médecin avait tout expliqué à Hermes quand j'étais dans les choux, et celui-ci m'avait répété tout ça avec les moyens du bord dans le jet. Il a sûrement oublié beaucoup de détails à préciser mais le nécessaire avait été dit.

Ma tête se plaqua contre la paroi froide de la douche, remplie d'images qui brouillent mon cerveau et ma pensée : apprendre le décès de Liam de cette façon m'a un peu perturbée pour être honnête, on était tout de même très proches et puis je ne sais pas, ça me fait un pincement au cœur de pas avoir été là pour lui venir en aide. Malheureusement toutes les bonnes choses ont une fin, la sienne est arrivée très tôt et on ne peut rien y faire. Par contre cette fille me gêne, je ne crois pas un mot qui sort de ce qui lui serre de bouche, qui aurait bien pu venir les agresser sachant que je suis une ombre depuis le début, cela n'a pas de sens. Cette fille ment comme elle respire, ça crève les yeux, ça se trouve Liam est toujours vivant à l'heure actuelle, mais ça impossible de le savoir vu qu'Hermes me tient à l'écart de toutes informations concernant le monde extérieur.

Je souffle de désespoir, j'ai très peu de chances de reprendre une vie « normale » un jour, il me retiendra prisonnière jusqu'à ma mort pour ne pas avoir encore plus de conflits avec ma famille. D'ailleurs j'aimerai bien savoir s'ils me cherchent encore ou s'ils ont totalement abandonné l'idée de me retrouver, après ce qu'il s'est passé à la réunion, beaucoup d'entre eux n'ont sûrement même pas pris la peine de tenter quoique ce soit, j'aurais fait la même chose si nos places avaient été échangées.

Qu'ils aillent au Diable, ce n'est certainement pas moi qui ai besoin de leur présence.

Une bulle de savon s'écrase sur mon nez, me rappelant par la même occasion que j'avais arrêtait tous mouvements en m'évadant avec mes différents scénarios, je repris donc mon nettoyage et coupai l'eau après m'être rincée.

J'attrape une serviette puis l'enroule autour de moi, et sans que je ne comprenne pourquoi, mes larmes commençaient à couler sans que je ne puisse les retenir, le monde qui m'entoure bouge et tourne à vitesse que je ne peux encaisser. Je finis donc pas vomir mon petit déjeuner dans les toilettes, en serviette avec les cheveux trempés qui coutent dans mon dos.

La chasse d'eau tirée et ma bouche essuyée, je m'assois en face de la cuvette puis mon regard se perd sur l'éclat blanc de celle-ci malgré que tout tourne encore, mes yeux se ferment mais à peine ai-je eu le temps de reprendre mon souffle qu'une nouvelle envie me prend, je rebascule donc dans les chiottes.

Je sors de la pièce avec un ballonnement au ventre, mon corps se pose sur le matelas et j'hésite même à appeler quelqu'un pour qu'on m'apporte mes affaires à tel point je ne me sentais pas me lever pour aller demander où elles étaient.

En prenant mon courage à deux mains, mes pas avancent jusqu'à son dressing et je choisis très rapidement mes vêtements, c'est-à-dire un tee-shirt noir et un caleçon de la même couleur, avant de me plonger entre les draps, j'ai dû manger trop vite ce matin.

□□

Une petite secousse me réveille de mon sommeil très profond, je parviens tout de même à décoller mes paupières. Nicky se tient devant moi avec certainement un bol de soupe, mes sourcils se froncent mais je le pris quand même en me redressant entre les draps.

- « Merci... »

- « Tu es une vraie marmotte en fait, tu as dormi douze heures d'affilées. »

Je baisse la tête sur mon plat, la fumée blanche qui s'en échappe m'indique qu'il vient tout juste d'être préparé, puis l'odeur me rappelle les veloutés de légumes que ma grand-mère me faisant enfant. Tant de nostalgie pour un pauvre bol, c'est si... étrange.

- « Je ne savais pas ce que tu aimais en légumes alors... je t'ai pris la première que j'ai trouvé dans le placard, c'est du poulet avec des pommes de terre. J'espère que tu vas aimer. »

- « Nan t'en fais pas, c'est déjà super gentil de m'avoir réveillé pour que je mange. »

Un silence s'installa, moi en tailleur sous la couette que me parait glaciale et lui sur le côté du lit en train de fixer ce qui se passe par la fenêtre.

- « Au fait, Hermes m'a demandé de te faire déménager, il a trouvé une chambre pour toi, tu me diras que c'est pas trop tôt vu le nombre de chambre que possède cette maison mais voilà, tu as ton propre espace. Il y a déjà rangé toutes tes affaires. »

- « La maison n'est pas si immense que ça finalement, en tout il y a 40 chambres au premier étage, son bureau est au quatrième tout au fond du couloir, la salle d'entrainement au troisième et une salle de réunion au deuxième mais on est quand même obligé de se croiser lui et moi. »

- « Tu as réellement compté toutes les pièces et leur emplacement dans la maison ? »

- « Hm. »

J'hochai la tête et pris les premières gorgées de ma soupe, qui me brûlait la gorge. Alors que j'allais la reporter à mes lèvres, la porte s'ouvrit dans un énorme fracas :

- « Nick, grouille-toi de descendre ! » cris Léo, je crois, en direction du blond.

Celui-ci se tendit de tout son long avant de se lever en vitesse et demande en sortant de la chambre à toute allure :

- « Qu'est-ce qui se passe ?! »

- « On s'est fait attaquer ! »

Quoi ? Comment ? Par qui ?

Je me découvre et descends en bas au plus vite, pour découvrir que tout le monde est à son poste, prêt à combattre. Je marche jusqu'à la cuisine et y récupère un des fusils entreposés.

En me retournant, une main attrape mon poignet droit. Je sursaute face à sa poigne mais me dégage rapidement.

- « Qu'est-ce que tu fous ? »

- « Je te retourne la question ? Lâche-moi la grappe un peu et va t'occuper de tes hommes. »

- « Hors de question que je te laisse avec une arme dans les mains, rien ne me garantie que tu vas pas nous la mettre à l'envers. »

- « Hermes, tu te fous de ma gueule là ? Je vous ai TOUS sauvé une première fois et tu ne veux toujours pas me faire confiance ? J'espère que c'est une grosse blague ? »

- « C'est non négociable Alma. »

Je garde cependant toujours l'objet entre mes doigts et lui demande de me le laisser au moins en haut, dans ma chambre. Il souffle puis finit par accepter ma proposition et vient me porter sur son épaule.

- « C'est quoi ton problème ? »

- « T'es déjà un poids mort pour nous, autant que je me dépêche à te balancer dans ta chambre. »

Ma respiration se coupa dans ma gorge en même temps. Un poids mort ?

Je suis un poids mort... Pour les gens ?

Mes dents se serrent d'elles-mêmes tandis que je ravale mes larmes en silence, ses mots sont durs mais justes, c'est ce qui en fait des armes si dangereuses. Je n'oublierais pas de lui rendre la pareille.

Comme convenu, je me retrouve propulsée sur le matelas où j'étais, un Vektor R4 dans les mains. Je souffle bruyamment de mécontentement et me replace correctement, la nuit va être longue je le sens. Puis j'ai l'occasion de m'enfuir grâce à l'attaque de dehors, je peux m'en servir comme distraction.

Plus je la regardais, plus cette fenêtre ressemblait à la porte du paradis, si on réfléchit bien il n'y a rien qui peut me retenir : tout le monde est en bas, occupé à défendre la propriété.

En étudiant un peu la maison, j'ai remarqué que ma chambre est celle qui est la plus éloignée de la pièce de vie et donc de la porte d'entrée, ainsi mon évasion ne se remarquera même pas surtout avec le bruit des balles qui fusent dans le salon. Seul problème, c'est que je ne suis pas sûre de pouvoir descendre en rappel avec ma cheville, et puis je ne peux savoir si on n'est pas encerclés.

À nouveau sur mes pieds, j'avance à petits pas jusqu'à ce que le verre reflète ma silhouette, l'idée de partir d'ici est plus qu'alléchante mais je ne peux pas prendre le risque de tout foirer parce que j'ai mal calculé mon coup. Je colle mon front contre le panoramique, le reflet m'empêche d'entrevoir ce qui se passe pourtant tout m'a l'air d'être calme, ils ont dû tout concentrer sur la porte principale pour forcer une entrée directe. Je ne sais pas ce que votre « chef » avait dans le crâne mais il vous a envoyé tout droit vers la mort.

Bande d'idiots.

Je resserre mes doigts autour du canon et donne un grand coup de cross, ce qui a eu pour effet d'exploser la vitre en mille morceaux. J'attrape en vitesse ma housse de couette et en fait une corde que je dépose à côté du lit mais avant que je ne réalise ce qu'il se passe, quelque chose vient m'étrangler par derrière et me soulève du sol. Mes mains attrapent directement ce qui entrave ma respiration, qui s'accélère de plus en plus à cause de la panique. C'est du métal. On est en train de m'étouffer avec mon arme.

Je me débats dans le vide, mes jambes fendent l'air pendant que me vision se brouille.

Flashback

- « Dans ta vie, tu seras très certainement amenée à perdre la fonctionnalité de l'un de tes membres ou de tes sens. Tu dois donc apprendre à combattre avec ce qui te reste. Pour ça, tu dois multiplier les capacités de tout ton corps : doigts, mains, bras, genoux, jambes, pieds mais aussi cognitives : vue, ouïe, toucher, odorat et même le goût. Chacun d'entre eux peuvent, sans que tu ne t'en rends compte, te sauver la vie. C'est pourquoi il faut que tu t'entraines. dit Juan en plaçant un bandeau noir sur mes yeux avant. Et pour commencer, je te retire la vue et une de tes jambes. Si je vois que tu retires le bandeau, que tu utilises ta jambe droite ou que tu la poses par terre, tu recommenceras l'exercice dix fois. En garde. »

Mon corps se tend mais je ne bouge pas d'un millimètre, au son de ses bagues contre la surface qu'il tient entre ses doigts, je dirais qu'il s'agit d'un « simple » manche à ballait. Pour un premier exercice, je doutais fort qu'il prenne une arme blanche tout de suite. Ma cuisse coll à ma poitrine, j'attends avec impatience le premier coup.

Il n'y a plus un bruit autour de nous, tout est calme et posé, ce qui risque de ne plus durer très longtemps. Ma réflexion à peine terminée, le son de l'air tranché parvint à mes tympans, instinctivement ma tête fonce vers le bas. Un coup à la tête, prévisible mais redoutable, il attaque fort dès le début.

L'homme est gaucher pourtant ça venait de droite, il donc obligatoirement face à moi pour qu'il prenne le risque de me manquer. Tu t'es grillé tout seul mon oncle.

Je me propulse sur les mains et envoie ma jambe gauche, tendue comme la ficelle d'un arc, droit devant moi. Rien ne vient la heurter, il a donc bougé de sa position initiale. Je me réceptionne sur celle-ci puis écoute ce qui m'entoure. L'analyse de son environnement est la clef de la réussite, si j'arrive rien qu'à l'entendre respirer, je gagne un gros avantage.

Maintenant mon emplacement, je me prépare à une nouvelle attaque. Encore une fois il visa la tête sans grande réussite.

- « Tu te fais vieux. »

Mon corps partit en arrière et une douleur s'installa dans mon estomac, son coude s'enfonce de plus dans mon ventre tandis que mon cœur se soulève.

- « Trop lente. Ta tête n'était qu'à quelques centimètres. Si ça avait été un katana, tu serais déjà plus de ce monde. Encore. »

Si je dois mourir aujourd'hui, alors que je le fasse en me battant jusqu'au bout.

Je fais un mouvement de balancier avec mes jambes puis relève mon bassin afin que mes cuisses serrent son cou, je les contracte autant que je peux avec la force qu'il me reste. Il relâche immédiatement son arme et tente de les desserrer en les attrapant par derrière, me plongeant ainsi dans mes abysses mémoriels : la sensation de sa bouche dans mon cou, ses mains qui me portaient et se baladaient sur moi, de lui en moi tout simplement.

Je sens son souffle diminue au niveau de mon entre-jambe, ce qui teinte très vite mes joues et aussi, m'oblige à faire un effort surhumain pour pas pleurer toutes les larmes de mon corps.

Sa poigne se fait moins agressive sur ma peau, ses genoux flageolants m'indiquent avec certitude qu'il va tomber dans très peu de temps, je me cramponne alors à sa taille avec mes bras puis le laisse aller en avant tout doucement et juste avant qu'il ne s'écroule sur le ventre, je le lâche et me décale sur la droite.

Une fois debout, je prends le temps de regarder la personne inconsciente devant moi : grand et musclé, les traits toujours tirés par le stress, une légère barbe de trois jours nait sur sa mâchoire, ses cheveux courts presque rasés renforcent cet aspect autoritaire. C'est sûrement un ancien militaire ou Navy SEAL.

Mon regard croise le fusil d'assaut à côté de lui, le même qui a failli m'ôter la vie si mon subconscient ne se démenait pas tant à me garder ici. J'aurais dû être plus prévoyante, c'était évident qu'en cassant la vitre, l'attention se tournerait sur celle-ci même si la fusillade est conséquente. Je lui juste donner un moyen plus facile d'entrer mais je ne pensais pas que ce serait si rapide.

Mes iris examinent la fenêtre devant moi : une sorte de crochet mord un bout de verre qui était resté « intact ». Un grapin, ça aussi j'aurais dû l'envisager. Et puis qui se retourne, dos au danger quand il n'est pas à cent pourcent sécurisé ?

J'inspire profondément et me dirige vers ce même fragment, puis le décroche et le laisse glisser en dehors, plus personne ne peut l'utiliser maintenant.

Je ne suis pas certaine d'être totalement prête pour ce qui va suivre après tout, je n'ai jamais tué quelqu'un de sang-froid mais c'est lui ou moi, et même si c'est égoïste de le dire, mes besoins passeront toujours en priorité. Mes doigts prennent un fragment trainant par terre puis je me tourne vers l'homme.

Mes mains tremblent tandis que je place le tranchant sur la gorge de l'homme, j'ai l'impression d'être un monstre sanguinaire, sans foie ni loi, juste assoiffé de sang. Dans un sanglot, j'enfonce comme une folle le morceau dans sa nuque ce qui lui fit automatiquement ouvrir les yeux, ceux-ci s'écarquillent me faisant crier sans pourtant que ça ne m'arrête. Le sang gicle partout, sur les draps, le sol, sur son visage et le mien.

Réalisant ce que je venais de faire, je recule jusqu'à ce que mon dos heurte le pied du lit et crie à m'en arracher les cordes vocales, mes mains couvertes de son sang passent sur mon visage lui aussi taché, qu'est-ce que j'ai fait !

Les vitres explosaient les unes après les autres envoyant des fractions de verre à travers la pièce, ce qui rend la riposte presque impossible. J'ai perdu le tiers de mes hommes jusqu'ici et ceux qui tiennent encore le coup ne risquent pas de le faire très longtemps, je n'aurais pas dû envoyer Alma toute seule là-haut, je ne sais même pas si elle est toujours en vie à l'heure actuelle. Je suis trop con putain !

- « Hermes, il faut qu'on dégage ! On va pas tenir à ce rythme là ! »

- « Hors de question, c'est chez moi et je ne compte pas déserter comme un voleur. »

- « Hermes, je sais pourquoi tu veux rester ici mais elle ne reviendra pas ! Elle est partie, à toi de la laisser maintenant, laisse la s'en aller ! »

- « Ferme la Nicky ! Je ne partirai pas d'ici, s'il faut je mourrais dans cet endroit mais je ne la perdrais pas une deuxième fois. »

Ma colère s'intensifie à mesure que les souvenirs refoulés reviennent à la surface, mais ce qui m'enrage le plus c'est qu'il a raison, le deuil est passé mais son esprit imprègne toujours cette maison.

- « Très bien, tenez juste un peu, j'arrive. Dis aux autres de préparer les voitures, on sortira par derrière ! »

Je me retire de la bataille et cours vers mon sous-sol récupérer mes chiens, pas questions d'abandonner mes fils. Leurs aboiements se font entendre à travers la porte, l'agitation les perturbent c'est certain.

Je défonce la porte avec mon pied et tire sur le cadenas puis remonte dans le salon, les chiens à ma suite. Il ne reste peu de personne, juste le minimum pour nous faire gagner du temps, je ne m'attarde pas plus sur eux et me dépêche d'aller la chercher.

Enfin face à sa porte, je pénètre sans attendre mais ne la voit pas, tout ce qu'il y a c'est un corps inerte par terre, baignant dans son sang et le panoramique est complétement explosé. Mon cœur pulse dans ma poitrine en voyant qu'elle n'est pas ici, putain Alma qu'est-ce que t'as fait ?

J'avance paniqué à travers cette pièce, prêt à vomir de stress jusqu'à ce que j'aperçoive sa tête dépasser du lit, un sentiment de soulagement s'empara de moi lorsque je vis qu'elle allait bien.

- « Alma on y va, lève-toi... » dis-je en m'approchant d'elle.

Je me surpris à hausser les sourcils et entrouvrir la bouche devant cette vision : elle est recouverte d'hémoglobine ; son visage éclaboussé de goutelles bordeaux, de ses mains coulent des rivières de rouge épaisses et ses iris ne faisaient que de les fixer, cherchant un point de repère dans ce cauchemar. Elle plante son regard vide dans le mien et me demanda :

- « Aurais-je été trop fort ? »

_____

What's up guys ? J'espère que vous allez toutes bien mes vies.

Je suis vraiment désolée pour l'attente de ce chapitre, ces derniers jours ont été très pesants et fatigants, puis il s'est passé quelque chose qui m'a mit un peu en bad mood donc je ne me voyais pas écrire dans cet état.

J'espère que ce chapitre vous aura plus, un peu d'action ça fait de mal à personne.

Et un nouveau personnage fait son entrée : Laura Garcia. D'entrée de jeu, elle commence avec un comportement de pétasse qui pour ma part, me donne juste envie de la tarter.

Prenez soin de vous. <3

N'oubliez pas de voter.

Gros bisous, M.J

(: Runway - Aurora)

_____

Quelque part, États-Unis, 19h38

Presque vingt-quatre heures que nous roulions pour atteindre la Californie, et malheureusement pour nous il reste encore un jour de route. Après plusieurs arrêts dans des stations-services pour manger et des pauses dans des motels miteux, notre moral était au plus bas et le mien avait vraiment touché le fond.

Mon utérus m'arrache presque des couinements tellement la douleur est intense tous les mois.

Personne ne parle depuis le départ, un silence de mort règne dans cette voiture, Hermes conduit avec Nicky à sa droite tandis que je me remémore les vestiges de la veille : tout ce rouge partout, cet homme mort et Léo. Ces pleurs balayant les gouttes de sang sur ses pommettes et ses supplices envers sa mère m'ont arraché le cœur, il n'arrêtait pas de dire qu'il ne pouvait pas la laisser seule et puis dans un souffle à peine audible, il a prononcé avant de fermer les yeux : Ne le laisse pas Alma, il a besoin de toi plus que jamais.

Je ne comprends toujours pas pourquoi c'est à moi qu'il a dit ça, il aurait dû le dire à Nicky mais peut-importe, ce n'est pas comme ci je pouvais m'éloigner de cet univers, vu que des chaines invisibles m'entravent dedans sans cesses et ce depuis ma plus tendre enfance.

- « On va bientôt s'arrêter. »

Mes yeux se lèvent vers le rétroviseur où je peux apercevoir le reflet des siens regardant la route, pas une seule interaction n'avait été faite entre nous depuis hier soir, c'est sûrement mieux comme ça finalement, cela nous permettra d'avoir des vacances puis... Je ne me voyais pas l'enquiquiner alors qu'il est en deuil de son ami.

Nous nous arrêtions sur une place vide du parking d'un autre putain de motel, paumé au milieu de nulle part. Je souffle intérieurement mais détache ma ceinture et sors pieds nus du véhicule. Encore une fois, pas un bruit ne trouble le silence de la fin d'après-midi, et le coucher de soleil est magnifique même caché par ces fils électriques et ces arbres.

- « Vient là, pas la peine que tu te blesses en marchant sur du verre. »

Le serpent avança et me porta sur son épaule, je ne dis rien pourtant un spasme me prend en sentant le contraste de ses doigts chauds à cause du volant et de ses bagues froides sur l'arrière de ma cuisse. Ne te fais pas remarquer pour les dix prochains jours au moins, tout le monde est un peu à cran donc autant pas ajouter de l'huile sur le feu.

Une fois à l'intérieur du bâtiment, il me repose sur le tapis sans plus de cérémonie puis marche en direction du guichet d'accueil, en fait c'est assez perturbant de le voir dans cet état, l'éclat indescriptible qui enflammait son regard à totalement disparu et puis le fait qu'on ne se soit pas parlé depuis maintenant vingt-quatre me donne des frissons en quelques sortes, je les avais petit à petit intégré à mon quotidien.

Mes iris se détachèrent avec difficulté de ses omoplates pour s'attarder sur les différents détails du vieux papier-peints, les fleurs vertes qui disparaissent à mesure que les tâches de moisissure grandissent me dégoûtent au plus haut point. Et l'odeur sent le vintage, comme les années soixante-dix on va dire, ce qui ne me déplait pas tant que ça. Le tapis lui aussi vert sur lequel je repose est agréable au toucher, mais un peu sale par contre.

Sa main prend la mienne et me tire dans un couloir pendant alors que j'admirais les photos en noir et blanc accroché au mur. Sa poigne est ferme mais pas désagréable, à croire que c'est trop difficile de me laisser vivre cinq petites minutes.

- « Hermes, ça va ? »

- « Oui ça va. Maintenant avance. »

Je mords très fort l'intérieur de mes joues, jusqu'à même à en saigner, pour ne pas lui répondre sur le même ton désagréable qu'il venait d'employer. Je peux tout accepter, mais pour l'amour de Dieu pas le manque de respect !

Il sort une clef de sa poche et l'insère dans la serrure puis ouvre la porte de NOTRE chambre, je présume. Je suis la première à entrer car sa main me pousse à l'intérieur sans ménagements pour ensuite fermer la porte derrière nous, et je ne peux m'empêcher de demander :

- « Et les autres ? »

Sans me répondre, il se dirige tout de suite près de la fenêtre minuscule qui nous offrait encore la vue du soleil pour en fermer les stores métalliques. Je fais la moue mais l'homme qui s'agite sans raisons apparentes en face de moi n'en a strictement rien à faire, il préfère épier ce qu'il se passe dehors.

- « Qu'est-ce que tu fais ? »

Toujours aucune réponse. Mon sang ne fait qu'un tour face à tant d'ignorance et je commence à crier :

- « Putain Hermes c'est quoi ton pro-

Mes yeux étaient prêts à sortir de leur orbite au moment où il plaqua sa grande main avec brutalité contre ma bouche. Ne comprenant pas la situation, je l'interroge du regard et comme réponse, celui-ci place son index sur ses lèvres en guise d'avertissement avant d'écarter sa paume tout doucement.

L'absence de bruit qui entoure nos corps ne fait qu'augmenter mes pulsations cardiaques dans mes oreilles, me provoquant ainsi un mal de tête infernal et la sueur qui coule lentement le long de mon dos accentue mon mal-être puis en chuchotant, il me demande avec un sérieux qui me glace le sang :

- « T'as entendu ? »

Mes poils se hérissèrent, qu'est-ce qu'il a entendu et pas moi ?

Il se retourna une dernière fois puis inspecta minutieusement le dehors de notre « hôtel » de fortune pour finalement prendre son téléphone et de tapait un message qui m'est inconnu. Je remue ma main devant ses yeux pour capter son attention puis demande toujours à voix basse :

- « Je peux savoir ce qui se passe ? »

- « Une voiture a commencé à nous suivre il y a maintenant trente minutes et s'est garée un peu plus loin derrière nous. Je doute que ce soit une coïncidence donc je prends les mesures qui s'imposent. On est encerclé par mes hommes, si quelqu'un essaye d'entrer ici il se fera descendre tel l'ennemi public numéro un. Ne t'inquiète pas princesse, tu peux dormir sur tes deux oreilles. »

- « Quoi ?! Mais si on est suivi pourquoi on est encore là ? Putain Hermes à quoi tu joues. » criais-je en panique.

Ses lèvres pincées entre elles m'indiquaient qu'il se retenait avec difficulté pour ne pas éclater de rire face à mon état de détresse.

- « On a rien à craindre en fait ? »

- « Pas le moins du monde ma belle. »

- « Alors pourquoi tu m'as fait taire ? Avec ta vielle main là, je suis sûre qu'elle est sale en plus. »

- « T'aurais préféré que ce soit mes lèvres ? Ou ma queue ? »

- « Ça ne répond pas à ma question gros obsédé. »

- « Car tu es beaucoup plus intéressante quand tu as la bouche fermée. Et pour être totalement transparent avec toi, c'est assez amusant de te voir perdre tes moyens. » dit-il souriant, fier de lui et de ses idioties.

Je prends une expression blasée et me dirige vers le lit mais me stoppe directement. Je suis encore pleine de sang et puis je ne veux pas dormir dans l'hémoglobine de l'homme que j'ai tué, ce n'est même pas envisageable.

C'est donc avec un mal de ventre horrible que je marche vers ce qui me semble être la salle d'eau. Elle est minuscule, comportant le strict minimum : douche à l'italienne, toilette et lavabo. Je ne vais pas m'en plaindre, honnêtement il y a pire que ça et surtout qu'elle m'a l'air régulièrement entretenue contrairement à l'entrée.

Une fois la porte fermée, à clef, j'ôte mes habits imbibés et me glisse sous l'eau chaude. Un sanglot m'échappe jusqu'à se transformer en grosse crise de larmes, tout ce qui s'est produit la veille remonte dans un torrent d'émotions impossible à enfouir. Cet homme était sûrement marié à un sucre et papa d'enfants adorables, et moi du haut de mes 23 ans d'errance, je m'autorise à leur détruire la vie.

Mon poing part dans le mur sans que je ne puisse me retenir, la vague de remords qui m'anime enrage mon être, je m'en veux et j'aurais beau expié mes erreurs en suppliant le Seigneur, ça n'enlèvera pas la culpabilité qui rampe sous ma peau actuellement. Putain je n'arrive même pas à trouver les mots pour exprimer ma haine tellement est puissante.

Je baisse la tête sur le sol de la douche pour m'apercevoir que du sang commence à s'échapper par la canalisation, je remonte alors les yeux sur mes épaules et y découvre seulement ma peau bronzée.

Putain, j'espère que ce n'est pas ce que je crois...

Ma main passe rapidement entre mes cuisses puis revient en face de moi, avec du sang.

Génial c'est sûr que j'avais besoin de ça maintenant, argh j'ai envie d'exploser tout ce que j'ai sous la main ! Je coupe l'eau et demande presque en criant pour que mon colocataire m'entende à travers la porte :

- « Je vais avoir besoin de toi là ! »

- « Pourquoi ? »

- « E-Euh et bah... J'ai mes règles... Et je-

- « T'as dit quoi ?! »

- « Arhh, J'AI MES RÈGLES ! »

La tranquillité revient lorsque la fin de ma phrase est prononcée puis je crois percevoir un « et merde » camouflé par le bois de la porte, oui c'est chiant mais c'est comme ça. Il vient toquer et me demande s'il peut entrer et voyant que je n'avais même pas pris la peine de me sécher, je m'empresse donc de me couvrir avant de déverrouiller et de m'assoir sur le « couvercle » des WC. Je crois que je n'ai jamais appris son nom en fait ? Ce n'est pas grave, couvercle c'est déjà suffisant.

- « C'est bon tu peux entrer. »

La poignée se baisse pour le laisser pénétrer la pièce qu'il vient refermer après être rentré à l'intérieur. J'ai le sentiment que les murs se rapprochent étroitement de nous, m'oppressant de plus en plus, rien que l'idée d'être à moitié nue à côté de lui me donne envie de vomir. Pourquoi ce n'est pas toi que j'ai saigné comme un porc dans cette cave, Caleb ?

- « Et donc qu'est-ce que tu veux que je fasse ? »

- « J'aurais besoin de nouveaux vêtements, de protections hygiéniques et de nouvelles culottes, mais pas de strings, genre les vraies culottes de grand-mère. »

- « Putain pas besoin de détails, j'ai une image mentale maintenant. Donc je dois aller faire les courses ? »

- « Oui ? »

- « Tu peux pas m'accompagner ? »

- « Bah non du coup ? »

Il souffla comme un enfant à qui on refuse un caprice puis ressort en passant un coup de fil, et n'ayant pas fermé cette foutue porte en partant, j'entends tout ce qu'il dit :

- « Oui je sais, nan envoie quelqu'un pour la surveiller. Nan je peux pas l'emmener, on va se retrouver comme le petit poucet et ses vieux cailloux mais à la place ce sera ses vieux caillots de sang coagulés qui nous indiqueront le chemin pour rentrer. »

La fin de ses paroles me vole un soufflement du nez en imaginant la scène dans ma tête, mais qu'est-ce qui peux être con quand il s'y met celui-là. Cela dit elle est plutôt bien trouvée, je dois l'avouer.

Mon crâne bascule tout doucement contre les carreaux collés au mur tandis que mes paupières se rejoignent, cette journée en voiture a été épuisante plus nos arrêts pour manger m'ont complétement vidé de mon énergie ; je n'attends qu'une chose c'est d'aller dormir.

Nicky raccroche en rigolant et quelques minutes plus tard, des coups se font entendre de l'autre côté de la porte principale. Je m'élance en direction de celle puis l'ouvre et tombe finalement sur Enzo, l'air à moitié endormi.

J'intervertis nos places et sors du bâtiment puis marche en direction de ma voiture, mon bras-droit désormais sur mes talons. Nous entrons en même temps dans la Jeep noire matte puis j'enfonce les clefs dans le contact avant de démarrer et de taper l'itinéraire du supermarché, encore ouvert, le plus proche de notre position. Celui-ci se trouve à une vingtaine de minutes, en tout ça nous prendra maximum une heure.

- « Tu vas bien ? » lui demandais-je en lui lançant un regard en biais, il a la tête tournée vers la vitrée et soutenue par son bras.

- « Est-ce qu'on peut ressentir quelque chose même ? »

- « Je sais que tu tenais énormément à lui mon pote, et je suis désolé que ce soit terminé comme ça, sincèrement. »

- « On aurait dû aller le chercher Hermes, on aurait pas dû le laisser là-bas tout seul putain... Il faisait partie de la famille et nous on l'a abandonné comme-ci il n'avait rien été. »

Ma mâchoire se contracte en assimilant toutes ses paroles plus que tranchantes qui écorchent un peu plus mon cœur, j'ai l'impression d'être qu'un lâche qui n'a pas pu accomplir la mission qu'on lui a confié. Et puis sa mère ? Comment je vais pouvoir lui dire droit dans les yeux que son fils est mort pour moi ?

Mais quel bordel...

Pour la énième fois de la journée, je me gare sur une place et sors de la voiture. Il descend lui aussi en claquant la porte, son regard éteint m'enterre. Je détourne le regard pour observer les alentours, tout est vide et le supermarché ne me donne guère envie d'y acheter ce dont Madame a besoin pourtant je prends sur moi puis nous entrons.

J'attrape un petit panier puis commence à slalomer entre les rayons de vêtements sauf que je ne connais absolument pas ses mensurations, je fouille alors dans ma poche afin d'appeler Enzo pour qu'il me donne la réponse que je souhaite. La tonalité me stresse inconsciemment lorsqu'il décroche enfin :

- « Oui ? »

- « J'aurais besoin que tu demandes à Alma sa taille. »

- « Je voudrais bien mais là elle en train de se faire exorciser aux toilettes. »

- « Comment ça ? »

- « Attends tu vas comprendre. »

Plus il s'approchait de la pièce, plus des gémissements et des cris se faisaient entendre. Mes sourcils haussèrent, c'est humain même ?

- « Tu vois ce que je veux dire ? »

- « T'es sûr qu'elle est encore en vie ? »

- « Tant qu'elle continue de s'arracher la gorge je ne m'inquiète pas. »

- « Tu peux quand même essayer s'il te plait, j'en ai vraiment besoin. »

- « Si tu veux. Alma, Hermes aurait besoin de connaitre ta taille pour t'acheter des vêtements. Alors elle fait du trente-huit, du M et du 85 B. Putain c'est petit. »

- « Ok merci, maintenant demande lui son... flux ? Putain c'est quoi ça encore ? »

Je l'entends pouffer de l'autre côté du micro puis il reprend :

- « Le flux c'est la quantité de sang qu'elle perd, prends-lui des serviettes avec le plus de gouttes colorées possibles. Et prends-lui du chocolat noir, ça soulage la douleur. »

- « Hm. Comment tu sais tout ça ? »

- « J'avais une meuf aussi. Et moi aussi je-

Je termine l'appel, ne voulant pas à avoir écouter sa vie pas si intéressante que ça. Je n'ai pas non plus le temps pour ses histoires de cœur. Il est bon en conseils pour les meufs et pour tirer un coup le temps d'un soir mais sans plus.

Mes pas me menèrent donc là où se trouve les différentes tablettes de chocolats, je ne connaissais pas du tout l'histoire du chocolat noir et j'espère qu'elle aime ça sinon je vais dépenser cinq dollars pour rien. Je dépose plusieurs sortes de chocolats : blanc, au lait et même praliné alors que je déteste cette merde.

Puis du coin de l'œil, j'entrevois Nicky avec un objet que je ne reconnais pas dans les mains. Intrigué, j'avance vers lui et demande ce que c'est, celui-ci me répond que c'est une bouillotte. Je ne sais absolument pas ce que c'est pourtant ce mot me dit vaguement quelque chose, encore un truc dont j'étais obligé d'écouter et qui est passé par une oreille et ressortit par l'autre.

□□

Désormais arrivé, je toque à la porte puis patiente qu'Enzo vienne m'ouvrir. Les lanières de mes sacs plastiques me lacèrent les doigts, je ne sentais plus ma circulation sanguine dans mes extrémités. Putain mais qu'est-ce qu'il branle ?

La porte s'ouvre finalement sur Alma, toujours en serviette, courbée en se tenant le bas du ventre.

- « Où est Enzo ? »

- « Il est parti, je n'ai pas trop compris pourquoi. »

Je souffle d'agacement et me retient d'aller le chopper par la peau du cul pour lui demander des explications, je lui ai confié sa garde et l'autre se barre sans soucis.

La femme en face de moi se décale de l'encadrement et me laisse passer, puis s'assois sur le rebord du lit en mettant sa tête entre ses mains. Je ne serais l'expliquer mais la voir comme ça me fait mal au cœur, se tordre de douleur à cause d'une chose si naturelle, c'est assez dérangeant pour être honnête.

Je mets les sacs sur la petite table puis fouille dedans pour en sortir les boites des sushis et des makis que j'ai acheté un peu plus tôt. Elle a intérêt d'aimer ça sinon, assure pas mariable. Après pas sûr qu'elle soit le genre de meuf à vouloir se marier mais on va faire avec.

- « Qu'est-ce que c'est ? »

- « Des sushis, je sais pas si t'aime ça mais j'ai-

- « Quoi ? Si j'aime pas ça ? Mais grand Dieu, bien sûr que j'aime ça ! »

Son visage s'illumine à la vue de la nourriture puis je crois même apercevoir de la bave sur le coin de sa bouche retroussée en un sourire. Elle se lève et regarde dans l'autre sachet pour y trouver ses vêtements : c'est-à-dire un tee-shirt, un jogging hyper classe que j'aurais aussi dû m'acheter et des sous-vêtements ainsi que ses protections hygiéniques. Elle les prend et m'embrasse sur la joue en chuchotant un « merci » avant de se diriger à nouveau dans la salle de bain.

Je glousse et place notre déjeuner sur les draps, en faisant bien attention à ne pas renverser les sauces. Elle sort de la pièce, cette fois habillée et vient s'assoir à mes côtés en attrapant des baguettes puis commence à manger en me souhaitant bon appétit. J'allume la télévision puis engloutis mon premier sushi avec de la sauce sucrée. Mes papilles savourent ce moment à tel point que je ferme les yeux en l'avalant.

Son rire me les fait rouvrir pour la voir me regarder prendre mon pied.

- « Quoi ? C'est trop bon pour pas être savourer. »

- « J'ai rien dit, vas-y continue. » dit-elle en se retenant de sourire.

Elle a le visage d'une enfant, toutes ses facettes renforcent cette impression, puis sa manière de s'énerver et de bouder est celle d'une gamine de quatre ans.

- « Putain, t'as même les yeux qui se révulsent ! »

- « Prends bien en note parce que ce sera à ton tour dans pas longtemps. »

- « Hm, je sais si tu bois de l'alcool mais j'ai pris du Saké, pas certain que t'apprécie mais au cas où. » reprenais-je en ouvrant la bouteille que j'avais mis au pied du lit pour potentiellement la boire un peu plus tard.

- « Je n'ai jamais en vérité, je préfère boire des Martini. »

- « Oh l'angoisse ! »

- « Excuse me ?! Alors là, moi qui croyais qu'il y avait encore quelque à sauver bah là je jette l'éponge. »

On rigola tous les deux puis je me munis de deux verres et verse l'alcool dedans avant de trinquer pour dire ensuite :

- « À Léo, qui a donné sa vie pour ses frères et qui ne sait jamais dégonfler face au danger. Je t'aime mon frère. »

- « À Léo. » chuchote-t-elle en entrechoquant nos verres.

Nous les buvons comme-ci il s'agissait de shots tandis qu'elle grimaça face à l'acidité de la boisson, elle en tousse même !

- « Ahh je vais rester sur les Martini pour ma part. »

- « Est-ce que tu veux en parler ? » demande-elle sans me lâcher des yeux, cherchant certainement une potentielle trace de regrets dans mon regard.

- « À quoi bon ? Ce qui est fait est fait, on ne peut pas changer le passé ni même revenir en arrière. »

- « Parce que ça fait du bien de se confier à quelqu'un de... confiance. »

Son hésitation s'est faite ressentir dans sa voix, je pense qu'elle ne veut juste pas me brusquer. Quand on regarde un peu plus près, elle à l'air d'être ce genre de personne qui fait passer le monde entier avant elle sans jamais rien demander en retour. Et puis, je trouve qu'elle ressemble beaucoup à ma mère, surtout dans son regard. Elle a un éclat que ma génitrice possède également.

- « Très bien mais alors tu commences princesse. »

- « Comment ça ? »

- « Ce qui s'est passé à l'hôtel quand on était à Mexico. Dis-moi pourquoi tu ne voulais pas dormir avec moi ? En plus, il n'y a pas de canapé cette fois. »

- « Je-Je vais pas y arriver, je peux parler de ça. »

- « Je te l'ai déjà dit, je ne te jugerais pas. »

- « Putain j'arrive pas à y croire. Il y a sept ans, j'avais un petit ami qui s'appelait Caleb. Un jour alors qu'on était je crois en train de marcher dans la rue, il m'a... putain je vais pas réussir. Il m'a- il m'a- il m'a violé et poignardé pour ensuite m'abandonné à mon sort. Je ne me souviens plus comment, j'avais déjà probablement perdue connaissance mais les pompiers sont arrivés avec ma mère et m'ont transporté à l'hôpital. C'est majoritairement à cause de cet évènement que je ne veux plus mettre les pieds dans n'importe quel hôpital mais aussi la raison du pourquoi j'angoisse quand un jeune homme ou un homme pose les yeux sur moi, ça fait resurgir les traumas. Me raconte-t-elle en buvant au goulot de la bouteille. À toi maintenant, je veux connaitre un peu mieux celui qu'on surnomme El mamba negra. »

- « Si tu insistes, pour ce qui est de Léo, il n'y a pas grand-chose à dire à part que lui et Nicky étaient des âmes sœurs amicales littéralement, je n'ai jamais vu deux personnes se compléter à ce point. D'ailleurs il m'a reproché de l'avoir abandonné quand on est parti et je crois que pour la première fois depuis longtemps, j'ai ressenti de la peine. Ce qu'il m'a dit était vraiment blessant et le pire c'est parce que c'était vrai, je l'ai écouté prononcer ses derniers mots puis je me suis sauvé tel un voyou. Il ne méritait tellement pas ça, il avait encore le monde à conquérir en écoutant Nicki Minaj à fond en roulant avec MA putain de caisse dans les rues vides de Manhattan. Pour ce qui est de moi, j'ai perdu mon frère et mon père dans un incendie slache fusillade ; des mecs cagoulés et armés jusqu'aux dents ont débarqué chez moi quand j'avais à peine onze puis ont criblés mon paternel de balles puis ont égorgé mon petit frère sous mes yeux qui avait couru vers lui pour l'aider, quand j'y repense ce petit con est mort bêtement. C'était évident qu'il était mort alors pourquoi il a fait ça ? Et puis il y a un an, ma grande sœur dont je t'ai parlé est tombée dans la drogue et est partie je ne sais où sans donner de nouvelles à qui que ce soit. Mes deux grands frères sont probablement mariés à l'heure actuelle avec une baraque immense qu'ils payent de leurs poches et un labrador. Puis t'as moi, le petit raté. Le mouton noir du groupe. Et vu que je n'ai jamais été du genre suiveur, mais plutôt de celui à corrompre les gens, je me suis alors renommé « le mamba noir » ainsi, les médias ont repris les trois petits mots que j'avais écrit avec le sang d'un sénateur newyorkais, je ne sais pas si t'as suivi l'histoire mais c'était moi. Voilà comment El mamba negra s'est fait projeté dans la case de « mafieux. » »

- « La vache, on peut dire que t'as vraiment vidé ton sac. Tu te sens mieux ? »

Sa main caresse timidement mon dos, tentant d'apaiser la colère qui s'insère petit à petit en moi, au vu de mes phalanges et mes poings serrés. Celle-ci s'en alla instantanément pour laisser place à la sérénité et au calme.

Je tourne ma tête vers elle afin de l'observer un peu mieux : un halo de lumière éclairait très peu son visage pourtant cela suffisait pour que l'on le distingue dans cette pénombre, ses yeux aussi un peu cernés lui donnait un charme fou, dans toutes les circonstances, Alma Galuna reste d'une pureté et d'une beauté presque disparues au fur des années.

Ses lèvres assez entrouvertes pour y laisser passer sa langue (ou la mienne), me happaient vers elle, elles m'envoutaient, me faisant oublier tout ce dont nous étions en train de parler.

Je me rapproche d'elle avec douceur et leva ma main pour replacer une mèche des ses cheveux ondulés mais elle baissa tout de suite la tête, se protégeant d'une gifle qui n'arrivera plus jamais. Mes doigts la remettent normalement et prirent sa mâchoire pour lui faire lever les yeux :

- « Je ne lèverais jamais la main sur toi Alma, tu m'entends ? Jamais. Je ne suis pas lui princesse. »

Ses bras viennent encadrés ma taille et sa petite frimousse se cacher dans le creux de mon cou, lui permettant enfin de tout relâcher :

- « Je me sens tellement merdique, j'aurais dû le voir venir et je-

- « Chuut, arrête Alma, tu te fais du mal toute seule. »

Ses pleurs formèrent une espèce de boule à l'intérieur de l'estomac, me coupant presque la respiration à certains moments. Elle était en train de me communiquer son stress involontairement.

Je pris ses joues entre mes mains et dépose mes lèvres sur un endroit aléatoire de son faciès, ses yeux, son front, son nez, tout sauf sa bouche, pourtant Dieu seul sait à quel point j'en avais envie. J'ai probablement trop bu et que je vais regretter demain matin en me réveillant.

Malgré tous les signaux que mon cerveau envoie à mon corps, je l'allonge sur mon torse puis rabat les couvertures sur nous pendant je lui caresse doucement les cheveux pour qu'elle se calme.

Ses larmes cessent de couler et elle finit par rapidement s'endormir dans mes bras, bercée par ma respiration et mes doigts.

Hello everyone !

Je suis trop contente de vous retrouver avec ce chapitre fort en émotions.

Bon petit truc nouveau, Léo meurt.

C'est hyper nul dit comme ça mais vu que je l'ai pas vraiment développé bah on s'y est pas trop attaché. Vous inquiétez pas, vous aurez tout le temps pour pleurer plus tard je vous le promets .

(P.S : Je vais pas pouvoir écrire pendant 2/3 semaines car j'ai ma meilleure amie qui vient à la maison et je compte en profiter un max, en plus je la vois presque jamais. Donc ne m'en voulez pas, j'essayerai d'être plus productive après son départ, c'est promis !)

Et j'ai changé la couverture de l'histoire !

Je trouve que c'est plus adéquat avec l'histoire, qu'est-ce que vous en pensez ? Celle-ci ou l'ancienne ?

Je vous laisse sur ça, j'espère que ce chapitre vous aura plu.

N'oubliez pas de voter.

Prenez soin de vous. <3

Gros bisous, M.J

(: My blood - Ellie Goulding)

_____

Quelque part, Etats-Unis, 1h40

« Il m'a violé et poignardé pour ensuite m'abandonné à mon sort.
»

Je n'ai pas réagi tout de suite en entendant ses mots, et je regrette amèrement que mon cerveau n'ait pas assimilé l'information dans la seconde comme il aurait dû le faire, je crois que ni lui ni moi n'étions en mesure de reprendre le dessus sur la situation et depuis, cette phrase résonne en boucle dans mon crâne tel un mauvais sort, dès lors que sa petite tête s'est posée contre mon torse, c'est comme-ci elle trottait sans cesses... Quel genre d'homme peut faire ça ? C'est inhumain, ce n'est pas un homme, pour moi ce mec n'est rien d'autre qu'une raclure qu'il faudra un jour ou l'autre éliminer.

Putain Alma... Si fragile à l'intérieur et pourtant si forte à l'extérieur, ce petit bout de femme continuera toujours de m'étonner. Comment peut-elle encore sourire ou même vivre comme-ci de rien n'était après un tel drame ? Tu m'impressionnes mi alma.Tes iris

scintillent de milliards d'étoiles pourtant tes pupilles reflètent l'im-
mensité du vide de ton âme.

Elle respire et sûrement rêve tranquille, je dois dire que je l'envie
un peu. Mes yeux ne veulent pas se fermer, à force de ressasser le
passé c'est certain : je n'arriverai pas à fermer l'œil de la nuit, ce qui
n'arrangerait pas mes affaires puisque la personne qui conduit, c'est
moi.

Je souffle en relevant mes iris face au vide devant moi, laissant mes
pensées tant négatives et positives sortir par la même occasion, en
tentant de me détendre.

Sauf que c'est totalement impossible, le souvenir de mon ami ensanglanté, gisant au sol dans une mare de son propre sang, ne cesse
de me hanter. À croire que plus j'essaye de m'en débarrasser, plus il
revient au triple galop.

Pourquoi il est resté en première ligne lui aussi, tu méritais beaucoup mieux mon pote. Je suis désolé que ça ce soit fini ainsi, je te
promets que si j'avais su j'aurais pris cette balle à ta place.

Mon regard se replante sur son dos, et c'est que maintenant que
je réalise qu'elle est arrivée bien plus tard que nous dans la Jeep.
Mon imaginaire fait déjà défiler un tas de scénarios dont je n'aurais
probablement jamais la réponse vu qu'ils ne sont pas réels, putain
d'anxiété. Je pense trop, encore.

Mes doigts jouant dans ses cheveux tout doux suffisent à m'apaiser
le temps de quelques minutes qui me paressent être des heures, alors
qu'il est que deux heures du matin et que je ne suis pas prêt d'arrêter

de me triturer l'esprit. Pourquoi elle y arrive et pas moi, ce n'est pas compliqué de dormir bordel !

Mais même avec de multiples tentatives, je ne parviens pas à m'endormir. Je finis donc par la pousser délicatement de mon corps puis viens la décaler vers son côté du lit.

Désormais avec mes clefs dans les mains, je sors de la chambre le plus silencieusement possible, pas envie qu'elle se réveille surtout que ça fait un moment qu'elle n'a pas pu se reposer, et je longe le petit couloir que j'ai l'impression d'emprunter un million de fois depuis notre arrivée. Tout est glauque ici, c'est comme-ci nous étions dans l'hôtel de Shining, avec le papier-peint jaunit par le temps, le fait d'être au milieu de nulle part en pleine nuit et qu'il n'y est personne, et puis ce sentiment d'oppression qui demeure en moi ne me dit rien qui vaille.

Enfin assis de nouveau dans ma voiture, je sors du parking qui est toujours vide puis m'élance à travers la ville, elle aussi est déserte à cette heure plus que tardive. Je ne sais absolument pas où je vais et pourtant, j'ai confiance.

Rouler seul la nuit, parfois la musique à fond, ça m'aide à légèrement décompresser, c'est psychologique.

Je pense que c'est parce qu'au plus profond de moi, j'aime être seul. Quand les gens me parlent ça m'énerve, j'ai juste envie de m'enfermer dans un cocon insonorisé et de plus jamais en sortir mais il y a des exceptions pour certaines personnes, ou encore le fait d'avoir le besoin permanent d'être rassuré car j'ai le sentiment qu'à tout instant, un dilemme va se produire et que je ne serais pas à la hauteur pour le résoudre.

« Tu n'y arriveras pas. »

« Tu es faible. »

« T'as même pas été foutu de sauver ton frère. »

« Tu foires tout ce que tu entreprends parce que tu es nul. »

Mes doigts enroulés autour du volant en plastique et mes dents serrées se contractent brusquement, foutues pensées, qu'est-ce que vous venez faire ici maintenant ? Ce n'est pas le moment, vraiment pas le bon moment. Revenez plus tard, ou bien même jamais. Pas le temps pour vous, barrez-vous de ma vie !

Inconsciemment, mon pied appuyait plus fort sur l'accélérateur et à la vue de nombreuses et nouvelles voitures sur la voie, j'en déduit que je me rapprochais à grands pas du centre-ville sans pour autant que je diminue mon allure. Je continue de slalomer entre elles jusqu'à apercevoir un rond-point au loin où sont agglutinées des dizaines de véhicules.

Allez va pas faire une connerie, freine avant qu'il soit trop tard. Pense à ta mère et à Salha.

Reprenant peu à peu le contrôle, je relâche doucement la pédale puis prends la dernière sortie pour rentrer, finie les bêtises j'ai eu mon compte pour la semaine. Mais bordel qu'est-ce qui m'a pris ? Et si j'étais rentré dans quelqu'un ?

Ressaisis-toi mon pote, tu dérailles. T'aurais pu te tuer !

Je sais putain, JE SAIS ! Mais comment tu veux que je fasse, hein ?! Je n'y arrive pas, je ne comprends pas comment faire, je n'ai pas la science infuse non plus. J'en peux plus putain... J'ai trop de pression sur les épaules et ça, ça fait des années que ça dure !

Une douleur infernale résonne dans ma tête jusqu'à même m'arracher les tympans au passage. Encore une migraine qui surgit quand il ne faut pas, et comme-ci ce n'était pas assez suffisant je n'ai pas mes cachets pour la soulager. J'ai dû les oublier là-bas en partant, j'irais en chercher demain matin à la pharmacie du coin, avec un peu de chance l'ordonnance doit être encore dans la boîte à gants.

Je claque faiblement la portière en sortant puis me dirige vers l'entrée. Celle-ci me semble bouger dans tous les sens, comme-ci mon cerveau ainsi que mes yeux étaient sous l'effet d'un puissant hallucinogène.

Une fois devant la chambre, j'hésite réellement à rentrer. Et si elle était réveillée et qu'elle m'attendait derrière la porte tel Cerbère, gardant les portes de l'Enfers ? Si elle me voit, va-t-elle être en colère, ou bien même triste que je l'ai laissé ici toute seule ? Peut-être aurait-elle préféré que je la réveille et qu'on aille faire un tour ensemble ?

Un râle de colère et de frustration sortit de ma bouche au même moment où ma tête frappa la surface en bois devant moi, trop de questions tourbillonnent dans mon esprit et les faire taire semble impossible tant que je n'aurais pas baissé cette fichue poignée qui me tourmente un peu plus au fur et à mesure que je la fixe.

Prenant finalement mon courage à deux mains, j'empoigne ce petit bout de métal puis rentre très discrètement dans la pièce. La petite lampe posée sur la table de nuit éclaire sa silhouette dans l'obscurité de la nuit. Dieu merci, elle dort. Je ne me voyais vraiment pas lui expliquer la raison de mon départ, pas besoin que la Terre entière le sache, moins on est à le savoir mieux c'est.

À pas de loup, je marche vers notre lit et viens me glisser en face d'elle avant d'observer le plafond tâché par les potentielles fuites d'eau. Après tout c'est un vieux motel, ça parait logique qu'il ne soit pas dans le même état qu'au début.

Je me tourne dans sa direction en m'appuyant sur mon coude puis l'observe avec attention, une bonne partie de ses cheveux bruns reposent sur ses épaules cependant, quelques-unes de ses mèches ont réussi à se faufiler sur sa joue et leurs pointes dans sa bouche fine. Je lui retire alors et viens les remettre à leur place, en même temps je caresse les lettres que je lui ai scarifié il y a environ deux semaines ; elle ne l'a même pas vu à cause de sa cicatrisation ultra rapide, mais on peut apercevoir comme un cercle blanc sur ses petites tâches de rousseurs, signe qu'elle s'est tout de même blessée.

- « T'es mignonne seulement quand tu dors, le reste du temps tu ressembles à un Gremlins en colère. »

C'est sur ces belles paroles que je finis enfin par trouver le sommeil, rassuré pas sa présence.

Mon corps se réveille doucement en sentant une respiration calme et régulière dans mon cou. Mes paupières se décollent les unes des autres ; m'habituant peu à peu à la lumière qui inonde à présent la pièce, j'arrive à distinguer ce qui m'entoure : je suis allongée sur mon côté droit tandis que des bras enlacent ma taille et des hanches sont collées aux miennes. C'est quoi ça encore ?

Je pivote ma tête jusqu'à ce que mon menton rencontre mon épaule, et la première chose que j'aperçois est son menton posé dessus ainsi que son visage détendu. C'est fou comme, sous cet angle, il ressemble à un ange déchu avec ses traits d'enfant de cœur, contrastant merveilleusement avec ce qu'il est réellement dans l'abysse de son être : un serpent emplit da malice et de péchés impardonnables, qui séduit toutes les créatures qu'il pourrait croiser sur son chemin et étouffe lentement ses victimes, les laissant suffoquer pour son plus grand plaisir.

Les souvenirs de la veille me frappent de plein fouet, faisant teinter mes joues de rose et brûler mon corps d'un étrange sentiment, ce n'est pas de la honte mais plutôt de la gêne. Je m'étais promis de l'éviter, pourtant je me retrouve dans ses bras, pendant qu'il hume mon parfum en dormant comme un bébé.

Que la honte s'abatte sur moi. Et puis ce n'était rien qu'un petit écart qui ne se reproduira pas à l'avenir.

En essayant de me dégager de son emprise, je sens quelque chose de dure se coller à mon coccyx. Je réalise très vite que mes fesses ne sont qu'à quelques centimètres - voir millimètres - de son érection matinale et que si je continue de pousser sur ses bras, elle se retrouvera bientôt sur mon entrejambe, heureusement habillée.

Je commence à secouer son biceps en chuchotant son prénom pour le réveiller, mais mes efforts semblent vains vu qu'il ne bouge pas d'un poil. Je réitère l'action plusieurs fois tout en augment ma force sur son bras :

- « Hermes, je t'en supplie réveille-toi ! Aller bouge-toi. »

Ses sourcils finissent par se froncer pendant que son bras droit part sous son oreiller alors que le gauche empoigne mes hanches plus férocement, me rapprochant dangereusement de cette zone comment dire... Interdite ?

- « Putain Hermes, arrête tes conneries je ne suis ni ta meuf ni ta peluche, lâche-moi ! »

- « Mmh, qu'est-ce qui se passe ? »

Sa voix du matin, rocailleuse et profonde, vient de me donner des papillons dans le ventre. C'est improbable d'avoir ce genre d'intonation dès le réveil, quand j'ouvre la bouche c'est le son d'une chèvre sous hélium qui en sort.

C'est juste une voix espèce de folle, calme tes hormones.

- « Ce qui se passe c'est que t'as la gaule et qu'elle est collée à moi. »

- « Et alors, c'est pas grave ça ? Revient te coucher. »

- « Nan je ne reviens pas, lâche-moi maintenant espèce de grand détraqué du cerveau. »

- « T'es chiante putain. »

Il enlève enfin ses bras de moi puis se tourne sur son côté opposé, me permettant de me redresser sur le bord du matelas avant de demander :

- « Il t'a dit à quelle heure était le petit déjeuner ? »

- « Il n'y a pas de cuisine ici, mais tu peux la faire si tu veux, c'est ton rôle après tout ? »

- « Pardon ? »

Ma nuque fit un violent demi-tour, à presque m'en briser les vertèbres. Il est sérieux là, il veut mes phalanges dans sa gueule ?

- « Je t'excuse. »

- « Ohh alors toi ! »

Je le propulse en dehors du lit, furieuse des propos qu'il venait d'avoir à mon égard.

Il se relève immédiatement après son impact contre le sol et attrape ma gorge dans un mouvement sec et brut. Ses doigts bagués et ses yeux sombres trahissent l'air de faux calme qu'il essaye de maintenir sur ses traits, ce qui est peine perdue.

- « Commence pas à me casser les couilles dès le matin. »

- « Alors la prochaine fois, ferme ta grande gueule petit con. »

- « Oh ? Est-ce que le petit animal femelle serait en train de se rebeller ? Montre-moi les crocs pour voir ? »

L'envie de cracher mon venin me brûlait la langue mais je n'en fis rien, à la place je demeure face à lui, mon égo en jeu. Au coin de ses lèvres se dessine un rictus amusé, il sait qu'au moindre écart de sa part, je perdrais le peu de crédibilité qu'il m'accorde.

Sa tête se rapprocha volontairement de mon cou et tandis qu'il parlait, son souffle s'écrasait sur mon lobe ; me procurant des picotements dans tout mon être :

- « C'est bien ce que je pensais. »

- « Lâche-moi, maintenant. »

- « Sinon quoi ? Vas-y montre-moi de quoi tu es capable mon ange. »

- « Mon ange ? Oh non Hermes, que le Ciel m'en soit témoin je suis bien loin d'être un ange. »

Dans un geste fulgurant, j'attrape l'arrière de sa tête puis claque son front contre le mien, lui faisant perdre l'avantage qu'il exerçait jusqu'à présent sur moi. Il recule en grimaçant mais je ne lui laisserais pas de porte de sortie, pas cette fois. Je cours vers lui et l'éjecte sur le mur un peu plus loin grâce au coup de pied monumental que je viens de lui donner dans l'estomac.

Mes doigts s'enroulent autour de la bouteille d'alcool qu'il avait laissé de son côté du lit et l'éclatent sur le coin de sa table de nuit, les morceaux valsent par tout pourtant je ne m'en préoccupe guère. Il est assis contre le mur en bois, sa main droite tient son ventre touché.

Je marche vers lui et lui hurle à pleins poumons :

- « Dis-moi que t'es désolé ! »

- « Non. »

- « J'ai déjà tué quelqu'un comme ça, alors dis-le ! Dis-le ! »

Mes pleurs me brûlaient la rétine, j'étais littéralement en train de pleurer de rage juste parce qu'il m'a dit un truc qui ne me concerne même pas en personne. Mais ça mon cerveau n'en a pas conscience, non il préfère agir avant de réfléchir.

Hypersensibilité quand tu nous tiens.

- « Qu'est-ce que mes excuses te rapporteront hein ? Le sentiment de reconnaissance ou bien même de puissance ? Tu n'as pas besoin d'excuses. Tu te diras : Oh je suis trop forte, il s'est excusé. C'est des conneries. »

- « Nan mais c'est juste le B.A.B.A du respect et de l'éducation tronche de bite. Tu sais quoi, j'en veux pas de tes excuses, va te faire enculer ! »

Alors que je me tourne pour partir loin de sa gueule, sa main attrape mon poignet qu'il tire comme une brute, me faisant m'écraser sur son torse avec violence.

Ça il en est hors de questions, à peine sur lui que je pousse déjà sur mes mains pour me dégager de son emprise ; cependant le mafieux me serre contre lui en m'encadrant avec un de ses bras puis du second, il soulève de deux doigts mon menton pour planter son regard désormais électrique et magnétique dans le mien.

- « Enlève tes sales pattes de mon visage avant que je ne te cogne pour la deuxième fois. »

- « Je suis désolé. » dit-il en appuyant avec sa langue sur le dernier mot.

- « Je viens de te le dire mais j'ai dû être assez claire, je n'en ai rien à foutre de tes excuses. »

- « Pourquoi tu mens ? »

Mes paupières se plissèrent en même temps que mes sourcils se haussèrent de surprise, j'avais bien entendu ou je l'ai totalement imaginé ? Il OSE dire que JE mens ? Nan mais je rêve, quel culot ce petit con.

- « C'est ça je mens. Aller ferme-la, je n'ai pas envie de déblater avec toi. »

- « Alors explique moi pourquoi t'es encore allongée sur moi, à déblater de la pluie et du beau temps ? »

Je soupire, agacée par son comportement d'enfant puéril et lorsque je suis à nouveau sur mes pieds je sors de la chambre. Hermes se relève en quatrième vitesse puis pour la énième fois au moins, m'arrache le bras en tirant dessus comme-ci sa vie en débandait. C'est une manie que j'ai remarquée chez lui, depuis le temps que je suis retenue de force en sa compagnie, je l'ai bien observé.

- « On ne va pas reproduire l'épisode qui s'est produit il y a quelques semaines, reviens ici. »

- « Si tu ne veux pas prendre l'initiative d'aller chercher à manger c'est ton problème, mais moi je vais pas faire une nouvelle journée en voiture le ventre vide. »

Un grognement se fit entendre dans mon dos alors que nous étions déjà en dehors du bâtiment, ne lui laissant donc pas le choix. J'avais bien envie d'un burger mais en même temps un tacos me donnait l'eau à la bouche.

- « Un tacos ça te dit ? »

- « T'es gentille mais on va pas débarquer à cent dans un tacos. »

- « On l'a bien fait dans une station-service. »

- « Alma. »

- « Ça va, c'est pas ma faute si t'es pas capable de porter tes couilles et de parler à une caissière. » marmonnais-je à moi-même, ne voulant pas qu'on continue sur cette lancée car je sais très bien où ça va nous mener.

Heureusement, l'homme devant moi n'avait pas entendu ce que je venais de contester et avança vers son ami et ses coéquipiers toujours lourdement armés de fusils d'assaut. Il y a même un sniper posté sur le toit.

Mes pupilles se levèrent au ciel, désespérée par son abus presque quotidien et m'adosse contre la portière côté conducteur pour observer la vie normale de gens normaux, eux ont de la chance de pouvoir vivre comme ils le souhaitent ou même aller où ils le veulent. J'aimerai retrouver la mienne, elle me manque et là-bas j'avais la chance d'être libre de mes paroles et de mes faits et gestes, ce qui n'est absolument pas le cas en sa compagnie.

Mes iris se perdent sur les différentes voitures jusqu'à ce qu'une main se pose sur mon épaule, me faisant légèrement sursauter tant mes pensées envahissaient mon esprit. Je relève ma tête vers le possesseur de celle-ci et la pousse immédiatement en le reconnaissant.

- « Qu'est-ce que tu veux ? »

- « Conduire ? »

- « Je peux le faire ? S'il te plait... ? »

- « Non, j'ai pas envie d'avoir un accident. »

- « Connard. »

Un petit bruit sorti de ma bouche volontairement après ça puis je me décolle lascivement de la portière pour me diriger vers celle qui est passagère et entre à l'intérieur du véhicule en même temps que ses hommes qui nous ont rejoint.

◻◻

Cela fait maintenant dix-huit heures que nous étions réunis en silence et l'ennuie prenait de plus en plus le dessus, j'allume donc la radio sur une station au hasard et commence à m'ambiancer mais ça c'était avant que Monsieur l'éteigne immédiatement, un peu en colère vu comment sa main s'est abbatue sur le bouton d'arrêt.

- « Mais tu vas pas bien ?! »

- « Et toi je peux savoir ce qui cloche chez toi ? »

- « Bah je te retourne la question bonhomme ? »

La pression qu'il exerce sur le volant me signale que continuer n'est pas une solution envisageable, je serre alors mes dents entre elles et m'accoude à la vitre, me fermant telle une huitre pour le reste du trajet. Marre de m'en prendre plein la figure pour rien.

Je sens que nous tournons à droite, ce qui m'étonne assez puisque nous roulions en ligne droite depuis un bon moment maintenant. Ma tête se décolle de mes phalanges puis je regarde par le parebrise, le chemin que nous empruntons est recouvert de terre et de cailloux comme-ci nous avions été téléportés dans les montagnes alors que nous sommes littéralement en Californie. C'était marqué sur un panneau de bienvenue, et je dois avouer qu'un nœud encore présent à l'heure actuelle s'est formé dans ma gorge et mes intestins quand nous l'avions dépassé : c'est la première fois que je m'éloigne autant de ma maison, de ma famille et de mon pays. Je n'ai plus aucuns repères désormais.

- « Hermes t'es sûr de où tu vas là ? Nan parce que là c'est à se demander. »

Nicky n'avait pas tort, le jour allait bientôt se lever et notre itinéraire n'était fondé que sur les suppositions hasardeuses du tueur à gages qui est resté muait et de marbre jusqu'ici. Le bruit des branches d'arbustes s'écroulant face au poids de la voiture m'indique que la densité de l'espèce de forêt diminue à mesure que nous continuons à nous enfoncer. Pas trop tôt, je commençais à croire qu'il allait tous nous assassiner dans les bois.

La végétation disparue en un éclair pour laisser place à une immense villa uniquement faite de blanc au cœur de la forêt, les rayons du soleil qui se réveille doucement se reflètent à la fontaine présente devant l'entrée de la demeure, des parterres de pierres qui l'entoure forment une route qu'il prend avant de s'arrêter. Je n'avais jamais vu un jardin aussi somptueux que celui-là, un vrai jardin d'Eden.

Je descends la première en claquant la portière de toutes mes forces et avance à travers ce jardin d'Eden. Tout était parfait et équilibré, que ce soit des arbres aux fleurs qui entourent la maison, je n'avais jamais vu ça. On se croirait dans un compte de fées.

- « Tu ne m'avais pas dit que t'avais une baraque paumée en Californie ? »

- « Bah maintenant tu le sais. »

- « Tu peux pas arrêter de faire chier ton monde cinq minutes toi ? Pourquoi tu fais la gueule même ? »

- « Je ne fais pas la gueule Alma. » me répond-t-il avec une pointe d'agressivité dans la voix.

Pourquoi tu mens ? Ça voit en plus, tu ne nous regardes même pas dans les yeux quand tu parles.

- « Alors explique-moi pourquoi t'es ronchon comme ça ? »

- « Dit-elle alors qu'elle m'a menacé de me saigner pour une blague. »

- « Elle était nulle à chier ta blague aussi. » chuchotais-je, toujours un peu vexée.

Son soufflement de nez prouve qu'il l'avait vraiment fait exprès pour me mettre hors de moi, surtout dès le réveil.

- « Allez grincheuse arrête de bouder. »

- « Je t'emmerdes Hermes Luega. »

- « Moi aussi je t'adore Alma Galuna. »

- « Ta gueule sac à crotte. »

Je marche vers la porte d'entrée sans me retourner et pousse la poignée cependant rien ne se passe, je réessaye mais saisis très vite que lui seul a les clefs. Je croise mes bras sur ma poitrine et tape ma tête contre la surface en face de moi.

- « C'est ça que tu cherches mi alma ? »

Un petit bruit métallique s'en suivit ; me faisant comprendre que je viens littéralement de me taper la honte du siècle devant tout le monde en me comportant comme une princesse pourrie gâtée.

- « Oui c'est ça que je cherche. Je peux les avoir maintenant s'il te plait ? »

- « Nan je vais attendre encore un peu que la honte s'empare de toi. »

- « Nickel parce que c'est déjà le cas. »

Ses pas se font entendre derrière moi ainsi que les gloussements de ses hommes. Je tente de les ignorer et me focalise sur ses mains musclées, tatouées et baguées qui insèrent les clefs à l'intérieur de la serrure ; je ne savais même pas que c'est possible d'avoir les mains musclées.

- « Les femmes d'abord. »

Je ne me fis pas désirer et entre comme une fusée dans la maison. Je ne vais pas m'attarder sur les détails incroyables de cette pièce parce qu'il en aurait trop à énumérer mais je peux vous dire que c'est tout simplement sublime encore une fois, tout comme l'extérieur, chaque chose est à sa place.

- « Bienvenue dans la Raíz Alma. »

- « La Raíz ? Comme la racine ? »

- « Exactement, cette maison appartient à ma famille depuis le début de son histoire et c'est là que tout a commencé. La dernière propriétaire a été mon arrière-arrière-grand-mère, mais suite aux problèmes qu'on a rencontré avec ta famille, elle a été forcée de partir. Depuis plus personne ne vit ici mais j'ai engagé un jardinier et une femme de ménage il y a des années pour qu'ils conservent la mémoire de ces lieux. »

Mes lèvres sont comme cousues entre elles tellement je n'ose pas parler ici, j'ai le sentiment de violer le sanctuaire des Luega en imposant ma présence ici.

- « Tu es très certainement la première ainsi que la dernière Galuna à mettre les pieds ici, sens-toi honorer du présent que je te fais là. »

- « Messire Hermes vous êtes un saint, je ne sais guère comment vous remerciez de votre bonté divine. »

- « Hm ça aurait pu le faire si tu avais été à genoux. Recommence pour voir ? »

- « Alors là tu rêves. »

- « Oui c'est que je suis en train de faire, je t'expose mon rêve. »

N'ayant pas compris tout de suite le sens de sa phrase, mon cerveau la retourne dans tous les sens jusqu'à ce que je tilte :

- « Ohh mais ferme-la, tu dégoutes putain ! Criais-je en frappant dans son épaule, qu'il tient juste après en faisant une mine mélodramatique, comme-ci mon coup l'avait grièvement blessé. Arrête ton cinoche, je t'ai à peine frôlé. » repris-je en levant de nouveau les yeux au ciel.

- « Ça c'est à moi d'en juger sale morveuse. »

- « Crétin. »

- « Idiote. »

- « Imbécile. »

- « Stupide. »

- « Face de pet. »

- « Face de pet ? C'est vraiment tout ce que t'as ? Face de pet, bordel mais c'est nul à chier. » rigola-t-il en croisant ses bras sur son torse et me regardant droit dans les yeux.

- « C'est sorti tout seul c'est pas ma faute. » Me justifiai-je en me tenant le ventre tellement mon fou rire me secouait les abdominaux.

J'essaye peu à peu de reprendre normalement mon souffle mais il se bloque d'un coup dans ma gorge sans raisons particulières, il le remarque et vient m'attraper par les hanches avant de me propulser en arrière.

Mon corps se crispe tandis que mon cerveau s'embrouille en un instant et le temps de ma chute me semble durer une éternité, le salon disparait dans une fumée noire ; comme-ci je tombais dans le vide indéfiniment sans pouvoir me rattraper à quelque chose.

Mon dos heurta violemment une surface moelleuse alors que tout s'évapora et ma respiration reprend son cours en un claquement de doigts, la lumière revient petit à petit puis j'entrevois le visage d'Hermes au-dessus du mien, en train de tapoter ma joue pour je me réveille de mon semi malaise. Tout tourne autour de moi à une vitesse vertigineuse et je sens mon cœur tambouriner dans mon ventre.

- « Hermes, je crois que je vais vomir. »

- « Ok lève-toi, allez lève-toi. »

Ses grandes mains tiennent ma taille et me poussent presque en courant en direction de ce qui ressemble à des toilettes. Je m'age-nouille immédiatement et vomis dans la cuvette mon petit déje-uner/déjeuner, le mafieux continue de tenir mes cheveux en une queue de cheval tout en me caressant le dos.

- « Voilà, c'est bien, continue tu y es presque. C'est presque ter-miné. »

Le son d'un téléphone se fit entendre mais il ne répondit pas, non il continue d'apaiser ma crise particulièrement violente cette fois. Mes doigts s'accrochent désespérément au couvercle, ma gorge s'assèche et me brûle en même temps qu'une seconde envie me prend.

- « J'ai mal putain, j'ai mal Hermes. »

- « Je sais, accroche-toi encore un peu c'est bientôt fini. »

Il tire la chasse d'eau à ma place puis me relève doucement afin de m'emmener à la cuisine où il ma serre un verre pour que je me rince la bouche dans le lavabo. Il n'est que six heures du matin et je sais déjà que cette journée s'annonce merdique, vu comment elle commence.

- « J'ai des cachets anti-nausées et vomissements si ça peut aider. »

- « T'es mignon mais ça ne marchera pas, c'est l'effet des règles c'est rien. Ça passera dans l'heure qui suit. »

Il acquise d'un petit mouvement et s'adosse au plan de travail, puis dit :

- « Je vais faire quelques petits changements et un peu de ménage, installe-toi où tu veux. Oh et cette fois, évite de jeter mes ancêtres sur les murs. »

- « Attends comment tu l'as su ? Et t'es pas en colère ? Et y'a d'autres cendres ici ? »

- « C'était de fausses cendres ma belle, les vraies sont à l'étage. Il était hors de question que je laisse ma famille seule dans une maison avec toi en toutes connaissances de cause. »

- « Ha ha t'es hilarant Hermes. »

Il m'envoya un clin d'œil puis disparu de la cuisine, me laissant seule, perdue dans cette immense baraque. Je vais d'abord aller choisir ma chambre et après je ferais un nouveau comas, j'ai besoin de repos en urgence.

What's up guys ?! Comment vous allez aujourd'hui mes poulettes en ce beau mois d'août ? J'espère que vos vacances se passent bien. <3

Je suis trop contente de revenir, sérieux vous m'avez trop manqué !

Ça y est, bestie est partie □ Mais on sèche ses larmes de crocodiles et on se remet dans le bain, le chapitre a pris grave longtemps à sortir car j'étais plus dans un mood d'écriture mais là, je reviens plus prête que jamais □.

Encore une fois, merci pour tous vos retours, que ce soit ici, sur TikTok ou même sur Insta, ça va droit au cœur et ça motive de ouf à continuer.

Merci merci merci

Ah oui et indécise comme je suis, j'ai ENCORE changé la couverture :

Nan mais sérieusement, elle est pas incroyable ?! Je suis trop fière de moi sur ce coup, ça m'a pris baaaaad longtemps mais ça valait le coup. (En plus y'a des indices cachés, mais je vais pas en dire plus.)

J'espère en tout cas que ce chapitre vous aura plu.

N'oubliez pas de voter.

Prenez soin de vous et de vos proches. <3

Gros bisous, M.J

:   .

(: Poor Marionette - Sarah Cothran)

_____

Quelque part en Californie, États-Unis, 8h11

Ma tête bourdonne à nouveau, probablement à cause de la migraine d'hier que je n'ai toujours pas soulagé, et comme un imbécile, je ne suis pas passé à la pharmacie pour aller chercher ces maudits comprimés. Il faut absolument que je le fasse ou je vais m'évanouir dans les prochaines minutes tant la douleur qui tape à l'arrière de mon crâne est violente.

Je grimace en me tenant les yeux lorsque la lumière élevée au maximum de sa puissance éclaire d'un coup mon écran qui était jusqu'ici éteint et vient me cramer douloureusement la rétine, je déverrouille mon portable qui vibrait il y a quelques minutes maintenant puis appuie sur la notification : « appel manqué ». Qui ça peut bien être à cette heure-là, j'ai horreur des appels matinaux et tout le monde le sait, à croire que je n'ai plus la possibilité de relâcher la pression juste une minute.

Le nom qui y est affiché est celui d'Adam, le même Adam qui m'avait promis de me rappeler quand il trouverait quelque chose d'intéressant à utiliser pour plus tard. Ne croyez pas que j'ai oublié mon objectif initial, tout ça n'est qu'un jeu dont je suis le maître. Tout ceci n'est que mise en scène, cette facette de ma personnalité existe simplement pour l'embrouiller.

Cependant mon esprit se divise en deux camps opposés : de l'un, l'envie de savoir ce qu'il a pu apprendre à son sujet me ronge mais l'autre me défend de le faire, par peur que mes actions ne se retournent contre moi dans un futur proche et aussi qu'elle découvre ce que je manigance.

Je finis donc par m'éloigner davantage par précaution afin qu'elle n'entende ce qui va suivre, puis rappelle mon collège polonais. Et ce même si elle ne comprend pas le polonais, on n'est jamais trop prudent.

Comme à chaque fois, la tonalité de la sonnerie ne dure pas plus d'une dizaine de secondes avant qu'il ne décroche :

- « Witaj Hermesie, jak się masz ? » (Bonjour Hermes, comment tu vas ?)

J'ai mal à la tête et j'ai envie de dire à la Terre entière d'aller se faire enculer, mais à part ça je pète la forme.

- « Cześć Adam, super jak zawsze. Więc powiedz mi, czego się o niej dowiedziałeś ? » répondis-je en montant les escaliers à une vitesse presque négative, chaque fois que je pose un pied à terre ça résonne là-haut.(Salut Adam, bien comme toujours. Alors dit moi ce que t'as appris à propos d'elle ?)

- « Byłem pewien, że nie zmarnujesz ani sekundy. Szczerze mówiąc, niewiele o niej, jeśli chodzi o podpisy, wszystko, co znalazłem, to akt własności apartamentu w Veracruz. Zmienia serwer, oczywiście prywatny, przy każdym nowym wyszukiwaniu. Ta kobieta jest cieniem unoszącym się nad naszymi głowami. » (J''étais sûr que tu perdrais pas une seconde. Pour être honnête il n'y a pas grand-chose sur elle, pour ce qui est des signatures de documents, tout ce que j'ai trouvé c'est l'acte de propriété d'un penthouse à Veracruz. Elle change de serveur, privé bien sûr, à chaque nouvelle recherche. Cette femme est une ombre qui plane au-dessus de nos têtes.)

- « Hmm, prawdę mówiąc, trochę się tego spodziewałem, tylko fakt tak późnego poznania jej istnienia w rodzinie świadczy o tym, że od początku była ukrywana. » (Hmm, pour tout te dire je m'y attendais un peu, rien que le fait d'apprendre son existence dans la famille si tard démontre qu'elle est cachée depuis le début.)

Enfin arrivé à l'étage, je me dépêche de choisir ma chambre et file immédiatement sous la douche, bien glacée pour réduire les symptômes et aussi pour me remettre les idées en place. Je prends bien soin d'activer le haut-parleur avant de rentrer à l'intérieur.

- « To właśnie zostawiłem ci powiedzieć, czy byłeś w stanie dowiedzieć się więcej, kiedy dla niej odszedłeś ? » (C'est ce que j'étais parti pour te dire, tu as pu en apprendre plus quand tu es parti chez elle ?)

Putain j'avais presque oublié que j'avais tenté de cambrioler une baraque dont je n'avais pas l'adresse. Je mettais même perdu dans les ruelles peu fréquentables la nuit du Mexique, j'ai cru que j'allais me faire descendre par le toxico qui frappait comme un fou contre ma vitre.

- « Do diabła, w końcu tam nie poszedłem. Jak głupiec rzuciłem się na oślep i wylądowałem, kiedy zdałem sobie sprawę, że nie mam ich adresu. » rigolais-je alors que le souvenir de ma face se décomposant dès lors que j'ai réalisé mon erreur se reforme dans ma tête. (Que dalle, j'y suis pas allé finalement. Comme un débile, j'ai foncé tête baissée et c'est en atterrissant que je me suis rendu compte que je n'avais pas leur adresse.)

- « Więc Hermes Luega splunął ? » (Du Hermes Luega tout craché donc ?)

- « Dokładny. » dis-je avec le sourire aux lèvres. (Exact.)

- « Cóż, będę musiał cię opuścić, nie wahaj się do mnie zadzwonić, jeśli czegoś potrzebujesz. » (Bon je vais devoir te laisser, n'hésite pas à m'appeler si tu as besoin de quoique ce soit.)

La sonnerie retenti trois fois avant de disparaitre, ne laissant plus que le bruit de l'eau briser le calme qui règne dans cette pièce, et dans cette maison. Je me demande ce qu'elle fait à présent, sans moi pour la surveiller ; dommage pour elle tout est cadenassé, aucunes chances pour toi de t'enfuir ma belle.

Je souris une dernière fois puis coupe le jet et attrape une serviette dans l'espace réservé à celle-ci sur la vasque, je l'enroule autour de ma taille tout en sortant de la pièce.

Un petit cri surgit de nulle part, me faisant sursauter et relever la tête vers son propriétaire qui n'est d'autre que la princesse. Ses yeux jonglèrent quelques minutes entre les miens et mes abdos puis elle prit la parole afin de casser ce silence gênant :

- « Je suis désolée, j'ai pris cette chambre au hasard, je ne savais pas que tu t'y étais déjà installé. »

Je reste accoudé à l'encadrement, en la fixant pendant qu'elle balbutiait ses mots comme une enfance qu'on avait prise la main dans le sac en train de faire une bêtise. Elle triture nerveusement la peau qui entoure ses ongles avec ses dents tandis que le rouge lui monte aux joues à mesure qu'elle tente de justifier son acte.

- « Tu peux dire quelque chose s'il te plait ? »

- « Qu'est-ce que tu veux que je te dise ? » rétorquais-je alors que mes lèvres se pincent entre elles pour m'empêcher d'exploser de rire face à sa bouille de gamine.

- « Je sais pas, ce que tu veux mais dit un truc au moins. »

- « Que c'est très mal de reluquer ouvertement les gens, devant eux qui plus est ? »

- « Pardon ? Tu ne t'es pas gêné pour le faire toi je te signale. En plus moi j'étais entièrement nue, alors que toi ta serviette elle cachait l'essentiel. »

- « T'es sûre ? »

Je la défis en un instant et le tissu tomba à terre, dévoilant tout mon corps devant ses iris qu'elle s'empresse de cacher avec ses mains. Elle se tourne d'un coup dos à moi et me crie :

- « Putain d'exhibitionniste de merde, Hermes t'es trop con ! »

- « Quoi ? Maintenant on est à égalité ! »

- « Ferme ta gueule et habille toi grand fou. »

- « Ça va c'est pas comme-ci j'avais tué quelqu'un avec, c'est juste une queue Alma. »

- « Mais je m'en fous putain, range-moi ça tout de suite ! »

- « Quoi t'as peur que je te frappe avec ? »

- « Ose et je te la fais bouffer. »

- « Pour ça, faudrait déjà que t'arrives à la regarder nan ? »

Je ricane tel un enfant, puis ramasse la serviette étalée au sol avant de l'enrouler à nouveau autour de mes hanches.

En fin de compte, la princesse sort de la pièce les nerfs à vifs, encore plus que tout à l'heure, tout en claquant la porte dans un bouquant sans nom afin de bien me faire comprendre que je ne devrais plus la chercher pour le reste de la journée, voir de la semaine.

Je récupère mes anciens habits, n'ayant rien d'autre vu que nous sommes partis à l'arrache et donc je n'ai pas eu le temps de réunir mes petites affaires. Je finis de me vêtir rapidement en même temps que des coups se font entendre à ma porte. Je me dirige alors vers celle-ci puis en l'ouvrant, l'envie de la refermer aussitôt me prit lorsque j'aperçus son visage. Pas elle, pas encore.

- « Donc d'abord tu ruines ma vie et comme-ci ce n'était pas assez suffisant, tu me fais déménager dans un Etat sans mon accord ? » râla-t-elle en entrant dans ma chambre sans y avoir été invitée.

- « Si t'es pas contente tu peux encore retourner là-bas et te pren-dre une balle hein ? Ne t'inquiète pas, ton absence ne chagrinera personne tu peux partir l'esprit tranquille. » répondais-je le plus sarcastiquement possible, mais avec tout de même une légère pincée de vérité.

- « Très drôle Hermes, mais plus sérieusement comment je vais faire pour rentrer ? »

- « Tu demandes à tes gentils avocats de se bouger le cul et tu fais pareil. C'est pas plus compliqué que ça. »

- « Bon d'accord tu m'aides pas, je vais aller demander à Alma. »

- « Je pense qu'après ton numéro de bouffonne pleine aux as, elle va juste t'envoyer chier ou t'en coller une, mais c'est toi qui vois. »

Désormais adossée à ma porte, elle me regarde droit dans les yeux puis hausse les épaules et part dans la même direction qu'Alma avait prise il y a quelques minutes environ. Putain elle le fait vraiment exprès cette garce. Je m'empresse alors de sortir puis la vois franchir une autre porte déjà ouverte avant que celle-ci ne se ferme juste derrière elle.

Ça va mal finir, c'est certain. L'une va se faire jeter par la fenêtre et l'autre se retrouva avec un œil en moins.

En entrant en trombe dans la pièce, la vision qui s'offre à moi en aurait fait halluciner plus d'un : Laura est couchée sur le dos, clouée au sol par le bassin d'Alma qui tente de l'étrangler, ses paumes pressant sa gorge telle une orange.

Qu'est-ce que je vous disais ? C'était sûr.

Les veines rouges dans les yeux de la soumise donnaient l'impression qu'elles allaient exploser sous la pression que l'autre exerçait, et ce sous peu si je n'intervenais pas immédiatement.

Je m'élance alors enfin dans leur direction puis écarte tout de suite la femme qui commençait à avoir largement l'avantage sur l'autre, ce qui lui permit de respirer à nouveau de l'air tandis qu'Alma à présent sous moi se débattait pour me faire dégager.

Alors là tu rêves ma belle, on va avoir une petite discussion toi et moi.

- « Laura sort d'ici, maintenant. Et toi. » chuchotais-je envers elle.

La victime, dans tous les sens du therme, sortit en courant tout en se tenant le cou. J'enfonçais directement mes doigts dans le sien mais, contrairement à elle je ne commence pas à l'étouffer pour aucunes raisons.

- « Je peux savoir ce qui t'es passée par la tête là tout de suite ?! Bordel de merde Alma, t'allais la tuer ! »

- « Qui a dit que ce n'était pas mon intention ? »

Je recule un tout petit peu, surpris par son manque de tact ou son surplus d'honnêteté pourtant je ne desserre mon emprise de son cou. Décidément, Madame veut se la jouer rebelle aujourd'hui.

- « Mais qu'est-ce qui ne va pas chez toi putain ? T'es vraiment une malade comme meuf ! »

- « Ton avis tu te le mets là où je le pense, pourquoi tu m'as arrêté ? J'étais bien partie en plus... »

- « Mais c'est bien ça le problème ! Explique-moi pourquoi tu as fait ça ? »

- « Elle ment comme elle respire, enfin depuis peu pour le coup mais là n'est pas la question. Tout ce qu'elle dit à propos de Liam, des hommes qui sont venus les agresser ou encore cette histoire de fiançailles n'est qu'une mise en scène. Réveille-toi putain, elle te mène par le bout de la teube et toi tu vois rien. »

- « On n'a pas encore couché ensemble je te signale ? Et puis t'as des preuves ? »

- « Mais je m'en branle de ça Hermes, c'est pas ça le sujet. Et bien sûr que j'en ai, dans le peu de temps où je suis restée consciente chez Liam, j'ai remarqué qu'il n'y avait aucune, tu m'entends, AUCUNE photo d'eux. T'épouse pas une fille du jour au lendemain comme-ça, puis quand il m'avait pris dans ses bras, il n'avait pas de bague à son annulaire c'est ce qui a commencé à me mettre la puce à l'oreille. Plus le fait qu'elle n'en ait pas non plus ? Trop de coïncidences réunies pour que ce soit qu'un simple hasard. Moi j'ai un mauvais présentiment quand il s'agit d'elle. Elle est là pour autre chose, ce qui m'énerve c'est que je ne sais pas encore ce que c'est. »

- « Donc toi tu étrangles les gens qui te font sentir mal à l'aise alors que tu les connais que depuis deux semaines ? Putain heureusement que t'étais enchainée la première fois qu'on s'est parlé. Et puis comment elle serait au courant de ton existence hein ? Ça voudrait dire qu'elle était chez Liam comme par hasard pile au moment où ces hommes ont débarqué chez lui ? Et qu'elle aurait tout inventé ? C'est un peu gros comme poisson quand même nan ? »

- « Deux semaines c'est largement suffisant pour moi, c'est juste deux semaines de trop. Attends, et si c'était elle qui les avait envoyés chez lui ? Que ce soit elle qui me cherche depuis le début ? »

Je tourne ma tête sur le côté en pinçant ma bouche afin d'éviter de lui rire au nez pour la deuxième fois en une seule journée, ce qui aggraverait encore plus la position dans nous nous trouvons tous les deux. Cette femme est vraiment parano quand elle s'y met.

- « Tu sais quoi Alma ? Viens faire un tour avec moi, j'ai peut-être un truc pour te calmer. »

Les mots qui sont sortis de sa bouche sonnaient très faux, un mauvais pressentiment s'empara de mon corps à tel point qu'une boule apparue dans le haut de mon ventre.

- « Hors de questions, qu'est-ce qui me prouve que tu ne vas pas me tuer au milieu de la forêt ? »

- « Pour ça, il faut que tu prennes le risque de me faire confiance pour le savoir. »

⬜⬜

Je n'étais pas certaine d'avoir fait le bon choix en le suivant jusqu'à la voiture mais me voilà en train de rouler avec lui à mes côtés dans les rues blindées de la Californie, la vue que m'offrent les plages de cet endroit est tout bonnement sublime : le soleil à son zénith battait de son plein sur les grains de sable fins blancs pendant que les surfeurs domptaient les vagues avec grâce et facilité, comme-ci ils étaient nés à même leur planche.

Je finis par poser mon menton sur mes avant-bras qui reposaient déjà sur le rebord de ma fenêtre ouverte, ce qui faisait bouger me cheveux au rythme de la brise printanière. Notre destination m'est toujours inconnue pourtant la densité de la circulation me donne un petit indice : le centre-ville.

Il doit sûrement vouloir nous acheter de nouveaux habits. J'ai l'impression que tout son argent part dans la nourriture et les fringues en ce moment, je ne l'ai pas vu acheter autre chose depuis que je suis retenue prisonnière.

Le feu de circulation passe au rouge juste après que la voiture de devant soit passée, le faisant souffler de mécontentement. Faute à pas de chance on va dire.

Le mafieux décide de s'accouder lui aussi à sa fenêtre en se grillant une cigarette avant de rejeter la fumée à l'extérieur.

Le calme qui était maintenu jusqu'ici se dissipe lorsqu'il ouvre la bouche :

- « Tu te sens mieux ? »

- « Mouais, mais t'aurais dû me laisser faire. Elle aurait manqué à personne je te le promets. »

- « Oh mais je n'en doute pas une seconde princesse. Simplement on ne tue pas des gens pour si peu. »

- « Hmm si tu le dis. »

Le fait que nous ne parlions pas plus que ça me fruste légèrement, un sentiment de vide s'enracine en moi pendant que l'idée d'avoir fait ou dit quelque chose de mal s'installe tout doucement dans mon esprit.

Idiote.

Stupide.

Débile.

Tu gâches toujours tout.

- « Alma tu m'écoutes ? Putain je parle dans le vent en fait. »

- « Hein ? T'as dit quoi ? Excuse-moi j'étais dans mes pensées. »

- « Je disais qu'on allait voir un psy. »

Un crissement sourd et constant m'arrache les tympans, qu'est-ce qu'il venait de dire ? Il m'emmène voir un psy ? Dites-moi que c'est une blague, il ne m'aurait pas fait ça ?

Mais qui crois-tu être Alma, tu n'es rien pour lui. Tu n'es rien pour personne ma grande, fais-toi à l'idée, à l'avance tu souffriras moins dans la vie.

- « Tu-tu as fait quoi ?! TU AS FAIT QUOI LÀ ?! NAN TU N'AS PAS OSÉ ME FAIRE ÇA ! »

- « Tu as besoin d'aide Alma, rien que le fait que tu réagisses comme ça me prouve que tu ne vas pas bien. »

- « Nan mais je rêve putain, de quoi je me mêle ?! T'as un putain de culot toi bonhomme, tu m'enlèves, m'arrache à mes racines, tue les membres de ma famille et tu t'étonnes que je sois toujours énervée mais putain la faute à qui hein ?! La faute à qui bordel ! Et en plus de ça tu me traites de folle ? MAIS PUTAIN DE MERDE VA TE FAIRE FOUTRE HERMES ! Je te déteste de toute mon âme tu le comprends ça ? J'en ai marre putain, j'en ai marre de vous ! J'en ai marre de tout ! »

Des perles salées coulent alors que je cris encore à pleins poumons en même temps qu'il essaye de calmer ma crise. Mais je n'y arrive pas, mon cœur se sent trahis, j'ai tellement mal en sentant cette sensation de déchirure s'agrandir à l'intérieur de ma poitrine. Il se brise en mille morceaux, je le sens s'éteindre.

Il me retient toujours entre ses bras tout en caressant mes cheveux et en me chuchotant de rester tranquille sinon je finirais par me blesser. Sa présence me donne envie de vomir mais aussi me réconforte d'un côté, je ne sais plus ce que je ressens ni à qui je dois réellement faire confiance en fin de compte.

Des voitures klaxonnent dans notre dos pourtant il n'avance pas alors que le feu était passé au vert depuis une bonne dizaine de minutes au moins. Non au contraire, il continue de tenter à m'enlacer afin de m'apaiser tandis que je bouge encore dans tous les sens. C'est comme la dernière fois.

« Do you get déjà vu ? »

Mes pleurs brouillent ma vue et m'empêchent de distinguer correctement celui qui toque depuis quelques minutes à la fenêtre d'Hermes. C'est un homme de grande taille, assez musclé pour son âge qui doit frôler la quarantaine au moins, son visage coule à cause de mes nouvelles larmes. J'arrive pourtant à apercevoir de simples détails comme la couleur de ses iris ou encore celle de ses cheveux.

- « Attends je dois juste m'occuper d'un petit détail. »

Le mercenaire me relâche et vient fouiller dans sa portière avant de sortir de la voiture. J'essuie très vite mes yeux en voyant que ce qu'il avait dans sa main droite s'afférait être une arme, ce qui fit battre mon cœur à une vitesse anormale pour ce qu'il peut supporter. Je dois l'arrêter tout de suite sinon il va commettre l'irréparable.

Je t'en supplie Hermes, ne fait pas de vagues.

(: Another Love - Tom Odell)

Appuyant comme une folle sur la boucle qui m'attient le bout de ma ceinture, j'essaye de sortir rapidement du véhicule avant qu'il n'abatte cet innocent, pourtant elle ne se défait pas. Je cris le prénom du mafieux qui continue sa route en m'ignorant puis je continue de chercher s'il n'y a pas un objet tranchant qui pourrait m'aider à m'échapper.

Mes pupilles jonglent entre son corps, marchant vers l'homme qui semble réellement en colère et toutes les choses potentiellement coupantes. Ma tension augmente un peu plus à chaque pas qu'il fait vers lui, refusant de laisser à ma respiration le temps de prendre un rythme convenable afin de m'alimenter suffisamment en oxygène.

Si je continue sur cette lancée, je vais bientôt faire un malaise.

J'empoigne en fin de compte le mini brise-vitre accroché un peu plus en arrière, derrière mon repose-tête et frappe de toutes mes forces sur la boucle qui finit par céder au bout de quelques secondes, me permettant ainsi de quitter mon siège pour lui courir après.

Seulement dans ma course, je trébuche sur ce qui me semble être un caillou, me faisant atterrir sur le sol mais également à ses pieds, juste dans son dos. Et sans faire exprès, en foulant me rattraper dans ma chute j'attrape l'ourlet de son jogging, le stoppant dans son élan. Ma voix se brise un peu plus lorsque je l'implore :

- « Je t'en supplie Hermes, laisse-le. On a déjà fait assez de morts comme ça. »

Ma vision se brouille à nouveau de larmes incontrôlables qui viennent s'écraser sur le bitume en même temps que les premières gouttes de pluies du ciel qui se couvrait peu à peu de gros nuages gris. C'est fou de se dire qu'il a commencé à pleuvoir lorsque mes yeux ne pouvaient plus à nouveau voir ce qui m'entourait.

Ce qui se passe ressemble à une scène de film : nous deux sous le crachin, moi à genoux comme une mendiante continuant à le supplier de ne pas le faire et lui, les doigts bien serrés autour de la cross de son glock, prêt à tirer.

- « T'as pas fini de chialer pour rien ? »

Ses mots ont tranché l'air sans peine. Mes yeux se sont ouverts en grand alors que mon corps s'est figé sur place en les entendant. Venant da sa part, ce n'était clairement pas juste.

Quoi ?

Quoi ?!

Je relève avec difficulté mon visage vers le sien, mais étant toujours dos à moi, je ne vois que ses cheveux qui bougent avec le vent ; balayés par le déluge glacial. Ses paroles sonnaient comme un avertissement plutôt qu'une demande, l'agacement se faisait très bien entendre dans sa voix lorsqu'il m'a craché son venin en pleine face sans remords. Qu'est-ce qu'il peut être cruel quand il s'y met.

- « Tu pleures encore et toujours pour de simples détails qui n'impactent même pas ta vie. Tu connais ta valeur, ne va pas te sous-estimer pour si peu. »

- « Ce n'est pas juste. TU n'as pas à me dire ce que je dois faire ou ressentir. Ça, ça n'appartient qu'à moi et rien qu'à moi, tu n'as pas ton mot à dire là-dessus. Ce n'est pas juste putain ! »

- « Mais c'est la vie. La vie n'est pas juste Alma, pourtant on doit tous serrer les dents et s'accrocher, ça vaut aussi pour toi. Tu n'es pas plus spéciale ou différente qu'une autre, tu es comme tout le monde. »

- « Eh bien, je crois que c'est la première fois que nous nous voyons, en quoi puis-je vous aider ? »

- « Elle a besoin de vider son sac un peu. » dis-je sans laisser le temps à la femme assise à côté de moi de répondre.

Désormais arrivés chez le psy, elle n'avait pas l'air d'avoir envie de parler pour raconter tous ses petits problèmes à un parfait inconnu.

- « Je vois. Pouvez me dire plus en détails de quoi il s'agit ? Dépression ? Alcoolisme ? Violences quelconques ? »

- « J'en sais rien moi, c'est votre boulot ça après tout. »

Le vieil homme devant nous tordit ses lèvres en une grimace puis griffonne quelque chose sur son carnet avant de regarder Alma, qui a la tête baissée et qui n'a plus ouvert la bouche depuis que nous sommes remontés à l'intérieur de ma caisse. S'il croit qu'elle va se confier à lui dans cet état, il peut toujours rêver ; là elle boude.

Mais c'est aussi ma faute si elle demeure toujours aussi muette lorsqu'il lui demande comment elle va. Il faut dire que je me sens un peu con de l'avoir blessé avant de venir ici, cette femme ne risque pas de s'ouvrir tellement elle s'est refermée sur elle-même telle une huitre.

- « D'accord... Et vous êtes son conjoint ? »

Je ne tilte pas tout de suite ce qu'il vient de dire pourtant j'hoche la tête d'une manière robotique.

Moi son conjoint ? Elle est bien bonne celle-là, j'ai vraiment la gueule de quelqu'un qui veut se marier ? Je ne crois pas non. J'ai plus l'impression d'être un animateur de colo avec cette gamine sur les bras plutôt qu'un mari.

- « C'est exact. » répondis-je en lui lançant un léger regard, qu'elle ne me rendit pas.

Putain en plus il est sourd, je sens que ce rendez-vous va prendre
des lustre à se terminer.

Allez Alma, fait un effort s'il te plait. J'aimerai vraiment partir là.

La pièce dans laquelle nous sommes regroupés me dérange. Sa
peinture jaune moutarde me brûle la rétine ainsi que ses sièges en cuir
bleu foncé qui contrastent merveilleusement avec le vert du lierre fixé
au plafond et qui tombe en face des fenêtres rondes. Un frisson me
parcoure en remarquant les dessins faits sûrement par des enfants vu
les traits grossiers, accrochés sur le mur à ma droite.

Putain je déteste les gosses, c'est démoniaque ces machins.

- « Alors déjà, bonjour Alma. Je suis le docteur Athlas, psychiatre à
l'Institut. Vous êtes ici dans un cadre de pure bienveillance, personne
ne vous jugera. »

Malgré sa voix « apaisante » et ses belles paroles qu'il répète
presque en boucle, elle ne lui rend pas son amabilité. Je ne vous
conseille vraiment pas de continuer à forcer, vous pourriez vous en
mordre les doigts.

- « Vous n'êtes forcée à rien cependant, j'aimerai vraiment pouvoir
vous aidez à-

- « M'aider vous dites ? »

Ma tête pivote d'une violence extrême, l'entendre parler à un
homme qu'elle ne connait pas plutôt qu'à moi me met un vrai coup
à mon égo. Après il faut dire que je ne l'ai pas vraiment obligé à
communiquer non plus.

- « Comment pouvez-vous m'aider à guérir de mon passé ? Guérir
de mon viol, de mon abandon, de mon hypersensibilité ou même de

ma colère ?! Putain, personne ne peut m'aider à apaiser cette douleur qui grandit à l'intérieur de moi, cette rage destructrice qui ne fait que blesser. Ce n'est certainement pas vous, ni Hermes qui allez réussir à me faire me sentir mieux dans ma peau alors que même moi je n'y arrive pas ! Vous ne savez rien de moi, de mon passé ou de mon présent. Arrêtez de penser que vous savez mieux que tout le monde ce que je dois penser ou même ressentir ! Vous n'êtes pas dans ma tête. »

- « Alma calmez-vous s'il vous plait. Il est vrai que personne ne peut comprendre votre colère ni votre souffrance, mais j'aimerai vraiment essayer, je dis bien essayer de vous aider à moins souffrir. Commençons par votre viol si vous voulez bien, dans quelles circonstances s'est-il produit ? »

- « Euh, je ne pense pas que ce soit une bonne idée d'en parler... » déclarais-je, peu sûr de la tournure qu'allait prendre cette discussion.

- « J'ai été violée dans le coin d'une ruelle par mon petit-ami de l'époque. »

Sa phrase a claqué l'air en une fraction de seconde, elle a jeté un froid dans cette salle déjà morbide. Bien joué ma belle, c'est encore plus glauque maintenant.

- « Si je peux me permettre, ce n'était pas vraiment viol dans ce cas là... »

- « Pardon ? » demandais-je, abasourdi par ce qu'il venait de dire.

Je crois que j'ai mal entendu là ?

Alma avait tendu son cou vers l'avant et froncé des sourcils, à partir de ce moment précis, je savais déjà que la foudre allait s'abattre sur nous dans très peu de temps.

- « Oui, de toutes façons ils étaient en couple donc techniquement il ne l'a pas violé ? »

La femme se remit sur ses pieds et dans un geste brusque, leva sa jambe presque au même niveau que sa tête avant de la propulser sur la table en verre qui nous séparait elle et moi du spécialiste. Des débris volent à travers la pièce au point où il s'en est fallu de peu pour que l'homme âgé s'en prenne un dans le front, qu'il esquiva miraculeusement.

Le silence revient tout doucement dans la pièce après que ses gestes nous aient tous choqués. Je crois qu'avec la scène de tout à l'heure, c'est la première fois que je la vois aussi en colère en une journée. J'ai peut-être poussé le bouchon un peu trop loin moi aussi...

Elle pousse d'un coup de pied le fauteuil sur lequel elle était assise un peu plus tôt puis court dehors, me laissant là comme un con. Un con qui doit payer pour une séance où une gamine a parlé une dizaine de secondes ainsi que brisé une table en verre. Ça va me couter un bras. Je me suis clairement fait niquer sur ce coup.

J'attrape les deux billets de cent dollars que j'avais coincé au préalable dans la poche arrière de mon bas et sors moi aussi en courant pour la rattraper, Dieu seul sait où cette démone a bien pu partir. Si je la perds maintenant, je peux dire adieu à ma vengeance !

Une fois sorti du bâtiment, je tourne ma tête en direction de toutes les rues qui m'entoure sans jamais la trouver, ce qui me fait paniquer au milieu de tous ces gens qui me dévisagent tel un drogué qui a perdu sa coke.

Pas le choix, je vais aller la chercher dans les rues en voiture.

Je me presse d'aller jusqu'à la voiture et en ouvrant la portière, je la vois recroquevillée sur son siège en se balançant tout en se bouchant les oreilles avant qu'elle ne se dise à elle-même :

- « C'est pas ta faute, c'est pas vrai. Tu n'as rien fait pour mériter ça. »

Putain je fais comment moi maintenant ?

- « Eh Alma... »

Je tente de l'approcher en posant ma paume sur son épaule cependant elle me la dégage d'un coup en criant :

- « Ne m'approche pas ! Ne me touche pas putain ! »

Putain de psy de merde regarde dans quel état tu me la mise, si je n'arrive pas à la calmer pour la ramener tu vas m'entendre.

- « Alma respire et calme toi s'il te plait, je veux juste rentrer à la maison. »

- « Nan je veux pas ! Je veux plus le revoir. »

Un sentiment d'incompréhension surgit en moi à mesure que mon cerveau cherche le fameux individu en vain.

- « Qui ça Alma ? Qui tu ne veux plus revoir ? »

- « Le mec au masque de loup. »

J'écarquille les yeux en comprenant enfin de qui elle parle et alors que mes iris continuaient de fixer ses omoplates, sa colonne vertébrale se redresse légèrement puis sans pour autant se retourner, elle me demande d'une voix sombre et dangereuse :

- « Tu croyais vraiment que je n'allais pas le remarquer ? Me crois-tu sotte à ce point-là Hermes ? Combien de temps encore tu comptais te cacher derrière tes actes ? »

—————————————

What's up mes poulettes ?! Comment vous allez aujourd'hui ?

Et voilà un nouveau chapitre posté, lui il fait mal au coeur nan ? ☐ Mais en même temps y'a plein de rebondissements donc en vrai j'aime trop !!

D'ailleurs j'ai créé une playlist sur Spotify avec toutes les chansons qui correspondent à l'histoire, c'est : the burning of the soul de M.J.

Sérieux j'ai enfin capté l'utilité de Spotify, c'est trop bien vraiment, si vous l'avez pas encore installé foncez vraiment c'est génial !

Sinon j'espère que ce chapitre vous aura plu, j'y ai mis mon âme encore une fois

N'oubliez pas de voter.

Prenez soin de vous et de vos proches. <3

Gros bisous sur vos bouilles, M.J

Avant que vous ne commenciez ce chapitre, j'aimerai vous faire part d'un détail que j'ai remarqué récemment :Je trouve qu'il y a un gros écart entre les vues et les votes. N'hésitez pas à cliquer sur la petite étoile en bas, ça fait toujours plaisir et puis ça nous permet d'avancer sur Wattpad. Ceci étant dit, je vous souhaite une très bonne lecture à tous et à toutes

---

Californie, États-Unis, 13h12

Des gouttes de sueur acides coulent le long de mon cou ainsi que sur mon front et mes tempes, le stress qui s'accroche ardemment à mes organes vitaux est si fort qu'il me donne envie de vomir mes tripes sur le sol goudronné. Maintenant qu'Alma sait qui est l'assassin de son oncle, l'ambiance à la maison risque d'être plus que tendue entre les deux, si ce n'est pas pour dire meurtrière.

Elle me fait à moitié peur, à nouveau accoudée au rebord de sa fenêtre, elle n'a plus parlé depuis qu'elle m'a avoué sa découverte. Ce qui m'inquiète le plus, c'est que je n'ai aucune idée sur ses prochaines intentions, et vu son niveau de colère actuel ; qui se fait ressentir de plus en plus à mesure que nous nous rapprochions de notre nouvel emplacement, cette femme serait très bien capable de tuer à mains nues celui qui était son poursuivant il y a encore quelques semaines de cela.

La tension électrique me pesant énormément, je décide de baisser légèrement ma vitre pour sentir l'air frais sur mon visage et essayer de me détendre un peu mais je la referme immédiatement après que la mafieuse m'est demandée d'un ton sec, glacial et autoritaire de le faire. Autant ne pas lui désobéir alors qu'à tout moment, ses paumes pourraient se retrouver autour de ma gorge comme elle l'a fait pour cette pauvre fille.

Putain si Laura ose lui parler alors qu'elle est dans cet état, je ne donne pas cher de sa peau. Déjà que j'ai dû intervenir et avec difficulté pour retirer Alma, cette fois je doute que je puisse faire quoique ce soit pour l'empêcher de la tuer.

- « Ecoute Alma, je-

- « Ferme ta gorge ou je te la tranche. »

Ma déglutition se fut limite impossible tant mon œsophage était contracté, la voir si antipathique me donne des frissons dans le dos, ce n'est absolument pas la petite princesse que j'ai connue. Celle-ci est froide et dangereuse, blessée et brisée d'une manière que personne ne peut réellement comprendre si elle-même n'a pas vécu cette douleur.

La culpabilité de l'avoir poussé à bout me ronge lentement, laissant le dégout de moi-même prendre le dessus sur mon ressentit. Je peux vraiment être une merde quand même.

Ce qui me touche le plus chez Alma, c'est qu'elle est différente des autres. Je ne parle pas qu'en therme de filles, non elle a ce petit quelque chose dans le regard qui te met directement en confiance. Je sais maintenant, elle si différente car elle porte en elle une partie de ce qui me manquera toujours : De la compassion et surtout de l'amour.

Elle est ce genre de femme à ouvrir son cœur au monde entier cependant sans jamais rien attendre en retour, elle donne juste pour le plaisir d'offrir. Et c'est je pense ce qui en fait sa plus grande faiblesse aujourd'hui ; les gens s'en servent à mauvais escient, comme-ci son amour et sa bienveillance étaient devenus consommation gratuite. Sauf qu'elle n'est pas un point de ressource où on peut s'abreuver de son énergie pour ensuite la laisser périr sans rien fait pour l'aider. Elle a des émotions et des sentiments, et sa colère envers nous est totalement justifiée.

Tout ce qu'elle fait pour les autres, eux ne seraient même pas capables d'en faire rien que la moitié. Moi non plus je ne pourrais pas envisager le dixième de ce qu'elle fait. C'est pour ça qu'Alma est si contradictoire, son âme d'enfant brisée lui hurle de toutes ses forces de demander ne serait-ce qu'un fragment d'aide pourtant celle de la femme forte et indépendante, qui n'a besoin de personne parce que personne n'a su bien s'y prendre l'étouffe afin qu'elle ne revienne pas dans sa vie.

- « Je sais que tu veux pas m'écouter, et surtout que je risque ma vie en te parlant mais je veux que tu saches que je sais que m'excuser pour mes actions du passé ne pourra pas le modifier ni le rendre plus agréable, ou bien même me faire pardonner de toutes les conneries que j'ai pu te dire depuis ton « arrivée » chez moi. Je tiens quand même à te présenter des excuses car tu en mérites, et s'il le faut je peux même m'excuser à la place de toutes les personnes qui t'ont blessé si ça peut te faire plaisir et te faire te sentir mieux. »

- « Hmm, ok. »

- « Tu t'en fous ? »

- « T'es le premier à m'avoir dit que les excuses ne servaient à rien, et puis je ne t'en avais pas demandé. »

- « Je disais pas ça en mode-

- « Je m'en fous Hermes, c'est pas mon soucis. »

Wouah je crois qu'on a vraiment touché le fond cette fois, si la vipère s'en fiche royalement de mes excuses alors sachez que je ne peux plus rien faire pour elle.

Après m'être engagé à droite dans notre petit sentier assez montagneux, l'appréhension de ce qui va se produire dans peu de temps broie mon estomac. C'est la première fois depuis longtemps que la peur, la vraie s'obstine à autant me pourrir l'existence. Putain si je n'agis pas tout de suite, l'un d'entre eux va finir six pieds sous terre.

Ayant un semblant de lucidité lorsque nous arrivons déjà à la propriété, j'écrase violemment la pédale de frein ; faisant par la même occasion valser la personne à côté de moi en avant, à tel point qu'il manquait seulement dix centimètres pour que son petit nez retroussé ne s'explose sur le tableau de bord.

- « Je peux pas te laisser faire ça. »

- « Oh et tu crois que j'ai peur de toi ? Vas-y essaye un peu pour voir jusqu'où tes couilles molles pendent. »

Son regard normalement chocolat s'est transformé en un éclat sombre et grisâtre, un peu comme les nuages qui s'apprêtent à gronder et déverser la pluie de toute leur puissante. Celui-ci se plante dans le mien avec fougue, sondant mon âme juste avec ses iris remplies de détermination et de rage destructrice. Désormais, rien n'est plus à craindre en ce bas monde qu'elle.

Elle finit par décrocher sa ceinture à présent défoncée puis sort de la voiture pour marcher dans la boue fraichement créée par les nombreuses petites gouttes d'eau tombant du ciel qui déborde, et ce jusqu'à l'entrée de la demeure. Alma s'assoit sur les dernières marches protégées de l'humidité grâce au mini toit qui l'abrite également, ses mains frottent énergiquement ses bras afin de les réchauffer au mieux. Elle ressemble à une enfant perdue dans un univers qu'elle ne connait à peine.

Cette pauvre fille n'a pas eu de chance en étant née dans ce monde maudit par notre Seigneur, pourtant elle sait le retourner à son avantage. Elle ne le sait pas encore mais Alma Galuna deviendra le cauchemar, la hantise de tous mafieux qui auraient l'audace de croiser ses prunelles.

Je souffle d'épuisement et de stress puis redémarre le véhicule, je continue de rouler jusqu'à avoir assez de place pour effectuer mon créneau et me dépêche d'aller lui ouvrir avant qu'elle ne commence à être malade. On a beau être en mai, la pluie ici est bien glaciale, peut-être encore plus que celle à New-York.

Nous entrons ensemble sous les regards de Nicky et Swann, tous les deux jouant à la bataille sur la table du salon. J'entrelace instinctivement mes doigts avec ceux d'Alma lorsque j'échange un regard avec le tueur à gages, la bloquant à côté de moi afin d'éviter un meurtre. Elle commença à tirer un peu plus fort pour se délivrer de mon emprise cependant tout ce qu'elle obtient c'est que la pression sur sa main augmente.

Les prunelles de Swann jonglèrent vivement entre les miennes, nos mains jointent ensemble, et celles de la jeune dame qui brûlaient de rage à son égard, ses phalanges réduisent en petits morceaux les os de mes doigts. J'affiche un petit sourire de façade pourtant l'envie de hurler à la mort était bien présente, de plus ses ongles de sorcière s'effacent dans la chair du dos de ma main à tel point que je sens le sang s'écouler des mes nouvelles blessures.

- « Tout va bien ? »

Je n'ai à peine eu le temps d'en placer une qu'elle s'en chargea à ma place :

- « Nan pas vraiment nan, j'ai très envie de te faire avaler tes yeux là tout de suite. »

- « C'est nouveau. Et je peux savoir pourquoi ? »

- « Pour m'avoir pourchassé à travers tout le Mexique et tué mon oncle petite merde. »

Sa phrase terminée, elle arriva à se libérer puis fonça droit sur l'homme, qui se rendu compte un peu trop tard de la gravité de ce qui se passait, passa par-dessus le dossier du canapé avant de courir à l'étage, toujours poursuivi par la mafieuse.

Je les suis aussitôt et monte moi aussi en haut avec eux cependant une main attrape ma manche pour ensuite me tirer en arrière pendant que j'essayais de la stopper.

- « Hermes ? Pourquoi tu cours ? »

- « Peut-être parce qu'ils courent ? »

- « Donc toi tu cours parce que les gens courent ? T'es pas fini comme gamin en fait ? »

- « Bon qu'est-ce que tu veux Laura ? J'ai vraiment pas ton temps là. »

- « Je sais pas, j'ai entendu des gros bruits alors je voulais savoir ce qu'il se passait. »

- « Cool ta vie. »

Je me défis de sa prise d'un geste sec puis repris ma course en direction des deux qui ont décidé de redescendre comme-ci ce n'était pas déjà assez fatiguant.

De nouveau en bas, je vois Alma rouer de coups l'homme qui se protège avec ses avants bras, toujours bloqué en dessous de son corps.

Mon crâne recommence à me faire souffrir comme pas possible à tel point que je m'écroule par terre. C'est étrange, je sens juste des bras me secouer mais je ne vois pas qui est-ce car le noir cache ma vision. Les voix sont lointaines, un peu comme-ci j'étais à l'entrée d'un tunnel alors que les autres sont de l'autre côté à crier mon nom.

Flashback

Mes jambes cotonneuses tremblent, les coups que mon paternel venait d'infliger à mon ventre plus précisément dans mon estomac m'ont figé sur le tapis. Je suis incapable de me relever maintenant, je tousse du sang de même pour celui qui coule de mon nez, il est très probable qu'il me l'ait pété.

- « Relève toi et plus vite que ça. »

- « Père, pouvons-nous juste faire une petite pause ? Mon nez me brûle et je ne suis pas sûr de pouvoir assumer un autre match. »

Ce qui dansait dans son regard s'éteint soudainement tandis qu'il commence à partir de cette salle que je considère comme maudite. Les heures, les gouttes de sang et les larmes se sont beaucoup écoulées ici, croyez-moi. Mes entraînements se composaient uniquement de cardio et d'exercices d'agilité, le renforcement musculaire m'était interdit avant mes seize ans car d'après mon père : mon corps n'avait pas assez grandi et ne s'était pas encore parfaitement développé, les blessures graves   voir même irréversibles avaient plus de chances d'être faites.

Mon souffle est court dans ma gorge, ma tête tourne à toute vitesse pendant que je tente avec difficulté de me redresser sur mes pieds néanmoins je vacille une première fois. Par chance, je réussis à me rattraper de justesse sur le mur que je longe en boitant. Mais la deuxième fois ne s'est pas passée comme prévu : en tombant, je me cogne le crâne dans la même cloison qui me soutenait quelques minutes avant.

Je m'écroule sans que je puisse faire quoique ce soit pour l'empêcher, si on ne vient pas m'aider dans la seconde qui suit, je vais m'éclater tête contre le sol et mourir sans que personne ne s'en rende compte. C'est donc comme ça que je vais mourir ? Tout seul, entouré de béton et de silence. Ce n'est vraiment pas de cette façon que j'espérais partir, enfin bon

Mes yeux se ferment, autant accepter mon sort tout de suite, ça ferra moins mal que de nier la réalité qui semble plus qu'évidente. Je ressens le vide autour de moi, mon être qui chute.

Sauf que, juste avant l'impact, une main retient ma tête qui s'écrase dessus avec violence, me sortant de ma phase. J'inspire brutalement en même temps que mon frère me demande en hurlant si je vais bien. Il me parait presque irréel, il y a deux minutes tout au plus je frôlais la mort et là je suis allongé sur le dos, réfléchissant à tout ce qui vient de se produire.

- « Hermes, tout va bien ?! »

- « Hein ? Ah euh... Ouais, ouais je vais bien. Merci beaucoup Isma, si tu n'étais pas arrivé à temps... »

- « Ne finit pas ta phrase, s'il te plait ne finit pas ta phrase. Je ne veux pas entendre ça. »

- « Pardon Isma, viens-là. »

Je l'enlace un moment, me rassurant par la même occasion. Je n'aurais jamais cru que mourir allait autant m'impacter, normalement c'est une phase obligatoire de la vie, qu'elle soit provoquée ou juste naturelle, tout le monde est passé par là alors... Pourquoi mon cœur s'est comme éteint d'un seul coup ?

Je tente de mouvoir les extrémités de mes mains, mais sans succès. Je suis comme paralysé, mon cerveau a beau envoyer des signaux, mes membres ne les captent pas. Heureusement, mes paupières se décollent me laissant découvrir un univers uniquement composé blanc.

Oh non, ne me dites pas que c'est ce que je pense.

Les battements de mon cœur s'accélèrent dans ma cage thoracique pendant que les souvenirs ressurgissent du tréfond de ma mémoire, je ne veux pas être retenu ici. Je ne veux plus être retenu ici.

Pas la boite, surtout pas la boite.

Ma respiration ne parvient pas à se canaliser, j'ai l'impression de mourir ; envahit par cette couleur « pure » qui me ressort par les yeux. Mon corps s'agite dans ce lit, lui aussi malheureusement blanc, ainsi que les bip bip de la machine branchée à ma droite, ça se trouve je vais faire une crise cardiaque sans que personne ne se rende compte de ce qui m'arrive. Quelqu'un va juste entrer dans cette chambre trop blanche et découvrir mon cadavre encore chaud, toujours enveloppé dans des draps blancs !

Putain, va te faire foutre papa...

Je me redresse puis commence à retirer les éguilles qui étaient plantées dans mes veines, pareil pour ma perfusion. Je ne supporte pas d'avoir quelque chose dans l'organisme, surtout des putains de piqures, d'ailleurs je me suis évanoui à chaque fois que je me suis fait un nouveau tatouage.

Lorsque je finis de toutes les enlever, c'est pile maintenant que cette sorcière décide d'entrer puis vient s'asseoir sur la chaise proche du lit, elle aussi à ma droite, devant la machine.

- « Comment tu vas ? »

- « Comme quelqu'un qui est tombé dans les pommes après avoir forcé tel un dingue pour maintenir un équilibre dont tout le monde s'en contre fout. Ecoute Alma, j'essaye toujours d'être là pour tout le monde mais personne ne sait à quel point j'ai une pression de dingue sur les épaules, et ça constamment. Je ne suis pas sûr d'avoir fait le bon de choix de carrière finalement. »

Ma phrase se finit à voix basse, pas besoin qu'elle soit au courant de mes craintes. Sinon elle finira par les retournebr contre moi.

- « Du surmenage. »

- « Quoi ? »

- « Tu aurais pu mourir de surmenage si avec Nicky on ne t'avait pas emmené ici. Tu serais mort de surmenage si on avait pas été là putain... Mais le pire c'est que je me dis que c'est aussi ma faute ce qui t'arrive, j'ai contribué à ton mal-être et j'en suis...»

- « Merci de ne pas l'avoir dit. Tu sais à présent à quel point je les déteste. »

Un petit sourire corna le coin de sa bouche fine. En l'observant un peu plus, je remarque un détail :

- « T'as mis du gloss ? »

Sa joie disparue pour laisser place à la surprise, elle entrouvrit ses lèvres puis les refermèrent aussitôt pour finalement les ouvrir à nouveau :

- « T'es le premier à... l'avoir remarqué. C'est cool. »

- « Hmm. Attends quand est-ce que tu as eu le temps d'en mettre ? »

- « Ça fait vingt-deux heures qu'on est ici, fallait bien que je m'occupe ? Je l'ai volé à une gosse qui était partie aux toilettes, après il est peut-être un peu trop brill-

- « Attends... tu as bien dit... vingt-deux heures ?! Vingt-deux heures que je dors ? »

- « Ouaip, on peut dire que tu peux être une sacrée marmotte quand tu le veux. »

Je pouffe de rire, c'est fou de se dire qu'il y a un mois et quelques semaines nos positions étaient échangées. Que c'était elle qui était clouée à un lit d'hôpital et moi en train de la narguer, espérant secrètement qu'elle crève en s'étouffant avec sa propre salive cette débile. Et en même temps je suis sûr que c'est la seule à être venue me voir pendant que je dormais, donc ça voudrait dire que je peux compter sur elle ?

Ahhh rien que dire ce mot ça m'en colle des frissons, non hors de question. Si je devais remettre ma vie entre ses mains cela serait par pure obligation et non par confiance, exactement comme la dernière fois.

- « Pourquoi tu rigoles toi encore ? »

- « Cette situation ne te rappelle pas quelque chose ? »

- « Nan pas à ce que je sache ?... AH SI ! C'est quand je me suis réveillée pour la première fois à New-York après que tu m'es kidnappé. » finit-elle par me dire tout en me fusillant du regard.

Alma, si tu continues à me regarder comme ça je vais-

- « Oh j'y pense tout d'un coup. Un certain Dan est passé pour voir Nicky, tu sais qui c'est ? »

- « Dan ? Dan Aring ?! »

Un mauvais frisson me refroidit entièrement, si Dan est venu me voir après tant d'années c'est ça ne présage rien de bon pour la suite des évènements. Il contactait mon père seulement pour des mission qui nécessitaient mon intervention sur le terrain.

- « Je sais pas moi, il a juste donné une lettre à Trump avant de partir je ne sais où. »

L'expression de son visage ne me disait rien qui vaille, ce Dan doit être un sacré enfoiré pour que la crainte que transmettent ses pupilles retractées se lise si facilement dans son regard.

- « Hermes ? Est-ce que ça va ? »

- « Al-Alma, il ne faut pas qu'il-qu'il revienne, je vais mourir sinon. Et-et je veux pas mourir, Isma a peur que je meure. »

Isma ? C'est la première fois que j'entends ce prénom sortir de sa bouche. Isma.. Isma ? Non rien ne me vient à l'esprit. Je le calle dans un coin de ma mémoire que je ne ressortirai probablement jamais puis viens couvrir sa main glacée avec mes deux paumes tel un cocon protecteur.

- « Eh Hermes regarde-moi d'accord, il est parti. C'est fini il est parti tu ne vas pas mourir, vient-là. »

- « J'ai tellement peur Alma, je veux pas qu'il revienne s'il te plait... »

Mon cœur se brisa un peu plus en écoutant ses paroles, lui qui affiche toujours cet air autoritaire et serein sur son visage, est en réalité un enfant blessé qui recherche du réconfort vers l'adulte qu'il est aujourd'hui ; il se nourrit de son énergie vitale, un parasite psychologique.

- « Ça va aller, je vais fermer la porte à clefs pour que personne ne rentre, ok ? »

- « Nan ! Surtout pas, me laisse pas. Ne me laisse pas tout seul s'il te plait. »

- « Ok, ok je reste ici. Calme toi, tu es en sécurité ici personne ne viendra. »

□□

Mes doigts s'amusent avec les mèches rebelles qui n'arrêtent pas de tomber sur son front, ses bras enroulant ma taille. C'est fou, même en dormant il fait attention à ne pas me toucher les hanches ou mes cuisses parce qu'il sait que c'est encore trop tôt, même moi j'ai du mal parfois à les regarder dans un miroir. J'ai le sentiment que c'est lui qui les regardent, qui les savourent sans les consommer pour autant. Mais le pire reste mes mains ou celles des autres, il les prend et les serre.

Un haut le cœur secoue mon ventre, ne venez pas tout gâcher mauvais souvenirs. C'est le premier instant sans cris ni larmes depuis de bonnes heures déjà, j'aimerai bien pouvoir en profiter avant que tout ne dérape encore.

Plus je le regarde dormir, plus j'ai l'impression de voir une personne totalement différente que celle que je côtoie au quotidien, je vous l'avez déjà expliqué pourtant à chaque fois j'ai besoin d'en parler.

Quand vous vivez avec quelqu'un qui n'a connu que sang et violence, colère et rancœur, le voir aussi apaisé et posé c'est presque légendaire.

Putain, si tu pouvais être comme ça tous les jours ce serait tellement mieux, plus de prises de têtes pour que dalle, plus de poursuites, et plus de disputes qui partent en live... Bref le paradis en quelques sortes.

Alors que je réitère plusieurs fois mes geste sur son cuir chevelu, le bruit métallique d'une poignée de porte qui se baisse retenti dans la pièce. Heureusement il n'était pas assez fort pour le perturber, je lui fais des papouilles à nouveau tandis que les perles bleues de Nicky viennent s'encrer dans les miennes. Et je peux y lire de l'incompréhension, en même temps il revient de la maison avec des vêtements de rechanges pour son meilleur ami et il le retrouve la tête blottie dans mes seins, sûrement en train de faire ses meilleurs rêves.

Mon pauvre, on t'en fait voir de toutes les couleurs à toi aussi.

- « Pas de quoi s'inquiéter, il a juste commencé à faire une crisse d'angoisse un peu violente. J'ai dû le prendre mes bras pour qu'il tente de se calmer. Rien de bizarre je te rassure. »

- « Hmmm, est-ce qu'il t'a dit la raison de sa crise ? »

- « Ouais le vieil homme avec un manteau en fourrure alors qui fait trente-quatre degrés à l'extérieur. »

- « Tu lui a parlé de Dan ? Etrange que tu sois encore envie ? »

- « Attend, je te demande pardon ? J'aurais pu crever ? »

- « Luega déteste qu'on parle de l'ancien associé de son père, ça lui évoque de mauvais souvenirs. »

- « Pourquoi ? »

Un petit rictus illumine légèrement son visage puis il finit par me dire :

- « La curiosité est un très vilain défaut Alma. »

- « Oh allez ! J'aimerai bien savoir le pourquoi du j'ai failli mourir si ça te dérange pas. » dis-je en m'appuyant sur mes paumes pour un peu mieux me redresser, ce qui a pour effet de le faire bouger. Qu'il ne se réveille pas maintenant s'il vous plait, je vais bientôt en apprendre plus sur lui...

- « Hermes a toujours été un mercenaire de haut niveau, et ce même avant son grand coup qui l'a d'ailleurs projeté aux centres de projecteur. Ce fameux Dan était non seulement un grand ami de son père mais aussi l'entraîneur et le coéquipier d'Hermes, rares étaient les fois où son père l'aidait et encore plus rares les fois où il ne sortait pas de la salle en sang. Ils ont essayé de briser son âme pour le reconstruire à leur image cependant Isma était là pour lui donner espoir en la vie. »

- « Il m'en a parlé pendant qu'il paniquait mais je ne sais pas qui c'est. »

- « Et tu n'as pas besoin de le savoir princesse, si nous franchissons cette limite... Je serai contrains de te faire exploser la cervelle devant toutes les personnes de cette clinique. »

- « Donc moi je t'ai parlé de mon viol et tu ne peux pas me parler de lui ? »

- " Je t'en parlerai au moment voulu je te le jure, mais pour l'instant c'est trop tôt."

Nicky a raison, la curiosité me ronge un peu plus à chaque fois que je n'ai pas de réponses concluantes. Mauvaises habitudes.Après ce n'est qu'un nom, il est probable que ce soit tout simplement un membre de sa famille sans aucunes importances particulières.

What's up mes poulettes ! Comment vous allez aujourd'hui ?

Oui je sais, ce chapitre a pris ÉNORMÉMENT de temps à sortir et encore une fois je m'en excuse sincèrement. J'ai beaucoup plus de mal à écrire, restez devant un écran blanc en guette d'inspiration n'est pas vraiment la solution.

Mais je tenais tout de même à vous le sortir avant la rentrée, d'ailleurs bonne chance à ceux qui reprennent demain matin, je vous envoie toute ma force et mon courage. Ça va bien se passer vous inquiétez pas.

De plus j'aimerai faire passer un petit message : je le répète souvent et je vais continuer à le faire. Mon compte n'est pas un endroit pour se faire insulter gratuitement sans aucunes raisons apparentes. Je n'ai rien dit en commentaires, mais ça ne veut pas dire que je ne vois pas ce que les gens disent.

Alors je vous prierai sincèrement de respecter les autres lecteurs/lectrices, de leur rappeler les choses avec bienveillance et non en insultant autrui.

Je veux que tout le monde se sente à l'aise ici, que vous passiez un bon moment. Alors s'il vous plaît, faites attention à vos mots, ça peut vraiment blesser.

J'espère tout de même que ce chapitre vous aura plu, comme d'habitude n'hésitez pas à commenter, ne vous inquiétez pas les personnes qui ne respecteront pas mes conditions à partir de maintenant seront bannies de mon compte.

N'oubliez pas de voter.

Prenez soin de vous et de vos proches. <3

Gros bisous sur vos bouilles, M.J

:

(: Calopso - Kevin Kaarl)

!! TW : VIOL !!

P.S : Merci pour tout vos petits messages en privé et en commentaires, ça me touchée beaucoup. Ne vous inquiétez pas, plus de peur
que de mal.

_____

Californie, Etats-Unis, 14h18

Cela fait maintenant deux semaines qu'Hermes est alité à la maison, à dormir toute la journée et engloutir presque que des médicaments. Alma reste quotidiennement à son chevet, surveillant son
état de santé qui n'est toujours pas stabilisé, d'ailleurs le convaincre
de continuer ses soins à la maison n'a pas été chose facile : à peine
réveillé il commençait déjà à enlever ses perfusions, alors l'obliger de
rester allongé dans un endroit où il a l'habitude de bouger c'était
impensable pour lui. Enfin, voilà une bonne chose qui est faite, de
plus je n'aillais pas le laisser entre ses quatre murs blancs tout seul.

Je souffle, désespéré de cette situation plus que compliquée puis baisse mon regard sur ce bout de carton marron maudit, le timing ne pouvait pas être encore plus merdique. De plus il n'est clairement pas prêt à replonger vers le passé et surtout pas de risquer sa vie sur le terrain, même s'il l'a été pendant des années. J'hésite vraiment à lui donner, si ce qu'Alma a dit est vrai, je ne peux consciemment le mettre dans un environnement gorgé de souvenirs tandis qu'il tente de guérir.

Malheureusement cette décision ne me revient pas donc je monte les marches de l'escalier deux pas deux pour finalement arriver dans le couloir principal de la demeure, puis je continue mon chemin jusqu'à sa chambre avant de toquer à la porte, attendant qu'elle vienne m'ouvrir. Je sais qu'elle n'est pas sortie de sa chambre depuis qu'on l'a ramené de l'hôpital, elle est toujours collée à lui comme-ci il allait mourir.

La porte s'ouvre enfin sur la femme qui renifle assez discrètement, ses yeux et son nez rougis m'indique qu'elle a bien pleuré.

- « Je peux rentrer ? »

- « Bien sûr. Excuse-moi si ça a pris du temps. »

- « Nan ne t'inquiète pas. »

- « Qu'est-ce que c'est ? »

- « La lettre que Dan a apporté à Hermes mais je ne suis pas certain de lui donner. »

- « Oui c'est sûr après ce qui s'est passé là-bas, il est peut-être trop tôt pour ça... ? »

Elle se désintéresse rapidement de ma personne afin de se concentrer à nouveau sur lui : elle s'assoit sur le rebord de son lit et vient lui caresser les cheveux avec une douceur que je ne lui connaissais pas. Je l'ai toujours vu s'énerver pour le moindre détail de travers pendant qu'elle affiche un calme olympien et même une certaine sérénité ici. Je ne sais quel est le lien qu'elle entretient avec Hermes mais ce dont je suis sûr, c'est qu'elle tient vraiment à lui. Il est probable qu'elle est développée le syndrome de Stockholm, après tout ce ne serait pas la première à le faire ; le nombre de femmes qui sont tombées amoureuses de leur kidnappeur a bien augmenté depuis ces dernières années.

- « Alma, est-ce que tu as pleuré ? » peinais-je à lui demander. Je n'aime pas m'immiscer dans la vie privée des gens pourtant j'ai besoin de le savoir.

Son corps s'est arrêté de se mouvoir puis elle enleva sa main de son crâne pour venir essuyer ses yeux.

- « Pourquoi devrais-je te mentir, je ne suis pas très forte pour ce qui est de retenir mais larmes. C'est plutôt nul pour une femme qui doit reprendre les rênes de la famille hein ? Putain c'est super cliché présenté comme-ça. »

- « Je présume que c'est un oui ? »

- « Hmm ouais, c'est un oui. »

- « Et... Je peux savoir, pourquoi ? »

- « Mon père est décédé d'un cancer des poumons, et depuis j'ai peur des hôpitaux. J'ai rien dit sur le coup quand nous sommes partis là-bas car c'était pour sa santé mais j'étais en train de mourir de l'intérieur. Et même si je sais que ça ne lui arrivera pas, je veux-je veux pas que ça lui arrive aussi ! J'ai peur de revivre la même chose. »

Elle fondit en larmes dans mes bras, ses petites mains s'accrochèrent désespérément aux manches de mon sweat. J'enlace son dos délicatement et essaye de la calmer en lui parlant :

- « Allez Alma tout va bien, il dort beaucoup c'est tout. Il en a besoin, il est toujours là d'accord, il est juste extrêmement fatigué. Ça va aller, je suis désolé Alma. »

- « Il me manque tellement Nicky, il me manque tellement... »

- « Je sais Alma, je sais. Je suis tellement désolé. »

- « Je veux pas que ça lui arrive Nicky, j'ai tellement peur pour lui. »

Ses pleurs me déchirent le cœur, ses crises de larmes deviennent de plus en plus conséquentes et je n'apprécie réellement pas de dire ceci mais quoi que l'on puisse dire, elle a besoin d'une aide que nous ne pouvons pas lui apporter. Le pire est de les entendre le soir, tard dans la nuit alors qu'elle essaye de les étouffées dans ses oreillers ; sa chambre étant collée à la mienne, j'entends absolument tout.

Elle finit par se calmer, et toujours en sanglotant elle s'approche de lui puis le serre dans ses bras telle une peluche. Il serait mieux pour eux que je les laisse, je sors donc de la pièce en prenant soin de fermer la porte avant de tomber nez à nez avec Laura. Mes sourcils se froncent en réalisant, sa présence n'est clairement pas anodine de plus, personne n'est vraiment en état de gérer quelqu'un d'autre que lui-même.

- « Qu'est-ce que tu veux Laura ? Et dépêches-toi j'ai pas ton temps »

- « Ça va calme, je voulais juste voir si Hermes allait bien. »

- « Oui il va bien depuis hier, à la même heure qu'aujourd'hui où tu m'as demandé exactement la même chose que maintenant. Et puis Alma est avec lui, il n'a vraiment rien à craindre tu peux dormir sur tes deux oreilles. »

J'ai fait exprès de bien appuyer sur son prénom, si avec ça elle ne comprend pas le message c'est qu'elle est vraiment conne. Après cette nouvelle n'étonnerait personne, au fond on pense tous un peu pareil.

Elle courba légèrement la tête en avant puis retourna d'où elle venait me laissant enfin le champ libre pour accéder à ma chambre, je souffle bruyamment puis m'engloutie dans la pièce principale composée de mon lit, une façade remplie de grands panoramiques et une « petite » commode callée contre le mur à ma droite ; j'ai fait exprès de prendre la chambre la plus petite pour éviter que mes pensées est de l'espace pour divaguer, c'est une manie chez moi je finis toujours par me perdre quelque part.

Mon corps s'écroule avec force sur le matelas tandis que mes paupières se ferment, j'ai enfin la possibilité de me reposer un peu. Je place la lettre sur ma table de chevet avant de sombrer profondément dans le sommeil.

Mes yeux s'ouvrent progressivement néanmoins j'ai toujours l'impression de rêver, le noir enveloppe mes sens à tel point que je ne suis vraiment pas sûr d'avoir ouvert les yeux. Je réitère alors une seconde fois mon action pour obtenir finalement le même résultat. Comme

toutes personnes sensées je devrai être en train de paniquer, cependant je suis comme apaisé : quelque chose me retient d'exploser.

Je me redresse un peu sur mon postérieur et aperçois aussitôt le
corps allongé d'Alma : les bras croisés, la tête posée dessus sur le lit
et le reste de son anatomie posée sur une chaise, droite comme un
piquet. Je souffle en constatant que l'hématome que Swann lui avait
infligé à la joue pour tenter de la métriser n'était pas encore parti, il
est possible qu'il reste encore un bon moment. Je laisse ma main se
balader dans ses cheveux aux reflets auburns et caresser son crâne tout
doux, ses sourcils se baissent vers le bas quelques secondes avant de
revenir à leur place initiale, sûrement un cauchemar ou mes doigts
ont dû effleurer un endroit sensible. J'aimerai bien voir si elle en a
d'autres, sur d'autres parties de sa peau toujours un peu bronzée.

Encore une fois, c'est elle la première personne que je vois en me
réveillant et étrangement ça me fait un peu plaisir. Ça me prouve
qu'elle commence à s'attacher de plus en plus à moi, c'est lorsqu'elle
sera complétement raide dingue de moi que je terminerai enfin cette
mission infernale.

Je m'excuse pour ce qui va t'arriver mon ange mais il faut que je
venge ma famille. Je décale les mèches de son front et dépose un
tendre baiser dessus, tu es beaucoup trop gentille et naïve ; ça te
portera préjudice très bientôt.

Je sors de mes couvertures avant de l'attraper sous les bras et viens
la coucher avant de rabattre les couches sur elle, elle est transit de
froid cette gamine. C'est vrai qu'il fait assez froid, je tourne la tête et

écarquille presque les yeux en voyant que le thermostat indique vingt degrés, d'ailleurs comment ça se fait ?

J'avance vers celui-ci puis l'éteins et le rallume cependant il marque toujours la même température que tout à l'heure. N'étant pas d'humeur patiente et surtout pas au réveil, je me dirige très rapidement au sous-sol, là où se trouve la chaudière.

Entre temps Nicky, fraichement réveillé de sa sieste vu la tronche qu'il tire, m'avait rejoint et tous les deux ne nous arrêtions devant la cellule de Swann : lors de mes deux semaines de convalescence, j'avais demandé à ce qu'il soit enfermé pour éviter une nouvelle bataille qui me mènerait à une nouvelle hospitalisation et ça, il en était bien entendu hors de question.

Le détenu courra vers nous et tapa de toutes ses forces contre la porte pour la faire céder, dommage pour toi mais les portes sont renforcées par de l'acier trempé, tu ne risques pas de courir très loin crois-moi.

- « Hermes ! C'est toi qui m'a demandé de faire tout ça, c'est à cause de toi tout ça ! »

- « Je ne me souviens pas t'avoir demandé de lui en coller une ? »

- « Nan... Toi tu as demandé bien pire que ça... Et pourtant tu continues à jouer l'enfant de cœur devant elle pour qu'elle ne se doute de rien. Bête du Diable. »

Je ricane avant de m'élancer en direction de sa cellule puis attrape le col de sa chemise avant de le tirer le plus proche de moi, lui faisait cogner la tête contre les petites barreaux.

- « Oh mais je suis bien pire que sa bête, je suis son incarnation humaine. Et tu n'as encore rien vu de mon potentiel. »

- « Ça ne te suffisait pas de me voir boire ma sueur hein, tu voulais en plus me voir boire mon sang ? Bien joué mon grand, t'as gagné. »

Mon faciès se tordit en un faux sourire tandis que je le pousse en arrière, ce qui le fait tomber à la renverse. Je déteste quand cette petite merde se croit supérieure à moi, la plus part du temps il ressort avec un beau cocard sur l'œil.

Si je devais à me justifier, c'est lui qui a commencé en premier.

Nous marchons finalement jusqu'à notre lieu initial, plus nous nous y approchions plus la température s'y faisait glaciale, à tout moment on tombe sur un ours polaire. Je rigole pas.

J'empoigne la poignée et pousse doucement dessus, je suis bien content de m'être réveillé avec un pull car vraiment, je crois que je n'ai jamais connu autant de froid réuni dans une même pièce. Nous avançons dans la pièce alors que Nicky claquait déjà des dents sans y être rentré, c'est vraiment une chochotte quand il s'y met lui aussi.

Regardez moi, je suis Nicky et je me gèle les couilles sans rien faire. C'est comme ça que je vais le renommer : couilles gelées, ça lui va bien.

Un rictus corna le bout de mes lèvres en m'attardant sur ma nouvelle idée pendant que mes pas me font avancer, je tends les doigts pour modifier les réglages pourtant en ayant à peine toucher la surface, je retire immédiatement mes extrémités en soufflant dessus : les commandes de la machine sont brûlantes. Je n'avais jamais vu ça, je ne savais même pas que c'était possible d'atteindre un tel palier de chaleur.

Bon je vais appeler un réparateur j'ai pas le temps pour m'occuper de ça, et surtout je n'ai clairement pas envie de m'en préoccuper maintenant.

- « Alors c'est quoi la suite du projet ? »

- « Comment ça ? »

- « Pour ce qui en est d'Alma, tu comptes faire quoi d'elle ? »

Je fronce les sourcils, c'est vrai que je n'ai jamais réfléchi à ça ; bien sûr la descendre a toujours fait parti du plan, cependant approfondir la question ne m'a pas plus traversé l'esprit que ça. C'est vrai que maintenant que j'y pense je devrais vraiment faire attention à ne pas autant montrer mes sentiments, elle parait innocente comme ça et pourtant manipuler est l'une de ses principales qualités. Elle cache très bien son jeu et son atout fétiche est l'expression qu'elle affiche sur son visage selon la circonstance donnée.

- « Je n'en sais rien, tu me connais. Je ne compte clairement pas la laisser en vie, mais c'est vrai que je n'ai pas réfléchi à comment. »

- « Hmm, elle a pleuré pour toi. »

Je fais mine de ne pas comprendre :

- « Pourquoi ? Elle a eu peur de quoi ? Que je me casse un ongle ? Elle devrait s'en faire pour les siens. »

- « Te voir allongé pendant des jours et des jours lui a rappelé de mauvais souvenirs. Elle a passé la moitié de sa vie actuelle assise sur une chaise à surveiller les constantes de son père qui était voué à crever la bouche ouverte. Pas cool hein ? Je pense que cette gamine mérite autre chose qu'une peine de cœur plus une mort douloureuse nan ? Hermes ne la laisse pas tomber amoureuse de toi, même si pour toi tout ça n'est qu'un jeu. Pour elle tu représente l'attention masculine qu'elle n'a jamais eu, c'est peut-être une connasse sauf que ta façon de faire n'est pas adapter à ce sujet. » répond-il immédiatement pour me stopper dans ma blague.

Je soupire exaspéré, depuis son arrivée forcée dans notre vie, cette fille a donné un grand coup de pied dans la fourmilière et je me retrouve maintenant à enchaîner les situations délicates.

- « Si elle tombe amoureuse, je la tuerai avant que ce ne soit obsessionnel. Et puis je te laisse choisir la façon dont elle va mourir. Réfléchit bien car désormais tu as sa vie entre tes mains. »

- « Ouais on va dire ça, passe moi ton téléphone qu'on appelle quelqu'un pour réparer ça. »

Merde c'est vrai, mon téléphone.

- « Il est posé sur ma table de nuit, je vais aller le chercher. En attendant tu peux donner à manger à l'autre clochard là ? Et rappelle lui qui nous sommes par la même occasion, qu'on ne m'insulte pas sans en subir les conséquences. »

- « À vos ordres mon capitaine. »

Je souffle du nez en remontant à l'étage pour reprendre mon portable cependant j'ai un mauvais pressentiment, même si cette maison est habituellement silencieuse cette fois-ci est différente, il est comment dire... Plus pesant. Le fait qu'il n'y est aucun bruit commence à m'angoisser légèrement, je pense que je vais aller prendre mes chiens au cas où.

J'entre dans le salon sans m'attarder et sors directement par l'une des nombreuses baies-vitrées qui donne accès à une petite cour dans laquelle mes chiens se reposent encore ; s'ils n'ont pas aboyé ça signifie que personne n'est rentré à l'intérieur mais je préfère ne prendre aucuns risques.

Je continue de marcher jusqu'à ce qu'une scène horrible s'offre à moi : Fenrir, en train de dévorer la dépouille de son frère. Son corps couvert de sang est étalé par terre dans l'herbe, déchiqueté en petit morceau. Plus Fenrir y met les dents plus son cadavre bouge à cause de ses mouvements brusques et acharnés, et dans cette situation si je m'approche trop près d'eux je serai le prochain sur la liste. Alors je reste à ma place, subjugué par la violence du carnage devant moi. Ils s'entendaient tellement bien, ils sont sortis du même ventre ; comment cela avait pu se produire ?

Ne supportant plus ce que je vois, j'essaye d'appeler doucement mon chien alors que celui-ci relève également la tête dans un geste très lent, et m'ayant enfin remarqué, il s'avance vers la barrière sans pourtant la sauter, il calle juste sa tête désormais rouge dessus en attendant patiemment que je vienne à lui.

Des larmes naissaient doucement au coin de mes yeux à mesure de je m'approchais, mon chien est mort car l'autre l'a mangé...

Je passe ma main sur son crâne poilu quelques secondes et tombe à genoux devant sa dépouille en entrant dans l'enclos, putain je pensais pas être aussi affecté par la mort d'un animal, surtout pas le mien. Je le connaissait depuis qu'il était chiot, je l'ai élevé, nourri, pris soin de lui quand il n'était pas bien. Mon chien putain, je crois que cette pilule va être dure à avaler.

Ma main effleure à nouveau sa tête encore chaude, j'ai l'impression qu'il va juste se relever et retrouver sa joie de vivre comme avant mais bien évidemment, cela n'arrivera plus jamais.

Son intérieur est totalement broyé voir même absent, il y a juste une immense trou noir dans son ventre et dans la moitié de sa cage thoracique. Je remarque un petit trou qui ressemble étrangement à une balle, mais n'y prête pas attention : probablement trop choqué.

Je place mes paumes sous sa peau et pousse sur mes jambes pour le soulever, c'est ma faute je n'aurais pas dû les mettre ensemble, deux mâles en plus à quoi je pensais ? Putain je suis trop con, putain... putain. PUTAIN DE MERDE ! POURQUOI J'AI PAS PENSÉ À ÇA ?!

J'ai envie de m'en coller une en réalisant mon immense connerie, tout est de ma faute.

Je continue d'avancer jusqu'à ce que j'atteigne ma voiture où je le place à l'arrière , sur ma banquette avant de rentrer cette fois du côté passager puis je tourne les clefs qui étaient encore sur le contact et sors du terrain. Je ne sais pas où je vais l'enterrer, je finirais bien par trouver un coin dans lequel il pourra se reposer paisiblement et éternellement .

□□

Une bière, que j'ai acheté il y a quelques minutes dans une petite superette, à la main et une vue éclatante offerte par une petite colline non loin du centre de la Californie, l'odeur de la terre mouillée qui a servie à le recouvrir se fait sentir. C'est vrai que l'herbe se nourrit des petites gouttes de pluies, tombées tout à l'heure lorsque je conduisais ; ça n'a pas duré très longtemps, un peu comme ma peine : je ressens ni colère ni tristesse, seulement un grand vide dans mon esprit et mon ventre, j'ai l'impression que mes organes ont été remplacés pour laisser la place à la culpabilité. Avec le temps, cette sensation va sûrement s'estomper, en tous cas je l'espère.

Je bois ma dernière gorgée avant de balancer ma bouteille quelque part dans l'horizon avec force, il est très probable qu'elle atterrisse sur quelqu'un mais l'état dans lequel je suis actuellement ne me permet pas de m'en soucier, tout est monotone et la vie ne semble plus qu'être une suite d'évènements lointains, mon cœur se comprime un peu plus à la pensée de mon animal. Je ne vais ni blâmer ni punir le deuxième, c'est dû à une pulsion que je n'avais pas envisagé. C'était son instinct, il a juste suivit les ordres que lui on donné son cerveau.

En inspirant profondément une dernière fois, je me redresse sur mes deux pieds et me dirige de nouveau à ma voiture, je n'ai qu'une envie : dormir, encore et encore jusqu'à oublié ce qu'il vient de se produire. Je ne suis même pas sûr de pouvoir conduire, si je m'y risque, je pourrais moi aussi y perdre la vie.

Ma tête bascule en arrière pour finalement se faire stopper par mon appuie-tête, je n'ai clairement pas la force de rouler jusqu'à la maison. Je recherche alors le contact de mon meilleur ami dans la base de données de la voiture puis démarre l'appel en priant qu'il réponde. Le pauvre, je devais juste aller chercher mon téléphone et au final, je me retrouve à enterrer mon chien sur une colline, la vie est étrangement faite. Et si je n'étais pas passé les voir, est-ce qu'il aurait continué jusqu'à ce qu'il ne reste plus que les os ? Cette pensée m'envoie un électrochoc dans le cerveau et la poitrine, quelle horreur et puis pourquoi je pense à ça moi ?

Mes idées sombres se font interrompre par le détonement du téléphone, ce qui m'indique qu'il a décroché. Sauf qu'à la place de la voix que je devais normalement entendre, celle-ci se fit plus féminine que prévu :

- « Allo ? »

- « Alma ? Qu'est-ce que tu fais avec le téléphone de Nicky ? »

- « Je-je... Hermes je t'en supplie reviens immédiatement à la maison ! »

- « Quoi ? Alma, qu'est-ce qui se passe ? »

- « Il y'a- il y a quelqu'un qui est entré et il- AH ! »

- « Donne-moi ça. »

Sa voix effrayée disparue d'un seul coup, afin qu'une plus rauque ne la remplace :

- « Eh bien, on peut dire que tu t'es sacrément bien caché sale morveux. »

- « Qui-t'es toi ? Où est Alma espèce d'enfoiré ! »

- « Tu n'as pas changé, toujours aussi colérique et impulsif que la dernière fois. »

- « Écoute moi bien petite merde, si tu la touche d'une façon ou d'une autre, je te jure que je te-

- « Oh mais je ne vais rien lui faire à ta princesse enfin pour l'instant, toi cependant c'est une autre histoire. Écoute-la si tu ne veux pas que je revienne sur ma décision. »

Je n'ai pas eu le temps de répondre quoique ce soit qu'il avait déjà raccroché. J'emmerde la vie et ses problèmes, là il y a plus important à sauver.

Frein à main sur le mode " reculer ", je fais demi-tour et fonce à tout vitesse vers la maison. Mon rythme cardiaque n'a jamais été aussi élevé, j'ai peur. J'ai peur. J'ai peur de la perdre.

Je ne sais même plus ce que je dois faire : la tuer, pas la tuer ? Putain j'en ai aucunes idées, pourquoi tout se mélange dans les pires moments, je suis partagé entre deux choix. C'est un contexte que je n'apprécie vraiment pas, si je prends la mauvaise décision je perds tout.

C'est quitte ou double.

Je slalome entre les voitures qui me klaxonnent sur l'autoroute mais je ne les écoute pas, je ne   peux pas le faire. Les sirènes des gyrophares retentissent maintenant lorsque mon véhicules a dépassé les voiture de police, super maintenant j'ai les flics sur mes côtes. Je ne ralentis pas, au contraire j'arriverai peut-être à les semer si je continue de maintenir sur cette cadence, il est dit que leurs voitures vont jusqu'à présent à cent-cinquante kilomètres/heure à moins que cela est changé, je peux donc leur échapper.

□□

Ma portière claque violemment alors que je me précipite dehors en courant, par pitié qu'il ne leur soit rien arrivé, je m'en voudrai toute ma vie si c'était le cas.

Je ne prends même pas la peine de toquer, à la place je démonte le verrou avec un coup de pied et entre en furie à l'intérieur : la première chose que je vois sont les yeux larmoyants d'Alma qui n'a jamais eu l'air aussi contente de me voir qu'aujourd'hui mais quelqu'un est face à elle, assis dans mon fauteuil, est en train de la tenir en joue avec un silencieux que je reconnaitrai entre milles : Dan.

Bien sûr, il fallait que ce petit connard se pointe maintenant hein ? Quand ma vie reprenait un semblant de normalité.

Celui-ci tourne enfin sa tête dans ma direction avant de sourire narquoisement tandis que le reflet de ses yeux plongent et sondent mon âme et m'angoissent au plus haut point.

- « Ah ! Hermes, comment vas-tu mon grand ? Ça fait combien de temps qu'on s'est pas vu ? »

- « Dix-sept ans. Qu'est-ce que tu veux Dan ? »

Le sourire qu'il affichait s'élargit encore plus, il prend un malin plaisir à me torturer en impliquant Alma dans tout ça et il en joue cet enfoiré.

- « Rien... Juste passer faire un petit coucou, un truc dans le genre. Pourquoi tu n'as pas répondu à ma lettre gamin ? »

- « Comment te dire que j'ai été admis à l'hôpital pour surmenage alors nan, j'avais pas vraiment le temps de lire ta putain de lettre connard. »

- « Oh Hermes ne soit pas insolent s'il te plait, c'était juste une simple question. »

- « Avant que je ne perde vraiment patience Dan, et tu me connais alors je vais me répéter mais seulement parce que c'est toi. Qu'est-ce que tu veux Dan ? »

- « Très bien, maintenant que tu es " l'homme de la maison " tu ne peux pas faire ce que tu veux quand tu veux, tu as des responsabilités et des devoirs envers moi. Comme celui de venir en mission avec moi. »

- « Tu crois réellement que je vais revenir avec toi après ce que tu as fait à ma famille ? Je ricana avant de complétement exploser de rire, il avait un sacré culot ce chien. Tu peux toujours courir et allais te faire enculé par la même occasion. Jamais, tu m'entends ? Jamais je ne reverrai équipe avec toi. »

- « Très bien. Alors demandons-lui ce qu'elle en pense. »

Il baissa la sécurité toujours en la visant néanmoins sans la regarder. De toutes façons elle ne l'aurait pas fait non plus : ses pupilles sont rivées sur moi, attendant probablement de voir mes gestes futurs.

- « Alma, est-ce que tu préfères mourir maintenant à cause d'Hermes ou avoir l'opportunité de continuer ta petite vie tranquillement à ses côtés en le convaincant de se joindre à moi ? Tu as dix secondes avant que la balle ne parte. »reprit-il avec une intonation qui ne laissait pas la place au doute, ni à la rigolade.

- « Alma regar-

- « La ferme Hermes, c'est à elle que je parle pas à toi. Ce serait bête que sa cervelle explose en petits morceaux avant qu'elle n'ait pu ouvrir la bouche nan ? »« Dépêche toi ma grande il ne te reste plus que sept secondes. »

- « Putain de taré. »

Ce sont les seuls mots qui sont faiblement sortis d'entre ses lèvres, la quantité de larmes avaient doublées depuis la dernière fois, sa vision ne devait être plus qu'un amas de point.

- « Vous êtes un grand malade. Vous croyez réellement que je vais supplier mon ravisseur de m'aider ? Si je l'ai fait tout à l'heure c'est parce que vous me l'aviez demandé. Ou devrais-je dire, forcé. »

- « Donc tu préfères affronter la mort de face plutôt que de l'adoucir ? Eh bien, on peut dire que tu l'as très bien dressé elle ferra un merveilleux atout sur le terrain. »

Il enlève son arme de son visage, j'en profite alors pour aller la rejoindre sauf qu'il me coupe dans mon élan en me ciblant :

- « Qui t'as autorisé à bouger ? »

- « Moi. Je suis chez moi, et tu es sur mon fauteuil. »

Il ne répond pas à mon pique, il se contente juste de la fixer comme un vulgaire bout de viande. Sa façon d'être me révulse au plus haut point, il a tout à fait le profil d'un mec qui pourrait violer une gamine dans la rue.

Alors que je regardais longuement son pistolet, comme perdu dans le temps, un éclair me frappa :

- « C'est toi qui buté mon chien ? »

- « Qui sait, peut-être bien ? »

- « T'as osé tirer sur un animal sans défense ? Mais bordel de merde Dan qu'est-ce que tu veux à la fin ?! »

- « QUE TA PUTAIN ME RÉPONDE ! » - « Elle ne te répondra pas bouffon, Alma est une Galuna. Sa fierté l'empêche de dire quoique ce soit, mais tu devrais déjà le savoir pas vrai ? »

- « Ne joue pas avec moi. »

En un premier temps, je pensais que sa phrase m'était destinée, alors pendant que je commençais à ouvrir la bouche pour répliquer, elle le fit avant moi :

- « Qui a dit que je jouais ici ? Je ne joue pas avec ma vie, sauf si je suis sûre de mon coup. »

- « Et... Es-tu sûre de ton coup ? »

Elle sourit étrangement tout en haussant les épaules avant de répondre :

- « Qui sait, peut-être bien ? »

L'homme souffla en fermant tout en poussant l'intérieur de sa joue avec sa langue avant qu'il ne se lève. Ce démon marche d'une allure tellement lente mais qui m'a paru être fulgurante lorsque je le vis soulever son menton avec son « gun », qu'il ose même poser ses mains sales sur elle et je lui éclate la cervelle à main nue.

- « Tu es sublime de cette vue, mais ce serait encore mieux si tu avais tes lèvres autour de ma queue. » dit-il d'une voix sombre qui trahie son impatience et ses idées.

Il passe délicatement le pouce de sa main droite sur sa lèvre inférieure avant qu'elle ne revienne à sa place dans un petit bruit.

Putain de merde, je vais le démarrer. Bordel de merde, je vais lui éclater sa mère.

Alors que je m'approchais de lui à grand pas, le mafieux ôta le pistolet du dessous de sa tête pour le pointer dans ma direction, directement braqué vers ma tête.

- « Si tu bouges... »

Il attrape son avant-bras avec rapidité puis la fit se mettre à genoux tandis qu'il s'installe à la place qu'elle occupait un peu plus tôt. Il ne va pas faire ce que je crois ?

Sa main accrochée à l'arrière de sa nuque, il l'oblige à se tourner face à lui alors qu'il la replace correctement entre ses jambes.

Son bassin vers l'avant, près de sa bouche.

Ses mains qui passent lentement sur ses cuisses.

Les siennes qui défont sa braguette.

Ses cheveux longs caressés par ses paumes.

Son sexe touché par ses petites mains manucurées.

Tout se qui se passe actuellement se fait au ralenti, tout ça sous mes yeux. Et je ne peux rien faire pour aller l'aider, je suis prisonnier de cet enfer. Sa respiration se faisait à présent très irrégulière, si ça continue une crise d'angoisse pourrait bien faire surface.

Et ce que je craignais le plus arriva : il enfonça son membre dans sa bouche sans prendre en compte son état. Ses doigts se resserrent immédiatement après l'intrusion sur ses cuisses, c'est probablement la première fois pour elle, alors une gorge profonde comme première fois pourrait lui donner un réflexe vomitif.

Mes ongles s'effacent dans ma chair, cette vision me retourne l'estomac. Il attrape une masse de ses cheveux foncés pour lui indiquer et maintenir un rythme tandis qu'elle s'étouffe à moitié avec son penis dans sa gorge.

Putain de merde ! Si je bouge je m'en prends une.

Et puis merde, si je dois partir aujourd'hui c'est que c'était le moment, ainsi je l'aurais sauvé et ça, ça n'a pas de prix.

Je finis par m'élancer vers eux et comme je m'y attendais, le coup parti. Je l'esquive de justesse mais la balle se retrouve maintenant logée entre mon pectoral et mon épaule, en plein dans le muscle. Je grimace et crie de douleur mais envoie quand même mon poing dans sa mâchoire, celui-ci chute sur la droite et ne perdant pas une seule seconde, je m'acharne sur lui.

Les coups partent dans tous les recoins de son visage : son front, ses tempes, ses sourcils, ses yeux, son nez, sa bouche, son menton. J'ai bien l'intention de le défigurer jusqu'à ce qu'il ne lui reste plus qu'une bouillie de chair mais surtout de sang à la place de sa grande gueule.

- « Tu n'avais pas le droit ! Tu n'avais pas le droit pour ce que tu as fait à mon chien ! Tu n'avais pas non plus le droit pour Ismaël ! Tu l'as tué ! Et maintenant tu oses t'en prendre à elle ?! Tu mérites de crever sale enfoiré, va brûler en enfers ! Tu n'avais pas le droit de la toucher, tu n'avais pas le droit de lui faire ça, pas à elle ! Je te déteste de toute mon âme putain, crève ! Crève, CRÈVE ! »

Je ne parviens plus à contenir ma rage, toute la pression accumulée ces derniers temps s'échappe de mon corps par les pores de ma peau, tout comme la sueur qui dégouline le long de mon dos et de mis front. Si je pouvais lui arracher la peau du visage je le ferai volontiers.

- « HERMES ! Arrête putain, c'est bon il est mort ! Arrête ça je t'en prie ! »

Sa voix brisée me ramène peu à peu à la réalité, je suis essoufflé et je n'arrive à respirer normalement, ma main est toujours dans les airs ; je la ramène le long de mon corps, près de ma hanche.

Je tourne la tête vers elle, ses yeux gonflés par le sel de ses larmes m'envoient des décharges électriques dans l'entièreté de mes membres.

Et dans un éclair de lucidité, je me rue face à elle et essuie maladroitement ses larmes puis enfouis son tête dans mon cou. Elle hurle de tristesse, ses cris camouflés me broient le ventre, je mets ses fesses sur mon bassin afin d'effectuer des petits mouvements pour la bercer tout en la calmant et en l'enlaçant.

- « Je suis désolé que tu aies eu à subir ça, je te demande pardon princesse. Ça n'aurait jamais dû se produire. »

———————————————

What's up guys ! How are you today ?

Je suis trop contente d'avoir pu vous sortir ce chapitre qui m'a littéralement déchiré le cœur aujourd'hui. Pour être honnête, j'ai même hésité à changer la fin tellement moi ça m'a mit les larmes mais c'est le risque, l'univers de cette histoire alors on garde la tête sur les épaules et on s'accroche.

Pour ce qui est de mon accident, ne vous inquiétez pas tout va bien, j'ai pas attendu trop longtemps et puis mon adorable maman m'a apporté mon ordi pour que je puisse continuer à écrire même en salle d'attente Et merci pour tous vos petits messages, ça va droit au coeur

Je vous laisse admirer la gueule que j'avais quand le médecin a appuyé peut-être un peu trop fort sur ma jambe □ :

C'était juste mais horrible ! Même si j'avais rien de cassé à ce niveau là, le bleu qui était en dessous je l'ai très bien senti.

Bref. En tous cas j'espère que ce chapitre très poignant vous aura plu.

N'oubliez pas de votez.

Prenez soin de vous et de vous proches, surtout si vous avez une moto . Nan vraiment faites attention à vous.

Gros bisous sur vous bouilles, M.J

(: No Time - WattzBeatz)

TW : Masturbation !

Californie, Etats-Unis, 23h50

Mes pensées et mon esprit perdus dans le vide, les évènements ne cessent de tourner en boucle. Pour une deuxième expérience en therme de sexe, celle-là n'est pas à classer dans les meilleures non plus, pourquoi ce genre de chose ne tombe que sur moi ? Fin je ne dis pas que je suis la seule à s'être faite violée sur cette terre mais dans mon entourage en tous cas, je suis bel et bien l'unique à être passée par là. Le sort s'acharne on dirait, c'est sûr qu'un viol n'était pas assez suffisant et traumatisant comme-ça, il fallait que je m'en cogne un deuxième.

Ça fait plusieurs minutes maintenant que le mafieux est allé je ne sais où, sûrement dans sa chambre ou parti faire un tour pour se calmer et surtout se changer les idées, me laissant seule dans le salon avec le cadavre de mon nouvel agresseur. On peut dire qu'il n'y est vraiment pas allé de main morte, pour faire simple : son visage n'existe même plus tant les coups qu'il lui a infligé étaient violents. Tout est boursoufflé et ensanglanté, je ne vois ni paupières, ni nez ni même bouche ; il n'a pas épargné un millimètre de son faciès.

Je n'étais pas particulièrement d'accord avec le fait qu'il s'en aille après cet incident pourtant je n'ai pas bronché lorsqu'il l'a claqué la porte d'entrée pour la dernière fois, je ne suis si ni sa mère ni quelqu'un de valeur à ses yeux pour que je puisse me permettre de dicter sa conduite ou même ne serait-ce qu'envisager de le juger : chacun gère sa colère comme il le peut.

La tête callée sur le rebord du canapé blanc crème, mes pupilles probablement encore dilatées par le choc fixent l'écran éteint de la télé encastrée dans le mur. J'ai peur de me retrouver toute seule ici maintenant, en plus je ne sais même pas où est Nicky, et forcément Laura a quitté la maison pour faire du shopping. Putain, pourquoi tout le monde a décidé de m'abandonner alors que j'ai réellement besoin de quelqu'un en ce moment. Ce n'est clairement pas juste, j'ai l'impression d'être là pour tout le monde mais quand c'est moi qui demande de l'aide, tout le monde disparait.

L'air s'échappe bruyamment de ma bouche puis je finis par me lever du canapé afin de dégager le cadavre de ma vue, un corps en décomposition n'est pas vraiment quelque chose de chaleureux et ac-cueillant dans un salon si vous voulez mon avis. J'attrape en premier lieu sa main puis au fur et à mesure, je tire dessus afin qu'il se retrouve miraculeusement sur mon épaule ainsi que sur mon dos. N'ayant pas encore commencé sa putréfaction, l'odeur de la mort n'est pas encore présente et heureusement : je n'aurais pas supporté qu'il y ait en plus une odeur nauséabonde.

Je le porte à travers tout le salon pour passer par l'une des baies-vitrées qu'offre cette immense demeure. Et avec toute la force que je possède, je balance l'amas de chair dans l'herbe devant moi ; le faisant tomber dans un bruit de craquement ignoble. Probablement un de ses doigts.

J'inspire un grand coup et commence à chercher où les anciens proprios ont bien pu ranger les outils de jardinage, autant le faire complétement disparaitre de la circulation. Si cela ne tenait qu'à moi, je l'aurais déjà mis à la poubelle cependant en faisant ça, je commettrais une grande erreur qui pourrait bien nous couter la liberté et peut-être même la vie : la benne à ordures d'ici est reliée au service municipal, alors imaginez seulement la tête des éboueurs lorsqu'ils découvriront un mort dans nos poubelles. Comment expliquer ça aux autorités après ?

Pendant que je me démène dans le jardin pour trouver ce que je cherche, un aboiement résonne dans la pénombre de la nuit, ce qui me sursauter mais également tomber à la renverse. J'ai horreur des chiens, plus particulièrement ceux qui sont errants. L'unique lumière que j'ai est celle de la pièce dans laquelle j'étais un peu plus tôt, elle crée un halo presque minuscule qui ne me permet pas de voir la créature.

Mon sang se gèle instantanément dans mes veines, les cris surgissent toujours du noir et à tout moment, un canidé me saute dessus puis m'attaque jusqu'à ce que j'en décède. Seigneur, faites que ce ne soit pas un Pitbull !

Mon pouls et ma respiration s'accélèrent de plus en plus à chaque qu'il s'amuse à aboyer contre moi, putain je suis dans le noir, entourée par la forêt et uniquement accompagnée par les sons effrayants du clébard. Comme à chaque fois, la crise d'angoisse peut arriver lorsque je m'y attends le moins, alors je tente de réguler mes inspirations et mes expirations du mieux que je peux et constatant que depuis le début rien ne m'a foncé dessus, j'arrive peut à peu à revenir sur un rythme convenable.

Alors que mon regard est toujours fixé vers l'animal que je ne distingue même pas, un bruit parvient à ma droite, cela vient du salon. Ma tête tourne brusquement en direction du son et je crois bien que c'est la première fois que je suis autant soulagée de la voir : Laura.

- « Alma ? Mais qu'est-ce que tu fais par terre dehors ? Et puis c'est quoi ce sang sur le carrelage ? »

- « Dieu merci Laura tu es rentrée ! Est-ce que tu peux activer le flash vers les cris s'il te plait ? »

- « Ah euh oui si tu veux. »

Elle s'empresse de récupérer son portable dans une petite poche de son sac Hermès, qu'elle n'avait pas avant qu'elle ne soit rentrée, et braque la source de lumière vers ce qui me semble être à première vue une petite clôture. Un loup est enfermé et ne cesse de gueuler comme-ci sa vie en dépendait, une chaine en argent autour de son cou l'empêche de dépasser le petit muret.

- « Depuis quand il y a un loup domestique ici ? »

- « Tu m'ôtes les mots de la bouche. »

Nos yeux se croisent néanmoins sans nous parler, nous nous comprenons et je m'empresse de me relever avant qu'elle ne ferme la porte fenêtre. Autant ne pas fouiller trop loin, la seule personne qui sait où sont planqués les squelettes est Hermes.

Une fois à l'intérieur je réalise que je n'ai même pas fait ce pourquoi j'étais sortie, l'envie de me claquer le front est grande mais je résiste puis pars dans la cuisine afin de prendre du sopalin, on ne va pas laisser des gouttes de sang indéfiniment sur les carreaux collés au sol. Tout en essuyant.

- « Tu n'as pas répondu à ma question tout à l'heure. »

La voix de la femme qui est dans mon dos me ramène peut-être un peu trop vite à la réalité :

- « Excuse-moi mais mon attention était focalisée sur la bestiole à l'extérieur, qu'est-ce que tu m'avais demandé ? »

- « C'est... Celui de l'ancien entraineur d'Hermes. Il est entré par effraction dans la maison et... Et il m'a seulement menacé, pas de quoi s'inquiéter hein ? »

- « Ouais t'as raison pas de quoi s'inquiéter. Dis Alma, je peux te poser une question sans paraitre indiscrète ? »

- « Hmm, ça dépend de la question. »

- « Est-ce qu'il se passe quelque chose entre vous ? Je veux dire, avec Hermes ? »

Pour une raison que j'ignore totalement, mes pommettes se mettent à chauffer et je suis quasiment certaine que mes joues se sont teintées de rose. Ma réaction est surjouée, il ne s'est absolument rien passé hier, il ne se passe rien aujourd'hui et il ne se passera rien demain ; je m'en fais la promesse.

Voyant que je ne lui ai toujours pas donné de réponse concrète, elle baisse la tête, probablement déçue. Je me dépêche alors de répondre :

- « HEIN ?! Nan absolument pas ! Lui et moi on était ennemis alors qu'on n'était toujours pas sorti du ventre de nos mères. Ce n'est pas demain la veille qu'on va se mettre à flirter, ça tu peux me croire. »

- « Donc ça veut dire que je peux tenter quelque chose avec lui ? »

Ma gorge se serre inconsciemment, tout ça est ridicule. On ne se doit rien du tout, il y a deux mois à peine je me retrouvais dans sa cave, et maintenant on me demande si je sors avec lui. La vie est étrange. Et même si je me répète je ne suis pas sa copine alors pourquoi mon Dieu, je réagis comme telle ? Quelquefois je me trouve juste pathétique dans ma façon d'agir, je pense qu'Hermes a été l'un des seuls hommes à avoir réellement fait attention à moi en vingt-trois ans d'existence, c'est peut-être pour ça que j'ai du mal à le « laisser partir ».

- « Euh je...

Oh et puis merde, je n'ai rien à prouver à personne. Ce n'est pas comme-ci il ne m'avait pas kidnappée, séquestrée, blessée et il a en plus engagé quelqu'un pour me tuer. Va te faire foutre Hermes Luega, si ce que je vais faire peut me permettre de t'éloigner le plus loin possible de moi, où est mon stylo que je signe ?

- « Ouais vas-y, fais toi plaisir même. »

- « En fait, t'es pas autant une connasse que ça. »

- « Je peux dire la même chose pour toi. »

Nos regards se croisent à nouveau néanmoins cette fois, nous explosons de rire jusqu'à ce que nous nous tenions le ventre et que des larmes perlent au coin de nos yeux. C'était quand la dernière fois que j'ai rigolé depuis que ma vie est devenue infernale ? Je n'en sais rien mais je compte bien en profiter, au moins jusqu'à ce qu'il rentre le moral dans les chaussettes en gueulant sur tout ce qui bouge parce que ça ne va pas dans son sens.

- « Bon je te laisse j'ai besoin de prendre une douche. Si t'as besoin de quoique ce soit tu sais où me trouver. »

- « Ouais enfin c'est moi qui aie ma liberté. »

- « Pas cool ça. » chuchotais-je à moi-même avant du sourire de politesse et de partir presqu'en courant dans ma chambre.

Je suis triste mais aucuns pleurs ne coulent sur mes joues, j'ai plus envie de pleurer, c'est à un stade au-dessus désormais. J'en ai marre de toujours pleurer pour tout et n'importe quoi, alors oui cela me déchire le cœur, néanmoins je les ravale et entre dans ma chambre afin de prendre ma douche, comme c'était prévu au départ.

Mes vêtements se retrouvent très rapidement par terre, j'allume la lumière et fouille dans les tiroirs pour trouver ce dont j'ai besoin ; il y a quelques jours, nous sommes partis faire toutes les courses nécessaires : c'est-à-dire nourriture, produits d'entretien, couverts, serviettes. Bref, vraiment tout !

J'ai même eu le droit de me racheter mes affaires, soins pour cheveux, crèmes, masques, sels de bain et j'en passe. Je ne pourrais pas expliquer à quel point j'étais contente de revivre un semblant de ma vie d'avant, ça m'avait manqué et pour être honnête, le besoin de retourner un peu dans le passé montait à mesure que les souvenirs revenaient. Malheureusement, je ne peux pas en dire pareil pour ce qui est de mes fringues, je porte les mêmes fringues depuis notre arrivée et même avant. J'ai la chance d'avoir un verrou dans ma chambre, puis à chaque fois Nicky me les apporte en toquant à ma porte, toujours avec sa main sur ses yeux et la tête tournée.

Il agit comme un enfant la plupart du temps, c'est ce qui fait son charme.

Je finis par attraper des sels de bains noirs parfumés à l'encens, tout ce dont requièrent mes cheveux ainsi que mon gel-douche et des bougies. Ils me font un tout petit peu confiance, au point où ils m'ont laissé prendre un petit briqué qu'ils ont mis sous coffre au cas où j'aurais décidé un beau matin de mettre le feu à la baraque afin de m'enfouir très loin.

Je glousse en imaginant cette idée saugrenue, et puis quoi encore ? Que je traverse la Californie à pied jusqu'au Mexique ? Je me sens presque offensée, pour qui ils me prennent ceux-là.

J'ouvre le robinet puis règle la température du l'eau avant d'inspecter mon reflet dans le miroir accroché en face de moi : pour une fois il n'y a rien à dire, ma peau n'a jamais été aussi lumineuse et belle, mes mèches sont ultra brillantes et en bonne santé. Tout va pour le mieux, pour une fois. Ça change.

En plongeant le bout de mes doigts dans l'eau un détail me revient : ma serviette. J'ai oublié de prendre une serviette en rentrant. Mes paupières se ferment entre elles avant que je souffle, maintenant j'ai encore plus envie de me frapper pour être aussi tête en l'air.

J'empoigne donc le petit bout de métal puis ouvre la porte, que je referme aussitôt. Eh bien on dirait que sa petite escapade n'a pas duré aussi longtemps que j'espérais.

- « Hermes, je peux savoir ce que tu fabriques dans MA chambre au juste ? »

- « Arrête de montrer les crocs comme ça, je te rapporte des fringues. Tu devrais être contente. »

- « Ouais c'est vrai, d'ailleurs tu peux m'apporter une serviette ? J'ai oublié d'en prendre une en entrant. »

- « Qu'est-ce que tu ferais sans moi hein ? »

- « Je me le demande... »

C'est vrai ça, je pourrais peut-être sortir, revoir ma famille ou mes amis ?

Amis que tu n'as pas Alma. Et pour ce qui est de ta famille, ne te fais plus pas de fausses idées : ça fait plus de deux mois, tu es morte à leurs yeux dorénavant.

- « Dépêches-toi de te laver par contre, on doit sortir. » dit-il en me tendant ce que je lui ai demandé.

Je la prends à travers la petite ouverture de ma porte puis l'enroule autour de mon corps et je viens la nouer au niveau de mon buste. C'est toujours mieux que rien.

- « Comment ça se fait ? Je n'ai pas d'amis, et toi je doute fort que tu sois le genre de personne avec qui les gens veulent traîner. Je me trompe ? T'es trop un abruti pour qu'on est envie de t'avoir comme ami.»

- « Hilarante, comme toujours. Et pour ta gouverne, j'ai des amis. »

- « Maïs oui bien sûr. Enfin je m'en fous de ça, pourquoi on sort ? »

- « Même si j'adore passer mes journées avec toi en t'évitant au maximum, je ne peux plus me terrer ici et dépenser comme-ci j'étais pleins au as. »

Mes sourcils se baissent, de même pour les yeux. Mais qu'est-ce qui me raconte comme idioties encore celui-là ?

- « Attends je comprends pas là, tu... dois travailler pour gagner de l'argent, fin tu dois le faire toi-même ? Ça rentre pas tout seul dans mes caisses ? »

- « Eh non l'aristocrate, je ne sais pas si tes parents t'ont expliqué le concept de la vie quand t'étais née, mais dans le monde les gens doivent subvenir à leurs besoins en travaillant. On a pas tous la chance de naître avec une cuillère en argent dans la bouche Alma. »

- « J'ai jamais dit le contraire ? Je pensais juste que ça fonctionnait de la même manière que la mienne. On a des gens... Pour faire le boulot à notre place. »

- « Ouais des gamins qui sont paumés dans leur vie et qui ont besoin de thunes. C'est pas plus honorable. »

Mais qu'est-ce qui lui arrive ? Lui aussi est né sans se soucier de ses fonds alors qu'est-ce qu'il vient me faire la moral ? Argh, ça y est j'en ai marre !

- « Sinon, tu peux répondre à ma question ? »

- « De quoi ? »

Mes iris roulent vers le ciel, je pense qu'il m'écoute que d'une oreille et ça m'énerve.

- « Ok Hermès faut qu'on parle. C'est quoi le problème là ? »

- « Je vois pas de quoi tu parles. »

- « Ah oui ? Dans ce cas je vais t'ouvrir les yeux. Tu me laisses toute seule avec le cadavre de mon agresseur alors que c'est moi qui me suis faite voilée. Moi, pas toi, au cas où t'aurais déjà oublié. Ensuite tu donnes aucunes nouvelles, pouf ! Tu disparais comme-ci de rien était, et maintenant tu débarques dans ma chambre sans prévenir en me demandant de venir avec toi je ne sais où. Tu crois sincèrement que je vais te suivre comme un bon toutou ? Alors là, t'aurais été même la reine d'Angleterre, paix à son âme, je ne t'aurais toujours pas suivi. »

Je ne prends pas la peine d'attendre qu'il réponde que je me dirige vers ma salle de bain. Cependant, n'étant pas de cet avis, il prend mon poignet douloureusement entre ses doigts et plaque mon dos dénudé contre sa chemise. Sa main toujours enroulée autour de moi, il maintient mon poignet en l'air tandis qu'avec son autre main, il décale la masse que sont ses cheveux sur mon épaule droite avant d'embrasser tendrement mon épaule.

- « Je peux savoir ce que tu fais ? »

- « J'essaye de me faire pardonner. »

- « Attends Hermes. »

Je me retourne et pousse un peu son torse afin de l'éloigner de moi. Sa tête se relève doucement, ses cheveux bruns devant ses yeux chocolats le rendent irrésistible, et ce serait mentir de dire que je n'ai pas envie de sceller nos lèvres ensemble immédiatement pourtant :

- « Hermes, je peux pas. J'ai besoin de m'éloigner de toi un moment, mais donne sa chance à Laura. Je suis sûre qu'elle te conviendrait à merveille. »

Il ne répond pas, à la place il sourit d'un air malicieux tout en haussant un de ses sourcils. Je ne comprends pas sa réaction, je ne vois pas ce qu'il y a de drôle dans ce que j'ai répondu.

- « Quoi ? » demandais-je, réellement intriguée par son comportement

- « Rien tu me fais rire. »

- « Et pourquoi ? »

- « Je sais pas, tu restes à mes côtés pendant deux semaines et maintenant tu veux t'éloigner de moi ? Es-tu vraiment certaine de vouloir que je reste loin de toi ? »

- « Excuse moi d'être la seule à s'inquiéter pour ta santé. J'ai la preuve qu'un connard reste un connard, peu importe la façon dont tu comportes avec lui. C'est mort pour que je t'accompagne, va en parler à Laura. Je suis pas une compagnie dont tu as besoin seulement quand tu le décides. »

- « Très bien dans ce cas, considère que pour moi, tu n'es absolument rien. »

- « Parfait, ne m'approche plus dans ce cas. Contente-toi de m'admirer de loin tel le parasite que tu es. »

Cette fois, j'arrache mon bras de son emprise puis m'enferme à nouveau dans la pièce d'à côté. Je défais enfin ma serviette avant de la poser sur la vasque ; j'ai de la chance, l'eau de mon bain n'a pas refroidi pendant notre petite altercation.

J'y plonge d'abord le pied avant de m'engouffrer à l'intérieur, je pousse presque un gémissement de soulagement : mes muscles tendus se relâchent immédiatement, une sensation de plaisir s'empare de moi.

Mes paumes passent délicatement sur la peau de mes cuisses, puis s'aventurent un petit plus bas. Je taquine l'intérieur de mes jambes en frôlant parfois mon entrejambe, sans pourtant m'y attarder réellement. Ma tête part directement en arrière lorsque la pulpe de mes doigts touchent mon clitoris, je mords ma main de toutes mes forces pour couvrir les bruits qui s'échappent de ma bouche sans que je ne puisse les arrêter. Mes yeux se ferment en sentant les vagues de plaisir faire dresser les poils sur mon anatomie, les vas et viens que j'exerce dans mon vagin ont le don de faire grossir la boule dans le bas de mon ventre, mon dos s'arc-boute ; ce qui fait remuer l'eau à tel point qu'une petite partie s'écrase sur le carrelage. Mes jambes « sursautent » alors que mon bassin s'élève et se rabaisse un peu plus souvent lorsque je sens mon orgasme arriver.

Ma respiration est courte pendant que je continue d'augmenter au fur et à mesure la vitesse de ma main, mes pieds tentent de prendre appuie sur la surface en marbre noir de la baignoire pour surélever mon bassin dans les airs, ce qui accentue l'effet de la masturbation sauf que mes orteils perdent l'équilibre me faisant glisser. De plus, j'arrive de moins en moins à cacher mes gémissements, ceux-ci prennent plus d'ampleur que prévu, signe que le septième ciel est proche.

Les yeux fermés, tout ce que je vois est le noir complet, pourtant je ne sais comment mais son visage de démon apparaît dans ma tête. J'ai l'impression que se sont ses doigts qui jouent à l'intérieur de moi, je sens ses lèvres se poser sur ma mâchoire, mon cou, mes épaules, sur mon ventre et mes cuisses. Cette imagine décuple voir triple l'excitation qui anime et tourmente mes pensées ainsi que ma chair.

Alors que son visage commençait à disparaître entre mes jambes, les parois de mon sexe se contractent autour de mes doigts pendant que l'entièreté des muscles de mon être se tendent en même temps. Moi qui voulais me détendre, je pense que la mission est réussie.

Je vois des étoiles, ma tête tourne et je suis plus essoufflée que jamais. En retirant mes doigts, un sentiment de vide s'empare de moi : même si je n'ai pas couché avec quelqu'un depuis le fameux drame, l'envie d'essayer de nouvelles choses s'installe de plus en plus, et ce depuis quelques semaines.

Putain je viens de jouir en pensant à celui qui étais sensé être mon ennemi. Je suis vraiment une folle, putain de malade mentale.

La température de mon bain commençant à être trop froide à mon goût, je n'empresse de sortir et de me sécher. Et j'espère en même temps laisser ce qu'il vient de se passer ici, c'est un secret que je partagerai uniquement avec moi-même.

Je déverrouille la porte et sors en trombe de la pièce. Mon cœur se remet à battre la chamade face à l'individu devant moi, il est là : sur mon lit, pianotant sur MON téléphone.

- « Ça va je te gêne pas là ? »

- « Techniquement, on est dans ma maison. »

- « Hein hein ? Et techniquement c'est mon téléphone là. »

- « Hmm, sûrement. »

Mon sang ne fait qu'un tour, je finis pas exploser :

- « Putain mais qu'est-ce que tu veux à la fin Hermes ?! »

Il se lève de mon matelas et me tend mon portable ainsi que des clefs de voiture. Attendez qu'est-ce qui se passe là ?

- « Et voilà, maintenant tu peux te casser. »

- « Pardon ? »

- « Je me répéterai pas. »

Que je comprenne bien, Hermes me donne la possibilité de me barrer, avec mon téléphone et ce qui semble être les clefs d'une des Jeeps garées en bas ? Il « m'offre » la possibilité de rentrer chez moi ?

J'arrive pas à le croire, ça semble presque... Irréel.

- « Donc... Sans rancune ? »

- « Sans rancune. »

Son regard est dur et déterminé, il ne plaisante pas du tout sur ce coup. Je baisse mes iris sur les différents objets qu'il tient toujours dans sa main, je les prends et relève les yeux dans les siens :

- « Et pour les fringues ? »

- « Je les ai prises pour toi, tu peux les emmener. Tu peux même les brûler si ça te chante, c'est plus mon problème. »

- « Eh bien je pense que c'est le moment de se dire au revoir. »

- « À jamais. »

D'accord, message reçu cinq sur cinq.

Je le contourne et porte les multiples sacs de vêtements sur mes bras, pas envie de faire un deuxième passage.

J'avance jusqu'à la porte, et en prenant la poignée je ne peux pas m'empêcher de me retourner :

- « À jamais, Hermes. »

À peine ma phrase finie, je m'en vais pour la dernière fois. Je traverse rapidement le couloir puis descends les escaliers presqu'en courant. De même pour ce qui est du salon, par chance Laura n'est pas là, donc pas d'en revoir larmoyants ridicules.

J'ouvre la porte d'entrée et avance en direction de la première voiture que je trouve puis entre à l'intérieur avant de démarrer le contact. Je tape mon adresse dans le GPS de la voiture et commence mon créneau, ma tête est ailleurs et je n'arrive pas à me convaincre que tout ça soit fini.

C'est tellement compliqué à expliquer, je me suis habituée à un certain rythme de vie : ne rien faire. Et maintenant on me dit que je vais pouvoir ce que je veux, quand je veux et où je veux.

Une fois sortie du petit sentier, j'empreinte la nationale jusqu'à la prochaine station service encore ouverte à cette heure.

What's up guys ! How are you today ?

Alors ce chapitre ? Hermes qui devient tactile, Laura qui devient sympa et Alma qui se barre, y'a de l'eau dans le gaz ici... Vos pronostiques pour la suite ?

J'espère que ce chapitre vous aura plus, ainsi que toute l'histoire en général. Je sais qu'il a été un petit peu plus court que prévu mais je préfère vous laisser sur votre faim. Et puis je le trouve un peu différent, pas d'autres points de vue ni d'ellipse, bref tout est concentré sur Alma et ses émotions, comme au tout début.

N'oubliez pas de voter, ça fait toujours plaisir.

Prenez soin de vous et de vos proches.

Gros bisous sur vos bouilles, M.J

(: Fingerprints - Kita Klane)

(ATTENTION : VIOLENCE +

Californie, Etats-Unis, 3h47

Le chauffage brûlant de l'aéroport réchauffe ma peau à tel point que je crains qu'elle ne devienne du cuir, cela fait maintenant deux heures que je suis arrivée, dans ce laps de temps j'ai pu me prendre un aller simple pour Mexico grâce aux photos de mon passeport que j'avais au préalable enregistré dans la galerie de mon portable. En parlant de mon téléphone, je suis surprise qu'il est toujours autant de batterie après deux mois de captivité mais surtout que l'autre bouffon n'ait pas touché à quoique ce soit dessus, rien : ni message, ni applications ou même photos. Dieu seul sait ô combien j'aime mes photos, elles me sont très chères ; j'y tiens énormément. Tout y est : Galia, ma famille, mes chatons, mes différents voyages et mes amis.

J'ai été surprise de pas mettre prise une balle en quittant la maison, je pensais que c'était une tentative pour mieux m'abattre sauf que j'ai réussi à arriver ici en un seul morceau, ce qui est tout bonnement incroyable si on prend en compte le nombre de merdes qui me sont arrivées depuis le début de cette « aventure ».

Le temps semble s'écouler à vitesse réduite, je regarde les nombreux avions décoller et atterrir de la piste sans but précis, juste attendre l'embarquement du mien. Celui-ci ne devrait plus trop tarder cependant le temps semble s'écouler à une de ces lenteurs, j'ai l'impression que ça fait trois jours que je suis assise sur cette moquette aux couleurs bleue et rouge, décorée de motifs indéfinissables.

Je devise le bouchon de ma boisson au citron et en prends plusieurs gorgées, à force d'être calée contre le radiateur cela m'a rendu la gorge sèche et irritée. Un souffle de soulagement sort de la bouche lorsque que les dernières gouttes glissent dans mon œsophagite mais est très vite remplacé par un de déception : les panneaux affichent les heures, la destination et la compagnie des vols à venir et bien évidemment le mien n'est pas encore là, l'hôtesse m'avait dit que ça ne prendrait pas plus d'une trentaine de minutes pourtant j'attends depuis une heure et demie.

Sale mytho.

Je finis par me lever, ne supportant plus l'attente, et me dirige vers les toilettes. Même si je suis bien habillée, le fait de porter les mêmes vêtements encore et encore me répugne au plus haut point donc je vais les échanger contre les nouveaux qu'Hermes m'a gentiment acheté. C'est cool qu'il connaisse ma taille quand même, j'espère seulement qu'il a pensé aux pulls et aux joggings, pas question de faire cinq heures de vol en jean ou en jupe.

En fouillant dans les quinze sacs à ma disposition, j'y trouve un pull marron avec de la moumoute à l'intérieur comme à l'extérieur et avec une fermeture éclair, désigné par Dior ainsi qu'un jogging de la même couleur. C'est déjà ça, je vais me demerder pour la suite.

J'entre dans la cabine la plus proche de moi avant de la fermer à clefs puis je commence à me déshabiller, j'enfile rapidement mes fringues et sors toujours aussi chargée des toilettes. Vu la malchance que je me coltine, l'affichage a changé et mon vol est passé. Je presse donc le pas encore un peu plus jusqu'à arriver à mon fameux radiateur chéri, je lève la tête vers le tableau et y trouve mon vol.

Pas trop tôt.

Réunissant toutes mes petites affaires, je marche en direction des différents quais, je suis contente d'avoir pris le jet car dans le cas contraire j'aurais dû mettre mes bagages dans la soute.

Mon téléphone vibre dans ma poche, je l'attrape et constate un message d'un numéro inconnu :

« Tu rentres chez toi ? Dommage, j'aurais voulu m'amuser encore un petit peu. »

Qu'est-ce que ? Qu'est-ce que c'est que ça encore ? D'un numéro masqué en plus, sans doute une blague de mauvais goût organisée par un petit con qui veut s'amuser à faire peur aux autres. Du Hermes tout craché en fait. En parlant de lui, j'aimerai bien savoir quelle mouche l'avait piqué tout à l'heure, il n'a tenu que deux mois. Je savais bien que ma technique marcherait à la perfection, et c'est ce qui s'est produit, il faut dire que je ne suis pas peu fière de mon coup cette fois-ci.

Désormais à l'intérieur, je balance les objets qui me laceraient les poignets sur les sièges avoisinants puis m'écrase dans le canapé deux places noir en soupirant de bonheur : j'ai bien cru que je passerai le reste du début de ma matinée dans cet aéroport, je ne l'aurai pas supporté.

Je me tourne et retourne dans tous les sens afin d'essayer de trouver le sommeil avant d'affronter le boss final : Abuelita. Encore plus compliqué à battre que la course arc-en-ciel sur Mario Kart avec la vitesse maximale, je n'ai jamais eu la coupe d'ailleurs. Il faut que je rectifie ça au plus vite.

Même si ce n'est que pour un aller-retour, la croiser ou bien lui parler après tous ces évènements ne va pas être chose facile croyez-moi sur parole, et puis étrangement, le fait de revoir ma famille ne m'enchante pas des masses non plus. Pas que je ne les aime pas évidemment, mais quelque chose a dû se fissurer entre nous lorsque je suis partie pour mes entrainements alors maintenant que j'ai disparu sans donner de nouvelles ça ne va rien arranger. Enfin bon, comme j'aime me le répéter pour pas m'évanouir, ce n'est qu'un simple aller-retour.

Il n'est pas question que je reste à la propriété sans avoir élucider le mystère à deux balles de mon kidnappeur, tu ne relâches pas ton ennemie jurée sous prétexte que tu peux plus te la voir ce n'est pas comme ça que ça marche, en tout cas pas dans notre monde. T'as le choix entre la mort ou la mort ici.

Un serveur déambule dans l'allée principale et je crois bien halluciner quand je le reconnais :

- « Oscar ?! »

Le concerné s'immobilise instantanément après avoir entendu son prénom avant de se retourner afin que je puisse enfin voir le visage de mon ami de lycée :

- « Alma ? Putain Alma qu'est-ce que tu fous là ! »

- « J'allais te poser la même question ! »

Je m'empresse de bouger mon postérieur tandis qu'il met son plateau rempli d'une bouteille ambrée sur la petite table à côté lui et nous nous enlaçons tels des gamins. Je n'arrive pas à croire que ce soit réel, la simple idée de le recroiser un jour me paraissait impossible. La vie fait bien les choses finalement.

- « Qu'est-ce que tu fais ici ? »

- « Je rentre à la maison, j'étais partie en voyage pour me vider la tête et aller loin de ma famille le temps d'un instant. Et toi qu'est-ce que tu deviens ? » mentais-je en m'asseyant avec lui.

- « Eh bah je suis serveur pour riches. »

- « Comment ça se fait ? Tu avais tout pour réussir, si je me souviens bien tu voulais devenir médecin ? »

La joie qui dans ses yeux s'estompe aussitôt pour laisser place à un voile de regrets. Merde j'ai dit une bourde. Inspirant profondément, il poursuit :

- « Après le lycée, ma mère a fait une overdose et mon père s'est barré juste après son décès avec son amante à Los Angeles. Ils ne se sont pas fait chier hein ? Et étant majeur, j'ai dû me débrouiller pour financer rien que mon loyer, enfin celui de ma mère. J'ai enchaîné les jobs d'été, les petits boulots et je suis même devenu dealeur pendant un certain temps, alors tu penses bien que la fac de médecine je pouvais faire une croix dessus. Et puis un jour, un richou m'a surpris en train de braquer sa caisse et au lieu de me dénoncer, il m'a offert la possibilité de tout recommencer à zéro. Je ne regrette rien vraiment, je suis plutôt bien payé pour un serveur, je suis fiancé à une personne merveilleuse. Maintenant tout va pour le mieux. »

Waouh, je viens de me prendre une gifle mentale monumentale. Oscar Alfieri est fiancé, putain de bordel de merde, ça je ne l'aurais jamais cru non plus !

- « Et toi alors ? Qu'est devenue la reine du lycée ? »

- « Oh non c'est vrai, mon Dieu quelle période désastreuse. Eh bien, je suis patrone d'un des plus grands cabinets de notaires à New-York, j'ai la chance de pouvoir travailler à la maison pour profiter pleinement de mon mari et de mon fils, et j'ai emménagé en Californie récemment. »

Mensonges sur mensonges. Mais qu'est-ce que vous vouliez que je lui dise ? Que je suis une mafieuse qui revient d'un kidnapping pour finalement y retourner ? Non, il n'en est pas question, ça lui briserait le cœur.

- « Ça ne m'étonne pas venant de toi, à ce que je vois tu as un avenir radieux devant toi. »

Si tu savais.

- « Pareil pour toi, et sinon qui est l'heureuse élue ? » demandais-je, impatiente d'en savoir plus à son sujet.

Il glousse timidement puis il relève ses yeux dans les miens et me dit :

- « Alma, je suis gay. »

Putain mais quelle bouffonne, il me l'avait annoncé en maths dans le cours de M.Alvarez, c'est pour dire à quel point cela m'avait marqué à l'époque, je ne m'en saurais jamais douté.

- « Ah oui c'est vrai ! Excuse-moi je suis bête. Donc qui est l'HEUREUX élu ? » prononçais-je en insistant sur l'adjectif.

- « Ne t'inquiète pas, je comprends. Il s'appelle Luis Luna, et on envisage d'adopter. »

- « Oh mon Dieu Oscar, mais c'est merveilleux ! Je suis tellement contente pour vous deux ! Ohlala, je veux absolument le rencontrer et le petit bout de chou pareil, et pour le mariage je veux être ta demoiselle d'honneur ! Et puis je serai là pour tous ses anniversaires et il aura pleins de cadeaux, et il sera trop beau avec des petits pyjamas et des bodys et-

- « Pour l'amour de Dieu Alma calme-toi. Ce n'est même pas sûr, on y réfléchit encore. » rigola-t-il.

- « Je suis désolée mais tu ne te rends pas compte. Un bébé ? Mais c'est la plus belle chose qui puisse vous arriver ! Vous allez voir, vous allez l'adorer même tomber amoureux de sa bouille, c'est une bénédiction qu'avoir un enfant Oscar. »

- « Oui peut-être pour toi parce que tu es certainement une mère merveilleuse, mais moi j'ai peur de ne pas y arriver, de pas être un bon père pour lui. »

- « Oscar, tu es le meilleur papa qu'un enfant puisse avoir, crois-moi. »

- « Oscar ! Qu'est-ce que tu fais ? J'ai besoin de toi dans le cockpit tout de suite. » crie une voix inconnue depuis l'avant de l'appareil. Le pilote à coup sûr.

Oscar se dépêche de s'en aller tandis que j'essaye de me remettre de mes émotions, il va être papa putain... Je me rallonge correctement tout en prenant un plaid rangé juste au-dessus puis l'étale entièrement sur moi, j'attrape un coussin afin de la placer dessous ma tête en tentant de fermer mes paupières, cependant ce qui devait arriver arriva : les cauchemars. Mes sourcils s'abaissent alors que les souvenirs remontent des profondeurs : leurs mains, l'expression qu'ils avaient dans leur regard terrifiant et les positions dans lesquelles ils m'ont forcé à me mettre, tout je dis bien tout revient.

C'est inutile, les seuls moments où j'arrive à dormir sont ceux où Hermes est présent, dans la même pièce ou lorsqu'il est proche de moi, si ça continue je vais devenir dépendante à sa présence. Bien sûr ça ne doit pas être une habitude, ce n'est pas parce que je retourne là-bas qu'être avec lui me monte à la tête, je dois garder mon sang ainsi que la tête froide si j'envisage de cohabiter avec lui à plein temps. Je sens que cette journée ne va pas être tout repos, je vais avoir besoin de café et vite.

□□

Mes gardes du corps qui m'attendaient déjà devant mon garage privé, descendent en premier avec mes sacs sur les bras tandis que je les suis sagement en plaçant mes lunettes sur mon nez pour éviter de finir aveugle à cause du rayonnement flamboyant du soleil mexicain puis descends les marches du jet à mon tour. Qu'est-ce que mon pays natal m'avait manqué, à peine arrivée déjà repartie et je n'ai pas pu profiter assez de toi.

Mon chauffeur me donne les clefs de ma Bugatti Chiron rouge en même temps qu'un de mes hommes place mon dernier bagage sur le siège à côté du mien, j'entre à l'intérieur puis démarre mon bolide dans un bruit délicieux ; je pense m'amuser un petit peu sur l'autoroute avant de rentrer à la maison, je suis contrainte d'écouter mes pulsions presque malsaines pour me détendre.

En sortant de la piste d'atterrissage, j'empreinte la nationale tout en accélérant la cadence. Par chance, la circulation à cette heure n'est pas encore très dense, je peux donc me permettre des petits excès sans pourtant risquer de tuer quelqu'un dans un accident. Je passe la troisième et viens écraser l'accélérateur avant de slalomer entre les voitures, frôlant la mort à chaque instant néanmoins je ne peux m'empêcher d'aller encore plus vite, cette sensation de danger est exquise et impossible à refouler, elle s'exprime sans que je ne puisse la contrôler.

Une fois dans le centre-ville, je me calme malgré moi puis tape mon adresse sur mon GPS qui ne tarde pas à m'indiquer l'itinéraire pour regagner le chemin qui mène à ma propriété. Je redoute leurs réactions : vont-ils m'enlacer ? Me gifler ? Me crier dessus ? Me juger ?

Trop de questions qui obtiendront bientôt les réponses qu'elles souhaitent. Je tourne à droite après que le feu tricolore soit passé au vert, je continue de rouler encore une trentaine de kilomètres avant que la vue d'une villa apparaisse. Et c'est parti mesdames et messieurs, accrochez bien vos ceintures car ça va aller très vite !

J'abaisse ma fenêtre pour que les gardes postés au portail puissent me reconnaitre et surtout m'ouvrir, ce qu'ils font immédiatement en étant probablement choqués de mon retour si soudain. Je finis par les dépasser puis m'avance doucement dans l'allée et descends de la voiture en claquant la portière le plus délicatement possible de manière à ne pas me faire remarquer par les autres.

Pour une fois, il n'y a pas une ribambelle de véhicules garés devant l'entrée qui signifie qu'une réunion de famille est en cours, Dieu merci ce n'est pas le cas je ne l'aurais pas supporté.

J'entre dans le salon silencieux alors qu'un sentiment de nostalgie me prend, je serre fort mon collier de perles tandis que je monte les escaliers qui mènent jusqu'à ma chambre. Ça m'étonne qu'il n'y ait personne, normalement tout le monde devrait être réunis ici, enfin bon les choses ont probablement dû changer en mon absence. C'est normal mais mon cœur se serre à l'idée qu'ils m'aient totalement enlevé de leur vie, et puis Galia... Ma Galia, je n'imagine pas dans quel état elle doit être en ce moment par ma faute. Je ne suis pas une bonne fille, je ne suis pas une bonne sœur, je ne suis pas une bonne meilleure amie et je ne suis même pas une bonne mafieuse. Je ne suis bonne à rien tout compte fait.

J'enjambe les dernières marches qu'il me reste puis cours dans ma chambre récupérer toutes les affaires dont j'ai besoin, c'est-à-dire des vêtements, mon maquillage et mes produits. Je chopperai au passage mes bestioles avec Galia en plus, pas question qu'elle sombre dans la dépression à cause de moi.

Alors que je regroupais mes habits dans mes nombreux sacs de voyage, un bruit de serrure retentit depuis l'entrée. Je me fige, stoppant tous mouvements potentiels de faire du bruit puis marche à pas de loup jusqu'à la porte où je viens coller mon oreille : des bruits de pas, des pleurs, les voix de mes frères, celle de ma mère et celle de ma grand-mère. Ils parlent tous entre eux, malheureusement je ne parviens pas à distinguer la personne qui pleure à chaudes larmes.

Les bruits de pas se font désormais entendre depuis l'escalier, mon sang ne fait qu'un tour : je cache ce qu'il y a sur mon lit en dessous et me précipite m'enfermer à clefs dans mon placard.

Des perles de sueur coulent le long de ma colonne vertébrale, de mon cou et de mon front, si quelqu'un me trouve ici je ne donne pas cher de ma peau. De là où je suis, je vois que la poignée de ma chambre est à présent baissée et une personne entre dedans.

Galia.

Mes yeux s'élargissent en la voyant de profil, elle a tellement changé : ses cheveux et ses sourcils autrefois blonds sont aujourd'hui d'un noir corbeau magnifique, elle a refait son nez et ses lèvres c'est évident. Ses cils sont beaucoup plus longs et recourbés, ses paupières sont masquées de noir. Putain Galia, qu'est-ce qui s'est passé ? Qu'est-ce qui t'es arrivé ?

Elle s'avance en direction de mon matelas puis s'y assoit et même si allonge, les yeux rivés au plafond. Sa bouche s'ouvre puis se ferme pour finir par dire :

- « Je sais que tu es là, Alma. »

Mon cœur rate un battement vertigineux pendant ce qui me semble durer une dizaine de minutes. Mon corps est paralysé, ma respiration qui était jusqu'à lors régulière et discrète se retrouve à être courte et bruyante, il faut absolument que je me clame ou bien elle finira par m'entendre.

- « Je sens ta présence dans cette pièce. Quand je regarde tes photos et nos vidéos ensemble, quand j'entends le son de ta voix dans tes messages ou encore ton odeur sur tes vêtements. Cet endroit est imprégné de ton énergie, de toi en fait. Ta mère m'a dit que je pouvais venir ici à chaque fois que j'en avais besoin, et tu veux savoir quoi ? Je suis là tous les jours, depuis deux mois, donc depuis ton décès. Maintenant je suis obligée de dormir dans tes draps car au moment où je m'en éloigne pour dormir autre part, je fais des crises d'angoisse. Ta grand-mère m'a dit que c'était purement psychologique, que c'est les effets secondaires des médicaments et du deuil. Tu manques à tes frères, à ta mère, ta grand-mère et particulièrement à moi. Je te parle tous les matins, tous les midis et tous les soirs. Tu dois en avoir marre de m'écouter, tu m'as sûrement mise sur off mais c'est pas grave. Rigola-t-elle avant de reprendre son monologue. J'ai besoin de faire comme-ci tu étais toujours là, je sais que ça ne m'aide pas à passer le cap pourtant je ne peux pas m'empêcher de le faire. Oh et j'ai commencé à croire en Dieu, j'ai le sentiment qu'il m'entend et qu'il m'aide au quotidien. Je t'aime Alma, tu me manques tellement. »

Mes yeux humides laissent des larmes s'écraser sur la moquette, mon cœur se déchire en mille morceaux et ma peine cesse d'augmenter à mesure que je vois son visage s'assombrir. Je suis tellement désolée Galia, je ne n'aurais jamais cru que ça t'atteindrait autant mon coeur. Je suis vraiment qu'une putain d'égoïste, je l'ai lâché sans penser aux conséquences qui s'en suivraient.

Silencieusement, je déverrouille la porte et dans un geste fulgurant, je lui saute dessus en lui couvrant immédiatement la bouche. Ses yeux de biche s'élargissent en me voyant, je me dépêche alors de lui dire :

- « Je vais enlever ma main mais ne crie pas d'accord ? »

Elle hoche énergiquement sa tête de bas en haut, je décale ma main de ses lèvres qu'elle garde scellées entre elles, pour mon plus grand plaisir. Je me redresse puis attrape ses poignets pour la mettre à mon niveau.

- « Alma ? Putain je rêve, c'est- c'est bien toi ? Nan c'est encore une hallucination, tu n'es pas réel tout ça n'est pas vrai. »

- « Nan c'est bien moi. C'est moi Galia, je suis tellement désolée de la tournure qu'à pris ces événements mais là j'ai besoin de toi. Je t'expliquerai tout plus tard, là j'ai besoin de sortir de là sans qu'ils ne me votent, je ne peux leur parler. »

- « Alma est-ce que tu te rends de ce que tu me demandes ? Tu disparais pendant deux mois, sans donner aucunes nouvelles à tel point que tout le monde en bas pense que tu es morte et là tu débarques comme une fleur en me demandant de te faire sortir d'ici ? Est-ce que tu te rends compte de ce que je ressens là tout de suite ? Tu ne m'as absolument pas prévenu, ni ton départ ni de ton arrivée. »

- « Galia je t'en supplie, je jure devant Dieu que je t'expliquerais mais là j'ai vraiment, vraiment besoin que tu m'aides. »

L'hésitation que je peux lire dans ses yeux est totalement compréhensible, à sa place je m'en serais mise une, je ne sais toujours pas ce qui la retient de le faire d'ailleurs. Mais j'ai vraiment besoin d'elle, et puis maintenant qu'elle sait je ne peux pas la laisser me balancer.

- « Très bien, je dois te pardonner mais ne crois pas une seule seconde que ça se fera en une nuit. Et puis je suis ta meilleure amie, c'est nous contre le reste du monde pas vrai ? »

- « Merci beaucoup, tu peux pas savoir à quel point je te suis reconnaissante Galia. Merci beaucoup, merci, merci, merci. Merci un million de fois. »

- « Tu me remercieras plus tard, pour l'instant dépêchons-nous de te faire sortir de là. »

Je ne perds pas une seule seconde, je ressors les sacs qui étaient cachés et continue ce que j'étais en train de faire tout en demandant à ma meilleure amie de faire pareil. Celle-ci ne perd rien pas une seconde, elle ne prend même pas le temps d'enlever les cintres, jugeant que ce n'est pas assez important pour être pris en compte.

Une fois que tout est fini, je les enlève de mon lit pour le défaire afin de récupérer les draps. J'ai l'intention d'en faire une corde, que je puisse descendre en rappel depuis ma petite fenêtre. Galia me balancera mes fringues du haut de ma chambre, ensuite elle ira voir ma famille en disant une excuse dont elle seule à le secret tandis que moi je mets tout dans le coffre, après je la récupère et on casse d'ici au plus vite.

Je vérifie une dernière fois que le noueux est parfaitement fait et marche sur la façade de ma maison jusqu'en bas puis donne le signal à Galia, la concernée jette les sacoches sans se soucier du fait que je me les prends sur la gueule. Sa tête dépasse de l'encadrement après qu'elle m'ait « donné » le dernier, j'hoche positivement avec la mienne alors qu'elle disparaît de mon champs de vision.

Je compte sur toi Galia, ne me lâche pas.

J'empoigne tout mon bazar du mieux que je peux tout en courant vers ma voiture, j'ouvre le coffre et fourre tout dedans sans me préoccuper du fait que je retrouverai mes affaires toutes froissées lorsque nous arriverons à New-York.

Je me monte aussitôt dans la voiture lorsque je l'aperçois enfin sortir de la maison en courant, elle monte en écrasant tout ce qui était au préalable posé à côté de moi. Je rallume mon bijou et sors immédiatement, direction les boxes maintenant.

🔲🔲

Après quarante-cinq minutes d'explications et de musiques, nous arrivâmes enfin à l'endroit convenu. Des frissons me parcourent l'échine à l'idée de ce qui va se produire, j'indique à mon amie de rester dans la voiture en prétextant que je viens ici pour récupérer mes animaux, ce qui est le cas mais j'ai tout de même omis un petit détail. Mon clébard d'ex est toujours en train de moisir à l'intérieur de ce hangars, loin des regards indiscrets et curieux.

Pendant que je me dirige presque en courant vers l'entrée, mon téléphone vibre à nouveau dans ma poche, je regarde donc ce que ça peut bien être : toujours ce putain de numéro masqué.

" Un hangard paumé au milieu de nulle part ? Pas cool comme endroit pour un rendez-vous tu trouves pas ? "

Agacée par ce nouveau stalker, je décide lui réponde :

" J'inspecte les environs, il me faut un endroit à l'abri des regards et des oreilles. J'aime que personne ne me voit et t'entende lorsque je t'égorgerais :) "

Je souris devant mon écran, fière de ma répartie, si ça ne te convaincs pas de me foutre la paix, je passerai à l'offensive. J'éteins mon portable en réalisant que je suis déjà à l'intérieur du bâtiment, mes pas me guide automatiquement vers leur enclos, j'attrape les clefs et fais céder le verrou. J'ouvre sans attendre la porte et cours leur faire un câlin, je m'affale sur en premier sur son pelage noir tout doux, ses yeux de jade me scrutent en attendant mes prochaines actions. Je me redresse et croise mes bras autour de son cou, il m'avait tellement manqué ; j'ai bien cru que je n'allais jamais les revoir.

Je laisse ma panthère tranquille pour m'occuper de ma puma préférée, contrairement à l'autre, celle-ci se frotte à moi alors que je lui caresse la tête dans tous les sens, son odeur, ses yeux, ses pattes, son corps. Tout est agréable à toucher chez elle, ma sublime Bulma.

Remarquant tardivement ma présence dans sa cage, le roi des animaux se lève et marche vers moi puis s'écrase sur mes jambes. Je souffle de bonheur en sentant ce poids si familier me bloquer les tibias, je passe ma main dans sa sublime crinière avant de déposer mes lèvres sur son front poilu.

Mes bébés à moi, mes amours. C'est la dernière fois que je vous laisse tous seuls, j'ai cru un instant qu'on vous avez laissé mourir de faim ici mais à ce que je vois, James ne s'est pas gêné pour augmenter vos portions, ce n'est peut-être pas plus mal en fait.

- " Allez mes amours, je dois encore m'occuper de quelques trucs.
"

Je siffle Symba, qui se remet difficilement sur ses quatre pattes en même temps que moi je me remet sur mes deux pieds, je sors de la pièce avec mes félins sur les talons et entre dans celle du batard.

A peine la porte ouverte, j'ai déjà envie de la refermer : l'odeur infecte de la mort se dégage de son corps pourri. Un haut-le-cœur me prend violemment à l'estomac néanmoins je le retiens et avance à l'intérieur. Autant en finir le plus vite possible.

J'attrape le premier flingue que je trouve et lui tire entre les deux yeux, sans avoir tourné de l'œil. Son crâne parti en arrière à cause de l'impact reviens devant son cou, le mur et le sol derrière lui contiennent des petits morceaux de sa cervelle éparpillée au quatre coins de l'endroit.

Allez Alma, plus qu'une dernière étape et on se barre d'ici.

Je me dirige vers la petite table basse à ma droite, j'y récupère une machette avant d'attraper ses cheveux immondes. Je lui remets sa tête un peu en arrière tout en plaçant le côté tranchant de l'arme blanche sur sa nuque et en fermant les yeux, je saigne sa gorge tel un porc.

Le sang de sa jugulaire et de ses autres veines giclent sur mon visage alors que je continue de pousser la lame à l'intérieur, des bruits de déchirement se font entendre tout le long lorsque les nerfs et tendons se détachent de sa chair. J'ouvre les yeux afin de m'abstenir de mon coupé le poignet quand ses tissus musculaires font lâchés, une partie de sa tête tente de partir en avant pendant que je reprends un meilleur appuis ; mes bras tendus à l'extrême commencent à fatiguer alors que je n'ai même pas encore atteints la colonne vertébrale. Je retire l'arme de ses voix respiratoires pour la remettre de façon à ce que la lame dépasse des deux côtés, je recommence cependant au lieu de faire des vas et viens, je pousse avec mes deux mains dessus et dans un ultime effort et surtout cri, sa tête finie par tomber en arrière ; me faisant trébucher par la même occasion sur son corps.

En le réalisant, je me dégage aussitôt puis fais tomber le cadavre au sol, les fauves qui avaient assistés à toute la scène sans rien dire s'empressent de déchiqueter la moindre parcelle de sa peau, les bruitages résonnent entre les murs et la vue de leurs crocs pointus et acérés se teinter de rouge est assez satisfaisante.

J'inspire un bon coup et prends la tête de l'homme dans mes mains puis la tourne de manière à ce que je puisse analyser son faciès de démon. Ses yeux sont fermés, un trou béant réside dans son front, me permettant de voir les restes de son cerveau réduit en bouillies et du sang s'écoule encore de son cou fraichement découpé.

J'ai le droit à un petit souvenir de ce jour si spécial pour moi, je peux enfin tourner la page et me consacrer pleinement à mon présent et à mon future, chose que je n'aurais jamais cru possible il y a deux mois... Hermes Luega, je ne sais quel sort tu m'as jeté mais saches qu'il est très agréable.

Mon téléphone secoue ma poche arrière, j'inspire profondément pour m'empêcher de cracher mon venin et réponds à l'appel entant :

- " Qu'est-ce que tu veux petit enculé de merde ? "

- " Félicitations princesse, je n'aurais jamais cru que tu puisses faire une chose pareille. "

What's up guys ! How are you today ?

Enfin ! Enfin il est sorti, je suis trop contente de ce chapitre vraiment. Alma a enfin fait ce qu'on attendez toutes : tué Caleb.

J'espère que ce chapitre vous aura plu. <3

N'oubliez pas de voter, ça fait toujours plaisir de recevoir la petite notif.

Prenez soin de vous et de vos proches.

Gros bisous sur vos bouilles, M.J

, .
.
,

(: Av. Maria - MIMAA)

N'oubliez pas de voter, ça fait toujours plaisir. ▢
Bonne lecture mv, profitez bien !

Californie, Etats-Unis, 17h08

- « Hermes sort de ton lit maintenant, on ne va pas y passer toute notre vie. »

Laissez-moi tranquilles, allez-vous-en, je veux voir personne.

- « Lâche-moi Nick, je ne suis pas d'humeur là. »

- « Tu m'emmerdes Hermes sérieusement là, tu ne veux pas juste sortir ? Qu'on discute au moins. »

C'est toi qui m'emmerdes à me parler pour rien, bouge.

Un souffle bruyant s'extirpe de ma gorge serrée à souhait, je suis tombé malade juste après son départ et vous osez me dire que ce n'est pas une sorcière ? Je ne croirai pas un seul mot qui me prouve le contraire, elle m'a jeté un sort avant de partir je ne vois pas autre chose. Et puis en fin de mois de printemps ? Dans deux semaines nous sommes en été et on m'annonce que j'ai un rhume, vous n'allez pas me convaincre que c'est dû au hasard.

Je rabats ma couette posée sur ma tête et lance un regard noir à mon ami, le concerné m'attend dans une chaise à côté de moi depuis une bonne dizaine de minutes tout en me hurlant que je dois me lever. S'il n'était pas si important pour mes missions, il serait passé par la fenêtre comme son téléphone qui doit surement être toujours éclaté au milieu de la route à cette heure-ci, mais bon on ne peut pas éradiquer tous nos problèmes en les tuant donc j'inspire un bon coup puis attrape mon portable qui me tend avec un air désapprobateur.

- « Quoi ? »

- « Je pense qu'avant que tu retournes à faire tes petites distractions, commençons d'abord par parler, par exemple, de ce qui s'est passé à New-York ? Ou peut-être du fait qu'un mec que t'as plus vu depuis tes onze ans débarque sans prévenir pour s'attaquer à ta petite protégée alors que la maison grouille d'alarmes, d'hommes armés jusqu'aux dents et de tout ce que tu veux ? Ou encore que tu la relâches deux-trois jours après avoir dit que tu la tuerais ? Tu peux me dire ce que tu fabriques en ce moment ? »

- « Nicky s'il te plait je n'ai vraiment pas envie de mettre des mots sur ce qui se passe, je suis fatigué d'accord. »

- « Nan mais dis-moi carrément ? C'est quoi le problème, tu sais que je vais pas te laisser alors grouille toi. »

Sale emmerdeur de merde.

- « Pour ce qui est de New-York on a des ennemis, ça ne va pas plus loin. Des petits cons ont cru qu'ils pouvaient s'attaquer à moi sans en subir les conséquences et ils vont le regretter. Dan était un ami proche de mon père, il avait probablement la localisation de toutes les propriétés qu'on possède avec ma famille, ça ne m'étonnera même pas qu'il les ait toutes fouillées avant de venir ici. Puis pour Alma, je ne sais plus quoi faire avec elle, elle est tout le temps dans ma tête je la vois partout, peu-importe ce que je fais ou dis, je la retrouve. En l'éloignant, elle sortira de ma tête et je pourrai me reconcentrer sur mes objectifs et arrêter de merder. Loin des yeux loin du cœur. C'est bon t'as eu les réponses que tu voulais, je peux partir ou l'interrogatoire n'est pas encore fini ? »

Mon ami ferme les yeux afin de se contenir face à mon insolence et se redresse de mon fauteuil avant de m'annoncer :

- « Dans ce cas, regarde qui revient au pas de course. »

Mes sourcils s'abaissent, qu'est-ce qu'il me raconte ? Je déverrouille l'écran et reçois immédiatement une notification m'indiquant que la puce que j'ai implanté dans le téléphone de la mafieuse se trouve à une centaine de kilomètres d'ici, et plus nous attendons plus elle se rapproche. Génial, comme-ci je n'avais pas d'autres chats à fouetter, je dois en plus m'occuper une nouvelle fois de cette enfant.

Je le range dans ma poche arrière avant de courir en dehors de la pièce, je descends les marches presque trois par trois ; tout le monde est là, regroupé dans le salon en train de regarder Dynastie.

Mon cœur se comprime dans ma poitrine, j'ai le souvenir d'avoir eu une conversation à propos de cette série avec Alma : c'était un soir banal, je m'étais éclipsé une nouvelle fois pour me changer les idées et en rentrant je l'avais retrouvé complément absorbée dans son épisode à tel point qu'elle n'avait même pas remarqué mon absence ou bien que je sois rentré. Elle s'était préparée un petit bol de spaghettis avec de la bolognaise bon marché alors qu'on pouvait très bien aller diner mais elle m'a répondu que c'était de cette façon que son paternel les préparait et que depuis la première fois où elle les a goutées, elle n'a plus touché à aucunes autres assiettes de pâtes bolo. Et puis en reprenant le cours de sa série, elle était partie se coucher seulement lorsque le soleil a commencé à pointer le bout de son nez.

La fidélité qu'elle prouve au quotidien à son père force le respect, elle honore sa mémoire tous les jours avec de simples petits détails qu'il lui permet de se rappeler de son enfance chaotique, je ne suis même pas sûr que cette femme s'en rend compte.

J'aimerai qu'elle reste ici, vraiment. Pour que je puisse apprendre à déchiffrer la pensée qu'elle cache derrière ses yeux en tentant de les garder neutres lors de nos discussions, ou bien en savoir plus sur son passé afin de mieux comprendre la personne qu'elle est aujourd'hui, pour encaisser ses crises de larmes et la consoler quand elle pense trop. Quand je vous dis qu'elle est omniprésente dans ma vie, je ne vous mens pas. Malheureusement, quand sa voiture arrivera je demanderai à tous mes hommes de l'incendier de balles, que cette sorcière comprenne qu'ici elle n'est pas la bienvenue.

Je calle cette idée dans un coin de mon esprit puis attrape le câble HDMI que je relis à l'adaptateur, que je branche ensuite à mon téléphone puis zappe la série avec la télécommande afin de montrer à tous l'origine de mon trouble.

- « Bien. Comme vous pouvez le constater, le point bleu qui se rapproche dangereusement de notre position n'est autre qu'Alma, je l'ai renvoyé il y a quelques jours mais on dirait bien qu'elle est décidée à revenir nous emmerder. Je ne veux pas de pitié, videz vos chargeurs s'il le faut je m'en fous je vous demande cependant une seule chose : ne la tuez pas. L'objectif est juste de l'effrayer pas de la descendre. Est-ce que je me suis bien fait comprendre par toutes les personnes présentes ici ? »

Toutes les têtes se hochent en même temps quand ma phrase se termine. Bien, maintenant j'ai besoin d'une douche chaude et vite, puis j'ai une migraine affreuse qui s'installe et empoisonne de nouveau mon cerveau. Je suis fatigué de ça, elles sont toujours là quand il ne faut pas, il faudrait que j'aille consulter pour savoir si elles ne sont pas en train de s'aggraver mais je n'ai pas le temps de m'en préoccuper maintenant.

Alors que je m'apprêtais à monter à l'étage, la bouffonne de service m'interrompe dans mon élan en ouvrant sa grande gorge que je devrais trancher :

- « Alma revient ? Depuis quand ? On était très bien sans cette pouffiasse, qu'elle retourne d'où elle vient celle-là. »

- « Tu pourrais envisager de faire la même chose. En plus tu habites toi aussi au Mexique je me trompe ? Ça fera une pierre deux coup pour ma pomme et ça m'arrangerait, pas qu'un peu d'ailleurs. »

- « T'es pas drôle Chou, c'est pas de ma faute si je l'aime pas. »

Chou ? Mais c'est une malade mentale elle, appelez la police ça va plus du tout là !

- « Rappelle moi encore une fois « chou » et je t'éclate le crâne contre ces marches. »

Je finis enfin par grimper ces foutus escaliers presque glissants puis entre dans ma chambre avant de récupérer des vêtements propres. J'entre à l'intérieur de ma salle de bain en y déposant mes affaires sur le rebord du lavabo et entre dans la douche à l'italienne. Malheureusement, même sous l'eau j'arrive à encore penser à ces deux vipères. Que ce soit Alma ou Laura, il n'y en pas une pour rattraper l'autre, l'une est paranoïaque sur les bords et l'autre complétement hystérique.

J'empoigne mon gel douche ainsi que ma fleur de douche, j'en parsème une bonne couche dessus puis la passe sur l'entièreté de ma peau couverte de tatouages sombres et en passant sur celui de mon petit frère, je me fige. Voir la moitié de son visage effacé par le dessin des flammes me rappelle de mauvais souvenirs que je n'aime vraiment pas ressasser, ils sont douloureux et trop sensibles pour être discuter.

Les objets une fois reposés à leur place et les mains pleines de shampooing, c'est à ce moment-là que mon téléphone vibre sur la vasque, je cherche partout sur quoi je pourrais m'essuyer sauf que la seule solution reste ma super serviette toute propre. Je serre les dents et enlever la mousse de mes paumes afin de regarder qui est l'enculé qui arrive à me faire chier pendant ma douche : Numéro inconnu. Ma tête bascule contre l'écran où j'écrase sur mon front, à défaut de taper dans les murs tel un clochard, je plaque l'objet de ma colère contre mon visage ; ce n'est pas mieux certes, cependant c'est moins con.

Je décroche, ne supportant plus le bruit assourdissant de cette maudite sonnerie, et colle mon oreille au micro :

- « T'es qui toi ? »

- « Dis à tes bouffons de baisser leurs armes avant que je ne lâche mes fauves sur eux. Ils sont affamés d'ailleurs. »

- « Ma très désagréable associée, ton immonde voix ne m'avait tellement pas manqué. Retourne d'où tu viens, tu n'as pas ta place parmi nous. »

- « Oh mais je n'en veux guère de ta pauvre place. Et puis une place de quoi ? Je croyais que j'étais ta collègue, j'ai déjà ma place. »

- « Alors qu'est-ce que tu veux ? »

- « Dit-il, c'est de ta faute si je reviens, c'est toi qui m'as jeté un mauvais sort. J'ai un cadeau pour toi, ça devrait te plaire. »

J'ai deux possibilités : lui raccrocher au nez, laissant mes hommes faire ce qui était prévu ou alors j'accepte qu'elle revienne néanmoins en la manipulant pour en faire mon jouet, la réponse est évidente.

Je souffle assez fort pour qu'elle puisse m'entendre à travers l'écran puis reprends :

- « Mets-moi sur haut-parleur. »

- « C'est bon. »

- « Parfait, baissez immédiatement vos armes. C'est un ordre. »

- « Merci Merlin. »

Elle raccroche en rigolant de sa blague tandis que je reprends là où j'en étais, c'est-à-dire me laver les cheveux. Pendant que je masse mon cuir chevelu, je ne peux m'empêcher de sourire bêtement en me remémorant sa façon de s'exprimer : elle arrive à faire une blague même dans les pires circonstances cette sale follasse.

Je me rince entièrement et attrape ma serviette toujours couverte de savon, mes iris roulent vers le ciel avant que je ne tourne le tissu du côté propre puis l'enroule autour de ma taille, je descends les marches en sachant que si elle tombe, je me retrouve littéralement à poil au milieu du salon. J'avance vers la porte d'entrée mais étrangement un présentiment s'empare de moi : son histoire de cadeau ne me dit rien qui vaille, je suis certain qu'il s'agit d'une vengeance bien emballée.

Prenant mon courage à deux mains, j'abaisse la poignée et tombe nez à nez avec une panthère noire aux yeux de jade. Mon cœur s'arrêta dans ma cage thoracique, nous nous fixâmes dans un silence de mort qui ne m'annonce que la suite pourrait très bien se finir sur le dark-web. Sa langue toute rose et couverte de petits poils blancs minuscules passe le long de ses babines, me permettant de voir ses crocs acérés dont je me serais bien passé. J'aimerais tout de même connaitre la raison du pourquoi il y a une panthère devant chez moi.

Ni elle ni moi ne baissons les yeux, si on m'avait dit qu'un jour je ferais une bataille de regards avec un félin j'aurais explosé de rire, pourtant je ne peux m'arrêter d'admirer la couleur étincelante de ses iris.

Dans ma vision périphérique, j'entrevois quelqu'un s'avancer, mes sens se mettent immédiatement en alerte mais je ne peux pas me permettre de laisser l'animal sans surveillance, alors quand je vois une main se poser sur son crâne tout noir et le caresser je peux vous assurer que mon cœur a cessé de fonctionner, pareil pour mon cerveau. Un bug Windows le truc.

Avec difficulté, je relève mes pupilles qui finissent par tomber dans celles de la vipère, ses deux jambes sont positionnées de manière à ce qu'elles forment un triangle avec le sol, sa main droite sur la tête de la bestiole, l'autre tient un sac en plastique rouge sur sa hanche qui est légèrement inclinée sur la droite. Elle respire l'audace et la détermination. Ses vêtements sont tâchés de sang, de la tête au pied, son tee-shirt blanc ainsi que son jean ont pris un couleur rubis. Pour l'amour de Dieu Alma, qu'est-ce que tu as fait ?

- « Qu'est-ce que tu fous en serviette ? Sale exhibitionniste. »

Je retiens un sourire, on dirait qu'elle ne s'en est toujours pas remise.

Un autre fauve de couleur crème apparait puis se couche entre ses tibias écartés, putain c'est quoi ce délire ? Une panthère noire, un puma et c'est quoi le prochain ? Un lion ? Putain jamais elle s'arrête elle.

- « Ne t'inquiète pas, le pire reste à venir. » remarqua-t-elle avant de disparaitre à l'intérieur, suivie de ses mini groupies à pattes d'ours immenses.

Je l'ai dit ou je l'ai pensé ? Ou bien c'est elle qui a lu dans mon esprit ? Oh bordel, pourquoi es-tu rentrée.

Je fronce à nouveau les sourcils en la voyant maintenir sa position sur la moitié des escaliers tout en faisant des aller-retours entre mon dos et l'entrée qui renvoie une lumière blanche presque divine, ce qui ne me laisse pas voir l'extérieur. J'ai l'impression qu'elle a prévu quelque chose que je vais regretter dans un instant.

- « Je peux savoir ce qui te fait sourire ? »

- « La tête que tu vas faire lorsque tu l'apercevras. »

- « Et puis-je savoir ce qu'est cette chose ? »

- « Regarde par toi-même. »

Je tourne mon cou vers la porte et mes yeux s'écarquillent d'un seul coup : un immense lion marche et grogne dans le hall, ses énormes griffes grincent sur le carrelage, du sang dégouline de sa gueule elle aussi remplie de rouge. Je plisse les paupières et mon cœur ratte un battement phénoménal : il tient une tête humaine à l'intérieur de sa bouche. C'est un homme blond et un trou béant orne son front.

Putain, de bordel, de merde.

- « Alma bordel c'est quoi ton problème ?! » criais-je afin de m'assurer qu'elle m'entende suffisamment.

- « Ma garde rapprochée. Réunis tes hommes, mets-les en garde : Alma Galuna est revenue et maintenant je ne me laisserai plus marcher dessus ni par toi, ni par eux et ni par ta bouffonne de colocataire. Osez me défier ou me manquer de respect et vous subirez ma colère. Symba, au pied. »

Il avance sans me prêter une quelconque attention avant de grimper les marches derrière sa maitresse, souriante jusqu'aux oreilles, qui se dirige sans doute vers son ancienne chambre afin de débarbouiller de toute cette crasse. Si elle pense s'en sortir comme ça alors elle se fourre le doigt dans l'œil, et même bien profondément son doigt, jusqu'à ce qu'il touche son cerveau de misérable petite pétasse ; il y a beaucoup trop d'adjectifs qui peuvent décrire la personne ignominieuse qu'elle est.

Je la poursuis en me précipitant à l'étage, mes jambes montent la pente en un éclair et finissent par me guider vers sa chambre dont je défonce la porte avec un simple coup de pied bien placé. A peine j'ai pénétré la pièce que sa panthère se lève, cependant je ne suis clairement pas d'humeur à jouer à chat avec elle :

- « Assis ! Maintenant ! »

Elle ne désobéit pas, au contraire elle se recouche calmement sur la banquète noire. De cette manière, on ne la voit pas du tout sauf si elle ouvre ses paupières. Je continue d'avancer puis entre dans sa salle de bain sans prendre la peine de toquer, d'ailleurs je suis étonné qu'elle n'est pas fermée sa porte à clefs. La buée est plus que présente ici, que ce soit sur le miroir ou bien sur les vitres de la douche. C'est ton père qui paye l'eau ? Ah non c'est vrai, il est mort.

Je fonce à l'intérieur de la douche alors qu'elle est dos à moi en train de passer ses doigts dans ses cheveux, nue ou pas je m'en branle, puis attrape son poignet et la tourne face à moi. Elle hurle de terreur mais se calme immédiatement en me reconnaissant, ses yeux transpercent les miens d'éclairs foudroyants avant de crier :

- « Je peux savoir ce que tu fais exactement ?! »

- « N'ose même pas lever la voix sur moi Alma, plus jamais. Tu m'entends, plus... Jamais. » dis-je en plaquant son corps nu contre les carreaux trempés.

Je me fais violence pour ne pas regarder son corps de déesse grecque et rapproche mon torse peut-être un peu trop dangereusement vers sa poitrine, mes phalanges semblent s'encrer dans la peau de son avant-bras vu la couleur blanchâtre que celui-ci prend pourtant elle ne se plaint d'aucunes douleurs, à la place elle verrouille son regard dans le mien. L'eau glisse sur mes cheveux désormais collés à mon front, puis sur mes épaules, sur mon torse et mon ventre pour finir par s'échouer dans ma serviette qui caresse la chair de mes hanches en tombant sur le sol.

Malgré le fait que le sang ne circule plus dans ma main gauche, je ne dis rien et continue de suivre la goutte d'eau qui s'amuse à couler entre la ligne de ses abdominaux jusqu'à son V, néanmoins je relève les yeux juste avant qu'elle ne dépasse la limite mentale que moi et mon cerveau nous nous sommes imposés. J'inspecte minutieusement les moindres détails de son être, tous ses tatouages dont la plupart se sont effacés à cause du temps mais un seul est resté intact ; celui en plein milieu de son pectoral gauche, au niveau de son cœur : le visage d'un petit garçon aux boucles noirs, dévoré par les flammes. C'est d'ailleurs le seul qui est doté de couleurs. C'est donc toi Ismaël, son petit frère. Et vu la suite de son dessin, tu es décédé dans un incendie ou en tous cas ça a un rapport avec le feu.

- « Alma. Regarde-moi. »

Non, il ne vaut mieux pas, je n'ai pas du tout envie de perdre le contrôle que je ne possède presque plus sur mon corps ainsi que sur mes réflexions. Sa main quitte la mienne puis la cale contre mon menton pour le remonter, chocolats s'unissent pour ne former plus qu'une seule teinte.

Nous sous fixons sans rien dire, seul le bruit de l'eau brise ce silence, pourtant ce n'est pas un silence dérangeant ou gênant au contraire, c'est... Je ne sais pas comment expliquer, c'est comme-ci nous étions enfermés dans un petit cocon rien qu'à nous, que tout ce qui se passait à l'extérieur n'avait plus aucune importance. Et c'est à ce moment là que j'ai compris, j'ai compris que je ne pouvais pas le fuir juste parce qu'il me faisait ressentir des émotions que j'avais décidé de refouler il y a six ans de ça.

- « Je n'ai pas le droit, ON n'a pas le droit... Hermes je t'en supplie arrête, je- je peux pas faire ça. »

- « Pourquoi ça ? Tu n'as rien à craindre de moi Alma, et tu sais aussi que je ne te toucherai pas si tu ne le veux pas. N'aie pas peur, je ne suis pas lui et je ne le serais jamais. »

Qu'est-ce qui t'en empêche Alma ? Allez fais-toi plaisir, arrête de laisser tes peurs prendre le dessus sur tes envies et éclate toi un peu nan ?

Non, non et non ! Je ne peux pas faire ça, pas avec lui, pas maintenant et même jamais en fait ! je n'y arrive pas, je ne pourrais pas le faire.

- « Hermes j'y arriverai pas, je peux pas et puis j'en ai pas envie. » dis-je avec les larmes aux yeux. C'est comme la dernière fois, il va encore me pousser à le faire et il va s'énerver si je lui dis non, il va encore dit que je suis qu'une rabat-joie ou une sainte-nitouche. J'en ai marre, j'ai peur et je suis fatiguée d'être réduite à un simple objet sexuel, je ne suis pas une poupée.

- « Eh, respire Alma je te l'ai dit, tu n'es obligée de rien et puis y'a pas de pression à avoir. On se doit rien, c'est pas comme-ci on était en couple, et même si on l'avait été on serait pas obligé. Viens par ici. »

Il prend ma main dans la sienne puis nous sortons de la douche ensemble, il n'a pas lâché ma main lorsqu'il a enroulé une nouvelle serviette sur mes épaules mais moi je l'ai laissé pour la placer correctement sur mon buste. Il finit par faire la même chose au niveau de son bas ventre, mon regard se perd dessus.

- « Je sais que je suis à croquer petit cœur mais pas la peine de me dévorer du regard. » dit-il en faisant un clin d'œil plus que ridicule vu qu'il ne sait visiblement pas en faire avec son œil droit.

Je mords violemment ma lèvre pour éviter d'exploser de rire puis lui fait une petite tape sur l'épaule en sortant de la salle de bain tout en lui disant :

- « Encore un peu d'entrainement et tu vas finir par y arriver. Et puis petit cœur ? C'est nouveau ça aussi, mi alma, princesse, ma beauté, sorcière, vipère et j'en passe ne te suffisaient plus ? »

- « De tout ceux que je t'ai donné c'est mon préféré, et je sais qu'appart mi alma et ma beauté, tu les détestes tous. »

- « Eh bien il t'en a fallut du temps pour le comprendre. »

J'avance jusqu'à mon dressing et me rends compte que j'ai oublié de remonter mes affaires en entrant, je claque mon front avec ma paume puis me retourne afin de lui demander de me rapporter des affaires mais il me coupe à l'instant où j'ai ouvert la bouche :

- « Pas la peine de me le demander, je me doutais bien que tu n'y avais pas pensé. »

Il disparait quelques minutes puis revient avec cette fois avec des vêtements pour nous deux, il pose les siens sur mon lit et me donne les miens en frôlant mes doigts, ce contact bref m'a paru durer une éternité et j'ai même cru sentir son bras caresser mon biceps inexistant en partant dans la salle de bain.

- « Où est-ce que tu vas ? »

- « M'habiller dans la salle de bain ? Et t'as besoin d'intimité pour te changer, non ? Après bien sûr ça ne me dérange pas de rester pour regar-

- « Non c'est bon tu peux partir. »

- « C'est ce que je pensais. »

Il partit enfin une nouvelle fois dans la salle d'eau tout en rigolant, j'enfile rapidement mon tee-shirt en entendant la porte s'ouvrir cependant je n'avais pas encore mis mon bas. Ses yeux ont fixé mon postérieur une dizaine de secondes avant qu'ils ne fassent la même chose avec mes iris.

- « Je pourrais le regarder toute la journée. » blagua-t-il en quittant ma chambre.

Mais juste avant qu'il ne dépasse le seuil définitivement, je couru dans sa direction et l'enlace par derrière. Je ne sais pas pourquoi je le fais, j'en ai surement besoin. Trop d'évènements se sont produits en très peu de temps et tout ça m'a beaucoup affecté même si je ne le montre pas forcément. Par exemple ce qui s'est produit avec Caleb m'a mis un énorme coup au moral : après tout ce n'est pas rien de tuer son premier amour, et même si il m'a fait beaucoup de mal durant le passé je ne pouvais pas m'empêcher de l'aimer.

- « Il s'est passé quelque chose pendant ses deux jours ? »

- « Non seulement, j'ai- j'ai besoin qu'on me fasse un câlin, je me sens tellement seule maintenant qu'il est parti. »

- « Qui est parti ? »

- « Caleb, je l'ai tué. J'ai toujours pensé que le faire ça allait me soulager et pourtant maintenant je sens une espèce de vide à l'intérieur, c'est difficile à expliquer. »

Il ne répondit pas tout de suite, son immense paume attrapa mon avant-bras et le cajole tout doucement avant de répondre :

- « J'ai dû tuer ma petite copine de lycée. Mon plus grand frère m'avait obligé de la tuer car d'après lui elle était la fille d'un des nombreux ennemis de notre paternel. Un jour, en sortant des cours, je l'avais emmené dans une forêt en prétextant que c'était pour faire un truc stupide, je me souviens même plus ce que c'était. Alors qu'elle marchait devant moi, j'ai sorti un revolver et je lui ai fait exploser la cervelle, comme ce que t'as fait avec le blondinet que je présume être le... J'ai trop d'adjectifs dans la tête là, vaut mieux pas que je continue sur cette lancée. Ce que je veux dire, c'est que je comprends ce que tu ressens en ce moment. Et dis-toi que, au fur et à mesure que le temps passe, ce vide comme tu dis finit par s'évaporer petit à petit. Pendant un temps j'ai cru que c'était de la culpabilité mais c'est juste de la tristesse. »

- « Je suis désolée de t'avoir rappelé ça, c'était pas mon objectif. A la base je voulais juste un câlin. » remarquais-je en le serrant plus fort encore dans mes bras.

- « Ne t'excuse pas, tu as besoin d'être écoutée et même si tu as eu une mauvaise expérience avec ça, je pense toujours que voir un psy reste une bonne solution. »

- « D'accord mais je veux pas que ce soit le même, lui il mérite que je lui crève les yeux. J'aimerai que ce soit une femme. »

Il hoche la tête tandis que je décolle la mienne de son omoplate tout en retirant mes bras.

- « Hermes je veux qu'on parle de notre accord. »

- « Très bien, dis-moi ce que tu veux revoir. »

Il s'installe sur mon lit puis s'allonge avant de croiser ses mains derrière son crâne.

- « Premièrement, je serai plus enfermée vingt-quatre heures sur vingt-quatre dans un lieu que tu auras choisi, tu m'as dit de partir et pourtant je suis là mais dis-toi que ce qui est arrivé à Caleb peut très bien t'arriver à toi aussi. C'est juste en guise d'avertissement. Ensuite, si tu repars en missions je veux t'accompagner : je suis la meilleure tireuse que l'Amérique a pu produire, je sais manier les armes comme aucuns de tes hommes. Puis je veux un endroit, un appartement ou une maison comme tu veux je m'en fiche, je veux juste un nouveau chez moi. Et pour finir je veux qu'on rentre à New-York, je me sens plus en sécurité avec ce qui s'est passé avec Dan. »

- « Wouah, je pensais pas qu'il y aurait tout ça à revoir. Mais je ne suis pas contre tes idées, il me faut juste du temps pour tout organiser. Je comprends tout ce que tu m'as dit et je n'y vois pas d'inconvénients néanmoins si je te prends un appartement, je veux le double des clefs, ça ce n'est pas négociable. »

- « Seulement si tu me jures que tu ne les utiliseras pas selon ton bon vouloir. Tu les utiliseras uniquement si tu sens qu'il y a un problème. »

- « Ça me va. »

Génial, enfin on retourne à New-York, et puis je vais enfin avoir mon appartement à moi tout seule.

———————————

What's up guys ! How are you today ?

Hope là, on les voit les petits rapprochements hein ? Mais vous allez attendre encore longtemps avant que ça ne passe à du concret entre nos deux zigotos ça vous pouvez me croire.

D'aileurs je m'excuse encore une fois pour ce retard qui m'a bien foutu la haine Pour celles et ceux qui n'auraient pas vu mon message : problème de connexion, pas pu enregistré, devoir tout recommencer. Bref comment dire que j'ai bien chialé devant ma page blanche lol

Enfin bref, j'espère que ce chapitre vous aura plus, ainsi que la tournure que prend cette histoire. □ Et on se dit à dimanche prochain (promis) pour un nouveau chapitre !

N'oubliez pas de voter, la notif fait toujours plaisir.

Prenez soin de vous et de vos proches.

Gros bisous sur vos bouilles, M.J

^   •

(: Fair Trade - Drake)

———————————————————

New-York, Etats-Unis, 2h01

Nous venons enfin d'atterrir après des heures et des heures de vol qui m'ont semblé s'éterniser un peu plus à chaque verre de Jack que je commandais, c'est une chance que je tienne l'alcool : on aurait été dans de beaux draps si ça n'avait pas été le cas. L'avantage c'est que cela calme les symptômes des migraines, ce qui n'est pas plus mal au vu de ce qui nous reste encore à faire.

Je tourne la tête en direction d'Alma : Fenrir est couché sur sa poitrine qui remonte à chaque respiration, faisant bouger sa tête en même temps. Si elle savait qu'un loup était en train de dormir sur elle, elle m'aurait très vite claqué entre les doigts. La phobie des chiens, non mais franchement ? Comment peut-on ne pas aimer ces bestioles-là, elles sont fidèles, emphatiques et douées d'une intelligence hors normes. Ce n'est pas pour rien dit que le chien est le meilleur ami de l'homme.

Un des serveurs passe devant moi et j'en profite pour lui demander de descendre nos bagages. Le concerné hoche la tête par politesse et repart de là il vient. Je n'ai vraiment pas envie de bouger, à cause des nombreuses turbulences lors du trajet plus le fait que je l'ai surveillé tout le long, je n'ai pas pu fermer l'œil une seule fois contrairement à elle qui est tombée comme une masse une fois bien installée.

Chanceuse.

Ses multiples affaires reposent à côté de mon siège, je pense que je devrais prendre ses sacs lorsqu'elle se réveillera, je doute que Madame sera apte à porter des kilos de fringues sur les bras quand il faudra descendre de cet avion. Je crois même qu'il va falloir que je la porte jusqu'à la voiture et voir même jusqu'à son lit.

Mon chien commence à se remuer à cause d'un potentiel cauchemar, il ne faut pas qu'il la sorte de son sommeil, c'est l'une des rares fois où elle dort sans mauvais rêves qui viennent la perturber.

- « Fenrir. Viens ici mon chien, laisse-la dormir. Allez au pied. »

Son énorme corps musclé se mouve assez brutalement et j'ai peur qu'il ne la fasse bouger elle aussi, mais heureusement ce n'est pas le cas ; elle dort toujours profondément tandis qu'il vient cette fois sur mon fauteuil afin de s'écraser sur mes cuisses. Je crains presque qu'Alma soit morte en dormant, étouffée par sa bave, encore. Même si ça m'irrite de lui demander ça, je pose la question à mon meilleur ami :

- « Est-ce que tu pourrais vérifier si elle respire encore ? J'ai pas l'impression que ses épaules bougent. »

- « Arrête de paniquer mon vieux elle dort c'est tout. Elle est épuisée, ça fait beaucoup de choses à digérer en très peu de temps, elle est morte de trouille tous les jours, elle pense que quelqu'un va l'enlever et toutes les nuits elle a peur de se faire agresser par son ex alors qu'elle l'a tué. Il faut pas que tu t'inquiètes pour elle. »

- « S'il te plait, je veux juste vérifier si elle va bien. »

- « Très bien. »

Nicky s'appuie grâce à ses mains posées sur les accoudoirs et se lève avant de marcher discrètement vers la jeune femme, son majeur et son index s'unissent ensemble puis se placent sur son cou, plus précisément sur sa carotine. Je patience quelques secondes puis lui fais signe d'arrêter, il enlève rapidement ses doigts avant de me dire que son rythme est lent seulement parce qu'elle rêve.

- « Comme je te le disais, pas de quoi s'inquiéter. » ajouta-il en me lançant un clin d'œil que je fis mine de ne pas avoir vu, je ne suis pas vraiment d'humeur à blaguer là tout de suite. La fatigue embrume mon cerveau ainsi que ma vision, en plus je dois la déposer à son appart avant de partir à l'hôtel. Ça m'enlise d'une manière incomparable.

Ma main caresse la tête de mon animal dans un mouvement automatique, perdu dans mes pensées les plus profondes. Je crois que je ne me suis toujours pas remis de cet « incident » ; je ne reconnaissais plus mon chien, cette lueur de folie meurtrière dans son regard ne lui ressemblait pas du tout et puis, les crocs sortis, les oreilles en arrière, son poil hérissé ou encore ses yeux. On ne voyait presque plus sa pupille tellement elle s'était rétractée. On aurait cru voir un loup sauvage sur la défensive, comme une mère protégeant ses petits d'un intrus. Enfin passons, le passé est passé et on ne peut rien faire pour le changer, alors autant aller de l'avant et vivre un jour après l'autre.

Je soupire de frustration puis ferme mes paupières, cependant c'est à ce moment là que le co-pilote vient nous prévenir que nos affaires sont enfin rangées dans le coffre de ma voiture ainsi que les autres jets ne devraient pas tarder à arriver. Lorsque nous sommes partis, j'ai insisté pour que seul moi et Nicky soyons à ses côtés pendant le vol : elle aurait brisé la nuque de Laura afin qu'elle ferme sa grande gueule. Et puis même en ayant une confiance totale en mes hommes, quand ça concerne Alma ce ne sont pas les mêmes enjeux ni les mêmes mesures qu'il faut prendre.

Après une inspiration qui démontrait sans filtres mon agacement, j'ordonne au canidé de dégager pour que je puisse me lever de mon fauteuil puis glisse mes mains sous ses aisselles pour la porter comme un père porterait sa fille. Je m'assure que ses bras sont bien enroulés autour de mon cou tandis que je la replace correctement en mettant mon avant-bras à la naissance de ses fesses et remets ses jambes sur ma taille. Sa petite main qui pendait dans le vide comprime subitement le tissu de mon pull, ses sourcils se froncent alors qu'elle gigote dans tous les sens.

- « Chuut, rendors-toi petit cœur, tout va bien. » la rassurais-je en faisant des aller-retours avec ma paume sur son dos. Quand je vous dis que c'est une enfant, je ne plaisante pas. Regardez simplement comment elle réagit.

- « Nicky tu peux prendre ses sacs s'il te plait, je vais la mettre dans la voiture. »

- « C'est ta fille ou ta future femme ? Putain vous êtes étranges. »

- « Contente-toi de fermer le trou de cul qui te sert de bouche et de porter ses fringues. »

- « Toujours moi là, putain je suis ton esclave. »

- « Ouais ouais, parle à mon cul ma tête est malade. »

Je quitte l'appareil en descendant prudemment les marches hyper glissantes grâce à la superbe météo newyorkaise, ça ne m'avait pas manqué par contre, la Californie avait au moins cet avantage : le soleil luisant tout le temps. Un de mes gardes arrive en courant dans notre direction avec un parapluie dans les mains qu'il vient ouvrir au-dessus de nos têtes au moment où je pose le pied droit sur notre précieux sol américain puis nous suit même lorsque nous attenions notre véhicule.

Mes phalanges se décollent délicatement de son dos pour ouvrir la portière puis j'entre avec elle en faisant attention à ce que son crâne ne se cogne pas contre le toit de la voiture en mettant son visage plus loin dans mon cou. La sensation de sa respiration n'est pas si désagréable, son souffle chaud me refauche le temps d'un instant.

Je m'assois sur le siège en cuir arrière avant de la coucher sur les sièges d'à côté puis attrape mon portable dans la poche de mon pull et appelle Enzo :

- « Vous êtes arrivés ? »

- « Dans une trentaine de minutes, on a dû faire un détour à cause des turbulences. »

- « Ok, on va vous attendre. Mais dites au pilote de se dépêcher, Alma pourrait se réveiller avant que vous arriviez et je voudrais qu'elle se repose le plus longtemps possible. »

- « Hmm. »

La détonation retentit dans mon oreille, m'indiquant qu'il avait raccroché le premier. Mon ami rentre à l'intérieur lui aussi mais au niveau du siège conducteur cette fois, il est trempé comme un clébard et sent comme tel. Ou c'est peut-être mon chien qui est en train de gratter le siège à la droite de Nicky, putain je vais l'enclencher ce chien.

- « La prochaine fois, mets un truc sur ton siège. Ça évitera à ta voiture de finir en lambeaux. »

- « Si tu veux rester encore en vie, ferme ta bouche et conduis jusqu'à l'adresse que je t'ai envoyée. »

- « Oui chef. »

󠁤󠁤

Mon bolide noir se gare sur l'unique place devant l'immeuble où j'ai acheté le dernier appartement, qui m'a d'ailleurs couté un bras, il faut que je reprenne du service car sinon je vais finir dans la merde, financièrement parlant.

- « Je te le rembourserais. Je ne compte pas te laisser me payer des trucs sans rien dire, je ne m'appelle pas Laura. »

Je glousse, amusé par le fait qu'elle m'est devancée sur ma propre pensée, et m'étonne presque qu'elle est une capacité intellectuelle de cette envergure. Son réveil s'est fait dans un sursaut qui m'a moi-même foutu la frousse, on était à peine entré sur l'autoroute que ses phalanges ont lacérée ma cuisse. La douleur est toujours présente, et elles étaient effrayamment proches de mon entrejambe. J'ai cru que j'allais être émasculé.

- « Tu croyais vraiment que j'allais te laisser vivre tranquillement avec mon argent alors que je suis à ça de tomber dans le rouge ? Même si je t'aime bien petit cœur, je ne peux pas me permettre de le faire. »

- « Faut vraiment que tu arrêtes avec tes surnoms Hermes, ça devient étrange à force. »

- « Tu veux que je t'appelle ma salope ? Je peux le faire si ça t'excite. »

- « Ce qui m'exciterai là tout de suite... »

Elle se détache avant de se mettre à califourchon sur mes cuisses et de faire courir ses doigts sur mon torse qu'elle remonte petit à petit jusqu'à ma mâchoire qu'elle rase de près avec la pulpe de sa peau, puis elle plaque sa main toute entière contre mes lèvres en rapprochant lentement sa tête en face de la mienne.

- « C'est que tu fermes ta gueule. »

Mes sourcils s'haussent en entendant son intimidation, Alma sait comment me faire parler comme elle sait me faire taire ; cette femme est une arme fatale à elle-même. La femme se décala pour se remettre à sa place initiale puis regarda par la fenêtre le paysage qui est composé seulement de... Béton. Elle essaye de feindre le naturel pourtant je la connais plus qu'elle ne le croirait, lorsqu'Alma tourne la tête vers la direction opposée à celle de son interlocuteur, c'est pour cacher son embarras. Comme je vous le disais précédemment, elle tente d'apparaitre neutre face à moi cependant son cerveau tourne à deux cents à l'heure dans sa petite boîte crânienne. Qu'est-ce que j'aime l'embêter car je connais déjà sa future réaction.

- « Nicky tu pourrais ouvrir ma portière s'il te plait ? J'aimerai ne plus voir sa grande gueule de bouffon. »

- « Mais bien sûr ma chère amie, c'est comme-ci c'était fait. »

- « Tu es un saint, merci beaucoup. »

L'enfoiré lui adressa encore un de ses putain de clin d'œil dont seul lui a le secret, j'attendis patiemment qu'elle parte pour me détacher et de lui foncer dessus.

- « Je vais te tuer, t'assassiner, te découper en rondelles pour ensuite te réassembler pour te cloner, et ensuite je tuerais ton clone avant de revenir pour te faire la peau. Tu recommences encore une fois ta petite comédie et je t'égorge comme elle l'a fait pour son chien d'ex, est-ce que je me suis bien fait comprendre mon cher ami ? »

- « Oh Hermes, ce ne sera pas moi qui coucherait avec elle dans quelques temps. »

- « Je vais te massacrer. »

- « Mais j'attends ça avec impatience, tu m'enverras un message. »

Je sors par la même portière que la mafieuse puis prends la clef magnétique que je place sur le lecteur automatique, elle ne me remercie pas et pénètre l'intérieur du bâtiment sans m'adresser un seul regard puis déambule en direction de l'ascenseur. La jeune femme m'attend bien sagement en patientant le temps qu'il arrive, mais malheureusement celui-ci à l'air de prendre une éternité à descendre du haut de building.

- « Je crois que je te déteste plus que moi. Tu as chuté d'une soixantaine d'étages dans mon estime, mon cœur. »

- « Je ne comprends pas pourquoi, je te paye ton appart, je te sors de l'avion avec la plus grande délicatesse et tu dis que tu me détestes ? Allons Alma, il faut être plus rationnel dans la vie. »

- « Je t'emmerde connard. » dit-elle en rentrant dans l'ascenseur dont les portes se sont ouvertes il y a maintenant plusieurs secondes.

- « Tu m'attends ? C'est adorable-

- « N'y pense même pas. »

Elle appuya sur le bouton du dernier palier et les vitres transparentes se refermèrent devant nous et avant qu'elle ne se fasse propulser tout en haut, son majeur se redressa puis elle l'embrassa et finit par me le désigner avant de disparaitre complément de mon champ de vision.

Je respire profondément et à mon tour, je reste cloué là tel un, un... Je n'ai même pas de termes pour me qualifier tant je me sens con...

Encore quelques petites secondes à attendre et bientôt je pourrais découvrir l'endroit où je passerai la plupart de mon temps à me morfondre en mangeant de la glace au chocolat devant un grand écran plat encastré dans un mur en face de mon canapé en cuir noir. Putain je suis déjà en train de m'imaginer mon meilleur scénario de vie alors que si ça se trouve, la cuisine est remplie de rats, la salle de bain couverte de moisissure ; à tout moment il n'y a pas de salle de bain et je devrai me doucher dans le lavabo du hall.

Un frisson de dégout longe ma colonne vertébrale à l'idée de passer seulement un gant de toilettes sur ma peau, argh je vais vomir. Je secoue ma tête de droite à gauche pour oublier cette image déroutante et l'enlever à tout jamais de mon esprit, je ne veux plus penser à ça.

La sonnerie de la machine dans mon dos me sortit de mes pensées, putain je l'avais presque oublié celui-là et ce n'était pas plus mal finalement, sa voix beaucoup trop grave pour être humaine retourna mon bas-ventre d'une façon indescriptible. Orghh je te hais Hermes, vraiment je te hais à un point !

- « Tu m'as vraiment fait un doigt d'honneur là ? Tu aimes le risque. »

- « Ce n'est pas nouveau, et puis risque de quoi ? Tu vas rien faire »

Alors que c'est totalement faux, il souffle le chaud et le froid avec moi et cela commence à m'agacer plus que je ne veuille le faire croire, il est constamment là. Toujours à côté de moi, il s'amuse à me tourmenter dans tous les sens : il me fait des câlins, m'embrasse presque toutes les parties du corps sans me demander franchement mon avis alors que je vie mon traumatisme au quotidien et pourtant je ne résiste pas, de plus ça ne me dérange pas autant que je le pensais. J'en ai assez de lui, tout ne tourne plus qu'autour de lui depuis ses derniers mois.

- « Es-tu sûre de ce que tu affirmes petit cœur. »

- « Hermes, pour l'amour de Dieu lâche moi un peu la grappe tu veux ? Je suis épuisée autant mentalement que physiquement, ce que je voudrais c'est un bon bain chaud. »

- « C'est sûr qu'on ne s'ennuie pas avec toi lorsque tu prends ton bain. »

Je fronce les sourcils en écoutant son affirmation, non ne me dites pas que...

- « On t'a déjà dit que t'étais longue à la détente ? »

- « Qu'est-ce que tu veux dire par là ? Précise ta pensée. »

- « Eh bien, tu oses dire que tu n'es pas attirée par moi mais pourtant, tes gémissements et mon nom dans ta bouche me prouvent le contraire. »

Oh non c'est pas vrai. Oh non non non, il n'était pas sensé entendre tous mes bruits et surtout, il n'était pas sensé comprendre qu'ils lui étaient totalement destiné !

Mes joues me brûlent et me piquent à cause de la chaleur que sa révélation me provoque, nous nous fixâmes dans un silence ultra gênant tandis que le bruit de l'ascenseur retentit à nouveau dans l'entrée. Cependant nous ne nous lâchons pas du regard, il a osé se foutre de ma gueule et il va en payer le prix fort.

Je cours vers lui puis lui saute littéralement à la gorge, mes mains se serrent le plus possible autour de sa trachée afin qu'il s'étouffe par manque d'air, le mafieux empoigna mes doigts dans un geste fulgurant et douloureux afin de les bouger de sa gorge mais hors de question de le lâcher, en tous cas pas tant qu'il ne m'aura présenté des excuses assez valables pour que je le laisse respirer ; il m'a humilié, kidnappé, changé de pays un nombre incalculable de fois et tout ça pour quoi ? Que dalle ! Donc non aujourd'hui je ne desserrerai pas mes mains.

Son faciès vire au rouge avant de tourner presque au violet, allez Hermes met ta fierté de côté et excuse toi, tu sais très bien que je te libèrerai à cette condition seulement.

- « Excuse-toi et j'aviserai peut-être de te laisser la vie sauve. Dépêche-toi Hermes, à sentir ton pouls et à voir la couleur de ton visage, tu n'en as plus pour très longtemps. »

- « Plutôt crevé. » articule-t-il avec la plus grande des difficultés. Des problèmes pour respirer ? Je ne vois pas pourquoi.

- « Ça, ça peut s'arranger. »

J'accentue la pression exécutée sur ses voies respiratoires tout en souriant lorsque je vois ses paupières se fermer entre elles, continue de résister et à moi la liberté. En revoir mon cœur, ça a été un déplaisir de te rencontrer.

Pendant que les dernières lueurs de vie disparues de ses yeux, un impact de balle apparu très près de sa tête, mes iris remontent dans celles du tireur qui n'est d'autre que Nicky.

- « Tu as dix secondes avant que la prochaine arrive dans ta tête à toi. »

- « Et si je ne le fais pas ? »

- « Alors Galia, Bagheera, Symba et Bulma mourront. »

- « Vas-y, je serai plus là pour les voir quitter ce monde. »

- « T'es vraiment qu'une salope. »

Mon sang ne fit qu'un tour à l'intérieur de mes veines, ils ont décidé d'avoir un sacré culot aujourd'hui on dirait, je m'extirpe du corps en dessous du mien puis me redresse sur mes deux pieds avant de foncer dans sa direction néanmoins un autre son attire mon attention, me stoppant dans mon élan : il s'est redressé en se tenant sa gorge endolorie tout en me lançant un regard noir dénué de toute empathie. C'est ça, mettez-vous en colère qu'on commence à rigoler un peu.

Je suis coincée entre deux colosses, l'un est devant et l'autre derrière, un « un contre deux » ? Parfait, c'est ce qu'il me fallait pour un bon entrainement ; vous qui me considérez telle une pauvre petite brebis égarée, vous allez être témoins de ce qui se cache dans ma chair et mes tripes, la vraie force des Galuna.

Mon cœur s'affole, faute au surplus d'adrénaline qui grimpe jusqu'à mon cerveau et qui m'empêche de penser de manière rationnelle. Il ne faut pas que j'attaque la première car sinon je serai désavantagé contrairement à eux, attendre que l'un d'entre eux s'élance vers moi est la seule solution qui est envisageable. Ou alors, je glisse sur le côté afin d'avoir une vue d'ensemble de mes deux nouveaux ennemis, sauf que si je le fais il est possible que Nicky me tire une balle à bout portant.

Ne fait pas de conneries Alma, arrache un bout de ton tee-shirt et fais-en un drapeau blanc. Rends-toi sans faire d'histoires et tout ira bien.

Très bien, autant éviter que tout ça ne finisse en un bain de sang. Je soupire lacée et viens positionner mes mains en évidence, aussitôt les deux hommes prennent mes avant-bras pour les plaquer derrière moi tout en donnant un coup dans la pliure interne de mes genoux.

- « Tu vois c'est ça qui est chiant avec toi Alma, quand on te donne un doigt toi tu prends tout le bras jusqu'à même l'épaule, tu ne peux jamais te contenter de ce que tu as déjà. Je t'avance un appartement dans le cœur de New-York, encore plus dans sa banlieue que ma propre maison qui a brûlé dans les flammes par ta faute et toi tu m'étrangles ? Putain mais toi t'es la pire des folles. »

- « Et toi tu veux savoir ce qui est chiant avec toi Hermes, c'est que la moindre petite action de ta part doit être amplifiée, plus particulièrement quand c'est une bonne. A croire qu'être gentil c'est aussi dur que d'obtenir le Bachelor. Toujours prétentieux ici hein, ça ne changera jamais. »

- « Laisse je m'en charge, tu peux descendre. » remarqua-t-il à son ami qui disparu aussitôt.

Il me relève en un mouvement de sa force herculéenne et me pousse vers les escaliers où j'ai failli y trébucher, puis monte une à une les marches dans une lenteur calculée afin de l'énerver encore plus que maintenant.

- « La délicatesse n'est pas pour les chiens. »

- « Ça tombe bien, j'en ai rien à foutre. »

Mes yeux roulent au ciel mais il ne permit pas l'action vu comment il a brutalement tourné ma mâchoire dans sa direction.

- « Tu es tellement insolente tout le temps Alma, si tu calmais tes pulsions tu aurais moitié moins de problèmes. »

Culotté celui-là, c'est lui qui me fait la morale là dessus ?

- « Ça tombe bien, j'en ai rien à foutre. »

Je me dégageais de son emprise sur mes poignets et montais à l'étage en cherchant désespérément ce qui ressemblerait à une chambre, Hermes toujours sur mes talons.

- « Hermes j'essaye de trouver une chambre où dormir cette nuit, pas la peine de me suivre je vais pas te tuer. »

- « Bizarrement ses mots sonnent faux dans ta bouche. »

- « Arghh, très bien. Par contre tu dors sur le canapé, je t'interdis d'entrer dans ma chambre ou bien de venir squatter mon lit pendant la nuit. »

- « Arrête de mentir, je sais que t'en meurs d'envie. »

Qu'est-ce que je vous disais, prétentieux au possible.

Nous finissons par pénétrer une grande pièce avec un balcon qui doit donner vue sur toute la ville, je dois reconnaitre qu'il n'a pas fait les choses à moitié au moins. Les draps sont entendus par les quatre coins sur le matelas, génial je n'avais vraiment pas la motivation pour faire mon lit.

Je me défais de mon pull qui commençait à m'étouffer et balança mes chaussures dans un coin au hasard de la pièce avant de dire à l'homme qui m'observer sans retenue depuis le début :

- « Tu peux partir maintenant. »

- « J'ai une meilleure idée. »

Sans crier gare, il fond sur moi afin de plaquer mon corps contre le lit et vient se glisser sous mes couvertures qui ont l'air super douces : ce n'est même pas moi qui est pu inaugurer mon propre lit, je vais l'étriper un jour.

- « Je peux savoir ce que tu fais là ? »

- « Je m'installe ça se voit pas ? »

- « Si un peu trop même. J'imagine que tu ne bougeras pas ton gros corps d'ici alors ait au moins l'obligeance de me laisser une place. »

Il se décale et nous nous mettons dos à l'autre, une chaleur s'infiltre dans mon ventre ainsi que des petits papillons mais je n'y prête guère attention puis en éteignant ma lampe de chevet, je laisse mon corps entre les bras de Morphée.

———————————

What's up guys ! How are you today ?

Ahhhhhhh enfin, j'ai l'impression qu'il ne se finirait jamais Note à moi même, je vais essayer de publier mes chapitres plus tôt à l'avenir cependant je ne vous promets rien.

Bref pas de parlotte ce soir, je suis trop fatiguée pour ça.

J'espère que ce chapitre vous aura plu. ▢

N'oubliez pas de voter, ça fait toujours plaisir.

Prenez soin de vous et de vos proches.

Gros bisous sur vos bouilles, M.J

(: You Get Me So High - The Neighbourhood)

Avant que vous ne commenciez mes vidas, n'hésitez pas à appuyer sur la petite étoile en bas à droite, c'est vraiment important pour moi ▢Merci à toutes celles qui le feront, ça fait toujours plaisir de voir que vous soutenez l'histoire !

C'est bon j'arrête de parler, bonne lecture mes vies ! <3

_____

New-York, Etats-Unis, 8h20

Je marche, peut-être même cours, partout dans mon nouvel habitat afin d'organiser le salon selon mes goûts. Je me suis levée tôt ce matin pour aller fouiller toutes les petites boutiques dont j'avais besoin à New-York à tel point que les rayons du soleil ne traversaient même pas encore les vitres lorsque je suis remontée au dernier étage avec des sacs pleins à craquer. Les concernés sont d'ailleurs toujours dans le hall d'entrée juste devant la porte, alors que je passe un dernier coup de plumeau à l'intérieur du petit espace sous la table blanche en plastique, un bruit retentit dans les escaliers ; me faisant instinctivement attraper l'arme que j'ai « emprunté » à Hermes, posée sur sa table de nuit un peu plus tôt dans la matinée puis tout en fermant un œil, je vise les marches.

Quand je me suis réveillée, j'étais dans ses bras, le nez plongé dans son cou à respirer son odeur alors qu'il plaquait sa main contre mon crâne pour me coller plus à lui. Et en voulant me dégager, il m'a pris par la gorge, ce qui m'a soulevé étrangement le bas ventre. Plus nous restons ensemble, plus je sens que mon corps réagit à sa présence, à ses gestes et à ses mots. Tout mon être ne pense qu'à lui, cela devient perturbant mais surtout, insupportable à vivre au quotidien.

C'est avec les sens en alerte, le cœur qui tambourine dans la poitrine et le stress qui m'écrase l'estomac que je constate avec soulagement qu'il ne s'agit que de lui, son épaule droite est callée contre le mur, il ne porte rien sur lui à part le jogging qu'il portait hier ainsi qu'une de mes paires de chaussures. Non mais quel toupet !

- « Eh ! Ce sont mes Jordans. »

- « Et ceci est mon flingue. D'ailleurs, veux-tu bien le baisser de ma tête ? »

- « Hmm. »

Mes doigts se desserrent doucement de la queue de détente alors qu'il avance vers moi en saisissant son arme qu'il finit par remettre dans la poche arrière de son bas. Nous nous fixâmes dans un silence religieux, son torse se rapproche dangereusement de mes seins à peine vêtus d'un soutien-gorge rouge à dentelle ; je me maudis d'avoir pensé qu'Hermes se lèverai pas avant que je finisse tout mon ménage. J'ai la fâcheuse habitude de faire le ménage en soutif car la chaleur monte souvent très vite lors des rares fois où je me dépense mais il est vraiment que j'aurai pu mettre au moins un tee-shirt, et un noir de préférence.

- « Alma ? »

- « Oui ? »

- « Qu'est-ce que Léo t'as dit avant que nous quittions la maison ? »

Je fronce les sourcils et m'écarte un peu de lui pour pouvoir voir son visage : est-ce qu'il était vraiment sérieux ou voulait-il seulement me mettre dans l'embarras ?On a changé de sujet d'un seul coup, et puis la situation ne s'y prête vraiment pas. Mais pour le coup, vraiment vraiment pas !

- « Euhh... Je me souviens plus trop, pourquoi ? » bafouillais-je en tentant de paraitre naturelle.

- « Comme ça, j'ai rêvé de lui cette nuit et je sais pas ça m'est revenu comme ça. »

- « Eh bah... Il m'a dit de pas te laisser tomber, que t'avais besoin de moi plus que jamais. Mais ce n'est rien de plus que des paroles de mourant hein ? Ce n'est pas comme-ci cela avait une quelconque valeur. »

Ma poitrine comprimée se décolle cette fois entièrement de son torse puis je me dirige vers ma cuisine afin de chercher de quoi me faire un petit déjeuner avec ce que j'ai acheté plus tôt. Je ne comprends pas pourquoi on remet ce sujet là sur la table, même-ci nous n'en avons pas plus parlé que ça lorsque que cela s'est produit et que je le connaisse ou pas, en discuter n'est pas chose facile.

- « Ça ne m'étonne pas venant de lui, toujours à vouloir protéger tout le monde. Enfin, comme tu l'as très bien dit : ce ne sont que des mots de mourant. Il n'est rien de plus qu'un tas de cendres désormais. »

- « C'est pas ce que je voulais dire. »

- « Ouais mais tu l'as dit quand-même, mais tranquille t'as vécu la même chose. »

Mon couteau se stoppa dans la tranche d'avocat que j'étais en train de découper sur mon plan de travail, venait-il vraiment de faire une allusion au décès de mon père ?

Je dépose doucement mon couteau, autant qu'on ne blesse personne, avant de me tourner dans sa direction :

- « Tu parles du cancer de mon père là ou je rêve ? » demandais-je en croisant mes bras sur ma poitrine sans le lâcher une seule seconde des yeux.

S'il veut s'aventurer sur ce chemin-là, je vais lui rentrer dedans et pas qu'un peu, qu'il ose seulement.

Il ne répond pas à ma question, se rendant probablement compte du fait qu'il est allé trop loin. Je peux tout cautionner mais alors qu'on manque de respect à mon paternel sous mon nez en plus, ça il en est hors de question.

- « Tu vois Hermes je pensais vraiment, au plus profond de mes tripes, que t'étais capable d'être quelqu'un de bien. Que t'étais pas simplement un connard sans nom, un « je-m'en-foutiste » de tout mais visiblement je me suis bien trompée. T'es pas humain, t'as pas de cœur, t'as pas d'âme, t'es... t'es- Putain mais j'arrive même pas à savoir ce que tu peux être en fait, j'ai pas les mots. Sors de chez moi Hermes, j'ai plus envie de te voir. »

Le concerné ne se fait pas prier en quittant immédiatement le lieu d'un pas que je présume furieux. C'est lui qui me manque de respect et c'est lui le plus gêné ? Non mais dites-moi que je rêve. C'est fou, à chaque fois qu'il est avec moi il me met en rogne.

Inspirant par le nez et expirant par la bouche lentement, je meus jusqu'à ma chambre pour y récupérer mon assistante vocale, j'ai besoin de musique pour décompresser ainsi que pour me détendre, cette discussion n'a eu que pour but de m'irriter. Il le savait pourtant il a appuyé là où ça fait mal, c'était totalement fait exprès.En même temps j'attrape un tee-shirt avec le « Bat-signal » dessiné dessus et descends les marches tout en ma faisant un chignon mal fait.

Je branche mon appareil à la prise murale puis le pose sur l'étagère qui se situe juste à côté, je lance un album de ma playlist au hasard et reviens sur mon aliment coupé en continuant mon mouvement. Une fois qu'il fut entièrement taillé, je fouille dans les placards et en sors une poêle que je place sur la plaque électrique, j'attrape mon pain de mie, du beurre ainsi que de l'huile d'olive. J'ajoute une noisette de beurre puis fais dorer les deux tranches de pain avant de disposer les multiples les morceaux d'avocats dessus.

Une assiette pour les deux carrés devrait amplement suffire, je les installe dessus en me m'avançant vers le sofa central positionné dans mon salon. Je laisse l'assiette sur la table basse puis empoigne la télé-commande et lance ma série préférée, pas besoin de dire le nom, vous le connaissez déjà.

Alors que je m'apprête à taper une bouchée dans mon semi-sand-wich, le bipeur de l'entrée résonne dans le hall, me stoppant alors dans mon élan :

- « Putain. J'arrive ! »

Je balance mon repas dans mon plat tout en me levant de mon canapé puis me dirige vers ma sonnette en soufflant, je regarde la caméra et active le micro :

- « What's up bitchies ? Je suis passée au Bluerest' et j'ai pris tes donuts préférés, ils sont super lourds en plus alors dépêche-toi de m'ouvrir. »

Galia, toujours là quand il faut !

J'ouvre la porte de l'immeuble à ma meilleure amie en sautant presque de joie toute seule dans mon nouvel appartement. Un sourire illumine mon visage lorsque les portes de l'ascenseur laissent apparaitre ma blonde, les bras chargés de sacs remplis d'objets qui me sont pour l'instant inconnus et sa main droite luttant pour tenir la boite de nourriture, je rigole en voyant sa tête concentrée et viens lui débarrasser toutes ses petites affaires avant qu'elle ne commence à me raconter toutes les péripéties qu'il lui sont arrivées juste en allant chercher des donuts dans une boutique à trois kilomètres de son hôtel. Une véritable drama queen celle-là.

Elle s'affale sur mon mobilier tout neuf avec une force qui m'a fait serrer les dents en pensant aux coutures néanmoins je ne relève pas et m'assois à côté d'elle en posant la boite en face de nous ; moi qui voulais me la jouer « healthy » pour une fois avec mon petit-déj immonde et bien c'est raté. Pas grave, je vais pouvoir me régaler avec mon dessert favori et ça, cela n'a pas de prix !

Je m'empresse alors d'ouvrir le contenant avant de baver sur le contenu : deux donuts avec du zsnappage fraise, la vache je crois que j'ai jamais autant désiré en manger qu'aujourd'hui. On a découvert le Bluerest' par pur hasard avec Galia : nous étions en train de commander à manger parce que je m'étais cassée la cheville en voulant faire une figure un peu trop périlleuse à mon entraînement, on défilait les nombreux sites de bouffe lorsque nous sommes tombées sur le Bluerest' qui venait d'ouvrir fraîchement leurs locaux au Mexique ; on avait pas hésité une seule seconde.

- « Alors, raconte-moi comment t'as pu te perdre dans Central park alors que Bluerest' est à trois pâté de maison d'ici ? Sachant que l'hôtel que l'autre connard a réservé est à cinq kilomètres de mon appart ? »

- « Eh bien commença-t-elle en prenant un premier morceau de sa nourriture déjà mon téléphone m'a indiqué le mauvais itinéraire car je m'étais trompée dans une lettre, donc comme une débile je me suis retrouvée à Blierest'. Je savais même pas que ce truc existait ! Enfin bref, du coup j'ai fait demi-tour parce qu'un garage n'était pas vraiment ce que je recherchais mais passons donc je reprends mon portable et devine quoi ! Plus de batterie, je te jure je commence à avoir peur, je suis maudite je ne vois pas autre chose. J'ai donc dû faire appel à mon anglais pourri pour demander où était le magasin électronique le plus proche... Dix kilomètres. J'ai dû marché dix kilomètres pour que je puisse charger mon téléphone et quand ce fut le cas, j'ai bien pris la peine de mettre le mode « économie d'énergie » avant de prendre le bon chemin cette fois. Ça veut dire que ta meilleure amie est rentrée chez elle en passant par Central park, encore, pour montrer à un potentiel joggeur ma beauté suprême sauf que je me suis à nouveau paumée parce que Central c'est sur des hectares et des hectares de verdures. »

- « Eh bien on peut dire que t'as eu une sacrée matinée. Et t'es pas très maligne aussi, fallait pas repasser par le parc. » rigolais-je en prenant ma deuxième gâterie dans mes mains. « Et c'est quoi tous ses sacs ? »

- « Ah oui, je suis désolée mais j'ai vraiment pas envie de laver mes fringues là-bas, flemme de me faire voler et puis tu n'as jamais changé de lessive donc c'est aussi pour avoir un peu ton odeur sur moi. »

- « Profiteuse de mes deux. » plaisantais-je en attrapant ma télécommande pour zapper la pub qui s'était incrustée sur mon écran.

À peine ai-je eu le temps de la frôler que je reçois un appel audio sur mon téléviseur, mes sourcils se haussent et mes yeux s'écarquillent en voyant le nom qui s'affiche : Liam. J'en étais sûre, maintenant j'ai une bonne raison de dégager Laura de nos vies !

J'inspire profondément pour pas laisser la colère prendre le dessus puis décroche :

- « Liam ? Qu'est-ce que tu-

- « Mauvaise pioche. »

Galia et moi nous nous échangeons un regard empli de sens, on s'était comprise : la voix que nous venions d'entendre n'était pas du tout celle de notre ancien ami. Celle-ci semble grave et robotique, elle est trafiquée par un transformateur. Et d'ailleurs, pourquoi a-t-il le portable de Liam, ou même son numéro ?

- « Qui es-tu ? Où est Liam ? »

- « Ouhh tu veux déjà qu'on fasse connaissance ma belle ? Ça ne me dérange pas mais avant passe moi ton ami le mercenaire. »

- « Il en est hors de question, laissez Hermes en dehors de vos jeux pervers. C'est moi que vous avez appelé non ? Alors dites moi ce que vous voulez. »

En vérité ça ne me dérangerait vraiment pas de le foutre dans la merde après la façon dont il m'avait traité ces deux derniers mois et surtout avec ce qui c'était produit plus tôt cependant il n'est pas ici et puis ça a piqué ma curiosité alors je vais creuser encore plus loin.

- « Dis à ton petit-ami qu'il n'aurait pas dû s'en prendre à mon frère. »

- « Très bien alors donnez-moi votre nom de famille et peut-être un prénom que je prenne un rendez-vous avec monsieur Luega afin qu'il vous casse la gueule pour avoir flirté avec sa petite-amie ? » répondis-je en imitant une secrétaire de bureau bien reloue. La blonde à côté de moi est désormais sur son téléphone avec Nicky.

- « Il faut que tu fasses durer l'appel jusqu'à ce qu'ils arrivent. » me chuchota-t-elle en répétant mot pour mot ce qu'il lui avait dicté.

- « Ils seront là dans combien de temps ? »

- « Trente minutes. »

- « Quoi ? Mais même avec toi j'arrive pas à rester aussi longtemps en appel alors avec un inconnu c'est juste mission impossible. » dis-je à mon tour à voix basse.

Elle haussa les épaules pour toute réponse, faisant bouillir mon sang à l'intérieur de mes veines. Je déteste lorsque qu'aucunes de nous deux n'arrivent à trouver une solution au problème, pourtant deux cerveaux valent mieux qu'un seul non ?

- « Eh bien si tu insistes je suis D.Hawks, pas besoin que tu comprennes, lui il comprendra. Je suis un vengeur mais je reste avant tout un tueur acharné qui ne recule devant rien ni personne. Ce que ton mec a fait est une déclaration de guerre pure, il s'en est pris à un membre de la famille Hawks et je compte bien lui faire regretter son acte. Mais ne t'inquiète pas ma grande, tu seras aux premières loges pour le voir se faire torturer de toutes les manières possibles, je peux te l'assurer. »

- « Pour ça faudrait-il seulement que vous sachiez où nous sommes. »

- « Hermes ne s'éloigne jamais trop loin de sa mère alors je n'ai plus qu'à fouiller les alentours. »

- « Touche à un seul cheveux de ma mère connard et je te fais frire la gueule avec de l'huile brûlante. »

Ma tête fit un joli quatre-vingt-dix degrés vers la droite quand sa voix a commencé à atteindre mon tympan, ils sont montés sans mon accord ? Ah oui c'est vrai, j'avais oublié qu'il avait le double des clefs mais surtout le code de l'entrée. Je pense que je vais bientôt m'en mordre les doigts d'avoir cru que je pouvais vivre sans qu'il n'intervienne sans cesse dans ma vie celui-là aussi.

- « Hermes ! Comme le son de ta voix me donne envie de t'étriper, c'est fou les envies que tu me fais ressentir. »

- « Garde tes fantasmes malsains pour toi, qu'est-ce que tu veux, personnage hostile qui s'est même pas présenté ? » dit-il en croisant ses bras dénudés ensemble, le seul et unique tatouage qui me frappe directement est celui de son petit-frère, putain il a l'air si jeune.

Alors que toutes personnes possédant un minimum de cervelle seraient en train de se faire pipi dessus, dont moi, Hermes au contraire sourit. Il a un coup d'avance sur son ennemi sans même savoir qui peut-être derrière cet avertissement. Mais c'est du Hermes tout craché alors ça ne m'étonne même plus.

- « Oh pardon c'est vrai que je me suis présenté à ta petite-amie mais pas à toi, je suis le frère de Daniel Hawks. »

Son regard interrogateur glisse sur moi quelques secondes avant qu'il ne se replace sur mon écran noir. Je savais très bien ce qu'il avait retenu de sa phrase parce que ses mots ont résonné un peu trop familièrement en moi.

Merde.

- « Le sénateur ? Le même sénateur dont j'ai détruit petit à petit sa santé mentale, le même que j'ai empoisonné et étouffé ? »

Son sourire carnassier s'élargit un peu trop à mon goût, ce mercenaire n'est pas ordinaire, c'est avant tout un chasseur : il immerge sa victime dans une réalité qui n'est pas la nôtre, il lui fait vivre un enfers jusqu'à ce qu'elle abandonne toutes notions de vie pour qu'il puisse en finir sans que sa proie ne se débatte, de plus avec son poison qu'il vous implante sans que vous ne le sentiez, n'espérez pas vivre plus de deux heures.

- « Enfoiré ! Évidemment que c'est lui qui d'autre ?! À cause de toi, on était à ça d'être assuré à vie, on aurait pu faire passer toute la coke qu'on voulait illégalement si le projet avait été voté. Mais tu as débarqué et tout foutu en l'air. Profite bien de ton petit piédestal car je t'en déchausserais plus vite que tu peux le croire. »

C'est sur ces mots que notre nouveau problème nous quitta, faisant relâcher immédiatement la tension insoutenable qui régnait dans cette pièce, pourquoi c'est toujours à moi que ça arrive sérieusement ?

Une nouvelle ère de vandalisme va bientôt commencer et seul Dieu sait ce qu'ils nous réservent.

- « Petite-amie hein ? Eh bah tu te fais pas chier toi dis-moi ? »

- « Qui t'as dit que j'avais envie de te parler tronche de bite ? »

- « Oui mais tu l'aimes bien ma tronche de bite, même que tu souhaites secrètement sortir avec elle. »

- « Ferme là tu veux, c'est lui qui a commencé à insinuer qu'on était ensemble. J'ai vraiment pas envie qu'on m'associe à toi, c'est bien la dernière chose que je voudrais. »

- « Menteuse, tu pouvais très bien nier. Avoue juste que t'aimes bien l'idée que tu m'appartiennes, mais si ça peut nourrir ton imagination avec des scénarios qui ne regarde que toi, c'est déjà le cas petit cœur. »

- « Je te déteste, va mourrir. Mais lentement tu vois ? J'espère que tu pourriras avec des asticots qui te dévoreront les organes petit à petit. Qu'ils te ressortent par les yeux même. »

- « Tu m'aimes trop. »

- « Ta gueule s'te plaît. »

Nous nous regardâmes les yeux dans yeux pour finir par exploser de rire à l'unisson, c'est la première fois que je rigole autant avec lui, c'est même l'unique fois où je rigole avec lui tout court. Tous les regards sont sur nous mais nous nous en fichons, trop concentrés à nous tenir l'estomac.Même si je le montre pas et qu'il me fout les nerfs à chaque fois qu'il ouvre la bouche, on s'amuse bien et puis il comble le vide que je ressens depuis deux ans maintenant, j'ai besoin qu'on me donne de l'attention et Hermes le fait plus que bien.

- « Mets-toi autre chose qu'une culotte sur le cul et rejoins moi devant l'entrée de l'immeuble. »

- « Pourquoi faire ? »

- « Tu verras. »

Par contre il casse vachement les noisettes quand-même, en voulant jouer au mystérieux il ressemble juste au père Fouras avec ses vieilles énigmes.

Mes pupilles roulent toutes seules vers le ciel puis je pars dans ma chambre pour me changer. Une fois dedans, je marche jusqu'à ma salle de bain et commence à me déshabiller sauf que ma porte s'ouvre pile au moment où mon tee-shirt tombe à terre.

- « Hermes ! Ferme moi cette porte immédiatement ! » criais-je en fonçant sur mon vêtement afin de le plaquer contre ma poitrine nue.

- « Oh ça va, c'est pas comme-ci je t'avais jamais vu à poil ? Et je t'ai dit de te changer pas de prendre une douche. »

- « Je t'emmerde, je fais ce que je veux. Si j'ai besoin de prendre une douche alors je prends une douche, que tu le veuilles ou non. Et puis comment tu savais ? »

- « Donc tu ne le nies même pas en plus ? »

- « Accouche grande folle j'ai pas ton temps là. »

Tandis que je me dirigeais à nouveau vers la pièce, le mafieux attrapa mon avant-bras libre pour le tirer vers lui puis me fait une balayette afin que j'atterrisse sur le lit alors qu'il marche jusqu'à mon dressing. Putain je vais lui déchirer les membres.

Il revient cette fois avec des habits dans les mains : un pull et jogging noir, des sous-vêtements quelconques qui ne sont même pas accordés et des chaussettes blanches. Il balance tout ça sur le matelas à côté de moi :

- « Je commence à te connaître Alma. Grouille toi de t'habiller, je vais pas t'attendre toute ma vie. »

Je ne lui répond pas et attrape mes vêtements puis cours dans la salle de bain pour pouvoir me changer au moins dans un minimum d'intimité, je les dépose sur le couvercle des toilettes avant de chercher ma brosse à cheveux dans mes différents tiroirs. J'empoigne l'objet, le passe dans un mouvement doux dans mes mèches puis les relève en une queue de cheval approximative en faisant attention à ce qu'il n'est pas de bosse. Après que cela soit terminé, je me déshabille totalement et réalise que j'ai encore une fois mes règles. J'inspire profondément pour éviter de fondre en larmes puis je finis par enfiler les habits propres, en les mettant j'ai une étrange démotivation : je n'ai pas envie de bouger un seul de mes membres et marcher me semble être chose impossible, la douleur commence à s'immiscer dans mon bas-ventre.

J'ouvre avec difficulté la porte, je ne vais pas réussir à aller là-bas. J'implore alors Hermes de venir, le concerné arrive rapidement avant de s'agenouiller à ma hauteur :

- « Hermes je peux pas. J'ai mes règles et bizarrement je suis épuisée. »

- « Perfect timing hein ? »

- « Tu veux vérifier mon string trempé de sang dans le panier à linge pour être sûr ? Après on pourra l'utiliser si t'as besoin de ramasser mes « vieux caillots de sang coagulés » ? »

- « Putain toujours t'as des excuses toi. C'est bon si je te porte ? »

- « J'imagine que oui, fait juste doucement s'il te plait. »

- « Ok lève-toi. »

Je m'exécute tandis qu'il tient ma paume dans la sienne afin de me mener jusqu'à mon lit, il m'y fait monter puis se met dos à moi. Mes sourcils se froncent, il veut me porter sur son dos ?

- « Tu vas pas jouer la mule quand-même ? »

- « Dépêche avant que je ne change d'avis. »

- « Rho mais quelle tête de MULE celui-là. T'as capté la vanne ? » demandais-je en rigolant. Il ne réagit pas alors je lui donne un coup dans les côtes.

- « Malheureusement oui. » souffla-t-il, sûrement épuisé d'avoir eu cette idée de merde.

Je colle ma joue contre son omoplate lorsqu'il quitta la pièce, il descendit lentement les marches, il sait que les remous bougerait mon ventre et me ferait souffrir. Il passa très vite dans le salon sous les yeux ahuris de nos meilleurs amis puis s'arrêta seulement quand nous étions arrivés dans l'ascenseur. Mes pupilles se ferment toutes seules et ne se réouvrent même pas lorsque la sonnerie nous indique que nous avons atteint le rez-de-chaussée, ma tête bourdonne et j'ai l'impression que mon petit déjeuner va bientôt ressortir.

- « Je me sens vraiment pas bien Hermes. »

- « Essaye de dormir dans la voiture. conseilla-t-il en me posant sur le siège du côté passager. Je reviens avec un plaid, j'arrive. »

Putain pourquoi fallait-il qu'elles débarquent aujourd'hui ? Surtout que je ne l'es avais même pas pressenties, d'ordinaire j'arrive à les anticiper mais cette fois non.

Alors que je me plie en deux et me tortille dans tous les sens sur mon siège, ma portière s'ouvre brutalement pour laisser apparaître le mafieux plus qu'inquiet.

- « Ok je te laisse pas comme ça, on va au urgences. »

- « Nan ! Surtout pas là-bas putain, je t'en prie pas encore j'en ai bouffé assez depuis deux mois. C'est juste une petite crise de spasmes, ça va passer. »

- « Alma laisse moi au moins t'emmener chez le médecin. »

Je suis incapable de dire non, mon ventre est devenu tout gonflé et me fait atrocement mal, je cris pourtant ça n'extériorise pas la douleur comme je l'avais espérer.

Hermes ouvre la porte arrière de la voiture avant de venir glisser son bras gauche sous mes épaules et le droit sous mes genoux puis me porte tandis que je me débat et hurle qu'il me lâche. Mais il ne le fait pas.

Il se place juste tranquillement sur la banquette arrière avec moi sur lui, d'une main il ferme la porte et me replace correctement avant de mettre ses paumes chaudes sous mon pull, contre mon abdomen tout en le massant. Je me sens fondre sur son torse, la bobine de fils emmêlée dans ma tête finit par devenir un long fils droit.

Les minutes ont passées sans que je m'en rende compte à tel point que je me suis endormie encore une fois dans ses bras, je ne connaissais pas du tout cette technique mais j'aime beaucoup ; c'est super agréable et réconfortant.

- « Repose toi, je te tiens. » chuchote-t-il contre mon cuir chevelu avant d'y déposer un baiser tout léger.

———————————————

What's up guys ! How are you today ?

Le voilà, le tout nouveau chapitre qui fait battre mon coeur ! J'aime peut-être un peut trop la tournure que prend cette histoire, vous ne m'en voudrais pas si je complique un petit peu les choses à partir du prochain chapitre hein ?

Bref il faut que je vous raconte un truc, j'en ai parlé nulle part parce que vas-y un peu la honte mais je me suis encore cassée la figure avec ma moto. Je vais bien hein, mais j'ai deux cocos bleutés, noirs, violets même jaunes sur tout le corps j'ai jamais vu ça. Enfin tout va pour le mieux hein donc pas de soucis à se faire.

Je tiens aussi à m'excuser pour le retard que ce chapitre a pris, encore une fois faut que je m'organise pour l'écriture parce que ça va plus du tout là, à chaque fois je repousse parce que voir mon ordi ça me donne pas l'envie d'écrire, et pour être honnête avec vous : c'est aussi car j'ai la flemme de rester toute la journée devant mon écran. Ça me fout une pression totale, j'aurais jamais pensé que ça m'empêcherait de dormir alors que y'a pas lieu d'être en fait.

Bref je parle beaucoup ce soir, mais j'espère en tous cas que ce chapitre vous aura plu.

N'oubliez pas de voter, ça fait toujours plaisir et puis ça m'indique qu'est-ce que vous aimez en particulier dans les chapitres et voir que vous aimez tout simplement l'ensemble de l'histoire.

Prenez soin de vous et de vos proches. ☐

Gros bisous sur vos bouilles, M.J

⠿
⠿

(: Goodbye - Ramsey)

N'oubliez pas de voter, ça aide vraiment ! □

Bonne lecture à tous et à toutes

Mexico, Mexique, 23h08

Flashback

Mes pas déterminés me font avancer rapidement sur les ardoises noires et glissantes par les gouttes d'eau qui s'écrasent doucement dessus, l'entrainement de ce soir a pris en intensité vu que l'objectif est de récupérer un diamant planqué à l'intérieur d'une banque, derrière un gros coffre-fort blindé. Et comme-ci cela ne suffisait pas, mon paternel a décidé de mettre tous ses enfants en compétition : le premier qui lui rapporte gagne seulement deux semaines de répit, c'est-à-dire plus de missions, plus d'entrainements, plus de ménage ni de vaisselle. Alors vous imaginez bien que la fratrie Galuna n'hésitera pas à se taper dessus pour juste deux ridicules semaines de vacances ;

si j'avais eu le choix je n'y aurais pas participé : à part nous monter les uns contre les autres, ce que nous faisons n'a aucune utilité.

Un dernier saut entre deux bâtisses et j'atterris sur le sommet de la banque, le fait que je sois la première à être arrivée ne m'étonne pas tant que ça, étant la plus grande des quatre j'ai acquis plus d'expérience sur le terrain ; quatre ans pour être plus précise et tout cela en ayant toujours pas atteint la majorité. Pourtant je vais l'avoir demain, connaissant mon père et son égo surdimensionné, il s'attend à ce que je lui rapporte pour finalement me l'offrir en guise de cadeau d'anniversaire afin pas se prendre la tête à chercher un présent original à donner à son ainée puis me laisser me reposer après des années de loyaux services. Il est trop prévisible, cela en devient presque lassant. Mon père n'a jamais été vraiment là pour moi, je suis peut-être de mauvaise foi mais lorsque nous sortions ensemble il n'y avait pas un seul instant où son portable ne vibrait pas dans sa poche, ou bien pendant les vacances, il disparaissait tôt le matin pour revenir tard le soir, en fait il est tout le temps sollicité et n'a pas une seule seconde à m'accorder, quand il s'en rend compte il me comble de cadeaux pour remplir le vide intérieur qu'il a créé. Enfin, tout est une question d'habitude, maintenant je l'écoute d'une seule oreille, fais ce qu'il demande, souris devant ses amis tous plus riches que tout le monde et tout ça dans un cercle vicieux sans fin.

James ne tarda pas à arriver lui aussi au lieu du vol cependant celui-ci opta pour une approche plus franche que la mienne : tandis que moi je m'infiltre reliée à un câble, lui y va directement en passant par l'entrée principale. Je ne voudrais pas être à la place des potentiels gardiens : lorsqu'il travaille, James se renferme dans une bulle de noirceur pure et n'éprouve aucuns remords à tuer. Cette fois, je suis surprise qu'il soit arrivé aussi vite, Une petite minute a séparé nos arrivées, il s'est énormément amélioré depuis. Nous avons tous été éparpillé dans les quatre coins de Mexico par des chauffeurs personnels, avant de partir notre père avait bien pris le temps d'indiquer le nom de la rue dans laquelle nous nous entretuerons. J'espère sincèrement ne pas me retrouver en face à face avant le plus grand de mes petits frères.

Je secoue ma tête de droite à gauche puis me recentre sur mon objectif, pas le droit à l'erreur. D'après le peu d'informations qui nous a été fourni, le diamant serait protégé par une immense cage en verre qui mesurerait environ soixante centimètres de long et de large, si le système détecte le moindre contact de peau avec la vitre c'est terminé. Je balance mon sac à dos au sol puis en sors mon harnais d'escalade que je m'empresse de mettre, une paire de gants en latex avant de les enfile. Je vérifie ensuite que le nœuds sont bien fixés tout en découpant avec un couteau que je chauffe avec mon chalumeau, le plafond en verre du bâtiment. Les ingénieurs n'ont toujours pas compris qu'il serait mieux de privilégier la sécurité à la beauté, en tout cas cette situation m'arrange pas qu'un peu, s'il avait était construit avec un autre composant, là j'aurais eu un problème.

Je décolle le cercle fraîchement découpé puis lance mon grappin qui s'accroche immédiatement, je le sécurise à nouveau mais avant de passer à l'action, je passe ma tête par le trou et découvre la pierre précieuse mais je constate également que la pièce possède une dizaine de caméras de surveillance. Je fouille dans la petite poche de mon sac, charge mon glock 19 en plaçant son silencieux avant de tirer sur les multiples appareils et viens descendre en rappel, la corde glisse petit à petit dans le moulinet et en cinq minutes, mes pieds touchent les carreaux de carrelage. Le plus discrètement possible, j'enlève mon équipement qui glisse dans un bruit grinçant lorsqu'il tombe à terre. Mes yeux se ferment et mes lèvres se pincent, même si la porte qui sépare la pièce dans laquelle James se trouve et la mienne est en acier renforcé et blindé, l'endroit est tout le temps calme alors le moindre petit bruit peut résonner dans toute la banque, et puis mon frère a des techniques pour ouvrir tous types de coffres dont seul lui à le secret.

Mon cerveau commence déjà à imaginer toutes sortes de scénarios sur ce qu'il va se produire, je passe ma main sur mon visage afin de me ressaisir puis fonce en direction de la cage de verre et y place mes mains des deux côtés, je commence à la soulever doucement quand une voix retentit derrière la porte :

- « Je t'ai connu plus discrète, grande sœur. J'entends même tes battements de cœur affolés, aurais-tu peur ? »

J'inspire profondément et lentement par le nez et souffle par la bouche sans faire le moindre bruit puis reprends là où j'en étais. Une fois que l'objet fut débarrassé de toute sa protection, il perdit de carrure, la vitre doit avoir un effet grossissant. Je serre les dents, mon père s'est fait rouler comme un pigeon. Le bijou est un minuscule diamant tout rose qui pourrait tout juste tenir sur une bague, ne possédant pas de poches dans mon jean, je la calle dans ma bouche entre mes dents serrées.

Alors que je m'approchais de mon harnais, le bruit de la porte attira mon attention : ça y est, il l'avait ouverte. L'entièreté de mes muscles se tendent en un rien de temps, la silhouette de mon frère m'apparue telle la mort, mon petit-frère n'irait pas jusqu'à me tuer néanmoins il ne se contenterait pas de quelques doigts cassés, un bras ou bien une jambe devrait lui suffire, enfin je compte sur lui pour ne pas aller trop loin non plus.

Son corps musclé se mouve dans une lenteur calculée, il sait comment me faire paniquer et le pire c'est qu'il s'amuse en le faisant, mon frère est un sadique de première. Tandis que mes pupilles se focalisent sur la personne devant moi, des pas se font entendre là-haut ; ma tête se lève immédiatement, celle de James en fait de même : Vico et Diego nous observent par le creux que j'ai produit un peu plus tôt dans la soirée.

- « Au lieu de nous regarder nous entretuer, venez vous joindre à nous nan ? »

- « C'est proposé si gentiment. »

Mes frères descendirent en s'accrochant à une des colonnes qui maintiennent le plafonnier en place puis atterrissent dans un bruit sourd, me voilà donc encerclée par ma fratrie qui n'attend seulement que l'un d'entre nous bouge.

- « Tu ne parles pas beaucoup Alma, t'as perdu ta langue ? Tu as dû te couper en le mettant dans ta bouche. »

Il n'a pas complétement tort, la pointe aiguisée du diamant a effleuré de trop près ma langue. Je sens mon sang chaud s'agglutiner dans ma bouche, ce n'est qu'une question de secondes avant qu'il ne commence à sortir. Il ne faut pas que je l'avale, trop de sang dans mon estomac et c'est l'infection assurée. Tout naturellement, le liquide rouge s'écoule alors de mes lèvres et s'écrase contre le sol blanc, contrastant alors les deux couleurs.

N'en pouvant plus, Diego se rua sur moi avec une rapidité et une dextérité que je ne lui connaissais pas, mais malheureusement pour lui je l'évitais en m'inclinant en arrière avant de prendre sa nuque dans ma main gauche et de le faire tomber sur le carrelage. Le voilà le signal, les deux se jettent aussitôt vers moi, je me place sur mes paumes puis envoie mes jambes dans leur torse sauf Vico s'écarta pile au moment de l'impact et attrapa ma cheville avant de m'envoyer contre le mur. Malgré la douleur insupportable que je ressens le long de ma colonne vertébrale, je me redresse comme je peux avec toute la volonté du monde puis je me fixe sur ma position, vaut mieux ne pas faire trop de mouvements brusques ; un coup bien placé dans la gorge et le tour est joué.

Je le laisse s'approcher de moi, il ne protège en rien ses points vitaux, Vico a un problème d'égo comme tous les hommes, c'est d'ailleurs ce qui causera leur perte. Désormais à une soixantaine centimètres, je balance mon poing dans son cou dans un geste brusque et puissant, le faisant tousser fortement et reculer d'une dizaine de pas. J'en profite pour m'éclipser par la même porte que James a ouverte précédemment, le hall de la banque est complétement vide si nous excluons les cadavres entassés les uns sur les uns dans un coin de la réception. Encore une mission terminée en moins de temps qu'il ne faut pour le dire.

-

Mes yeux roulent une énième fois encore lorsque Laura prend sa voix mielleuse pour s'adresser à mon coéquipier, si elle espère se le taper elle devrait au moins faire semblant de faire son faux deuil. Nous sommes tous réunis à l'hôtel où dort Galia et le reste de la bande, Hermes le Grand a demandé une réunion d'urgence juste après ce qui s'est produit dans mon appartement ; visiblement avoir un jour de repos n'est pas possible lorsqu'on bosse avec lui.

Alors que je me mords la langue jusqu'au sang pour m'empêcher de lâcher un « ta gueule » à l'autre suceuse, un homme de ses troupes ose dire à voix basse en s'adressant à son pote :

- « Je cromprends toujours pas pourquoi elle est encore là elle, le patron aurait dû la flinguer quand elle était encore dans sa cave. »

Je ferme les yeux puis attrape très fort l'intérieur de ma joue et me lève de mon siège dans un bruit assez sourd pour que toutes les personnes présentes ici puissent entendre que je me lève, le mafieux qui parlait jusqu'à là m'observe sans dire tout en croissant ses bras sur sa poitrine, patientant sagement afin de savoir à quel jeu diabolique je m'apprête à jouer. Très bien, j'ai capté l'attention de mon auditoire. Je m'appuie sur mon siège puis monte sur la table, ce qui fait claquer mes talons contre le verre.

- « Le premier qui regarde en dessous de la table se prend une balle dans chaque œil. » menaça Hermes en direction de tous ses hommes.

- « Alma Galuna, fille de Alejandro Galuna en personne, vous savez très bien qui je suis alors pas besoin de me présenter d'avantage. Je refuse que vous ne continuiez à me manquer de respect comme ça, en me dévisageant ou bien en me parlant mal. Et toi, dis-je en m'avançant en direction de l'homme qui avait eu le culot de s'adresser à moi de cette manière avant d'empoigner fermement le col de sa chemise la prochaine fois que tu me menaces, c'est moi qui te flingue dans sa cave, entendido ? »

Celui-ci hocha vivement de la tête et tomba à la renverse lorsque je lui relâche son vêtement en le poussant en arrière, que cela lui serve de leçon. Je finis par descendre en faisant attention à ce qu'on ne voit pas le dessus de ma jupe qui est peut-être un peu trop courte, je m'en suis rendue compte lorsque je me suis baisée pour ramasser mon téléphone et qu'Hermes s'est empressé de tirer dessus à tel point que j'ai senti la ceinture frôler mon coccyx. C'est vraiment un fou furieux celui-là, si je n'avais retenu mon jupon, il aurait vu l'intégralité de mon fessier sans problèmes.

Je reviens m'asseoir à ma place et me replonge dans mes pensées mais Laura ouvra encore une fois sa grande bouche pour encore une fois, dire de la grosse merde, tout ça pour rien au final. Cependant elle me fait un peu pitié aussi, elle a besoin de montrer son corps afin d'avoir une certaine approbation masculine et de dire des idioties pour se rendre intéressante, la moi de quinze ans se reconnait totalement mais celle de vingt-trois se fout littéralement de sa gueule en secret, mon être est partagé entre la compassion et la pitié.

◻◻

La réunion maintenant terminée, tout le monde se lève et sort de la salle non sans me jeter un regard emplit de venin mais je n'en ai rien à faire, je ne les regarde pas, trop concentrée à triturer la peau autour de mes ongles jusqu'à m'en faire saigner. Mes sourcils se froncent quand je sens quelque chose de chaud et liquide entre mes lèvres, je m'écarte de mon doigt et constate que du sang s'échappe de ma nouvelle blessure toute fraiche.

- « Aïe ! Putain. » jurais-je en serrant mes poings ensemble.

- « Montre-moi ça. »

Merde je savais pas qu'il était toujours là, je cache aussitôt mon doigt sous la table pour pas qu'il ne le touche : après ce qui s'est passé dans la voiture hier, l'ambiance entre nous est palpable et aussi plus que tendue. Nous ne nous sommes pas parlés depuis d'ailleurs, je me suis réveillée dans mon lit en pleine nuit après un ultime cauchemar et la place à côté de moi était vide, ce n'est pas une mauvaise chose mais je sais pas, j'aurais pensé qu'il dormirait avec moi. Après ce n'est pas si mal, si maintenant j'ai besoin de d'être collée à lui pour dormir je ne vais pas m'en sortit, ce serait me tirer une balle dans le pied.

- « Alma commence pas s'il te plait, montre-moi ton doigt. »

- « C'est rien qu'une toute petite coupure, pas de quoi s'inquiéter. »

Il inspire profondément puis expire bruyamment néanmoins, qu'il soit énervé ou non ce n'est pas mon problème, il joue constamment avec moi en titillant le fil du rasoir. Qu'il se coupe, avec un peu de chance il comprendre que se foutre de ma gueule n'est l'idée la plus géniale au monde.

- « Ecoute je ne peux rien faire si tu laisses toujours cette carapace entre nous. »

- « Quand tu vis quotidiennement avec elle ce n'est pas facile de s'en défaire, surtout quand sur tous ceux que t'as croisé, un peu plus des trois quarts sont des enfoirés de première alors non je ne peux pas l'enlever. »

- « Sauf que là t'es avec moi ? »

- « Ouais c'est bien ce que je suis en train de dire. » remarquais-je en souriant alors que celui-ci attrape le dossier de ma chaise et de me faire tourner face à lui.

Son visage contracté par l'incompréhension se détendit immédiatement en voyant mon rictus corné le coin de ma bouche et ce fut à son tour de sourire comme un âne en montrant toutes ses petites dents blanches et parfaites.

- « T'es pas possible comme gamine. »

- « Je suis pas une gamine. »

- « Si t'en es une. »

- « Non. »

- « Si. »

- « Non je suis pas une gamine, abruti. »

- « Débilos. »

- « Idiot »

- « Imbécile. »

- « Teubé. »

- « T'es conne comme une bite. »

- « Alors ça, c'est le pire but contre son camp qui pouvait arriver. »

Il se précipita sur moi et vient me soulever afin que j'atterrisse sur son épaule tandis qu'il se met à faire des tours sur lui-même, me retournant l'estomac dans tous les sens :

- « Hermes je t'en prie tu vas me faire vomir ! »

- « Seulement si tu dis que t'es une gamine. »

- « Alors ça jamais ! »

- « Ok dans ce cas ne vient pas te plaindre. »

Et juste après sa vitesse augmenta considérablement jusqu'à ce que je finisse par céder en hurlant :

- « D'accord je le reconnais, je suis une gamine, une immense gamine ! »

- « Eh bah voilà quand voilà quand tu veux. »

Il s'arrête de tourner sans pour autant me permettre de descendre, à la place il se contente de marcher en dehors de cette maudite salle de réunion et de m'embarquer dans sa magnifique voiture, laissant la possibilité à toute la rue d'admirer ma culotte, vachement classe votre garde du corps.

Après l'appel du fou furieux, Hermes a très lourdement insisté pour m'emmener ainsi que me ramener : à croire que la menace est déjà à notre porte, bien sûr je comprends ses craintes et je compatis mais pourtant je n'en fais pas tout un sketch, enfin qu'il me serve de taxi et de gilet par balles ne me dérange nullement.

- « Wouah Messires vous êtes tellement serviable. » rigolais-je en attachant ma ceinture lorsqu'il entra dans le véhicule.

- « Eh oui damoiselle, dès lors je suis votre chevalier servant jusqu'à nouvel ordre. »

- « C'est vrai ?! Dans ce cas masse-moi les pieds, porter des talons de dix centimètres est le pire châtiment qu'on puisse infliger à une femme au vingt-et-unième siècle après la commercialisation de leurs règles qui rapporte un maximum de blés à des connards qui pensent qu'à s'en mettre pleins les poches. Je ne comprends toujours pas pourquoi les protections hygiéniques ne sont toujours pas gratuites. » argumentais-je en mettant mes jambes nues sur ses cuisses, le tissu de son pantalon tout doux se frotte sur mes tibias.

Il lâche alors son levier de vitesse afin de placer sa main droite sur mon genou avant de dire :

- « Parce qu'on vit dans un monde de merde qui ne voit pas à quel point vous êtes des déesses mesdames. »

- « Moh c'est trop mignon, et d'ailleurs merci pour hier, j'ai pas eu l'occasion de te le dire. »

- « C'était pas grand-chose, t'avais besoin d'aide j'allais pas te laisser agoniser comme une merde si ? »

- « Hmm. Sinon on va où ? »

- « On va aller voir ce petit enfoiré. »

- « Lequel ? »

Il gloussa, un rire sombre et dangereux, capable d'annoncer la mort à des kilomètres puis répondit :

- « J'ai désormais une dent contre ton putain de psy de merde. »

- « Ehh c'est passé, pas besoin d'aller casser la gueule à un soixantenaire qui ne comprendra pas ce qui lui arrive, mais après si tu veux vraiment défigurer quelqu'un, je peux te proposer une petite blonde bien casse-couilles, un bon mètre cinquante-cinq et qui parle comme une bouffonne ? »

- « Hmm, Laura ? »

- « Dans le mille ! La vache y'avait pas tant d'indices que ça comment t'as trouvé ? »

Nous nous échangeons une œillade une minuscule seconde pour que cela suffise à nous faire exploser de rire en cœur, au moins nous partageons un avis commun sur cette fille.

- « D'ailleurs en parlant d'elle, t'attend quoi pour la dégager loin d'ici dans un autre hôtel ? C'est bon elle est collée à toi comme une putain de sangsue, elle tout le temps... là ! Elle me donne envie de lui arracher ses faux ongles pour les lui faire bouffer et sa couleur de blondasse là, elle a oublié de refaire ses racines, si elle a besoin de conseils qu'elle demande à Galia ? Nan en fait qu'elle ne le fasse jamais, avec ses méthodes de sorcière elle serait capable de me la voler. Il manquerait plus que ça. » blaguai-je en mimant un sort en bougeant mes doigts dans tous les sens dans le vide.

- « J'attends qu'une seule chose c'est de la virer mais si elle dit vrai, les mecs qui ont tué son soi-disant mari sont probablement encore à sa recherche, flemme d'avoir sa mort sur la conscience. »

- « D'ailleurs t'y crois toi ? Dis-toi que si on y réfléchit bien, elle avait quatorze ans lorsqu'elle devait se marier avec Liam alors que lui en avait dix-huit ? »

- « Un mariage arrangé ? Ce ne serait pas la première fois, c'est vrai que c'est chaud vu leur âge mais tu sais y'a des tarés partout. Et j'y repense là tout de suite, t'as vraiment couché avec lui ? »

- « Pourquoi t'es jaloux ? »

- « Raconte pas de conneries, seulement coucher avec son coloc c'est peut-être pas la meilleure chose nan ? »

- « On n'a jamais couché ensemble, je voulais juste lui foutre la rage après le décès... Attend deux petites minutes, elle avait pas dit qu'ils allaient bientôt se marier ? » je demande en me redressant sur mon siège alors que mes yeux se figent sur son faciès.

- « Si je crois bien que si, pourquoi ? »

- « Dans quel multivers tu touches l'héritage de quelqu'un qui n'est pas de ta famille ? Et puis Liam l'aurais mise sur son testament ? Je n'y crois pas une seule seconde. »

- « Tu penses que ça pourrait être envisageable que ce soit ta famille qui est tuée Liam ? Mais surtout engagée Laura pour te récupérer ? »

Nos iris s'accrochent ensemble et nous comprenons, pas besoin de mots on le savait déjà, on avait déjà saisi l'impact de la situation.

Je me dépêche de prendre mon portable dans mon sac avant de composer en vitesse le numéro de Galia puis le connecte au Bluetooth totalement en panique, au bout de la deuxième détonation celle-ci répond cependant je ne lui laisse pas la possibilité d'en placer une :

- « Galia écoute moi bien attentivement tu veux ? »

- « Euh oui si tu veux ? Qu'est-ce qui se passe, t'as l'air terrifiée tout va bien ? »

- « Oui mais écoute moi s'il te plait, est-ce que quand je t'ai appelé pour te prévenir que j'allais chez Liam tu as informé ma famille juste après ? »

Son manque de réponse ne fait qu'accroître mon stress, elle m'aurait balancé ? Après tout ce temps passé à faire les quatre cents coups, à critiquer tout ce qui bouge et à regarder Gossip Girl ? Non ça ne peut pas être vrai.

Des perles commencent à naitre au coin de ses yeux et ses mains tremblent d'effroi, tout son petit monde, toute sa petite vie vient de partir en fumée.

- « Tu m'as fait ça ? Tu m'as vraiment fait ça ? » l'interrogea-t-elle en pleurant toutes les larmes de son corps, sa voix se brisant toujours un peu plus.

- « T'es sérieuse là ? Tu vas tout me mettre sur le dos, sincèrement ? C'est pas moi qui me suis barrée à l'autre bout du monde pour échapper à un mafieux qui est devenu mon mec, c'est pas moi qui suis partie sans prévenir personne. Est-ce que ça t'arrive de penser un peu aux autres ? Ta famille était morte de trouille, J'ETAIS morte de trouille et la seule et unique fois où tu m'as donné des nouvelles après des jours intenses d'angoisse c'était pour me dire que tu partais chez un mec que t'avais pas vu depuis un bail ? Tu pensais réellement que j'allais lâcher la seule piste que Mademoiselle a eu la décence de m'accorder, évidemment que non. Alors oui, excuse-moi d'avoir juré devant tous les membres de ta famille de te servir et de te protéger coûte que coûte, parce que avant d'être ta meilleure amie je suis ton garde du corps, et si il t'arrive quelque chose c'est moi qui en payera le prix. Donc oui, je les ai prévu et c'est aussi moi qui est cambriolé Liam, je l'ai même butté après une séance de torture et tout ça pour quoi ? Pour que tu me craches à la gueule. Donnez à manger aux animaux, ils vous en chierons des crottes. »

Et elle raccrocha, laissant sa protégée détruite qui n'a pas parlé une seule fois pour se défendre, ses mots étaient restés en suspens, coincés dans sa cavité buccale entrouverte. Des gouttes salées s'écrasent contre le cuir de mon siège passager, des spasmes font bouger ses épaules alors qu'elle déplace ses jambes pour les mettre correctement et se tourne face à la fenêtre afin d'admirer la pluie, enfin surtout pour éviter le coup d'œil que je lui lance.

Mes phalanges blanchissent à vu d'œil sur le volant, je la ramène à l'appart puis retourne à l'hôtel : j'ai besoin d'avoir quelques réponses aux nouvelles interrogations qui viennent de pondre par milliers dans mon esprit.

Je tourne une dernière fois à droite puis me gare devant son immeuble, elle prend son sac à main puis sort de la voiture sans se retourner. Le déluge frappe avec force ses vêtements et les trempe par la même occasion, elle ne se presse pas de se mettre à l'abris sous le petit porche en béton au contraire on dirait qu'elle s'inflige son propre punition.

Mes dents grincent lorsque je dépasse à mon tour la portière et que je cours vers elle tout en lui prenant son épaule. Je la tourne de nouveau face à moi puis l'enlace en la serrant contre moi ; elle ne me rend pas mon étreinte, à la place elle laisse pendre ses bras qui frôlent mes côtés sans réelles convictions.

- « Pourquoi je suis incapable de comprendre les autres ? Pourquoi je fais tout le temps du mal aux autres ? Est-ce que je suis destinée à briser toutes les personnes qui sont là pour m'aider ? »

- « Non, non bien sûr que non. Tu es une personne qui ne réfléchit pas avant d'agir, ce qui fait que tu as un franc-parler très fort, et c'est juste la vérité qui blesse. »

- « T'as pas l'étoffe pour réconforter mais je vais faire avec ce qu'il y a, merci quand même. »

- « Pouffiace. »

- « Merci on me le dit souvent. »

- « Dépêche toi d'aller prendre une douche et de te changer, il faut vraiment que je t'emmène voir ce dont je t'ai parlé. »

Elle se dégage de mes bras puis me tapote le torse en guise de « merci » et disparaît dans le hall. Je finis par la suivre, fatigué par cette matinée/fin d'après-midi, il est déjà dix-huit heures et le soleil commence disparaître. C'est le bon moment.

□□

Je regarde du coin de l'œil le match de baseball rediffusé sur son écran plat en attendant qu'elle se décide à descendre, habillée et prête comme je lui ai demandé. La nicotine ressort que j'ai inspiré ressort par le même endroit par lequel elle est rentrée, Alma m'a autorisé à fumer mais seulement sur le balcon ce qui me permet de laisser mes pensées divaguer à mesure que l'orage passe au-dessus de New-York.

- « Tu as très bien choisi, la vue est toujours magnifique à cette heure tardive. »

Nul besoin de me retourner pour savoir qui est-ce, elle s'avance jusqu'à me surpasser puis s'assoit sur la rambarde, la même rambarde qui nous sépare d'une centaine de mètres de vide. Je l'observe faire sans rien dire néanmoins avec une légère inquiétude qu'elle soit assez bête pour sauter. Elle s'installe en faisant attention à ce que la frontière entre ses cuisses et ses fesses touche la barrière puis sort une cigarette de son paquet avant de l'allumer et de tirer une taffe dessus.

- « T'es stressée ? »

- « Qu'est-ce qui te fait dire ça ? »

- « Tu fumes quand t'es stressée. »

- « La seule fois où tu m'as vu fumer c'est lorsque je suis partie vomir comme une dépravée dans les chiottes d'uns station essence. »

- « Oui, et juste avant tu venais de faire une crise d'angoisse. »

- « D'accord, un point pour toi. »

Je jette ce qui est désormais mon mégot dans le vide puis entrecroise mes avant-bras sur sa taille et la met sur le bon côté du balcon.

- « Pour une fois t'es habillée correctement. »

- « Je t'emmerde. »

- « Évidemment. »

Je la lâche avant de reculer à tel point que mon bassin se cogne dans la balustrade et l'observe : elle a rassemblé ses cheveux en une queue de cheval haute, elle porte un cache-cou, un haut de sport moulant noir et un pantalon en similicuir de la même couleur, différentes bandelettes de maintien d'armes encerclent ses cuisses, une ceinture contenant des petites sacs remplis de billes de couleur violette et pour terminer, des bottes à lacets et à talons qui remontent jusqu'au dessous de ses genoux.

- « Tu sais que ce n'est pas une mission commando hein ? Pas besoin de sortir toute l'artillerie. »

- « On sait jamais sur quoi on peut tomber. » dit-elle en observant les fameuses billes.

- « Qu'est-ce que c'est ? »

- « Des balles de paintball. »

- « Tu as l'intention de les recouvrir de peinture ? »

- « Pas exactement. »

Elle choisit un de ses pistolets qui trônent sur ses jambes avant d'enlever le chargeur et de mettre la bille à l'intérieur, elle remonte son masque sur son nez puis tire sur la vitre. Une poudre violette s'échappe de la minuscule pellicule qui la retenait.

- « C'est du pollen d'aconitum napellus, autrement dit casque-de-Jupiter, inhale-le et tu peux dire adieu à la vie. C'est du poison. »

- « C'est ingénieux, très ingénieux. »

- « Je te donnerais la recette, monsieur l'expert en poison qui ne m'a jamais montré ses talents. »

- « Tu auras tout le temps d'admirer mes différents atouts mais pour l'instant, bouge ton cul dans la voiture. »

Elle me fait un doigt puis marche dans le salon et récupère sa veste, un bomber en cuir toujours noir. Putain de gothique.

. Bien, que la soirée commence.

_____

What's up guys ! How are today ?

Incroyable, un chapitre à l'heure même voir un peu en avance. Même moi je n'y croyais pas. Enfin, ce qui est fait est fait.

Un chapitre que j'aime beaucoup avant la reprise des cours, et oui après de semaines a rien foutre faut reprendre le rythme stressant et infernal des cours, en parlant de ça, même si vous avez l'habitude maintenant, je ne vous promets pas que les chapitres à venir seront à l'heure et je m'en excuse.

D'ailleurs j'ai vu ça ce matin et j'ai crié □ :

Comment j'étais trop fière, tout ça c'est grâce à vous, merci merci merci ! □ L'objectif à atteindre maintenant c'est les 100k mais je sais que ça se fera très vite, je vous dis donc merci aussi pour ça !

Sur ce, j'espère que ce chapitre vous aura plu.

N'oubliez pas de voter.

Prenez soin de vous et de vos proches. □

Gros bisous sur vos bouilles, M.J

:

:

(: Love you more than me - Montell fish)

(Oubliez pas de votez, ça fait toujours plaisir et ça m'aide beaucoup □□

Bonne lecture mvs !!

Glen Cove, État de New-York, 00h07

- « On en a encore pour longtemps comme ça ? » baillais-je en
tentant de maintenir mon regard dans les verres de mes jumelles
infrarouges.

Cela faisait maintenant deux heures que nous observions une maison occupée, enfin plutôt inoccupée si vous voulez mon avis, par
le frère de ce fameux Daniel Hawks. Mon cerveau bouillonnait à
petit feu alors que ma gorge peinait à déglutir, une horrible migraine
s'attaqua à ma pauvre tête déjà bien garnie. Nous sommes allongés
sur une colline à attendre qu'il pointe le bout de son nez mais malheureusement le mafieux à mes côtés est trop bouché pour entendre
raison.

- « Tant que ce fumier ne rentre pas chez lui, on ne bougera pas d'ici. »

- « Mais puisque je te dis qu'il n'y a personne qui vit dans cette maison ! »

- « Chut ! Tu vas nous faire repérer putain. »

- « Pour l'amour de Dieu Hermès, c'est qu'un quartier pavillonnaire tout ce qu'il y a de plus banal, à vingt-deux heures grand max tout le monde est couché. Il y a sûrement des familles avec des gosses là-dedans, lui aussi il a peut-être des gosses on en sait rien. Tu serais prêt à avoir le sang de pauvres gamins innocents sur les mains tout ça pour une stupide vengeance de pacotille ? Dans ce cas je ne te suivrai pas dans cette folie. »

- « Glen Cove est un endroit parfait pour les crapules qui croient être assez intelligentes pour s'en prendre à ce qui m'appartient comme lui. Les petites maisons bien droites et alignées que tu vois là ne sont qu'une illusion. »

- « Je ne suis pas ta propriété et puis il ne m'a même pas vraiment assez menacé pour qu'on puisse considérer ça comme un avertissement. Il m'a juste dit que je serai au premier rang pour te voir te faire torturer de toutes les façons possibles, si on y réfléchit bien c'est toi qu'il a prévenu pas moi. »

- « Alors il mourra pour m'avoir menacé moi. »

Je souffle, suffisamment épuisée pour argumenter avec cet idiot borné puis replante mes yeux fatigués dans l'objet, persuadée que nous avons fait tout ce chemin depuis New-York pour rien sauf qu'une masse rouge vif apparait dans mon champ de vision, me prouvant alors le contraire. Je m'empresse de la lui signaler avant d'enlever mon mode nocturne et de vérifier une dernière fois si je n'ai pas halluciné : un homme claque sa portière, se dirige vers celle de derrière et en sort avec une petite fille dans les bras.

- « Fausse aler-

- « Non c'est lui. »

- « Hein ? Comment tu le sais ? »

- « Parce que Daniel a un frère jumeau. »

Il se lève à une vitesse déconcertante et dévale la pente en manquant de tomber, je commence à me redresser quand il me crie tout en bas :

- « Toi tu restes là, il y a peut-être des mecs qui rôdent autour de la maison. »

- « Et c'est sensé me rassurer ? Je fais quoi s'ils arrivent ? »

- « Tu prends la voiture et tu te casses. »

- « Et toi alors ? »

- « Fait ce que je te dis. » hurla-t-il une dernière fois avant de disparaitre dans le noir effrayant d'une minuscule ruelle.

Génial c'est pile ce qui me fallait ! Encore plus de suspens : il ne m'a rien révélé de ses intentions à part qu'il fallait qu'il meure, après tout ce n'est peut-être que ça l'objectif ?

Évidemment j'ai laissé mes armes sur le tableau de bord lorsqu'il m'a annoncé l'envergure de cette soi-disant mission donc si quelqu'un se pointe je ne donne pas cher de ma peau. J'entrevois ce qui me semble être sa silhouette entre deux voitures garées au loin, pour ce qui est de la discrétion Hermes coche toutes les cases mais pour la stratégie on en reparlera plus tard.

Je zoome sur l'entrée de la maison au moment où il crochète la serrure tandis qu'un mouvement dans ma vision périphérique m'oblige à m'y attarder : une femme s'avance discrètement dans sa direction avec un couteau dans les mains. Mes yeux s'écarquillent et je ne perds pas une seule seconde, remise sur mes pieds en un rien de temps, je cours le rejoindre en passant par cette même petite ruelle trop étroite.

Mon rythme cardiaque est la seule chose que je retiens dans ce silence de mort, il pulse dans mes tympans jusqu'à ma cervelle, il fait courir mes jambes plus vite sur ce béton encore chaud, il serre mon œsophage à mesure que j'arrive vers eux et fait naitre des larmes dans le coin de mes yeux quand je vois un corps débout derrière lui alors que il est agenouillé et encore ignorant de la situation.

Ne parvenant plus à me retenir d'hurler toute cette peur, le seul mot qui sort de ma bouche avec fracas est son prénom :

- « Hermes ! »

Le concerné se retourne juste à temps : l'assassin avait brandi sa lame dans les airs et ce ne fut qu'une question de seconde pour qu'elle ne l'abatte en la plantant je ne sais où dans son dos, quelle lâche. Il résiste en fixant la mort les yeux dans les yeux tout en tenant le manche pendant que je me rue sur la nuque de son agresseuse, mon bras replié durement contre sa peau couverte de sueur et ma main retenant son poignet, je l'entraine en arrière avec moi puis donne un coup dans l'arrière de ses genoux, la faisant s'écrouler au sol.

Je me dépêche de me mettre sur son bassin et martèle son visage de coups de poings, une colère inexplicable s'empare de mon être et me fait entrer dans une sorte de transe. Le fait qu'il aurait pu mourir si je n'étais pas arrivée au bon moment me retourne l'estomac, la voilà la raison : je me suis sentie faible et inutile, je me suis sentie pitoyable et en détresse pendant un instant. La personne devant moi incarne mes peurs et mes angoisses, elle a fait ressortir des sentiments que je m'étais promis d'oublier il y a bien longtemps de ça.

Dans ma furie destructrice, je ne me suis même pas rendue compte que mon nom fut crié, c'est seulement deux grandes mains chaudes sur mes côtes qui me ramènent dans un semblant de réalité en me tirant contre un torse tout aussi brûlant : toutes les lumières étaient allumées, des gens stagnèrent sur le palier de leur maison en observant la scène qui s'était déroulée plus tôt et même le type qu'on devait choppé nous fixa. Les yeux de sa petite fille transpercent mon âme, ses pupilles sont d'un azur pur et éclatant, elle a ce genre de regard dans lesquels on peut se noyer pour l'éternité. J'ai sauté la tête la première dans cet océan de diamants.

Ma tête se tourna vers la personne dont je venais de massacrer la cloison nasale, une grande quantité de sang s'écoulait de ses narines alors qu'un homme se précipita dans sa direction, un mouchoir à la main qu'elle vient plaquer contre son nez désormais déformé. L'adré-naline étant passée, une forte douleur se faufila dans mes phalanges ensanglantées. Je ne sais même pas si c'est le sien ou le mien.

Ma tête tourne un peu trop vite lorsque je tente de me relever, visiblement une course contre la montre est déjà de trop pour un retour sur le terrain. Mon cœur se comprime de honte dans ma poitrine, l'oxygène ne passe plus dans mes poumons enflammés et la dernière image dont je me souvienne avant que mon crâne ne heurte le sol est celle du mafieux qui braille mon nom.

Mes iris glissent une ultime fois sur l'horloge posée au-dessus de son lit : trois heures quarante-huit, cela fait deux heures qu'elle dort depuis que je l'ai ramené à l'hôtel. Ça n'a pas été sans mal, après qu'elle se soit évanouie les gens ont commencé à se poser des questions auxquelles je n'ai évidemment pas répondu, du type : « qu'est-ce qui s'est passé ? » ou bien « pourquoi elle a fait ça ? ». Et moi je vous en pose des questions ? Mais c'est vrai que la deuxième m'a titillé un tant soit peu, il est vrai qu'Alma s'est laissée totalement emporter par ses émotions ; elle a eu peur pour moi et s'est précipitée afin venir à mon secours, mais d'un autre côté la colère me ronge : à cause de son excès, l'autre connard a profité de l'occasion pour se casser... La police est encore plus à nos trousses qu'elle ne l'était déjà, et je sens que j'ai encore plus la flemme de le traquer à l'autre bout du monde.

J'entre lasse mes doigts avec les siens que j'ai bandé tout juste en rentrant, en plus de taper fort ,elle tape mal alors sa blessure ne m'étonne absolument pas, mais je ne pensais tout de même pas qu'elle frappait si mal. Même pour une pro de la cachette, faut un minimum de niveau dans le combat rapproché.

- « Monsieur ? J'ai faim. »

Et j'avais oublié qu'il était parti en abandonnant sa môme sous son porche, comme-ci elle ne valait rien à ses yeux, comme-ci elle n'était pas sa chair et son sang. Connaissant un minimum mon adversaire, il aurait très bien pu enlever une gamine et se barrer sans elle afin que les flics ne tiltent pas qu'il l'a kidnappé.

- « Ève je t'ai déjà dit de ne pas m'appeler monsieur mais Hermes, mon nom à moi c'est Hermes. »

- « Oui pardon, Hermes j'ai faim. »

- « D'accord... Viens avec moi, tu as envie d'un truc en particulier ? »

- « Euhh j'aimerai beaucoup des pâtes à la bolognaise si ça ne vous dérange pas ? »

Je glousse en voyant une mini Alma devant moi avant de la porter dans mes bras.

- « Tu penses qu'on peut la laisser toute seule ? Elle va peut-être faire des bêtises ? »

- « Non, elle est trop grande pour faire des bêtises. »

- « Ça c'est toi qui le dis. »

Je sors de la chambre d'hôtel en faisant attention à ne pas la réveiller et en récupérant les multiples clefs dont j'ai besoin puis descends au rez-de-chaussée avant d'entrer dans ma voiture, je l'emmène à l'appart d'Alma, je n'ai pas la patience d'attendre qu'un cuisinier se décide à réunir tous les ingrédients pour faire des putain de spaghettis bolognaises.

J'allume la radio sur une station au hasard et la petite commence à s'ambiancer toute seule, me faisant limite éclater de rire.

- « Dis ma grande, elle est où ta maman ? »

- « J'en ai pas, je vis que avec papa. »

- « Et est-ce que tu saurais où il est parti ? »

- « C'est pas mon papa, le monsieur de tout à l'heure est venu voir mon vrai papa en disant qu'il devait lui parlait et après il est venu me voir en disant que mon papa lui avait demandé de m'emmener chez lui. »

- « Ok et papa il va bien ? »

- « Je sais pas, quand on est parti il était allongé sur le sol et il bougeait plus. Dites Hermes, est-ce que vous pensez que je pourrais le revoir s'il vous plait, il me manque beaucoup. »

Putain quel enfoiré ! Comment lui dire que son vrai père est probablement mort avec les cervicales rompues, encore une autre discussion sérieuse dont je n'ai guère envie d'assumer la responsabilité qui n'est même pas censé être la mienne.

- « Ève comment t'expliquer ça alors que t'as que six ans-

- « Et demie, j'ai six ans et demi. »

- « D'accord six et demi si tu veux, ton père ne va pas se réveiller. Il est... il est parti. »

- « Comment ça parti ? »

- « Ève, ton papa est mort. »

Toujours dans la finesse et la délicatesse ici à ce que je vois.

Sa cornée se gorge de larmes, des sanglots secoue violemment son petit corps, me détruisant le cœur un peu plus, je me dépêche de me garer devant l'immeuble de la mafieuse puis détache l'enfant et la prends dans mes bras, ses petites mains s'accrochent désespérément à mon cou alors que son dos se mouve sous ma paume.

Je finis par attraper mon téléphone et appelle Alma en vitesse, il y a peu de chance qu'elle réponde mais je prie pour qu'elle le fasse, je ne suis vraiment pas doué pour réconforter les gens, encore plus quand il s'agit des enfants. Après une dernière détonation j'abandonne l'idée qu'elle décroche sauf que sa voix rauque du matin qu'elle a lorsqu'elle se réveille me parvient, redonnant un minimum d'espoir à ma vie :

- « Allô ? »

- « Génial Alma tu peux pas savoir à quel point je suis content d'entendre ta voix là tout de suite. »

- « Hermes, je suis où là ? C'est pas ma chambre ça. »

- « Normal vu que c'est la mienne, je t'expliquerai tout plus tard pour l'instant j'ai besoin que tu viennes à la maison maintenant. Demande à Nicky de t'emmener si tu ne te sens pas bien. »

- « Ouais ok si tu veux. »

Elle finit par raccrocher en soupirant alors que la petite s'était endormie après une vraie crise de larmes.

Je me détache à mon tour et sors discrètement de ma nouvelle Voiture Noire, que j'ai payé avec le chèque que mon assistante m'a gentiment cédé avec difficulté lorsqu'elle a vu pour la dernière fois le nombre de zéros qui allaient être retirés de son compte en banque. En me remboursant, elle m'a offert ma toute nouvelle Bunny.

Je tape le mot de passe sur le digicode avant de pousser la porte et de prendre cet ascenseur maudit, il s'ouvre finalement sur l'appartement luxueux de ma bouffonne préférée. Je pénètre dans la pièce avant de courir à l'étage afin de déposer la gamine sur le lit principal puis redescends, une fois arrivé au salon je sursaute en voyant la silhouette de la femme très légèrement éclairée par la petite lampe en cristal qu'elle a acheté, elle est habillée de mon jogging avec mon pull posée dans le canapé, son nez à l'intérieur en train de reniflez mon odeur étant donné que c'est le pull que je portais tout à l'heure.

- « J'ai eu vraiment peur pour la semi mission. J'ai eu peur pour toi. » avoua-t-elle, sa voix étouffée par le tissu épais.

Je marche jusqu'à elle et m'accroupis en face du sofa, ses genoux sont plaqués contre sa poitrine, sa main droite sur le col de mon sweat et l'autre sur ses pieds.

- « Pourtant je suis là, grâce à toi. Alors enlève toi ça de la tête, tout va bien. C'est vrai que cette « mission » n'a pas été une grande réussite mais tout le monde est en vie. »

- « Et la femme qui a essayé de te tuer s'est enfuie, l'objectif pareil. Tout le monde nous a vu, la police est à notre recherche et moi je me suis évanouie, je vois pas comment on peut faire pire que ça. Faut se rendre à l'évidence, je ne suis plus efficace, je sers plus à rien. »

- « Alma ça arrive d'échouer, un, deux, trois fois même cinq cents fois on s'en fout. Ce qui compte là c'est que toi, moi et Ève allions bien. »

- « Ève ? Qui est Ève ? »

Je me redresse sur mes deux pieds puis m'assois à côté d'elle en attrapant sa tête que je place sur mes cuisses avant de caresser ses cheveux, mes doigts s'amusant avec ses mèches brunes incroyablement longues.

- « M'allonger sur tes jambes et me faire des papouilles ne répond pas à mes questions Hermes, arrête d'essayer de changer de sujet. » râla la jeune femme en tournant son corps pour que son visage soit en face du mien, me permettant de l'admirer. J'adore quand elle ne regarde que moi.

- « C'est la gamine du frère de Daniel, enfin elle n'est pas vraiment sa fille : il l'a enlevé après avoir butter son vrai père. »

- « Sérieusement ? Elle est où maintenant ? »

- « Dans ton lit, je suis désolé je savais pas où la coucher. »

- « Nan c'est pas grave, au moins elle pourra se reposer correctement. »

Lorsqu'elle finit sa phrase, nous nous fixons dans un silence de cathédrale et plus nous restons dans cette position, plus mon regard fait des aller-retours entre ses iris pareilles aux miennes et ses lèvres fines, roses, limite pulpeuses, et appétissantes.

Alors ma tête se rapprocha de plus en plus de la sienne, que la pointes de nos nez se touchèrent et que nos lèvres se réclamèrent, un bruit dans l'entrée fit redresser Alma sur ses fesses, sa tête frappant avec force dans ma mâchoire. Mes dents claquent entre elles avant qu'une grande douleur se loge dans mon menton, putain si j'attrape l'enfoiré qui m'a interrompu dans ma manœuvre.

La noiraude préférée de la brunette entra dans l'entrée avec des larmes pleins les yeux, ses cheveux étaient plus qu'en bataille, son mascara a coulé à cause de ses larmes chaudes, ses vêtements sont déchirés à plusieurs endroits et à l'intérieur de ses immenses trous, des bouts de verre plus ou moins conséquents se cachent à l'intérieur de sa chair.

N'hésitant pas, Alma courra vers elle en la prenant dans ses bras, sa meilleure amie éclata en pleurs en disant :

- « Je suis tellement désolée, je voulais simplement me vider la tête. J'étais dans un vieux bâtiment désaffecté en train de tirer sur des vieilles canettes vides et au début j'avais juste entendu un tout petit bruit et d'un coup y'a un mec qui a foncé sur moi et j'ai-j'ai pas pu l'arrêter, il m'a frappé au visage, dans le ventre et quand j'étais au sol, il m'a prise puis jeter par une fenêtre. Il y avait que deux étages de là où on était mais je crois que je me suis cassée le bras en tombant. »

En effet, son bras avait bien gonflé depuis cet après-midi, je m'approche d'elle puis enlève délicatement les cheveux qui se collaient à ses coupures. Je lui demande avant d'aller plus loin si je peux juste soulever son tee-shirt afin de voir s'il il n'y a pas d'autre blessures, elle accepte tandis que je regarde les dégâts : elle à un immense hématome qui prend toute la superficie de son flanc droit, des griffures causées sans doute par des ronces ou des branches et multitudes de bleus. À part son bras, elle s'en sort relativement bien.

Je replace son vêtement sur sa peau puis me remets face à elle en lui demandant :

- « Est-ce que je peux te toucher ? Je veux juste m'assurer qu'aucuns autres os se soient cassés. »

- « Oui bien sûr, si Alma te fait confiance les yeux fermés alors j'en fais de même. Et je suis désolée pour ce que j'ai dit à ton sujet tout à l'heure. »

La couleur que prennent les pommettes la concernée m'indique qu'il y a eu une conversation à mon propos dont je n'étais pas au courant, tout en m'évitant du regard elle appuie sur le bras blessé, s'assurant que les nerfs n'ont pas étaient trop endommagés ; un rictus se forme sur ma bouche pendant que je contourne à nouveau la victime, je place mes mains de part et d'autre sur sa mâchoire bien marquée puis fais tourner sa tête de droite à gauche et de haut en bas.

- « Tu me dis si ça te fait mal hein. »

Elle hocha et n'émettant pas de désaccords particuliers ou de plaintes récurrentes, je repositionne mes paumes puis tourne son faciès dans une sorte de diagonale avant de craquer ses os dans un mouvement sec et rapide.

- « Et voilà, la guérison de ton bras va aller beaucoup plus vite maintenant. Alma, va chercher la petite et rejoins-nous en bas dans la voiture. »

Elle acquiesça puis partit en courant à l'étage pendant que moi je marche jusqu'aux portes transparentes avec son amie, une fois les portes refermées, Galia m'avoua en souriant :

- « Alma t'aime beaucoup, elle tient vraiment à toi même si elle ne le montre pas aussi bien qu'elle le voudrait. »

- « C'est elle qui t'as demandé de me le dire ? »

- « Non c'est moi qui te le dis, mais je connais ce petit bout de femme depuis qu'on est gamine, je sais déchiffrer ses émotions et j'ai vu qu'elle s'inquiète pour toi. »

▢▢

Mes pupilles examinent pour la énième fois le visage endormi des deux filles à côté de moi : Alma a le crâne posé contre le mur, ses paupières ont l'air d'être énormes vu qu'elle ne les a pas ouvertes depuis trois quarts d'heures maintenant, elle porte l'enfant dans ses bras qui a les siens autour de ses côtes.

Chanceuse.

Je bascule la tête de la mafieuse contre mon épaule en faisant bien attention à ne pas la réveiller, cela fait désormais une bonne heure qu'on attend que l'opération de Galia se termine, heureusement pour elle, elle n'a pas perdu énormément de sang, il y a seulement cette immense entaille sur son épaule qui à première vu semblait être inquiétante mais lorsqu'ils ont enlevé le morceau logé dans sa peau, ce n'était que superficiel. Alma avait même insisté pour que Ève se cache les heures quand nous étions dans la salle.

- « Il fait super froid ici, je comprends pas pourquoi la salle d'attente est dans le hall. »

Mon regard se tourne vers la face de la brune, ses yeux sont toujours fermés mais sa respiration est bien moins lente et profonde, signe qu'elle ne dort plus.

- « Tu as raison, je vais aller leur demander une couverture. »

- « Est-ce que tu peux me prendre une bouteille d'eau au passage s'il te plait ? »

- « Ouais pas de soucis. »

Je me lève et me dirige à l'accueil où une infirmière me reçoit avec un petit sourire en coin, elle n'ose pas me regarder dans les yeux et je vois très bien que ses joues ont viré au cramoisi depuis que je suis là, il est même possible qu'elle nous zieute dès notre arrivée ; je balaye ces pensées de mon esprit pour lui offre un sourire de politesse en prenant la couette entre mes doigts puis retourne m'assoir. Dommage pour elle, il y a en a une autre qui m'intéresse bien plus.

La femme dépose la couverture sur elle et la gamine avant de débouchonner le goulot de la bouteille et d'en boire la moitié.

- « Une seconde de plus et elle te sucer derrière le comptoir. » remarqua-t-elle en bouchant les oreilles de la petite, au cas ou elle ne dormirait pas vraiment. Elle la referme puis la pose à ses pieds sans quitter la secrétaire des yeux un seul moment.

- « Soit pas jalouse, elle est plutôt mignonne nan ? » dis-je en me délectant de ses réactions.

- « Non. »

- « Oh aller Alma fait pas cette tête, c'est toujours toi ma préférée. » rigolais-je en empoignant son épaule.

- « Bouche ta main, je suis pas ta pote. »

- « Non tu l'es pas, c'est vrai. »

Ma main se détacha même pas une seconde d'elle qu'elle la replaqua immédiatement sur son bras.

- « Comment ça je suis pas ton amie ? Mais je rigolais moi ! »

J'éclate de rire en voyant la tronche qu'elle tire, un mélange entre la surprise extrême et la peur panique. Mais mon amusement n'enchante pas tout le monde car l'intégralité de la pièce me fit un « chut » bruyant en chœur, faisant rire à son tour la mafieuse qui fait de son mieux pour ne pas rigoler à son tour.

- « Je pensais pas que tout le monde était si aigri. »

- « T'es trop con Hermes, on est dans la salle d'attente d'un hôpital en pleine nuit. Tu croyais quoi ? »

- « C'est pas une raison pour tirer la gueule. D'ailleurs t'as besoin de sortir, j'ai bien compris que les urgences c'était pas ton truc. »

- « Nan ça va aller, c'est le fait d'être coincée dans une chambre qui m'oppresse. »

- « Hm. »

- « On devrait rentrer. On ira la voir quand elle se réveillera, j'ai laissé mes coordonnées à une autre infirmière que ta nouvelle groupie, elle m'appellera quand ce sera terminé. »

- « Ouais et puis j'aime pas qu'Ève dorme ici, j'ai vu trois voir même quatre mecs la dévisager. »

- « Hermes Luega, papa poule mais toujours puceau, ça c'est le summum du comble. » gloussa-t-elle en levant son postérieur de la chaise en fer qui pour ma part, me défonçait le cul.

- « Toujours puceau ? Y'a erreur sur la personne dans ce cas. »

- « T'es con quand tu t'y mets. »

□□

Une Ève sous mon débardeur qui bave sur mon pectoral et une Alma qui est limite en train de s'arracher les cheveux pour savoir quel tee-shirt mettre alors qu'on va juste dormir plus tard, nous finissons par enfin nous coucher dans le lit. J'ai bien cru que ce moment n'arriverait jamais bordel.

Alma pianote un dernier message à je ne sais qui puis pose son portable sur sa table de nuit avant de tirer sur le col de mon vêtement afin d'observer le petit être qui rêve sur ma poitrine, elle le remet tout en éclatant de rire.

- « Oh non c'est trop mignon purée, faut que je prenne ça en photo ! »

Elle s'empresse de reprendre son portable puis capture l'instant avant de le remettre à sa place.

- « T'as pas peur qu'elle s'étouffe dans tes gros pectoraux là ? »

- « C'est pas de ma faute, c'est elle qui a décidé de se caller là. »

- « On va en faire quoi du coup ? »

- « On peut l'emmener aux services sociaux, ils lui trouveront de vrais parents. »

- « Et pour sa mère ? »

- « Elle m'a dit qu'elle n'en avait pas, elle vivait seule avec son père avant que l'autre enfoiré ne lui brise la nuque. »

- « Putain mais quelle grosse merde. On peut pas la garder ? Je suis pas certaine que passer de famille en famille soit la meilleure solution pour elle. »

- « Alma t'es sérieuse là ? Tu peux pas garder une gamine qui est recherchée par tout New-York même peut-être tout le pays ? Et puis t'as pas le temps, il y a trois semaines tu me suppliais pour que je t'emmène en missions parce que d'après toi t'étais la meilleure tireuse que l'Amérique est créée et là t'es en train de me dire que tu veux devenir une mère d'accueil ? Et puis t'as pas l'experi-

- « Je t'arrête tout de suite, je me suis occupée de trois petits monstres pendant plus de dix ans alors pour l'expérience j'en ai et puis quoi encore ? La remettre aux services sociaux ? On fait comment si ils la placent dans une famille qui bat leurs gosses ? Je suis nulle à chier je te l'ai déjà dit, le terrain s'est terminé pour moi, alors oui j'aurai le temps pour m'occuper d'elle. Et puis ça fait bien quatre ans que t'es en cavale dans tout New-York pour avoir tué un sénateur alors cacher une gamine ça va être un jeu d'enfant. C'est un mauvais jeu de mot, j'ai pas fait exprès. »

- « Alma est-ce que tu te rends compte que tout va changer si tu prends la garde ? Forcée qui plus est ? Sache que je ne serai pas là pour te supporter quand la police viendra te l'arracher sans pitié. »

- « Bien, dans ce cas je pense qu'on a plus rien à se dire pour aujourd'hui. »

Elle enleva mon tee-shirt puis attrapa Eve sous les aisselles puis se retourna dos à moi avant de la caller contre elle et de rabattre les draps sur elles, je souffle fatigué et éteins la lumière en me glissant moi aussi sous la couette.

Pour une journée, celle-là était bien chargée.

———————————

What's up guys ! How are you today ?

Nouveau chapitre, en retard c'est pas nouveau vous commencez à prendre l'habitude et moi. C'est pas vraiment une bonne chose d'ailleurs.

Alors ce chapitre ? On en parle ou pas ? L'arrivée de Ève, les deux mystérieux agresseurs et des rapprochements qui font plaisir, moi je trouve que ce chapitre est une pure merveille !

En tous cas j'espère qu'il vous aura plus à vous, n'hésitez pas à me dire comment vous l'avez trouvé.

N'oubliez pas de voter.

Faites attention à vous et à vos proches. □

Gros bisous sur vos bouilles, M.J

:
.

Hello mes chéries, comment ça va aujourd'hui ? Je suis trop
contente de vous retrouver !!

(: The beautiful & Damned - G-Eazy)

Bonne lecture mes choux, vous m'avez trop manqué
!!_____

New-York, Etats-Unis, 14h38

Le frottement répétitif du tissu fin et lisse de la couette contre
la peau de mes jambes m'arrache de mon sommeil qui m'a valu
d'ailleurs un magnifique rêve, mes paupières se décollent tandis que je
regarde à travers mes cils qui est la personne qui vient de me réveiller.
Seulement ce n'est pas un humain mais un chat aux pattes d'ours, les
coussinets de Bagheera s'amusent à masser ma hanche droite, c'est du
bonheur quand elle ne sort pas ses griffes.

Ma main se décolle lascivement des draps pour venir caresser la
tête poilue de l'animal, celui-ci ronronne en levant la tête tout en
appuyant davantage contre ma paume pour obtenir encore plus de
contact que ce que je peux lui donner en tant qu'un simple être
humain ; vivant quotidiennement avec moi, elle a tendance à oublier

que je suis juste humaine et qu'elle n'est pas juste un « chaton » comme j'aime les appeler.

- « Salut mon gros chat, t'as bien dormi mon cœur ? Maman est contente de te voir mon amour. » marmonnais-je en me tournant sur mon côté droit avant d'enfouir mon visage dans le pelage crème de son ventre tout chaud.

Le félin grogne légèrement puis se couche entièrement sur moi, m'empêchant alors d'exécuter le moindre mouvement. Au bout de quelques minutes, manquant d'air, mon nez s'extirpe de cette masse de poils conséquente et je descends mes étreintes un peu plus bas sur son dos.

- « Bon Felindra tête de chibres, ça te dirait pas de te lever ? »

Toujours dans la finesse celui-là, je n'imagine même pas comment il a annoncé à Eve la mort de son père.

- « Déjà c'est Felindra tête de TIGRES, abruti, et ensuite je peux savoir de quoi je me mêle ? » demandais-je en me redressant sur mes coudes.

Cet imbécile était accoudé à l'embrassure, les jambes et les bras croisés, à m'inspecter de la tête aux pieds depuis une durée indéter minée.Cependant, en me détaillant il s'arrêta sur une partie précise de mon anatomie, je suis discrètement son regard et le mien finit par atterrir sur ma poitrine presque inexistante. À mesure que ses pupilles fixent mes seins, mes tétons pointent à travers mon tee-shirt, me mettant rapidement mal à l'aise.

- « Argh ! Dégage de ma chambre Hermes ! »

Mes doigts agrippent le premier coussin que j'ai sous la main puis l'envoient droit dans sa figure mais malheureusement, le mafieux le retient juste avant qu'il ne se heurte contre son visage.

- « Bien essayé mais c'est raté. Allez bouge ton cul, vu qu'à minuit t'as pris la décision de devenir mère au foyer, j'estime que tu ne peux pas laisser ton enfant toute seule pas vrai ? Heureusement que je suis là hein. »

- « Ouais heureusement. »

Je souffle en me dégageant du fauve puis me lève avec la bouche pâteuse, je siffle Bagheera pour qu'elle me suive avant de la laisser entrer dans une pièce collée à la mienne, toutes deux séparées par une simple porte, et referme derrière. C'est ici que j'ai décidé de garder mes animaux. Attention ce n'est pas un petit placard à débarras, c'est une chambre d'ami avec un matelas King Size quand même.

- « Et elle est où là ? » demandais-je en me dirigeant vers ma salle de bain.

- « Dans le salon, elle mange devant Gumball. » répondit-t'il en disparaissant de mon champ de vision.

Elle a de bons goûts ma chérie, je sens qu'on va bien s'entendre toutes les deux.

J'allume la lumière, qui me brûle immédiatement la rétine vu la couleur blanchâtre de celle-ci, puis marche jusqu'à mon lavabo : j'y récupère ma brosse à dents ainsi que mon dentifrice, j'en étale une bonne couche avant de fourrer le tout dans ma bouche. Après mettre rincée, je les range à leur place et viens prendre cette fois ma brosse à cheveux. Je ne sais vraiment pas comment me coiffer aujourd'hui, c'est relou.

Je souffle en tentant de rassembler mes mèches ensemble afin d'en faire une queue de cheval haute, je passe plusieurs coups sur le haut de mon crâne pour éviter les bosses et les maintiens avec un élastique noir pour finalement la défaire. Un chignon mal fait c'est bien aussi.

Je sors de la pièce tout en appuyant sur l'interrupteur. L'état actuel de ma chambre me fait un peu pitié néanmoins je n'ai pas du tout la motivation pour la remettre en ordre.Je fais alors mon lit très rapidement et descends, toujours en baillant gracieusement, les marches de mon escalier en colimaçon pour découvrir la scène la plus mignonne à laquelle j'ai pu assister : Ève sur les genoux d'Hermes, complétement hypnotisée par son dessin animé, en train de manger ses pâtes au ketchup alors qu'il essaye de brosser avec la plus grande des douceurs ses longs cheveux châtains.

Il ose me dire qu'il n'apprécie pas sa présence ici mais je suis convaincue qu'il l'adore déjà.

- « Et après tu veux la mettre en foyer ? Tu l'aimes trop pour ça. » blaguais-je en passant doucement ma main dans ses mèches maintenant toutes lisses et démêlées, que je dirigeai ensuite sur l'épaule de mon idiot préféré.

- « Je fais simplement ton boulot » rétorqua-t'il en se fermant sur lui-même.

- « Y'a pas de mal à aimer quelqu'un hein ? Je comprends totalement que t'es craqué, regarde-moi sa petite tête de concentrée. »

Il tourne son visage pour un peu mieux la détailler et finit par dire :

- « J'avoue qu'elle est chou, mais elle ne le sera jamais plus que la petite sœur de Nicky. »

- « Nicky a une petite sœur ! Je ne l'aurais jamais cru. »

- « Ouais, elle s'appelle Evy. Elle doit avoir dix-huit ans maintenant. »

- « Ah ouais plus si petite que ça finalement. »

- « Ça tu l'as dit. Mais elle était adorable. »

- « Et maintenant elle doit être super jolie. » dis-je à moi-même, presque déçue.

Putain mais c'est quoi cette réaction ? Je la connais même pas ! Ça se trouve elle est vraiment super gentille. Et même si ce n'était pas le cas, qu'est-ce que j'en ai à faire d'elle même ? M'en fous, il fait bien ce qu'il veut avec qui il veut, je suis pas sa mère. Argh Jalousie à deux balles.

Je me détache de lui et mes pas fatigués me mènent jusqu'à mon frigo, l'envie de me faire un petit-dej équilibré n'étant pas du tout présente, je pioche la boîte en carton qui moisi tout au fond de mon tiroir froid puis attrape les deux morceaux de pizza de la veille avant de les mettre dans une petite assiette. Je m'assois à côté d'eux et profite de l'animation cependant mon trouble de l'attention me rattrape et mon regard se tourne vers la fillette : toujours dans ses vêtements de la veille, je remarque une petite tâche, sûrement de sang, sur le col de sa petite chemise.

- « On ira t'acheter de nouveaux vêtements, hein mon cœur ? Ça te dit ? »

La concernée hoche machinalement de la tête en bafouillant un « hein hein », me faisant rire. On dirait une zombie.

- « Je suis pas sûr mais je crois qu'elle n'en a rien à foutre. »

- « Normal vu qu'elle n'a pas de maman, elle sait pas comment s'y prendre. »

- « Ouais ou sinon elle t'aime juste pas. »

- « Tais-toi Hermes. » crachais-je dans sa direction alors que celui-ci se foutait ouvertement de moi.

Quel con celui-là.

- « Et à part lui acheter des fringues t'as prévu quoi ? »

- « Je l'emmènerai bien au parc, je pense qu'elle a besoin de se changer les idées après tous ces jours de stress intense. Et toi t'as fait prévu quoi ? Décapitation avec empoisonnement à la clef ? »

- « Très drôle Alma, plus sérieusement je ne sais pas j'ai pas encore reçu d'app-

La sonnerie de son portable l'interrompt dans son élan, il s'excuse brièvement puis décroche tout en me plaçant la gamine sur les genoux lorsqu'il s'est levé.

Quand on parle du Loup !

Je déplace la fillette à côté de moi pendant qu'il s'éloigne de nous en se mettant dans la cuisine et étant une grande, trop grande, fouineuse je décide d'écouter sa conversation :

- « Oui ? Laquelle ? Où ça ? J'aimerai bien mais j'ai une femme au foyer qui glande là. Je te rejoins tout de suite. »

La moitié de nos têtes à Ève et moi dépassant du dossier du canapé, nous espionnions le mafieux raccrocher et au moment où il se retourne dans notre direction, nous nous empressons de nous remettre dans notre position initiale en ricanant.

- « Vous êtes si peu discrètes c'est aberrant, enfin. C'était Nicky, il veut faire une réunion pour se qu'on fait pour le réseau. »

- « Tu veux que je vienne ? »

- « Non toi tu t'occupes d'elle. »

Il empoigne sa veste qui reposait jusqu'à lors sur une des chaises disposées en face de mon plan de travail et l'enfila, il vérifia l'heure une dernière fois sur l'horloge murale à côté de mon escalier puis affirma :

- « Ce genre de conseil dure toujours une éternité, ne m'attendez pas avant vingt heures. »

- « Vingt heures ! Mais il est seulement quatorze heures ? »

Ses épaules s'affaissèrent après son long soupir, cela avait à peine commencé qu'il en avait déjà marre. Je le comprends tellement, je me souviens à quel point les réunions de famille m'enliser. Mais ça c'était avant, maintenant je suis libre comme l'air, ou presque, et j'ai le choix d'y assister ou non.

- « Tu es vraiment sûr que tu ne veux pas que je t'accompagne ? Je pourrais au moins te tenir compagnie. »

- « Toujours pas. Profite de ta journée, pour une fois tu peux glander et tu veux quand même faire quelque chose ? Faut savoir choisir. Bon je vous laisse. »

Il contourna le sofa où nous étions encore agglutinées avant de s'agenouiller et fit un check à la petite en disant :

- « Bonne journée crapule. T'écoutes bien Alma et fais tout ce qu'elle te demande d'accord ? »

- « Oui chef ! »

- « Parfait. »

Il finit par se tourner vers moi et dit :

- « Et toi, pas de bêtises. Je n'ai pas envie de voir ton nom aux infos ce soir en rentrant. »

- « Ohh, ce serait mal me connaître. »

- « Mais bien sûr. Passe une bonne journée petit coeur. » déclare-t'il en m'embrassant le haut du front avant de disparaître dans l'entrée, laissant mon ventre se retourner et mon coeur s'emballer sans qu'il ne le sache.

Alors que j'entendis la cabine métallique descendre, Ève me demanda en me regardant avec des yeux tous ronds, un éclat de pureté brillant dans ses iris couleur diamant :

- « Est-ce que vous êtes z'amoureux ? »

- « Hermes et moi ? Non ma chérie on est pas « z'amoureux » comme tu dis. On est seulement... Amis, enfin je crois. »

- « Bah il t'a fait un bisou ? »

- « Oui sur le front, pas sur la bouche. Bon c'est pas tout ça mais on va bientôt y aller. Va mettre tes chaussures, j'arrive tout de suite. »

Je l'aide à se remettre debout puis fonce dans ma chambre pour me changer, me mettre quelque chose de mieux qu'un jogging sur les fesses pour sortir ce serait pas mal. Je fouille dans mes commodes et finis par trouver un short noir que j'enfile en vitesse et un débardeur de la même couleur. Je pioche un de mes nombreux bombers au hasard puis redescends les marches en courant et éteins la télé avant de décrocher à l'appel qui fait vibrer mon cellulaire sur le canapé depuis un moment maintenant :

- « Alma Galuna, je vous écoute. »

- « Bonjour madame Galuna, c'est l'hôpital. »

- « Ah euh oui bien sûr excusez-moi, est-ce que Galia va bien ? »

- « Oh oui bien sûr, c'est d'ailleurs à ce sujet là que je vous appelle. Elle s'est réveillée tout à l'heure et elle aurait besoin qu'on la ramène chez elle. »

- « Oui évidemment, je viens la chercher tout de suite. Merci beaucoup. »

L'accueil raccroche à ma place, je fonce mettre mes bottes noires à lacets, un peu comme des Dr Martens mais sans la couture jaune. Une fois lacées, je scratche les petites chaussures d'Ève puis nous nous dépêchons d'aller dans l'ascenseur.Pas besoin d'être encore plus en retard.

◻◻

Après avoir récupéré ma meilleure amie et son bras cassé, j'ai pris l'initiative de la laisser à l'hôtel : je ne vais pas lui faire endurer des heures de shopping alors qu'elle est sûrement épuisée et encore sous le choc de son agression. Enfin, quoi qu'il en soit, je me fais la promesse de retrouver ce chien et de lui faire payer ce qu'il a fait. On ne touche pas à mes proches sans en subir les conséquences.

Désormais entrain de chercher des vêtements pour la petite, nous avons pillé tous les magasins possibles à Manhattan sans jamais trouver LA robe que la petite avait vu dans une pub de télé-achat à la noix, il est même probable qu'elle n'existe pas.

Je soupire une énième fois lorsque nous sortons d'une autre boutique, les mains vides mais mes bras toujours autant chargés de sacs ; maintenant je comprends mieux pourquoi Hermes avait du mal à monter les escaliers quand j'ai emménagé.

- « Ma puce, la marque a sûrement dû arrêter de vendre cette robe. Es-tu certaine de l'avoir déjà vu ? »

- « Mais oui ! Puisque je te dis qu'elle était là ! »

Génial, en plus je me fais crier dessus alors que j'ai rien fait ! Je veux rentrer chez moi, c'est officiel.

- « Très bien, on va voir dans une dernière boutique et si on la trouve toujours pas, je t'emmène manger une glace au parc. Ça te dit ? »

- « D'accord... Mais j'espère vraiment la trouver. »

- « Je l'espère aussi. »

Un bruit sourd attira mon attention, je levai la tête vers le ciel et constatai avec déception que celui-ci se fonçait à vu d'œil à cause de gros nuages tous gris remplis d'électricité et malheureusement pour nous, je n'ai aucun parapluie sous la main pour nous protéger de la potentielle averse à venir.

Ça c'est vraiment pas cool.

- « Bon bah je pense que la glace se sera pour une prochaine fois. Allez vient ma belle, on rentre à la maison. »

J'attrape sa petite main et nous nous dépêchons de courir sous la pluie glaciale avant que je nous trouve un petit endroit afin de nous abriter. Nous nous retrouvons finalement dans une rue assez déserte, où il n'y a pas un chat.

Ma prise sur le poignet de la petite se resserre à mesure que mon stress s'immisce dans mon cerveau, dans ma gorge, dans ma poitrine et dans mes jambes, me faisant accélérer notre cadence.

Ne panique pas, ne panique pas, ne panique pas !

De multiples scénarios, tous plus macabres les uns que les autres, déroulent devant mes yeux. Ils s'accaparent de ma vue et mes pensées à tel point que je ne remarque pas que l'enfant tire sur ma manche comme une folle.

- « Qu'est-ce qui y'a ? » demandais-je à voix basse, ne voulant pas nous faire repérer.

J'ai peut-être l'air d'une cinglée psychotique mais le fait qu'une rue de Manhattan soit vide, en plein été et même avec une grosse pluie, à environ quinze heures et avec une vague de brouillard épais ne me dit rien qui vaille. D'ailleurs, comment se fait-il qu'il y ait du brouillard un après-midi d'été ? Ce n'est pas normal et je suis sûre qu'elle l'a remarqué aussi.

- « Y'a des bruits qui font peur là-bas. »

Tout fait peur ici ma puce, que ce soit le souffle du vent dans nos cheveux, les gouttes glacées qui s'écrasent avec force sur mes genoux ou bien même l'atmosphère en général.

Je ne suis pas assez près pour tout distinguer cependant je perçois quelques éclats de voix très vite dissipés par l'immense boulevard.

- « Tu es une petite fille très courageuse, tu en es consciente ? »

Je m'accroupis à son niveau avant de continuer :

- « Mais là il se passe quelque chose de bizarre. Écoutes moi bien Ève, tu vas rester ici et fermer les yeux d'accord ? Tu pourras les ouvrir dès que je t'en donne l'autorisation. Maintenant va te cacher derrière la poubelle là-bas, j'arrive tout de suite. »

- « Non ! S'il te plaît Alma me laisse pas toute seule ici, j'ai peur ! »

- « C'est normal d'avoir peur, moi aussi j'ai peur mais tu dois me faire confiance, tout se passera bien. Allez vas-y. »

Elle finit par se diriger rapidement vers la boîte à ordures et s'y cacher, je ferme les yeux tout en expirant puis commence à avancer en m'assurant de ne pas faire trop de bruit en marchant dans les flaques. Les sons se font de plus en plus nettes, je parviens maintenant à entendre une sorte de dialogue, je décide alors de raser les murs :

- « ...Ma copine ? »

- « J'en...rien...On a perdu... Trace. »

- « Espèce d'incapable ! Je t'ai donné une seule mission, une seule ! Et t'as même pas fichu de la trouver ? » argumenta l'homme en haussant encore plus la voix.

Mes yeux s'écarquillèrent, cette voix...

- « Aux... Nouvelles... Elle est dans un hôtel... Je ne sais... l'adresse. »

Mon sang ne fit qu'un tour lorsque ma tête dépassa le mur afin de permettre à mes yeux de regarder la scène : un homme d'une quarantaine d'années, maintenu en l'air contre le mur d'une impasse par la poigne d'un seul homme, celui-ci était grand, blond et très musclé, je dirais autant voir même plus qu'Hermes et le tatouage en forme de fleur de lys sur sa main droite ne laissait pas de place au doute.

Tout correspondait à sa description.

Terrifiée et en proie à la réelle panique, je m'empresse de récupérer la gamine avant de courir le plus loin possible de cet endroit.

Après quatre heures insupportables, l'ennui devient total : tout le monde a proposé ses idées pour relancer l'affaire, entre les idioties du genre continuer dans la vente de came ou bien celle de la revente d'œuvres d'art, sur toutes leurs propositions je n'en ai retenu que seulement trois : la prostitution, le casino de mon père ou bien la revente d'organes.

La prostitution servira uniquement en dernier recours, la maltraitance et la violence envers les femmes est l'une des choses que je ne tolère pas. Ma mère s'est fait taper sur la gueule par mon batard de père pendant des années, pas la peine que d'autres aient à vivre le même sort. Cependant il est vrai que ce commerce là rapporte énormément.

Argh cette situation me tient vraiment par les couilles.

Le casino pourrait être une bonne idée pourtant ça ne me tente pas vraiment, me replonger dans le passé et suivre les pas de mon géniteur ne m'enchante guère, surtout quand je vois combien de petites mafias profitent de notre absence de surveillance sur les paris et autres jeux pour faire leurs petites affaires sur notre dos. Il faudrait que je m'en occupe cependant les déraciner de là est actuellement mission impossible.

La seule qui reste envisageable est celle de la revente d'organes. C'est sûrement l'unique occasion que j'ai pour remonter à la surface. Et ça tombe plutôt bien : le fait est que si, lorsque moi ou l'un des membres de ma famille nous finissons à l'hosto, nous avons un médecin attitré. Ce gentil et respectable médecin à qui je paye les factures pour qu'il nous maintienne en vie, peut importe ce qui nous arrive.

Là voilà la solution, je pense qu'on va aller lui faire un petit coucou très bientôt.

Je cherche mon téléphone dans ma poche et en le déverrouillant, je vois une dizaine d'appels manqués d'Alma. Je survole du regard mon écran et m'arrête sur l'exceptionnel message vocal qu'elle m'a laissé :

- « Salut Hermes, je suis désolée de te demander ça alors que t'es en réunion mais... un sanglot la coupa dans sa phrase Hermes je me sens vraiment pas bien, est-ce que tu peux venir à la maison s'il te plaît... »

Je n'hésite même pas un instant, je me lève en vitesse en essayant de la rappeler tandis que je sors de la salle sans un regard en arrière, et devant ma Bugatti mes mains tremblent : Et si il lui était arrivé quelque chose ? Et si elle était morte ?

Mes dents se serrent en constatant qu'au bout des quatre sonneries habituelles elle n'a toujours pas répondu, je tente une nouvelle fois quand je quitte la rue.

- « Allez réponds... Réponds putain. Pour l'amour de Dieu Alma, décroche ! »

J'accélère comme un fou, les dix petites minutes qui me séparent de chez elle ne m'ont jamais parues aussi longues de toute ma vie.

□□

Je finis enfin par arriver devant son immeuble, je me gare comme une merde mais rien à foutre, je claque ma portière tel un malade puis cours dans jusqu'à l'entrée.Mes pas stressés me menèrent vers l'ascenseur, celui-ci monte au dernier étage sous ma demande.Les portes s'ouvrent presque trop lentement à mon goût, j'ai limite envie de glisser mes mains entre elles et de les pousser.

En arrivant dans la salle je ne la vois. Première goutte de sueur qui coule le long de mon dos.

Je monte dans sa chambre, fouille sa salle de bain.Deuxième goutte.

Son dressing ? Personne.

Je redescends à toute vitesse, à tel point que j'ai presque failli trébucher lorsque mon pied s'est appuyé sur la dernière marche, ma respiration se fait courte et rapide. Il ne faut pas céder à la panique mais putain j'ai aucunes idées de là où elle peut être !

Soudain, l'odeur de la nicotine s'infiltre dans mes narines et me réconforte de son parfum rassurant. En fermant les yeux, j'inspire au maximum la fumée qui s'échappe de la baie-vitrée mal fermée. Mon anxiété maladive se calme peu à peu.

- « T'en as mis un bail dis donc. »

Sa voix fébrile me ramène à la réalité et me fait réouvrir les yeux, j'avance aussitôt en direction du son de sa voix avant de m'accouder au mur en fermant la porte de son balcon derrière moi.

Sa cigarette coincée entre son index et son majeur s'effrite petit à petit sur les dalles de béton, ses jambes se balancent dans le vide dans un mouvement automatique. Elle pose ses coudes contre les fils de la rambarde de sécurité.Elle a rassemblé ses cheveux bruns mouillés dans un bun mal fait, elle a même changé de tee-shirt : il est vert et blanc avec une feuille de canabis en plein milieu de son dos, et un bas de jogging lui aussi vert.

- « Tu bédaves toi maintenant ? »

- « Très, et je dis bien très, rarement. Seulement quand ça va vraiment pas et que j'ai besoin de me changer les idées, ou bien pour dormir mais ça aussi c'est rare, maintenant c'est les somnifères. Et toi ? »

- « Je le faisais seulement pour accompagner Léo dans ses délires. C'est, enfin, c'était plus drôle d'être déchirés à deux. »

- « Je vois. T'en veux une ? Je crois qu'il me reste du tabac dans-

- « Ça fait bizarre. »

Ses sourcils se froncent, ne comprenant pas ce que je veux dire.

- « Dans deux jours ça va faire deux mois. Et je crois que, j'ai jamais réellement appris à te connaître en deux mois. J'ai même l'impression que t'as changé, ou peut-être que t'es juste plus à l'aise avec moi pour te montrer comme ça-

- « Si tu penses que je vais te raconter l'entièreté de ma vie, tu te fourres le doigt dans le cul Hermes. »

- « Ça me dérangerai pas, mais avec moi c'est donnant-donnant. »

- « Ferme ta bouche. » - « Oh ça va, je rigole. »

- « Recule ou je t'en colle une. »

Je glousse tel un idiot puis m'assois derrière la femme pour permettre à son dos de se lover contre moi, sa tête sur mon épaule et ses paupières closes, elle délie sa langue :

- « Qu'est-ce qui se passe petit coeur ? »

Mon avant-bras serre son petit ventre tout doux, la sensation de sa peau contre ma paume est super agréable.

- « J'ai revu mon frère. »

- « Ici ? À New-York ? »

- « Hm hm. Ça m'a fait peur, je me suis dit que c'était fini. Ma liberté que je venais à peine de retrouver allée de nouveau être mise en cage, et puis y'a le fait qu'il est menacé quelqu'un devant moi, pas que je ne sois pas habituée, mais ça m'a rappelait à quel point il est puissant. Et il lui a dit qu'il cherchait sa copine, et la seule qui est ici à part moi c'est Galia, donc à tout moment ma meilleure amie se tape mon frère. Ça se trouve elle lui a dit où j'étais et en fait c'est pas elle qui cherche mais moi. Je suis fatiguée de tout ça, y'a pas une seule seconde où je peux souffler. »

- « Il ne t'arrivera rien tant que je suis là, je te le promets. Et puis, il y a très peu de chance que ce soit toi qu'il cherche, rappelle-toi : tu es morte pour eux, et puis tu as fait jurer à Galia de ne rien dire quand tu es retournée chez toi, je doute qu'elle ne te trahisse comme ça. »

- « Hmm c'est vrai. »

- « Tu te sens mieux ? »

- « Ouais merci, ça fait du bien de parler. »

Je tapote doucement sa tête avec ma main libre qu'elle vient balayer avec la sienne.

- « Je suis pas un chien. »

- « Nan mais tu pourrais très bien être ma chienne. »

- « Va te faire enculer. »

- « Si c'est pas toi ça me posera pas de problèmes. »

Ses épaules se mouvaient à cause du petit du rire qui s'échappa de sa bouche, elle tira une nouvelle bouffée de sa cigarette avant de déclarer :

- « J'ai envie de sortir. »

- « Où ça ? »

- « En boîte. J'ai besoin d'aller en boîte. »

- « Alma en boîte ? Purée j'imagine même pas le carnage. Et on fait comment pour Ève ? »

- « Je vais faire comme-ci je n'avais rien entendu. Tu ne peux pas demander à Nicky de la garder ? Juste une fois s'il te plaît ! »

- « Je doute qu'il accepte, lui aussi aurait bien besoin de décompresser. Pourquoi pas Galia ? »

- « Ouais je vais lui demander. »

Elle se redresse en essuyant son derrière que j'hésite à claquer, cependant je n'ai pas l'intention de me prendre une pêche ou de me faire balancer dans le vide, alors je retiens ma main qui s'est levée sans que je ne m'en rende compte.

- « Tiens, tu peux la garder, je la finirai pas. » dit-elle en me passant son mégot à moitié éteint.

- « Si tu insistes. »

- « En vérité c'est juste pour pas fumer devant Ève. » rigola-t-elle en se grattant l'arrière de la tête.

C'est fou comment elle a changé depuis qu'elle est arrivée, cette petite a tout bougé dans nos vies et ce en deux jours.

Je tire la dernière taffe puis jette le filtre par dessus la barrière de sécurité, je me remets à mon tour sur mes deux jambes et rentre à l'intérieur car, même en juin, la température à New-York n'est pas vraiment optimale.

Par pitié, faites que Galia accepte !

⊡⊡

- « Tu es sûre ? Je veux pas te forcer à quoique ce soit. »

Désormais dans sa salle de bain en train de se préparer, Alma réforme sa coiffure avec ses doigts en s'inspectant toutes les secondes pour être sûre que rien à bougé depuis la dernière fois, et ce toujours en appelant sa meilleure amie :

- « Non non c'est pas un souci, et puis je l'aime bien cette gamine, faut juste pas qu'elle fasse trop de bêtises. »

- « Ève faire des bêtises ? Je la vois très mal en faire. Et puis, elle a bien vu pour ton bras, elle ne te posera aucun problème. »

- « Tu la déposes à l'hôtel à quelle heure ? »

Elle vérifie l'heure actuelle grâce à son portable puis répond :

- « Il est vingt-deux heures, je dirais qu'à quinze au minimum on sera là. »

- « D'accord, bon je te laisse. »

- « Bisous. »

La femme au bout du fil raccroche tandis que celle en face de moi brosse ses sourcils avant de passer un rapide coup de crayon sur la pointe. Ensuite elle fouille dans sa trousse à maquillage et en sort son recourbe-cils, elle se dépêche de le faire puis attrape son mascara qu'elle vient disposer sur l'ensemble de ses cils longs et épais, en haut et en bas. Son crayon noir passe rapidement sur son ras de cils inférieur, assombrissant considérablement son regard déjà bien marqué par ses iris foncées. Et pour la petite touche finale, elle trace un trait d'eye-liner assez fin sur le coin interne et externe de son œil.

- « Je peux me préparer maintenant ? »

- « J'ai jamais dis que tu ne pouvais entrer, je me demandais d'ailleurs pourquoi tu restais si à l'écart. »

- « Sûrement parce que la robe que tu portes là tout de suite me donnes envie de te l'arracher. Et pour être honnête, j'ai peur que mon érection s'agrandisse si je m'approche. »

- « Ohh t'es même pas capable de te retenir ? »

- « Pas quand tu es là. »

Alma expire bruyamment pour me faire comprendre qu'elle est fatiguée de moi et finit par enfin sortir de la salle de bain. J'y entre et pars directement me regarder dans le miroir afin de m'assurer que tout est en ordre : cheveux, chemise, pantalon ; tout est parfait.

- « Bon tu bouges ou quoi ? On a pas ton temps là ! » cria-t-elle depuis le salon, je l'ai même entendu tiquer comme elle le fait à chaque fois qu'elle est énervée.

C'est fille c'est vraiment quelque chose, elle est pas possible.

———————————

What's up guys ! How are you today ?

Ohhhhh ça commence à devenir plus que sérieux entre nos deux zigotos !

Souhaitez moi un bon welcome back dans vos vies les filles, car après avoir déprimé et remis ma vie en question une centaine de fois pendant ses trois semaines de « repos », je suis de retour ! □

Je suis super contente de revenir avec un chapitre que je trouve pour ma part mais juste Excellent Et bien évidemment, je suis en euphorie totale de vous retrouver, mes très chers lecteurs et lectrices, vous et vos réactions m'avaient tellement manqué !

Je m'excuse encore une fois pour ce semi mois d'absence, j'avais vraiment besoin de m'éloigner de l'écriture pour mieux revenir, je me répète hein mais c'est toujours une histoire de pression et c'est vraiment agaçant à force.

Enfin bref je vous laisse tranquille pour ce soir mvs <3

J'espère du fond du coeur que ce chapitre vous aura plus !

Comme d'hab, on hésite pas à voter pour donner de la force, ça me fait toujours autant plaisir de voir que vous appréciez mon travail. □□

Prenez soin de vous et de vos proches. <3

Gros bisous, M.J

(Pour me rattraper du vieux smut de la dernière fois et pour vous remercier des 100k de lecture ! Je vous love ++ !!)

New-York, États-Unis, 00h12

Mes poils se hérissaient à mesure que la voiture d'Hermes s'approchait du seul club à mon nom que je possède au États-Unis, en fait ce n'est pas vraiment le « mien » : mon père adorait jouer à celui qui a la plus grosse, son besoin permanent de montrer au monde sa supériorité financière m'a toujours déplu cependant à sa mort, étant la plus grande de la fratrie, c'est moi qui aie hérité de tous les bâtiments qui ont un contrat signé avec le nom « Galuna » en bas de page. Mais je dois avouer que passer devant la file qui attend depuis des heures dans le froid ne me déplait pas vraiment, c'est même un luxe que je suis reconnaissante d'avoir.

Cet endroit n'était pas comme tous les autres : les deux derniers étages du building où se situe l'événement ont été aménagés de manière que cela forme une boite de nuit. Voilà pourquoi j'aime avoir mon nom écrit en gras.

Il tourne une dernière fois à droite puis se gare sur le petit parking privé à l'arrière de l'immeuble, il se gare, coupe le contact et sort le premier tandis que je ramasse mon manteau en fourrure qui reposait jusqu'à lors à mes pieds. Le mafieux finit par revenir mais de mon côté cette fois, il m'ouvre la portière tout en me tendant sa main droite que j'attrape et descends du véhicule mais avant que je ne sois complétement dehors, il s'empresse de placer son autre main au-dessus de ma tête en déclarant :

- « Un peu plus et tu te prenais le toit. »

- « Merci, je pensais pas qu'elle était si basse. »

- « Ou c'est peut-être toi qui es trop grande ? Tu sais ce qu'on dit, tout ce qui est petit est mignon. »

- « Et tout ce qui est grand est con, je connais la chanson. Mais attends deux secondes, tu fais un peu plus d'un mètre quatre-vingt-dix ? Tu dois être le roi des cons alors. » gloussais-je en baissant ma tête davantage.

- « Espèce de débile. »

- « C'est toi le débile. »

Il m'emboita le pas comme un petit chien pendant que je marchais vers l'entrée, le bruit sourd de la musique collait parfaitement avec l'ambiance du lieu ; c'est pile ce que je voulais, Vico a vraiment fait du bon travail.

Mes yeux se perdirent sur le nom écrit en gros et rouge : Feverish. Fiévreuse ? Mon paternel a réellement appelé cet endroit Fiévreuse ? Mais quel mauvais goût !

- « Bon c'est quand tu veux ? »

Mon regard croise celui du videur bâti comme une armoire, limite en colère.Eh bah, boit un verre ou pète un coup je ne sais pas mais fait quelque chose c'est urgent.

- « Tu permets ? C'est quoi le souci ? T'as la ficelle de ton string qui te rentre dans le trou du cul ? Ça doit être pour ça que t'es si tendu. » dis-je en serrant mes dents afin d'éviter d'en balancer encore plus.

- « Pour qui est-ce que tu te prends morveuse ? »

- « Pour le patron de cette boite. Tu veux mes papiers aussi ? »

- « Avec plaisir petite pisseuse. »

Heureusement que j'avais ma petite pochette sinon j'aurais été vraiment dans la merde actuellement. Je fouille dans celle-ci et en sors tous les documents officiels dont j'ai besoin, je les tends au mec qui me les arrache des mains avec une violence peu commune. Je vis ses pupilles lire attentivement chaque ligne voir même chaque mot pour être bien conscient de la connerie monumentale qu'il venait de réaliser.

- « Maintenant que tout est clair entre nous, t'es viré. » crachais-je en reprenant mes papiers de la même manière qu'il me les prit et entre sans attendre une quelconque autorisation.

□□

Mon sang bouillait encore dans mes veines lorsque les portes de l'ascenseur s'ouvraient sur la salle remplie de néons rouges qui m'aveuglaient et me donnaient un affreux mal de tête, pas sûre d'avoir très envie de rester là au final.

C'est impossible de te faire plaisir Alma, on aurait dû rester à la maison avec un bon livre, des sushis et un verre de vin devant un film.

Tu as raison mais maintenant on ne peut plus reculer, alors prends un peu sur toi et fais comme-ci tu t'amusais.

Nous nous installons au bar pour commander, je pense qu'un seul martini ne suffira pas à me faire redescendre en pression. Hermes interpella le barman et lui demanda deux shots de tequila, mes sourcils se froncèrent entre eux alors que ma main tapota son épaule :

- « J'ai jamais dit que je voulais de la tequila ? »

- « C'est toujours mieux que ton vieux martini. »

- « Je t'emmerde, un martini et tous tes soucis s'oublient. »

- « Fais-moi plaisir, ne devient jamais poète. » cria-t-il dans mon oreille en me tendant mon shot.

Nos verres s'entrechoquent ensemble puis nous buvons leur contenu en même temps, il afficha un calme olympien tandis que le liquide me brûla l'œsophage, me faisant tousser bruyamment. Je l'entendis ricaner quelques secondes avant de demander un pink lady au serveur qui se dépêcha de noter les nombreuses demandes de tout le monde. Mes iris balayent la pièce : un petit carré VIP classique au dernier étage et une immense piste de danse au centre, les toilettes sur la droite et la sortie sur la gauche.

Ce ne sera pas trop difficile de sortir d'ici si besoin.

Un pincement juste en dessous de ma fesse gauche me ramena durement à la réalité, l'homme me donna la boisson tout en me demandant :

- « Tu veux qu'on monte ? »

Il a osé là ?

Fait genre que t'as rien senti.

- « Pourquoi pas ? Il est vrai que j'ai pas envie de danser avec toute cette foule. » lâchais-je en tant que bonne phobique sociale qui se doit de le rappeler à tout évènement qui dépasserait la cinquantaine d'invités.Heureusement qu'il est là d'ailleurs, même si c'est réputé, je ne pensais pas que le Feverish serait aussi complet ce soir.

Sa grande main pris place contre ma hanche, son avant-bras se pressant contre le bas de mon dos, tous deux me poussant vers les marches mais je fais tout de même attention à ne pas aller trop vite car je ne métrise pas encore parfaitement les dix centimètres qui sont enchainés à mes chevilles. Je savais que j'aurais dû mettre des baskets, si seulement il n'avait pas insisté pour que je me torture les orteils comme ça toute la soirée.

Enfin arrivés en haut de l'escalier, je suis essoufflée comme-ci je venais de courir un marathon de quatre heures sur la pointe des pieds ; lui au contraire, je ne l'ai jamais vu aussi en forme de toute sa vie, je déteste quand ce genre de situation se produit. Mes oreilles commencent à siffler, la musique n'a pas diminué à mon plus grand regret, j'espérais au moins que le volume ici soit un peu moins élevé.

Une grimace étira le coin de mes lèvres, tous les facteurs étaient réunis pour me donner envie de rentrer chez moi et puis l'alcool qui coule dans mes veines n'a pas encore tout à fait atteint son paroxysme pour me faire oublier la migraine qui monte peu à peu en puissance.

- « T'es la pire des dramas queens. On vient juste de monter une vingtaine de marches et t'es déjà à bout de souffle, je n'imagine même pas comment ce sera quand on ira danser. »

- « Et toi tu restes toujours aussi présentable, je te déteste. Où est Nicky ? Il ne nous avait pas prévenu qu'il se pointerait un peu plus tard ? » demandais-je en courbant mon dos afin que ma main puisse toucher ma chaussure.

Mes molaires sont tellement serrées entre elles lorsque la pulpe de mes doigts effleure juste le haut de mon pied que je suis certaine que j'aurais pu créer une étincelle avec. Je crois que ces talons sont trop petits maintenant.

J'empoigne l'ensemble de mes orteils dans ma paume gauche et viens faire tourner ma cheville dans un sens puis dans un autre, je réitère le mouvement avec l'autre.

Soudain, en voulant juste poser mon extrémité endolorie au sol, Hermes se baissa et me porta ensuite telle une princesse jusqu'à l'une des dernières banquettes vides qui restait et m'y fais m'assoir. Il défait la fermeture éclair qui se situe derrière ma chaussure et inspecte l'état de mes doigts de pieds : une certaine gêne s'empara de moi pourtant le fait qu'il me traite comme une petite princesse capricieuse me met du baume au cœur néanmoins ça ne m'empêche pas d'incliner ma tête vers l'avant pour que mes cheveux cachent l'intégralité de mon visage afin qu'on ne me reconnaisse pas en train de me faire masser la plante des pieds.

Oh la honte !

- « Demain tu te recommandes des talons, ça va finir par te rap-porter des problèmes. »

- « Mais je les adore moi ces talons ! C'étaient mes préférés. »

- « Sauf que tu vois bien qu'ils sont trop petits, tu te reprends la même paire et c'est bon ? »

- « Oui bien sûr mais j'y suis réellement attachée, c'est ma grand-mère qui me les a offerts. »

La mention de Abuelita me fait toucher inconsciemment le bijou de ma communion qui entoure ma nuque, j'aimerai tellement la revoir, uniquement l'enlacer et lui dire à quel point je suis désolée pour tout ce qui s'est passé entre nous. Elle se fait de plus en plus âgée, je crains qu'elle ne parte avant que je ne puisse m'expliquer.

- « Alma ! Hermes ! »

Nos têtes se relèvent simultanément, le meilleur ami du brun venait d'apparaitre sous nos yeux telle une hallucination, j'ai presque failli croire qu'il ne viendrait jamais !

- « Nicky ! » hurlais-je en courant vers lui, toujours pieds nus.

Le concerné me porta très facilement vu la musculature qu'il pos-sède et m'enlaça de ses immenses bras autour de mes côtes, m'étouf-fant presque ; les miens resserrant son cou avec force. Il me reposa après quelques minutes puis s'esclaffa lorsque son regard s'est orienté par terre :

- « T'as perdu tes pantoufles de verres ? Fallait me dire que tu tournais le remake de Cendrillon ! Cendrillon la teufeuse, cela ferait un superbe titre. » constata-t-il en bougeant ses mains dans le vide comme-ci son idée allait se matérialiser devant nous.

Mon poing partit sans grande conviction dans son épaule alors qu'Hermes était déjà en train de redescendre afin d'apporter un verre à son ami, je lui proposai donc de s'assoir avec moi le temps qu'il revienne.

- « Lui dis pas qu'en fait il y avait un bar juste ici, ça me fait juste marrer de le voir courir partout comme un cabot. » déclarais-je en me retenant d'exploser de rire en voyant qu'il n'était pas tout à fait en bas. Je retire ce que j'ai dit plus tôt, ça commence à monter au cerveau.

- « Tu es diabolique. Ne sois pas surprise s'il te verse l'intégralité de sa bouteille d'eau sur la tête. »

- « Hermes ne boit pas ? »

- « Attends encore un peu on est qu'en début de soirée mais son père buvait beaucoup quand il était gosse alors ça dépend des fois. »

- « Je vois, mais s'il refuse tu ne vas pas me laisser boire toute seule hein ? Un peu la honte sinon. »

- « Alma Galuna a donc bien peur de quelque chose ? Notre pote me doit un demi-millier. »

« Notre » pote. Cette phrase sonna tellement fausse au moment où il l'a prononcé, ou peut-être est-ce mon imaginaire qui me joue un mauvais tour cependant je n'arrive pas à déterminer ce que nous sommes désormais.

Collègues ? Bof, un peu plus que ça je dirais.

En couple ? Nan certainement pas ! On ne s'est jamais embrassé et puis ce que je ressens envers lui se résume à une seule et minuscule séance de masturbation, de plus ce n'est pas sûr qu'il éprouve quoique ce soit à mon égard. Si ça trouve, il me déteste toujours autant et attend juste le bon moment pour m'abattre.C'est comme la première fois où on s'est rencontré... Je pense que pour des raisons évidentes je ne broierais pas la prochaine boisson qu'il m'apportera, question de sécurité.

- « Attends tu as bien dit que vous aviez parié cinq-cents-mille dollars sur moi ? Vous êtes des grands malades. »

- « Je voulais lui prouver que tu n'étais pas aussi infaillible comme il le pensait, j'espère que tu ne le prends pas mal hein ? »

Je secoue ma tête de gauche à droite, lui indiquant mon désaccord avant de partir me chercher un nouveau verre. Ils ont parié sur moi, un sentiment de colère et de trahison se repend à l'intérieur de moi.

« J'espère que tu le prends pas mal hein ? » Ma main dans vos gueules vous allez voir si je le prends pas mal !

C'est horrible, j'ai envie de crier, frapper dans un truc ou bien je sais pas tout détruire ! En fait, j'ai juste envie de m'en aller.

Assise sur une des chaises que propose le comptoir, la tête dans les mains et le besoin de chialer pour tout évacuer, je ressemble à une meuf qui vient de se faire quitter après deux ans de relation et qui doit se soûler pour oublier. Classe comme toujours.

Ouvre pas trop ta bouche, tu as été cette personne cocotte.

C'est pour ça que je dis ça.

- « Est-ce que tout va bien ? »

Je relève la tête et mon coeur crût lâcher en voyant la pure merveille devant moi : le barman. Un putain de barman avec les cheveux longs et noirs magnifiques, des yeux en amandes tout juste divins, un nez en trompette incroyable et des lèvres rosées à souhaits.

- « Ah euh- ouais ça va merci. Je vais vous prendre cinq shots de tequila s'il vous plaît. »

- « Je vous fais ça tout de suite. »

Il se retourna et mes joues chauffèrent encore plus ; ce que je ne vous ai pas dit, c'est que si vous payez un poil plus cher le carré vip, vous avez le droit à l'entièreté d'un service torse nu. Bien évidemment, celui-ci est composé uniquement d'hommes que j'ai sélectionné.

Chacun ses petits fantasmes malsains écoute.

C'est pas malsain de se faire plaisir, surtout pas en boîte. Et puis c'est un petit kiff personnel, j'ai bien le droit de me rincer l'œil de temps en temps non ?

L'homme revient avec ce que je lui ai commandé mais en double.

- « Mince, je vous en avais demandé seulement cinq. Je suis confuse pardon. » avouais-je en me liquéfiant sur place, quelle gourde ! Maintenant on va encore plus me prendre pour une désespérée.

- « Je sais bien mais il est hors de question que je vous laisse boire toute seule. »

- « Vous êtes sûr ? Je ne vais pas vous forcer à quoique ce soit hein ! »

Il a l'air de rayonner la gentillesse ça se sent.

Tu vas voir quand tu te feras prendre entre deux bennes à ordures, tu le trouvais beaucoup moins sympathique d'un coup.

Oh la ferme toi aussi, si je n'ai même plus droit de juste boire avec quelqu'un autant m'enfermer chez moi pour le reste de mes jours alors.

- « Vous me forcez à rien si c'est moi qui vous le propose ? »

- « C'est vrai. Alors à notre rencontre ? »

- « À notre rencontre. »

☐☐

Ma tête tourne et je ne sens même plus la douleur que je ressentais il y a quelques minutes, dorénavant je porterai ces chaussures uniquement si j'ai la conviction de m'arracher la gueule.

Dansant avec tout le monde à l'étage, je ne pense plus à rien, je ne me soucie plus de rien ni de personne : pas d'Hermes, pas de Laura, pas de famille pour me les briser. Juste la liberté.

Mon bassin accroché au sien et ses mains contre ma taille, il m'indique le rythme à suivre : après que nous ayons enfilé notre rail, ma langue s'est déliée toute seule, pas au point de lui raconter ma vie lorsque j'étais encore qu'un spermatozoïde mais en tout cas une bonne partie. Je ne sais pas pourquoi pourtant j'ai eu l'impression qu'il me comprenait, je sais c'est débile mais il fallait bien que ça sorte à un moment ou un autre.

Alors que ses mains descendaient un peu plus bas le long de mes hanches, je me sentie arrachée à lui par deux autres grandes mains ornées de bagues.

Hermes.

Je me retourne pour lui faire fasse tout en m'écartant de lui en poussant son torse sans qu'il ne me lâche pour autant :

- « C'est quoi ton pro- un hoquet me coupa dans ma phrase blème ? »

- « Mon problème c'est que t'es complètement arrachée et que tu danses avec un mec que tu connais depuis vingt minutes à peine. »

- « Mais en quoi ça te regarde putain ? T'es pas mon père à ce que je sache. »

- « Heureusement, j'imagine même pas la honte qu'il doit ressentir. »

Mon visage qui était jusque-là en colère et mes sourcils baissés se relâchèrent instantanément, mon cœur se comprima avec violence dans ma poitrine tandis que des larmes naissaient au coin de ma cornée à mesure que je maintenais mon regard dans le sien. Il n'avait pas osé ? Pas sur ça.

Mais quel connard ! Claque-le Alma, ne laisse pas cet abruti impuni.

Une haine que je ne connais que trop bien prit le dessus et ma paume partit sans plus attendre dans sa joue et sa tête pivota durement vers la droite. Le son aigu de la gifle avait résonné dans toute la pièce puisque visiblement la musique s'est directement arrêtée après.

- « Ne parle plus jamais de mon père connard ou se sera plus qu'une gifle la prochaine fois. »

Et c'est sur ces belles paroles que je me dégage de son emprise avant de marcher vers la banquette de toute à l'heure, j'y récupère mes affaires et fonce en bas me cacher dans les toilettes.

Putain même ici la lumière est rouge, un truc en plus à changer dans ce club.

Mon dos se plaque douloureusement contre la porte, mes jambes me lâchent, m'obligeant à m'assoir sur le sol immonde ; mes ongles s'enfoncent dans la chair de mes bras nus et mes larmes s'écrasent sans ménagement sur mes genoux, je ne me suis jamais sentie aussi misérable de toute ma vie. D'ailleurs je n'ai même pas pris la peine de vérifier qu'il n'y ait personne avant de fondre en larmes.

Mon cerveau tourne à cent à l'heure alors que mon estomac se retourne encore et encore jusqu'à ce que je sois obligée de courir en direction de la cuve la plus proche pour y vomir tout l'alcool que j'ai ingéré ces dernières heures. Ma gorge brûle dû à l'acidité, j'ai le sentiment de ne plus pouvoir respirer, d'étouffer sous le poids de la pression.

Après avoir tout vidé, je tire la chasse d'eau sans pour autant me relever. Ma tête finit sur le rebord de la cuvette alors qu'une boule d'angoisse se forme à l'intérieur de mon ventre, elle grandit de plus en plus, je crois même qu'elle serait capable de me refaire vomir.

Je me remets sur mes deux jambes avant de tituber en direction du lavabo, je cherche dans mon petit sac à main la petite brosse à dents que je trimballe toujours sur moi, j'y étale le dentifrice puis commence déjà à frotter lorsqu'une personne déboule telle une furie :

- « Putain je t'ai cherché partout ! »

Je l'ignore royalement et continue de brosser mes molaires puis mes incisives. Le message doit passé d'une manière ou d'une autre.

Remarquant mon ignorance, il poursuit :

- « Alma je te parle ! »

- « Ouais sauf que moi je veux pas te parler. » répondis-je en me rinçant la bouche, j'attrape une serviette en papier et m'essuie avant de lui faire face.

- « Je voulais pas dire ça. »

- « Ouais mais tu l'as quand même dit. Pousse toi. »

Je l'ai même pas encore dépassé qu'il me rattrape et me plaque sur le mur derrière lui, ses mains pressant mes épaules sur les carreaux froids et son corps musclé frôlant le mien me déplaisent particulièrement, encore plus maintenant.

- « Arrête de m'ignorer ! »

- « Mais t'es complètement taré ma parole ! Lâche moi, j'ai pas envie de voir ta tronche ! »

- « Je le pensais pas ok ? J'ai juste trouvé ça complètement irresponsable, j'étais en colère. »

- « Mais putain en quoi ça te regarde ? J'allais pas coucher avec lui non plus espèce de malade ! Donc c'est ça maintenant ? J'ai même plus droit de danser avec quelqu'un ? C'est quoi la prochaine étape, tu vas me couper la main parce que j'ai donné une pièce à un sans abris dans la rue ? T'es ridicule ! »

- « J'ai eu peur pour toi putain ! »

Ma voix mourut dans ma gorge face à sa révélation : il s'est inquiété pour moi ? Sérieusement ?

- « J'ai eu peur qu'il t'arrive quelque chose et que tu ne t'en remettes pas. Je n'ai pas su te protéger la dernière fois alors que tu étais juste sous mes yeux, je ne veux plus que ce genre de drames se reproduisent. Surtout pas quand je suis là. »

- « Ça te permet pas d'insulter les membres de ma famille comme ça. »

Nos iris s'accrochent ensemble pendant ce qui me semble une éternité, mon épiderme se recouvre de frissons assez agréables. Le brouhaha en dehors de la pièce augmente de plus en plus mais nous étions dans notre petite bulle insonorisée à nous, nous éloignant alors de la réalité.

- « Je te hais Hermes. » dis-je en collant mes lèvres brutalement contre les siennes, je demeure toujours un peu alcoolisée et ça se ressent dans mes actions : je ne l'aurais pas embrasser en étant sobre c'est une certitude.

Sous le choque, sa bouche ne bougea pas pendant quelques instants mais avant que je ne me décide à me retirer, il attrapa mon visage entre ses deux mains pour le rapprocher du sien et commençait à mouvoir sa bouche contre la mienne. Nos lippes dansent ensemble dans un mouvement lent et langoureux, nous permettant de ressentir la moindre parcelle de désir.Le souffle court et rapide, j'oublie aussitôt tous mes tourments et me laisse couler dans les abysses du plaisir, mes phalanges plongent dans ses longs cheveux bruns alors que les siennes glissent sur l'arrière de cuisse qu'il remonte jusqu'à son bassin alors qu'il appuie sur mon intimité avec son renflement, me procurant des sensations incroyables.Sa langue se rajouta à la partie et lécha sensuellement la commissure de ma peau carmin, forçant la lisière qui nous sépare pour fusionner.

- « Hermes... » soupirais-je haletante et désireuse de plus, beaucoup plus.

- « Dis moi ce que tu veux. »

- « Tu sais déjà ce que je veux, crétin. »

Je suis incapable de dire un seul mot de plus, trop concentrée sur ce qu'il me fait ressentir. Ses ongles courts transpercent la peau fine du haut de ma cuisse.

Après tout, qu'est-ce qu'on risque ? Lâche prise.

Entrouvrant suffisamment la bouche, je le laisse s'introduire à l'intérieur, autorisant nos muscles humides à faire qu'un. Alors que nous tournions littéralement autour, sans que je ne m'y attende, il stoppa notre échange et mord mon cou, plus précisément mon point de pulsation autrement dit l'endroit le plus sensible de ma nuque. Je me fais violence pour ne pas hurler, mes dents s'enfonçant dans ma lèvre inférieure mais au lieu de continuer son doux supplice, il tira dessus et la caressa du bout du doigt :

- « Je n'ai pas l'intention que tu te blesses alors... »

Il glissa son pouce à l'intérieur de ma bouche, jouant inconsciemment avec mon muscle rose.

- « Si tu as besoin de mordre quelque chose, mords moi. Que je sois pleinement conscient de ce que je te fais ressentir. »

Et il repartit là où il en était, sa main empoignant plus fermement ma jambe. Ma respiration s'accélère à mesure qu'il se baisse sur mon buste, je sens son sourire s'étirer contre ma clavicule droite qu'il vient attraper avec ses dents juste après. L'envie était trop puissante, je plante mes incisives à mon tour dans le haut de son pouce, ne pouvant faire que cela.

- « Ta robe me gêne. » lâcha-t-il entre deux bisous humides sur l'ensemble de mon épaule.

- « Personne ne t'empêche de la retirer. » répondis-je à mon tour en appuyant sur l'arrière de son crâne.

- « Dans ce cas. »

Il me porta et nous déplaça dans l'une des cabines avant de fermer la porte à clef sans me lâcher, sa main droite soutient mon postérieur alors que sa main gauche fait glisser la fermeture éclair dans un geste lent et insoutenable.

- « Par pitié, dépêche toi. »

- « Ne sois pas aussi pressée petit coeur, tout vient à qui sait attendre. »

Ah mais quelle enflure.

- « Je te déteste Hermes. »

- « Je sais. »

Il fit glisser les deux bretelles fines le long de la courbe de mes épaules avec juste la pulpe de ses doigts, faisant exprès de me frôler, mais sans permettre au col de ma robe de tomber en dessous de mes seins.

- « Tu sais quelle partie de ton corps je préfère ? »

- « J'en sais rien. Mes seins ? »

- « Nan juste en dessous, celui de gauche particulièrement. »

- « Mon cœur ? Qu'est-ce qu'il a mon cœur ? »

- « Il est pur. »

Mes yeux s'écarquillent, ce mec est vraiment pas croyable.

- « Ferme la et baise moi. Maintenant. »

- « Avec plaisir. »

La chaleur que je ressentais dès lors disparaît lorsqu'il s'écarta de mon anatomie pour défaire sa ceinture, cette même ceinture avec laquelle il emprisonna mes deux poignets puis il m'accrocha au petit pic du porte-manteau toujours en me maintenant contre lui.

- « Alors comme ça, ton fantasme c'est d'attacher tes plans culs ? »

- « Mon fantasme est un peu plus détaillé que ça. »

- « Ah oui ? »

- « Hm hm, mon fantasmes c'est de t'attacher toi. Et l'autre est de te prendre dans toutes les pièces de ton appart. »

Sa paume placée sur la courbure de mon dos se décale sur mon flanc avant de s'arrêter juste en dessous de mon sein gauche.

- « Je peux te toucher ? »

- « Bien sûr que oui. Maintenant, moins de parlottes plus de capotes. D'ailleurs t'en as une ? »

Il fouille dans sa poche arrière et en sort un petit carré d'aluminium.

- « Ah ouais donc en fait t'avais déjà prévu de tirer ton coup ? »

- « T'avais pas dit moins de parlottes ? »

- « T'as raison. Grouille toi, j'en peux plus. »

Il souleva l'ourlet inférieur de ma robe sur mon abdomen et décala celui-ci de ma culotte sur le côté. La flamme de désir qui danse dans ses yeux se transforme en brasier ardent en détaillant mon sexe exposé qui dégoulinait de cyprine. Il défit immédiatement sa braguette et sortit son membre nervuré de son caleçon.

- « Qu'on soit bien clair, pas de sentiments. » déclara-t-il en mettant le petit bout de latex sur son sexe.

- « Hors de question. »

- « Bien. »

Un courant d'air froid frappa ma vulve lorsque qu'une personne ouvra la porte principale, me faisant courber l'échine et alors que je m'apprêtais à gémir, il plaque sa main contre ma bouche pour me faire taire.

- « Tais-toi mon cœur, ça me ferait vraiment chier de te bâillonner. »

Il enlève délicatement sa paume et la dirige plus bas, il ne tarde pas à s'immiscer entre mes lèvres et à chercher mon clitoris. Je fais de mon mieux pour me taire, le suppliant presque des yeux qu'il s'arrête juste le temps que l'individu parte. Mais il ne le fit pas, pire encore, lorsqu'il trouva ce qu'il voulait, il pinça la petite boule de nerfs tout en me regardant droit dans les yeux, se délectant de mes réactions et de mes gesticulations.

Des larmes de plaisir coulent le long de mes pommettes, c'est trop bon putain.

Nous entendons la porte se claquer quelques minutes plus tard et ce fut un soulagement, mon corps tendu de stress se détendit à mesure qu'il s'amusait à faire des vas et viens entre mes plis sans jamais toucher mon vagin, se contentant d'uniquement le frôler. Il sourit puis me chuchote :

- « Tu as été une bonne fille, et les bonnes filles méritent des récompenses. »

Son annulaire dorénavant couvert de mon jus, s'infiltra à l'intérieur de moi et caressa d'emblée mon point sensible, propre à toutes les femmes. Le moindre de ses gestes fait vriller mon cerveau et m'envoit dans une autre dimension.C'était déjà trop pour moi, mes iris roulaient vers l'arrière lorsqu'il combina avec sa langue sur mon mamelon érigé ; il lèche, tourne, mord chaque endroit de mon sein, m'obligeant à abandonner toutes tentatives de résistance.

- « Hermes ! » criais-je en tirant sur la lanière de cuir.

Mes hanches l'accompagnent dans ses actions, j'avais besoin de plus qu'un doigt même si celui-ci me faisait déjà trembler. Une petite boule commença à se former dans mon bas ventre tandis qu'il augmenta la vitesse de ses mouvements.

- « Hermes, j'ai- AH ! J'ai besoin de plus. »

Il prit ma demande au pied de la lettre en insérant un deuxième doigt dans mon entrée, tout l'air que j'avais dans mes poumons s'évapora au moment il traça des cercles imaginaires sur mon bourgeon sensible avec son pouce et ce toujours en me pénétrant de ses deux doigts.

- « Putain je vais jouir, je vais jouir ! »

La petite boule de tout à l'heure présente dans mon utérus semblait grossir à mesure du temps qui passait, les vapeurs de l'orgasme s'amassèrent un peu plus dans mes veines et dans un dernier frôlement, tout explosa à l'intérieur de moi et une pluie d'étoiles s'emparèrent de ma vue.

Une fine pellicule de sueur recouvre toute ma peau, je suis à bout de souffle, ma gorge est sèche et ma tête tourne.

Mon crâne bascule en arrière et frappe le mur derrière moi. La vache c'était violent.

Alors que je me remettais doucement de cette jouissance, la porte s'ouvrît une énième fois dans un élan brusque vu le son qu'elle a fait lorsqu'elle a rencontré le mur.

- « Police ! Sortez tous d'ici. »

Quoi ?

Mon regard scrutait avec peur la seule surface qui nous séparer des forces de l'ordre, si ils la défonçaient maintenant, je me tire une balle.

- « Maintenant que tu as eu ton plaisir c'est à mon tour. »

- « Quoi ? Hermes tu te fous de ma gueule ! » dis-je à voix basse.

- « Quoi ? Il suffit de ne pas faire de bruit. Et tu n'as pas envie de ressentir ce petit frisson à nouveau ? »

- « Je vais pas te laisser avec une éjection aussi grosse que la Tour de Pise donc t'as intérêt à faire vite. »

- « C'est trop gentil. » gloussa-t-il en m'embrassant la joue.

Il empoigne son sexe dans sa main et vient le frotter comme il l'a fait plus tôt avec sa phalange, réveillant alors mon excitation qui se dissipait tout juste. Son gland pulsa contre mon coeur de nouveau trempé, et à mon plus grand malheur il n'entra pas totalement : il joue avec l'extrémité de son penis en faisant des vas et viens lents et délicieux.

- « Dernière sommation ! Si il y a quelqu'un ici, sortez ! »

J'avais presque oublié leur présence ici, et pour la première fois, c'est moi qui me mît ma main contre mes lippes. Et j'ai bien fait car c'est pile à ce moment là qu'il décide d'entrer rapidement et de me pilonner comme un fou, je suis même obligée de me mordre pour ne par brailler mon plaisir aux charmants policiers derrière. Le moindre petit détail de sa queue je le ressens, mes parois se resserrent autour de lui, je me retiens d'exploser une deuxième fois juste pour qu'il prenne du plaisir avant moi.Son agitation ralentit, signifiant qu'il a lui aussi atteint le point de non retour, sa prise sur mes hanches se fait plus ferme et tout en mordant mon épaule, nous jouissons en même temps.

Son front se colle au mien et nos souffles éreintés se mélangent pour n'en former plus qu'un seul.

- « Ça valait le coup d'attendre n'est-ce pas ? » dit-il en me donnant un rapide bisou sur mon front imbibé.

- « Ferme la espèce d'abruti. »

_____

Hello mes babys !! How are you today ?

Et voilà, j'ai promis de me rattraper par rapport au chapitre 7, chose promise chose due !

Je suis super fière de ce que j'ai écrit ! Vous en pensez quoi ?

Maintenant je vous laisse, moi je vais aller réviser.

J'ai failli oublier ! MERCI POUR MES 100k !! MERCI MERCI MERCI !! Ça me fait hyper plaisir à un point, vous imaginez même pas.

J'espère que ce chapitre vous aura plu !

N'oubliez pas de voter, ça fait toujours plaisir !

Prenez soin de vous et de vos proches. □

Gros bisous sur vos bouilles, M.J

(: Swimming Pools - Kendrick Lamar)

N'oubliez pas de votez mvs !!Bonne lecture !

New-York, Etats-Unis, 00h53

Nos deux corps trempés de sueur bougent d'une façon erratique, pressés l'un contre l'autre dans une cabine de moins de quatre mètres carrés, essoufflés comme des lapins en chaleur qui viennent de baiser ensemble, ce que nous venons exactement de faire. Et d'ailleurs c'était incroyable, la preuve j'ai joui.

Sa respiration saccadée s'écrase sans ménagement sur mon visage, mes mains toujours sur ses hanches, je les serre comme-ci elles allaient s'envoler.

- « Faudrait peut-être envisager de sortir tu crois pas ? » chuchotais-je en collant mon front contre le sien.

Elle hoche positivement de la tête, incapable de prononcer le moindre son. Un rictus déforme le coin de mes lèvres, assez fier de l'effet que je lui ai procuré, puis détache la ceinture qui maintenait

ses poignets ensemble le plus silencieusement possible ; ceux-ci retombent ballants, trop mis à l'épreuve en si peu de temps.

- « Alma ne t'endort pas s'il te plait, c'est pas le moment là. »

- « T'es drôle toi, mais c'est pas toi qui vient de te faire pilonner
deux fois. »

- « Ça veut dire que t'as aimé ? »

- « Pas qu'un peu putain. »

La prise qu'elle effectuait avec ses deux jambes sur ma taille se
relâcha peu à peu jusqu'à ce que ses talons ne touchent le sol, elle
remit en place son sous-vêtement ainsi que les bretelles de sa robe
noire avant de me regarder, un éclat d'inquiétude dansant dans ses
pupilles.

- « Qu'est-ce qui y'a ? »

- « On va faire comment pour sortir maintenant gros malin ? »
demanda-t-elle en désignant la porte d'un simple mouvement de tête.

- « J'en sais rien moi, t'as une idée ? »

- « Prie pour qu'elle fonctionne. On va faire genre que je suis
sourde et muette ok ? T'expliqueras aux flics que tu m'accompagnais
seulement pisser. »

- « Putain mais je sais pas parler la langue des signes ! »

- « Tu te fous moi ? C'est le premier truc que tu dois apprendre
abruti ! »

Elle inspira profondément l'air par ses narines avant de l'expirer par
sa bouche, sa main contre son menton, elle déclara :

- « Dans ce cas, mets les dans le contexte et ouvre plus ta bouche jusqu'à ce qu'on te le demande. Si je te dis maintenant, tu les assommes et tu me suis. »

- « Bien Madame. »

Ses yeux roulèrent vers le ciel puis elle tourna le verrou des toilettes avant de sortir les mains en l'air, je la suis de près et à peine sorti, des flashs lumineux blancs éclairent ma figure. Je hais les lampes-torches putain. Le bruit des sécurités de leurs armes ne me dit rien qui vaille, je déglutis avant qu'un des membres des forces de l'ordre ne nous demande :

- « Qu'est-ce que vous faisiez là dedans ! »

- « Excusez-nous monsieur mais mon amie ici présente est sourde et muette, elle avait besoin que je l'accompagne aux toilettes. »

Ils sont trois tout au plus, si Alma et moi prenons les deux premiers devant nous, le troisième s'enfuira prévenir ses collègues, ou avec un peu moins de chance, nous collera une balle entre les deux yeux sans problèmes. Si seulement Nicky était là, d'ailleurs j'espère qu'il est parti d'ici lui aussi.

- « Vous aviez besoin d'être deux dans la cabine pour qu'elle pisse ? »

- « Et plus si infinité monsieur. » rigolais-je en faisant un clin d'œil alors qu'Alma me donna un puissant coup de coude dans les côtes.

- « Epargnez-nous les détails vous voulez. »

L'officier qui parlait à l'instant demande les papiers de la jeune femme avec ses mains, enfin je crois que c'est ça car elle cherche dans son mini sac à main et en sort une carte d'identité qui m'a l'air bien bidon. Toujours avoir un coup d'avance, voilà sa devise.

- « Hmm ça m'a l'air en règles. Vos papiers. » m'ordonna-t-il en tendant sa main droite.

Génial.

- « Excusez-moi mais je ne les ai pas sur moi, je les ai laissés à l'étage. »

- « Très bien dans ce cas on va vous accompagner les chercher ? Passez devant. »

- « Aucuns soucis. »

Je passe entre le petit groupe d'agents et deux d'entre eux me suivent dans ma démarche, nous sortons ensemble des WC et nous nous dirigeons à l'étage. Évidemment je n'ai pas de papiers, que ce soient des vrais ou des faux, je n'ai rien sur moi actuellement. Je n'ai plus qu'à prier le ciel pour qu'Alma me sorte de ce piétrain et vite !

- « Hé ! »

Un cri nous fit nous retourner et j'aperçus la mafieuse avec un bout de tissu sur le nez, son pistolet à poison dans les mains en train de pointer dans notre direction. Putain j'adore cette femme !

- « Je te conseille de te boucher le nez. »

J'obéis et immédiatement, elle tire deux billes, une dans chaque policier. Ils tombent au sol la seconde d'après, leurs corps sont pris de violents spasmes, de toux grasse et même que de la mousse remplit leur cavité buccale.

- « On a pas le temps de les regarder du con, cours ! »

Elle fonça dans ma direction puis attrapa mon poignet avant de courir à toute vitesse vers les portes de l'ascenseur, celles-ci s'ouvrirent sur un deuxième groupe d'individus, cette fois-ci bien plus nombreux et équipés.

- « Merde, dans l'autre sens ! »

Nous revenons sur nos pas pour finir par retourner dans les toilettes, elle me lâche lorsque nous sommes tous deux à l'intérieur puis se précipite dans une cabine.

- « Garde la porte fermée si tu veux survivre. Je me dépêche. »

J'obéis sans rechigner, pour une fois elle a l'air de maitriser la situation, plus que moi en tout cas. Je l'entendis monter sur la cuvette des toilettes puis vis ses petites mains arracher la grille d'aération avant de la jeter sans ménagement sur le carrelage et de s'y faufiler, ses jambes dépassent quelques secondes et finissent par disparaitre dedans.

Les coups d'épaules qui tentent de forcer la porte dans mon dos se font de plus en plus puissants, ce n'est plus qu'une question de minutes avant qu'ils ne réussissent à casser le verrou et rentrer. Putain Alma j'espère vraiment pour ton petit cul que tu ne m'as pas trahi. Ma mâchoire se serra à cette idée, pleins de scénarios plausibles pour la punir défilent dans ma tête ; mes muscles se tendent alors que mon cerveau se met en mode « off ». Bien tu veux jouer ? Ce sera avec mes règles.

Je m'écarte de la porte et me dépêche d'atteindre à mon tour la bouche d'aération, je grimpe à l'intérieur et dans cette infinité de tunnels, je cherche celui qui me mènera à la sortie. Au bout d'une dizaine de minutes, le son d'une porte qui se fait littéralement démolir se fait entendre depuis les tuyaux, je m'empresse alors de fouiller dans l'unique tube que je n'ai pas inspecté et y trouve enfin une issue. Pas une seule seconde à perdre, je donne un coup de pied imposant dans la nouvelle grille qui me sépare de la liberté et saute de la canalisation.

Une odeur nauséabonde s'infiltre désormais dans mes narines, je baisse la tête vers cette senteur tout en me bouchant le nez : des sacs poubelle ont amorti ma chute.

Super, maintenant je pue la merde.

Je descends de la benne et même si je sais qu'elle l'a prise, je tiens à vérifier si elle a bien « emprunté » ma magnifique Bunny.

Bien sûr qu'elle l'a prise, passe à autre chose. Y'a plus important comme les gros costauds qui sont sur tes talons.

L'air s'amasse dans mes poumons lorsque je respire pour ne pas craquer puis je pars me cacher sous l'une des nombreuses voitures de luxe qui sont restées garer sur le petit parking en espérant que ma corpulence massive ne se retourne pas contre moi. Je bloque ma respiration tellement le stress me fait respirer incorrectement, le goudron tremble sous le poids de leurs chaussures, ils passent juste à côté de moi sans pour autant me cramer.

- « Putain ils sont où ! »

- « Regardez bien devant la boite, ils sont peut-être partis en taxi. »

Non mais ils croient quoi ? Qu'on a sifflé un uber comme dans les films et qu'il a gentiment accepté de nous prendre ? Ça ne se passe pas comme ça dans la réalité mon coco, déjà de un le mec ne prend même pas la peine de baisser sa vitre pour t'insulter et de deux, si t'as un peu de chance il fait attention à ne pas viser tes chaussures lorsqu'il te crache ses glaires.

Je secoue discrètement mon crâne pour faire disparaitre un souvenir très douloureux de ma mémoire puis attends qu'ils se dirigent tous à l'entrée afin de me faufiler et de tracer un sprint vers la ruelle sombre d'en face.

Mon sang bouillonne dans mes veines, cette petite garce a eu le culot de m'abandonner ici tel un vulgaire chien. Je pense qu'on va avoir une petite discussion quand je vais revenir chez elle, du moins si j'arrive à retrouver mon chemin.

Je n'ai même pas le temps de réfléchir à comment faire pour avoir un GPS qu'un bruit métallique parvient à mes oreilles, je me retourne en vitesse pour voir qu'un ensemble de sans abris se réchauffaient autour d'un bidon en train de brûler, un d'eux ouvrit le couvercle de sa boite de conserve tout en piochant à l'intérieur. Cette scène me brisa le cœur, je me plains encore de ma condition alors que d'autre sont dans un bien pire état.

- « Pardon messieurs, je ne voulais pas vous déranger. »

- « T'inquiète pas pour nous bonhomme, c'est clairement pas nous que tu vas déranger. Tu veux t'assoir quelques minutes ? J'ai l'impression que tu viens de courir un marathon dans une course en sacs. » gloussa un homme alors que les autres le suivi de près.

- « Ouais je veux bien, merci beaucoup. »

Je m'installai à leur côté puis laissa le temps au feu de me partager sa chaleur, j'ai beau le répéter encore et encore mais l'été à New-York c'est comme l'été au pôle Nord, tu ne le ressens pas.

Je n'aurais jamais cru que cette situation arriverait un jour, c'est tout bonnement hallucinant.

- « Vous en voulez les gars ? » demanda le vieil homme en tendant son bocal en ferraille.

- « Attendez. Venez avec moi. »

Je me remets sur mes deux pieds puis les aides à se lever à leur tour puis nous marchons vers l'une des seules superettes encore ouvertes à cette heure. Des passants nous dévisagent cependant je n'y prête aucune attention.

- « Ces gens sont des débiles qui n'ont jamais connu la souffrance, ce n'est pas à eux de vous juger mais bien l'inverse. »

- « Alors toi aussi tu as connu la misère ? »

- « En quelques sortes oui, mon père m'avait chassé de la maison à dix ans. J'ai donc dû dormir dehors, manger dehors et me débrouiller dans le froid glacial de l'hiver. »

Les souvenirs de cette semaine de carnage me revient peu à peu en mémoire.

Flashback

- « Père s'il vous plait ! Ne me faites pas ça. » m'époumonais-je en essayant de lutter contre l'air glacial.

- « Tant que tu ne te serras pas endurci, tu ne mettras pas un seul pied ici. »

Ce sont les derniers mots que mon paternel m'ait adressés avant de claquer violemment la porte d'entrée alors que je me les gelais sur le perron tandis que la neige tombait en grande quantité. C'est le réveillon de Noël et je me retrouve dehors, enveloppé dans un vieux plaid pas plus épais qu'une feuille.

Des cris percent le bois de la porte, ce sont ceux de Maman. Même si je ne les distingue pas très bien, je peux néanmoins en comprendre leur sens : ma mère supplie mon père de me laisser rentrer, que j'allais mourir de froid ou de faim, ou bien même d'une chute, que des gens allaient m'enlever, me séquestrer, me torturer.

Mes veines se glacèrent, non de froid mais bien de terreur : qu'allait-t-il m'arriver dehors ?

Je fais de mon mieux pour me redresser puis finis par accepter mon triste sort, je marche vers le grand portail de la maison puis l'ouvre et m'en vais définitivement du domaine Luega.

Les rues de New-York sont vides, logique vu que tout le monde est chez soi avec sa famille, à manger un bon repas ou à regarder un film cliché.

La chance.

Au moins elles sont éclairées, ça m'évite donc de m'aventurer seul dans le noir. Maman avait raison, je suis bel et bien en train de mourir de froid et de faim, mon estomac gargouillant le confirme. Je continue de marcher comme un vagabond, le regard figé sur mes chaussons qui compriment les petits flocons, jusqu'à ce que des panneaux clignotants ne me fassent lever les yeux : c'est une petite supérette qui propose des macarons, des gaufres et encore pleins d'autres douceurs.

Mes yeux s'illuminent, Maman aime bien m'emmener ici après l'école, c'est toujours super bon !

Je cours me réchauffer à l'intérieur, la petite clochette accrochée au-dessus de la porte en bois qui sert à prévenir qu'il y ait de nouveaux clients retentit, faisant lever la tête de la marchande qui était plongée dans son journal qui doit être visiblement passionnant car je ne l'ai jamais vu avec un autre que celui-là. Elle a dix ans de plus que moi, je me demande si à son jeune âge elle a déjà cet endroit à son nom.

- « Hermes ! Mon petit cœur, qu'est-ce que tu fais dehors tout seul dans le froid ? »

- « Je me suis enfui. »

- « Hein ? Comment ça ? Pourquoi ? »

Merde, vite une excuse !

- « Eh bien papa a été super chiant avec moi. Il a pas arrêté de me gueuler dessus, de me dire que j'étais qu'un incapable. Ça m'a soulé, je suis parti. »

Super comme excuse ça.

- « Arrête de dire des gros mots ! T'as pas encore l'âge pour ça. »

- « Pardon c'est juste que ça m'énerve. » dis-je en croisant mes bras sur mon torse alors qu'elle m'invita à m'assoir sur la chaise à côté de la sienne.

- « Évidemment que ça t'énerve, c'est normal. Tiens, c'est un cadeau. »

Elle me donna d'abord une serviette en tissu puis plaça une gaufre dessus.

- « Fait attention, elle vient de sortir du four. »

- « Merci Debbie. »

- « Pas de soucis, prends la avec toi on y va. »

- « Où ça ? »

- « Chez toi. »

Étant toujours perdu dans mes pensées, je ne vois pas la personne devant moi et lui rentre dedans.Ses cahiers tombent tombent au sol tandis qu'elle râle :

- « Putain tu peux pas faire attention où tu vas ! »

- « C'est pas la peine d'en faire toute une caisse c'est que des cahiers. » dis-je en retour en l'aidant à ramasser ses livres.

La femme releva sa tête et son regard tombe dans le mien, mes yeux s'écarquillèrent lorsque je l'ai reconnue :

- « Debbie ! »

- « On se connaît ? »

- « C'est moi. Hermes ! »

- « Hermes ? Hermes Luega ! »

- « Oui c'est moi ! »

- « Putain de merde ! Hermes c'est vraiment toi ? »

Elle me saute dans les bras limite en pleurant, je la serre contre moi comme un malade. Je l'étouffe même, putain elle m'a trop manqué !

- « T'as tellement changé ! Qu'est-ce que t'es grand maintenant, c'est impressionnant. »

- « T'as pas mal changé toi aussi. Ça fait quoi ? Six mois ? »

- « Bien plus, deux ans ! »

- « Deux ans ! »

- « Je te jure, viens à l'intérieur il fait froid. »

- « Ça te dérange si eux aussi ils viennent à l'intérieur ? »

Je me décale d'un ou deux pas pour laisser la possibilité à Debbie de voir le petit groupe que j'emmenai justement à sa boutique. Elle réfléchit une dizaine de secondes puis accepte finalement, ouvrant la porte et nous laissant tous passer les premiers.

- « Choisissez ce que vous voulez, c'est moi qui paye. »

Les cinq hommes disparaissent dans les rayons afin de choisir ce qu'ils veulent manger, Debbie se rapprocha de moi avant de déclarer :

- « Dans quel merdier tu t'es encore fourré toi ? »

- « J'ai échappé au flics, et je me suis retrouvé ici avec un petit groupe de sdf très sympa. »

- « T'as toujours eu un faible pour les ailes brisées. »

- « Je dirai plutôt les âmes. »

- « C'est la même chose ! »

Elle me dépasse pour s'installer à l'arrière de la caisse lorsqu'ils reviennent tous avec de la nourriture dans les mains, ils déposent leurs affaires sur le tapis roulant et attendent qu'elle scanne tous les articles avant d'annoncer le prix :

- « Ça te ferra quatre-vingt-dix dollars. »

- « Quatre-vingt-dix ? Tu as baissé tes prix ? »

- « Pas le choix, à cause de l'inflation les gens trouvaient que les prix que je devais mettre de base étaient déjà trop haut, alors pour ne pas finir sous les ponts, j'ai dû descendre encore plus. »

- « Les gens sont ridicules, les petits commerces aussi ont besoin de vivre de leurs moyens. »

- « Je suis désolée mon petit cœur mais c'est comme ça. »

Je soupire et sors un billet de cent avant de lui donner et de déclarer :

- « Garde la monnaie, tu penses que ce serait possible pour toi de me ramener chez moi ? J'ai... paumé ma caisse. »

- « T'es un vrai débile tu le sais ça ? »

- « On me l'a déjà dit. »

Je lui envoie un baiser pour la narguer. Le petit groupe se décide enfin à partir alors que chacun d'entre eux aient décidé de me faire un câlin avant de partir.

La jeune femme gloussa en voyant l'action et finit par s'en aller elle aussi, son bras se glissa en-dessous du mien puis elle m'entraîna avec elle en dehors de la supérette tout en fermant le magasin à clef.

- « T'as de la chance que je doive faire un détour avant de rentrer. »

- « Un détour ? Oui il faut que je récupère ma petite sœur de sa soirée. »

- « Putain c'est vrai, Gaby va bien ? »

- « Bah oui et pas qu'un peu, cette petite peste à fêté son seizième anniversaire hier elle maintenant elle croit qu'elle peut sortir en me demandant de la ramener à pas d'heure. »

Nous arrivons dans une petite ruelle très mal éclairée puis nous pénétrer à l'intérieur de sa petite camionnette rouge, sa peinture commence à se détériorer.

- « Pourtant c'est exactement ce que t'as fait le jour de mes vingts ans nan ? »

- « Oui sauf que là c'était pas pareil, toi t'étais déchiré à souhaits et c'est ta mère qui m'a appelé en pleurs, me suppliant de te retrouver. J'ai dû faire quinze boites différentes, j'éprouve d'ailleurs encore de la rancoeur à ton égard. »

Nous rigolons tous les deux avant qu'elle ne fasse un magnifique créneau.

⬜⬜

Debbie se gare sur l'unique place qui est encore disponible devant l'immeuble d'Alma, si cette petite peste pense qu'elle va s'en sortir indemne, elle se fourre le doigt dans l'œil. Je revois ma petite voiture chérie, la seule femme qui m'a vraiment aimé.

- « Les gens ont bien de la chance de se payer des voitures comme celle-là. »

Si seulement tu savais ce que j'ai dû sacrifier pour en arriver là.

Mes jointures blanchissent pendant que mes poings se serrent entre eux, je déteste que l'on me prenne pour un con, surtout quand il s'agit de mon entourage.

- « Merci de m'avoir raccompagné chez moi, c'est vraiment gentil. »

- « Oh t'inquiète pas pour ça, c'était pas grand chose. »

Je détache ma ceinture avant d'ouvrir la portière et de m'extraire du véhicule, elle fait de même puis nous nous rejoignons devant la voiture. On se regarde longuement avant qu'elle ne m'enlace, ça faisait longtemps qu'on ne s'était pas fait une accolade, une vraie en tout cas.

- « Bien, je pense qu'il est temps que j'aille chercher Gaby. »

- « Ouais, fait pas attendre ce petit monstre. »

- « À plus Hermes. »

- « À plus Debb' »

Elle ricana en entendant le petit surnom que je lui avais attribué à l'époque puis repartit dans son camion et disparue dans le brouillard.

Bien maintenant que boulet numéro un s'est en aller, je peux m'occuper de bouffonne numéro deux.Je vais l'étriper cette grognasse, je la balancerai bien par dessus son balcon.

Je m'empresse d'avancer vers l'entrée du bâtiment, tape le mot de passe sur le code digital puis entre comme une furie à l'intérieur. J'écrase le bouton du dernier étage et la boîte de métal monte à toute vitesse, mes dents grincent entre elles, ce que je ressens à son égard est un euphémisme de la colère, c'est un cran au-dessus actuellement.

Les portes de l'appartement me donnent afin accès sur l'entrée, mes pupilles glissent en direction du carrelage : ses talons Yves Saint Laurent reposent dans son rangement à chaussures, je ne comprends vraiment pas pourquoi toutes les filles raffolent de ses chaussures, la seule différence qui sépare ses talons des autres est les initiales d'un grand créateur de mode et le prix aussi.

Sérieux, qui est assez fou pour dépenser presque mille-deux-cents balles dans des chaussures ? Chaussures qui sont même pas belles en plus.

J'entre tandis qu'une voix remplie de malice se fait entendre depuis le salon :

- « T'en as mis du temps chouchou. J'ai bien cru que je devais aller te chercher au poste et payer ta caution. »

- « Espèce de sombre salope, t'avais tout prévu depuis le début pas vrai ? »

- « Pour ce qui est de la police, non. Mais pour l'évasion, oui. Mais rassure toi, ça n'a pas été sans mal : mes jambes n'arrêtaient pas de trembler pendant le trajet, je crois bien qu'elles le font encore. »

- « Va te faire foutre Alma. »

- « Si c'est par toi y'a pas de soucis. »

- « Génial, une groupie en plus. »

- « Je ne dirais pas groupie, je ne cherche pas du tout à recevoir ton affection, au contraire, elle m'est bien égale. »

Je souffle du nez et marche jusqu'au canapé où elle fume une cigarette, la fumée se dispersant dans les airs.

- « Tu fumes à l'intérieur toi maintenant ? »

- « Ève ne rentre que dans quelques heures, l'odeur et la toxine se seront bien évaporées avant qu'elle ne revienne à la maison. » - « Tu es encore bourrée ? »

- « Peut-être bien oui. »

Elle a écrasé son mégot dans le cendrier posé sur sa table basse, puis se remit sur ses pieds en titubant. Elle fit de son mieux pour avancer dans ma direction mais trébucha, je courus vers elle larattraper car si je ne l'avais pas fait, sa tête se serait éclatée contre le rebord de sa table en céramique.

- « Putain Alma fait gaffe. »

- « J'ai pas fait exprès, je- je te le jure. »

- « Bien sûr que tu ne l'as pas fait exprès imbécile. Viens-là. »

Son demi cadavre tombait sans grande retenue dans mes bras, je la porte à nouveau telle une princesse puis monte une à une les marches de l'escalier en colimaçon, putain forcément Madame a décidé de prendre la forme la plus casse-couille à monter.

Nous nous retrouvons dans sa chambre, j'hésite à la mettre en pyjama et de l'abandonner là mais de l'autre, lui faire prendre une douche n'est peut-être pas non plus une mauvaise idée en fin de compte.

Je soupire de fatigue avant de la coucher pour l'instant dans son lit et commence à me déshabiller car il est vrai que j'ai bien besoin d'une douche moi aussi, surtout après cette course-poursuite qui s'est terminée dans les poubelles.

Je garde bien évidemment mon caleçon puis fais un chifoumi avec moi-même pour m'assurer que je ne suis pas en train de faire la pire connerie de toute ma vie et finis par retirer sa robe en satin. Cependant avant de la déshabiller totalement, je pars chercher un tee-shirt propre assez large pour que ça lui arrive à mi-cuisses dans son dressing, lui enfilant son vêtement tout en enlevant l'ancien pour ensuite le jeter un peu plus loin dans la pièce.

Je la reporte dans mes bras et nous faisons pénétrer sa salle de bain et avec ma paume la moins occupée, je tourne le mitigeur sur chaud avant de boucher la valve de la baignoire. J'allume l'eau et la laisse couler, pendant ce temps je « nous » admire quelques minutes : Ses bras retombent sur sa hanche gauche, un petit bleu plutôt bien caché par son tee-shirt apparaît lorsque que s'est légèrement étirée, je l'examine et en conclut que c'est de ma faute : la force que j'ai exercé dessus a dû faire exploser une petite veine.

Chapeau bas l'artiste.

Je tourne la tête vers le bain et juge que c'est le moment idéal pour s'y plonger, je vérifie la température avec la pulpe de mon index et m'assoie dedans avec elle. Son dos collé contre mon torse, ma tête part en arrière pour rencontrer la surface froide, mes yeux fixant les spots lumineux jaunâtres, je permets à mon esprit de divaguer sur des sujets divers et variés : avoir revu Debbie après tout ce temps m'a vraiment refait cette soirée pourrie, si seulement cette petite vipère arrêtait de me mettre des bâtons dans les roues, j'aurai moitié moins de problèmes à l'heure actuelle.

J'attrape mon portable que j'avais préalablement sortis de ma poche de pantalon et emmenais avec moi sur la chaise d'à côté avant de tenter d'appeler mon meilleur ami. Les sonneries retentissent, sans succès.

Putain, où est-ce que t'es passé mon vieux ?

Je retenté une deuxième, les bips répétitifs dans mon oreille m'agacent au plus haut point. Je souffle pour la énième de la journée avant de reposer mon cellulaire. Je glisse mes cheveux en arrière avec ma main mouillée pour les plaquer sur mon crâne.

Quelle soirée de merde.

———————————————

What's up guys ! How are you today ?

Je suis en retard de plusieurs heures mais il est là, le nouveau chapitre !! J'ai cru qu'on était samedi, donc je me suis dit : « Oh mais trqll il me reste encore une journée ! » Oui mais nan cocotte

Bref, je vais arrêter de parler, je préfère allez m'effondrer dans mon lit en regardant Mercredi, j'ai tout juste commencé et si vous voulez un conseil, ne mettez pas la Vf. J'ai jamais vu des scènes aussi cringe de toute ma vie purée

Enfin, j'espère que ce chapitre vous aura plu !

N'oubliez pas de voter, ça fait toujours plaisir !

Prenez soin de vous et de vos proches. ☐

Gros bisous sur vos bouilles, M.J

New-York, Etats-Unis, 13h36

Un marteau qui devait peser pas moins d'une tonne s'battit avec force sur mon crâne, une migraine affreuse due à mon surplus d'alcool faisait flotter mon crâne dans un autre univers. J'immergeai de mon repos difficilement et à peine ai-je eu le temps d'ouvrir les yeux que des cris et des voix que je ne reconnaissais pas surgissent de mon salon. Putain, c'est quoi merdier ? De si bon matin en plus.

Mon premier reflexe est de regarder l'heure, celle-ci indiquant bientôt quatorze heures. Putain j'ai encore dormi pendant des heures, et j'imagine qu'Hermes a dû uniquement somnoler dans mes bras puisque je n'ai pas fait de gros cauchemar, à part de tous petits sans importance comme la peur de tomber dans le vide ou encore de me noyer. Vous voyez, rien de plus classique que ça.

D'ailleurs, l'homme s'est probablement barré durant la nuit, sinon il serait venu me réveiller. C'est une évidence.

Une grimace indéchiffrable, mélangée entre une sorte d'angoisse et de douleur, courba ma commissure et une plainte franchit le seuil de ma bouche sans que je ne la contrôle lorsque la plante de mes pieds rencontra le sol dur : chaque pas exerçait dessus martelait un peu plus ma boite crânienne.

J'ouvris la porte qui retenait mes fauves adorés et hésitai grandement au moment où mes doigts caressèrent le métal froid de la poignée, ma porte était le seul rempart qui me protégeait du potentiel danger en bas. Mes battements cardiaques resonnent dans mes temps, j'entends et visualise mon cœur pomper mon hémoglobine à une vitesse hallucinante, ma respiration s'accélère en m'imaginant me faire tuer à bout portant, les membres déchirés ou bien mon muscle déchainé dans ma cage thoracique arraché. Cette fois, je ne pourrais pas m'enfuir.

Avant de passer le cap, je reviens sur mes pas puis attrape le revolver que je garde toujours au chaud, à l'abris des regards à l'intérieur d'un des tiroirs de ma table de nuit. J'abaisse cette fois le bout de métal et cède le passage à mes animaux pour qu'ils descendent en premier. L'oreille collée à la porte, je la tends du mieux possible et attends les réactions : le silence revient et quelques secondes le séparent d'un hurlement brutal : une fille. Ce n'est pas Ève, mais bien une autre personne.

- « ALMA ! » hurla Hermes depuis la salle.

Mes poils se hérissent sur l'ensemble de mon corps à l'entente de sa voix féroce qui prononce mon nom avec une telle rage, je m'empresse de reposer l'arme où elle était, d'ouvrir la porte de ma chambre et d'apparaitre dans le salon : six paires de yeux me fixaient, tous avec un teint blafard, démuni de toutes couleurs. Les poils dressés, mes animaux droits face à eux grognèrent leur intrusion. Mes dents serrées entre elles, je les rappelais à l'ordre et ils venaient se coucher à mes pieds bien docilement.

- « Je peux savoir ce que vous faites tous dans mon salon ? » demandais-je en me retenant de sauter au cou de mafieux, persuadée que tout ce cirque était de sa faute tandis qu'il ricochait le même type de regard sur ma personne.

- « Euh je voulais te présenter ma sœur, elle était de passage à New-York pour son boulot et aussi... Pour ma mère. » intervenait Nicky en coupant limite la parole à son chef.

Je me détends immédiatement et une jolie tête blonde surgit dans mon champ de vision, cachée par la corpulence imposante de son frère : Ses longues mèches blondes rassemblées dans un chignon tiré à quatre épingles, son tailleur rouge pétant mit en valeur ses iris aussi bleues que les abysses de l'océan, un liner rouge foncé accentua ses yeux de biche. Et un immense pansement recouvre son nez ensanglanté. Mes pupilles se rétractent en une fraction de seconde, une seule question brûlait mes lèvres trop curieuses : Qu'est-ce qu'il lui était arrivée ?

Elle s'avança vers moi et me tendit sa main en déclarant :

- « Je suis Evy, tu dois être Alma je présume ? Enchantée de faire ta connaissance. »

C'est donc elle la fameuse Evy dont parlait Hermes ? Putain j'avais bien fait d'être sur la défensive : elle est magnifique...

- « De même pour moi. » J'éclaircis la voix tout en lui rendant sa poignée de main.

- « Tu dois sûrement t'interroger sur mon état ? C'est normal, j'aurai fait la même chose à ta place. Eh bien j'ai simplement décidé de me refaire le nez, je n'aimais pas la forme de celui-ci. Tu devrais peut-être envisager de faire la même. »

Elle chuchota la dernière phrase, s'assurant que son frère et les autres invités n'entendent pas la bombe qu'elle vient de lâcher à l'instant.

L'air dans la pièce se transforma en un puissant courant électrique, l'expression « il y a de la tension dans l'air » n'a jamais pris autant de sens qu'aujourd'hui. Tout le monde retient sa respiration, et je me surpris moi-même à retenir mon souffle, non pas par peur de la suite des évènements mais de la façon dont j'allais réagir, en ce moment mes émotions sont trop... Imprévisibles.

Sa main toujours unit à la mienne, je resserrai mes doigts autour de siens, quitte à les briser peut-importe, et avançai mon visage près de son oreille :

- « Merci du conseil mais moi j'ai pas besoin de dépenser plus d'un smic pour me faire un nez en trompette vu que je l'ai déjà, et puis fait attention à ce que tu dis. Il se pourrait bien qu'un coup de poing finisse malheureusement dans ton joli petit museau sensible. »

Je la lâchai doucement pour pas éveiller les soupçons chez les autres puis partis en déclarant que j'allais seulement me préparer, j'ai un minimum de respect envers moi-même pour me présenter à des invités, que je n'ai même pas eu le choix d'accueillir ou non dans mon chez moi, en pyjama.

Mes pas demeurant toujours aussi épuisés, lorsqu'ils me menèrent jusqu'à ma chambre, l'envie de me replonger dans mes draps pris l'assaut sur mon esprit mais mon corps, lui, se dirigea robotiquement vers ma salle de bain.

Mes vêtements jonchent le sol et j'entre mon bras à l'intérieur pour allumer l'eau et la régler directement sur le chaud, et pendant qu'elle continuait de se réchauffer, je pris la mauvaise habitude d'admirer mon reflet quand ça n'allait pas : certaines de mes longueurs s'échappent de mon bun, mon mascara a coulé légèrement sur ma pommette droite et intérieurement je me maudis de ne pas mettre inspecter avant d'être descendue les « saluer ». Hermes m'a changé mes vêtements et je lui en remercie, dormir dans une robe remplie de mes effluves de sueur et de sexe n'est pas du tout hygiénique.

Et vous connaissez mon tique pour l'hygiène.

Alors que mes pensées dérivaient sur d'autres sujets, des coups sur ma porte me ramenèrent à la triste réalité. Je souffle bruyamment avant de crier un « non » franc et dur pourtant quelqu'un franchit quand-même cet accès. Tous mes muscles se tendirent et je voulais crier jusqu'à m'en arracher les cordes vocales au moment où je reconnus cette main crochetée à la bordure de la porte.

- « Putain de merde Hermes, qu'est-ce que tu comprends pas dans « non » ! »

- « Ça va je regarde pas, je te le jure. Je voulais juste te dire que ce n'est pas moi qui ai proposé que tout le monde s'incruste ici, je sais à quel point tu as du mal avec les gens, c'est tout juste si tu me laisses entrer dans ta chambre alors que je t'ai vu sous toutes tes facettes. Enfin tout ça pour dire que je ne t'aurais jamais fait ça. »

Mes poings se contractaient sur la vasque de mon lavabo, ses paroles me touchait vraiment cependant je n'arrivais pas à savoir s'il disait vrai : Hermes est un serpent manipulateur, l'incarnation du Diable sur Terre. Je me devais de garder des distances maintenant qu'il avait vu toutes mes facettes comme il aime se le venter, tous souvenirs ou bien toutes émotions partagés ensemble étaient une faiblesse qu'il pouvait retourner contre moi.

« Je ne t'aurais jamais fait ça. » Ah oui, et comment pouvais-je en avoir la certitude ? Tu t'amuses à pousser mes limites un peu plus loin à chaque échange, qu'est-ce qui t'empêcherait de m'achever devant tout le monde sans la moindre once de pitié.

Ma paume se plaqua brutalement contre mes lèvres, essayant maladroitement de retenir un sanglot alors que mes paupières se fermèrent entre elles, permettant à mes larmes de s'écouler sur mes joues.

Au moins ça va nettoyer les vieux résidus sous ta muqueuse et ça, ce n'est pas plus mal si tu veux mon avis.

Justement non, je n'en veux pas de ton avis puisqu'il me sert juste à me faire sentir encore plus misérable. Maintenant disparait, je ne veux plus t'entendre.

Je pétais les plombs et la seule personne en qui je faisais une confiance aveugle me semble maintenant être la pire des illusions, coucher avec lui a été la pire des décisions que j'ai pu prendre cette année, bien avant celle où je suis revenue sur sa proposition de liberté forcée. J'aurai dû m'éloigner de lui dès que j'en avais l'occasion. Il demeurait néanmoins exact sur un sujet : je n'assume plus la garde de la fillette. De nouveau, mes émotions ont pris le dessus sur mon côté rationnel et dorénavant je me retrouve avec une gamine sur les bras.

- « Ferme la porte en sortant, et dis à Nicky que je suis désolée mais je ne me sens pas capable de rester avec tout le monde. » articulais-je en y mettant toute ma volonté, si elle n'était pas présente, je me serai écroulée à la seconde où j'ai ouvert la bouche.

- « Je suis sûr qu'il comprendra. Mais fais-moi plaisir Alma, arrête de boire. Ça ne te réussit vraiment pas. »

Et c'est sur ces mots qu'il referma le battant et que moi je fondis en larmes, mes jambes me lâchèrent, faisant cogner mes genoux sur le carrelage mais je ne sentis pas la douleur à ce niveau-là, la douleur est dans ma poitrine, elle transperce ma gorge et me bloque la respiration. Une crisse d'angoisse pointait le bout de son nez, je m'oblige à m'assoir par terre contre la surface blanche et froide de ma baignoire, ma tête se mouva en arrière, callée contre l'extrémité du bain, pendant que je prenais de grandes pouffées d'air avec mon nez, les maintenais dans mes poumons un moment puis l'expirai tapageusement.

La dernière datait, Hermes était toujours là pour les stopper avant qu'elles ne dégênèrent sérieusement.Dire son nom m'était désormais limite impossible.

Putain je suis dégoutée à un point, je ne pensais pas que je le serai autant.

Je me relève et entre à l'intérieur de la douche qui est maintenant brûlante, mon cœur se comprime dans ma poitrine : la culpabilité ne me quitte une seconde, elle tourne autour de moi comme une toupie tout en me répétant que c'est de ma faute. Mes yeux se ferment, lâches mais surtout incapable de la défier.

Des flashbacks de nos moments ensemble défilent sous mes yeux et lorsque je le vois ouvrir la bouche, sa voix se déforme pour dire à la place que je suis coupable, que ce qui m'arrive est mérité et que je ne trouverai jamais le bonheur.

N'en pouvant plus, je hurle dans la douche de toutes mes forces sur la voix qui se stoppe immédiatement, le calme revient doucement dans ma tête et dans la pièce, permettant ainsi à la personne derrière la porte de me parler :

- « Alma ? J'ai cru t'entendre crier, ça va ? »

Galia, mon rayon de soleil dans ses ténèbres obscurs.

- « Salut ma belle. Oui j'ai juste... Vu une araignée. Tu peux dire à tout le monde de dégager s'il te plait ? »

- « Oui bien sûr, je me disais bien que l'idée d'inviter tout le monde dans ta piaule n'était pas de toi. Je m'occupe de tout ça, à condition que tu t'habilles rapidement. »

- « Pourquoi ? »

- « Je t'emmène à la fête foraine, hors de question qu'on reste toute la journée à la maison, ça fait déjà trois jours qu'on le fait. »

- « Ah ouais ? Et on fait comment avec ton bras bécasse ? »

- « Merde j'avais pas pensé à ça. »

Mes yeux roulèrent tandis qu'un sourire corna le coin de mes lèvres, elle n'attend plus qu'une chose : enlever son plâtre et reprendre une vie « normale » malgré les circonstances.

- « Ce que je te propose c'est de sortir mais pas à la fête foraine, à la place on va aller chercher de quoi aller boire un coup puis se promener dans le parc avec Ève, ça te dit ? »

Non ça me dit rien du tout.

Mais je ne peux pas refuser, de un parce que ça se fait pas puis je ne veux pas la blesser, et de deux si je décline elle se rendra compte qu'il y a un truc qui cloche et parler de mes soucis est la dernière des choses que j'ai envie de faire, surtout pas maintenant en tout cas.

Alors avec ma plus belle hypocrisie, je réponds :

- « Ouais c'est cool, je me dépêche alors. »

◻◻

Je regarde la petite courir après un papillon tout en sirotant mon « Green tea iced », putain même en le disant dans ma tête ça sonne horriblement cliché.

- « Tu veux goûter ? C'est du lait d'avoine avec un du caramel et de la vanille. »

Mes yeux se décrochent de la silhouette devant moi pour se focaliser sur le gobelet blanc d'une célèbre marque de café, la fumée elle aussi blanchâtre s'échappe de son « latte ». Je ne comprends pas du tout l'intérêt de prendre une boisson chaude en été, en tout cas pour ma part j'ai pris un simple thé vert et ça me suffit largement.

- « Oh c'est gentil ma belle mais je vais devoir refuser, tu sais que je prendre jamais de café en été. »

- « Ah oui c'est vrai ! Oh mais quelle gourde. »

- « T'excuse pas c'est pas grave-

Ma voix mourut dans le fond de ma gorge lorsque je m'aperçus que la petite fille avait disparu, mon corps se couvrit de frissons presque paralysants. Ma meilleure amie regarde également dans la même direction que moi sans pour autant paniquer plus que ça alors que ma respiration s'accélère, des larmes me montent aux yeux et ma vue se trouble de noir.

- « Alma ? Qu'est-ce qui va pas ? »

- « Où- où elle est ? Où est Ève Galia ! Putain Galia je la vois pas, dis moi où elle est je t'en supplie ! »

Mes genoux me laissent tomber à nouveau, mes pleurs dégoulinent sur mes pommettes, la peur s'empare de mon corps, de mes os, de mes pensées. Je l'imagine se faire enlever, de débattre de toutes ses petites forces en hurlant.

Cette scène me donne envie de vomir putain. Les mains sur la tête, celle-ci plaquée contre mes genoux eux même contre ma poitrine, mes épaules s'affaissent et se grandissent beaucoup trop vite.

- « Alma ? »

Une petite main frêle se posa avec délicatesse sur mon épaule, mon visage se redresse en face du son et découvre avec surprise qu'il s'agit de la petite.

- « Ève ? Où est-ce que t'étais partie ma puce, maman a eu si peur pour toi mon cœur. »

Je m'empresse de l'enlacer en la serrant contre moi comme-ci ma vie en dépendait, je crois bien que je n'ai jamais eu aussi peur pour quelqu'un de toute ma vie. J'embrasse avec impatience son crâne, l'intégrale de son visage et caresse ses cheveux.

- « Mais j'ai pas bougé ? »

- « C'est vrai ma belle, elle n'a pas bougé d'un iota. »

- « Quoi ? Mais si, elle avait disparu ! Pourquoi tu prends sa défense ? »

- « Je prends pas sa défense Alma, elle n'est absolument pas partie. »

Deviendrais-je folle ? J'étais pourtant sûre de ne pas l'avoir vu tout à l'heure, ou peut-être était-ce uniquement mon imaginaire ? Non ça ne peut pas être ça.

- « Finalement c'était une mauvais idée de sortir après ce qui s'est passé ce matin, je suis désolée je voulais seulement te changer les idées. Allez viens on rentre, je pense qu'on a eu assez de mésaventures pour aujourd'hui tu ne trouves pas ? »

- « Si, un peu trop même. »

Après ce surplus d'émotion, je suis carrément obligée de m'appuyer sur mon amie pour me relever, je pense que je vais bientôt aller chez le médecin pour faire un contrôle parce que je me trouve de plus en plus affaiblie ces derniers temps, et puis avec tout ce qui s'est produit pendant deux mois, je pense que prendre un peu de repos ne me fera pas de mal.

Nous marchons jusqu'à la sortie du parc pendant que Galia me raconte sa nouvelle galère avec son bras et à quel point son compte en banque en prend un coup : avec un bras en moins, elle n'est plus en capacité de cuisiner et sa fichue conscience lui ordonne de dépenser son argent dans des commandes de fast-foods bourrés de calories au lieu de m'appeler pour que je viens lui préparer des plats sains, tout ça car elle a la flemme de déranger, je savais même pas qu'on pouvait avoir la flemme de déranger quelqu'un mais on dirait bien que je viens d'apprendre un nouveau truc.

Le soleil new-yorkais n'est pas aussi chaleureux et réconfortant que celui de Mexico néanmoins il tape assez fort, j'aurai dû prendre une casquette avant de sortir mais cette possibilité n'a pas traversé mon cerveau une seule seconde. C'est peut-être à cause d'une insolation que je n'ai pas vu Ève tout à l'heure.

Au bout d'une vingtaine de minutes, nous arrivons devant mon immeuble mais au lieu d'y entrer, je dirige mes deux filles vers ma voiture. L'ancienne blonde me regarde de travers, ne comprenant pas mes intentions, je l'éclaire :

- « On va à l'hôtel, il est hors de question que je t'entende te plaindre encore une fois de tes nouveaux kilos alors que tu fais aucuns efforts pour les brûler, alors je vais aller chercher tes affaires et tu emménages chez moi. »

- « Quoi ? Je me suis jamais plainte ! »

- « Tu te moques de moi ? En passant devant une boutique de donuts j'ai dû limite te tirer par les cheveux pour que t'arrêtes de baver devant la vitrine et puis en marchant vers la maison tu as dit je cite :

« Putain ce matin j'avais rien à me mettre, faut vraiment que j'arrête de bouffer pour trois. » »

- « Oh ça va j'exagère, genre je disais en mode je sais pas quoi mettre hein ? »

- « Mais oui bien sûr, et tu crois réellement que je vais croire à tes bobards ? »

La jeune femme installée sur le siège passager à côté du mien avec la gamine dans les bras me lance un regard en biais avant de le planter sur le paysage qui défile par la fenêtre, je me retiens d'exploser de rire face à sa bouille car elle sait pertinemment que j'ai raison.

- « Allez arrête de faire la gueule, tu sais que j'ai raison en plus. »

Elle ne me répond toujours pas, alors en tenant le volant avec ma main gauche, je viens chatouiller ses côtés avec mes doigts ce qui lui fait éclater de rire tout en me suppliant de la laisser cependant je ne la lâche pas d'une semelle et continue à balader mes phalanges sur son flanc droit, la faisant se tortiller encore plus.

Je décide m'arrêter uniquement quand la lumière du feu rouge parvient à ma rétine, je ralentis la cadence de la voiture puis l'arrête avant que le feu tricolore ne repasse au vert, j'écrase la pédale d'accélération et après quelques de minutes à parler de la pluie et du beau temps nous arrivons sur le parking de l'hôtel, j'y gare mon bolide puis coupe le contact et descends.

Nous montons à l'étage où se trouve sa chambre puis je commence par rassembler les affaires éparpillées dans sa salle de bain, sur sa vasque.

- « T'es vraiment bordélique, c'est pas croyable. » criais-je à son intention.

- « Oui bah on ne peut pas être tous maniaque comme toi ! »

Maniaque ? Je ne suis pas maniaque ! J'ai seulement besoin que rien ne soit en désordre, je déteste ne pas retrouver mes affaires et en cas de grande frustration, je réarrange ou nettoie l'entièreté de mon appart.

Ouais donc tu es maniaque.

Non je ne le suis pas, tais-toi.

J'attrape sa trousse de toilettes qui reposait dès lors sur le couvercle de ses chiottes et y range tous ses produits, outils à maquillage et j'en passe. Je reviens alors dans la chambre et réunis ses fringues étalées sur les différents fauteuils qui constituent la pièce puis les plie afin qu'ils rentrent plus facilement dans ses sacs de voyages et les mets dedans avec sa trousse.

Et en voulant récupérer son chargeur qui venait de mes tomber des mains pour se cacher sous le lit, un petit bout d'aluminium apparut lorsque je soulevai le bloc de charge du sol.

Mes yeux s'écarquillent, je m'empresse de le prendre et de vérifier à la lumière du jour si c'était bien ce que je croyais, et malheureusement pour moi ce fut le cas : l'emballage d'une capote.

- « Galia vient ici deux secondes s'te plait. »

- « Quoi ? »

Dos à elle, je me retourne et mets en évidence l'objet pour qu'elle l'admire bien, apercevant dorénavant l'arme de son crime, ses pupilles jonglèrent entre mon visage où régnait un sourire malicieux et le pauvre papier.

- « Tu m'expliques ? »

La couleur rouge qui colore ses joues me prouve qu'elle s'est tapée quelqu'un à coup sûr et, étant la pire meilleure amie du monde, je ne peux m'empêcher d'éclater de rire devant son expression gênée.

- « Nan tu déconnes ? Nan sérieux ! Avec qui ? »

- « Laisse tomber je te le dirai pas. »

- « Quoi ! Mais pourquoi ? »

- « T'as vu ta réaction de gamine de treize ans prépubère ? Hors de question que je te dévoile son identité. »

- « Ohh ça va... C'est juste que ça m'a surprise, enfin tu vas pouvoir rajouter une initiale dans ta liste pas vrai ? rigolais-je en lui donnant un coup d'épaule dans les côtes. Allez donne moi au moins son initiale. »

- « N. »

- « N ? N, N, N... Attends deux petites secondes, tu partageais pas ta chambre avec Nicky toi par hasard. »

Et elle se trahit toute seule, elle baissa la tête pour ne pas affronter mon regard qui peut être accusateur. Ne pouvant pas rester silencieuse face à la révélation du siècle, je hurle dans la chambre :

- « Ahhh ! Dis-moi que tu rigoles, t'as couché avec le meilleur ami d'Hermes ? Pouah la blague, nan mais putain genre, vous l'avez fait premier degré ? »

- « Bah nan nan bouffonne, on a pris des poupées et on a mimés. Putain jamais tu réfléchis toi. Bon maintenant que t'as eu ce que tu voulais, on y va. »

Je passe en revue une dernière fois la chambre en m'ordonnant intérieurement de ne pas glousser, la salle d'eau et son dressing avant de porter ses sacs et de redescendre au rez-de-chaussée. Je sais pas si je pourrais toujours les regarder tous les deux dans le même pièce sans hurler de rire.

En rentrant enfin à la maison, il fait nuit et un soupir de satisfaction quitte mes lèvres : je n'ai jamais été aussi contente de retrouver mon appart qu'aujourd'hui. On a même dû faire un détour à un fast-food car d'après Galia se serait son dernier avant un bon moment, mais le pire c'est qu'elle a dit ça en râlant, à croire que c'était un calvaire de manger ce que je cuisinais. Evidemment, j'ai fait la gueule tout le reste du trajet.

Je monte les marches de mon escalier puis dépose tout son bazar dans l'une de mes nombreuses chambres d'ami avant de partir dans la mienne pour me changer, un pyjama classique : crop-top, mini short avec un vieux chignon bas fait à l'arrache.

Je redescends et pars voir dans le frigo ce que je pourrais préparer à Ève mais ça c'était avant que deux cris de joie, féminins bien sûr, ne surviennent du salon, m'explosant les tympans au passage lorsqu'elles ont couru en direction de l'entrée. Je penche ma tête sur le côté et aperçois les garçons avec deux énormes sacs venant du même "restaurant" où ma meilleure amie s'est remplie la panse, parfait moi qui voulais éviter à la gosse de chopper le diabète je peux aller me faire voir. Et puis c'est pas comme-ci je lui avait refusé de prendre quelque chose là-bas il y a genre dix minutes.

Je soupire d'énervement en voyant la gueule toute contente de l'autre connard, je mime même son expression en faisant gaffe à ce qu'il ne le remarque pas puis replonge la mienne dans le froid du réfrigérateur néanmoins, un verre glacé vient se coller sur la chair intérieure de ma cuisse droite. Réagissant à cette fraicheur inattendue, mon corps sursaute et en me relevant pour identifier l'enflure qui venait de me faire ça, l'arrière de mon crâne se cogna dans le rebord me faisant jurer et en voyant de qui il s'agit, ma colère se décupla :

- « Putain mais t'es vraiment trop con espèce de trou de cul, va te faire voir Hermes. »

- « Bonsoir à toi aussi petit cœur, moi aussi ça me fait plaisir de te voir. »

- « C'est ça, parle à mon cul ma tête est malade. » marmonnais-je en cherchant encore ce que je pourrais manger toute seule du coup, moi qui espérais obtenir un semblant de soutient avec la gamine...

- « Faut pas me le dire deux fois. »

Le gobelet disparu de ma jambe avant que son menton ne se pose sur ma croupe, ses lèvres embrassant le bas de mon dos, juste au-dessus de la limite de mon short.

- « Orgh arrête tes bêtises. »

- « Seulement si tu viens manger. »

- « Tu crois que je fais quoi là ? Ça fait trente minutes que je cherche mais je trouve rien. »

- « Je voulais dire manger avec nous. »

- « Nicky m'a pris un truc ? Oh fallait pas. »

- « En fait c'est moi qui y ai pensé. »

- « Tant mieux alors. De toute façon t'avais bien intérêt de le faire, je t'aurai arraché les yeux sinon. »

Je claque sa joue pour dégage de mon postérieur tandis que je marche vers le canapé pour m'y installer avec tout le monde, il ne tarde à nous rejoindre puis s'assoit forcement à côté de moi. Mes iris roulent alors que je fouille dans l'immense sac en papier pour en sortir un burger, des frites, ma boisson et des nuggets. Il fit de même pendant que j'empoigne la télécommande rangée dans le petit espace sous la table afin d'allumer la télé, moi et mon trouble de l'attention avons besoin d'avoir un bruit de fond en permanence.

Alors que je venais à peine d'engloutir ma dernière nugget, mon regard, et ma faim, se focalisèrent sur l'hamburger de mon voisin, celui-ci le remarqua et tout en soufflant, me le tendit. Je tente de croquer un bout cependant la garniture tombe à mesure que j'essaie de croquer à l'intérieur. Désespéré, il ma retire la nourriture de la bouche avant de couper la moitié avec ses doigts puis me le donne en disant :

- « Ta bouche est trop petite pour avoir un aussi gros bout à l'intérieur. Avale le maintenant. »

C'est sûrement mon esprit qui est beaucoup trop tordu mais sa phrase sonne limite sexuelle à mon oreille, putain je suis vraiment qu'une obsédée ! On a couché ensemble une fois et je fais déjà une fixette dessus.

Je sens que la suite des évènements va être des plus insupportable si je ne pense qu'à ça.